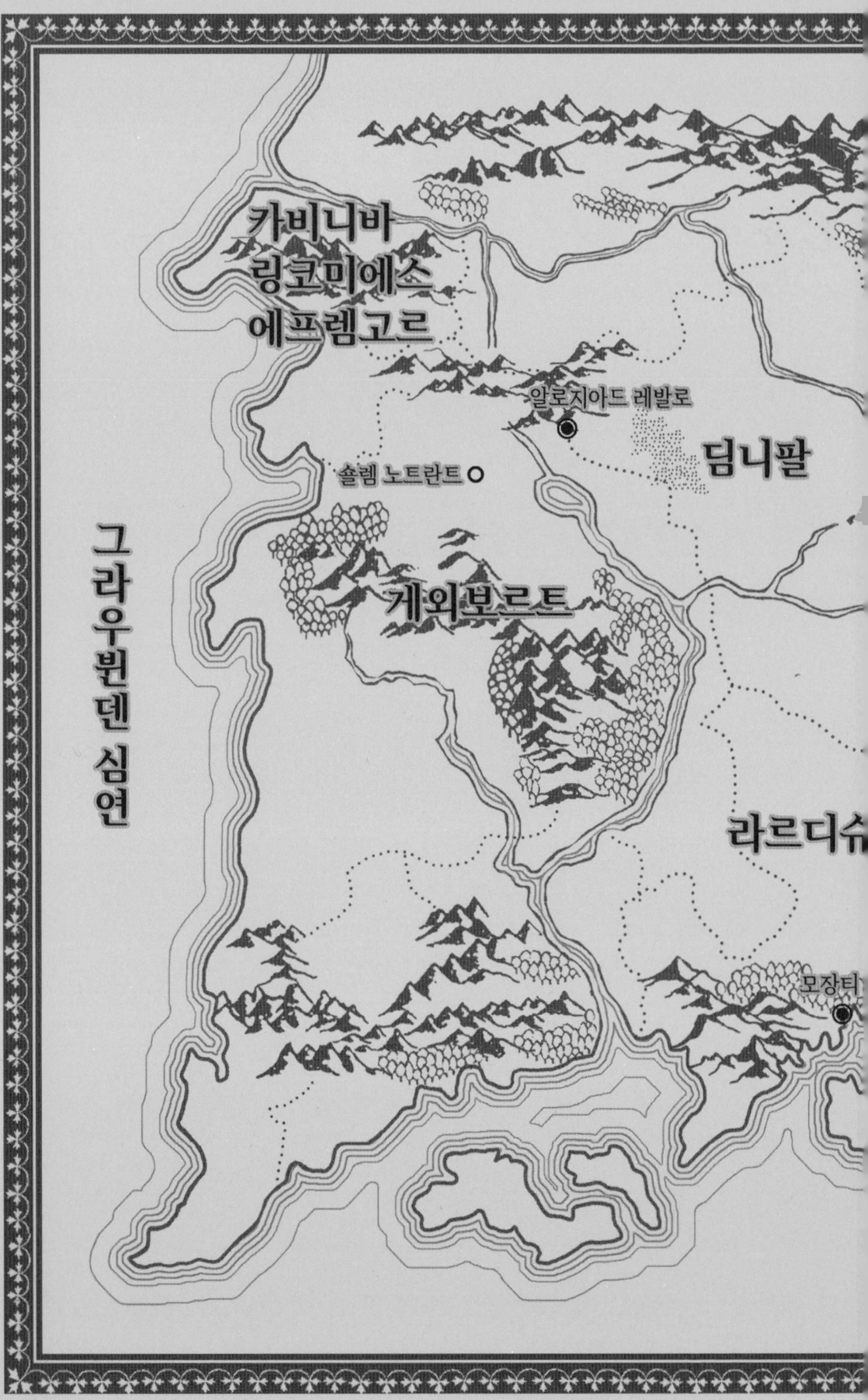
카비니바
링코미에스
에프렘고르
알로지아드 레발로
딤니팔
숄렘 노트란트
그라우뷘덴 심연
게외보르트
라르디슈
모장티

북부 산맥
N
W
E
S
반-나티나모
일라리쿰
오스페다
알로지아드 졸피
동부 연합
알론조
캄비
포티미오
무타스 민지대
사막
남부 상업 조합
생 로율

나무를
담벼락에 끌고
들어가지 말라

나무를 담벼락에 끌고 들어가지 말라

제 2 부

— 상 —

윤진아 장편소설

파피루스

CONTENTS

2부

-상-

2부
-상-

그날 이후, 앙히에에게는 이따금 이 자리로 돌아오는 새로운 습관이 생겼다. 특별한 일이 없어도, 머리가 무거워도 가벼워도 막상 어떤 순간이 되면 고향을 되짚는 연어처럼 이곳에 서게 되는 것이다. 무슨 생각으로 자신이 이곳에 머무르는지, 매번 얼마나 긴 시간 동안 앞을 응시하며 서 있는지는 도통 가늠할 수가 없다. 그저 정신을 차리면, 시야에는 어느새 불야성이 된 숄렘 노트란트…….

사실 자신은 이 광경을 눈 감고도 떠올릴 수 있었다. 겨울, 봄, 여름, 가을. 여명과 별과 노을과 밤. 이 자리에서 보는 성의 풍경은 어느 때든 섬세히 칠한 장미처럼 화사했다. 그 배경에 자리한 사람 역시 한 계절처럼 영영 아름답다. 변치 않는 잔인함. 신음조차 없이 그 속삭임들을 듣고 있었다.

그는 그리 한참을 서 있다 순간 번뜩 놀랐다. 수도로 들어가기 위해 늘어선 인파 사이로 몇몇 기사들이 말을 몰고 나왔기 때문이다. 그들은 평범하고 무던하게, 마치 성문 앞 소란을 감시하는 지루함의 상징처럼 보였다.

그러나 앙히에는 생각할 겨를도 없이 제 말에 올라탔다. 아무래도 긴 여정이 될 것 같아, 처음부터 등자를 마구 차는 멍청한 짓은 하지 않았다. 아직 거리가 먼 탓에 기사들의 소란은 없다. 그는 바야흐로 흔들리는 말 위에서 혀를 깨물지 않도록 입술을 짓씹었다. 속으로 한탄하는 것도 잊지 않았다.

이런, 발터.

묻거나 듣지 않아도 살갗에 와 닿는 느낌만으로 깨달았다. 지난번까지 내색 않던 자가 도대체 어느 순간에 자신을 알아차렸는지 모르겠다. 비사 가장자리의 거주민들이 제 왕에게 고한 것일까. 어디서 굴러먹다 왔는지 모를 놈이 주기적으로, 하염없이 숄렘에 회귀한다고, 수상하니 굽어살피시라 악이라도 썼나.

앙히에는 제 등이 점차 시끄러워지자 그제야 자신이 어느 쪽으로 가야 할지를 고민하기 시작했다. 여느 때처럼 알로지아드 레발로로 돌아가야 할까. 아니면…….

"폐하, 이것을 믿으십니까?"

발터는 질문에 답하지 않았다. 다만 짜증스럽게 반문했다.

"반 슈체친, 네가 보기에는 짐의 누이가 그리 아름다운가?"

"그 어미인 제 딸이 그리 어여뻤으니 당연하지요."

"……아무리 그래도 그렇지, 아비와 아들이 한 여자를 취한다니. 도대체 정신들이 있는 건가?"

"그 아들이 배가 다른데 무에 거리낄 것이 있겠습니까?"

게외보르트의 왕은 제 손에 있는 서신을 다시 읽었다. 아니, 읽었다기보다는 그저 한 번 쓰다듬었다는 말이 더 옳다. 그는 몇 초 뒤 그 종이를 와작 구겼다.

"뤼페닝이 진정 미친 것은 아닌가 싶다. 짐이 외르타의 딸을 왜 죽였는데? 왕의 씨라 그런 것을 정녕 모르나? 그런데 또 건드려? 외르타에게 또 아이를 배게 해? 조그만 것이 남자 구실을 해 보겠다고 기어코 금기를 어겼구나."

"올해 열여덟입니까?"

"그래. 새파랗다 못해 땅에 처박혀야 옳을 나이다."

"허, 제 손녀도 퍽 능력이 좋은 모양이군요. 여섯 차이가 남자로 보이기는 한답니까."

"그만."

반 슈체친은 제 흰 머리를 만지작거렸다. 라르디슈 왕비, 외르타의 외조부는 사람 좋은 웃음을 짓고 있었다. 그는 눈썹을 한번 꿈틀하고는 말했다. 웃음은 아직 남아 있다.

"폐하, 밀사가 아직……."

"뤼페닝은 라르디슈의 왕손이다. 외르타가 또 왕의 후계를 배었다면 간단한 일이 아니다. 더군다나 시간까지 촉박하군."

"……."

"왕의 씨, 태자의 씨를 번갈아 골고루 품다니, 짐에게 무슨 억하심정이 있어서? 그 아이 죄렛을 쓴다 들었는데 그건 도대체 어찌 된 일인가."

"그 정보를 전한 어수대를 치죄하겠습니다."

"……블랑쉬 젤로?"

"예."

"그 여자가 그릇된 정보를 알렸을 리 없다. 어찌 된 일인지 확인하고 죽여."

"연통하지요."

발터의 손에는 아직도 구겨진 서신이 쥐여 있었다. 그는 제자리에서 서성거리기 시작하다가 으르렁댔다.

"그리 멍청한 아이가 아니었는데 남자 편력이 이래서야……."

말만 듣는다면 남자를 너무 좋아하는 누이 때문에 바람 잘 날 없는 오라비의 걱정 같았으나…….

"외르타, 그것은 짐이 제 아이 몇을 죽여야 정신을 차릴 텐가. 하나로 부족해? 제 목숨이 보장되어 있으니 자식이야 아쉬울 것 없다는 건가? 내 마음이 언제 돌아설 줄 알고 저 패악인지 모르겠군."

그 아이를 제 스스로 죽였다는 죄책감은커녕 자식 잃은 어미에 대한 동정조차 없다. 날카로운 얼굴에는 그저 상대를 향한 괘씸함만이 서려 있었다. 반 슈체친은 왕의 고민과 분통을 이해하는 양 조금 고개를 숙였다. 왕은 이를 갈며 왕좌 근처를 하염없이 오갔다.

반 슈체친은 문득 떠오른 것처럼 발터에게 무언가를 요청하는 시선을 보냈다. 왕이 본 체 만 체 허락하자 그는 곧장 시종을 불러 명을 내렸다. 노인은 달려 나가는 시종을 보며 고개를 절레절레 저었다.

이윽고 한숨과도 같은 말.

"다시 검토해야겠습니다."

발터는 스스로 생각에 바빠 그가 무엇을 검토해야 한다고 말했는지 굳이 캐묻지 않았다. 그러나 어쩌면 질문할 필요가 없었는지도 모른다. 왕이 몸을 돌리는 순간, 천장 높은 문 아래로 라르디슈의 밀사가 들어왔다. 걸음과 손 모두 조심스러웠다. 형제 여섯을 척살한 왕 앞에서는 누구라도 그 몸가짐이 겸손해지기 마련이다. 그는 곧게 다가와, 비굴할 정도로 낮게 예를 표했다. 발터는 예의가 허옇게 말라붙은 그 얼굴마저 못마땅해 견딜 수가 없었다.

"지극, 지존, 영원, 고……."

"집어치워라. 내용은 모두 숙지했나?"

편지는 이미 넝마쪽인 양 볼썽사나웠으니 저 입으로라도 들어야겠다.

"예. 물론입니다, 폐하."

"직접 읊어."

"제 주인이신 뤼 레스트왈의 쌍둥이 형제 뤼페닝과 그 양어머니인 현 왕비 사이에 불측한 상간이 있었습니다. 그것은 폐하께서 포티미외에 나가 계신 동안 일어난, 비상식적이고도 인륜을 거스른 외도였습니다. 지금 이 사달을 고하고 있는 저 역시 라르디슈의 치부를 드러내는 듯하여 감히 입을 열기가 힘이 듭니다."

"그런 것치고는 서간에 쓰인 레스트왈의 의욕이 대단하더군."

"친전親展의 내용은 잘 모르겠습니다만…… 좌우간 일 년 가까이 지속된 관계에, 결국 현 왕비가 뤼페닝의 아이를 가지게 되는 지경까지 이르렀습니다."

"로크뢰가 아비일 가능성은?"

"폐하께서는 지난 일 년간 포티미외에 계셨습니다."

"양아들과 양어미의 관계라……."

밀사는 목을 몇 번 가다듬었다.

"큼, 크흠. 뤼 레스트왈이 이 사태에 제안 드리는 것은……."

"뤼페닝을 죽이는 것은 내 몫이다. 그러니 너희는 라르디슈 내정에 끼어들지 말라?"

"폐하, 그리 조악하고 대중없는 바람이 아닙니다. 뤼페닝이 게외보르트에 도움을 요청해 와도 결코 용납하지 마시라는 말씀을 드리는 겁니다. 그는 폐하의 누이를 수태시켰습니다. 폐하의 누이에게 그의 핏줄이 있습니다. 그런데 그런 뤼페닝이 라르디슈의 왕이 된다면 폐하의 누이는 또다시 라르디슈의 '왕손'을 배게 되는 겁니다."

"아이는 죽이면 되지."

"폐하께서 혹 뤼페닝을 지원하신다면, 그리고 그 덕에 뤼페닝이 저희 뤼 레스트왈에게 승리해 왕이 된다면……."

"……."

"살아남은 저희는 저희의 온 목숨과 명예를 걸고 폐하의 누이와 뤼페닝의 아이를 살릴 겁니다. 게외보르트 왕실의 핏줄과 라르디슈 왕실의 핏줄을 한데 받은 아이를 기어코 수호할 예정입니다. 물론 후일 뤼페닝의 의사에 따라 약간의 변동이 있을지는 모릅니다. 하지만 폐하께선 구태여 위험을 감내하실 필요가 없습니다."

발터는 듣는 것만으로도 소름이 끼친다는 얼굴이었다. 그 조야함에도 불구하고 피부에 실질적으로 와 닿는, 효율적인 협박이라 어찌 화를 낼 수가 없다. 다른 가지에 난 게외보르트의 왕손을 떠올리자 슬슬 밉살스러운 공포가 돋아나고 있었다.

"하나 폐하께서 뤼페닝의 모든 요구를 거절하신다면, 저희 뤼 레스트왈은 분명 이깁니다. 반드시 승리합니다. 뤼 레스트왈은 기필코 뤼페닝을 죽일 것, 그것도 대역 죄인으로 전락한 그 목을 칠 것입니다. 따라서 양아들과 사통한 현 왕비의 자식도 천민보다 못한 대역 죄인의 자식일 뿐 왕가의 피와는 하등 관련이 없게 됩니다. 더불어 저희는 승리했을 시 폐하께서 현 왕비에게 어떤 명령을 내리신들 개의치 않겠습니다. 아무리 저희가 뤼페닝에게 죄인의 낙인을 찍는다 해도 아예 싹을 잘라 두고 싶은 것이 폐하의 마음이실 테니까요. 뤼페닝의 자식을 죽이셔도, 왕비를 죽이셔도 무방합니다. 저희는 간섭하지 않겠습니다."

발터가 언짢은 얼굴로 침묵하자, 잠자코 있던 반 슈체친이 왕을 한 번 올려다보았다. 왕은 아무래도 상관없다는 듯 발언을 허락했다. 그것과 이어진 모양으로 서늘한 질문이 흘러나왔다.

"어찌 믿나?"

짧지만 정곡이었다. 반 슈체친은 반복했다.

"내 손녀가 뤼페닝의 아이를 배었다는 사실을 어찌 믿나? 폐하의 어수대에게조차 알려진 바 없는 일이다. 지금 너희에게서 처음 들은 게지. 그런데 너희에게는 방금 그 내용을 증명할 만한 물증이 없다."

사절은 바로 이 부분이 가장 중요한 내용이라는 듯 허리를 폈다.

"생 로욜, 어디의 어떤 자가 어수대인지는 모릅니다만 왕비에 대한 철통같은 경계는 어제오늘 일이 아닙니다. 여태껏 왕비와 궁내 어수대원은 그 접선조차 힘들었을 것이라 저는 자신합니다."

사실이니 반박할 수가 없었다. 의심 받지 않는 블랑쉬조차 외르타와는 스치듯 지나갈 수밖에 없는 관계였다.

"또한 제아무리 중앙 삼국의 간자라 한들, 그 본국의 권력자보다 더 상세한 극비 정보를 캘 수는 없습니다. 왕비와 왕자가 사통했다는 것만큼 비밀에 부쳐야 할 정보가 어디 있겠습니까? 폐하께서 어수대에서 얻으실 수 있는 내용은 고작해야 포티미와 전쟁 발발 이후 뤼페닝이 왕비의 거처에 많이 드나들었다는 것, 그리고 그런 둘 사이에 요란한 소문이 돌았다는 것 정도일 겁니다. 물론 이것만으로도 의심이 드실 테지만……."

"……."

"지체하시면 안 됩니다. 폐하께서 신뢰 여부를 결정하시는 동안 왕비는 아이를 낳을 겁니다, 반 슈체친."

"왕실이 들썩이지 않을까? 달이 도저히 맞지 않는데?"

"로크뢰 1세가 죽었으니 어디 거리낄 것이 있겠나."

반 슈체친은 바로 어제 들은 소식을 상기하며 한숨을 내쉬었다. 밀사의 얼굴이 하얗게 떴다. 그는 숨 가쁘게 물었다.

"진정이십니까? 폐하께서 운명하셨습니까? 저는 이곳까지 달려오느라 미처 소식을……."

"짐도 어제 들었다."

"도, 도대체 누구에게? 딤니팔군에 그럴 만한 인사가 있습니까?"

발터는 참 불쌍한 것을 본다는 눈이 되었다. 이제는 경계하기는커녕 반푼이 하나를 동정하는 듯한 시선이다.

"너는 미라이예 공작이 딤니팔군의 총사였다는 사실을 잊었나? 그 쥐 알만 한 머리로 밀사를 와?"

"하지만……."

"너희는 밀레비스 회전에서 지옥처럼 깨졌다. 종전 협정을 맺으며 딤니팔이 뜯어먹을 것들이 벌써 눈앞에 선하군. 짐은 지금 라르디슈와 협력하지 않은 것이 조금 후회되려 해. 딤니팔 것들이 그만큼이나 비대해져 또 우리와 싸우자 덤빌 텐데 어찌 쳐 내나."

"폐, 폐하! 어쨌든! 그렇다면 이젠 정말로 뤼 레스트왈과 뤼페닝의 내란이 필연이 되지 않습니까! 폐하의 현명하신 결단이 필요한 시점입니다."

"좋아."

"예?"

"네 제안을 받아들이겠다."

"그럼……."

"지금 이 시각 이후 뤼페닝의 원조 요청은 무조건 묵살된다. 짐의 인주로 왕명을 보장하겠다. 나중에 줄 테니 이만 나가라."

밀사는 가슴이 벅찬 듯 멈칫했다가 즉각 발터에게 예를 표했다. 마음의 짐을 털기라도 한 것처럼, 지독히 홀가분하게 알현실에서 물러났다.

발터는 그의 뒷모습을 보며 잠시 침묵했다. 왕의 침묵은 문이 완전히 닫힐 때까지 이어졌다. 노귀족은 왕명을 담을 종이를 명하고 있었다. 밀사가 완전히 떠난 다음에야, 발터는 반 슈체친을 저지했다. 손짓이 멈췄다.

"뤼페닝을 지원한다."

반 슈체친은 무례함도 잊고 한순간 고개를 돌려 왕을 바라보았다. 그러나 그것은 정말 찰나로, 그는 금세 빙그레 웃었다.

"저 역시 폐하께서 그리 쉽게 허하셨다는 사실이 조금 놀라웠습니다."

"뤼페닝은 침묵으로 이긴 셈이군."

방금 전 밀사에게 약속했던 내용과는 판이한 대화였다. 그러나 둘 중 누구도 그것을 이상히 여기지 않았다. 나라 대 나라라면 모를까, 레스트왈이라는 권력자에게서 온 개인 서신이라면 가벼이 여겨도 된다 생각하는 것 같았다.

반 슈체친이 눈살을 찌푸리며 불평했다.

"괘씸합니다. 제깟놈이 감히 누구를 겁박하려 드는 겁니까? 지금 자신이 휘두르려는 대상이 게외보르트라는 것을 알기나 하는지 모르겠습니다."

"레스트왈이 우리에게 밀사를 보냈으니 이내 뤼페닝에게서도 밀사가 오겠지. 무조건 지원한다 해라. 짐과는 얼굴을 마주할 필요도 없다."

반 슈체친이 검지를 들었다. 발터는 무슨 일인가 해서 고개를 돌렸다.

"외르타가 가졌다는 그의 아이는 어쩌실 겁니까?"

"……뤼페닝에게 처리를 맡겨라. 아이도, 산모도 저 하고 싶은 방법대로 처리하라 해."

반 슈체친은 이번에야말로 얼빠진 표정을 드러냈다. 몇 년 전 외르타를 죽여야 한다고 끝끝내 우긴 사람이 노귀족 자신이었고, 대립각을 세우던 왕의 불쾌함을 사 보름간 유폐까지 당했던 것이다. 그때부터 지금까지 외르타에게 살수 하나 보내지 않는, 언젠가 한 번은 어수대를 통해 도주로를 넌지시 제시하기까지 했던 제 왕을 보며 몇 번이나 기함할 뻔했는지 모른다. 어느 순간부터는, 그래, 아이만 없으면 되지 않느냐, 하고 불안한 속을 가다듬고 있었는데…….

"외르타를 처리하신다고 말씀하셨습니까?"

"내 인내에도 한계가 있다."

"……."

"구명하려는 노력은 세 번이면 되었다. 나는 즉위 직후 그 아이를 살렸고 그 뒤 일신에 위협을 가한 적이 없다. 심지어 이 나라로 돌아오게 해 주겠다는 호의까지 보였지. 이 이상은 지킬 수 없다."

"무엇을 지키지 못한다는 말씀이십니까?"

"뤼페닝에게는 원조 조건으로 아이와 산모의 주살을 제시해라."

"……."

"나는 그놈의 같잖은 특사에까지 내 시간을 낭비하고 싶지 않다. 그리 써서 내게 인가만 받아."

"하긴 뤼페닝마저 미쳤으리라곤 생각지 않습니다. 이득을 위해서는 당연히 쳐내야겠지요."

"그래도 혹시 아나? 그마저 외르타에게 눈멀었을지. 제 아비처럼 굴지 않으리라 어찌 믿는가."

"끔찍합니다. 그 아이는 도대체 남자 몇을 목숨 걸게 해야 직성이 풀린답니까?"

발터가 농담에 날카로워지려던 순간, 누군가가 문을 열고 들어와 폐하께 보고드릴 것이 있다는 사실을 알렸다. 영 볼품없이 지친 기사였다. 물론 발터는 온 사람이 누구인지, 그 소식이 무언지 들을 필요가 없었다. 기사가 홀로 찾아온 모양만 보고도 연유가 무엇인지, 그 기사가 올릴 말이 얼마나 쓸지 깨달은 것이다. 하지만 발터는 그 기사를 돌려보내지 않고, 오히려 반 슈체친에게 물러가라 명한 뒤 그를 안으로 들였다. 기사는 제 왕에게 마땅한 예의를 보인 즉각 사죄했다.

"폐하, 저희의 불민함을 용서해 주십시오. 쫓는 것을 알지 못하도록 신중히 접근했음에도 그자가…… 알아차렸습니다. 지금은 추적 중입니다."

예상했으니 놀라울 것도 없는 일이었다. 발터는 별 기대 없이 덧붙였다.

"알로지아드 레발로 방면으로 갈 것이다. 가장 가깝다."

"그쪽에 전서구로 경계를 명하겠습니다."

"생포 불가 시 죽여라."

"존명."

기사는 발터의 손짓 한 번에 예를 표하고 떠났다. 그는 모두 물린 뒤 잠깐 동안 알현실의 높은 천장을 올려다보았다. 까마득한 허공을 보며 종종 현실을 깨닫고는 했다. 자신이 지금 가진 것이 무엇인지, 자신이 누구인지. 이번에도 생각에 도움이 되리라 믿었다. 그는 고개를 숙였다.

발터는 최근에야 앙히에가 계속해서 숄렘으로 돌아오고 있다는 사실을 깨달았다. 감히 이 앞으로, 비겁한 새끼 뱀처럼, 염치도 모르고 기어오다니. 도망자가 숄렘 노트란트를 눈에 담는다고 생각하자 스스로도 놀랐을 정도의 살의가 일었던 것이다.

그는 지난 두 해 동안 적의 씨를 말렸다. 물론 그의 진짜 적은 두 해 전, 성대한 처형으로 모두 끝을 보았지만 이것은 약간 다르다. 발터는 '그녀'의 죽음과 교집합을 가진 이에게 동정을 두지 않았다. 그런 의미의 '적.'

앙히에 역시 그녀를 이용한 뒤 떠난 종자다. 롤란드는 이미 그이 앞에서 죽였고, 반 슈체친이 수달을 꼬박 세워 만든 딤니팔 내통 목록 속 종자들 또한 그대로 말살했는데, 어찌 미라이예를 가릴까? 반 슈체친조차 감히 반발하지 못할 정도로, 이 처형은 왕에게 남은 유일한 만용이었다.

반 슈체친. 발터는 그의 이름이 언급된 순간 기가 막힌 웃음을 지었다. 사실 앙히에보다는 반 슈체친의 잘못이 만 배는 더 컸다. 내전 도중 그녀에게 화살을 쏘았고, 롤란드를 받아들였고, 내통의 죄를 물어 그녀의 금록 말소를 요구했고, 끝내 거부당하자 비사의 칠일 연회를 반대했고, 다시 거부당하자 주검의 소산燒散을 주장했고, 그마저 거부당하자 이번에는 외르타의 처형을 아득바득 설득했다. 그가 보름간 자택 유폐를 당한 것은 이 여러 가지가 연쇄적으로 작용해 기어이 발터의 노여움을 샀기 때문이다.

그 사람이야말로 가장 큰 죄인이건만, 그런 반 슈체친이 이처럼 앞에 두고 사용할 수밖에 없는 자라는 사실에 웃음이 나는 것이다.

억지로 잊고 있다. 하지만.

시간이 지나도 한숨이 멈추지 않는 이유는 아마 이 내가 전보다 나아진 것이 없는 까닭이리라.

뤼페닝은 서간의 끄트머리를 북 찢었다. 그 안에 편지는 들어 있지 않았다. 그러나 그는 당황하지 않고 천에서 먼지를 털어 내듯 봉투를 탈탈 흔들었다. 무언가가 책상 위로 뛰어내려 그 모서리까지 데구루루 굴러갔다. 뤼페닝은 그것이 떨어지기 직전 팔을 내밀어 낙사를 막았다. 그 뒤 제 손등을 잠시 바라보더니, 이내 무표정하게 손을 치웠다.

손을 치운 책상 위에는 누군가의 새끼손가락이 누워 있었다. 아주 번듯이. 남자의 것처럼 투박하지는 않았다. 희고 부드러운 마디, 잘 다듬어진 손톱은 그 주인이 여인임을 여실히 보여 주고 있었다. 뤼페닝은 봉투를 들어 겉봉에 적힌 이름을 다시 읽었다.

아드리아나 도스튄 잔 부비에

그는 찌푸리는 것인지 미소 짓는 것인지 모를 묘한 표정을 지었다.

뤼페닝은 제 소지를 직접 잘라 보낸 그녀의 행동에 약간 놀랐다. 물론 그 자신이 먼저 부비에 부인에게 진실함을 증명하라 요구하긴 했다. 하지만 이 복잡한 와중의 그에게 있어 그 요구는 그리 중한 사안이 아니었다. 때문에, 지금에 와서야 망각했던 무언가가 수면 위로 드러난 감회를 맞이한 것이다.

오래도록 전승되어 온 바, 소지를 잘라 보낸다는 의미는 엄중하나, 뤼페닝은 여인이 애초에 어떤 오해를 하고 있었을 경우를 묵과할 수 없었다. 레스트왈이 게외보르트에 밀사를 보냈다는 정보가 그녀의 얕은 오해에서 비롯되었다면? 부비에 부인 자신은 거짓 정보를 간직해도 괜찮을 터이나, 뤼페닝 자신으로서는 조금 난처해진다. 때문에 뤼페닝은 자신의 증명 요구에 개의치 않고 스스로 한 달간 온 힘을 쏟아 사태 파악에 몰두했다. 그리고 어제 즈음.

뤼페닝은 문진 아래 따비처럼 붙어 있던 서류 뭉치를 빼내었다. 사람을 치면 죽일 수도 있을 만큼 단단한 표지에, 그보다 수십 배는 더 두꺼운 서류 두께. 그는 표지 아래로 손끝을 넣어, 제대로 보지도 않고 앞에서 몇 장을 세었다. 능숙하게 서류 묶음을 풀었다. 그는 방금 쥔 몇 장의 서류를 표지 앞으로 부드럽게 꺼내었다. 뤼페닝은 털을 쓰다듬는 모양으로 책상 위에 종이를 놓았다.

그것은 일종의 균형추처럼 보였다. 왼쪽에는 자신이 알아낸 정보의 요지, 오른쪽에는 봉투에 곱게 담겨 온 밀고자의 소지. 서류는 레스트왈

수하의 도내 행동, 국경 통과 등의 피상적인 움직임과 비사 오필라에 있는 제 끄나풀의 증언을 담고 있었다. 그리고 부비에 부인의 소지는, 그 자체로 제 명예의 단지斷指다. 이 둘 모두 레스트왈의 이상 행동을 증명하고 있었다.

뤼페닝은 삼각 모양으로 두 손을 모은 채 책상에 팔꿈치를 괴었다. 엄지 둘이 입술을 꼬집는가 하더니 이내 뚝 떨어져 고상하게 놓였다.

레스트왈이 게외보르트에는 무슨 일인가. 이미 포티미외 전쟁도 끝자락이다. 남은 것은 종전 협정뿐. 따라서 자신과 레스트왈에게 남은 것 역시 서로의 끝을 보게 될 내전뿐이었다. 그 와중에 게외보르트에 밀사를 보내? 답이 너무 뻔하지 않나.

뤼페닝은 자신이 그에게 내전에 외세를 끌어들이지 말라는 경고를 안 했었나 의심했다. '경고?' 하지만 그것은 구태여 충고하지 않아도 서로에게 당연한 일이 아닌가? 외려 자신이 먼저 말을 꺼냈다면, 고작 반 시간 일찍 태어난 주제에 교조적 충고나 한답시고 목청 높여 지껄였을 레스트왈이다. 그가 이 기본 중의 기본을 모를 리가 없다. 제 땅에 타인을 끌어들이는 것은 수지 타산이 맞지 않는 일이니까.

아니면 혹시 게외보르트를 끌어들여 속전속결할 셈인가? 그리 빨리 적을 처리한다면 타국의 영향을 크게 받지도, 국가가 엉망이 되지도 않을 것이라 판단하였나? 뤼페닝은 그 멍청함에 놀랐다. 놀람을 넘어 경악했다. 제 형제가 내전의 출발선까지 그 사실을 눈치채지 못하리라 믿은 것인가? 나를 그리 얕보았나? 내통을 알아차린들 방도가 없으리라 자만한 것인가?

레스트왈을 적으로 경멸한 일은 셀 수 없을 만큼 많았으나 그 어리석음을 경멸한 일은 이번이 처음이었다. 증오하는 사이라지만, 적어도 서로의 가치를 인정하고 있는 줄로만 알았다. 뤼페닝 자신이 그러했기 때문이다. 아우가 천치였다면 이토록 공들여 경계하며 절멸을 목표로 삼지는 않았을 것이다. 그랬더라면 적당히 걷어차다 살려서 어느 지방에 던져 주는 것으로도 족하다. 그러나 자신에게 레스트왈은 그리 만만한 존재로 비춰지지 않았고, 때문에…….

뤼페닝은 결정했다.

이른 결정일 수 있으나, 사실로 닥친 뒤 대비하는 것은 지나치게 무용하다. 사실로 닥친 뒤에는 이미 모든 일이 돌이킬 수 없게 될 것이므로. 때문에 이르지 않다. 외려 작금의 제 결정에 후회되는 것은 단 한 가지였다. 선수를 놓쳤다는 것. 자신이라면 더욱 철저하게, 뒤가 밟힐 일 없이 지원 요청을 마치고 내전 개시와 함께 밀어붙였을 것이다. 물론 이야기는 다시 돌아온다. 이런들 자신은 외세의 원천 봉쇄라는 암묵적 합의를 믿었던 사람이 아닌가. 아마 도움을 청할 일도 없었을 테고, 따라서 이 후회도 후회가 아닐 것이다. 물론 레스트왈은 그렇게 생각하지 않은 모양이지만.

사실 마음 같아서는 이 결정 이전에 레스트왈의 멱살을 잡고 사정을 캐묻고 싶은 기분이었다. 흥분하지 않고 냉정하게. 무슨 생각으로 그 웃기지도 않는 병신을 외국으로 보냈냐고. 물론 그 난폭함은 불가능한 일이다. 이성으로 생각했을 때 불가능하다는 말이 아니라, 실제로 불가능하다는 말이다. 뤼페닝은 그를 '한 대 갈길' 수 없었다.

레스트왈은 현재 포티미외에 있다. 한동안 고개가 빠져라 그 방면만 넘겨보더니, 밀레비스 직후 발등에 불 떨어진 듯 전쟁터로 달려갔다. 뤼페닝은 패전에 그토록 행복해 하는 레스트왈이 떨떠름했지만, 드러내지 않을 뿐 자신 역시 똑같은 기분이라 불만을 접었다. 귀찮은 일을 손수 희희낙락 처리해 주는 아우에게 불만을 내뱉을 정도로 박애주의자는 아니었다.

종전 협정은 레스트왈이 맡는 편이 낫다. 왕을 따른 수뇌부도 노련한 자들이기는 하나, 지금처럼 충격적인 상황에 얼마나 이득을 차릴 수 있을지 의심스러웠다. 게다가 레스트왈만큼 주고받기에 능한 사람이 또 있는지도 모르겠다. 그 상대가 딤니팔의 공작이라면 이 인사 조치는 더욱 적절한 것이 된다.

발렌시아 마조레 기지 얀 미라이에. 지난 두 해 일방적으로 전선을 밀어오다 끝내 왕을 죽이고 승리를 거머쥔 자다. 뤼페닝은 그가 굴리아모 제7차 동부 원정의 총사령관이었다는 사실을 잊지 않았다. 동부 15개국 연합사령관 무타스 디무어 분쇄, 동부 32개 주 병합. 사실 이 전과에는 헛웃음이 나올 지경이다. 뤼페닝 역시 어린 나이에 왕을 따라 라르디슈의 원정을 구경한 일이 있었기 때문이다. 디무어를 직접 만나 본 일은 없다. 그러나 그 전투만큼은 지옥처럼 그의 기억에 남아 있었다. 입 밖으로는 절대 부정하겠지만, 뤼페닝은 그 이후로도 여러 번 스스로 디무어와 마주쳤다면 어떤 방식으로 승리를 쟁취했을지 상상한 적이 많았다. 매번 나온 답은 단 하나였다. 그 위, 아래, 좌우사방을 전부 압박해 공식적인 처형을 이끌어내는 것. 그것이 제 방식이었다. 전술에서 그 여자를 이기는 것은 어차피 불가능에 가까운 일이었다.

바로 이 때문에, 뤼페닝은 종전 협정에 있어서 공작의 능력 순위를 상향 조정해 줄 수밖에 없었다. 좋은 기사는 좋은 정치가가 아니겠지만, 공작은 적어도 이해타산을 잘 헤아릴 수 있을 것이다. 어쨌든 제 계산이 죽인 아군의 피로 대가를 받아 내려는 사람이다. 의미가 적지는 않다.

뤼페닝은 망상이 지나치게 비켜났다는 사실을 깨닫고는 왼쪽에 올려 둔 서류를 눈으로 훑었다. 보아하니 레스트왈이 밀사를 보낸 시점은 외르타를 포티미외로 보낸 직후인 것 같았다. 부비에 부인 역시 밀사를 보낸 시기가 9월 근방이었다고 증언했다. 저희들이 군영에서의 탈출 방도를 마련해, 외르타에게 왕의 시해를 돕게 하려 했던 그때…….

그는 기분이 언짢아졌다. 배반한 외르타에 대한 언짢음이 아니라, 계속해서 곁가지로 새는 제 생각에 대한 언짢음이었다. 외르타. 이런, 외르타라니. 너무 오랜만에 생각 속으로 디밀어 온 여자 때문에 절로 인상이 찌푸려졌다. 사실 뤼페닝은 보지 않고도 알고 있었다. 왕이 어떻게 죽었는지 보지 않아도, 듣지 못해도 알았다. 결국 그 여자 때문이다. 외르타가 정보를 밀고함으로써 열위에 서게 된 왕이 패배했다는 원론적인 이야기가 아니다. 왕이 그 여자를 발견했고, 그 배반을 인지했기 때문이다. 죽음은 오로지 그에서 비롯되었을 것이다.

왕의 죽음은 그 여자의 죽음이기도 하다.

이것은 확신에 가까운 추측이었다. 뤼페닝이 보기에 제 일을 마친 외르타가 삶을 유지할 가능성은 없을 듯했다. 때문에 그는 이제 딤니팔 측에 넘어갔을 외르타를 제거할 생각이 없었다. 스스로 알아서 잘 끝맺어 줄 테니. 어차피 죽지 못해 살던 사람이 복수를 마친 뒤 무슨 미련으로 살고자 하겠는가?

뤼페닝은 복수를 비롯한 감상적인 단어를 말할 때 열없음을 느끼곤 하는 종자였다. 그러나 그런 그도 외르타에 대해서는 한발 물러난 자세를 취할 수밖에 없었다. 그녀를 특별히 동정해서가 아니다. 어차피 그 정도 고통은 다들 겪고 산다. 그러나 복수의 크기, 그것은 존중할 만하다.

뤼페닝은 누군가 문을 두드리는 소리를 듣고 고개를 돌렸다.

"들어와."

느릿느릿 열린 문 사이로 한 여인이 들어왔다. 젊다기보다는 젊어 보이는 여인이었다. 뤼페닝은 안경 아래로 그녀를 바라보며 먼저 말하라는 듯 턱짓했다. 그녀는 유사처럼 부드럽게 말했다.

"말씀하신 것을 보관해 두었습니다."

"아."

"레스트왈이 생 로욜에서 부재중이라 큰 문제가 없었습니다. 별 경계가 없었거든요."

"들고 왔나?"

"드 방지거에게 맡겼습니다."

"처리는 누가?"

"드랭쿠르입니다. 그런데 그가 제게 이유를 묻더군요. 제가 이미 입을 조심하라는 경고를 두었습니다만, 전하께도 말씀드려야겠다고 생각했습니다."

"또 헛소리를 하는군. 행동으로 믿음을 주는 놈이 항상 지껄이길 그 모양이니 이젠 신기할 지경이다. 노루아, 그놈에게 한 번만 더 그따위로 지껄이면 볼크레르 꼴 난다고 전해라."

노루아는 한 번 씩 웃었다. 뤼페닝은 문득 생각난 것처럼 고개를 내려 제 앞의 소지를 바라보았다. 그녀 역시 그 시선을 따라간 듯, 순간 짙은 눈썹이 확 올라갔다.

"그것은 혹시 잔 부비에의……."

"맞아."

"오, 그 여자, 배짱은 있군요."

"증표를 가져오라면 소지가 아닌 손목을 가져왔을 놈이 농담도."

"드랭쿠르는 팔일 겁니다."

"부정할 수 없군. 그런 의미에서 그 천치를 부를 일이 있다."

"마침 아래층에서……."

"데려와."

그녀는 인사와 함께 문밖으로 사라졌다. 문이 서서히 닫혔다. 뤼페닝은 필요 없는 것을 치우듯 서류와 소지 모두를 팔뚝으로 밀쳐 냈다. 그런 뒤에야 서판 위에 종이 한 장을 곱게 깔았다. 섬세한 난폭이었다. 그는 팔 닿는 곳에 있는 펜을 잡고선 이미 묻어 있는 잉크로 서간의 첫 운을 떼었다.

시작은 이러했다.

배계拜啓. 라 딤니파 카타름 생로 자카리 디본도네 이니고 산테카를로.

딤니팔의 왕은 턱을 괸 채 빙그레 웃고 있었다. 비실비실 새어 나오는 웃음을 애써 꾹 잡아 누른 듯 무례한 표정이었다. 그러나 그 형편없는 자세에도 상대는 불쾌한 것처럼 보이지 않았다. 왕은 웃음기를 채 지우지 못한 목소리로 간신히 입을 열었다.

"아니 이게 무슨 소리야?"

"……."

"짐이 너희 왕의 훙서薨逝에 상당한 역할을 한 사람이란 걸 설마 간과했느냐?"

"익히 압니다, 폐하."

"그런데 도와 달라고? 너흰 자존심도 없나?"

국왕을 보좌하는 브레타냐가 곁에 있었다면 바로 이 순간 발작하듯 어깨를 흔들었을 것이다. 한 나라 태자의 사절을 대하는 태도로는 너무 무례하다. 그러나 이자와의 대담 내용은 물론, 이자가 찾아온 것까지 잉그레의 극비였기에 현재 이 응접실에는 왕을 말릴 사람이 없었다.

"개의치 않습니다, 폐하. 저희의 긴 역사에 전쟁이 드물지 않으니 지금 구태여 원한을 가져 부담을 질 필요가 없습니다. 뤼 뤼페닝께서는 과거를 마무리 지은 반석 위에서 좋은 우호 관계를 쌓고자 하십니다."

"거기서 끝은 아니겠지. 더 해 봐."

"이로써 폐하께서는 주제넘은 게외보르트를 치죄할 수 있으실 겁니다."

왕은 순간적으로 사태를 번쩍 깨달았다. 그러나 그런 뒤에도 자신의 예상을 차마 믿을 수가 없었다. 설마 저치들은 나라를 반으로 쪼갤 작정인가? 그는 멍하니 물었다.

"뭐?"

"레스트왈이 자신의 열세를 깨닫고 게외보르트에 구명 요청을 했습니다. 뤼 뤼페닝께서는 즉각 현실적인 판단을 내려 저를 딤니팔에 보내셨습니다. 저희의 세력만으로 게외보르트의 욕심을 막기는 힘든 일이기 때문입니다."

왕은 어정쩡하게 깨달았다는 표정을 했다. 사태가 어떻게 돌아가는지 알겠다. 쌍둥이들은 로크뢰가 죽기 이전부터 그가 이 전쟁에서 힘을 잃어버리도록 온갖 공작을 다했으리라. 권력 싸움이란 진창은 이미 예견된 일, 그 와중에 레스트왈이 먼저 선수를 친 것이다. 레스트왈이 게외보르트의 지원을 샀다고? 그러니 내가 너희와 손을 잡는다면, 특별한 전쟁 명분 없이도 발터하임부르겐을 혼쭐낼 수 있으리라? 물론 그리 이해하고도 기가 막힌 기색은 사라지지 않았다.

"어처구니가 없구나. 너희는 네 나라가 타국에 휘말릴 것을 경계하지 않느냐? 내란에 외세를 끌어들이지 않는다는 중앙 삼국의 가장 기본적인 원칙은 어디 갔어?"

"그것을 먼저 어긴 자가 레스트왈입니다. 눈 뜨고 당할 수는 없습니다. 또한 저희에게 모든 것이 끝난 뒤 딤니팔을 옥죌 무기가 없는 것도 아닙니다."

왕은 혀를 찼다.

“도움을 요청하러 와서 협박하느냐?”

“상기시켜 드리는 것뿐입니다. 요는 그것이 아니라, 저희가 흔쾌히 폐하와 발터하임부르겐 1세의 전장을 만들어 드릴 용의가 있다는 점입니다. 폐하께서 저 왕의 무도한 살해에 노여워하고 계신다는 사실은 익히 알려진 바입니다. 포티미외 전쟁과 요를림 탓에 치죄의 기회를 잡지 못하셨던 것 또한 압니다. 하나 이제 포티미외는 끝났고…… 저희 라르디슈 역시 요를림에 보내는 지원을 끊을 용의가 있습니다. 그리된다면 더 이상 방해물이 없게 되는 것 아니겠습니까?”

그는 라르디슈가 요를림에 대한 자신들의 배후 지원을 인정했다는 사실에 놀랐다. 이미 짐작했던 바라 한들 그 입에서 실제로 듣는 것은 격이 다른 일이다. 그러나 상대에게는 큰 불행으로, 지금의 왕은 이미 그에 대한 안배를 끝마친 뒤였다. 그는 떠보듯 말했다.

“요를림을 지원했던 것을 인정하나?”

“폐하, 말씀이 잘못되셨습니다. ‘지원했던’이 아니라 ‘지원하고 있는’ 것입니다. 자금줄은 아직 탄탄합니다.”

“너희가 요를림과 그리 밀착되어 있다면 딤니팔이 그 땅을 말살하기 직전이라는 사실 또한 알 텐데.”

사절은 처음으로 약간 난처하다는 얼굴이 되었다.

“하지만 반란의 불씨는 강하지요.”

“불씨가 그리 강하다면 왜 공작이 진압한 인지오는 아직까지 쥐 죽은 듯 가만히 있을까?”

“인지오 진압은 정도를 넘은 처사였습니다.”

자카리는 소리 내어 웃을 뻔했다. 어이구, 화상. 누가 정도를 논해.

“걱정 말게. 짐은 인간이 아니라 똑같은 것을 또 보여 줄 테니까. 가서 요를림에 경고라도 해 두는 것은 어떤가? 인구의 절반은 살아 있을 생각 말라고."

"……."

"지금에 와서야 얘기하지만, 짐은 요를림을 짓밟기 위해 포티미외를 종전할 생각까지 했네. 요를림에서 얻는 철이 줄어든다면 즉각적으로 병장기 공급이 달렸을 테니까. 이를 상쇄하기 위해서는 돈! 돈! 돈! 이 필요한데, 이득도 승산도 없는 전쟁을 위해 쓰기에는 대가가 너무 비싸. 그래서 짐은 정말 포티미외에 대한 미련을 접으려 했네."

왕은 사절이 아쉬워하는 표정을 짓고 있나 짓궂게 살펴보았다. 조금만 더 시간을 끌었다면 동률, 혹은 우리의 이득으로 끝났을 것을! 그러나 그는 그저 가만히 고개를 숙이고만 있었다. 왕은 한숨을 쉬며 말했다.

"요를림은 정도를 넘었네. 감히 오스페다를 건드렸어. 적어도 어디에 금줄이 있는지는 똑똑히 알고 있어야지. 아무튼 짐은 너희 왕비의 배신을 알자마자 승리를 짐작하고 북쪽으로 군사를 모았네. 그치들은 이미 명재경각命在頃刻이야. 아무리 타지에서 활동하는 비밀 조직이라 해도 고향이 풍비박산 나는 상황이라면 그 알량한 머리로…… 생각을 해야지 않겠나? 가구의 나머지 절반까지 죽이기 싫다면 말일세."

왕이 빙글 웃었다.

"폐하께는 게외보르트와 전쟁을 치를 명분이 없으십니다. 저희의 내란을 지원하는 것이 유일한 방법이 될 것입니다."

"다 알면서 농담하지 말자. 짐에겐 너희 왕비가 있잖아."

도무지 정치적이지 않은 직설이라도 자카리만 한 권력자가 말한다면 그것은 책잡힐 일이 아니게 된다. 그가 말한다면 기필코 그리 될 것이기 때문이다. 그러나 사절은 당황하지 않았다. 이미 그 답을 예상한 듯 그는 조용히 권고했다.

"왕비는 개인적인 죽음을 맞게 될 겁니다."

순간, 느긋하던 공기가 와장창 깨졌다. 왕이 처음으로 진짜 감정을 보였다. 웃던 얼굴이 확 굳더니 시퍼렇게 얼어붙었다.

"협박인가."

"죄송합니다. 저 또한 이것이 정확히 어떤 의미인지 모르겠습니다."

"납득시켜."

"방금은 뤼 뤼페닝의 전언을 그대로 옮긴 것입니다. 폐하께서 왕비를 언급하신다면 이 말 그대로 답해 드리라 했습니다."

"'개인적인 죽음?' 게외보르트가 이 이상 인내치 않으리라는 건가? 아니면 뤼페닝이 그녀를 모살하리란 말인가? 그도 아니면 왕비의 자진을 일컫는 건가?"

"모릅니다."

왕은 자리에서 벌떡 일어났다.

"그런 애매한 말로 짐에게 와 도움을 요청하나? 본시 도울 생각도 없었지만 지금에 와서는 아주 깨끗이 증발했군. 당장 물러가게."

"폐하."

"안 꺼지나."

"……."

한마디라도 더 반발했다간 머리라도 씹힐 듯한 험악함이다. 사절은 우선 물러나 뤼페닝에게 소식을 전하기로 했다. 그는 표정을 굳힌 채 잉그레의 인사를 하고, 떠났다. 문이 닫혔다. 왕은 제 앞에 있던 탁자를 밟고 넘어가 즉각 책상까지 달려갔다. 거의 같은 동작으로 펜을 들어 잉크에 찍었다. 그는 펜을 꾹 누른 채로 잠깐 생각했다.

라르디슈의 내전에서 뤼페닝을 지원하는 것……. 그 짧은 시간에도 자카리의 계산은 이미 끝나 있었다. 이득이 없어. 이번 종전 협정에서 딤니팔은 충분히 배가 부를 것이다. 더군다나 먹은 땅과 얻은 재산을 소화하기 위해서는 대단한 시일이 필요하리라.

또한 그에게는 이보다 더 중요한 조건이 있었다. 자카리는 게외보르트 본국에 손해를 입힐 생각이었다. 라르디슈에서 온갖 난리를 피운들 그것은 결국 남의 땅에서 일어나는 일이다. 더군다나 일정 정도 이상의 지원은 쌍둥이 측에서도 — 바보가 아닌 이상 — 거절할 것, 이래서야 게외보르트 본국에서 서 푼을 털어 내는 정도의 피해밖에 안 될 텐데.

왕은 그처럼 소심한 보복에는 관심이 없었다.

그는 펜대를 세게 쥐었다가, 순식간에 무언가를 써 내려가기 시작했다. 자카리는 무슨 말인지 알아볼 수 없을 정도로 엉망인 글씨에 점을 찍은 뒤에야 몸을 벌떡 일으켰다. 잉크를 말리는 모양으로 이리저리 펄럭이며 돌아다녔다. 한쪽 벽면 전체를 튼 창부터 좁은 방문까지 서성이는 걸음.

갑자기 문이 벌컥 열렸다. 자카리는 놀라서 자랑하듯 널고 있던 악필을 뒤로 숨겼다.

"자카리."

"왜 말도 없이 들어와!"

레아는 눈만 동그랗게 떴다. 얼굴만 쑥 내민 채 그리 치켜뜬 모양은 어쩐지 화가 난 것처럼 보였지만 그녀는 언성을 높이지 않았다. 입을 오므렸다가, 사근사근 제 말을 반복해 주는 친절함이 인상 깊었다.

"미안해. 자카리, 내 편으로 앙히에한테 연락이 왔어."

"……연락? 자기가 뭘 어쩐다고 나한테 연락이야?"

"곧 왕도에 온다더라고."

"그놈은 잉그레를 제 뒷간으로 안다더냐?"

"어머, 솔 미라이예에 못 들어가는 놈을 당신도 잘 알면서. 억지 쓰는 공작을 말리지 못한 당신 잘못은 없고?"

"그건 애초에 앙히에가……."

"이거 보여 줄까? 당신이 관심 가질 만한 내용이 있어요."

그녀는 제 얼굴처럼 팔만 내밀어, 무어라 쓰인 종이를 팔랑팔랑 흔들어 보였다. 자카리는 어리둥절한 표정으로 몇 걸음 다가왔다.

"뭔데?"

"앙히에……."

그의 걸음이 멈췄다.

"필요 없다. 내게 요구할 일이 있을 때마다 네 선을 타는 것도 이제 지겨워."

"음……."

"지난번 표장 일도 그랬잖느냐. 그땐 받아 주기야 했지만, 다시 책임은 못 진다."

"그래. 그건 당시에도 나온 말이었잖아. 자카리, 나 들어가서 얘기해도 돼?"

자카리는 약간 인상을 찌푸렸다. 여전히 문에서 몇 걸음이나 떨어진 자리, 그는 아직도 자신이 쓴 종이를 뒤에 숨기고 있었다. 더군다나 방금 전 사절이 머물렀던 흔적도 제대로 치우지 않은 것 같다. 그는 다소 미안하다는 표정이 되어 책상 위에 종이를 올려놓았다. 남은 거리를 마저 걸어와 그녀의 뺨을 감쌌다. 레아는 멀뚱멀뚱 그를 올려다보았다. 입이 조그맣게 열렸다.

"지금은 안 된다고?"

"이따 보자."

레아는 한숨을 푹 내쉰 뒤 중얼거렸다.

"별 내용 아니야. 당신이 직접 서신을 확인하라고 보여 주는 거지. 잉그레 일을 이렇게……. 매번 나한테 먼저 보내면 어떡해. 이러면 나도 난처한 입장이 되잖아."

"별 내용이 아니니 더 나중에 봐야지. 이따 올라가마."

그녀는 큰 새의 날개처럼 어깨를 으쓱이고선 몸을 빼내었다. 그녀가 빠져나가자마자 육중한 무게의 문이 쿵 하고 닫혔다. 레아는 그대로 뒤돌아 떠나려다, 문이 다시 열리는 모습을 보고는 얼떨떨한 표정을 지었다. 자카리였다.

"방금은 무슨…… 안 다쳤어?"

"……내가 이 방에 익숙한 햇수가 몇 년인데. 그러게 내가 방 바꾸라고 누누이……."

문이 다시 쾅 닫혔다. 레아는 콧방귀를 뀌며 계단을 향해 종종걸음 쳤다. 그녀는 촘촘히 걸어가며, 방금 전 자카리에게 보여 주려던 앙히에의 서신을 다시 눈에 담았다.

형님을 뵐 예정. 이유는 네가 짐작하는 그대로.

근시일 내로 잉그레에 감. 내 방!

앙히에.

죽지나 말고……. 레아는 인상을 찌푸렸다.

앙히에는 하품을 한 번 했다. 누군가가 파리를 쫓는 것처럼 그의 머리칼을 헝클어트렸다. 평소라면 남의 손길에 화닥닥 일어섰을 그지만, 이번만큼은 그저 느긋하게 누워 있었다. 하품이 한 번 더 나왔다.

쩌억.

그는 기어이 머리를 한 대 맞았다.

"안 일어나요?"

"어, 어? 일어나란 소리였어?"

"그렇게 쫓겨 다녔으면 뭐 변하는 게 있어야지……."

"딤니팔 한복판에서 웬 걱정이야? 다 잘된 일 아냐?"

"상고는 나 간 좀 떨리게 하지 마세요. 아직도 거래 절반은 당신이 쥐고 있는데, 그런 상고가 쥐도 새도 모르게 증발하면 난 어째?"

"죽으라고 비는 거야?"

욜란다는 제 말을 어떤 식으로 곡해해야 저런 의미가 되는지 도무지 이해할 수가 없었다. 헛웃음이 나오려다 결국 뚝 멈춰 버렸다. 그녀는 한숨이나 조롱 대신, 그의 얼굴 위로 무언가를 획 던졌다. 마침 들숨을 쉬던 앙히에는 순간적으로 종이에 호흡이 막혀 캑캑거렸다.

"흐헤취, 켁, 뭐야, 이건?"

"비전하요."

앙히에는 팔뚝만 가볍게 들어 편지를 펼쳤다. 단단히 밀봉되어 있는 서간이다. 그는 인주를 뜯어낸 뒤 찢어진 봉투를 욜란다에게 떠안겼다. 욜란다는 자신이 이미 수십 번도 더 보았던 서간의 이름을 반복해 읽었다. 라 딤니파 이스말 레아 톨레도 산테카를로. 앙히에를 보좌하며 지나치게 많이 본 이름이라, 그 위압적인 성姓에도 도통 경외를 느낄 수 없었다.

다음 순간, 욜란다는 그녀의 편지까지 전부 넘겨받게 되었다. 그녀는 눈썹을 치켜 올리며 질문했다.

"읽어 봐도 되나요?"

"죽을걸."

"네?"

"죽을걸."

"읽으면 죽는다고요?"

앙히에는 자리에서 벌떡 일어섰다. 그는 욜란다에게서 편지를 빼앗더니, 그 시야 앞에 보란 듯이 펼쳐 주었다.

죽을걸.

"아."

"응."

"장상고, 상고께도 정말 죄송하고 비전하께도 송구하지만요, 이런 하찮은 말씀으로 서신을 교환하는 것은 정말 인력 낭비 아니에요?"

"무슨 소리야? 알로지아드 새매를 쓰는데 인력은 무슨 인력?"

"전서구도 인력이라 치고요."

그는 그녀의 손에 남아 있던 봉투마저 빼앗았다. 욜란다는 팔짱을 끼었다. 그는 교조적인 태도로 봉투 위를 짚어 보였다.

"여기 레아 이름이 있잖아. 라 딤니파 이스말 레아 톨레도 산테카를로. 개인적인 서신을 쓸 때의 레아는 나처럼 이름만 써 두거든. 앙히에, 레아, 이렇게. 이처럼 딱딱한 본명이 쓰여 있다는 건 내가 보낸 서신이 폐하와 공유되었다는 뜻이지. 내가 저번에 보낸 말이 뭐냐면……, 뭐였더라…… 그렇지, 형님을 뵈러 가겠다고 했어."

그녀는 기겁했다. 펄쩍 뛸 기세로 팔짱이 풀렸다.

"지금 뭐……."

"그렇게 말했더니 그 내용을 폐하 또한 읽으셨고, 결국 나온 게 이 반응이라는 거지. 반대하기에는 뭣하지만 쌍수 들고 환영하기에도 짐은 좀 그렇다. 폐하께서 몇 해 동안 참 열렬히도 우리의 화해를 바라오셨으니 요즘도 그 바람은 같으시겠지. 그렇지만 우리가 만났을 때 일어날 사달까지 그분이 책임지실 수는 없잖아……. 그게 좀 불안하신 거고……."

"상고!"

"어쨌든 반응이 이렇게 애매하니, 내 멋대로 해도 괜찮나 봐? 오늘 부로 알로지아드 벨라에서도 일어나야겠다. 여기서 졸피가 가깝지? 거기까지는 너도 따라올……."

"입 좀 다물어 봐요!"

앙히에는 그렇게 했다.

"내가 하고 싶은 말은 존경하옵는 폐하께서 전부 해 주셨어요! 미쳤어요? 상고 죽어요!"

"……."

"상고가 왕녀 전하와 함께 계실 때, 제가 얼마나 많이 솔 미라이예를 오갔는지 아세요? 제가 계속 말씀드렸잖아요! 공작 합하, 그러니까, 그 살벌함을 내가 얼마나 강조했어요? 그래서 상고도 합하께서 계시는 왕도에는 얼씬 안 했던 거 아녜요? 왜 이제 와서……."

"용건이 있다니까."

"뻔뻔해요! 이미 포기하고 나오신 것 아니에요? 도대체 무슨 낯짝, 아니, 무슨 용기로 합하를 뵈려 하세요?"

그는 레아의 서간을 접으며 중얼거렸다.

"너, 네 일 아니라고 너무 쉽게 말한다."

"내 일이 아니라니요, 장상고? 내 일이기 때문에 이토록 말리는 거예요. 나는 살아 있는 상고가 좋아요. 그리고 내가 장담하는데, 상고는 가면 죽어요. 무슨 용건인지는, 몰라, 내가 상고한테 들었나? 아무튼 모르겠어요. 관심도 없고요. 하지만 그 용건을 꺼낼 겨를도 없이 목이 날아갈 거라는 건 장담할 수 있어요. 세상에 맙소사. 공작께선 방금 전까지 습관처럼 사람을 죽이다 오신 분이에요. 살인이 미덕인 전쟁이 막 끝났다고요. 그 왕도 그분께 죽었는데, 하물며 어렸을 적 칼 버릇이 온통 까발려졌을 상고가 살아남을 수 있을 것 같아요?"

"그래, 그래. 형님 영웅 만드는 건 남 앞에 가서나 하고. 나와는 상관없으니……."

앙히에는 인상을 찌푸렸다. 의식하지 못한 모양으로 낮은 음성이 서서히 멈췄다. 욜란다는 그의 침묵을 미심쩍게 여긴 듯 눈을 가늘게 떴다. 앙히에는 어정쩡하게 매인 리볼텔라의 칼을 제 손으로 고정시켰다. 가볍게 보였지만 손등의 핏줄이 파랗게 설 정도의 힘이었다. 그녀는 난폭함에 다소 놀라 그에게 가까이 다가갔다. 그러나 욜란다가 그에게 닿기 직전, 그는 다시 의자에 주저앉았다. 목소리는 그다음이었다.

"이다, 네 생각에는…… 아직도 나한테 화를 낼 것 같으냐?"

"화를 낸다니요?"

"그…… 죽었다며. 죽었잖아."

"누가요?"

"왕이."

욜란다의 눈이 이전보다 더 가늘어졌다. 금기시되었던 것이 번듯이 드러난 양, 그녀는 스스로를 주체하지 못하고 얼굴을 일그러뜨렸다.

"이번에도 못 전해 줄까?"

"……."

"아, 젠장."

그 목소리는 거의 신음처럼 들렸다. 앙히에는 그녀가 헝클어 놓은 머리를 제 손으로 더 헝클어 버렸다. 욜란다는 그의 머리를 등받이에 기대어 주었다. 그는 순순히 끌려가 대자로 누웠다. 앙히에는 붕 뜬 천장의 문양을 바라보며 한숨을 푹 쉬었다.

"죽겠네."

"죽으면 안 된다니까요."

"……."

"어쩔 거예요?"

그는 입을 다물었다.

오밤중이었다. 저택, 혹은 고급 여관처럼 보이는 건물의 화려한 문이 살짝 열렸다. 고개가 빼꼼 나와 주변을 살폈다. 감시자가 없다는 것을 확인한 그림자는 만족스러운 기색이 되어, 검은 먹물처럼 바깥에 녹아 들어갔다. 물방울이 통통 튕겨 오르는 듯한 걸음이다. 닿는 듯 닿지 않는 듯 사뿐사뿐 가벼운 발. 물론 그 물방울은, 몇 걸음 물수제비를 뜨듯 움직인 뒤 우뚝 멈출 수밖에 없었다.

"함부로 이곳을 벗어나시면 안 됩니다."

그러나 외르타는 당황하지 않고 씩 웃으며 한 방향을 가리켰다. 야간조의 기사는 총사령관의 건물을 제 용건으로 칭하는 그녀의 대담무쌍함에 기가 질린 듯했다.

"발렌시아 경께 용무가 있으십니까? 당신의 부상이 아직 심각하다는 말을 들었습니다. 더군다나 그 진단 이전에. 발렌시아 경께서 결코 당신을 바깥으로 내보내지 말라고도……."

"그 발렌시아 경께 중요한 일이다."

"그렇다면 제가 직접 경께 말씀을 전하겠습니다."

"사적인 일이기도 해."

"당신의 말씀을 전달하겠다는 것이 아닙니다. 그분을 이곳에 모셔 오겠다는 겁니다. 그것으로 되겠습니까?"

"그래."

"안에 들어가 계십시오."

그녀는 고분고분히 뒤돌았다. 의심의 여지를 주지 않으려는 것처럼 휘적휘적 걸어 다시 문 안으로 들어갔다. 문은 경첩 소리 한 번 없이 고요히 닫혔다. 기사는 그녀가 들어가고, 위층에 그림자가 비치는 광경까지 지켜본 뒤에야 자리를 떴다.

외르타는 그가 사라지자마자 굴러떨어지듯 계단을 내려가 다시 건물을 벗어났다. 편치 않은 옷일뿐더러, 애초에 부상이 중해 달릴 생각은 꿈도 꾸지 못했다. 그저 사방에 신경을 곤두세우며 걸음을 재촉할 따름이다. 천만다행으로 그녀는 길을 꺾을 때까지 누구도 발견하지 못했다. 어차피 사령부가 징발한 장소기 때문에 특별히 호위는 필요하지 않았다. 어차피 다들 자신의 얼굴을 알 것이다.

낮에 이곳으로 이동할 때 공용 하천을 봐 두었다. 성 바깥 해자의 물을 공급하는 물줄기가 팽창된 도시와 기형적으로 맞물려 있는 모양이었다. 외르타는 제 배를 감싸고는, 아치 아래를 통과하듯 허리를 숙인 모양으로 총총 걸어갔다.

찰나와도 같은 시간 뒤, 외르타는 폭이 좁은 하천을 발견했다. 낮까지 많은 이들이 이용했는지 여러 푸성귀와 잡동사니들이 가장자리에 흐트러져 있었다. 그녀는 컴컴한 모든 곳을 두리번거리면서 누군가 놓아둔 넙적한 바위 위에 걸터앉았다. 약간만 허리를 굽히면 팔뚝까지 물에 담글 수 있는 훌륭한 위치였다.

외르타는 그제야 잘 개켜 가슴에 품고 있던 아델의 천을 펼쳤다. 붉은 천이 초승달을 삼켰다가, 손톱처럼 튕겨 냈다가, 가까스로 놓아주었다.

적색 아래에는 다시 부드러운 밤뿐이었다.

느낌이 새로웠다. 천을 정리하는 것은 자신이 자진하려던 날 이후 처음이었다. 외르타는 다른 이에게 이 천을 맡기지 않았다. 맡길 수도 없고, 맡기고 싶은 마음도 없다. 때문에 오로지 자신이 해야 할 일이었는데, 정작 그녀는 세 달이 넘도록 침상에 묶여 있었던 것이다. 달뜬 시선으로 곱게 개켜진 천을 바라본 일이 한두 번이 아니었다.

그 천은 자신을 살린 아델이었다. 한데 여태껏 그 뺨에 묻은 핏자국을 씻어 내지도 못했다. 발렌시아가 회수해 온 천에는 누구의 피인지 모를 것이 엉망진창으로 묻어 있었다. 자신의 상처를 졸라매, 저를 살리는 데 지대한 공헌을 한 부분에는 별수 없이 제 피 냄새가 진동을 했다. 피를 볼 일이 결코 없어야 할 아이에게 벌써 세 명째라니. 자진한 어미, 패배한 아비, 또…….

외르타는 약간 떨떠름한 기분이 되어 돌판에 천을 펼쳐 두었다. 그것이 찬바람에 날아가려 하자, 그녀는 곧장 물에 손을 넣어 꺼풀처럼 무게를 덧씌웠다. 물 먹은 천은 돌 모양으로 바짝 엎드렸다. 외르타는 그 아래로, 자신의 명치를 감쌌던, 찢어진 천 자락을 놓았다. 조각이 들어맞는지 확인하던 그녀는 그 위로 물이 끼얹어지자 번뜩 놀랐다. 외르타는 그것이 제 손의 반사적인 행동이라는 것을 깨닫고는 더 놀랐다.

그녀는 얇은 돌판을 물 아래에 담갔다. 그리 무거운 돌이 아님에도 힘에 겨워 몇 번이나 놓칠 뻔했다. 약간의 시간 뒤에는 실제로 놓쳤다. 외르타는 다소 미안한 기분이 되어 수면 위로 두둥실 떠오른 제 천만 건져 올렸다. 저 무게마저 못 견디니 제 허약함도 알 만하다. 그녀는 옆에 놓인 다른 돌을 가져다 다시 푹 젖은 천을 반 접어 펼쳤다. 어두워 어느 쪽에 피가 물들었는지 제대로 가늠할 수 없지만, 어쨌든 전부 한 번쯤은 작초로 씻어 주어야겠다고 생각했으니 상관없었다. 외르타는 천 위로

빻은 작초를 촘촘히 뿌렸다. 다시 한 번 물을 퍼 주는 것 역시 잊지 않았다. 작초가 검은 숨을 토해 냈다.

외르타는 부분 부분을 문지르기 위해 허리를 숙이다, 순간 기절할 뻔했다. 분명 다친 것은 살인데 허리뼈 전부가 산산조각 난 것 같았다. 박살 난 모서리들이 피부를 꿰뚫는 느낌이다. 허리를 찢어발긴 상처니 웬만한 아픔은 감수하겠노라 생각했지만 이건 너무하다. 살이 부딪힐 때마다 이 요란이라면 참 버르장머리 없는 부상이 아닌가.

그녀는 고개를 숙인 채 한참을 인내했다. 아무래도 몰래 빠져나온 상황이었기에, 반사적인 비명까지 꾹꾹 눌러 담으며 고통이 사그라질 때를 기다렸다. 외르타는 한참 뒤에야 가까스로 몸을 들었다. 방금은 실수였다. 실수를 되새기며 팔만 쭉 뻗어 보았다. 그녀는 어설픈 힘으로 사가의 여인들처럼 천을 문대기 시작했다.

외르타는 여러 분초 고생을 한 뒤에야 다시 물속에 천을 널어놓았다. 다시 잡아당기자 물방울이 튀었다. 물이 찼다. 그녀는 제 얼굴에 튄 물을 쓸어 내곤 희미하게 웃었다. 벌써부터 부르트기 시작한 손이 습관적으로 아델의 천을 펼쳐 내기 시작했다. 추위는 순식간에 말라붙었다. 물이 마르는 것과 동시에 추위 또한 뼛속으로 투과되는 느낌이었다. 물론 그런 추위는 그녀에게 그리 큰 문제가 아니었다.

외르타는 다시 한 번 큰 돌에 천을 펼치고, 얼룩이 진하게 남은 부분을 살피려 엉거주춤 앉은 채 이리저리 방향을 돌려보았다. 그러다 문득, 어느 방향으로 돌려도 어두컴컴하기는 마찬가지라는 느낌을 받았다. 그녀는 무언가에 얻어맞은 듯한 기세로 고개를 젖혔다.

제 왼쪽 목덜미 즈음에 누군가가 서 있었다.

"……왔으면 말을 해라. 사람 놀라게."

"……."

"기다렸으면 곧 돌아갔을 텐데."

그녀는 이루 말할 수 없는 뻔뻔함으로 그리 말했다. 그 당당한 어조에는 상대 역시 말문이 막힌 듯했다.

"발렌시아 경? 왜 말이 없어? 안심했어?"

심지어 눈치마저 없다. 발렌시아는 그녀를 일으키려는 듯 손을 뻗었다가, 그 대신 제 이마를 짚었다.

"돌아가십시오."

"나 때문에 깼니?"

"아니요."

잠이 아니라 조금 몽롱하던 기분에서 깼느냐 묻는다면, 그 말은 옳다. 다소 나른하던 제 기분은 그녀 덕분에 또 순식간에 경계의 끝까지 치달았다. 야간조의 말을 듣고 신경이 곤두선 채 그녀의 거처로 갔더니, 심지어 외르타는 그 자리에 있지도 않았다. 그 지겨운 집착을 버리지도 못하고 다시 죽으러 갔나. 이미 곤두선 신경이 아예 영영 얼어붙은 느낌이었다. 그런데 자신을 그렇게 만든 사람이…….

"알겠으니 곧 돌아가마. 먼저 가 있어."

"……."

그것을 말이라고 하냐는 말이 목구멍까지 치솟았다 쑥 들어갔다. 저 여자의 목숨에는 왕명이 서렸다. 전쟁 때처럼 스물네 시간 감시를 붙이지 않는 것만이 제 마지막 아량이었다. 그녀 주변에 뾰족한 것, 받침대 등을 결코 놓지 않도록 안배한 뒤, 출입을 지키는 기사를 두는 일. 그것으론 부족했나?

"당장 돌아가십시오."

외르타는 들은 척 만 척 다시 허리를 숙였다. 아니, 적어도 숙이려고 노력했다. 그녀는 헉하고 숨을 삼켰다. 이번에는 감출 이유가 없었다.

짜증스러운 비명이 쏟아졌다.

"아르트르프 판 바츠! 바츠! 바츠트, 바츠, 바츠……."

"상처가 나으려면 시일이 많이 남았습니다. 그 일은 수행인에게 시키시고 지금은……."

"아르트르프…… 자켐, 스트레반트…… 시기스문 에페 에페 올로프…… 팔메."

"외르타, 저는 당신 모국어에 능합니다."

그녀는 곧장 입을 다물었다. 어쨌든 상대가 듣기 민망할 정도로 험악한 욕설이기는 했다. 외르타는 고개를 돌려 미심쩍다는 눈으로 그를 바라보았다. 발렌시아는 미동도 없이 서 있었다. 그녀는 항복했다.

"내가 그렇게 걱정되면 같이 들어가자. 잠시 기다려."

"당신의 자진을 경계함이 아니라 부상을 경계함입니다."

사실 거짓말이다.

"끝내 제 명에 따르지 않으신다면 호위를 붙이겠습니다."

그녀는 찔끔했다. 여기서 호위란 곧 감시기 때문이다.

"석 달 가까이 지났어. 이 정도면 이제……."

"부상은 제가 더 잘 압니다."

외르타는 입을 다물었다. 어디 찌를 구석이 없다. 공대를 쓰든 하대를 쓰든 항상 우울할 정도로 침착한 벽안. 그녀는 지난 석 달 동안 바쁜 발렌시아를 제대로 마주한 적이 없어, 아직까지도 그에게 공대를 듣는 자신이 어색해 어쩔 줄을 몰랐다. 웃기는 일이다. 평생 보고 듣고 자란 것이 그런 예의인데, 시달려 봐야 얼마나 시달렸다고.

공대를 쓰는 그가 공손해지기까지 한 것은 아니었다. 그저 평소의 말에 공대라는 얇은 위장을 한 꺼풀 뒤집어씌운 정도. 심지어는 어쩐지 떠밀려 하는 분위기라, 지금껏 만날 때마다 거듭거듭 괜찮다고 말했다. 완전히 무시당했지만. 발렌시아는 그녀가 거절하자마자 비전하라는 호칭을 물린 바 있었다. 그러나 그런 그조차 공대에 대한 거절만큼은 아예 듣고 있지도 않은 것 같았다. 이유를 알 수가 없다.

"돌아가십시오."

"도대체가……."

"모셔다 드리겠습니다."

그녀는 속으로 퉁명스레 읊조렸다. 차라리 '돌아가라, 감시하겠다'로 말하는 것이 어떤가? 저것도 공대라고. 그녀는 한 번쯤 무시해 보기로 했다.

"이 얼룩만 빼고. 내 붕대야 그렇다 쳐도, 당신은 도대체 뭘 이렇게 묻혀 온 거니?"

"제 피입니다. 수행인에게 시키십시오. 당신이 직접 손댈 가치가 없습니다."

"경, 경은 이게 뭔 줄 알고 가치를 논해?"

아마 그가 아델의 천에 대해 아는 것이라곤, 그것이 '그때' 외르타의 두 번째 자살을 막았다는 것뿐이리라. 그러나 그에게는 그것만으로도 충분한 듯 보였다. 발렌시아는 질문을 포기하는 기색이었다. '그때'는 그만한 끝이었으니까.

'그때.'

사실 그도 그녀도 '그때'에 관해서는 완전히 입을 다물고 있었다. 매번 다섯 마디 이상 대화가 이어지지 않았다 해도 누군가 그것을 언급하고 싶었다면 어떤 식으로든 이야기가 나왔을 텐데, 조금도 없었다. 마치 그것이 애초부터 존재하지 않았던 것처럼.

그 짓눌린 듯한 분위기를 기억한다면, 이 무관심이 꽤 기이한 일이라는 것은 부정할 수 없다. 그러나 외르타는 구태여 그 주제를 꺼내지 않았다. 그러고 싶지도 않았다. 본시 부끄러움이 선천적으로 결여된 안하무인이라 그 상황 자체가 민망한 것은 아니었다. 다만…….

외르타는 약간 언짢은 표정으로 발렌시아를 돌아보았다. 그 얼굴은 어쩐지 울상에 가까워 보였다.

"……."

"피가 안 지워져."

"……."

그는 세 걸음 다가와 몸을 숙였다. 외르타는 까마득한 높이에 있던 뺨이 닥치자 기겁하여 몸을 젖혔다. 배에 힘이 들어가면서 다시 한 번 신음이 터졌다. 발렌시아는 그녀가 문질러 둔 평범한 작초를 잠시간 바라보았다. 그가 품에서 무언가를 꺼냈다. 꺼냈다기보다는 살짝 흩뿌렸다는 말이 옳겠다. 물줄기인지 방울인지 모를 것이 후드득 떨어졌다. 외르타는 영문을 모른 채 다시 천을 내려다보았다.

"경?"

"군용입니다."

'그러니 작초보다는 나을 것입니다.' 외르타는 생략된 말을 들었지만 여전히 영문을 모른 채 천을 들어 물속에 담갔다. 분수처럼 올라왔다. 문득 달에 비친 홑겹이 완벽히 깨끗했다. 그녀는 놀라서 남은 천을 여러 번 물에 헹군 뒤 제 온 힘을 다해 꽉꽉 짰다. 물이 주르륵 흘러내렸다.

그녀는 무슨 중대한 뜀박질을 하는 양 두 무릎을 잡고 심호흡을 했다. 정확히 셋을 세었을까, 외르타는 튕겨 오르듯 일어나 머리를 가다듬었다. 정강이 부근이 온통 물에 젖어 있었다. 그녀는 추위에 개의치 않은 채 아델의 천을 공기 중에 널어놓았다. 펄럭이는 빨강. 걸리는 빛깔이 없었다. 외르타는 감탄을 숨기지 못하곤 물었다.

"뭐야? 굉장하다."

"전투 중 자락에 피가 굳으면 치명적인 부분이 있습니다. 그것을 녹여 내는 시약입니다. 이제 끝나셨습니까?"

외르타는 반항할 생각이 없었다. 외려 그녀는 희희낙락 기분이 좋아져서 먼저 걸음을 옮기기 시작했다. 자신에게 손대는 것을 끔찍이 꺼리는 발렌시아에게 부축은 기대하지도 않았다. 그녀는 그가 따르는 소리를 듣지 못했지만, 그렇다고 뒤돌아 당연한 사실을 확인할 필요는 없었다.

"함부로 바깥에 나오지 마십시오. 톨레도 경에게 당신을 맡기겠습니다."

그녀는 놀라 뒤를 돌아보았다.

"뭐?"

"……."

"또 포티미의 때처럼 굴게?"

외르타는 이제 그의 말이 궁해지리라고 생각했다. 저도 그것이 이치에 맞지 않고 정도를 넘은 처사라는 것 정도는 잘 알 테니까.

그러나 그는 당혹함 없이 그저 단정했다. 그는 의기양양하게 걷는 그녀를 나직이 불렀다.

"외르타."

"응?"

"하오下午에 폐하의 서간을 받았습니다. 폐하께서는 당신이 살아 있기를 바라십니다. 건강에 주의하십시오."

외르타는 자신이 겉으로 아무런 반응을 내보이지 않았기를 바랐다.

누군가 머리 위로 찬물을 쏟아붓는 것 같다.

'건강에 주의하라.'

그것은 죽을 생각은 하지도 말라는 경고의 완곡한 표현이었다.

이런.

그 말 한마디에 잊고 있던 사실이 갑작스레 수면 위로 떠올랐다.

자신은 그의 임무다.

살아 있는 자신을 데려가는 것. 돌연 한숨이 나오려 했다. 로크뢰를 바쳤다 해서, 갑작스레 바르게 대한다 해서 내가 너무 가깝게 여겼던 것일까? 그 자연스러운 사실을 완전히 묻어 두었다니 스스로가 도무지 믿기지 않았다.

그런 한숨 이후에, 아주 뒤늦게야 누군가 심지에 불을 붙인 듯 눈매에 열이 올랐다. 방금 전의 그 말은 외르타가 또 자진할 것이라는 의심이었다. 충격적이다. 그녀는 아델의 말을 들어 버렸다. 때문에 자살을 떠올리는 것만으로도 금기를 범한 듯한 느낌이었다. 불가능한 일이다. 내 손으로 죽음을 쥘 일은 이제 결코 없으리라. 깨어 있지 않은 와중에도 선명하게 생각해 왔다.

그리 굳은 결심을 했건만, 저 목소리로 같은 말을 듣자 즉각, 울컥 반감이 드는 것이다. 당신은 그날 내가 칼을 떨어뜨리는 꼴을 똑똑히 보았으면서, 속을 뒤엎는 오열을 그리 받았으면서 내게 또다시 삶을 재촉해? 물론 그가 타인 겸 그녀의 책임자로서 내심 그리 생각하는 것만큼은 그녀도 인정할 수 있었다. 하지만 어떻게 그것을 입 밖에 낸단 말인가? 그 정도로 눈치가 없나? 그 정도로 상대를 헤아리지 못하나?

그녀는 사나운 제 시선을 간신히 추슬러 그의 손을 응시했다. 기사의 강건함에도 마디마디가 묘하게 세련되어 유려한 곡선 같은 손매였다. 입안이 깔깔하다. 무언가 이상하다는 기분이 들고 있었다. 저 손이 나를 감쌌다고? 환상이었을까?

그녀는 저 혼자만 그 상황을 기억하고 있나 싶어 화난 와중에도 조금 민망해졌다. 이리 긴 시간 독대하는 것이 그때 이후 처음이라 그 당시에 관해서는 지금껏 단 한 번도 입 밖에 낸 일이 없었던 것이다.

그날 자신은 울다 부상에 기절했고, 닷새 만에 눈을 뜨니 제 옆에 있는 자라곤 옮기느라 죽는 줄 알았다 엄살을 피우는 시누사뿐이었다. 그 이후 자신은 계속 앓아누웠으며, 그는 종전 협정에 바빴기 때문에 제가 그의 무관심을 헤아리지 못한 것도 크게 놀라운 일은 아니었다. 발렌시아야 항상 무관심한 사람이 아니었나. 그에게는 그 일이 별 의미가 아니었을 수도 있다. 아니, 오히려 아무 뜻 없었을 확률이 훨씬 높았다.

그녀에게는 그날의 모든 것이 하늘과 땅이 뒤집어지는 충격이었지만, 어쨌든 저 사람은 저 사람이다. 남의 속까지 가늠할 만큼 관대한 자가 아니었다. 속이 철렁 내려앉으며 동시에 안도하는, 어찌 보면 상반되는 감정이 맞부딪혔다.

외르타는 그런 자신에게 당혹해 분노라곤 죄 삼킨 얼얼함으로 대답했다.

"살아 있겠다니까……."

"결례에 사과드립니다. 쉬십시오."

발렌시아는 외르타가 거처의 문을 여는 것까지 확인한 뒤 등을 돌렸다. 다시 야간조를 붙여 놓으려는 기색이었다. 외르타는 허리까지 문 안으로 들어갔다가, 갑작스레 고개를 돌렸다.

"발렌시아 경."

그 역시 시선만 마주 돌렸다. 외르타는 몇 걸음 떨어진 거리에서도 선명한 그 벽안에 약간 놀라고 말았다.

"이전부터 묻고 싶은 게 있었어."

"말씀하십시오."

"딤니팔에서의 일이 전부 끝난 뒤…… 내 처분에 대해서 혹 아는 것 있나?"

"정해진 것이 없습니다."

"그럼 고향으로 돌아가도 되는 거니?"

그는 무슨 말을 하려는 듯 입을 벌렸다가, 끝내 아무 소리도 내지 못하고 꾹 닫았다. 그 억눌린 얼굴 덕분에 외르타의 목소리는 더 낭랑하게 들렸다.

"너희의 목적이 전쟁 명분이라 했잖나. 게외보르트의 왕녀가 딤니팔에 있다는 사실을 이용한 전쟁 명분. 대게외보르트전이 발발하면…… 음……. 발터는 날 죽이고 싶어 하지. 그러니 전쟁의 대가로 날 요구할 거란 말이야? 딤니팔이 지면 그대로 반납하면 되고 딤니팔이 이길 경우에는……. 그때 너희가 아량을 베풀어 주면 되는 거란다. 내 수호를 명분 삼아 싸워 두고 정작 반송은 반송대로 하면 조금 우스운 꼴이 되니까, 몰래 보내 주는 거야. 어디 영지에 은거한답시고 몰래 보내 주는 거지. 폐하께서 윤허하실까? 당신 생각은 어때?"

"……."

"경?"

"저는 당신의 처리를 논할 만한 위치에 있지 않습니다."

"경이 내 책임자가 아니라면 또 누가 있어?"

그는 부정하지 않았다. 무표정한 긍정이었다. 이번 전쟁에서 자신을 떠맡은 것도, 제 정보를 선별한 사람도, 종내 저를 살린 사람도 발렌시아 자신이었다. 외르타에 대한 제 책임을 부정할 수 있을 리 없다.

다만, 그럼에도 답은 나오지 않았다.

"후일 생각하십시오. 지나치게 이릅니다."

"……."

"당신이 이처럼 게외보르트에 대한 애정을 과시한다면 저는 폐하께 당신의 비협조를 고발할 수밖에 없습니다. 왕도에 도달해서 구속받고 싶지 않으시다면 언사에 주의를 두십시오."

외르타는 기가 막혀 화를 내지도 못했다. 발렌시아의 저런 반응은 자신이 왕도에 가 받게 될 모든 모욕의 종합처럼 보였다.

"발렌시아 경."

"기사를 두고 가겠습니다. 쉬십시오."

그는 그대로 자리를 떴다. 무슨 반응을 보일 겨를도 없었다. 그녀는 그가 떠나자, 그제야 제 온몸에 힘이 빠져나가는 것을 느꼈다. 털실 풀린 듯 신음이 새어 나왔다. 외르타는 아직도 물기가 남아 있는 아델의 천을 꾹 부여잡았다. 핏자국 하나 없이 선연한, 아이.

문이 닫혔다.

외르타는 펜을 떨쳐 냈다. 펜이 굴러가는 길을 따라 책상 위에 희한한 점선이 생겼다. 외르타는 원주인에게 다소 미안한 기분이 되어 잉크를 바라보았다. 검은 잉크는 책상 마가목을 게걸스레 삼키고 있었다. 이런.

그녀는 다시 펜대를 쥐고선 종이를 바라보았다. 종이에는 여러 단어와 문장이 중구난방으로 쓰여 있었다. 그러나 그 모든 것을 읽을 수 있는 것은 아니다. 수십 개의 글자 위로 온갖 줄이 벅벅 그어져 있어 그 누구도 해독할 수 없을 지경이었다. 난장이 된 종이에서 가지런히 놓인 글자는 오로지 하나. 정확히 말해, 한 단어였다.

발터.

게외보르트라는 국명을 쓰고자 했지만, 정신을 차리고 보니 제게 남은 말은 저뿐이었다. 기분이 묘하다. 글씨가 살아 꿈틀거리는 느낌이었다.

게외보르트. 그 단어에 대한 첫 번째 단상은 바로 어젯밤에 있었던 일이다. 그녀는 바로 어제 발렌시아에게 게외보르트에 가고 싶다는 심중을 비추었다. 물론 자신이 제정신으로 그따위 말을 진심이라 일컬을 리 없다. 외르타는 저가 죽을 땅으로 떠날 생각이 없었다. 물론 딤니팔이 패배해 게외보르트로 압송되는 경우는 예외다. 도망칠 수 있을 리 없잖은가.

그녀의 의도는 이러했다. 첫째, 딤니팔이 승리한 뒤 게외보르트행이 현실화될 경우. 그녀는 그대로 어디로든 줄행랑을 놓을 예정이었다. 왕도보다는 갓길에서 도망치기가 더 쉽다. 당연한 일 아닌가. 따라서 저가 조금의 안배만 둔다면, 글쎄, 이미 딤니팔이 단물을 빼먹은 왕녀의 도주는 그리 어려운 일이 아닐 것이다.

둘째, 게외보르트행이 좌절될 경우. 사실 외르타는 이 경우에 대해선 큰 청사진이 없었다. 자신이 주목하는 부분은 이 좌절 자체가 아닌, 좌절까지의 과정이었으니까. 자신의 게외보르트행을 막는 왕은, 죽은 패라도 손에 남겨 두려는 조심성 있는 자일 것이다. 돌다리도 두드려 보고 건너는, 대단히 주의 깊은 왕. 그런데 만일 그가 그러하다면 지금 어찌 불안하지 않고 배기겠는가? 현재 왕의 손에 쥐인 산 패, 즉 자신은 이미 한 나라를 배신하고 온 종자다. 제 말이 발렌시아를 통해 왕에게 들어간다면 그는 이중 배반을 염려해 잠을 이루지 못할 것이다. 딤니팔을 떠나는 계획은 그 혼돈의 와중 찬찬히 세우면 된다.

전자가 되었든 후자가 되었든 간에 외르타는 딤니팔에 머물고 싶은 마음이 조금도 없었다. 이것은 오로지 제 생을 위함이었다. 딤니팔에서 자신은 아무것도 아니었다. 쉽게 쓰고 쉽게 버릴 수 있는 졸. 그곳에 계속 머무른다면 언젠가 목숨을 장담하기 힘든 상황이 올 것이다.

그녀에게 있어서 살아야 한다는 생각은 이미 결코 번복되지 않을 뚜렷한 개념이었다. 아이를 뿌리치는 자신은 이미 자신이 아니다. 때문에 아델의 바람을 기억해 낸 외르타는 그것에 따르지 않을 수 없었다. 의무. 자신에게 지워진, 떨칠 수 없는, 생이라는 의무. 어떤 식으로 살아야 하는지는 그녀도 몰랐다. 하지만 어떻게 살아남아야 할지를 생각하는 제 집착만큼은 무척 또렷했다. 그녀에게 있어서 이것은 제법 새로운 감정이었다. 살아남을 방법이라.

그녀는 다시 글씨를 내려다보았다.

발터.

문득 질투가 났다. 그가 권력을 차지했다거나, 지금 행복하리라는 사실을 시기하는 것은 아니다. 비사 오필라의 주인, 이유는 그뿐이다. 그에게는 그곳을 마음껏 누리고, 바라보고, 오갈 수 있는 자유가 있었다. 외르타는 그 자유를 질투하고 있었다.

외르타는 참 끔찍이도 숄렘 노트란트가 보고 싶었다. 생 로욜에 머물면서 모질게도 후회했고, 이를 갈며 그리워했다. 결국 자신이 자란 곳이 가장 아름답다. 불야성. 계절마다 피어오르는 빛깔에 하늘을 찌를 듯한 첨탑, 그리고 그 속의 권력과 편리한 잔혹. 사랑하지 않고는 배길 수 없다. 그곳을 떠날 생각을 했다니 미쳐도 단단히 미쳤던 것은 아닌가.

이것은 어쩌면 제 기억의 미화일 수도 있다. 자신이 생 로욜에서 겪은 일을 생각한다면 더욱이 그렇다. 현실과 부딪힌다면 흔적 없이 사라질 같잖은 추억일지도 모른다. 개개의 명료한 기억이 아니라 하나로 뭉뚱그려져 남은 행복이기에 더 쉽게 무너질 것이다.

그러나 외르타는 제 기억을 포기할 수 없었다. 이것은 자신이 아델을 놓지 않는 것과 비슷한 이치였다. 기억은 자신이다. 따라서 숄렘 노트란트 역시, 여전히 같은 향과 같은 시선으로 서 있을 것이다. 외르타는 그 사실을 철석같이 믿고 있었다. 그리고 그리 믿음으로써, 비사 오필라에 돌아가기를 열망했다.

유일한 문제라면, 비사 오필라의 자신은 반드시 죽는다는 것이다.

살아야 한다. 그곳은 안 된다.

이 두어 마디에 열망은 맥없이 꺾였다. 보잘 것 없다. 아무리 사랑하고 그리워해도, 외르타는 깃대 하나를 잡으면 결코 놓지 못하는 성격이었다. 한 번에 두 가지는 할 수 없다. 살아남는 것이 아델의 바람이었다. 외르타는 이제 그 바람 한 줄 외에는 잡을 깃대가 없었다.

그토록 열에 들떠 자진했음에도 지금 이처럼 살아남을 계획을 세우는 자신이 우스웠다. 추잡스럽지는 않다. 아델의 바람이므로. 하지만 찬물과 뜨거운 물을 뒤엎은 지금의 자신은 어쩐지 생경했다. 그렇게 악에 받쳐 포티미외를 치렀고, 광적인 로크뢰를 변화시켰고, 희열에 냉정을 잃은 상태에서 자살까지 기도한 정신병자와 지금의 고요는 도무지 들어맞지가 않는다. 딸의 한마디로 백팔십도 뒤바뀐 자신이 제정신일 수 있는 건가?

외르타는 문득 지금의 자신을 어디선가 겪어 보았다는 느낌을 받았다. 비슷한 인식, 비슷한 냉정, 비슷한 생소함, 비슷한 노력과 비슷한 타성. 제 감정 이전에 뼈에 각인된 명령으로 움직이는 꼭두각시 꼴이다. 분명히 어디선가…….

복수를 계획할 당시의 자신이었다.

사랑으로 하는 일과 증오로 하는 일이, 결국 같다. 외르타는 끔찍스러운 기분이 되어 펜을 내던졌다. 온 책상에 잉크가 튀고, 경황없이 휘두른 팔에 잉크병이 엎어져 줄줄 흘렀다. 그러나 이번만큼은 조금도 미안하지 않았다.

머리에 피가 쏠리는 기분이었다. 순식간에 뺨이 붉게 달아오르는가 싶더니, 열이 치솟은 여파인지 복부의 고통이 터졌다. 그녀는 책상 끝을 꽉 잡고 있다가 끝내 이기지 못하고 앞으로 기울었다. 외르타는 제 팔뚝이 먹물에 잠기는 와중에도 그 난잡함을 느끼지 못했다. 배가 너무 아팠다. 머리도 아프다. 도무지 견딜 수가 없다.

그녀는 그 고통 속에서 또 다른 기시감을 찾아냈다. 지금의 자신은 한 번 겪었던 스스로가 아니다. 두 번째였다. 복수를 계획할 당시의 자신, 그리고 남편감을 찾을 당시의 자신이기도 했던 것이다. 제 감정의 절실함이 어느 순간부터 의무가 되어 버린, 타성과 악으로 움직이는 장치. 물론 이룬 뒤의 성취감은 어마어마하다. 혹은 어마어마할 것이다. 하지만 그 과정에서 피가 말랐다.

심지어 이번의 의무는 '삶'이었다. 이 삶은 자신의 목표이자 그 목표까지의 과정이었다. 외르타는 — 몇몇 치명적인 것들을 제한다면 — 인생 대부분의 목표를 달성한 사람이었다. 그러나 그런 그녀는 태어나 단 한 번도 그 목표까지의 과정을 훌륭히 해낸 역사가 없었다.

이번에도 망칠 것이다. 사는 과정이 곧 삶이라는 목표니, 과정을 무너뜨리면 목표 또한 성공하지 못한다. 평생토록 살아남는 계획만 세우며 보낼 것인가? 이것은 죽음보다도 못한데, 설마 죽음보다 못한 일을 아이가 시켰을까? 왜 아델이 바란 것마저 이토록 엉망진창으로 해내려 하는지 알 수가 없었다.

외르타는 노여움에 들끓었다. 얼굴이 아닌 복부로 모든 화가 쏠리면서 고통이 견디기 힘들 지경으로 발전했다. 의식하지 못한 채 눈물이 한 줄기 흘렀다. 외르타는 놀랐다. 너무 아파 나온 눈물이다. 그녀는 손등으로 얼굴을 닦고는, 침대로 향하려 몸을 일으켰다.

그리고 그대로 고꾸라졌다. 누군가 산 채로 내장을 뽑아낸 듯 고통스러웠다. 욕지기가 터졌지만 그마저 입 밖으로 낼 수 없을 정도로 온몸이 마비된 상태였다. 외르타는 무언가를 감싼 모양으로 바닥에 몸을 웅크렸다. 신음 소리조차 없었다.

제기랄. 결국 이것이 어쩔 수 없는 자신이 아닌가 하여 화가 울컥 치솟았다. 짜증을 넘어선 절망이다. 어떻게 '과정'을 메우나. 지금까지는 목표에만 치중해 그것을 생각해 본 일이 없었다. 그런데 목표가 과정이 된 지금은…….

얼마나 궁지에 몰렸으면 외르타는 오랫동안 불러 본 일이 없는 리볼텔라까지 꺼내 보고 싶은 기분이었다. 그 사람은 과정을 즐기는 자의 표본이었다. 목표는 오로지 왕위지만, 그곳까지 가는 도중 몰아친 폭풍우까지 섬세하게 즐거워할 줄 아는 사람이다. 결코 목표에 침몰되지 않고, 길 바람 하나하나에도 만족하는.

외르타는 그와는 완전히 반대였다. 앞도 뒤도 생각하지 않으니 보이는 것은 오로지 목표뿐이다. 졸렬하다.

"외르타?"

그녀는 아직도 고통에 파묻힌 채 오른손을 들었다.

"괜찮으십니까?"

"아…… 톨레도 경……. 아니……."

"침상에 오르셔야……."

"경! 헉, 에취, 크에취!"

톨레도는 적나라한 거절에 그녀의 허리를 받쳤던 제 손을 치웠다. 외르타는 이를 악물고 상체를 세워 침대의 가장자리를 잡았다. 순간 두 팔에 힘이 들어가나 했지만, 그녀는 여전히 일어서지 못했다. 고개에서 힘이 쭉 빠졌다. 머리를 묻을 곳을 바닥 대신 침대로 삼은 꼴이다.

"의원을 불러오겠습니다."

"진통제나…… 줘……."

"그러니 의원을 불러와야지요. 잠시만 기다리십시오."

"경……."

그러나 톨레도는 이미 쏜살같이 방을 나선 뒤였다. 외르타는 이불에 얼굴을 묻은 채 의미 모를 웃음을 터뜨렸다. 웃음을 터뜨리는 순간, 눈앞이 하얗게 떴다. 벌어진 상처에서 생굴이 자라나는 느낌이었다. 다시 자진할 일은 물론 없겠지만, 만에 하나 타의로 죽는 경우가 생긴다면 제발 칼을 쓰지 말아 달라고 빌고 싶은 기분이었다. 때려죽이는 것이 그토록 고통스럽다지만 자신에게는 외려 그 편이 나을 것 같았다. 익숙하니까. 그런데 정말이지 이 무식한 칼은…….

"외르타."

얼마나 시간이 지났는지 모르겠다. 어쨌든 톨레도는 아니었다. 그녀는 고개를 들어 옆을 보다가, 무언가에 떠밀린 것처럼 기침을 했다.

"어, 왜, 쿨럭! 쿨럭! 크……."

외르타는 이불에 점점이 박힌 핏자국을 보며 참 한심하다는 시선이 되었다. 분노 한 번에 피를 토하는 상처를 보아하니, 제 다혈질도 정말 알 만했다. 그녀는 머리가 빙빙 도는 기분을 느끼고는 다시 이불에 고개를 파묻었다. 발렌시아가 다가오는 소리가 들렸지만, 제 칼칼한 목과 찢어질 듯한 배에 집중한 나머지, 그에게 할애할 주의가 남아 있지 않았다.

"잠시……."

이번의 목소리는 제 이름보다 훨씬 더 가까운 곳에서 들렸다. 그녀는 숨을 한 번 들이켜고는 시선을 올렸다. 그는 언제 들었는지 모를 은수저로 컵을 몇 바퀴 젓더니, 두 손가락으로 둥근 둘레를 잡아 그녀 앞에 내려 두었다. 외르타는 그의 의도를 순식간에 알아차리고선 감사하며 컵을 잡았다. 마셨다. 외르타는 전부 삼킨 뒤 컵을 내동댕이쳤다.

"톨레도 경의 소재를 아십니까."

엄한 말투다. 그녀는 심호흡을 하며 오른손을 들었다. 온전한 말은 아직 무리지만 팔뚝 정도는 움직일 수 있었다. 외르타는 창문 바깥을 가리켰다.

"무슨 용무로 출타했는지 아십니까?"

이번에는 자신을 가리켰다. 나 때문에, 바깥에. 발렌시아는 그제야 입을 다물었다. 외르타는 그 침묵에 만족하곤 다시 제 고통에 열중하기 시작했다. 발렌시아가 준 것은 진통제다. 제 방 어딘가에 놓여 있었을 약을, 피를 토하는 모양만 보고 선뜻 내준 것이다. 외르타는 속으로 코웃음을 쳤다. 의원에게 허가를 맡아야 한다니. 발렌시아보다 더 고지식한 톨레도는 처음 보았다. 물론 그것이 정상이라는 것은 알지만, 지금 앞에서 사람이 아파 죽겠는데…….

외르타는 불쑥 고개를 들었다.

"아."

"……."

"이제 좀 낫구나."

"……."

"당신, 거기서 뭐……."

거기까지 말한 그녀는 벌떡 일어나더니 발렌시아의 손에서 잽싸게 종이를 빼앗았다. 외르타는 종이를 빼앗다가 제 팔뚝에 검은 얼룩이 잔뜩 배어 있다는 것을 깨달았다. 제 팔뚝뿐만 아니라 바닥, 침상 위까지 온전한 곳이 없었다. 그녀는 소리 없는 신음을 냈다. 그리고 그 와중에, 다시 서간을 빼앗겼다.

"경."

"……."

"줘 봐."

이미 읽을 것은 다 읽은 모양이다. 그는 몇 초 간 더 들여다본 뒤 반항

없이 종이를 건네주었다. 외르타는 그것을 받아 그가 해독할 수 있는 글씨들을 확인했다. 칠, 다시, 오래, 발터, 비사 오필라, 도주. 그녀는 '도주' 부분에서 심장이 철렁 내려앉는 것을 느꼈다. 외르타는 두 손으로 종이를 움켜쥔 채 그를 올려다보았다.

"경……."

"어제 드리려 했던 것입니다."

그녀는 제 난상 위로 다른 종이가 덮이는 것을 멍하니 바라보았다. 끔찍한 악필로.

뤼페닝을 경계할 것.

심지어 발신인조차 없었다. 외르타는 자신이 조금도 예상치 못한 이름이 나타자자 약간 얼떨떨해졌다. 다시 그를 보았다. 그녀는 이 어처구니없는 말보다는 '도주'에 대한 해명이 우선이라고 생각했다.

"경, 그러니까 도주는……."

"폐하의 서간입니다. 당신께 무언가 의심이 갈 만한 것이 있는지 여쭈려 했습니다. 근 시일 내 주변에서 라르디슈 제1태자와 관련된 것을 보셨습니까?"

"아니, 전혀! 그러니까……."

"그렇다면 라르디슈 본국이나 기타 등지에 당신의 약점이 될 만한 것이 있습니까? 고려해 두어야 할 사항입니다. 라르디슈 제1태자의 손이 닿을 수 있는 곳은 전부 생각하십시오."

"나한테는 아무것도 없어. 그러니 내 약점은 걱정할 필요가 없다. 그런데……."

"그리 보고하겠습니다. 증명을 위해 당신께 드렸으니 다시 회수하는 무례를 이해하십시오."

그는 '뤼페닝을 경계할 것' 이라고 쓰인 악필을 거두었다. 외르타는 그제야 '도주' 에 관한 해명을 하려 입을 열었다.

그러나 그녀가 다시 말을 꺼내려는 순간 톨레도와 의원이 들어왔다. 여인이 폭풍처럼 다가와 자신의 안위를 살피는 동안, 발렌시아는 인사를 하는 둥 마는 둥 하더니 톨레도를 데리고 바깥으로 나가 버렸다. 외르타는 그가 또 얼마나 경계를 높이라 할지를 생각하자 눈앞이 까마득해졌다.

발렌시아는 그답지 않도록 무디게 앉아 있었다. 우중충한 한낮의 햇살이 뼘의 절반을 넘어갔다. 그는 우두커니 앉은 채 종이에 스며드는 잉크를 바라보았다. 시야가 점점 멍해졌다. 문을 두드리는 소리에 번뜩 놀랐다. 상대의 기척을 느끼지 못했다는 사실이 믿기지 않았다. 그는 약간 언짢은 기분이 되어 들어오라 명했다.

손님은 얼굴만 들이밀었다.

"발렌시아 경, 저는 지금 갈게요."

"제대로 들어와 보고해라."

"에이, 경."

"……."

"……."

시누사는 방 안으로 들어와 문을 닫았다. 몸짓을 그리 표현할 수 있다면, 퉁명스럽게.

"본래 알로지아드 카사에서 하차하려 했는데 지금 아버지 재촉이 말도 아닙니다. 발렌시아 경께서 받으신 서한만 해도 벌써 네 번에, 저한테는 진짜 산더미만큼 있어요. 아니, 당신께서 먼저 그나시오 영지를 들렀다 오라셨으면서……. 벨라나 졸피는커녕 카사까지도 못 가겠네요."

"요구 사항은?"

"같은 내용을 들으셨잖아요."

"네 입으로 답해라."

"포티미외 지방의 영주를 다루라십니다. 우리야 데군다 백 한 명이지만 저쪽은 장난 없더라고요. 적어도 브란다우에르, 아자니, 르주외젠, 마레샬, 몰링, 어쩌면 누모랑드와 카티장까지 다뤄야 할지도 모릅니다. 내용은 아무래도 개별 영지 협상과 국경 조율이겠지요. 걱정 마십시오. 사실 대면 조율에서 손해 볼 위험이 있으신 분은 아버지시고요, 전 아니거든요. 종전 협정 그대로 먹어 둘게요."

"이 자리에서 제명하면 되나."

"예."

"시간."

시누사는 제자리를 한 바퀴 빙글 돌며 시계를 찾아냈다. 그는 명랑한 목소리로 바늘을 읽었다.

"14시 32분."

발렌시아는 주변을 뒤져 서류를 한 장 잡아냈다. 그는 그것에 이름 — 시누사 퀴리노 모드벤나 얀 그나시오 — 과 시간 — 551년 1월 18일 14시 32분 — 을 채워 넣더니, 두 번 보지도 않고 다시 밀어 버렸다. 시누사는 경례인지 인사인지 모를 예를 표하고는 뒤를 돌아보려 했다.

"즉시 떠나나."

그는 어설픈 자세로 멈췄다. 제 왼발을 축으로 삼아, 재차 발렌시아를 바라보았다.

"나가자마자, 말 타고, 포티미외로. 이런 '즉시' 예요?"

"그래."

"아니요. 외르타는 뵙고 가야지요."

시누사는 허락도 없이 의자를 끌어다 앉았다. 발렌시아는 무표정하게 그의 무례를 응시했다. 이제 자신은 그의 총사가 아니므로, 저 행동쯤은 무례의 수준으로 넘길 수 있었다.

"공작, 사실 외르타를 돌보는 데에는 제가 적격입니다. 그래서 떠나는 게 좀 아쉽네요."

"……."

"제가 서너 달 동안 그분을 뵈어 왔으니 일천하나마 말씀드립니다. 그분께선 말도 안 되는 요구를 말 되는 요구처럼 들리게 하는 능력이 탁월하십니다. 저야 그 능력에 넘어가서 쩔쩔매지만 사실 공작께서 그러실 리는 없잖아요. 그런데도 가끔 보면 그냥 두루뭉술하게 인내해 주시는 경우가 많아요. 제가 보기엔 그게, 공작께서 그분 나름의 절박함을 인정해 주시는 것 같거든요. 그런데, 공작, 그러시면 진짜 안 됩니다."

"……."

"그게, 저분은 남을 이해하지 못하신다기보다는, 다 아시면서도 무조건 당신이 먼저인 거거든요. 나 참. 세상에 그분만큼 이기적인 사람은 제 평생 또 못 봤습니다. 이 이기심 때문에 몇몇 경우에는 도저히 본디 나이처럼 보이지가 않아요. 가끔 보면 제 또래 같으실 때도 있으니 말 다했죠. 나이가 들면 주변을 인정하는 포용력부터 커지는 게 당연한데…… 그분께는 그게 전혀 없거든요, 진짜로."

"……."

"다시 한 번 말씀드립니다. 외르타는 대부분의 경우 상대를 알아요. 저를 예로 들자면, 외르타는 포티미외 당시, 제가 그분의 안위에 얼마나 신경을 쓰는지에 대해선 저보다 더 잘 알고 계셨습니다. 그것이 군대 내의 가장 엄한 명령인 것도 아시고요, 그것이 파투 났을 때 제가 얼마나 터질지도 아주 자알 아셨습니다. 그런데, 신경을 안 쓰세요. 무조건 당신 일이 우선이십니다. 당신 남편 앞에서 자살하는 당신 계획만 생각하시고, 남의 이야기는 저기 굴러다니는 돌덩이보다 못하게 취급하시더라고요. 솔직히 말해서요. 눈치가 없는 것보다 이게 더 질이 나쁩니다. 이해 받으면서도 무시당하는 건 진짜 참기 힘든 일이거든요. 날 가지고 장난하나 하는 생각도 들고요. 아, 그래, 적어도 미안함은 딱 쥐꼬리만큼 느끼시는 것 같더라고요. 그렇지만 그게 최소한의 인간적 배려로 나타나느냐 하면, 오, 말도 마십시오."

"……."

"그러니까, 공작, 그분의 응석은 받아 주지 마세요."

발렌시아는 그제야 고개를 들었다.

"그거 전부 사람 가지고 노는 거예요. 가끔 그분께 깜짝깜짝 놀라게 될 때 있죠? 그분께서 배려, 이해심을 건네시거나. 멍청한 사람이 아닌데 누가 봐도 터무니없는 요구를 하시거나……. 그분께서 이러저러하게 상대를 배려하시는 건 결국 당신을 위한 거고요, 말도 안 되는 요구를 해서 비웃음을 사시는 것도 결국 당신 이득을 위한 계산이 깔린 겁니다. 그걸 잊으시면 안 됩니다. 그 셈 자체가 귀찮으시면 아예 무시해 버리세요. 공작께선 그리하셔도 됩니다."

"시누사 경."

"공작, 저는 이 군영 안에선 누구한테 지지 않을 정도로 외르타를 좋아하지만, 이 부분만큼은 확실하게 규정해 놨습니다. 그 이기심에 휘둘리기 시작하면 끝장이거든요. 진짜, 끝장이에요. 사실 사귀기 좋은 분은 아니지요. 이해하기도 힘들고요. 감정 상태가 철없는 시절에서 멈춘 채로, 계산만 기형적으로 발달한 모양이에요. 일할 때는 좋은데 뭐 직접 대면하면 미칠 노릇이죠. 어쩌면 이 자체가 게외보르트 왕족의 특징일지도 모르겠네요. 그곳에서 태어나 십칠 년을 보내셨으니……. 아무리 결혼한 후에 유하기만 한 라르디슈 풍토에 스며들었다 해도 본디 성질이 크게 변할 수야 없겠지요."

발렌시아는 시누사를 물끄러미 바라보았다. 어떤 감정이 담겨 있지 않은, 투명한 물그릇 같은 시선이었다. 시누사는 더 남길 말이 있었나 곰곰이 생각하는 듯하더니 이내 손을 딱 하고 튕겼다.

"아, 그리고 공작, 방금 한 말과 같은 선상에 있는 충언이지만 그래도 거듭 말씀드립니다. 외르타가 무슨 말을 하든 그분의 자진에 대한 경계는 계속하셨으면 좋겠습니다. 기미는 없지만, 사실 저번에도 칼을 훔쳐내기 전 무슨 전조가 있었던 건 아니거든요. 살겠다고 말씀하셔도 믿지 마세요. 포티미외에서나 지금이나 무언가에 쫓겨 초조한 기색은 변치 않았습니다."

"이미 그리하고 있다."

"억지도 받아 주지 마세요."

"그럴 일 없다. 억지를 쓸 거리마저 없건만 경계라니. 무용하다."

"그래도요."

"그리하겠다."

"힘드시겠습니다. 어떻게 조우하시는 여자마다 다 이래요? 이번도 결국 자살로 끝나는 건 아닌가 싶지만…… 뭐, 저는 이만 갑니다."

그 말에도 발렌시아는 아무 반응을 보여 주지 않았다. 시누사는 제가 무슨 핵을 건드렸는지도 모른 채로 방문을 열어젖혔다. 발렌시아는 그 등을 보며, 지루하기까지 한 어조로 호명했다.

"시누사 경."

"예?"

"그분을 뵐 때, 방에 있는 자필 문서를 전부 가져와라."

"별 의미 없을걸요? 요새 무슨 말을 막 쓰긴 하시던데…… 단어에 큰 의미가 있다기보다는 손에 뭘 잡지 않고 생각하는 게 불가능하신 분 같거든요. 그 뜬금없는 단어들을 해석하시려면 날 다 가요. 괜히 고생하지……."

"가져와."

"……."

시누사는 한숨을 쉬고 방을 나섰다.

그가 보기에 현재 발렌시아는 위험 수위였다. 때문에 지금처럼 길고 주제넘은 충언을 남기고 나온 것이다. 밀레비스 회전 이후로는 그리 큰 낌새가 없었지만, 전쟁 도중에는 참 허다히도 외르타에게 넘어가 준 발렌시아가 아닌가. 물론 시누사 역시 그가 그녀에게 애정이 있다거나 하는 우스꽝스러운 생각을 하는 것은 아니었다. 포티미외 당시의 외르타는 여자보다는 무슨 악에 받친 맹수처럼 보였으니까. 사람도 아니었는데, 설마 여인이겠는가?

말도 안 되는 애정 대신, 발렌시아는 그녀의 틀에 익숙해졌을 확률이 높았다. 완급과 강약, 고의는 아니나 — 혹은 진짜 고의일지도 모른다. — 제 뜻대로 타인을 휘두를 수 있는 기술이, 외르타에게는 있었다. 그 지나친 이기심을 숨기지 않고도 남을 설득할 수 있다니. 사실 이건 정상인으로선 좀 억울한 일이다. 아무튼 지금의 발렌시아에게는 그녀를 밀어내려는 노력이 정말 필요했다. 그녀의 틀에 가장 많이 노출된 사람이니까. 그리고 그에 익숙해지면, 어느 순간부터는 무엇이 이상한지조차 느끼지 못한 채 부탁을 수용하게 될 테니까.

휩쓸려 들어간다는 표현이 맞다. 이해할 수는 없지만, 그녀에게는 생사의 기로에 선 생명체의 헐떡임 같은 것이 있었다. 부드러운 매력보다는 머리를 한 대 친 듯한 충격. 미친 사람을 볼 때의 두렵고 흔들리는 마음이 그 역방향으로 백 배쯤 확장된 느낌이었다. 시누사는 그것을 견딜 수 있는 사람만이 그녀와 동급으로 감정을 교류할 수 있을 것이라 생각했다.

물론 그 부류에 자신은 속해 있지 않았다. 자신은 정상이니까.

"왜?"

"저 떠납니다."

"그래. 저번에 얘기한 것 같았어."

"와, 아쉽지도 않나 봐요?"

"뭐가 아쉽니?"

시누사는 팔짱을 낀 뒤, 외르타가 눈치채지 않도록 책상에 놓인 종이들을 한 번 쓱 훑어보았다. 몇 장 그녀가 휘갈겨 놓은 것들이 눈에 띄었다.

"그렇게 잔인하게 나오신다면 저도 고백할 게 있습니다."

"해 보렴."

"당신을 살린 사람은 의사가 아니라 접니다? 나 참, 제 말 그대로 따라할 거라곤 정말 상상도 못했지만요. 그래도 혹시나, 혹시나 해서 약한 힘으로도 죽기 쉬운 목은 아예 배제시키고, 배를 꾹 찌르라 했거든요. 그게 참…… 정말……."

외르타가 숨을 들이켜는 모양이 잘 보였다. 시누사는 씩 웃었다.

"에이, 외르타, 상식적으로 생각을 좀 해 보세요. 저나 발렌시아 경이나 죽겠다 마음먹으면 배가 가장 편하겠지만, 당신이 찌르고 정신 가눌 수나 있겠습니까? 푹 박고 무너지겠지, 뭐. 가장 목숨 건질 확률이 높은 것으로 반 거짓말 친 거예요. 그랬더니 진짜 고스란히. 내 말 그대로 믿고 저리 고스란히. 와! 성질 좀 보십시오."

그녀는 벌떡 상체를 세웠다. 즉각 신음이 터졌다.

"아흐…… 윽……. 으……."

외르타는 다친 배를 움켜쥐고선 몇 발자국 앞에 유유자적하게 서 있는 시누사를 노려보았다. 시누사는 그리 의기양양하게 떠들고도 그녀가 일어나자마자 벌써 한 걸음 뒤로 물러난 상태였다. 그녀는 무슨 말을 하려 했지만, 온몸의 털이 확 솟은 듯 섬뜩한 고통에 감히 입을 열 수가 없었다.

"아…… 흑……. 시누사…… 너 거짓말을……. 내가 지금 얼마나 아픈……."

"와, 그래서 지금 자기가 죽었담 좋았을 거란 말이에요?"

"어쨌든 그런 중요한 걸 거짓으로……."

"'중요한 걸' 이라고요?"

"그게 문제가 아니라, 죽지도 못하고 아프기만 죽도록 아프고……."

"아프기만 죽도록 아픈 게 죽는 것보단 낫죠."

그녀는 시누사를 휙 쏘아보았다. 그는 허탈하게 웃으며 한숨과 함께 말했다.

"이런 사람을 방치하다니, 밤에 잠을 못 이루겠네."

"시끄러워. 한동안 못 보겠구나."

"전쟁을 치렀던 기간만큼이나 포티미외에 남아 있을 확률이 높은데……. 뭐 한동안은 한동안이네요."

"꽤 오래……."

"아무튼 인사하러 왔으니, 갈게요. 일 년 뒤에도 왕도 오스페다에 계실 거면 그때 뵙지요."

시누사는 등을 돌렸다. 외르타는 인사를 위해 일어서려 했지만 다소 늦었다. 그가 이미 몇 발자국이나 멀어져 있었기에, 그녀는 제 옆에 있던 베개를 그대로 집어 던졌다. 시누사는 그것을 정통으로 얻어맞곤 고개를 팩 돌렸다. 외르타는 빙그레 웃었다.

"그때 볼 수 있을지 확신이 안 서니, 잘 가거라. 고마웠다."

"작별 인사도 진짜 기분 나쁘게 하네. 오스페다에 죽으러 가나……."

그는 더 이상 말을 잇지 않았다. 다만 문득 생각난 듯 잽싸게 다가와 책상을 껴안았다. 외르타는 눈이 휘둥그레져 침대에서 벌떡 일어났다. 시누사는 그녀가 다가오기 전, 책상 위에 널린 종이를 모두 쓸어 제 품에 담더니 도토리를 훔쳐 도망가는 다람쥐 꼴로 획 달아났다.

"야!"

"그리울까 봐…… 가져가요……. 나중에……."

"소용없을걸! 아……. 아흐흑……."

그녀는 얼마 전 다시 터진 부상이 결리는지, 몇 걸음 쫓아오지도 못하고 주저앉았다. 시누사는 뒤돌아보지 않고 조르르 건물에서 내려와 그대로 발렌시아에게 뛰어갔다. 그는 그토록 경황없이 달려오면서도 종이 한 장 흘리지 않는 자신이 기특했다.

발렌시아는 자신이 쓰고 있던 서류 위로 진창 뒤엎어진 종이를 바라보았다. 사태를 예감한 펜은 이미 어깨까지 올라간 뒤였다. 그는 한참 뒤에야 잘하지 않았냐는 표정이 가득한 시누사를 올려다보았다. 발렌시아는 그를 꾸짖지 않았다.

"가라."

"예, 그러려고요."

"……."

"아, 그리고 외르타가 그랬어요. 일 년 뒤까지 오스페다에 남아 있진 않을 거래요. 그럼 저는 이만. 왕도에서 뵙겠습니다."

쏜살같이 말을 쏘아 댄 시누사는 인사의 답도 받지 않고 그대로 방을 나갔다. 발렌시아는 그가 제 앞에 쏟고 간 외르타의 종이를 수합했다. 그는 그것을 한 장 한 장 주워 올리다, 저번 이후로 그녀가 습관을 바꿨다는 사실을 깨달았다. 몇몇 장에는 동심원만, 몇몇 장에는 직선만, 몇 몇 장에는 정체 모를 문양만 끊임없이 새겨져 있었다. 제 생각을 눈치챌 수 있다고 생각했는지 단어라고는 한 조각도 써 두지 않은 것이다. 그리 큰 기대를 하지 않았기에 실망도 없었다. 발렌시아는 그러려니 하고 생각한 뒤 책상을 치웠다. 모은 종이는 가지런히 버렸다. 책상은 다시 처음처럼 정돈되었다.

물론 생각은 정돈되지 않았다.

그는 한참 동안이나 일을 잡지 못한 채 아래를 노려보았다. 이미 떠난 시누사를 다시 붙잡아 제 앞에 앉히고 싶은 기분이었다. 발렌시아는 그가 리베 몬테와 디무어를 지적했다는 사실에 노여워하지 않았다. 그것을 제 앞에서 언급하면 안 되겠다는 생각이 아예 없는, 어린아이니까. 때문에 그가 언짢아 한 내용은 시누사가 그들을 이용해 새로 제시한 개념이었다.

또 자진으로 끝나는 것은 아니냐.

일 년 뒤까지 오스페다에 남아 있을 생각이 없다니 그것은 또 무슨 말인가.

발렌시아는 자신 또한 외르타의 버릇을 물려받아야 하는 것은 아닌가 생각했다. 가만히 앉아 답도 없는 궁리를 하자니 미간이 쑤셔 왔다. 몇 글자라도 쓰면 나아질까.

그는 그리했다.

외르타.

그리고 이 이상 나가지 못했다. 마치 얼마 전 그녀의 종이 위 '발터'가 여러 번 짓이겨졌듯, 이것 역시 글자보다 만 배는 더 무거운 집중이 담긴 느낌이었다. 글자는 소용이 없었다. 외려 이처럼 바깥으로 써 내리자, 스스로가 이전보다 훨씬 흐트러진 듯했다.

사실 발렌시아는 그녀의 응석을 받아 주지 말라는 시누사의 충고를 이해할 필요가 없었다. 그 모든 내용을 이미 알고 있었기 때문이다. 자신이 그녀에게 지나치게 아량을 두었다는 사실을 안다. 밀레비스의 마지막은 그 절정이었다. 발렌시아는 마지막 자진 기도 뒤에야 철렁 깨닫고는, 시누사와 같은 생각을 떠올려 다시 수 걸음 물러났다.

그녀가 이기적이라고? 발렌시아는 그 말을 부분적으로만 인정하고 있었다. 외르타는 나름대로 이기적이다. 그런데 정작 그녀의 그런 이기심을 관리해야 하는 자신은 그것을 무턱대고 내칠 수가 없었다. 동정해서 그런 것이 아니다. 자신이 그럴 리 없다. 단지 그 맹목에 기가 질렸기 때문이다. 한 가지에만 몰두해 사방 모든 것을 무너뜨리고 지나가는 맹목적인 유성. 문제라면 그 유성의 마지막 모습이다. 그리 이기적으로 제 목표에 집착하더라도, 그 끝에 가서는 결국 자신마저 산화해 버리고 만다.

사실 발렌시아는 이것을 '이기심' 이라 불러야 할지 퍽 미심쩍은 일이라는 생각을 했다. 그녀가 이기적이라면 모름지기 그녀 자신에게 득이 되는 방향으로 움직여야 하지 않나? 왜 종내 자신마저 잡아먹는 행동을 이기심이라고 보나? 때문에, 그는 그녀가 그녀 자신을 위해 이기적이라고 생각지 않았다. 오로지 제 목표를 위한 이기심이다. 그 목표에는 주인마저 없었다. 아귀처럼 만인을 삼키는 것은, 그녀보다는 외려 그녀의 목표였다.

포티미외 당시 그녀의 목적은 오로지 복수였다. 이해한다. 제 자유를 앗고 아이를 죽인 남편에게 마땅한 보답이었다. 그 목표를 위한다는 명분이 생기자 외르타는 스스로를 죽이는 행동마저 서슴지 않았다. 복수의 끝은 그녀의 만족과 행복이어야 할 텐데, 그래야 그녀가 이기적인 나머지 포티미외의 자신에게 피해를 주었다고 말할 수 있을 텐데, 방향이 너무 달랐다.

발렌시아는 그녀가 아닌 그녀의 목표에 화를 내야 하나 생각하다가, 아무래도 품위가 없는 일이라 그만두었다. 어쩌면 이것이 소위 일컫는 연민일지도 몰랐다. 어쨌든 자신에게 해를 끼친 그녀의 목표야말로 그녀의 근간이니까. 그런 외르타의 목표에 불쾌해 하면서 외르타 본인에게 불쾌해 하지 않는다는 것은 완전히 어불성설이다.

그러나 그는 자신이 연민을 느낄 수 있다고 생각지 않았다. 공감도 못 하는 종자가 연민이라니, 오만도 이런 오만이 없다. 그리고 이런 일련의 사고 덕분에, 그는 시누사와 똑같이 판단하고도 그녀의 이기심에 대한 생각을 떨쳐 버릴 수 있었다. 매우 일찌감치. 도무지 답이 나오지 않기 때문이다. 그에 고뇌하기보다는 애초에 그녀가 자신에게 해를 입힐 가능성을 절제해 버리는 편이 나았다. 그리고 그는 실제로 그렇게 했다. 밀어냈다.

아무튼 중요한 것은 외르타의 현재 목표였다. 그가 보기에 그녀는 목표 없이는 생을 유지하지 못하는 성격이었다. 종착점을 보지 않고는 돛 없는 범선처럼 부유하게 되는 삶. 그녀는 지금도 무언가 깃대를 하나 붙잡고 서 있을 것이다. 그는 확신했다. 다만 현재 그녀의 깃대가 무엇인지에 대해서는 확신할 수 없었다. 바로 이 때문에 전쟁이 끝난 지 수 달이나 지난 지금까지도 외르타의 자진을 경계하는 것이다. 그럴 수밖에 없다. 그녀의 이전 목표가 복수의 마무리, 즉 죽음이었으므로, 그 목표가 마감되지 않았다면 죽으려는 시도 역시 끝난 것이 아니다.

발렌시아는 제 글씨를 물끄러미 바라보았다. 자신이 봐도 사람의 것 같지가 않았다. 어떤 정교한 장치가 찍어 낸 듯 비인간적인 명필. 그는 글자의 모양을 뜯어보다, 한참 뒤에야 그 의미를 헤아릴 수 있었다.

외르타.

처음으로 책임에 피로를 느끼고 있었다. 언제고, 여느 때처럼 팔팔할 것만 같던 제 습관이 그녀 덕분에 드디어 마모되었다. 자신의 책임. 외르타야말로 딤니팔의 전면전에 반드시 필요한 사람이다. 기필코 보유해야 한다. 그런데 그녀 한 사람 살리기가 이토록 힘겨운 것이다.

사실 그녀 본인의 자살 위협을 차치하고라도 장애물은 많았다. 첫째로는 당연히 발터하임부르겐 1세로, 작금의 상황을 알아차린다면 그는 필시 이를 갈며 누이를 죽이려 들 것이다. 라르디슈에 얹혀살다 딤니팔로 넘어간 골칫덩이. 발렌시아는 그가 증오를 숨길 수 있으리라 생각되지 않았다. 하지만 이것은 차라리 나은 편이다. 딤니팔이 노리는 것이 바로 이 발터의 노여움이므로. 그가 이를 드러낼 때, 기회를 노려 전쟁을 발발시키면 되는 것이다. 사실 그 이후에는 외르타를 살려 둘 이유가 없기도 했다. 때문에 두 번째, 발터보다 더 다급하고 위중한 사안은 라르디슈의 태자 문제였다. 그 둘 모두 양어머니에게 좋은 감정을 가졌을 리 만무하다. 자신에게 뤼페닝을 주의하라는 경고가 온 것으로 보아, 아마 자카리는 그쪽과 관련된 위험을 감지한 모양이었다.

그러나 그는 사실, 레스트왈에게서 경고를 받았다.

발렌시아는 다소 꺼림칙한 기분으로 종전 협정에 달려 나왔던 레스트왈을 떠올렸다.

몸이 말이 아닌 딤니팔의 총사령관조차도 진통제를 퍼부으며 협상 내용에 진지하게 임했건만, 멀쩡하다 못해 멀끔한 상대는 갈피를 못 잡고 계속해서 내용을 헛짚었다. 이런 자가 라르디슈의 사령부를 담당해 왔다니. 발렌시아는 어처구니없다는 기분으로 그리 어리석게 구는 상대의 등골을 뽑아냈다. 제 뼈를 빼앗기는 상황에 와서도 정신을 차리지 못하는 것은 아무래도 라르디슈 사령부가 제 왕의 패사를 조금도 예상하지 못했던 까닭인 듯했다.

기실 딤니팔이 노린 것이 바로 그것이었다. 왕이 부재한 상황, 전장에 허다한 것이 라르디슈의 권력자들일 테니 종전 협정은 얼마든지 치를 수 있고, 그 와중에 협정을 일찍 끝맺을수록 딤니팔에게는 이득이 된다. 명령 체계가 흔들리고 있다는 것, 자신의 왕이 패사했다는 것. 한 가지 사실, 두 가지 의미에 모두 충격이 이만저만이 아닐 테니까. 그런 산란함으로 협상의 사소한 것까지 살피지는 못하리라 짐작했던 것이다. 그래서 최대한 빨리, 돌이킬 수 없도록.

그러나 협정이 단 일주일 만에 끝나려는 순간, 라르디슈의 태자가 태풍처럼 방문했다. 그는 제 신분이 증명되자 양해 한번 구하지 않은 채 다짜고짜 협상 내용을 들춰 보았다. 그러고는 몇 줄 읽지도 않고, 자리에 있던 라르디슈 사령부 둘을 걷어차듯 내쫓았다.

"전부 폐기한다."

발렌시아는 갑작스러운 사태에 당혹보다는 안타까움을 느꼈다. 제 옆에 있던 그나시오도 마찬가지로 속이 턱 막힌 듯한 표정이었다.

"이걸 협정이라고. 왕 목이 날아갔지 나라가 날아갔다더냐?"

"……."

"공작만 남고 너는 나가."

그나시오는 한숨처럼 웃었다. 태자는 그것이 무기에 대한 의심인 줄 적당히 착각하고는, 즉각 제 겉옷을 그에게 던졌다. 그나시오는 애초에 그가 무력으로 발렌시아를 제압할 수 없으리라 생각했기 때문에 겉옷

따위에는 관심이 없었다. 그나시오는 어찌하느냐는 시선으로 발렌시아를 바라보았고, 그는 말없이 허락했다. 레스트왈은 라르디슈의 태자고, 지금까지의 협정을 백지화시킬 수 있는 권한 정도는 충분히 가지고 있었다. 그러니 차라리 빨리 그 심중을 파악하는 편이 나을 성싶었다.

레스트왈은 그나시오가 나가는 모습을 본 뒤에야 발렌시아의 반대편에 있는 의자를 끌어다 앉았다. 발렌시아는 스물이나 되었을까 싶은 자가 나라의 중대사를 단독으로 맡는 행동이 꽤 큰 만용이라고 생각했다.

"종전 협정은 이십 년 불가침을 기반으로 두고 시작한다."

"……."

"공도 방금 전까지의 내용이 허황되단 건 잘 알고 있지? 사령부의 순진함을 등쳐 먹을 생각을 하다니, 고상치 못하군."

"내가 그것을 받아들여야 하는 이유를 말씀하십시오."

"왜긴 왜야? 그래야 그나마 너희 왕에게 체면 서는 내용을 빨리 들고 갈 수 있으니 그렇지."

"부족합니다."

"내가 강조하는 부분은 '빨리' 다."

레스트왈이 씩 웃었다. 발렌시아의 표정에는 미동조차 없었다.

"너희가 게외보르트를 호시탐탐 노리는 걸 누가 몰라?"

"그 일은 시기와는 상관없는 일입니다. 언젠가는 반드시 일어날 전쟁입니다."

"아니. 내가 설명한 건 저 나라와 너희 간의 악감정이다. 우린 우리 다음이 자기 차례라 생각하는 게외보르트의 경계를 부추길 수 있어. 중앙 삼국 간의 전쟁이 다시 발발할 때까지 몇 개월이고 협상을 끌고 있으면 어떨까? 덧붙여 우리가 일부나마 그들을 도우면? 균형이 가장 중요하다는 것을 너희가 모르지는 않겠지. 두 나라 사이에서 간을 보다 본국이 반으로 찢어진 역사가 아직 선명한데. 안 그래?"

딤니팔 사람이라면 결코 화제로 꺼내지 않는 이백 년 전의 이십 년. 그는 그것을 다짜고짜 지껄이는 상대에게도 그저 무표정했다. 레스트왈은 딤니팔의 공작이 제 참을 수 없는 언동에 별 관심을 보이지 않자 기분이 상한 듯했다.

"물론 협상 내용도 중요하다. 우리도 열없는 처지니 웬만한 건 양보할 테지만, 무리한 요구에는 전쟁을 한 번 더 치를 수밖에 없어. 공도 왕이 죽었다고 나라에 큰 변고가 있을 거라고는 생각지 않지? 적당히 해라."

"뤼 레스트왈."

"응?"

"언사를 주의하십시오."

레스트왈의 입이 약간 벌어졌다, 닫혔다.

"전쟁의 승자는 딤니팔입니다. 이곳은 패자의 처분을 논하는 자리입니다. 나 자신은 개의치 않지만, 승자와 패자의 관계에서 당신같이 오만한 태도는 용납되지 않습니다. 제안하는 것도 딤니팔이고, 마지막 승인을 하는 것도 딤니팔입니다."

주제를 알라는 말은 겉으로 나오지 않았지만 레스트왈은 아주 똑똑히 들었다. 그는 의외로 빨리 사과했다.

"그건 내 잘못이군. 본래 말투가 이래서. 공이 잘 이해하면 어떤가?"

"그렇다면 나는 당신이 원하는 것이 이십 년 불가침밖에 없다고 생각하겠습니다."

발렌시아는 큰 기대 없이 말했다. 자신들의 이런 열패는 조금도 짐작하지 못했을 라르디슈다. 불가침 조약 이외에도 바라는 내용이 많을 것…….

"맞아."

"……."

"그것만 고려해라."

"……."

"공은 얻고자 하는 걸 가지고 와. 나는 수정 안 할 테니. 그중에서 마땅한 건 수용하고 마땅치 않은 건 거절하겠지만, 제시한 내용 자체를 수정하지는 않겠다."

상관에게 결재를 받으라는 듯한 느낌이다. 어쨌든 발렌시아에게는 퍽 편한 이야기였다. 라르디슈가 어느 선까지 참을 수 있는지 짐작할 수 없으니 처음에 적게 부른다면 돌이킬 수 없다. 그러나 뒤집어 생각해 본다면, 저희가 예상보다 많이 불러도 상대가 받아들일 가능성이 있는 것. 더군다나 스무 해 불가침을 덜컥 기본 조건으로 제안했으니 저 사람도 그에 따른 불이익은 어느 정도 감수하고 왔으리라. 괜찮은 거래였다.

"내일 다시 뵙겠습니다."

"좋아."

발렌시아는 간단히 예를 표하고 일어서려 했다. 그러나 말로써 잡혔다.

"외르타가 거기 있다지?"

그는 입을 다물었다.

"미친년. 군영에서 벗어날 수 있도록 해 줬더니 그런 식으로 배신해?"

발렌시아는 그 욕설에 어떻게 반응해야 할지 갈피를 잡을 수 없었다. 욕설 자체에 익숙하지 않았기 때문이다. 자신 앞에서 저만치 험악하게 지껄인 자는 디무어뿐이다. 그는 약간 떨떠름하게 답했다.

"말씀이 고상치 못합니다."

"너희는 배신자에게도 예를 차리나?"

"마땅한 배반이었습니다. 예상하지 못했습니까?"

"그년이 그리 말하든? 웃기지 말라 해라. 차라리 왕이 패사했을 경우 제 처분이 두려워 도망쳤다 하면 믿어 주지. 복수라니, 개도 웃겠군."

"뤼 레스트왈."

레스트왈은 씩 웃었다.

"전해. 알아서 사리라고."

"그분은 딤니팔의 보호를 받고 계십니다. 무용한 위협입니다."

"나도 이제 그 여자에겐 관심 없어. 내 일이 훨씬 바쁜데 무슨. 그렇지만 그년도 나름의 대가는 치르게 될 거다."

"잉그레가 수호하는 분입니다. 함부로 대가를 말씀하지 마십시오."

레스트왈이 더 크게 미소 지었다. 발렌시아는 불쾌감을 이기지 못하고 인상을 찌푸렸다. 분명 호감형의, 서글서글한 인상임에도 웃음이 저리 독하다. 이해할 수가 없었다.

"내가 대가를 말하지 못할 거라고? 공작, 장담할 수 있나?"

"……."

"나는 그년을 죽이고도 남을 대가를 알아. 아주, 아주, 잘 안다."

"……."

"하긴. 내가 손을 쓰기 전에 저 스스로 먼저 죽을 게 뻔하긴 하지만."

"무슨 이유로 그렇게……."

"뭐?"

발렌시아는 상대의 얼빠진 표정에 자신이 무언가를 잘못 생각했는지 의심했다. 밀레비스 종전 직후, 외르타는 자신의 앞에서 칼을 놓았다. 칼을 놓는 행위는 살기로 결심한 자의 상징 아닌가?

"공은 그년이 살 거라고 믿나?"

"살아 계시지 않습니까?"

"재밌네, 이거. 공은 자살한 년을 붙잡아 둔 걸로 임무를 완수했다고 보는 건가? 고작 한 번인데? 공은 그 한 번으로 끝날 거라고 생각하나?"

"……."

"하긴. 그녀에 대해 아는 것 하나 없는 공이 뭘 답하겠나. 공이 헤아린 거라곤 전쟁 내내 질질 매달렸을 그 반반한 얼굴뿐이겠지. 진짜 한심하네."

"……."

"아무튼 난 경고했다? 그녀은 아마 자기 목이 무거워 견디질 못할 거다. 아, 혹여 자기가 죽는답시고 내가 내 대가를 포기할 거라고 생각한다면, 정말 큰코다칠 줄 알라 해라. 죽어도 죽여 버릴 줄 알라고."

"경?"

발렌시아는 놀라 고개를 들었다. 외르타가 활짝 열린 문 앞에 서 있었다. 그는 지독히 당혹하여 제 앞에 놓여 있던 종이를 문진으로 덮었다. 순식간에 그녀의 이름이 사라졌다.

"희한한 일이구나. 여기까지 오는데도 기척을 몰랐니?"

"제 불민함을 용서하십시오. 무슨 용건이십니까?"

"시누사가 종이 가져왔지?"

"……."

"내 그럴 줄 알았다. 당신이 시켰지?"

"……."

"어? 당신이 가져갔으면서 이렇게 버리면 어떡해? 무례하다."

"의미 없는 낙서였습니다. 더 이상 필요하시지 않으리라 생각했습니다."

"나한테는 필요해."

외르타는 그가 던져 놓은 종이 뭉치를 품에 안았다. 던져두었다 해도 그 성격에 엉망진창일 리가 없다. 그녀는 자신이 두었던 것보다 더 단정해진 종이를 보곤 코웃음을 쳤다. 그리고 인사도 없이 총총 방문까지 되돌아갔다.

발렌시아는 그 여윈 등을 바라보다가 저도 모르게 말문이 터졌다.

"외르타."

그녀는 고개만 돌려 그를 바라보았다. 발렌시아는 제 쪽에서 보이는 갈색 눈이 마음에 들지 않았다. 햇살을 받은 초록 눈을 바랐다. 지독한 녹음. 그 녹음이 죽은듯 다시 죽을 줄 알라니. 처음조차 이 딤니팔이 용납지 않을 텐데. 어처구니가 없다.

"몸조심하십시오."

"……."

외르타는 무슨 말을 하려는 양 입을 벌렸지만, 결국 답하지 못했다. 발렌시아는 불안해졌다. 여전히 답은 나오지 않았다. 그녀는 톨레도가 기다린다는 말을 던져 놓곤 그대로 떠났다.

외르타는 눈썹을 치켜 올렸다.

"나다니지 말라니, 그게 무슨 소리야?"

"애초에 출입은 금지되어 있었습니다. 요새 저를 대동하고 계속 이곳저곳을 돌아다니셨지 않습니까. 발렌시아 경께서 심기가 불편하신 듯합니다."

"심기?"

그녀는 기가 막힌다는 표정을 지었다.

"내가 그 사람 심기에 따라서 이래라저래라 명령을 받다니…… 안쪽 공기가 겨워서 조금 돌아다녀 보겠다는데 그것마저 막는구나. 톨레도 경, 경은 지금 전쟁 때보다 더 빡빡하게 구는 것 같아."

"어쩔 수 없습니다. 발렌시아 경께서 전쟁 당시보다 배는 더 엄중하길 바라시니 말입니다. 외려 제가 더 묻고 싶습니다, 외르타. 경과 무슨 불화가 있으십니까?"

외르타는 억울해 얼굴을 다듬을 수가 없었다. 최근 들어서는 발렌시아와 제대로 이야기해 본 일도 없건만 이토록 철통같은 감시라니. 참으로 당혹스럽다. 지난 번 '도주'가 그만한 여파였을까 생각해 보았지만, 그 이후로 참 고분고분 말을 따르지 않았던가. 톨레도의 시선에서 벗어난 일이 없는데. 그녀는 불평했다. 이토록 소심한 행동에도 마음을 돌리지 않는 그의 퍽퍽함이 언짢았다. 얼굴 한번 비추지 않고 그저 무뚝뚝하게, 보이지도 않는 곳에서 내리는 명령이라니.

"아무튼 지금은 마차에 오르시고, 알로지아드 카사에 도착해서 논의해 보지요."

"하지만……."

"외르타."

그녀는 그의 자상한 강요에 떠밀렸다. 발이 허공에 붕 뜨는가 싶더니 어느새 마차에 올라 있었다. 톨레도는 계속 팔짱을 끼고 있다가, 그녀가 문을 닫는 것을 확인하고는 마차 앞쪽으로 돌아갔다.

외르타는 불쾌함과 함께 나동그라졌다.

그녀는 다리를 웅크려 동그마니 앉았다. 이래서야 개돼지 운반하는 것과 다를 것이 없으니, 차라리 발렌시아에게 말이라도 붙일 수 있던 전쟁 때가 나았다. 딱히 그와 말을 섞고 싶어 해서가 아니라, 그 사람이야말로 제 유일한 책임자인 까닭이었다. 그 권력에 매달려야 하건만 아예 얼굴도 볼 수 없는 이 상황에서 자신이 무엇을 어찌해야 한다는 말인가.

외르타는 바닥처럼 막막한 이 상황을 원망해 보았다. 이대로 왕도까지 가는 일만큼 답답한 상황도 또 없을 것이다. 아직도 여러 달 남았다. 유폐라니. 사람을 조롱하는 처사다.

마차가 움직이기 시작했다. 외르타는 속으로만 투덜대며, 잘 자리를 찾아 넓은 소파 속으로 미끄러져 들어갔다. 이 상황에서도 잠이 오는 간사한 몸이…….

"……께서…… 도록……."

"하지만…… 아까 전만 해도……."

"그보다는……."

누군가 여전히 움직이고 있는 마차의 문을 열어젖혔다. 외르타는 몽롱한 와중에도 어떻게 달리는 마차의 문이 차분히 열릴 수 있는지 궁금해졌다. 일순간 찬바람이 훅 끼치더니, 다시 단단히 막혔다. 외르타는 딸깍하고 문이 닫히는 소리를 듣고는 얌전히 담요 속으로 파고들었다.

"발렌시아 경, 마차 안에서 도망가시진 않을 겁니다."

그녀는 정신이 번쩍 드는 것을 느꼈다.

"휴식마다 살펴 드려라."

"거의 사흘 내리 주무신 것 같습니다. 동면 같군요. 조반을 드실 때에만 기상하십니다."

"하루 한 끼?"

"예…… 주변에 시중을 들 만한 여인이 없다 보니 깨워 드리기도 상당히 저어됩니다. 그녀 홀로 나오실 때에만 제가 식사를 권하는데, 정작 받지 않으시니 답이 없습니다. 저 몸에 하루 한 끼라니 저도 죄책감이 느껴지기는 합니다만, 어찌……."

"내 나중에 말씀드리겠다."

"마주하시면 드릴 말씀보다 들을 말씀이 더 많으실 겁니다."

"자리가 불편하시다던가?"

"음……. 이런 말씀은 올릴 것이 못됩니다만…… 뺨을 맞지 않도록 조심하십시오."

"……."

"부상을 걱정해 주시는 것은 그녀로서도 정말 감사할 만한 일입니다만, 그렇다고 이런 완전 유폐는 천만부당합니다. 격에 맞지 않는 일이니까요. 그녀의 정체를 아는 사령부 역시 이 처분을 의아히 여기고 있습니다."

"그것도 있지만……."

"물론 저분의 자살 기도를 아는 사람이 적기는 하지요. 저와 지금은 떠난 시누사 경, 그나시오 경, 그리고 경뿐입니다. 때문에 이 감시가 외르타의 목숨을 돌보기 위한 것이기도 하다는 사실은 모두가 간과하고 있습니다. 하지만 그래도 여전히, 격이 맞지 않습니다. 그녀를 염려하신다면 저를 붙여 놓으신 것만으로도 충분합니다."

"경은 이제 곧 떠난다."

"예. 저는 졸피에서 먼저 칼을 놓지요. 하지만 저 혼자만이 수행 인력인 것은 아니잖습니까."

"그러나……."

그 순간, 외르타가 문을 벌컥 열었다. 그리고 고스란히 고꾸라졌다. 속도가 이렇게 빠를 줄은 아예 생각도 못해, 문짝에 팔을 대롱대롱 매단 채 엉거주춤 서 있을 수밖에 없었다. 그녀는 문이 점점 벌어지자 다급한 구조 요청을 했다.

"나 좀……."

누군가의 억센 손이 그녀의 어깨를 잡았다. 그 힘 그대로 안으로 밀어붙였다. 외르타는 숨을 삼키며 양탄자 위로 털썩 주저앉았다. 문은 닫히지 않았다. 다소 낮은 목소리가 찬바람과 함께 쏟아졌다.

"달리는 마차에서 무슨 짓입니까?"

"내, 내, 에에히! 내가 이렇게 빠를 줄…… 에취! 알았니? 방금 누가 열 때는 소리도 없던데."

"속도를 맞췄기 때문입니다. 따라 하지 마십시오."

경고와 함께 문이 다시 턱 하고 닫히는 소리가 났다. 그녀는 겁도 없이 다가가, 완전히 닫히려는 문짝을 등으로 밀었다. 그녀가 제자리로 돌아간 줄 알았던 손이 놀라는 것이 느껴졌다. 누군가 재차 문을 고정시켰다.

"외르타."

"들어와서 얘기 좀 하지."

"거절합니다."

"그러면 우리 이대로 카사까지 갈래? 잠금 장치는 안에 있다."

"마차는 멈출 수 없습니다."

"당신이 달리는 마차라고 못 탈 리가 없지."

"외르타."

"내 이름만 주구장창 불러서 어쩌게? 들어오렴."

"……."

그는 버텼다. 외르타는 제 목숨을 인질 삼아 여유롭게 인내했다.

"톨레도 경."

"……."

"……."

"한번 말씀을 나눠 보십시오. 벌써 보름째 마주하지 않으셨습니다."

"……."

"물러 두겠습니다."

발렌시아는 조금 더 무시해 보려는 듯했다. 그러나 안쪽에서 외르타가 발버둥을 치자, 별수 없이 입장을 굽히게 되었다.

외르타는 바깥이 대단히 궁금했지만 어찌 고개를 뺄 수 있는 상황이 아니라서 그저 속으로만 삼켰다. 다음 순간 어쩐지 한숨 같은 목소리가 들렸다.

"위험합니다. 물러나십시오."

"들어올 거니?"

"아니요. 하지만 떠나지는 않겠습니다."

그녀는 충분하다 판단하고는 위치를 바꿨다. 발렌시아는 문이 철컥 잠기는 소리가 들리자 그제야 숙였던 허리를 세웠다. 외르타는 보이지도 않는 문 틈새에 얼굴을 디밀었다.

"경."

"……."

"출입 금지는 너무하다. 톨레도 경을 매번 대동하고 다니잖아."

"경은 곧 떠납니다."

"어……? 정말? 하지만…… 톨레도 경만 내 감시를 맡을 수 있는 것도 아니고. 역시 그렇게 모질게 굴 필요는 없어."

"아니요. 저는 경 외에 또 누가 당신을 전담할 수 있을지 모르겠습니다. 경이 떠나는 순간부터 출입이 제한되고 싶으시다면, 그리하십시오. 구태여 기간을 지금으로 둔 이유는……."

"심기가 불편해서?"

"……졸피에 다다르기까지 톨레도 경에게 당신 설득을 맡기기 위함입니다."

"저는 빼 주십시오."

"안 가나?"

반대편에서 발굽이 빙 돌아 나가는 소리가 들렸다.

"도대체 왜? 무엇을 그렇게 경계하나? 예의 그 '도주'가 마음에 안 드는 것이라면 내 해명하마."

"……."

"그때 나는 미래가 아닌 과거를 생각하고 있었다. 라르디슈의 그때를 떠올려 봐라. 충분한 도주잖나? 지금은…… 당신이 이처럼 엄중에 엄중을 기하고 있는데 내가 도주할 엄두라도 내겠니? 딤니팔 영내에서 딤니팔에 쫓기는 사람이 잡히지 않을 거라고? 말도 안 된다. 나는 가능성 없는 일은 안 해."

"저는 그런 의미의 도주를 염려하는 것이 아닙니다."

"그러면?"

"저는 당신의 자진을 염려합니다."

외르타는 즉각적으로 잠금쇠를 열고 문을 열어젖혔다. 아니, 젖히려 했다. 그녀는 다시 상대의 힘에 막혀 홀로 온갖 애를 쓰는 모양이 되었다. 이번의 발렌시아는 아예 제 말의 몸통으로 밀어붙인 듯, 말을 잇는 목소리가 더 가까워지지도 않았다.

"물러나겠다고 약속하셨습니다."

"내가 죽을 거란 말까지 차분히 듣고 있어야 하나?"

"당신이 제게 그런 의심을 주셨습니다."

"당신은 어떻게……."

"……."

"사람이……."

"……."

"경……."

"제게 증거를 보여 주십시오."

"살겠다는?"

"예."

그녀는 할 말이 없었다. 아예 믿지 않겠노라 못을 박는 모양이다. 그도 자신의 말이 얼마나 어리석은지 알 것이다. 사람의 살겠다는 의지를 제 각오 이외의 어떤 것으로 증명할 수 있다는 말인가?

"물론 이번 명령에는 당신의 부상 역시 이유로 들 수 있습니다. 어차피 방 안에만 있으신다 해도 자진이 불가한 것은 아니니……."

그녀는 다시 한 번 등에 힘을 주었지만, 문은 꿈쩍도 하지 않았다.

"자살을 방지한다는 이유만으로 당신을 유폐할 수는 없습니다. 때문에 부상이 더 중합니다. 부상의 완쾌 이후에는 아량을 두겠습니다. 완쾌 뒤에, 감시와 함께할 경우에 한해 출입을 허할 것입니다."

저 무감함이 제 눈앞에 있었다면 무슨 욕을 내뱉었을지 모르는 일이다. 외르타는 외려 다행이라는 생각을 했다.

"이것으로 되었습니까?"

"……."

"이만 물러나십시오. 물러나지 않으신다면 바깥에 줄을 치겠습니다."

이 이상 머무르지는 않겠다는 이야기다. 외르타는 도리 없이 항복했다. 허리를 돌려 기대었다. 그녀는 순식간에 그가 멀어지는 소리를 들었다.

"벌써?"

톨레도는 그녀의 놀란 목소리에 어설프게 웃었다. 한낮. 외르타는 침대에 앉아 베개를 안고 있었는데, 그 모양이 마치 제 맏이와 다를 것 없어 우스웠다. 그녀는 심지어 저 모습으로 사흘째 자리에서 일어나고 있지 않은 상태였다. 바깥에 함부로 나오지 말라는 발렌시아의 명에 반항하듯, 아예 침대 위에 제 둥지를 튼 것이다.

그는 발렌시아와 외르타의 사이가 별반 좋지 않다는 것이 참 유별난 일이라고 생각했다. 자신이 십수 년간 대해 온 발렌시아는 그리 대하기 까다로운 사람이 아니었다. 항상 사리를 분별할 줄 알고 선을 지키는 성격이라, 어떻게 트집을 잡으려야 잡을 수가 없었던 것이다. 외르타도 마찬가지로 함께하기 편한 사람이었다. 한 나라의 왕녀와 왕비를 거쳐 왔다기엔 지나치게 소탈한 사람이었으니까.

더군다나 더 중요한 것은 두 사람의 무관심이었다. 저 둘이서 똑 닮은 무심함 때문이라도 그것은 불가능했다. 그 천성 같은 무심함을 가지고 상대에게 '신경 쓴다니.' 좋은 쪽이든, 좋지 않은 쪽이든, 그것이 가능하기는 한가? 차라리 한쪽에만 그런 기질이 있었다면 어련히 이해했을 텐데, 어떻게 꼭 닮도록 무심한 저 둘에게 이렇게 불편한 관계가 서는지 알 수가 없었다.

"경, 물었어. 그럼 어디서 떠나는 건가?"

톨레도는 의자를 끌어당겨 앉았다.

"알로지아드 졸피에서 빠집니다."

"세상에! 내일이잖아! 경도 시누사도 말도 없이 가려 작정했구나."

"말씀드렸지 않습니까?"

"왜?"

"예?"

"시누사는 그나시오 백과 전후 처리를 해야 한다고 했어. 하지만 지금은 남쪽을 벗어나도 훨씬 벗어났잖아. 포티미와 관련해서 빠지는 것은 아니지?"

"아내와 아이들이 졸피에 있습니다."

외르타가 웃음인지 신음인지 모를 소리를 냈다.

"전승 소식을 가지고도 폐하께 가지 않겠다고? 경, 제정신인가. 경은 발렌시아 경 바로 다음이다."

"폐하께 이미 허가받은 일이니 문제되지는 않겠지요."

"그 이야기가 아니야……. 포상은?"

"굳이 오스페다까지 가지 않더라도 폐하께서 선심으로 베풀어 주실 것입니다."

"정말 아내와 자제들 때문이야? 진심으로?"

"……진심이 아니면 무엇이겠습니까? 포티미외를 치르는 내내 얼굴 한번 보지 못했습니다."

그녀는 어처구니가 없었다. 아무리 톨레도가 위세 대단하여 받을 보상에 그리 신경 쓰지 않는다 해도, 전승의 부주역이 가족을 보겠다고 중간에 슥 빠져나가는 이런 상황이라니. 심지어 이것이 그에게는 일상인지, 그는 자신이 크게 모범 답안에서 벗어난다고 생각하지도 않는 것 같았다. 그녀의 입에서는 묘한 감탄이 새어 나왔다.

"정말 족하나 보군."

"딱히 족하다고는……. 아니, 족하다니…… 외르타, 그 말은 조금 이상합니다."

"응?"

"족하다니요? 무슨 말씀이신지 모르겠습니다."

"아내랑 자식이."

톨레도는 인상을 찌푸렸다. 외르타는 그의 그런 모습을 처음 보았다. 그녀는 자신이 무언가 잘못한 것 같다고 생각했지만, 그것이 정확히 무엇인지 가늠할 수 없었다. 톨레도는 이내 제 표정이 무례하다는 것을 깨달은 듯 보였다. 몇 번의 헛기침 뒤에 평소와 같은 목소리가 흘러나왔다.

"좌우간, 오늘 오후에 떠난다면 알로지아드 졸피에는 만 하루 뒤에 도착할 겁니다."

"가기 전에 나 완쾌되었다고 발렌시아 경에게 얘기 좀 해 줘."

"완쾌되지 않으셨습니다."

외르타는 기가 딱 막힌다는 얼굴을 해 보였다. 발렌시아의 엄금 명령 이후 벌써 이순이나 지났다. 물론 아직까지 종종 고통스럽다는 것은 부정할 수 없다. 하지만 이미 모든 음식을 먹을 수 있는데, 이 정도면 이제 가벼운 외상만 남은 것 아닌가? 그녀는 짜증스럽게 외쳤다.

"뭐가 그리 까다롭지? 정작 자기들은 어깨가 날아가도 저 할 일을 하면서, 난 왜 이렇게 두문불출하게 만들어?"

"……몸이 다르잖습니까."

"아니, 아무리 달라도 그렇지. 경은 발렌시아 경이 어떤 꼴로 종전 협정을 체결했는지 보지도 못했나?"

"발렌시아 경께는 익숙한…… 아니, 익숙하지는 않지만 그래도 견딜 만한 부상이었습니다. 외르타, 경께서 열넷의 나이로 전장에 나왔다는 것을 정말 모르십니까?"

그녀는 할 말이 없었다. 몰라서 할 말이 없어진 것이 아니라, 어처구니가 없어 쓸 수밖에 없는 정적이다. 세 번째 겪은 부상이면 처음 겪은 부상보다 덜 고통스럽다던가? 외르타는 '맞는 고통'이 결코 익숙해지지 않는다는 사실을 지나치게 잘 알고 있는 사람이었다. 몸은 쓰면 닳을 뿐. 그녀의 왼발이 말했다.

톨레도는 두 손으로 얼굴을 크게 쓸고는 한숨을 쉬었다.

"외르타……. 저는 당신이 발렌시아 경을 너무 과소평가하시는 것은 아닌가 싶어 안타깝습니다."

"나는 그 사람을 충분히 인정하고 있어."

"능력의 출중함이 아닙니다. 경께서 견디고 계신 짐을 말씀드리는 겁니다."

"……."

"경께는 지워진 것이 많습니다. 미라이예라는 가문도 가문일뿐더러, 인생의 절반 가까이를 전장에서 보내신 분입니다. 그분이 받으시는 것이 폐하의 신용만이라면 차라리 낫습니다. 십이공회의 무책임한 의무 전가……. 십이공회는 항상 경께 찬사와 존경과, 그 희생의 대가를 치릅니다만, 그렇다고 그것이 저분을 저렇게 부리는 것에 대한 변명이 되는 것은 아닙니다."

그녀는 잠자코 듣다가 문득 의문을 느꼈다.

"공작이 이제 할 만큼 했다고 거절도 못하나? 그만한 권력을 가지고 '부림' 당할 수는 없지."

"발렌시아 경은 이치에 맞는 일은 거절하지 않습니다. 달리 지키는 것이 없기 때문이지요."

"지키다니?"

"그분께서 딱히 관심을 두는 것이 없다는 뜻입니다. 물욕도 권력욕도, 심지어 사람에 대한 욕심도 없습니다. 아무튼 거절하지 않는다는 것이 바란다는 뜻은 아니지 않습니까? 지금 이것들은 그분이 원해서 한다기보다는 습관에 더 가까운 일들입니다. 십이공회는 그것을 이용하는 것뿐이고요."

"자기가 꺼리지 않는 일이 어떻게 짐이 되나? 본인에게 불만이 없으면 된 거지. 괜한 트집이다."

톨레도는 방금 전 외르타에게 족하냐고 들었던 때와 똑같은 표정이 되었다. 선명한 괴리감이 들었다. 발렌시아가 얼마나 큰 책임을 지고 있는지, 그것이 보는 이에게 얼마나 큰 한숨과 안타까움을 잣는지 모른다는 말인가?

"톨레도 경, 함부로 동정하지 마."

"당신과 제 생각이 다르단 것은 충분히 알겠습니다. 이야기는 여기서 그만하지요."

"왜 내 말은 하나도……."

"제가 떠나는 지금에야 말씀드립니다만…… 부디 더 고생시켜 드리지는 마십시오."

그녀는 눈썹을 치켜 올렸다. 정말 이해할 수가 없다. 어쩌면 저렇게 함부로 남의 인생을 재단한다는 말인가. 그가 힘든지 안 힘든지 어떻게 알고. 그녀는 자신이 동정 받고 있다는 사실을 알게 되면 발렌시아가 얼마나 언짢을지 감히 상상조차 하기 어려웠다.

외르타는 고개를 저으며 조용히 말했다.

"나 알아서 할 테니 경은 가서, 내가 다 나았다고만 고하렴."

"……."

외르타는 이것이 톨레도가 간신히 보인 양보라는 사실을 깨달았다.

"약속은 지켜."

"……."

그녀는 그의 얼굴을 확인하기 위해 고개를 비틀었다. 발렌시아는 다소 거북하다는 표정이었지만 끝내 수긍하는 눈치였다. 그녀는 팔짱을 끼고는 앞서 가는 톨레도의 말을 바라보았다. 그 꼬리가 경쾌히 흔들리는 모양을 보자니, 딱 그 옆에서 걸어가는 주인만큼 흐뭇해 보였다. 가족을 보는 것이 그렇게 좋은 건가. 외르타는 제 경험을 상기하며 속이 언짢아졌다. 그의 기쁨이 과연 그녀의 기쁨이겠는가? 외르타는 더 나아가려는 자신을 바로잡았다. 그의 인간 됨됨이를 생각해 보았을 때 그는 물론 좋은 남편일 것이다.

톨레도가 먼저 내성 안에 들어섰다. 경비 기사는 감히 무언가를 말할 엄두조차 내지 못한 채 뒤로 물러났다. 그 뒤를 약간 노곤한 표정의 외르타가 따르고, 몇 발자국 뒤에서 발렌시아가 따라왔다. 십이공회의 가문 둘과 왕족의 걸음치고는 초라할 만큼 간소했다. 톨레도와 톨레도의 애마와 외르타와 발렌시아. 정말 이 넷뿐이었다.

그녀가 이곳까지 따라온 목적은 다름이 아니라, 톨레도의 의원에게 자신을 보이기 위함이었다. 가문의 의원이 영지에 머무르는 자작 부인을 수행해 왔다고 들었다. 십이공회 가문의 의원이라면 사실상 왕실 수준에 못 미침이 없다. 톨레도는 그 정도면 외르타의 바깥 출타를 허락하겠다는 발렌시아의 떨떠름한 답을 이끌어 냈다. 아주 간신히.

이런 단출한 목적 덕분에 일행은 많아질 필요가 없었다. 발렌시아는 본시 자작 부인과 안면이 있어 애초에 안부를 묻기 위해 들를 생각이었던 듯했고, 외르타 자신이야 그저 덤. 십이공회 가문의 성에 들어가는 데 무장 호위를 이끌고 가는 것은 도무지 말이 안 되는 소리인 데다 애초에 그들 중 그런 것을 좋아하는 사람도 없었다. 그래서 이 넷이었다.

누군가가 성에서 걸어 나오고 있었다. 그 사람이 말했다.

"라톤?"

외르타는 라톤이 누구인지 잠깐 고민했다. 이내, 이름을 외우는 데 익숙한 머리 한구석이 퉁명스럽게 내뱉었다. '라톤 자나 카라치올로 얀 톨레도.' 아, 예의 그 부인인가. 발렌시아가 뒤에서 무슨 예를 표했는지, 한순간 그녀가 깊게 고개를 숙였다.

"정말 오랜만에 뵙습니다, 미라이예 공."

외르타는 누군가에게 미라이예 공이라 불리는 발렌시아를 처음 보았다. 뒤에서 무덤덤한 목소리가 들렸다.

"격조했습니다."

"전승을 축하드립니다. 공작께서 아니 계셨다면 불가능했을 전적입니다."

"무상無常한 공에 과분한 칭찬이십니다."

부인은 다시 한 번 인사하고는 기다렸다는 듯 톨레도에게 시선을 돌렸다. 그는 이미 그녀의 코앞에 서 있었다. 그가 어떤 표정을 짓고 있는지는 잘 모르겠다. 그러나 부인의 미소만큼은 한낮의 태양 아래서 대단히 선명했다. 외르타는 약간의 충격을 받았다.

그녀는 양손을 들어 톨레도의 얼굴을 감쌌다.

"또 여위셨습니다."

한숨 같은 웃음소리 뒤, 톨레도는 고개를 숙여 얕게 입을 맞추었다. 지나간 듯 지나가지 않은 듯 아주 가벼운 입맞춤이었다. 부인은 기쁨을 참지 못한 양 입술을 꾹 깨물었다.

"매번 평탄치 못한 고생을 몸에 남기고 오시면 끝내 제가 기댈 곳이 없을 것입니다."

"……건강히 잘 지냈소?"

"이런, 라톤! 당신이 걱정해야 할 사람은 제가 아닙니다."

"내가 어딜 상했다고? 걱정 마오. 궐통은 어찌 되었소?"

"떠나실 때 덜어 가셨나 봅니다. 지금에 와서는 흔적도 없답니다."

"람벤에게 샅샅이 심문할 거요."

"그러세요. 전 감춘 것이 없으니. 첼쇼 덕에 멀리 나왔다 당신을 만나게 되는군요. 무엇을 알고 제 어미에게 남향을 조른 것인지."

"첼쇼가 아니라 당신 덕분인 것 같은데……."

"폐하까지 어기고 제게 오신 것은 제 기쁨이지만 또한 불충입니다. 물론 당신 말마따나…… 제가 당신이 그럴 사람이란 것을 모른 것은 아니지만요."

"한 해 떠났더니 그사이 나보다 나를 더 아셨소."

"아뇨. 이십 년 동안 당신을 알았잖아요."

부인은 화사하게 웃었다. 그리고 그의 양 뺨에 키스했다. 그 맑고, 따뜻하기까지 한 광경을 보며 외르타는 자신의 불안을 완전히 철회했다. 산뜻할 만큼 사랑스러운 부부다. 행동 하나하나에 상대를 위한 배려가 스며 있었다. 자신이 선 방향에서 보이는 부인의 행복한 표정은, 단지 보고만 있는 그녀마저 얼얼하게 울릴 지경이었다. 도무지 애정을 숨길 방법이라고는 찾을 수 없는 듯, 저 사랑을 담은 손길 하나하나. 눈앞에 잔상처럼 남았다.

신기했다. 자신이 스물다섯 해 살며 저런 모습을 보인 일이 있었을까? 어쩌면 자신이 로크뢰의 환심을 얻기 위해 떨었던 아양 중 저런 종류가 있었을지도 모르겠다. 자신도 저리 사랑스러웠을까. 목에 칼을 품은 입맞춤이 그리 가슴 저몄을까.

갑자기 속이 불덩이처럼 확 타올랐다.

외르타는 순간적으로 속이 메슥거려 제대로 바닥을 짚을 수가 없었다. 곧게 잘 서 있던 몸이 돌연 확 꺾였다. 배가 접혔다는 고통보다, 토할 것 같은 역겨움이 더 컸다. 기름을 수십 통 마신 듯 목구멍이 느글느글해 감히 제대로 된 숨이 나오지 않았다. 피가 거꾸로 솟구치는 느낌이다.

발렌시아는 그녀가 허리를 숙이자 의아하다는 눈으로 갈색 가마를 내려다보았다. 고개가 올라오지 않는다. 그는 어찌 손을 대지 못한 채 그저 물었다.

"괜찮으십니까?"

외르타는 대답은커녕, 그에게서 몸을 돌리더니 도망치듯 몇 걸음 뛰어갔다. 그녀는 얼마 가지도 못하고 다시 허리가 고꾸라져 그대로 앞으로 구를 뻔했다. 뒤따르른 발렌시아가 그녀의 양 팔뚝을 잡지 않았다면 필시 정원 한가운데에 뒹굴었을 것이다. 그녀는 놓으라는 소리도 못하고 곧장 헛구역질을 했다.

"욱……. 우욱! 으, 우우욱!"

그는 전조 없는 헛구역질이 당혹스러운 양 여윈 등에 손을 대었지만, 이번에도 역시 힘을 가할 생각을 못했다. 그는 주저하다 그녀의 양 팔뚝까지 놓쳐 버렸다. 외르타는 드디어 바닥에 앉아 제대로 된 구역질을 하기 시작했다.

"우우욱! 으욱!"

나오는 것이라고는 신물뿐이다. 정신은 분명 멀쩡한데 온몸이 헐어서 무너지는 기분. 얼굴이 새하얗게 질리는 게 느껴졌다. 무언가가 넘어왔다기보다는, 공기 자체가 계속 목을 압박하는 듯하여 속이 완전히 틀어 쥐인 상태였다. 기도가 막히니 코로도 숨이 쉬어지지 않았다. 가슴 위에 놓인 커다란 바위 하나가 쩡쩡 울리는 것 같다. 목이 너무 갑갑하고 역겨워 아예 찢어 버리고 싶은 기분이었다. 그녀는 두 손으로 제 목을 감싸고는, 이전보다 더 심하게, 나오지도 않는 속을 게워 내려 했다.

누군가 그녀의 어깨를 잡았다.

외르타는 돌아보지 않고도 그 손이 누구의 것인지 알았다. 아마 평생토록 잊지 못할, 죽을 때까지 푸른 자욱으로 간직할 그런 손.

"외르타."

그녀는 제 목을 가까스로 잡고 몇 번이고 화학 움츠러들었다. 이미 마음의 역겨움은 사그라졌는데, 몸의 구역질만이 악착같이 남아 힘겨웠다. 생각 자체를 포기하고 싶었다. 아. 이렇게 고개를 숙이고만 있다가는 정말 숨이 막혀 죽을 것만 같은데.

그녀는 다음 순간 힘조차 들이지 않고 일어서게 되었다.

양 어깻죽지를 잡고서 들어 올린 것이라 순간적인 불균형조차 없었다. 잠깐 상대 쪽으로 휘청거리기는 했지만 그것을 느낀 순간 이미 자신을 잡았던 손은 오간데 없었다. 그녀는 뒤를 돌아보았다. 뒤늦게야 접혔던 복부의 고통이 느껴져, 시큼한 아픔에 식은땀이 쭉 흘렀다. 이어서 다시 휘청, 다시 잡혔지만, 이번에는 그녀가 먼저 거칠게 뿌리쳤다. 외르타는 그를 떨쳐 낸 행동을 후회하지 않기 위해 스스로 제대로 서 보려 했다. 악착같이 다리에 힘을 주었다.

또다시 잡혔다. 그녀는 자신을 거듭 잡는 행위에 화가 나서 그 방향을 바라보았으나, 의외로 이번에는 그가 아니었다. 여자였다.

"괜찮으신가요?"

서른 중반쯤 되는 여인은 나긋나긋한 상냥함이 인상적이었다. 그보다 열 살이나 어린 외르타는 상냥함을 보이기는커녕, 대답조차 못하고 나무토막처럼 뻣뻣이 서 있기만 했다. 부인은 그 이상 허락을 받을 생각이 없는지 바로 그녀의 어깨를 감싸고는 인도했다. 그녀는 죽으러 떠나는 사형수처럼 부인에게 이끌려 갔다.

톨레도는 두 사람의 뒷모습을 보며 약간 얼이 빠진 듯했다. 그러나 그는 자신의 아내가 외르타를 다독이고 있다는 사실이 아니라, 단지 발렌시아에게 놀란 것처럼 보였다. 그는 아내가 성 안으로 사라지는 모습을 눈으로 좇은 뒤에야 발렌시아에게로 고개를 돌렸다.

"발렌시아 경."

그는 별 표정이 없었다. 그러나 톨레도는 방금 전 외르타를 잡은 그의 팔이 떨쳐지던 광경을 잊지 못하고 있었다. 자신을 죽이려는 살인자에게 붙들리기라도 한 것처럼, 도망치듯 절박하게 내팽개쳤다. 한 치의 의심도 할 수 없는 언짢음과 거절과 화. 보고 있던 자신이 무안할 정돈데 그 장본인은 어떻겠는가.

그러나 발렌시아는 자신이 얻어맞다시피 물러났을 때조차 놀라지 않았다. 그녀를 잡아 올릴 때부터 분명 한 번쯤은 그리될 것이라고 생각하고 있었으니까. 각오하고 당겼다. 어쨌든 기도가 막힌 것처럼 꺽꺽거리는 통에 고개를 수그리고 있는 것은 위험한 일이다. 공기 중에서 익사하겠다고 작정하지 않은 이상에야.

"제가 더 당황스럽습니다."

"본시 저런 분이다."

물론 톨레도는 그 말을 가장 잘 이해하는 사람 중 하나였다. 외르타를 가장 많이 보아 온 자인 것이다. 그러나 그런 그 역시 저토록 격렬한 거부는 받아 본 일이 없었다. 애초에 스스로가 손을 대지 않아서일까? 그는 약간 의아해졌다. 발렌시아는 그 어정쩡한 표정을 읽고선 약간 웃었다. 웃음인지 엄격함인지 모를 어중간한 미소.

"개의치 마라. 들어가지."

그는 앞장서 알로지아드 졸피로 들어섰다. 먼저 들어간 둘은 계단의 끄트머리로 올라서고 있었다. 외르타는 그녀의 부축을 받지 않고 꼿꼿이 섰는데, 그것이 외려 더 불안정해 보였다. 부인이 꾸짖듯 무어라 말했지만 그녀는 조금도 신경 쓰지 않고 혼자 걸어가기 시작했다. 괜찮다는 외침이 몇 번 들렸다. 발렌시아는 다짜고짜 하대를, 그것도 몇 번이나 듣고도 화를 내지 않는 자작 부인에게 감사했다.

"부인께 저분의 성함은 알려 드리지 마라. 마땅한 예를 차리지 못한다 해도 아직은 극비 사항이다."

"어차피 알릴 성함도 없습니다."

"……."

"라그랑주 파르무티에 외르타-라르공드 비에이라 라르디슈 올 발루아…… 이것으로 전하겠습니까? 비전하라는 호칭도 거절하신 분입니다. 그 이름은 라르디슈 왕가에서 내린 것, 배반한 자신은 그 이름을 유지할 수도, 유지하고 싶지도 않다고 말씀하셨습니다."

"……내가 후일 여쭙겠다."

톨레도는 그 말의 끝에서 기사의 경례를 하다가, 스스로 웃음을 터뜨렸다. 이미 상하 관계가 해제된 상황인데도 습관처럼 그리하고 있는 것이다. 그는 그 웃음에 대한 답을 기다리지 않고 아내를 쫓아 성큼성큼 올라갔다.

발렌시아는 시종이 와서 칼을 받아 들려는 것을 조용히 거절했다. 시종은 당황스럽다는 얼굴과 화가 났다는 얼굴을 반반 섞은 채로 항의했다. 그는 별반 대응을 하지 않았지만 그 시끄러운 목소리에 지나가던 하인들이 모이자 짜증스러움을 느꼈다. 그는 톨레도가 이것조차 처리하지 않고 떠났다는 데 한숨을 쉬며, 자신이 미라이예의 가주라는 사실을 패와 함께 밝혔다. 순간 시종들은 발에 채인 개처럼 물러났다.

그는 홀의 가장자리로 걸어가 창가에 기대었다.

오스페다까지는 아무리 늦어도 이순에서 한 달. 물론 그때까지 종일 외르타의 출입에 제한을 두겠다는 생각은 하지 않았다. 지난번에 합의했듯, 그 역시 그녀의 부상이 나아진다면 그 정도쯤은 허락할 용의가 있었던 것이다.

그런데 방금 전과 같은 구토를 본 상황이라면 좀 더 고민해야 했다. 배의 부상과는 무언가 방향이 다른 것처럼 느껴지기도 했지만, 어쨌든 고통을 느끼고 있다는 점만큼은 동일하다. 발렌시아는 스스로 두 달 만에 완쾌되었다는 사실을 기억하고는 조금 어처구니가 없어졌다. 그나시오가 지적했듯 그녀의 상처는 죽음과는 약간의 거리가 있었다. 물론 그 상태로 일 분만 더 머물렀다면 무슨 방도를 쓰든 죽게 되었을 테지만, 그녀는 즉각적인 응급조치를 받은 사람이었다. 지혈이 된 뒤의 그 부상은 제 것보다 못했다. 그런 자신이 지금 이토록 멀쩡하건만, 끊임없이 고통을 호소하는 외르타에게는 당혹을 숨길 수 없었다.

자신과 그처럼 다르다. 그래서 그는, 이런 경우라면 차라리 정도를 넘어선 보호를 하는 편이 낫다고 판단했다. 때문에 계속해서 안에 두다가, 톨레도의 가문 의원에게야 가까스로 경계를 풀었던 것이다. 이제야 간신히 바깥을 허락할 마음이 들었건만…….

"설마 미라이예 공이신가요?"

그는 옆을 돌아보았다. 해바라기 같은 소녀가 제 동생을 안고 그를 바라보고 있었다. 발렌시아는 제게 말을 건넨 아이보다는 그 품에 안긴 꼬마에게 시선을 주었다. 물론 예의가 아님을 알고 곧 소녀에게로 고개를 돌렸지만, 얼룩같이 푸른 시선은 계속해서 어린아이에게 남아 있었다.

"오랜만입니다, 리베 톨레도."

가문에서 리베 톨레도라 불릴 수 있는 여성은 단 한 사람이었다. 직계의 장녀. 톨레도의 누이가 왕비가 되었으니 이제는 저 소녀뿐이다.

"아버님과 함께 오시다니 전혀 예상하지 못했어요. 저도 오랜만에 뵙게 되어 기뻐요, 공작. 그런데 저분은 누구신가요?"

발렌시아는 리베 톨레도의 흥미가 다분히 뒷말에 치우쳐 있다는 것을 짐작했다. 물론 그 답을 저 아이에게 알려 줄 수는 없는 노릇이다.

"대답할 수 없는 질문입니다."

"으음……. 그렇다면 됐어요. 그래도 뵙는 것 정도는 괜찮겠죠?"

"당신은 괜찮습니다."

리베 톨레도는 어라 하는 표정을 지어 보였다.

"누구는 안 되는데요?"

"당신의 자매분은 안 됩니다."

"예? 세상에, 이 아일 싫어하는 여성분을 뵌 적이 없는데요."

그녀는 제 품에 안겨 자고 있는 어린 여자아이를 살짝 들었다. 서넛이

나 되었나 싶은 아이를 소녀가 애지중지 안고 다니는 것은 그 아이가 톨레도가의 누구에게나 어여쁜 늦둥이이기 때문일 것이다. 열일곱, 열여섯, 열넷, 그리고 셋. 당연한 일이다.

"리베 톨레도."

"음……. 공의 명이니 따르겠습니다. 그렇지만 제 품에서 떨어지면 곧 깰 텐데…… 그럼 언제 뵈러 가나……. 뵙는 게 예의일 텐데요……."

"구태여 뵐 이유가 없습니다. 저분은 상처를 치료하기 위해 졸피에 오신 것뿐입니다."

"아, 알로지아드 졸피에 '방문' 하신 것이 아닌가요?"

"저는 되도록 뵙지 않는 것을 제안하겠습니다."

"알겠어요. 방문하신 것이 아니라면 그렇게 해도 괜찮을 것 같네요."

리베 톨레도는 아이를 품에서 떼어 내야 한다는 부분부터 마음에 들지 않았던 듯 의외로 쉽게 수긍했다. 그녀는 외르타에 대한 관심이 사라지자 더 이상 물을 것이 없었는지, 그대로 인사한 뒤 조심조심 걸어갔다.

발렌시아는 자신이 제대로 된 배려를 한 것인가 생각했다.

그는 한참 동안 움직이지 않았다.

외르타는 이불도 덮지 않은 채 나무토막처럼 누워 있었다. 침대와 한참이나 떨어진 곳에서 누군가 들리지 않는 한숨을 내쉬는 소리가 들렸다. 어깨만 살짝 내려앉는 한숨. 그녀는 고개를 돌렸다가, 튕겨 오르듯 일어나 앉았다. 외르타는 다소 조마조마한 기색이 되어 옆에 선 사람을 바라보았다.

"미안해."

"괜찮습니다."

"번거롭게 해서……."

그는 별 표정 없이 그녀에게 예를 표한 뒤, 그대로 방을 나갔다. 직전에 떠난 의원들을 쫓아간 것이리라. 외르타는 시무룩하게 앉아 닫히는 문을 바라보았다.

톨레도의 의원인 람벤을 부르는 것까지는 좋았다. 상태에 관한 대화도 이럭저럭 짧게 했다. 그러나 그에게서 — 당연한 수순으로 — 부상을 봐야겠다는 말을 듣는 순간, 그녀가 격렬히 거부하는 것으로 문제는 시작되었다. 짜증과 공포가 버무려진 소음에 바깥을 지키던 발렌시아가 들어왔고, 자작 부인이 들어왔고, 톨레도 경은 들어오려다 무슨 생각인지 홀로 쌩하니 떠났다. 발렌시아가 죄를 추궁하자 람벤은 겁에 질린 상태로 외르타만 손가락질했다. 지나치게 당황하여 그것이 무례라는 것도 잊은 느낌이었다.

외르타는 그의 무죄를 인정했다. 다만, '남성 의원은 싫다'는 것이 이유였다. 자작 부인은 기가 막힌다는 얼굴을 보였다. 이성에게 숨겨야 하는 부분이라면 혹 모르지만, 고작해야 배의 상처인데 그 치료에 가장 능한 사람을 무턱대고 거절하는 것이다.

자작 부인은 당혹을 감추지 못한 채 발렌시아에게 어찌할지 물었다. 발렌시아는 어정쩡하고 모호한 답을 해 준 다음, 다른 가문의 의원이 없느냐 물었다. 그리고 바로 그때 즈음, 톨레도가 자작 부인 전담의 여성 의원을 데려왔다. 문제라면, 그녀는 가문의 의원이 아니라는 것. 발렌시아의 요구와는 맞지 않는 사람이었다.

외르타는 희한한 조건을 제시했다. 상처를 들추는 자만 남자가 아니면 된다. 손은 대지 마라. 보는 것은 괜찮다. 자작 부인은 그야말로 괴팍한 아이를 보는듯한 시선이 되어 방법이 그뿐이라면 그리하자 했다. 그래서 모두가 방 안에 머무는 와중, 외르타는 제 상처를 보였다. 사실 그곳에는 살이랄 것도 별로 없었다. 그보다는 아직도 짙게 남은 흉뿐이었다.

자작 부인과 톨레도는 중간에 일이 생겨 방을 나갔지만, 발렌시아만큼은 계속 제자리에 머물며 그간을 보고해야 했다. 외르타는 사실 제 상처의 어디가 어떻다는 말을 상세히 들어 본 적이 없었다. 때문에 그녀는 거의 생경한 외국어를 듣는 기분으로 그의 말을 경청했다. 무슨 전문 용어가 그토록 많은지 제 상처마저 길고 지루한 보고서가 된 느낌이었다. 발렌시아는 자신의 상세한 보고가 상처를 온전히 치료할 수 없는 람벤에게 도움이 될 것이라 생각한 듯했다.

람벤과 또 다른 의원은 방금 전에야 자리를 털고 나갔다. 발렌시아는 곧장 그들의 뒤를 따라나섰다. 외르타는 미안함이 가라앉자, 약간 언짢은 호기심이 이는 것을 느꼈다. 왜 결과를 제 앞에서 이야기해 주지 않는지 그 이유를 모르겠다.

문이 열렸다. 외르타는 침대에서 내려선 모양으로 그를 바라보았다. 그는 제 뒤로 문고리를 잡은 뒤 말했다.

"이 이상 금족령을 내리지는 않겠습니다."

그녀는 소리 없는 감탄사를 내뱉었다.

"속은 괜찮으십니까?"

"음……."

"의원의 언급이 없으니 급체를 넘어서지 않을 것입니다."

"고마워."

"그런데 여쭐 것이 있습니다."

"응?"

"혹 다른 상흔은 없으십니까?"

그 말에 외르타는 절로 왼발이 움츠러들었다.

"왜……."

"의원의 질문이 그러했습니다. 저도 이외의 말은 듣지 못했습니다."

"나한테 그렇게 물어보라니?"

"아니요. 의원은 제게 물었습니다. 한데 제가 그에 무지해 다시 당신에게 여쭙는 것입니다. 혹 다른 상흔은 없으십니까?"

"없어! 그 사람은 나한테 직접 물어보지 왜……."

그녀는 무언가를 깨닫고는 말을 흐렸다. 람벤이 의심을 품은 것은 제 몸에 남은 구타의 흔적일 것이다. 애초에 흔적이 드문 데다 자신이 보여준 곳은 복부. 내보인 것은 아주 잠시였지만, 결국 람벤은 유능한 의원이다. 걸리는 점을 놓치지 않았으리라. 때문에 '그녀의 주인일 것이 분명한' 발렌시아에게 제 의심을 캐물은 것이다. 그녀 본인에게는 민감한 문제일 수 있으니.

외르타는 약간 어색한 미소를 지으며 말을 돌렸다.

"괜찮아. 무시하렴."

"여쭐 것이 있습니다."

"……또 의원 일인가?"

"아니요. 제 개인적인 질문입니다. 포티미외에 계실 적에는 저희의 손을 많이 꺼리지 않으셨던 것으로 기억합니다. 무슨 이유로 지금 이토록 민감하십니까? 왕도에 다다랐을 때 큰 곤혹이 되실 듯합니다."

외르타는 한 대 맞은 듯 그를 바라보았다. 그는 여전히 문을 등진 채로 표정에 변화가 없었다. 항상 가지고 있던 의문을, 자신이 람벤에게 경기를 일으키는 모양을 보고 터뜨린 듯했다. 그녀는 고심하는 기색을 보였다. 머릿속이 잘 정리가 되지 않았다. 약간의 시간 뒤에, 그녀는 한숨으로 답을 내주었다.

"그냥 그리되었어. 생각해 봐, 경. 지금도 정상은 아니지만, 포티미외 당시의 나는 완전히 돌아 있었다. 기억 안 나니?"

저 배를 뚫고 나온 칼날을 잊을 수 있을 리 없다. 발렌시아는 약간 흉흉한 기색으로 리넨이 꽉 동여진 그녀의 복부를 바라보았다. 방금 전 목격한 그 상처는……. 저 천 아래에는 아직도 흉터가 길게 남아 있었다. 파인 그림자는 평생을 갈 것이다.

"게다가 그때, 나는 로크뢰에게서 밤을 떼어 낸 지 얼마 되지도 않은 상태였어. 설마 남자가 익숙하지 않으려고? 싫었지만 싫어할 수 없는 날들이 너무 길었다. 포티미외는 그 연장이야."

"……."

"그러니 지금은 그저 싫은 것에서 끝날 수 있는 거지. 싫으면 싫어하면 된다. 이 거부가 자유로워서 난 너무 즐겁단다."

"끝내 그러하실 것 같습니까?"

"모르겠어. 하지만 적어도 지금은 그래."

발렌시아는 시선을 들었다. 외르타는 파 하는 한숨을 내뱉고, 그를 바라보며 무슨 말을 하려다가, 끝내 조용히 앞으로 나섰다. 발렌시아는 외려 뒤로 물러났다. 손으로 문을 열어, 먼저 지나가라는 듯 옆으로 비켰다.

외르타는 감사의 인사를 한 뒤 그 앞으로 다가왔다. 발렌시아는 평소보다 더 드러난 그녀의 목덜미로 시선을 내렸다. 외르타는 숄을 꽉 졸라맸다. 시선을 눈치챈 모양이다. 그 순간 그는 방금 전 그녀의 답이 거짓이었음을 알아차렸다. 상흔에 대한 답. 무언가가 있기는 한 것이다. 감추고 싶은.

저토록 제 진실을 토로하지 않는데 자신이 어찌 자살을 의심하지 않을 수 있다는 말인가. 그의 처사는 정말 당연한 일이었다. 저토록 일언반구가 없다. 저토록 남이다. 우스운 일이다. 아직도 제 손에 닿던 뺨을 기억하는데.

문을 닫던 손이 잠깐 멈추었다.

그는 자신이 그 기억을 떠올렸다는 사실에 속이 불쾌해졌다.

사람이라면 누구라도 그렇듯, 그 역시 가끔 몸이 멈춘 것처럼 멍하니 있을 때가 있었다. 정신이 돌아오면 희한하게도 항상 제 손을 들여다보고 있었다. 아무것도 없는 허공도, 서류의 한 부분도 아니고 오로지 제 오른손이다. 심지어는 정신이 든 뒤에도 손을 내려놓지 않을 때가 더 많았다. 그 뺨을 어떤 모양으로, 어떻게 감쌌는지 지금도 생생하게 그릴 수 있었으니. 마치 여전히 손안에 있는 것처럼, 여전히 제 엄지에 타는 눈물이 닿는 것처럼 손가락 하나하나가 굽어 그 안에 해끄무레한 사람의 얼굴을 하나 만들어 낸다. 뺨도 입술도 제 손목을 잡은 메마른 손가락도 뜨끈했다. 하지만 가장 선연한 것은 그 모양이 아닌 그 눈물. 엄지 안쪽을 비스듬히 미끄러져, 굽은 손마디 사이에 잠깐 머물다가, 쏟아지는 양을 견디지 못하고 뼈대 굵은 손목을 타고 떨어지는. 마치 팔뚝을 불로 지지며 내려가기라도 한 것처럼, 발렌시아는 아직까지도 그것이 따른 길을 선명히 짚어 낼 수 있었다.

그가 현실을 깨닫는 것은 그 눈물이 팔꿈치에 이르러서다. 마지막 물기가 팔꿈치에서 뚝 하고 떨어지는 느낌, 그 베인 듯 선뜻한 감각에 항상 놀랐다. 갑자기 닥친 얼음장에 돌연 만 가지 숨이 저에게로 밀고 들어왔다. 목이 꽉 찼다. 그 지경이면 손 역시 절로 움츠러들게 되어, 결국 사람의 얼굴이 들어가기에는 턱없이 좁은 공간만 남는 것이다.

그는 그렇게 움츠러든 손매를 보며 매번 깨달았다.

어느새 칼을 쥐는 손이다.

그 확연한 이해에 갑자기, 정말로, 제대로 된 냉정이 찾아오기 시작하며 기억을 모조리 묻어 버리는 것이다. 발렌시아는 언제고 그 종말에 다다라서야 가까스로 안도했다. 자기 자신을 되찾은 것에 대한 안도. 이것이 바로 자신이 함구하는 이유였다. 스스로를 잃는 행위가 아닌가. 발렌시아는 그 경험을 입 밖에 낸 뒤에도 자신이 자신으로 남을 수 있을지 대단히 의심스러웠다.

결국 외르타 또한 마찬가지다. 그녀가 자신을 숨기는 이유 또한 그러하다. 진실을 토로하지 않는 이유, 저토록 일언반구가 없는 이유, 저토록 남인 이유. 모두 한 줄이다. 자기 자신을 잃고 싶지 않기 때문에.

그는 용기를 내서까지 남에게 피해를 끼치고 싶지 않았다.

외르타는 성큼성큼 걸어 나가 복도 바깥의 난간을 잡았다. 제방 위를 걸어가는 고양이 같았다. 그녀는 천장 높이 달린 조명을 바라보다가, 무엇이 우스운지 살포시 미소 지었다. 시선이 벽을 훑는 모양으로 주욱 떨어졌다. 발렌시아는 제 뒤의 문을 꽉 닫았다.

"발렌시아 경."

"예."

"바로 가니?"

"예. 결과가 어떻든 오늘 내로 떠날 예정이었습니다."

"그렇게 바쁜가? 더 있어도……."

갑자기 말이 뚝 끊겼다. 난간을 잡은 그녀의 손에 힘이 들어갔다. 몸의 다른 부분은 조금도 변하지 않았건만 손 마디마디가 꺾인 나무처럼 썩은 나무처럼 꺾여 부러지는 기분이었다.

순간 속이 철렁 내려앉았다. 발렌시아는 그녀가 발견한 것을 보지 않고도 알 수 있었다. 저 아래를 종종걸음 치며 걸어가는 아이. 들리지 않는 신음도 들었다. 잔뜩 억눌린 신음이었다. 가슴에 오래된 뱀이 꿈틀거리듯 심사가 편치 않았다. 발렌시아는 한 걸음 다가갔지만, 그녀는 그 그림자를 깨닫지도 못하는 것 같았다. 그저 홀린 듯, 슬픔이라기보다는 무언가에 빠져 정신을 못 차리는 양 숨 막혀 했다. 외르타는 아래 홀을 가로질러 제 자매에게 가는 어린 여자아이를 바라보았다. 그녀의 여윈 시선 홀로 오도카니. 발을 질질 끄는 병자의 걸음 같은 그 시선이라니. 그녀는 꾹 다물렸던 제 입이 서서히 벌어지는 것조차 눈치채지 못하는 모양이었다.

그는 그녀를 불러야 하나 고민했다. 그러나 그 순간 시야에서 두 아이가 사라졌다. 외르타는 그제야 정신이 번쩍 든 듯 허리를 뒤로 물렸다. 허리뿐만이 아닌, 다리. 걸음 역시 떠밀린 것처럼 엉거주춤 뒤로 물러났다.

"아……."

그는 괜찮으냐고 묻지도 않았다. 무례가 될 것이다. 그녀는 자신도 왜 그러는지 모르겠다는 태도로 옆을 돌아보았다. 얼굴 자체가 얼어붙은 듯 새하얗게 질려 완연히 하얀 서리 같았다. 그러나 그것 또한 그리 오래가지는 않을 충격이다. 그녀는 그의 차분한 시선과 마주하고는 긴 숨을 쉬었다.

아무 말도 없었다. 뜻밖의 동요가 지나간 뒤에도 외르타는 온전히 냉정을 차린 것 같지가 않았다. 그녀는 아직도 무언가에 덜컥 겁이 난 것처럼 보였다. 무엇에 대한 두려움인지 모르겠다. 죽은 아이를 평생 품을, 자신의 이어질 삶에 대한 걱정일까? 아니면 살겠다는 각오에 대한 회의일까? 그녀는 이미 모두가 사라졌음에도, 다시 한 번 아래를 볼 엄두조차 못 낸 채 방문까지 물러섰다. 한참 뒤에야 메마른 어조의 말이 흘러나왔다.

"……톨레도의?"

"차녀次女입니다."

"내가…… 어쩌자고…… 삿된 맹세를 해서……."

앞뒤 없이 나온 말이 더 쓰렸다. 그녀조차도 자신이 무슨 말을 내뱉는지 모르는 얼굴이었다. 그녀는 제 흥분을 가라앉히기 위해 고개를 숙였다. 긴 머리칼이 가시덤불처럼 뺨을 감쌌다. 외르타는 손을 올려 스스로를 위로하려 들지 않았다. 그저 잠깐, 아니 긴 시간, 어깨만 요람처럼 흔들렸다.

외르타는 제 망막에 찍힌 아이의 모양을 애써 가라앉혔다. 갇힌 새처럼 빠듯한 몸짓으로 서서히, 조용히 잠잠해진다. 이미 스스로와 이야기 나눈 일이지 않나. 다 끝이 좋으면 좋은 것이라고 나중에 편안할 수 있도록 내내 다독여 왔다. 그 아픔 그대로 다 치러야 언젠가 조금씩 사그라진다고. 잃어버린 것을 잊는 것은 아니다. 잊어버리지 않아도 괜찮다.

그녀는 가까스로 자신을 위안했다. 얼굴을 감싼 채, 심호흡을 몇 번 했다. 외르타는 고개를 들어 여전히 두 발자국쯤 떨어져 있는 발렌시아를 바라보았다.

"발렌시아 경."

그는 어쩐지 내키지 않는 시선으로 그 말을 받았다.

"어서 가자."

"……."

"빨리."

이런. 자신이 들어도 다분히 먹먹한 목소리였다. 자제하지 못하는 스스로에게 화가 치밀어 올랐다. 분명 그 역시 저와 똑같은 인상을 받았을 텐데, 이래서야 멀쩡한 체를 하는 제 모양이 참 볼품없어지지 않나. 그는 움직일 기미를 보이지 않았다. 외르타는 그를 무시한 채 먼저 계단에 내려섰다. 시선이 뒷목을 쿡쿡 찌르는 듯했다. 그녀는 잠깐 이를 악물었다가, 가까스로 입을 열었다.

"아무튼 부상은 이제 괜찮은 거지?"

대답은 지나치게 빨랐다.

"예, 감시하의 출입을 허가합니다."

"감시하……."

"감시하의 출입입니다."

외르타는 뒤를 돌아보았다.

"톨레도 경이 떠난다던데, 이젠 누구로 붙이게?"

그러나 이번에는 그가 먼저 계단을 내려가기 시작했다. 외르타는 제 앞을 스쳐 지나가는 바람에 눈살을 찌푸렸다. 싸한 향이다. 메마른 불티, 메마르다 못해 텁텁하기까지 한 무관심. 그 뒷모습에서 말이 새어 나왔다.

"딤니팔군에는 여기사가 있습니다."

외르타는 점점 멀어지는 그의 모습을 참다가 참다가, 결국 발등에 불 떨어진 듯 좇아갔다. 제 목소리 역시 그를 좇아가는 모양새로 나왔다.

"여자? 내가 뒤엎고 도망가면 어쩌려고?"

"……."

"응? 같은 여잔데 내가 못할 게 또 뭐 있어? 나도 그 정도 힘은 있단다."

발렌시아는 답할 가치조차 없다는 양 제 갈 길만 갔다. 외르타는 걸음이 벅차 오는 것을 느꼈다. 평지에 내려서자 보폭이 큰 그를 따라잡을 수 없었다.

"나를 그 정도로 믿지 않는다면 그만한 준비는 해야지, 여기사로 괜찮겠어? 내가 마음만 먹으면 그녀에게서도…… 경!"

외르타는 발을 쾅 구르며 자리에 섰다. 이미 소리를 높여야 들릴 정도로 거리가 상당했기 때문이다. 그는 성의 정문을 나서기 직전이고, 자신은 계단에서 내려온 지도 얼마 되지 않았다. 그녀는 다시 화를 내려 했지만, 마침 그 순간 톨레도가 중앙 홀로 걸어 나왔다.

그 뒤를 따라 아이들이 보였다. 얼굴이 하얗게 질리는 것이 느껴졌다.

"공작, 인사를 드릴 기회는 주셔야지요. 안사람은 지금 몸이 피곤해 나와 뵙기가 난처합니다만, 아이들은 방문객에게 인사를 드려야 마땅하지 않습니까. 저는 물론이고요."

"……괜찮다."

그러나 발렌시아의 시야는 이미 아이들로 가득 찬 뒤였다. 그가 떠나는 것을 보고 예의를 차려야겠다고 생각했는지, 자녀 넷을 고스란히 데려온 모양이다. 발렌시아는 자신에게 인사를 하는 장남과 차남의 말을 어영부영 받은 뒤 옆으로 고개를 들었다. 그 자리는 아이를 안은 채 계속해서 빙글빙글 도는 소녀가 막고 있었다.

"이 몰골이라 죄송해요, 공작. 자꾸만 보채서……. 다음에 다시 뵙겠습니다. 안녕히 가세요."

"달 가."

리베 톨레도는 아이의 혀 짧은 말에 소리 내어 웃었다. 그 힘겨워 보이는 모습을 보다 못한 남동생들이 아이를 안아 가려 했지만, 그들은 전부 짜증을 얻어맞으며 쫓겨날 수밖에 없었다. 톨레도는 그 모습을 보고 웃었다. 아들들은 공작에게 재차 인사할 겨를도 없이 복도로 쏙 들어가 버리고, 리베 톨레도는 또 어느새 떼를 쓰는 아이를 바닥에 내려 주었다. 아이가 저만 알아들을 수 있는 말로 무어라 똑똑하게 말하는 것이 들렸다.

발렌시아는 초조해졌다. 외르타는 상당한 거리에서 굳어 있었다. 선 채 기절한 것은 아닌가 하는 의심이 들 지경이다.

"공작, 인사가 번잡해 죄송합니다."

"……."

"하지만 한 번쯤은 보고 가셔야 하지 않겠습니까? 외르타?"

발렌시아는 자신이 호명된 양 인상을 찌푸렸다.

"아들 녀석들은 도망갔지만…… 여기 두 아이와 안면이 있으십니까?"

외르타는 딱 한 번 휘청거리는 듯한 걸음을 내디뎠다. 물론 그다음부터는 매우 정상적으로, 곧고 똑바르게 걸었으나, 다섯 발자국이 끝이었다. 그녀는 제자리에 산송장처럼 붙박였다.

"테라, 테라."

리베 톨레도는 그녀와 등진 자세로 주저앉아 아이를 달래고 있었다. 아이는 잔소리를 하는 그녀의 어깨너머로 시선을 두다가 갑자기 방실방실 웃으며 걸어 나왔다. 그 짧은 걸음은 분명 외르타를 향하고 있었다. 외르타는 어찌 감히 물러날 생각조차 하지 못하는 듯했다. 발렌시아는 말려야겠다는 판단을 내렸다. 하지만 어떻게 말려야 할지, 말린다면 그녀가 기꺼워할지, 무슨 이유로 제 우스꽝스러운 저지를 설명해야 하는지가 전부 머릿속에서 뒤엉켜 때를 놓쳤다.

아이가 그녀의 치맛자락을 잡았다.

"엉니?"

외르타는 몇 초간 굳어 있다가, 지지대가 무너진 듯 서서히 주저앉았다. 둘의 시선이 비끄러맨 나팔꽃의 막대처럼 기울어 붙었다. 발렌시아는 더 이상 좌시할 수 없다 생각하며 그리 멀지 않은 그 둘 쪽으로 다가갔다. 그녀는 여전히 멍하니 앉아 있었다. 그는 단숨에 그들에게 다다라 허리를 숙였다. 아이를 안아 올려야겠다는 생각을 했지만, 도대체 어떤 자세로 들어야 할지 도통 감이 잡히지 않아 잠깐 멈추었다. 그 순간, 외르타의 입이 비명을 지를 것처럼 벌어지며, 그 오른손은 공기를 긁어내는 모양으로 들렸다.

발렌시아는 아이를 빼앗듯 안아 올렸다. 외르타의 몸이 따라 올라왔다.

그 와중에 그는 우습게도 아이에게서 뺨을 몇 대 얻어맞았다. 제 품에 안긴 것이 언짢은 듯하다.

"놔!"

"공작, 왜, 픕!"

뒤에 선 리베 톨레도가 웃음을 참으려 이를 악무는 것이 느껴졌다. 갑자기 외르타의 양손이 발렌시아를 향해 벌어졌다. 그러나 목소리만큼은 그를 향해 있지 않았다. 시선은 여전히 아이에게 간 채로, 말은 리베 톨레도에게.

"리베 톨레도, 아이가 너무 예뻐서…… 무례한 일인 줄은 알지만 조금만 안아 보면……."

"아, 물론 그러셔도 돼요! 보아하니 공작은 정말 싫은가 보, 큽, 아, 아빠, 나 정말, 큽!"

외르타는 그제야 발렌시아의 벽안을 향해 시선을 들었다. 그는 제 얼굴을 아예 가려 버린 아이 탓에 대답을 지체했다.

"경."

발렌시아는 답을 할 수 없는 상황이라는 것을 깨닫고 그냥 그대로, 그녀가 원하는 대로 아이를 넘겨주었다. 외르타의 심호흡 소리가 지나치게 컸다. 그는 그녀가 아이를 안아 드는 순간, 저도 모르게 그 여윈 팔 아래를 받치려는 자세를 취했다. 그러나 외르타는 아이의 무게를 버텼다. 그 소금만 한 힘을 생각한다면 퍽 의외다.

아이는 그녀의 품에 안겼다. 그가 들었을 때처럼 발버둥을 치거나, 얼굴을 움켜쥐거나, 짜증 섞인 신음을 내지는 않았다. 그는 우선 고개를 돌려 역시 웃기 직전인 톨레도를 향해 눈짓을 했다. 그는 콧김을 한 번 뿜고는 격식 차린 예를 표한 뒤, 쌩하니 사라졌다. 자신이 작별 인사를 하러 왔다면서 아이들만 소개하고 가는 꼴이다.

"엉니."

"응."

"너 며짤이야?"

"스물다섯 살."

“시물…… 스물…….”

“하나, 둘, 셋, 넷, 다섯.”

외르타는 아이의 손가락을 접으며 나이를 세어 주었다. 아이는 고개를 기우뚱하더니 아무래도 좋다는 듯 다시 빙긋 웃었다.

“녜뻐.”

“테라가?”

“아니…….”

아이는 무언가 말을 이으려 했지만, 외르타가 한 번 고쳐 안는 바람에 숨이 턱 막힌 듯했다. 사레가 들려 기침을 몇 번 하자, 별수 없이 침이 흘렀다. 외르타는 제 소매로 아이의 입가를 세심하게 닦아 주었다. 꼼꼼히, 놓친 것이 없는지 두 번, 세 번 확인하며 둥그스름한 뺨을 쓰다듬었다. 아이가 까르르 웃음을 터뜨리는 바람에 자꾸만 자세가 흐트러져도 보살피는 손만큼은 떨리지 않았다. 둘의 시선이 마주쳤다. 두 사람은 웃었다.

발렌시아는 숨도 쉬지 못한 채 그 광경을 바라보았다. 외르타는 그런 그를 돌아보지 않고 그저 스쳐 지나갔다. 아이를 리베 톨레도에게 돌려주려는 듯하다. 리베 톨레도는 스스로 아이를 받으려는 것처럼 팔을 벌렸지만, 아이가 칭얼대는 몇 마디만 듣고도 금세 품을 오므렸다. 자기가 걷겠다는 표시인가 보다. 외르타 역시 그 말을 이해한 것처럼 허리를 숙여 아이를 반듯이 내려주었다. 그러나 그녀는 몸을 펴려던 순간 아이에게 붙잡혀 다시 주저앉게 되었다.

무슨 대화를 하는 것 같았다. 외르타의 손이 아이의 통통한 볼을 슬쩍 꼬집는 것이 보였다. 반대로 아이가 외르타의 볼을 꼬집고, 셋이서 나란히 웃고, 아이는 제 언니를 잡으며 빠르게 무어라 명령하고, 리베 톨레도는 멋쩍게 웃으며 오른손을 들어 보이고, 외르타는 다시 한 번 아이의 겨드랑이를 손에 끼워 올려 리베 톨레도에게 안겨 주었다. 아이가 외르타의 뺨에 키스를 하는 모습을 보았다. 고스란히 돌려받는다.

두 사람은 몇 번이고 수인사를 하며 떠났다.

외르타는 아이가 안겨 모퉁이를 도는 것까지 보고 발을 뗐다. 발렌시아는 반사적으로 그 뒤를 쫓았지만, 고질병인지 걸음이 빨라져 금세 그녀를 추월하게 되었다. 머리 위로 문 그림자 하나가 지나갔다.

침묵. 무슨 말을 해야 할지 모르겠다. 아니, 자신이 지금 말을 할 수 있는 상황인지조차 알 수가 없었다.

"경."

그의 걸음이 살짝 멈췄다.

"감시 이야기 좀 하자."

갑자기 맥이 빠졌다.

"감시하의 외출이라고?"

"……."

"경은 정말 아직까지도 내 자살을 경계하나?"

발렌시아는 속에서 무언가가 울컥 치미는 것을 느꼈다. 생각할 겨를도 없이 말이 튀어나왔다.

"게외보르트."

"응?"

"당신은 왜 당신 모국에 화를 내지 않습니까?"

뜬금없다. 외르타는 시선만으로 무언의 반문을 했지만, 그는 답을 주지 않았다. 그녀는 그에게 이것까지 설명해야 하나 하는 생각에 속이 답답해졌다.

"……당신, 잘 생각해 봐. 난 그 악명 높은 게외보르트 왕실에서 태어났어. 십칠 년을 뿌리박고 자랐어. 그 발터가 내 오라비야."

"당신은 그 왕을 오라비로 여기십니까?"

당신을 죽이고자 시도했으며, 기어이 당신 아이를 죽인 그를? 발렌시아가 얼마나 남에게 관심이 없는지는 그녀도 잘 아는 바였다. 그럼에도 불구하고 도저히 논리적으로 납득하지 못해 간신히 한마디 흘려 낸 것이다.

"그 인간은 내 동기가 맞아. 나는 그를 이해한다."

"……."

"그는 잘하고 있어. 지금껏 그가 저지른 실수는 나를 살려 둔 일밖에 없단다."

"양해를 구합니다."

"어?"

"당신 딸을 죽이도록 요구한 사람이 바로 그자입니다."

외르타는 뺨이라도 맞은 듯 갑작스레 소리 질렀다.

"그건 로크뢰야! 로크뢰야! 리오넬! 그밖에 없어! 그는 나를 죽였어야 해! 제대로 된 선택을 해야 했단 말이다!"

"당신이 희생했다 하더라도 당신의 딸은 게외보르트의 살수를 피할 수 없었을 겁니다. 왕실의 핏줄이었습니다."

"그만! 한마디만 더하면……. 발터는 아냐! 어떤 방향으로 봐도 잘못은 리오넬에게 있다. 그는 애초에 날 욕심내지 말았어야 해. 욕심내도 아이는…… 아이를 갖게 하지 말았어야……."

나는 아델이 없었기를 바라는 건가? 쉽게 목숨 놓을 수 있도록?

외르타는 미간이 찌푸려질 정도로 눈을 굳게 감았다 다시 떴다.

"어쨌든 리오넬이다. 그는 바라선 안 될 것을 바랐어. 받을 수 없는 것을 원했고, 가질 수 없는 것을 갈구했어. 발터는 그에 아무런 책임이 없단다."

"……."

그녀는 정적에 당혹했다.

"내가 발터를 동기로서 사랑해서 이런 말을 하는 것으로 보이나? 설마……."

외르타는 자신이 과거에도 이와 비슷한 감정을 느낀 일이 있다는 것을 깨달았다. 정말 오래전, 앙히에에게 덜떨어진 설명을 해 주며 이런 한탄을 했던 것이다. 하늘과 땅만큼 다른 두 사람이지만 결국 같은 딤니팔이기는 한가 보다. 외르타는 부연했다.

"그를 욕하는 것은 결국 누워서 침 뱉기다. 나도 똑같은 일을 했을 테니 이해하는 거지."

"똑같은 일을 했으리라 짐작하는 것과 실제로 행한 것은 다릅니다. 당신은 그에 노여워할 충분한 이유가 있습니다."

"이러니 다르단 거야. 난 쌍둥이들이 참 유혹적인 로크뢰 모살 계획을 제안했을 때에도 따르지 않았단다. 나는 원래 이랬어. 사실 우리는 원래 이래."

다음 순간 그는 조금 더 직접적으로 물었다.

"당신은 당신이 이처럼 애착을 가진 게외보르트와 그 왕실에 스스로 칼을 들이댄다는 사실이 언짢습니까?"

'애착을 가진' 그 부분의 억양이 조금 독특했다. 외르타는 그것이 다른 나라 말처럼 발음된 공용어 같다고 생각했다. 애정을 가진. 딱 이 부분만. 비꼬는 건가? 하지만 발렌시아는 그러기에는 너무 자존심이 강한 사람이었다.

게다가 외르타는 질문을 온전히 이해하지도 못하고 있었다.

"무슨 말이지? 내가 모국을 왜 걱정해? 발터가 알아서 할 거란다. 제 나라를 지키는 것은 내 오라비의 임무다. 남의 일이야."

"그가 당신에게 있어 완전한 타인이라면 어떻게 잘못을 저지른 그를 적대하지 않을 수 있습니까?"

"정말 말 안 통하네……. 증오? 이해? 타인이란 말은 맞아. 지금의 그는 나와 아무 관련이 없는 사람이다. 하지만 그와 내가 공유한 것은 분명 있단다. 유년기. 우리의 사고방식 전반. 그처럼 같은 생각 틀을 가졌기 때문에 난 나와 내 딸을 죽이라 요구한 오라비를 이해하고 원망하지 않는 거야."

"……."

"타인이지. 타인이기는 한데, 내가 그 사고 과정을 헤아릴 수 있는 타인이라 이리 양면적인 것뿐이다. 남이라 생각하지만 이해는 하는……."

"당신이 이러한데."

순간, 앞서 가던 그가 뒤를 돌아보았다. 외르타는 얼떨떨하게 그의 눈을 올려다보았다. 그는 화 한번 내지 않고 무감정하게, 무서울 정도의 침착함으로 선언했다.

"제가 어찌 자신의 경계를 떨칠 수 있다는 말입니까?"

"……."

"당신의 모국은, 발터하임부르겐 1세는 무슨 일이 있어도 기필코 당신을 죽이고 말 것입니다. 당신에게는 그것들을 옹호하는 행위와 목숨에 대한 미련이 함께할 수 있는 것처럼 보이십니까? 저는 외려 당신이 당장이라도 목을 매고 싶어 하시는 분처럼 보입니다."

"경, 말 함부로……."

"살고자 하는 각오가 있다면 당신의 핏줄 먼저 가지를 치는 것이 옳은 행동입니다. 그들은 당신에게 지금껏 단 한 번도 바람직한 결정을 내린 일이 없습니다. 당신의 옹호를 받을 이유가 전무합니다."

"경!"

그는 전부 무시한 채 먼저 걸어가기 시작했다. 외르타는 가까스로 그를 따라잡았지만, 뜀박질이 아닌 걸음으로 그와 나란히 갈 수 있는 거리는 얼마 되지 않았다.

외르타는 그제야 그가 일부러 게외보르트라는 주제를 꺼내 들었다는 사실을 깨달았다. 그 이야기에서 제 모국에 대한 애정을 캐낸 뒤, 돌려친 것이다. 자신을 죽일 모국을 그리 사랑하면서 생에의 의욕이 남아 있다는 말이 가당키나 하나? 애초에 그리 물을 의도였던 듯하다.

그녀는 이 정도도 이해하지 않는 그의 무관심에 화가 났다. 그 스스로도 어딘가에서 어린 시절을 보냈을 텐데, 어릴 적 굳어 버린 생각은 고칠 수 없다는 것을 정녕 알지 못하나? 구태여 그 방향을 찌르고 들어오는 모양이 비겁했다.

외르타는 자신이 삶을 결심했다는 사실을 어떻게 알려야 하나 고민했다. 한 치의 배려도 없이 저토록 무뚝뚝하게 떠나는 뒷모습이 원망스러웠다. 쫓아가려 해도 쫓아갈 수가 없었다. 저 목석을 무엇으로 설득하나. 나는 도저히…….

그녀는 무언가를 떠올렸다.

"경!"

발렌시아의 걸음이 멈췄다. 그가 뒤를 돌아보는 와중 그녀는 헐레벌떡 그가 선 자리까지 달려갔다.

"발렌시아 경, 이거면 될까?"

"예?"

"당신이 내 이름을 지어 주렴."

"……."

"새 이름을 짓는 것은 듀아네일 어디를 가도, 결국 새로운 생을 위한 증거로 여겨지지. 나 역시 왕비의 이름은 이미 오래전에 버린 몸이란다.

그러니 새 이름을……."

"거절합니다."

그녀는 순간적으로 자신이 무엇을 잘못 들었나 생각했다. 절로 반문이 튀어나왔다.

"경?"

"외르타, 저를 조롱하지 마십시오."

"……."

"왕도에 가시면 폐하께서 적법하게 명명해 주실 것입니다. 폐하께 직접 이름을 하사받는 것은 무엇보다 더 큰 영광입니다. 당신에게 죄송스러운 것은, 폐하께서 당신의 정체에 함구령을 명하심에 따라, 당신의 이름 역시 한동안 격에 맞지 않을 수 있다는 것입니다. 이것만큼은 양해해 주십시오."

외르타는 화를 내지 않았다. 그럴 만한 기운도 없다.

외르타는 여기사에게 화를 내지 않았다. 그녀가 제 화를 들을 만한 성격이 아니었기 때문이다. 어디서 데려왔는지 감시에 엄중한 모습이 가관이다. 다른 것이라면 몰라도 외르타에 한해서는 융통성도 없고, 아량도 없고. 외려 같은 여인이기 때문에 더욱 절제 없이 밀어붙이는 듯한 느낌이었다.

"경."

"말씀하십시오."

외르타는 꼬장꼬장한 답에 한숨을 쉬었다. 저 날카로운 얼굴은 서른 초반이나 되었을까. 그녀는 토로하듯 양팔을 펼쳤다.

"조금만 나가 쉬어도 괜찮을 텐데, 당신."

"아니요, 불가합니다."

"……."

"……."

"그렇지만……."

"공작, 아니 발렌시아 경의 명이시지 않습니까? 저는 그것을 함부로 어길 수 없습니다."

외르타는 베개를 껴안은 채 눈을 둥그렇게 떴다. 제명당하지 않은 상태에서 발렌시아를 공작이라 부르는 기사를 처음 보았기 때문이다.

"공작? 공작이 익숙해?"

"……저는 미라이예 산하 소영지의 계승자입니다. 제가 발렌시아 경을 직접 뵌 장소는 이번 포티미외뿐입니다만, 서류상으로는 공작으로 뵌 일이 훨씬 많습니다."

"아……. 얼마 동안?"

"저는 열다섯일 적부터 미라이예와 연통을 텄습니다."

이 나라는 희한하게도, 기사로서 전쟁터에 나오는 것을 후계자 승계의 첫 단계로 친다 했다. 외르타는 멍하니 상대의 얼굴을 보며, 그렇다면 설마 저 여자 또한 열다섯의 나이로 전장에 나온 것인가 하는 궁금증이 생겼다. 그녀는 그 궁금증 그대로 질문했다.

"옵타토 경, 그러면 경은……. 열다섯의 나이로 전쟁터에 나온 거니?"

"여인이라 한 해 늦은 겁니다. 딤니팔의 기사들이 종기사 직을 시작하는 나이는 항상 열넷이니까요."

"……그게 정말 보통이야? 좀 이른 것 같구나. 서쪽이나 남쪽은 빨라도 열여섯, 열일곱, 열여덟 이쯤이란다."

옵타토 경이 빙그레 웃었다.

"제게는 외려 그 연배가 더 늦어 보입니다. 발렌시아 경께서는 열넷의 연치로 기사 작위를 받으셨고, 스무 살 이전에 군의 부사령관으로 임명되셨습니다."

"……부사령관?"

"541년부터 543년까지 이어진 북부 인지오 반란 진압의 부사령관이셨지요. 총사령관이셨던 브레타냐 백작께서 대단한 고령이셨기에 경께서 홀로 임무를 도맡으신 것과 다름없었습니다. 식민지 반발 완전 진압과, 더불어 딤니팔에의 인지오 흡수 통합이 그 공적입니다. 때문에 현재 딤니팔에는 인지오 자치령이 없습니다. 아…… 되돌려 세어 보니 경께서 이십 세일 때의 일이군요."

"그 뒤로 동부 원정, 그 뒤로 포티미외?"

"그런 셈입니다. 왕도에 계신 기간이 얼마 되지 않으실 정도입니다."

"징글징글하구나. 그러니 결혼도 못했지."

여기사는 조금 더 웃었다.

"아닙니다. 사실 본가에서의 체류 기간과 결혼의 관련성은 전무한 편입니다. 전대 공작께서도 극악한 체류율을 보여 주셨지만, 퍽 이른 시기에 혼인하셨지요."

외르타는 무언가 이상한 촉을 느꼈다. 그간 왕도에 머무르지 않았다는 이유 말고도 또 다른 무엇이 있는 느낌이었다. '사실 본가에서의 체류 기간과 결혼의 관련성은 전무한 편입니다.' 이것은 촉도 아니다. 드러내 놓은 뒷이야기와 다름없지 않나. 그녀는 참 오랜만에 겪는 수다에 흥미가 일었다.

"옵타토 경, 무슨 비화가 있어?"

"비화가 있느냐 여쭈지 않으셔도 됩니다. 비밀이 아니니까요. 발렌시아 경께서는 파혼 경력이 세 번 있으십니다."

"별것 아니구나. 나도 세 번 있단다. 마지막 한 번은 파혼이라기보다는 이혼이었지만, 아무튼…….”

“아니요. 당신이 겪은 것이 그 무엇이든, 아마 당신보다는 여러 배 심각한 문제일 겁니다.”

외르타는 제 손으로 남편을 죽인 아내만큼 심각한 문제가 어디 있을지 잠깐 고민해 보았다.

“마지막 약혼녀가 경 탓에 자살한 바 있습니다. 그 약혼녀의 지위도 어마어마했지요. 이 정도면 사교계에서는 어떤 이유였든 매장입니다만, 미라이예입니다. 큰 타격은 없었지요.”

“자살? 왜?”

“약혼녀가 낙사 사고를 당했습니다. 발렌시아 경께서 낙사 사고 직후 파혼하시자, 절망에 못 이겨 자살했습니다.”

외르타는 별로 충격을 받지도, 심지어 그것이 그리 심각한 문제라 생각하지도 않았다. 상대의 무덤덤한 어조 탓인지도 모르지만 사실 그녀는 어떤 충격적인 이야기에도 무던하게 반응할 수 있을 정도로 굳게 단련되어 있었다. 스스로 겪은 것이 항상 기준을 뛰어넘었기 때문이다.

그러나 그토록 단련된 그녀임에도, 외르타는 순간적인 의아함을 느낄 수밖에 없었다. 이 충격은 경악과는 조금 다른 종류였다.

“아, 잠깐만…….”

외르타는 베개를 놓았다. 손이 머리를 감쌌다. 한 번 쥐고, 두 번 쥐고, 세 번째에는 기어이 가마 부근을 헝클어뜨리며 웅얼거리는 목소리가 튀어나왔다.

“잠깐……. 나 이 비슷한 이야기를…… 어디서 들어 본 것 같은데…….”

“유명한 이야기입니다. 사실 미라이예 공작과 여인 하면 바로 구설수에 오르는 대목이지요. 당신 역시 이 때문에 들어 보셨을 겁니다.”

“그런가? 아니……. 들은 지 꽤 오래된 듯…… 아닌가…….”

옵타토 경은 벽에 기대었다. 여성임에도 불구하고 상당한 장신이었다. 그녀는 외르타의 궁금증을 풀어 주려는 듯 목을 몇 번 가다듬었다.

"오래된 일입니다. 십 년도 더 전이니 당연히 오래전에 들으셨겠지요."

"그런가……."

"물론 그 사건으로 인해 경을 향한 구애가 줄어들었던 것은 아닙니다. 그런 사교적 결함이 있더라도 결국 미라이예는 미라이예이기 때문입니다. 하지만 오히려, 상대가 아닌 경께서 이것을 청혼을 거절하는 구실로 삼으셨습니다. 여태껏 공비가 없는 것은 바로 이 이유에 기인합니다."

외르타는 우선 제 의아함을 묻어 두기로 했다. 꺼림칙하지만 어쩔 수 없었다.

"아, 저번 약혼녀 탓에 심신에 큰 충격을 받았다고? 그렇게 말하면서 거절했어?"

"예, 수년 동안 그것이 반복되자 다들 일단은 한 걸음 물러난 상태입니다. 공작…… 아니, 발렌시아 경께서 오스페다에 계시는 일이 드물어 직접 설득할 방도도 없었겠지요."

"하긴."

"그러니 아마 이번에 왕도로 돌아가게 되면 무언가 진척이 있으리라 생각합니다."

외르타는 웃음을 터뜨렸다.

"그 남자가, 하하! 결혼. 안쓰럽구나, 부인도."

옵타토 경 역시 그녀의 말에 다분히 동의한다는 듯한 미소를 지었다. 전장에서의 그를 본 사람이라면, 그가 좋은 사령관은 되어도 좋은 남편감은 못 된다는 사실을 잘 알 수 있기 때문이다. 그러나 어쨌든, 옵타토 경은 딤니팔인의 사고로 발렌시아를 판단할 수 있는 자였다. 덕분에 미소 뒤에 매달린 말은 외르타의 그것보다는 훨씬 현실에 가까웠다.

"좋은 남편을 둔 유부녀의 입장에서 저 역시 당신에게 동의합니다만, 사실 공비 자리는 모든 장애물을 각오하고도 남는 대가지요. 더군다나 그 공작이라는 분께서 아직도 저리 젊으시니 거리낌이 없을 겁니다. 저야 중간에 차출됩니다만, 당신은 아마 왕도까지 가실 테지요? 대단한 가문들의 각축전을 보게 되실 듯합니다."

"싸움 구경이 제일 재밌긴 하지. 승자 진출전으로 한 사람이 살아남자, 그제야 그 모양을 훤히 보고 있던 경이 청혼을 받아 주는 거야. 하하, 이래서야 무슨 공주도 아니고. 나도 화환은 질리게 받아 봤는데 그 구경이 진짜 살벌하고 재미있단다. 손도 까닥 안 했건만, 눈을 떠 보면 내가 우승자가 되어 있거든."

옵타토 경은 약한 웃음을 터뜨렸다. 그것을 본 외르타의 표정이 웃는 채로 잠깐 굳었다가, 스리슬쩍 다시 묘하게 녹아들었다. 목소리가 기이하게 달았다.

"경?"

"하……. 예?"

"경 기분이 좀 풀렸으면, 잠시만 밖에서 쉬다 오지 않을래?"

"……."

갑자기 분위기가 가라앉았다. 방금 전까지만 해도 한 사람을 안주 삼아 화기애애하던 사람이 돌연 만년설보다 더 냉랭해졌다. 외르타는 일이 틀어졌다는 것을 직감했다. 옵타토 경은 심호흡을 하는 듯하더니, 느릿느릿, 그러나 발렌시아보다도 더 엄하게 선언했다.

"문 앞에 있겠습니다."

외르타는 그 몇 마디로 깨달았다. 그간의 잡담이 그녀를 부드럽게 만드는 일에 전혀 도움 되지 않았다는 사실. 잡다하게 늘어놓을 때는 그녀 역시 흥미로운 대화에 즐거워하는 것처럼 보였건만, 제 한마디에 순식간에 뒤엎인 것이다. 외르타는 앞으로 잡담을 꺼내기가 더 어색해질 것이라는 생각에 무어라 변명을 하려 손을 뻗었다.

그러나 옵타토 경은 돌아보지 않고 문을 나섰다.

외르타는 뻗었던 손을 거두어 제 얼굴 위로 덮었다. 이런, 기분이 상했을까. 대화에 큰 흥미가 있었다기보다는, 그저 그녀의 주의를 분산시키기 위함이었다는 사실이 노골적으로 보였을까. 민망함보다는 미안함이 먼저였다. 어쨌든 그녀 역시 임무를 지키는 기사일 뿐이지 않나. 그런 상대를 우롱한 셈이다.

외르타는 한숨 잔 뒤 일어나 그녀에게 사과하기로 결심했다.

그녀는 얼굴을 일그러트리며 침대에 곧게 누웠다. 자신이 계속해서 이리 뻗대는 이유는 자명했다. 어떤 일신의 자유가 있더라도 결국에는 모두 감시가 붙는 자유다. 모든 곳을 나다닐 수 있으면서도 나다닐 수 없는 것이다. 라르디슈에서 칠 년을 그러했는데, 딤니팔에서까지 이런 낯짝을 보이려니 속이 갑갑했다. 지겨웠다. 물론 옵타토 경은 명에 충실할 뿐 그 외의 방면에선 나름대로 괜찮은 사람이었다. 분명 그렇기는 했다. 방금 전의 대화도 꽤나 죽이 맞아…….

외르타는 문득 '방금 전의 대화'를 떠올렸다. 옵타토 경이 말해 준 발렌시아의 이야기는 인상적이기 이전에 그녀를 간지럽게 했다. 분명히 머릿속 어딘가에서 번듯한 지분을 차지하고 있는 놈이었다.

갑자기 기억이 외나무다리를 부수며 나타났다. 확실해졌다. 그 이야기는 자신이 분명 어디서 들은 바 있는 이야기였다. 그녀에게 처음 들었을 당시에는 약간 모호했는데, 시간이 지난 지금 다시 되새기자 돌연 안개가 걷혀 멀쩡한 윤곽이 보이고 있었다. 분명히 같은 이야기를 들었다. 알았고, 들었다. 누구에게서?

공대로 들었던 기억이 있다. 아주 짧게. 머릿속에서 단어 단어가 꽁지

깃 짧은 새처럼 휙휙 오갔다. 반신불수? 뭐라고 했더라? 세간에는, 파혼을, 자살했다고, 되어 있어요, 도대체 누가…….

그녀는 갑작스레 운을 뗐다.

"이다?"

먼지 한 점 없는 방에 이름이 쓸려 내려왔다. 외르타는 지독히 오랜만에 불러 보는 따뜻한 이름에 갑자기 속이 꽉 막히는 것을 느꼈다. 너무 오랜만이었다. 이름을 제일 아래에 깔고, 그 위로 수십 겹의 요를 덮은 뒤 가장 높이 눌러앉아 있던 자신이, 다시 그녀의 이름을 부를 수 있으리라고는 상상도 못했다.

외르타는 크게 심호흡을 했다. 이런, 참자. 중요한 것은 이것이 아니다. 욜란다의 입에서 나왔다면, 이건 누구의 이야기지?

생각은 찰나였다.

"……앙히에."

외르타는 인상을 찌푸렸다.

그 이름을 부른 자신에게 더 어처구니가 없어졌기 때문이다. 앙히에는 무슨 앙히에인가. 저것이 발렌시아의 이야기고, 또한 앙히에의 이야기이기도 하다면 결국 그 둘은 형제라는 말이 된다. 앙히에의 그 무관심한 형님은 아직도 기억에 선명했다.

한데 가능할 성싶은가? 앙히에가 이 미라이예와 한 치의 관련이라도 있다면 세상 어느 곳에는 푸른 사과도 충분히 있을 법하다. 그 망나니가, 그 천치가, 언니에게 목숨 걸다 끝끝내 생 로욜까지 쫓아와 나를 찾았던 그 미련 많은 바보가 딤니팔의 기둥과 다를 바 없는 미라이예라니. 개도 웃고 갈 일이다.

이것은 비단 심정적인 부정만은 아니었다. 외르타는 리볼텔라의 철저함을 알고 있었다. 앙히에가 제 진짜 이름을 밝히지 않았더라면 언니는 그를 결코 내전의 끝까지 데려가지 않았을 것이다. 그러나 자신에게 앙히에가 찾아온 때를 상기한다면, 그는 분명 끝의 끝까지 리볼텔라를 보았던 것. 때문에 외르타에게는 리볼텔라와 앙히에가 그의 정체를 공유하고 있었으리라는 확신이 있었다.

그런데 그런 그가 미라이예였다면? 리볼텔라가 과연? 설마? 끝까지?

외르타는 홀로 너털웃음을 터뜨렸다. 그래, 자신이 순간 헛된 망상을 품었다. 이야기의 유사성만으로 동일인을 가늠하기에는 너무도 큰 오해가 아닌가. 저런 인과는 세상 어디에나 있을 법하다. 비단 발렌시아뿐이겠는가. 그러니까 중요한 것은…….

앙히에.

그러나, 잊자. 외르타는 천장을 바라보았다. 화려한 문양들을 이어 그림을 만들어 보았다. 복잡한 벽지의 직선과 곡선 사이로 스스로 그은 발자국이 종종대며 돌아다녔다. 그림인가? 자세히 들여다보니 그림보다는 글자를 묘사하고 있는 듯하다. 점선을 이어 보았다.

앙히에.

고스란히 읽혀 버린다. 잊으려 했다. 그러나 한 번 수면 위로 떠오른 이름은 쉽사리 가라앉지 않았다. 부유하는 나무토막처럼 둥둥 산란하게 정신을 건드렸다.

그녀는 결국 자리에서 일어설 수밖에 없었다. 외르타는 바로 앞 탁자를 향해 걸어가, 그 위에 개켜진 아델의 천에 두 손을 대고 꾹 눌렀다. 외르타는 천 안쪽으로 손을 넣어 무언가를 꺼냈다. 검은 돌과 붉은 보석이 있었다. 그녀는 그것을 제 눈앞으로 천천히 들어 보였다. 브로치Brooch는 창문에 스며든 햇살을 받아 여러 방향으로 빛났다. 외르타는 자신이 앙히에를 떠올리며 이것을 쥐었다는 사실에 순간적으로 경악했다. 지금껏 이 브로치의 기원을 되새기며 써 본 일이 전무했기 때문이다. 그저 아델이 좋아해, 거의 대부분의 경우 그 아이의 옷자락에 물려 있던 브로치라는 이유로 제 천의 언저리에 달아 두었다.

그런데 생각해 보니, 앙히에였다. 희한하게도 그였다. 묘한 것이 남아 있었다. 그 멍청한 놈이 결혼 선물 삼으라고 주었던 물건이다. 물론 결혼 선물은커녕, 모장티에서 미처 버리지 못해 실수로 생 로욜까지 들고 왔고, 구석에 처박아 둔 뒤 오랜 세월 잊었고, 아델이 약간 컸을 때, 방을 뒤지다 발견하여 제 것 삼았던 보석.

갑자기 머리가 아팠다. 외르타는 브로치를 잡은 채 주먹을 꽉 쥐었다. 보잘것없는 힘이었지만 그 속만큼은 땀에 흥건했다. 어찌나 긴장했으면. 무엇에 긴장했을까. 긴장보다는 당혹인지도 모르겠다. 너무 오랜만에 이것의 원주인이 앙히에였다는 사실을 깨달았다. 성 세 채 값이라며 계속 콧대 높이다 끝내 내주었던 앙히에였다. 그러면서, 자신을 안아 주었던 것 같기도 하다. 아니다. 그러했다. 안아 주었다.

외르타는 천 위에 보석을 내려놓았다.

문을 열고 바깥으로 나갔다. 옵타토 경의 수행하에서라도 바람을 쐬고 싶은 기분이었다.

발렌시아는 마지막 서류를 넘긴 뒤 가만히 앉아 있었다. 창가로 새어 든 햇살이 두 뼘 앞에서 일렁이고 있었다. 이곳이 도시도 아니건만, 책상은 빛을 맞자 모피와도 같이 반지르르하게 빛났다. 징발된 건물의 주인이 꽤나 부유했던 듯하다.

"당신이 내 이름을 지어 주렴."

그는 돌연 자신을 찔러 온 말에 당황하지 않았다. 본디 쉽게 동요하는 성격도 아니었거니와, 이미 여러 번 겪은 일이었기 때문이다. 게다가 어차피 답도 하나다. 자신이 외르타에게서 그 말을 듣고 생각한 것은 오로지 거절뿐이었으니까. 거절. 숙고할 여지도 없다. 결코 받아들일 수 없었다.

후일 다시 한 번 그녀가 요구한다면 어찌할까. 제게는 자진을 들먹이며 그녀의 기분을 상하게 하지 않고도 제안을 내칠 수 있는 확고한 이유가 필요했다. 그렇다면…… 그녀에게 이름을 주기가 여의치 않다고 말하면 된다. 사실 자신은 그저 지독히 싫은 것이지만, 그저 '여의치 않다'라고 두루뭉술하게 답하면 된다. 그 뒤, 그것은 첫째로 왕의 권한을 앗는 일이고, 둘째로 책임 전가라는 말을 이어 주면 해결될 것이다. 첫 번째는 그의 사고방식에 자연스레 내재된 왕가에 대한 복종이기에 별다른 설명이 필요 없는 진리였다. 때문에 발렌시아에게는 후자를 더 상세히 설명해야 할 의무가 있었다.

책임 전가. 그녀의 말마따나, 대륙의 어떤 나라에서도 타인의 이름을 지어 주는 행위를 가벼이 보지 않는다. 그것은 그 자체로 과거와의 단절, 새 삶의 창조며 신뢰와 존중의 발현이자 서로에 대한 무궁한 관계를 다짐하는 일이기 때문이다.

그런데 그것을 내가 왜?

발렌시아는 외르타에게 그렇게 해야 할 하등의 이유도 의무도 없었다. 그들이 만난 곳은 결국 전장, 그것도 총사령관과 포로로 마주한 관계였다. 거미줄에 한 땀 한 땀 얽매이듯 그녀의 과거를 이해한 까닭에 지금에 와서는 약간의 부채감을 가지고 있는 발렌시아였지만, 그런 그로서도 그들이 이 이상의 관계가 아니라는 사실만큼은 확신할 수 있었다. 만남과 과정이 조금 기묘했을 뿐, 결국에는 교차한 적 없는 남남으로 영영 갈라설 가벼운 스침. 애초에 닮은 점도 없었고 임무를 넘어서 가까이할 만큼 서로에 대한 집착이 있는 것도 아니다.

'상관없다' 일 뿐일까. 그는 외려 그녀와 계속해서 관계가 이어질 것이라는 데 상당한 언짢음까지 느끼고 있었다. 한시라도 빨리 끊어 내고 싶다는 말은 농담이 아니었다. 살면서 이 사람만큼 복잡한 이를 만나 본 역사가 없으니, 가뜩이나 상식적인 배려밖에 할 수 없는 자신에게는 대단히 무거운 짐이 되는 것이다. 이름으로 관계를 맺어 영영 그 무게를 질 생각을 하면 그답지 않은 막막함까지 밀려왔다. 아무런 사이도 아니고, 심지어 제게는 어설프고 당혹스러워 멀리하고 싶기까지 한. 그런데 이름을 달라? 안 될 일이다. 이에 관해서 그는 그녀의 바람을 고려할 필요를 느끼지 못했다.

자카리 역시 당연히 불허할 것이다. 외르타는 게외보르트에 대한 왕의 선전 문구나 다름없었기 때문이다. 이름에서부터 잉그레의 신의와 감사와 존중을 보여 주어야 하는 것이다. 어쩌면 왕가의 '산테카를로'를 이름 어딘가에 끼워 주는 방식으로 잉그레가 그녀를 아낀다는 사실을 보여 줄지도 모른다. 가장 적나라하게, 내가 이렇게 대우하는데 너희가 감히 참을 수 있겠느냐는 뻐김으로. 형식을 따지는 사람이 아니니 이 정도 파격도 놀랍지는…….

그러나 물론, 이상의 헛소리는 겉껍질에 불과했다.

저것들은 자신이 거절의 답을 내놓은 진짜 이유가 아니다. 선후가 달랐다. 이유를 생각해 거절했다기보다는, 거절을 한 뒤 그 거절에 맞는 이유를 애써 짜낸 것이다. 그가 외르타에게서 작명 요구를 듣고 즉각적으로 가진 언짢음은 저따위 사소한 말들이 아니었다.

외르타는 제 자진 의지를 감추기 위해 '이름' 을 이용했다.

이것이야말로 자신이 지체 없이 거절한 이유였다. 게외보르트를 포용하면서 삶을 바랄 수는 없다. 외르타는 그런 자신의 말실수를 깨닫고는, 어떻게든 무마하기 위해 저를 작명으로 구슬리려 들었던 것이다. 그 한마디에 내가 넘어가리라 생각하고.

발렌시아는 자신이 그토록 쉬워 보였다는 사실에 놀랐다. 놀람을 넘어서 당황했다. 그토록 얕은꾀를 쓰면서, 자신이 그녀에게 경계를 풀 수 있으리라 생각한 것일까? 외르타는 이미 게외보르트 이야기에서 밑천이 전부 드러난 상태였다. 발렌시아는 그녀가 모든 복수가 끝남에 따른 절망, 혹은 더 나아가 고향에 대한 향수로 죽음을 각오했으리라는 것을 확신하고 있었다. 이름을 바란다는 — 백의 확률로 거짓일 — 요구 하나에 과연 제 확신이 뒤집힐까.

어쩌면 이것은 제법 짠 평가일 수도 있었다. 그것만큼은 발렌시아도 인정하는 바였다. 혹 누가 아나. 그녀가 내심 진짜로 삶을 바라고 있을지. 그러나 발렌시아는, 속으로 혼자 그리 생각할 수는 있어도 이를 판단에까지 반영할 수는 없다고 생각했다. 외르타가 그녀 자신을 결코 보여 주지 않기 때문이다.

논리적인 해석은, 좋다. 제게도 가능했다. 그러나 삶의 문제는 결국 근원적인 고찰과 심리 상태로 넘어가기 마련이다. 자신에게 가능할 리가 없다. 발렌시아는 스스로 그런 것을 속단했을 시 어떤 일이 벌어지는지 대단히 잘 알고 있었다. 언제나, 바닥. 주제 넘는 짓을 하려 들면, 마치 천벌에 두들겨 맞듯 바닥까지 무너지곤 했다. 항상 최악의 최악에까지 치닫는 것이다.

때문에 발렌시아는, 자신이 외르타의 삶을 확신했을 시 그녀가 죽는 최악의 상황이 벌어지리라는 것을 기정사실화하고 있었다. 예부터 항상 그래 왔듯, 안전한 것만이 최선이다. 비겁이나 겁으로 여겨질 수 있을지언정 적어도 자신이 피해를 볼 일은 없었다. 차라리 이편이 나았다.

외르타 역시 스스로 결코 번복하지 못하는 것들이 있을 것이다. 사람이라면 누구나 있다. 그런 그녀가, 그것도 자신보다 타인을 더 잘 헤아리는 그녀가 이런 저를 눈치채지 못한다는 사실이 약간 실망스러웠다.

네게는 내 선천적인 결함이 보이지 않나.

"발렌시아 경."

"……들어와라."

"전할 내용이 있어 뵙습니다."

그는 고개를 들어 들어온 기사를 바라보았다. 사투르니나였다. 십이공회, 말의 전달 따위로 함부로 오가지 않는 기사다. 발렌시아는 약간의 의아한 기색을 보였다.

"용무는?"

"음……."

"제대로 말해."

"……."

그는 더 큰 의혹을 느꼈다. 전장을 벗어났어도 이곳은 아직 군이다. 저런 미적지근한 태도로는 즉결 처분을 당해도 할 말이 없는 것이다. 물론 그는 십이공회의 손이고, 발렌시아는 이제 총사령관이 아니니 칼은 무리지만. 그 대신 칼날과 비슷한 말이 떨어졌다.

"나가라."

"아…… 아닙니다. 바깥에서 난동이 조금 벌어졌습니다."

아, 조금 따위의 단어 선별에 발렌시아는 한숨이 났다. 그는 저 어설픈 모양이 보기 언짢아서라도 밖에 나가 수습을 해야겠다고 생각했다. 발렌시아는 자리에서 일어나, 옆에 세워 두었던 니소르를 습관처럼 쥔 뒤 — 사투르니나가 덜컥 겁먹은 표정이 되었다. — 그를 스쳐 지나갔다.

갑자기 사투르니나가 그의 팔을 잡았다. 반사적으로 칼을 올리려다

가까스로 멈춘 발렌시아는 드디어 약간의 노기가 섞인 시선으로 그를 노려보았다. 항상 무심하던 얼굴이기에, 얇게 드러난 노여움마저 상대에게 큰 충격을 주기에 충분했다. 그러나 사투르니나는 충격과 겁에 얻어맞고도 꿋꿋이 말했다.

"경."

"죽고 싶나."

"폐하의 바람을 기억하십시오."

발렌시아는 이해할 수가 없었다. 당최 어떤 '폐하의 바람'을 말함인가? 그러나 그리 질문하려는 순간, 사투르니나가 먼저 달려 나갔다.

발렌시아는 니소르를 놓으려다, 순간적으로 묘한 거부감이 일어 그만두었다. 이상한 일이다. 칼을 넣을 수가 없었다. 그는 더 이상 지체할 수 없는 시점이 되자 걸음을 떼었다.

발렌시아는 바깥으로 나왔다.

약간 떨어진 거리에서, 누군가가 칼집으로 바닥에 그림을 그리고 있는 모습이 보였다. 한낮의 태양 아래에서, 긴 그림자로. 남자는 건물을 나서는 사람을 느낀 듯 고개를 획 젖혔다. 어디서 다듬었는지 엉성한 검은 머리칼이 온통 뒤엎였다. 남자가 반갑다는 듯 양팔을 펼쳤다. 외침은 그다음이었다.

"형님!"

발렌시아는 고개를 한 번 숙였다가, 한숨도 없이 니소르를 들었다.

빠른 발도는 아니었다. 서서히, 조용히, 그 밑동까지 드러나는 나무뿌리처럼. 끝이 나오기를 기다리는 것이 감질날 정도로. 똑똑 떨어지는 처마 끝 물방울처럼 조마조마하게 올라왔다. 발렌시아는 니소르가 완전히 드러날 때까지 아무런 말을 하지 않았다.

그러나 상대는 대수롭지 않게 말했다.

"오랜만입니다!"

정확히는 십 년 만이다.

발렌시아는 제 칼을 완전히 쥔 채, 그 곧은 선 그대로 남자를 가리켰다.

"떠나라."

"안 되는데."

그는 더 답하지 않았다. 발렌시아는 칼을 비스듬히 늘어뜨린 채 저벅저벅 걸어갔다. 아무 생각이 없었다. 마치 눈가리개로 막아 둔 어리석은 말처럼 앞으로 달려가는 것만이 제 길이었다. 그 길의 끝에는 있어서는 안 될 사람이 있었다.

있어서는 안 될 사람이라면, 있지 않으면 된다.

순식간에 칼이 부딪히는 소리가 났다.

상대는 두 손에 쥔 칼로 간신히 니소르를 막고 있었다. 가로로 막은 모양을 보아하니 싸울 생각은 조금도 없이, 그저 반사적으로 나간 무기인 듯했다. 주변에는 사령부 기사가 두 사람밖에 없었다. 말리려 한다면 가까이 가기도 전에 목이 날아갈 것이다.

발렌시아는 눈 한번 깜짝하지 않았다. 제게 선명한 것은 뱃속부터 끓어오른 시퍼런 분. 아니, 아니다. 이것은 분이 아니다. 역겨움도 아니었다. 그만큼 열정적인 감정은 제 속에서 타 없어진 지 아주 오래되었다. 때문에 이것은, 체념과 노곤함이었다. 그것이 영영 제 눈앞에 보이지 않기만을 바랐던 완벽한 포기였다. 그러니 이제는 쓸데없는 물건을 치우듯 옆으로 밀어 버리려는 것이다.

"가라. 지금이라도 떠난다면 내 아무 말 않겠다."

"안 돼!"

발렌시아는 맞붙였던 칼을 다시 들어 내리쳤다. 이번에는 상대도 펄쩍 뛰며 대응했다.

"형님이 나 돌아와야 결혼한댔잖아!"

그는 어처구니가 없다는 얼굴이 되었다.

"언제 적 일인가."

"그럼 왜 아직도 결혼 안 해!"

발렌시아는 몇 사람이 지켜보는 가운데 제 혼사를 논하는 일이 끔찍하게도 싫은 듯했다. 그는 애초에 상대가 입 벙긋할 기회를 주지 않으려는 듯 잠시도 쉴 틈 없이 그를 내리쳤다. 한 팔만이 생기를 얻어 내뻗는 공격이었다. 살아 움직이는 돌처럼 인간 같지 않은 속도, 힘, 표정으로 그저 죽일 듯 내리 베었다. 그것은 제 난폭함으로 아우를 죽여 버려도 개의치 않겠다는 의견의 피력처럼 보였다.

상대 역시 그 모든 것을 막고 있기는 했다. 답답한 표정으로, 계속 뒤로 밀리기는 하나 어쨌든 단 한 번도 맞지 않았고, 쓸리지 않고, 상처 입지 않았다. 역시 저 대단한 검이란, 가문의 대물림처럼 보인다고 주변이 수군거렸다.

"아버지 말씀이시란 말이야!"

갑자기 발렌시아가 뚝 멈췄다. 그러나 그 정적은 균열에 먹힌 양 순식간에 사라졌다. 길을 걷다 진창에 딱 한 번 빠진 마차처럼 정지했다가, 다시 똑바로 굴러갔다. 답도 없다. 또 죽이려 든다. 상대는 악착같이 막으며 짜증스럽게 외쳤다.

"내가 용건 없이 온 줄 압니까? 제기랄! 안 멈춰?"

"……."

"아버지 말씀 좀 들어!"

"전부 들었다."

"임종도 못 지켰으면서!"

그는 무시했다. 죽이고 끝낼 생각이었다.

외르타는 여전히 지루하고 아득한 채로 한낮을 보내고 있었다. 차라리 한곳에 머무른다면 책에라도 파묻혀 있었을 텐데, 이토록 정신 사나운 여행길이니 무언가를 손에 잡을 수가 없었다. 침묵과 정적은 사람에게 온갖 고민을 불러낸다. 가장 소용없는 문제마저 억지로 이끌고 와 떡하니 앞에 던지는 것이다. 그녀는 그리 떠밀리지 않으려 무진 애를 썼다.

이를테면 이런 소일거리. 그녀는 여섯 번째로 나뭇가지의 개수를 세다가 짜증스럽게 그만두었다. 세 번째부터 똑같았다. 다음번에도 똑같으리라는 사실을 아니 집중력이 현저히 떨어지고 있었다. 이런, 또다시 전념할 것이 사라졌구나. 무언가에 깊이 상관하지 않으면 겪을 것은 혼란뿐인데, 매달릴 것이 필요한데. 그녀는 지끈지끈한 머리를 짓누른 채 미루나무 옆에 서 있는 옵타토 경을 올려다보았다.

"옵타토 경."

"예."

"당신은 왕도까지 거리가 얼마나 남았는지 모르지? 중간에 빠지니……. 그래도 알까?"

"일반적인 걸음이라면 압니다만, 아직까지도 상당한 규모인 군의 행군이라면 말씀드리기가 조금 저어됩니다."

"물어보러 가도 돼?"

"경께서는 당신의 자유에 손을 대지 않겠노라 말씀하셨습니다. 어느 곳에 가서 어떤 것을 여쭈시든 전부 당신의 재량입니다. 저를 곁에 두신다면 말이지요."

"그러면, 당신 나랑 같이 좀 일어나자."

구태여 발렌시아와 마주할 필요는 없다. 주변 사령부나 박차고 들어가 하문하고 돌아오면 될 것이다. 외르타는 자리를 털고 일어나 군단이 징발한 건물들 사이로 쑥 들어갔다.

하오의 햇살 속에서 그녀는 문득 제 긴 머리를 묶고 싶다는 생각을 했다. 자신이 어렸을 적 항상 묶고 다니던 자청색 장신구가 불쑥 기억의 갈피를 밀치고 들어왔다. 이미 옛날도 한 옛날 모장티에서 버린 물건을, 어느 시녀에게 들어갔을지 모를 어린 시절의 물건에 허황된 추억을 두었다. 엊그제 앙히에의 리마네레 유품을 떠올린 탓인가 보다. 옛 물건들이, 옛 사람이 조금씩 치밀어 오르는데, 그 와중의 제 흉한 모습을 도저히 막을 수가 없었다. 외르타는 제 쇄골 중앙에 붙박인 브로치를 한 번 만졌다. 그들이 고정한 것은 아델의 천이었다.

외르타는 모퉁이를 돌아 공터로 종종걸음 쳐 나왔다.

그녀는 제 시야에 들어온 광경에 잠깐 의아해졌다. 발렌시아가 칼을 올리고 있었던 것이다. 정지한 동작도 아니었다. 정말로, 사람을 죽일 듯 올려붙이고 있는 그 얼굴에 외르타는 머리를 한 대 맞은 듯 얼얼해졌다. 오랜만에 보는 그의 흰 칼이 어쩐지 어릴 적부터 알았던 기억처럼 머릿속에 아로새겨졌다. 그의 칼을 받는 사람 역시 만만한 실력은 아닌 듯했다. 외르타는 저 정도로 발렌시아의 칼을 받는 자는, 글쎄, 로크뢰 밖에 본 일이 없었다. 뒷모습이지만 가까우니 곧 얼굴을 볼 수 있을 것이다. 그리고.

보았다기보다는, 발견했다.

외르타는 숨을 삼켰다.

발렌시아와 마주한 남자는 서서히 열세를 보이고 있었다. 발렌시아가 진심으로 상대를 죽이고 싶다 생각할 때, 그를 견딜 수 있는 사람은 세상에 몇 없다. 남자가 칼을 한 번 튕겨 내고 안도의 숨을 돌리는 순간이었다. 갑자기, 도저히 가능할 것 같지 않은 방향으로 니소르가 들려 올라갔다. 이전의 몇 수는 애초에 전부 노림수였다는 듯 날카로웠다. 피할 방향이 없었다.

외르타는 그 광경을 목격하곤 생각할 겨를도 없이 걸음을 뗐다. 옵타토 경이 놀라 손목을 잡은 것 같기는 했지만, 그녀도 함께 놀라던 처지라 저지하는 것이 어설펐다. 그것을 발작처럼 벗어나는 행동쯤은 외르타에게도 무리 없는 일이었다. 그녀는 기세 흉흉한 발렌시아에게 죽을 수 있다는 생각은 아예 하지도 못했다. 아니, 어쩌면 했을지도. 아니, 어쩌면 그가 결코 자신을 찌르지 못할 것을 짐작했는지도 모른다. 이미 너무 당황하여 생각이 마비된 상태였다. 외르타는 니소르를 받았다.

혹은 받으려 했다.

니소르는 그녀의 얼굴 두 마디 앞에서 우뚝 멈췄다. 외르타는 제 시야에 잡힌 발렌시아의 손에 힘이 들어가는 것을 보았다. 덜덜 떨리는 손, 본디 서 있던 핏줄이 이제는 아예 새로운 살처럼 돋아나고 있었다.

기침을 한 번 할 정도의 침묵이 지나고, 그녀는 쇳소리와 다를 것 없는 목소리를 들을 수 있었다. 제 무모함의 대가였다.

"제정신…… 이십니까."

외르타는 눈을 깜박였다. 니소르가 눈부셨다. 신음 같은 소리가 풀려나왔다.

"아……."

"도대체…… 당장…… 옵타토 경!"

"제 불찰입니다. 군명으로 처분하십시오."

"경은……."

"너."

누군가의 목소리가 제 뒷목에 닿았다. 외르타는 제 온 머리칼이 삐죽 서는 것 같다고 생각했다. 두려움이 아니었다. 그보다는 긴장이었다. 침묵이 진창 깔렸다. 남자의 한 음절에 돌연 발렌시아의 노성까지 뚝 끊긴 상태였다. 외르타는 지금 자신을 넘어 남자를 보고 있을 발렌시아의 시야가 무척 궁금해졌다.

"잠깐만."

누군가가 그녀의 어깨에 손을 올렸다. 여전히, 소름보다는 긴장이었다.

"너 잠깐만 뒤돌아 봐."

더듬는 말을 토막토막 자른 듯한 느낌이었다. 너. 잠깐만. 잠깐만 뒤돌아 봐. 정신을 어디 뚝 떼 놓은 것처럼 산란한 목소리였다.

그러나 예전에 비해 변한 것 같지는 않다. 여전한 음성이었다. 외르타는 고민하며 긴 한숨을 쉬었다. 자신이 돌아보지 않는다면 직접 돌려세울 기세였으니까. 목덜미에 따뜻한 것이 닿았다. 한 발자국 더 다가왔나 보다.

그녀는 뒤를 돌아보았다.

시선이, 정면으로.

남자는 사고의 순서조차 제대로 밟지 못한 듯했다. 그는 일언반구도 없이, 무턱대고 그녀의 두 뺨을 움켜쥐었다. 얼마나 대중없이 잡았는지 꼬집힌 것처럼 아팠다. 그러나 외르타 역시, 신음도 비명도 짜증도 낼 수가 없었다.

하얗게 질린 얼굴을 공포로 오해한 듯 발렌시아가 손을 들었다. 그의 손에는 아직 칼이 있었기에 외르타는 남자에게 경고라도 해 주고 싶었다. 간신히 무슨 말을 짜내는 와중, 돌연 그가 휘청했다. 뺨을 감쌌던 손이 그녀의 허리를 쓸고 지나가, 펄럭이고 있는 그 치맛자락을 잡았다. 무릎이 반쯤 무너진 상태였다.

남자가 말했다.

"외르타?"

발렌시아가 우뚝 멈췄다. 외르타는 제 이름에 대답했다.

"……앙히에."

앙히에는 누군가에게 큰 손으로 짓눌린 양 고개를 숙였다. 어깨가 전부 처지려다, 햇빛 막듯 팔만 모은 채 간신히 멈췄다. 그는 곧이어 완전히 주저앉았다. 팔을 이마에 둘러 얼굴이 보이지 않는데, 몸만 그녀의 발아래 웅크려 앉아 있는 그림자. 외르타는 그저 조용히 서 있었다.

어느 나라의 어떤 예의도 저토록 대중없고 굴욕적이지는 않다. 걷어차인 듯 힘없이 앉아 얼굴까지 묻은. 더군다나 장성한 청년이, 자존심이라고는 있어 본 일 없다는 듯 발치에서 고개를 숙이고 있는 것이다. 사실 저것은 예라기보다는 그저 기절하기 직전의 어지럼증인 양 보이기도 했다. 주저앉은 몰골에서 격식을 찾아보기는 힘든 일이니까. 위로 불쑥 튀어나온 손은 의도하지 않은 듯 맞잡혀 마치 기도하는 것처럼 보였다.

이해한다.

외르타는 그의 옆에 다리를 굽혀 앉았다. 머뭇거리다가, 그 넓은 등에 손을 냈다. 선선하고 느렸다. 그녀는 그 손과 다르지 않은 어조로 말했다.

"오랜만이야."

고개는커녕, 말조차 올라오지 않았다. 외르타는 자신을 간신히 추스른 뒤 다시 한 번 그의 어깨를 쓸었다.

"여기서 만나다니 별일이로구나. 고개 들어 봐. 얼굴 좀 보자."

앙히에는 여전히 제대로 숨을 쉴 수 없는 듯 눈을 보이지 않고 있었다. 그녀는 이 자식이 도대체 왜 이러나 잠깐 생각하다가, 방금 전에도 떠올렸던 과거를 다시 들춰냈다. 기억은 쉬웠다. 나를 '찾으러', '구하러' 왔지. 그는 리볼텔라와의 일이 끝나고 자신에게 손을 내밀기 위해 왔다. 그때의 죄책감은, 이 죄책감은 도대체 무슨 뜻일까? 그녀는 해명해야 할 필요성을 느꼈다.

"어…… 앙히에, 난 널 원망하지 않아. 단 한 번도 구명을 간청한 치욕의 역사가 없어."

그래도 새파란 벽안은 올라오지 않았다. 그녀는 그 병자 같은 몰골에 쓴웃음을 지으며, 기어이 그를 말릴 수 있는 단 하나의 말을 꺼냈다.

"언니의 죽음을 생각하렴. 나는 그만큼이나……."

순간, 앙히에의 목덜미가 움직였다. 마치 고장 나 있던 어떤 장치가 서서히 움직이듯, 조금씩 올라와 간신히, 간신히 눈앞에 있는 그녀를 마주 보았다. 그는 누군가가 자신을 한 대 치기라도 한 것처럼 하얗게 질린 얼굴로, 목 멘 채 말했다.

"리비가……."

외르타는 그의 입에서 나올 이름을 짐작하고 있었기에 놀라지 않았다. 그는 조금도 떨고 있지 않았다. 자신이 짚고 있는 그의 어깨에는 미세한 진동조차 없었다. 방금 전은 정말 놀라, 더불어 과거가 역류하여 그대로 그를 삼킨 까닭에 잠깐 다리에 힘이 풀린 것뿐이다.

"너는……. 리비가…… 너를……."

"……."

"그래서……."

횡설수설 두서없는 말이었다. 그녀는 달래듯 물었다.

"끝내 남았지?"

"응."

"어디까지 따라갔니?"

"숄렘."

"미쳤구나. 너 잘못하다간 같이 목매달려 죽었어."

"안 가면 내가 죽었을 거야."

그녀는 얕게 웃었다.

"괜찮아."

"……."

"당연한 일이야."

"……."

"원래 그랬잖아."

"오스트레반트……."

"도르커 팔메."

앙히에는 숨을 한 번 들이켰다. 드디어 밝은 벽안이 드러났다. 외르타는 그제야 제 시야 역시 조금 트이는 것을 느꼈다.

그녀는 그를 확 끌어올렸다. 앙히에는 등 떠밀린 듯 일어섰다. 접힌 진흙 같던 몰골이 금세 훤칠해졌다. 외르타는 그처럼 그를 끌어 올리다, 순간적으로 주변을 둘러보게 되었다. 사령부 몇이 어안이 벙벙한 얼굴로 그 둘을 바라보고 있었고, 발렌시아에게는 이제 니소르가 없었다.

물론 외르타는 그 전부를 무시했다.

그녀는 앙히에를 향해 씩 웃었다.

"몸만 컸다?"

"아……. 응."

"그런데 넌 왜 여기 있어?"

"너 먼저 말해."

사실 외르타는 이미 의심을 손안에 쥐고 있었다. 만에 하나의 확률이 현실로 드러난 듯했다. 설마? 진짜? 아직까지 확신은 없지만……. 외르타는 속을 가라앉혔다. 그의 조급한 반문에도 화를 내지 않고 그저 고분고분 답해 주었다.

"어디까지 아는데?"

"어디까지 알 것 같아? 네게 갔잖아."

"그래도 말해 보렴."

"네 딸."

외르타는 잠깐 속이 갑갑해지는 것을 느꼈다. 반사적으로 답이 나갔다.

"로크뢰는 죽었다."

"그가 죽은 것은 오면서 들었지만……. 이것 좀 묻자. 도대체 네가 여기 왜 있냐? 형님, 얘 여기 왜 있어?"

"……."

외르타는 머리가 지끈거렸다. 현실과 추측이 꽝하고 맞부딪히는 통에 도통 정신을 차릴 수가 없었다. 브로치로 손이 갔다. 맙소사, 세상에, 이런 우연이 또 있을까.

"네가 먼저 답해야 할 문제다. 외르타를 어찌 아나?"

"어…… 외르타라니……. 형님, 듣는 내 기분이 다…… 이상해지려고……."

"앙히에, 방금 분명 형님이라고 했지?"

"여기."

앙히에는 손만 돌려 발렌시아를 가리켰다. 조금의 경의도 없는 손짓이라 그 방향도 잘 짐작이 가지 않았지만, 어차피 그 옆에 선 사람이라고는 하나밖에 없었다.

외르타는 눈을 꽉 감았다 떴다. 간신히 입만 열었다. 목소리는 텁텁하게 틀어막힌 상태였다.

"발렌시아 경? 미라이예?"

"응. 리비한테는 말했어."

"도대체……. 언니도…… 어떻게……."

난장판이었다. 발렌시아는 앙히에에게 대답을 재촉할 마음이 조금도 없는지, 다시 묻지도 않고 상대의 어깨를 잡아당겼다. 앙히에는 그의 무지막지한 힘에 뒤로 엎어질 뻔했다. 발렌시아는 귀찮은 아우를 파리 쫓듯 물려 버린 뒤 그녀에게 직접 물었다.

"저 아이를 어찌 아십니까?"

사나운 물음이 아님에도, 제 할 말이 궁한 것이 아님에도, 그녀는 지금 상당히 당혹스러웠다. 상견례라도 하는 것 같은 이 긴장이 희한했다. 그녀는 조심조심 입을 열었다.

"아…… 발렌시아 경, 앙히에와는…… 내가 비사 오필라에 있을 때……."

"나도 알려 줘. 외르타, 네가 딤니팔군에 왜 있냐?"

"로크뢰를 배신했어."

"어디로든 이 아이를 물려라. 감금해도 좋다."

앙히에는 그대로 끌려 나갔다. 발렌시아는 무어라 소리치는 그를 돌아보지도 않고 그녀에게 사과했다.

"죄송합니다."

"아, 아니 괜찮은데. 아니, 앙히에. 앙히……. 발렌시아 경, 재 좀 풀어 줘. 부탁이야."

앙히에는 발렌시아가 시선을 보낸 뒤에야 풀려났다. 그는 다시 그녀를 향해 쌩하니 달려오더니, 그 모양새 그대로 그녀를 안았다. 외르타는 숨이 딱 막혔다. 괜찮나? 괜찮은 건가? 머리 쪽으로 핏기가 쫙 빠지는 듯한 느낌이 일며 잠깐 어질어질했다. 땅 속으로 잦아드는 것처럼 발끝부터 아릿아릿한 진동에 도무지 가만히 서 있을 수가 없었다. 누군가 머리칼을 뒤로, 한 번에 쓸어 넘기는 것 같은데, 외르타는 정신이 산란해 그것이 현실인지 환상인지조차 구분하지 못했다. 그저 속으로 다독일 따름이다. 괜찮아, 그 멍청한 놈이잖아. 언니한테 빠져 정신 못 차리던 얼간이잖아. 얼마나 훌륭한 유대를 보냈는데, 내가 내쳐서는 안 되잖아. 내게 쫓겨난 다음에도 저만한 죄책감을 끝내 들고 있던 미련한 놈까지 거절하면…….

외르타는 기어이 안심했다. '생각'이 사라지지 않았다. 그녀는 아직 '생각'하고 있었다. 흥분이 서서히 가라앉으면서, 외르타는 그의 품 안에서 숨을 들이켰다. 매캐한 먼지 냄새가 났다. 그녀는 고개를 들어 보려 했지만 그가 제 머리칼을 쥐고 있는 탓에 도무지 움직일 수가 없었다. 아, 실제로 쥐였나 보다. 그러나 머리에 닿았던 그의 손은 제법 빨리 풀려났다. 그녀는 그가 손을 떼는 순간, 자신의 머리가 하나로 단정히 묶였다는 사실을 깨달았다. 외르타는 품이 느슨해지자 빠르게 머리를 더듬었다. 손끝에 닿는 모양만으로도 알았다.

외르타는 제대로 된 말을 하지 못하고 그를 올려다보았다.

"너…… 이걸…… 어떻게……."

앙히에는 웃지 않았다. 항상 웃던 모양이 어떻게 저토록 꾹 다물렸는지 모르겠다. 여덟 해가 가깝도록 마주하지 못한 까닭인가? 그간 쌓인 세월이 그 정도로 잔인했을까? 하지만 뼈대가 조금 굵어진 것을 빼면 얼굴만큼은 예전과 아주 똑같았다. 기가 막힐 정도로 똑같았다. 좀 웃어 보렴. 그래야 너 아니니? 그녀는 얼떨떨하니 그의 새파란 동공을 바라보고 있었는데, 그 익숙한 무뚝뚝함을 마주한 순간 등골이 서리는 듯한 깨달음이 있었다.

그래, 누굴 닮았다 했다. 하지만 이것은 상상의 정도를 넘는 일 아닌가.

그가 불쑥 말했다.

"돌려준 거야."

"머리끈?"

"아니, 마지막."

"비사 오필라에서?"

외르타는 그와 마지막으로 봤던 날을 꽤 선명하게 기억했다. 내가 그를 안았지. 소름 끼치게 기묘한 기분이었다. 과거와 현재가 정신없이 교차하는 와중 미간이 지끈거렸다. 그러나 앙히에는 그녀를 더 어수선하게 만들려 작정한 듯 무턱대고 제 할 말만 내뱉었다.

"아 정말, 정말, 정말, 정말 다행이다. 정말 다행이다. 진짜 다행이다."

"도대체……."

"네가 너라서 진짜…… 진심으로 다행이다……."

순간적으로 이해했다. 앙히에가 지금 무엇에 안도하고 있는지, 듣지 않아도 알아차릴 수 있었다. 두 해 전 자신을 도우려 왔던 것을 보면 안다. 그는 제 언니가 아니니, 자신이 무슨 날들을 겪고 있을지에 대한 끔찍한 걱정이 있었을 것이다. 자신이 그 험난함을 겪으면서 어찌나 짓뭉개지고 밟혔을지 제멋대로 상상해 눈앞이 컴컴했으리라.

"내가 나지 그럼 누구겠어……. 잠깐 놔 보렴."

그는 떠밀리는 듯한 태도로 그녀를 풀어 주었다. 외르타는 앙히에를 차근차근 떠올렸다. 너무 오랜만인데 어쩌면 우리 둘은 생겨 먹은 모양이 이토록 이전과 같을까. 겉모양이 비슷해서 그간의 격차가 감히 기를 펴지 못하는 것처럼 느껴졌다. 그녀는 찬찬히 그 이목구비를 살피다 간신히 딱 한 가지 달라진 점을 발견했다.

"너, 여기 왜 이래? 원래 없던 상처 아니야?"

"아, 괜찮아. 신경 쓰지 마."

"상처가 나도 이런 곳에 나?"

그녀는 그리 핀잔하고는 다시 조용히 선 발렌시아를 바라보았다. 그래, 그 '형님'이 이 사람이라고? 맙소사. 그녀는 웃지 않기 위해 입술을 깨물었다. 아플 정도로 앙 다물었다가, 간신히 그에게 말했다.

"경, 죽이는 건 조금 뒤에 해라. 내가 보내 줄게."

발렌시아는 아까 전과 그대로의 사람이었다. 아주 냉랭했다. 그녀는 그가 무언가를 물을 것이라고 생각했지만, 아니었다. 그는 입을 꾹 다문 채 정적 속에서 몸을 돌렸다. 고개를 끄덕인 것을 본 것 같기도 했고 그렇지 않기도 했다. 외르타는 몸을 돌려 드디어 진짜 웃는 앙히에를 발견했다. 이제는 반가움을 두려워할 필요가 없었다.

그러나 그들은 개인적인 시간을 가지기까지 온갖 시련을 겪어야 했다. 그중 첫 번째는 군영 내에 외부인을 들이기 위한 절차였다. 앙히에는 사실, 이전까지는 그저 방문객에 불과했다. 제 형님에게 말을 전하기 위해 방문한 손님. 그런데 이제는, 사령부에 건넸던 처음 부탁과 달리 이곳에 머무르겠노라 주장하는 그 뻔뻔함이 굉장했다.

방금 전 발렌시아의 반응을 보았던 사령부는 그 지위, 그 나이에도 어설픈 미소와 변명만 늘어놓다가 끝내 합의를 보지 못하고 앙히에를 건물 안으로 들여보냈다. 임시 총사령관의 건물로. 물론 형제 살인을 경계하는 자들도 있었지만, 그 우려는 외르타가 손을 듦으로써 해소될 수 있었다.

'경도 나를 죽이진 못할 테니까.'

몸으로라도 막겠다는 그 건실한 각오에 사령부가 끝내 고개를 끄덕인 것이다. 그래서 지금 이처럼…….

외르타는 문 안으로 고개를 들이밀었다.

"경?"

"……."

"들어가도 돼?"

"……."

"들어가마."

외르타는 마치 말 안 듣는 강아지 한 마리를 데려온 모양으로, 문을 활짝 열고는 턱짓을 했다. 앙히에 역시 방금 전 그녀와 비슷하게 고개만 슥 내밀었다.

발렌시아가 펜을 놓았다.

"형님, 군영에 며칠만 머무를게요. 체류증 좀."

외르타는 그 버르장머리에 순간적으로 발이 확 움츠러드는 것을 느꼈다. 아무리 그녀가 있다지만 저 짝으로 뻔대다가는 열이면 열, 니소르에 목이 찍힐 터였다. 그녀는 변명해야 할 필요성을 느꼈다.

"아니, 경, 이 녀석이……. 미안하다. 염치가 없다. 그런데…… 음, 그러니까…… 체류증을 받을 수 있을까?"

그녀는 제 말솜씨에 한탄하며 황급히 앙히에를 바라보았다. 내 헛손질을 했으니 네가 마무리해라. 그러나 그는 어리둥절해 하며 그녀의 시선을 받을 따름이었다. 외르타는 친구의 낯을 한 대 갈겨 주고 싶었다.

"외르타, 나가십시오."

"경……."

"지금 제가 인내하는 것은 오로지 당신 때문입니다. 그리고 당신보다는, 당신을 일컬은 왕명 때문입니다. 배려를 권위로 착각하지 마십시오."

외르타는 무례한 말에도 전혀 충격을 받지 않았다. 그러나 어느새 몸 전체를 방 안으로 우겨넣은 앙히에는 아니었다. 그는 약간 놀란 채 외르타를 보았다가, 다시 제 형님을 돌아보았다.

"형님, 형님께 이런 말씀을 드리기는 조금 그렇지만, 얘가 게외보르트의 왕녀에 라르디슈 왕비라는 사실을 알기는 아시는 겁니까?"

"저분은 망명자다. 딤니팔에서 네가 나열한 나머지 지위들은 백번 무용하다."

앙히에는 피곤하다는 표정이 되었다.

"게외보르트 왕녀직을 이용해 전쟁을 일으키려는 사람이."

"……."

"그 직위가 완전 무용하다 말하는 건 좀 염치없는 짓 아닙니까? 웃기기도 하고. 아, 농담인가?"

외르타는 자신과 앙히에가 조우한 지 채 반 시간이 안 되었다는 사실이 착각이었던가 의심했다. 앙히에는 그 반 시간 만에, 그녀가 이곳에 있다는 것과, 그녀가 오스페다로 이송되어 가고 있다는 것, 그리고 왕명이라는 단어만으로 왕의 의도를 해석해 낸 것이다.

그 심정은 발렌시아 역시 마찬가지인 모양이었다. 다만 그에게는 외르타와 같은 기꺼운 놀라움이 없었다.

발렌시아는 자리에서 일어섰다.

"함구하라."

외르타는 슬며시 웃었다. 그래도 같은 핏줄이라고, 앙히에가 말한 내용이 어디서 들은 것이 아닌, 그 스스로의 추론 결과라는 것을 잘 알고 있는 모양이었다. 앙히에는 바닥을 내려 보던 고개를 들더니 나지막한 목소리로 조건을 걸었다.

"체류를 허가하면."

그리하면 함구하겠다. 그녀는 순간적으로 기겁했다.

"넌 어떻게 점점 막가는……."

"조용히 좀 해 봐."

"협박하나."

"그렇게 여기신다면 그런 거고요. 외르타를 보고 싶어 하는 마음의 발로라 보시면 그런 거고요. 이왕이면 후자가 좋지 않나? 옛 친구를 보는 게 얼마나 흔흔한 일인데."

"너는 지금 왕명을 위협하고 있다. 폐하께서 함구령을 내리신 일이다."

"아니, 저는 그 명에 위배되는 일을 하려는 것이 아닙니다. 제가 감히 그럴 리가? 혼자 한 추론의 결과를 남에게 말하는 것까지 제한받는 건 아닐 텐데? 저는 지금 그 얘기를 하는 거라고요."

"너는……."

"허락하실 겁니까, 안 하실 겁니까?"

머리가 아찔했다. 그녀가 보기에 앙히에는 저가 할 수 있는 최대한으로 막되어 먹은 짝을 보여 주려는 듯했다. 그녀는 그 한마디 한마디에 너무 당혹하여 그의 옷자락을 잡아당겼다. 그는 몸을 기울이지도 않고 고개만 숙여 각도를 맞춰 주었다. 외르타는 턱을 든 채 작게 말했다.

"그때 이후로 집에 돌아가긴 한 거니?"

"어? 아니, 이게 처음인데."

"……."

"십 년인가?"

"미쳤……."

"아무튼 형님, 어때요?"

발렌시아가 책상을 돌아 나오고 있었다. 외르타는 잽싸게 그의 허리춤을 살펴보았고, 칼을 발견했다. 머릿속에서 온갖 망상이 터지면서, 그녀는 스스로 눈치채기도 전에 앙히에의 앞을 막아섰다.

"경, 계속 경만 이해하라 말하는 것 같아 정말 미안하다."

"……."

"하지만 내 부탁으로 여겨 주면 안 되겠어? 경, 나는 여덟 해 만이야. 저 녀석도 여덟 해 만이고. 우리에게 조금만 여유를 주렴. 이 녀석이 당신 눈에 띄지 않도록 내가 잘하마."

"……."

"그러니…… 칼 좀 내려놓고……. 이 녀석이 얼마나 답 없는 놈인지는 잘 알지만, 죽을 정도는 아니…… 사실 맞지만 그래도 조금만 봐주렴."

"비키십시오."

"야, 비켜 봐."

외르타는 버텼지만, 앙히에의 손에 밀려 소파로 나동그라졌다. 그녀는 분노나 두려움보다는 놀람 때문에 잠깐 눈을 꽉 감았다.

이내 눈을 뜨니, 앙히에가 저를 향해 몸을 굽히고 있는 모습이 보였다. 외르타는 영문을 모른 채 눈만 동그랗게 떴다. 그는 정말 당황한 모습으로 빠르게 쏘아 댔다.

"괜찮아? 뭘 먹었길래 그렇게 맥없이 쓰러져? 미안, 진짜 미안. 괜찮아?"

"아니…… 네 힘 탓이라기보다는 내가 중심을 잃어서……. 괜찮아."

"외르타, 나가십시오. 저는 앙히에와 잠시……."

"죽이게? 되었다. 앙히에에게 체류증 내주고, 내 숙소로 쫓아내 줄 때까지 안 나갈 거야."

외르타는 누운 채 이마를 짚었다. 한 명은 협박에, 한 명은 투정에. 잘하는 짓이다. 그녀는 스스로가 너무 민망해서, 그리고 발렌시아에게 미안해서 견딜 수가 없었다. 하지만 그러게 재깍재깍 아우의 체류를 허가해 주었으면 한참 전에 문제가 해결되었을 텐데. 구태여 계속 고집을 피우는 모양을 보니 답이 나지 않을 것만 같았다.

"외르타."

"경, 제발 좀 성내지 말……."

"형님, 체류증 안 주시면 동네방네 떠들고 다닐 예정입니다. 체류증만 내주신다면 형님 눈에 안 띌 테니 이만 허락하십시오."

외르타는 벌떡 일어나 앙히에 앞을 막았다. 저것이 정말 정신이 나갔나 보다. 그녀는 계속해서 발렌시아의 손을 바라보고 있었는데, 자꾸만 칼자루로 가려는 모양이 심상치 않았다. 외르타는 발렌시아의 옷자락을 잡으려다, 어찌 닿지 못하고 손가락을 확 움츠렸다. 발렌시아의 시선이 제게 와 박히는 것이 느껴졌다.

“형님, 내가 계속 있지는 않을게. 닷새만. 그 뒤에는 일단 흔적도 없이 사라져 줄게.”

“어? 앙히에, 오스페다까지…….”

“가는데, 중간 날짜에 약속이 있거든. 왕도에서 다시 만나.”

“아…….”

“닷새만.”

“경, 딱 닷새만…….”

둘이 나란히 선 채 같은 말을 읊조리는 모양은 꼭 부모에게 결혼을 비는 젊은 연인 같았다. 발렌시아의 어깨가 서서히 가라앉았다. 그는 갑작스레 뒤를 돌아보았다. 외르타는 멍하니 서서 그가 책상 안쪽까지 감아 드는 모습을 응시했다. 그는 허리를 숙이더니, 시선을 돌리지도 않고 팔을 뻗어 무슨 종이를 한 장 꺼냈다. 외르타는 고개를 들었다. 앙히에가 빙긋 웃고 있는 모양을 발견했다. 해결된 것일까?

잠깐 동안 방 안에는 무언가를 거칠게 휘갈기는 펜촉의 비명밖에 들리지 않았다. 일정한 얼음결 위를 그 역방향으로 칼질하는 느낌이었다. 소름 끼치는 난폭. 마지막 글자를 쓴 뒤 펜을 던지는 발렌시아의 힘에, 뾰족한 펜촉이 반항도 못하고 부러졌다. 펜은 데굴데굴 굴러 책상 아래까지 떨어졌다. 외르타는 겁을 집어먹었다. 저 노여움에 해결은 무슨, 즉처하라는 명을 내린 것은 아닌가 하는 당혹이 뱃속을 맴돌았다.

앙히에는 저벅저벅 걸어 책상까지 다가갔다. 그녀는 그를 말리려 손을 뻗었지만, 이미 늦었다. 앙히에는 발렌시아가 제 책상 위에만 놓고 건넬 생각을 안 하는 종이를 슥 잡아 들었다. 집게손가락으로, 아주 가볍게.

“고맙습니다. 닷새 뒤에는 떠날게.”

"……."

"형님, 그런데 생각해 보니 내가 할 말이 더 있는데……."

"당장 안 와!"

그 순간, 앙히에는 외르타에게 제 검을 붙들리고 말았다. 그녀는 순식간에 그 칼의 정체를 눈치채고는, 그것을 가져가면 상대가 맥 한번 못 추리고 저를 쫓아오리란 사실을 깨달았다. 그래서 칼자루에 힘을 주었는데…….

"……잠금쇠는 풀어야지."

"……."

밀려오는 당혹함에 외르타는 그를 노려보았다. 노려보는 동작과 함께 쌩하니 몸을 돌려 나갔다. 붉은 옷자락이 펄럭이다 확 가라앉았다. 앙히에는 어어, 하는 순간에 그녀를 놓치고 말았다.

그는 다시 발렌시아를 바라보며 어설픈 웃음을 한 번 지었다. 발렌시아는 여전히 뻣뻣하게 서 있는 모습이었다. 말 한 번, 아니 숨소리 한 번 내뱉지 않았다. 앙히에는 한 손으로는 그에게서 획득한 전리품을 쥐고, 다른 손으로는 그녀가 나간 문을 가리켰다.

"일단 나가 볼게요."

"……."

"참, 외르타한테 감시를 두셨나 본데, 무슨 이윤지는 모르겠지만 좀 떼 줘. 우리 이야기에는 남한테 들려주기 뭣한 것들이 많거든. 아무래도 내가 게외보르트에 머물 적이니까…… 말이 새어 나가면 분란의 씨앗이 된단 말이야. 나도 생각은 있으니, 걔가 도망치게는 안 둘게."

"……."

그는 문득 생각난 듯 방을 나서기 직전 다시 입을 열었다.

"그리고 왕명은 당연히 함구할 겁니다. 사실 속 빈 협박이었거든. 제가 그럴 놈이라 생각하셨다면 좀 실망입니다."

"애초에 네 이야기는 귀담아 듣지도 않았다."

"생판 모를 여자의 한마디에 허가를 내릴 형님도 아니면서 왜 이래? 농담은 그만하시고, 이따 뵙겠습니다. 용건도 있고 하니."

앙히에는 떠났다.

발렌시아는 한참 동안이나 칼자루를 놓지 못했다. 뒤에야 그는 바깥에 옵타토 경을 소환하라 말하다가, 화를 못 이기고 니소르를 내던졌다.

앙히에는 누군가에게 불려 자리를 뜨는 여기사를 바라보았다. 외르타는 영문을 모른 채 여기사를 따라 일어섰다가, 제지를 받고 다시 주저앉았다. 그는 의외로 빠른 발렌시아의 행동에 감탄하며 그녀에게로 다가갔다. 외르타는 인상을 확 찌푸렸다. 퉁명스레 읊조렸다.

"칼 잘 써서 좋겠다."

"잘 쓰면 잘 쓸수록 죽을 일만 더 많아져."

"……."

앙히에는 그녀의 옆자리에 주저앉았다. 그녀는 자신이 아직껏 당연한 질문을 하지 못했다는 사실을 깨달았다.

"그런데 정말, 여기는 왜 왔어?"

"발터 개자식한테 쫓겼거든."

"어……. 와."

"원래 알로지아드 레발로를 지나는 북로를 타는데 이번만큼은 도저히 여의치 않아서……. 더군다나 때가 되기도 했고. 바로 오스페다로 달려오면서 군 흔적을 찾았지."

외르타는 눈썹을 치켜 올렸다.

"잠깐. '때'?"

"아버지께서 딱 서른까지만 참으랬단 말이야."

"무슨 소리야?"

"형님이 결혼 안 하고 등신같이 구는 꼴은 딱 서른까지만 용납하라셨어. 그게 거의 일 년 육 개월 전 일이니 사실상 용납하라는 것도 아니지……. 애초에 강제로라도 결혼시키란 말씀이셔."

"너희 아버지가 심하다. 누구한테 누구 결혼을 맡긴다는 거야? 경 인생 망칠 일 있어?"

그들은 텅텅 빈 나무 옆 그늘에서 조곤조곤 이야기를 나누고 있었다. 수년간이나 격조했음에도 말이 급하지 않은 것은, 아무래도 앙히에가 외르타의 과거에 대해 일절 말할 마음이 없기 때문일 것이다. 그는 어제나 지난해, 마치 칠 년 전 그런 일이 없었다는 듯 제 일만 주욱 나열하고 있었다.

물론 외르타도 리볼텔라를 건드릴 생각이 없었다.

그것은 서로 간에 지켜야 하는 최소한의 예의였다.

"아버지께서 선에 올려 두셨던 여자들이 있으니 괜찮아. 애초에 나도 내가 그런 거 잘할 수 있을 거라곤 생각 안 해."

"나 때문에 다시 전쟁을 치르게 될 사람이라 그 신부에게는 조금 미안해지는구나. 초야만 치르고 생이별하겠어."

"뭔 상관이야? 어차피 형님은 옆에 있으나 만리타향에 있으나 똑같을 텐데."

외르타는 헛웃음을 터뜨렸다. 부정할 수 없는 이야기였다. 어처구니없는, 그러나 온전한 이해. 발렌시아에게는 당연한 일이었다. 곁에 있어도 없으리라. 웃음과 함께 내내 담아 두었던 당혹스러운 토로가 풀려 나왔다.

"그 '형님' 이 그 사람이라니……. 이런 우연이 있나……."

"……."

"……."

"이제는 내 말을 이해했어?"

그녀는 그가 자신에게 무엇에 대한 이해를 구하고 있는지 잘 알았다. 팔을 자를 듯한 태도로 자신에게 드러내 보였던 제 형제, 그에 대한 공감을 묻는 것이다.

"이해는 한다."

"내가 말했던 게 전부 맞지?"

"인정해."

"그럼……."

"그렇지만 여전히 네가 나쁜 놈이야."

"어?"

앙히에는 크게 충격을 받았다는 얼굴이 되었다. 무조건적인 비호는 애초에 기대하지도 않았지만 그렇다고 이렇게까지 확실한 배척을 예상했던 것은 아니었다. 그는 억울하다는 것처럼 약간 소리를 높였다.

"너 나랑 몇 년 알았어? 어떻게 이래!"

"네 설명은 의미가 없어. 너는 경을 판단하는 게 불가능해."

"……."

"앙히에, 난 그때도 지금도 너란 사람을 잘 모르겠다. 하지만 신경 쓰지 않고, 사실 그 본질에는 관심도 없어. 그러니 너도 똑같이 해 보면 어때?"

"이전과 같은 이야기를 하면……."

"그래도 형제에게 죽는 것보단 수긍하고 무심해지는 게 나을걸."

그는 약간 얼빠진 얼굴이 되어 외르타를 바라보았다. 옛 시절에 보였던 노여움이 아닌, 정말 '변한 것이 하나도 없다' 라는 기막힘과 찬탄이었다.

"난 반년 가까이 발렌시아 경을 봐 왔어. 우리는 서로를 향한 무관심에 동의했다. 자기 임무와 내가 부딪힐 때만큼은 경도 주의를 기울이지만, 그건 편의상의 문제 그 이상도 이하도 아니야."

"……."

"외려 그 예의 바른 거리감이 서로에게는 득이 돼. 경에게도 그 모양이 참 익숙하다는 눈치다. 이해하려 들지 않으니 강요도 없고, 더불어 관심도 없는 거야. 사실 그로서는 나를 짐작할 방법이 하등 없을 텐데, 그럼에도 끝내 무관심을 유지하는 게 대단하지."

"……."

"앙히에, 내 말 듣고 있어? 내겐 딤니팔의 총사로 경을 만나게 된 것만이 생의 유일한 행운이란다. 몇 가지 짜증스러운 점이 있기는 하지만, 적어도 포티미외에서만큼은 정말 큰 행운이었지."

앙히에는 그 지나친 평가가 믿기지 않는 듯 웃었다. 그는 오랜만에 만난 벗이 혹시 농담을 하고 있는 것은 아닌가 의심했다. 그도 그럴 것이 앙히에에게 있어서는 그를 형제로 둔 것만이 생의 유일한 악운이었던 것이다. 결코 이해할 수 없는 사람에게 평생의 애정을 뿌리박아야 하는, 불가지不可知의 애정. 그는 문득 무언가를 떠올렸는지 입을 꾹 다물었다.

"경이 저런 이가 아니었더라면 나는 아직까지 이 군영에 남아 있지도 않았을 거다. 그 무신경함 없이는 내가 견디지 못했을 테니까. 내 자극적인 이야기에 신경 쓰지 않는 사람을 찾기가 쉬울 것 같아? 나는 경의 무관심에 진심으로 감사한다."

어쩌면 저렇게 똑같은 것들끼리 만나서.

"너는 형제라면서 어떻게 경을 조금도 못 닮았나?"

"잠깐…… 잠깐! 그만……."

"네가 발렌시아 경에게 잘못한 거란다. 잘못을 저지른 너조차도 속죄를 바라고 있는 지경에 그 피해를 입은 사람은 어떻겠어? 머리가 있으면 생각을 하렴."

"……."

"난 물론 네가 반갑지만 그렇다고 옳고 그름까지 가리지 못하게 된 것은 아니다. 어떤 용건이 되었든 돌아왔으니 사죄해라. 물론 네가 용서받으리라고는 전혀 생각 안 하지만."

"악담을 해라."

외르타는 별말 없이 빙그레 웃었다. 사실이 악담으로 들리는 경우가 세상에는 참 많다. 사실이 악담으로 들리지 않는 경우가 지극히 드물 정도로 많다. 앙히에는 단지 인정할 수 없는 것뿐이다. 제 뻔뻔함과 지난 십수 년의 자존심을 지키고 싶은 것이다.

슬슬 노을의 끝자락이었다. 외르타는 감개무량한 표정이 되어 고개를 들어 올렸다. 그들이 앉은 곳 바로 앞이 외르타의 숙소였다. 그는 인사도 없이 숙소로 들어가려는 외르타를 보고는, 따라섰다. 요청했다.

"야, 잠깐만 나갔다 오자."

"……나는 군영 못 벗어나."

"나도 알아. 하지만 어차피 왕복 두 시간 정도면 돌아올 수 있어."

"응? 뭐가?"

"이다 보러."

그녀는 눈만 크게 떴다. 들을 것이라 상상도 못했던 이름이 불쑥 튀어나오자 그대로 굳어 버린 것이다. 칠 년 전, 모장티. 일 년에 걸친 여행 내내 가장 가까운 유모처럼 자신을 돌보던, 어미 새와도 같은 책임감, 더불어 이목구비처럼 달린 사죄의 웃음을 기억했다. 미안하다는 말을 하기도, 듣기도 전에 항상 묘한 진심으로 미끄러져 나와 몇 가지 정으로 목덜미를 때리는.

외르타는 두 손으로 입가를 한 번 쓸어내렸다. 인생에 감탄했다.

"다시 볼 수 있을 거라곤 상상도 못했는데……."

앙히에는 벙벙하게 웃으려다, 그 말에 내포된 뜻을 깨닫고는 간신히 쓴 미소에서 얼굴을 멈췄다. 외르타는 알 수 없는 시선으로 여전히 하늘만 바라보고 있었다. 그는 그 어설픈 목소리와 동작을 허락으로 듣고는 들떠 말했다.

"바로 옆 도시에 있으니까 정말 두 시간이면 충분해. 중간에 이다가 네 치맛자락을 붙들고 울려 하지만 않는다면 말이야."

외르타는 깜짝 놀란 듯 고개를 돌렸다. 그는 그 빠른 기세에 저가 더 놀라 몸을 뒤로 뺐다.

"옆 도시?"

"그래. 문제 있어?"

"뭘 타고?"

앙히에는 드디어 어이가 없다는 표정이 되어 팔로 무언가를 크게 그려 보였다.

"말."

"아, 미안. 거절하마. 지쳐."

"나보다 더 잘 타는 사람이 이게 무슨……. 사람 소리야, 개소리야?"

"안 돼."

"어?"

"난 말 못 타."

"어?"

그는 그녀가 농담을 하는 줄 알았다. 그래서 이번에는 정말, 소리 내 웃으며 자리를 뜨려는 그녀의 어깨를 붙잡았다.

그 순간 외르타의 발걸음이 뚝 멈췄다. 땅에 뿌리를 박은 듯 발이 붙었다. 갑자기 익숙한 감각으로, 머리가 돌아가지 않았다. 몸이고 머리고 완전히 굳은 채 덜컥덜컥 내려앉는다. 자신이 저 사람의 품을 견뎠다는 생각은 떠오르지도 않고 단지 두 어깨를 꾹 잡은 선명한 힘만이 머리끝까지 치밀고 올라왔다.

그녀는 신음처럼 말했다.

"잠깐, 놔."

그는 무슨 농담이라도 하나 싶어 그녀의 어깨를 돌려 세웠다. 열다섯부터 항상 그래 왔듯, 상대를 배려하는 안배라기보다는 스스로 편해지려는 무지막지함이었다.

"왜 이래?"

"놔."

"야, 나야."

"좀, 일단……."

"왜?"

"손……. 잠깐만…… 힘 좀…… 놓고……."

앙히에는 미심쩍다는 시선으로 그녀의 표정을 살폈다. 처음 보는, 질식한 것처럼 생소한 얼굴이었다. 그는 그제야 무언가를 깨달은 듯한 눈을 했다. 그러나 역시 놓지는 않았다. 앙히에는 외려 더 닥쳐 들어 그녀의 목덜미에 있는 옷자락을 끌어내렸다. 어깨의 절반과 쇄골 부근이 얼룩 없이 하얗게 드러났다. 외르타는 습관처럼 경기하듯 뻣뻣하게 굳어버렸다. 반항하지도 못하고 더듬더듬, 나무토막처럼 딱딱해졌다. 그 순간, 그가 이를 갈듯 말했다.

"너 맞았어?"

외르타는 앙히에가 무엇을 보고 자신이 폭력을 당했다 생각하는지 잘 알 수가 없었다. 지난 몇 년간의 쉼 동안 제 왼발을 제한 외상은 거의 사라져 남지 않았던 것이다. 그녀는 더 생각할 겨를도 없이 애원했다.

"놔……."

"로크뢰야?"

"입 다물고……."

"그놈은 가지고도 곱게 다룰 줄을 몰라?"

"안 놔?"

그 경고에도 앙히에의 힘은 번듯했다. 그의 손이 그대로 위로 올라가더니, 기어이 외르타의 머리를 헤집었다. 그녀는 물러나려 노력했지만 관자놀이가 너무 꽉 잡혀 있는 탓에 어찌 움직일 수가 없었다. 이성이 점점 희미해진다. 제 머리 위에서 수만 마리의 지네가 기어가는 듯 역겨워 도무지 정신을 차릴 수가 없었다. 닿은 손가락들이 바늘만큼 사소하게 머리를 스치는 순간순간, 그 모든 것에 비이성적인 공포가 사무치고 있었다. 온몸이 울렁였다. 다시 무엇을 발견했는지 그에게선 분을 억누르는 신음이 흘러나왔다.

"그 미친놈이 진짜!"

어쩌면 신음보다는 비명일 수도 있겠다.

"찢여 죽여도 모자랄! 이 개자식이! 때려? 누굴 때려? 미친놈!"

그녀는 그의 말속에 담긴 저의에 열이 확 솟는 것을 느꼈다. 가늘어지는 제정신을 부여잡고 악을 썼다.

"너도 똑같아! 뭐가 더 미칠 일인지 모르고 있어! 맞는 게 고통인 줄 알아! 그게 뭐가 고통이야! 그는…… 나를……. 난…… 정말이지…… 당장…… 그 손…… 안 놔!"

앙히에는 손을 풀었다. 외르타는 희번덕대던 눈을 가라앉히며 후다닥

물러났다. 아델의 천으로 어깨를 감쌌다. 생각을 해서 그리 행동했다기보다는 본능이리라. 앙히에는 입을 꾹 다문 채 제 손을 등 뒤로 보냈다. 잘못을 깨달았는지 미안함과 분과 민망함이 한데 뒤섞인 기색이었다.

외르타는 몇 발자국이고 뒤로 물러나 새끼 맹수처럼 상대를 노려보고 있었다. 햇빛이 없는 지금은 당연히 어두운 갈색 눈일 텐데, 그 사나움 아래에서는 그마저 광기 어린 녹음처럼 보였다. 노여움이라기보다는 두려움을 껴안은 경계.

그는 이를 악물고 간청했다.

"미안해. 손 안 내밀게. 이리 와 봐."

"……."

"정말 미안하다. 내가 생각이 짧았어."

"……."

"외르타, 나 원래 이랬잖아. 멍청했잖아. 한 번만 봐줘."

숨통이 트인 듯 반사적으로, 목 졸린 웃음소리가 났다. 밤 그림자는 어느새 그들의 온 과거를 뒤덮고 있었다. 외르타는 심한 비탈길을 오르는 것처럼 힘겹게 그 가까이에 섰다. 그의 손은 등 뒤에 고정되어 있었다. 실수로라도 앞으로 내밀지 않기 위한 배려인 듯싶다. 그녀는 마치 신 앞에 서기라도 하는 모양으로 긴장해서, 떨림을 제법 자제하고도 이전처럼 가까이 오지 못했다.

"외르타."

"……그래."

아무도 말하지 않았다. 그때쯤 길 잃었던 냉정함이 서서히 찾아들고 있던 외르타는 간신히 지금의 앙히에를 알아차렸다. 그녀가 겪은 것에 대해서 절대 함구하던 앙히에다. 그것은 그가 그 스스로 그리해야 한다는 판단을 내린 것이 아니라, 단지 몇 년 전 외르타의 거절로 깊이 깨달은 덕분이었다. 무언가를 말하고 싶어서, 어떻게 사는지 알고 싶어서, 겪은 고통을 위로하고 싶어서 미칠 지경인데도 단 한 번만 그리 말한다면 이 반가움이 온데간데없이 사라질 것을 그 역시 인지하고 있었던 것이다.

앙히에는 여전히 두 손을 뒤로 얽맨 모양으로 입만 어설프게 열었다.

"내가 다 모른 척하면……."

"나는 잘해 왔어."

그 목소리는 허탈하다기보다는 만족한 듯했다. 타인의 인정을 바라지 않는, 자신 혼자만 족하면 된다는 오만과 무신경함이었다. 외르타는 그래도 그가 제 자매를 만나며 적당량 탈피했기를 바랐고, 가까스로 만족할 수 있었다. 앙히에 역시 드디어 그의 걱정을 묵살하는 자신을 야속해 하지 않는 것처럼 보였기 때문이다.

"개의치 말렴."

사실 자신은 오래도록 이러했다. 고통은 그녀를 많이 바꾸었지만, 동시에 한 치도 바꾸지 못했다. 모든 것이 끝나고도 평생을 함께할 그녀 자신이었다.

"넌……."

외르타는 자신이 괜찮은 체하는 것이 아니라 실제로 괜찮다는 것을 그가 알아주었으면 했다. 제 말솜씨가 부족한 까닭에 그를 진심으로 설득할 수 없는 것이 너무 안타까웠다.

그녀는 돌연, 지독히 부드러운 목소리로 그를 불렀다.

"앙히에."

그는 번뜩 놀라 고개를 들었다. 찬바람이 제 뺨을 몇 번 매만졌다. 외르타가 웃고 있는지, 찡그리고 있는지 전혀 알 수 없었다. 외르타는 멀거니 선 그에게 다가가, 제 어깨쯤에 붙어 있던 브로치를 떼어 보여 주었다. 앙히에는 그것을 알아보곤 이를 악물었다.

맙소사.

"외르타……."

외르타는 그의 손목을 잡아 올려 그 붉은빛을 안겨 주었다.

그녀는 더 말을 잇는다 한들 그가 끝내 헤아리지 못할 것을 알아, 조용히 등 돌려 떠났다. 문 안으로 사라진다. 이번에는 잡는 이가 없었다.

앙히에는 외르타의 뒷모습을 지켜보았다. 그녀가 문틈 사이로 증발할 때까지 아무 생각도 하지 못한 채 자리에 붙박여 서 있었다. 그림자가 사라진 순간에야 그는 손이 쪼개어지는 듯한 고통을 느꼈다.

브로치를 너무 세게 쥔 나머지 손바닥이 종잇장처럼 찢어져 있었다. 그는 문득 외르타를 끊어 내기 위해 자신이 박살 내고 망가뜨리고 짓이겼던 리볼텔라의 집무실을 기억했다. 그보다 훨씬 뒷날, 제 죄를 깨달은 뒤 뜯어 버린 것은 다른 무엇도 아닌 자신의 입가, 지금도 갈라진 것은 다시 제 살갗이었다. 직감했다. 이제 외르타를 끊어 내기 위해서는 나를 찢어야 하는구나. 심지어 그때도 지금도 가능할 것 같지는 않은 일이건만.

앙히에는 오늘 그녀를 보고선 정말 선 채 기절한다는 말이 무슨 의미인지 적나라하게 깨달았다. 발렌시아가 성을 가라앉히지 못한 상황에서, 정말 죽음조차 생각지 못하고 그녀에게만 열중했다. 죽음을 불사한 것이 아니다. 그 순간, 자신이 무슨 상황에 처해 있는지를 된통 잊었으니, 그것을 용기라고는 일컬을 수 없다. 차라리 사지 육신이 마비된 채 앞으로 고꾸라진 모양이라고 하면 옳겠다.

사실 고해하자면, 앙히에가 그녀를 보자마자 생각한 것은 외르타가 아니라 리볼텔라였다. 햇살이 스민 녹색 눈에 울컥하는 속을 이 악물어

참았다. 자신은 물론 리볼텔라를 가진 사람이었지만, 그래도 그 죽음만큼은 너무 잔인해서. 간신히 양지바른 곳의 봉분으로 남겨 두었는데 저렇게까지 선명한 생애의 증거가 나오자 순간적으로 머리가 돌아 버릴 것 같았다. 그리 닮은 것은 아니라도 그 묘한 웃음과 햇살 아래의 눈은 분명 자매였다. 게다가 그 역시 큰 충격을 받고 냉정이 없던 상태였으니 흔들린 것도 무리는 아니다.

외침은 입속에서 틀어막혔다. 차라리 나를 죽이라고 외치고 싶은 심정이었다. 무슨 잘못을 저질러야 이토록 잔인한 해후가 되나. 얼마나 잔인하면 간신히 체념한 사람을 이처럼 고스란히 눈앞에 가져다 두나.

그리고 바로 다음 순간, 속이 철렁 내려앉아 '외르타'를 생각했다.

앙히에는 기실 이 사실에마저 죄책감이 들었다. 무엇을, 어떻게 겪은 사람인데, 그에 네 죄과가 얽혀 있는데, 그를 보고도 감히 그녀의 과거와 생을 떠올리지 않아? 자신의 포기와 무지를 사죄하지 못하고 보자마자 절실해진 것이 그저 이기적인 바람이라? 스스로가 인간 같지 않은 것인지 아니면 정말 인간이기 때문에 이리 염치가 없는 것인지 잘 가늠할 수가 없었다.

물론 그는 곧 어떤 사실을 알아차렸다. 외르타는 자신의 주객전도에 조금도 신경 쓰지 않을 것이다. 죄책감과 깨달음은 동시에 찾아왔고, 이 깨달음에 딸린 양 더 중요한 이야기가 매달려 왔다. 리볼텔라가 충고했듯, 자신은 외르타의 사정에 상관하면 안 되었다. 그녀가 자신의 이야기에 개의치 않는 만큼 자신 역시 그녀의 이야기에 신경 쓸 수 없었다. 때문에 그는 그녀를 보자마자 결심했다.

나는 결코 지난 칠 년을 이야기하지 않을 것이다.

외르타가 자신을 쫓아낸 이유는 그날 비생 로욜을 떠난 다음에야 깨달았다. 리볼텔라가 옛날 옛적부터 말해 온 것을 실제로 걷어차인 다음에야 확실히 이해한 것이다. 외르타는 자신의 일에 남이 관여하는 것을 끔찍이도 싫어했다. 제 인생에 타인이 간여하는 일을 죽기보다, 아니 삶보다 더 싫어하는 사람이다. 그런데 주제도 모르고 도와준다 손을 내밀었으니, 쫓겨나는 것은 사실 대단히 당연한 일이었다.

외르타는 동정마저 거절했다. 나는 내 할 일을 끝마쳐 만족스러운데 누가 감히 나를 불쌍히 여길 수 있겠느냐는 오만이 그 골자였다. 제정신으로 나올 것 같지는 않은 개념이었지만 결국 그녀에게 있어서만큼은 유일한 답일 것이다. 오스트레반트 도르커 팔메. 홀로 가는 길. 이 이야기는 발터에게 해 줄 때에만 진정한 이해를 구할 수 있을 것이다. 이 세상에 딱 한 켤레 있는 짝이니까.

그는 그 사고방식을 이해할 수 없었기에 아예 입을 닫아 버리기로 결심했다. 그리 함구하면 외르타는 온전히, 칠 년 전의 친구를 맞이하는 기분이 되어 기뻐해 줄 것이다. 쓸데없이 그녀의 분을 사 모든 것이 끝나고도 영영 외면하기는 싫었다. 차라리 다 잊고 친구로 만나서, 평생 그러했다는 듯 잘해 주며 빚을 갚자. 다만 이렇게 생각했다.

이 단단한 각오는 몇 시간 만에 무너졌다.

화가 났다. 그가 간신히 그녀의 과거를 발밑으로 묻어 버릴 수 있었던 것은, 자신이 남성이라 겁탈의 고통을 이해하지 못했기 때문이 아니다. 자신에게는 그녀의 고통이 '보이지' 않았다. 이전과 똑같은 얼굴과 오만, 무심함. 이 사이에서 그녀의 문드러진 이야기를 찾으라는 것은 너무 지나친 요구다.

그러나 가까스로 자신의 눈에 닿은 오래된 흔적들은 부정할 수 없었다.

너무 화가 나면 희한하게 속이 끓지도 않는다. 지나치게 막막하고 답답하여 감히 무슨 반응을 보일 수가 없는 것이다. 간신히 짜낸 몇 마디 악. 그는 지난 칠 년을 언급하지 않고는 견딜 수 없었다.

어쩌면 인간이, 자신이 그따위로 짓뭉갠 여자가 누구에게 있어서는 마지막처럼 귀중하다는 사실을 상상할 수 없나. 그 몸에 닿는 손 하나하나에 겉과 속이 바짝 마르는 이를 짐작하지 못하나. 설마 애초에 외르타에게 자신 이외의 누군가가 있으리라고 생각하지를 않았던 건가. 아니, 모든 것 이전에 자신이 그녀를 짓뭉갰다고 보지도 않은 것 아닌가?

앙히에는 어느새 자신이 칼을 잡아 뽑았다는 사실에 깜짝 놀랐다. 그는 손끝에 어설프게 걸려 있던 브로치를 품에 넣었다.

날카로운 칼날이 밤공기를 가르고 있었다. 앙히에는 한숨과 함께, 그것을 부드러운 땅에 꽂았다. 그 속에 칼의 주인이 있는 것처럼 날을 잡고 주저앉았다. 고개가 수그러들었다.

머리가 천 년 묵은 동굴처럼 울렸다. 제 깜냥이 조악해서 끝내 모든 생각이 하찮은 움막처럼 엉성해졌다. 리비. 리비. 물론 돌아올 답은 세상에 없었지만, 그는 이미 개인적인 토로에 익숙해진 지 오래였다. 리비?

나도 자기 말을 전하겠다고 생각은 했는데.

외르타가 과거와의 단절을 선언한 것 같아 감히 입을 열 수가 없었다. 사실 리볼텔라마저 내키지 않는 듯 뱉어 낸 한마디 아닌가. 그녀 역시 이런 상황을 짐작해 아무것도 전하지 말라며, 그 혜안으로 거절했던 것이다. 그러나 자신은 끝내 재촉해서 마지막 말을 얻어 냈고, 결국 지금에 이르러 리볼텔라의 모든 말이 옳았다는 사실을 쓰게 인정하고 있는 것이다. 앙히에는 외르타에게, 나는 네게, 나는 네게 아무것도 아니다.

그것은 상처받을 만한 이야기도 되지 못했다. 앙히에는 그 말을 인정하면서 정말 조금도 괴롭지 않았다. 외르타에게는 어차피 만인이 아무도 아니었다. 어쩌면 이것은 제 오라비나 리볼텔라의 것보다도 더 심한 강박일지 몰랐다. 발터에게는 적어도 리볼텔라에 대한 끔찍한 애정이 있었고, 리볼텔라에게는……,

그는 칼날을 들여다보았다. 창백했다. 이 땅에 흐르지도 않는 달빛을 쥐어짜 삼킨 것처럼 보였다. 리볼텔라는 언제고 냉정을 차리라고 이 검을 제게 건넸다. 이것도 그녀가 남긴 것이다.

한참의 시간이 지났다.

무언가를 깨달았다.

앙히에는 품에 넣었던 보석을 다시 꺼냈다.

손을 슬며시 거머쥐었다. 한 치 공간의 남음도 없이, 브로치는 제 엄지와 검지 사이에 찍어 맞춘 듯 꼭 들어갔다. 그것의 기원을 설명하던 소녀. 그 해끄무레한 얼굴이 기억에 선명했다. 그 한마디 한마디가 전부 남은 제 머릿속을 들어내고 싶었다. 그래, 마지막, 자신이 이것을 건네며 선심 쓰듯 지껄인 말이 있다.

'그 사람이다 싶으면 줘.'

되돌려 받은 선물을 원망하지는 않는다. 그간 잃어버리지 않았다는 사실만으로도 감사할 지경이었으니까. 외르타 본인이, 영혼을 담는 그릇이라 설명했다. 피로 맹세한, 평생 변치 않을 약속이라고도 했다.

누구에게 건넬 수 있었겠는가.

앙히에는 숨을 들이켰다.

그는 칼을 집어넣었다. 그러고는 시야에 제 갈 길이 새겨져 있기라도 한 듯, 지체 없이 몸을 돌렸다.

지난 칠 년을 언급하지 않겠다는 약속은, 이미 어겼다.

앙히에는 어깨로 문을 밀고 들어가, 등불만 몇 켜진 계단을 성큼성큼 걸어 올라갔다. 앙히에는 문득 불쾌함을 느꼈다. 어쩌면 이토록 수행인하나 없는지 초라할 지경이 아닌가. 그는 형님에게 다시 돌아간다면 외르타가 얼마나 조악한 생활을 영위하고 있는지에 대해 열렬히 토로할 생각이었다.

그는 밝지도 어둡지도 않는 복도를 지나 홀로 꽉 닫혀 있는 방문 앞에 섰다. 손이 올라갔다. 문에 닿지 못하고 한참 동안이나, 팔이 허공에 앙감질을 했다. 그 발터도, 그 리볼텔라도 끔찍한 애정을 가진 상대가 있었다. 앙히에는 그것을 깨달았다. 동시에 외르타 역시, 분명 그런 이가 있으리라는 사실을 알아차렸다.

그토록 허허로운 생에 자신이 주었다는 이유만으로 오래도록 보석을 간직한 것은 아닐 것이다. 도움을 주려던 벗을 퍽 매정하게 거절하던 이다. 자신을 위해 브로치를 소장할 사람이라면, 제 도움 역시 거절당할 이유가 없었다. 분명히, 누군가가 더 있었다. 이것을 붙들고 있게 할 만한 무게의, 그녀의 끔찍한 애정을 받았던 누군가.

앙히에는 문을 두드렸다. 안에서 높지도 낮지도 않은 목소리가 들렸다.

"옵타토 경?"

"나야."

"……."

"잠깐만."

앙히에는 그녀가 한숨을 쉬고 있을 것이라 지레짐작했다. 제 온 촉각이 방 안에 몰린 듯한 느낌이었다. 침대에서 일어서고 있다. 두어 발자국 걸어오다가, 우뚝 서서는, 다시 뒤로 물러난다. 탁자 위를 짚는다. 한숨 한 그릇. 걸음이 다시 빨라졌다. 다섯, 넷, 셋, 둘.

문이 열렸다.

"들어와."

시야에는 갈색 머리칼뿐이었다. 시선이 미끄럼 탄 듯 죽 내려가다, 그녀가 침대 위에 걸터앉자 그제야 우뚝 멈췄다. 그는 가까스로 외르타의 얼굴을 보았다.

"또 무슨 이유로 왔니?"

그는 그간 손에서 놓지 않았던 보석을 들어 보였다. 노을이 빠르게 졌기에 그곳에는 방 안을 훤히 밝힌 불, 그리고 그를 품은 보석밖에 없었다. 외르타의 표정에는 변화가 없다. 앙히에는 직접 물어야 한다는 의무감을 느꼈다.

"왜 돌려줬어?"

외르타가 다리를 접어 침대 위로 올리는 모양이 잘 보였다. 앙히에는 그녀가 앉은 침대 아래에 털썩 주저앉았다. 다시 한 번 물었다.

"왜 돌려줬어?"

그녀의 어깨가 한 번 크게 들렸다 가라앉았다. 말은 날숨 같았다.

"그건 더 이상 내게 쓸모가 없단다."

"……."

"내게는 이제 리마네레의 맹약이 필요 없어. 이것은 항상 상대에게 머물러야만 의미를 가지는 물건이지. 홀로 간직하는 리마네레의 유품만큼 우스운 것이 또 있겠어?"

"상대를 찾기까지는 괜찮잖아."

"그런 사람이 생길 것 같아?"

"뭘 믿고 그렇게 자신해?"

외르타는 웃지도 않았다.

"죽어야 철이 들 놈이구나. 내게 그런 사람이……."

"그러면, 기억에 넘겨."

그녀의 얼굴이 처음으로 일그러졌다. 침상 위에 드러난 발끝이 긴장한 듯 뻣뻣하게 서 있었다. 덧신 아래에서도 그 끝이 얼마나 떨리고 있을지 잘 보였다.

"무슨…… 소리야?"

"나는 네가 나 때문에 이것을 간직했다고 생각지 않아. 로크뢰를 배반하고 딤니팔 군영까지 달려왔다며? 네가 지금까지 이것을 가지고 있다는 건, 그 화급한 와중에도 끝끝내 챙겨 왔다는 뜻이다. 설마 나 때문에 그랬을까?"

"망토를 고정하려면 어쩔 수가……."

"그래서 그 망토는 뭔데?"

"넌 어떻게……."

외르타는 말을 뚝 멈췄다. 앙히에는 그런 그녀를 측은하게 바라보았다. 긴 속눈썹이 물에 맞은 듯 파르르 떨렸다. 퍽 가까운 거리라, 그 눈은 이미 한여름의 녹음과 같이 선명하게 보였다. 그 눈을 본 앙히에는 잇몸 안쪽을 꽉 깨물었다. 피 맛이 났다. 그는 시선을 내리깐 뒤 읊조리듯 말했다.

"상식적으로 판단할 때 그래. 때로는 상식적인 게 가장 나아. 물론 리마네레의 브로치야…… 다른 사람에게 있어야 의미가 있는 물건이지만…… 언제부터 그런 전설을 따졌다고? 돌려줄 필요 없어. 그따위 전설을 하나하나 따졌다간 가장 중요한 것을 잃는 수가 있다. 남긴 것을 받아 온 거잖아. 브로치는 그 사람의 이름으로 보관하는 게 낫겠어."

"나는……."

"딸이지?"

외르타의 어깨가 움츠러들었다.

"너무 곧장 말해서 미안해."

"그런 건 직설이 아니라 배설이라고 부르는 거야. 안 나가?"

그러나 그는 바닥에서 버텼다. 그는 자신을 걷어차려는 외르타의 발을 단단히 잡고선 베개로 침대에 짓눌렀다. 이번에는 손이 날아와 그의 머리를 때렸다. 앙히에는 베개 위에 엎드렸다. 그녀 아래에 놓인 조약돌처럼 맞았다. 그는 그리 엎드린 채로, 베개에 묻힌 음성으로 꿋꿋하게 말했다.

"나는 리비한테 많은 것을 받았어."

"그러면 나한테 신경 안 쓰는 당신 행실이나 본받아! 이렇게 헤집지 말고!"

"사실 내가 자기한테 받은 칼에는 게외보르트 왕가의 기조가 선명하다. 게외보르트의 왕족 말고는 이 칼을 얻을 수 있는 자가 없으니 당연하지. 때문에 이 칼을 떠맡은 사람은 그 기조 역시 떠맡아야 한다는 뜻이기도 해. 하지만 나는 그럴 수도 없고, 그러고 싶지도 않아. 리비를 이해했다 하더라도 내게는 그럴 마음이 없기 때문이야. 하지만 나는 분명 받았어. 그건 내가 자기의 사고방식을 물려받은 것도 뭣도 아니고, 그냥 이것이 리비의 칼이었기 때문이다. 리비 역시 단순히 그런 이유로 내게 칼을 준 거야. 이것으로 나를 대신하라고. 아무리 리비가 부정해도, 이건 내게 자기를 남겼다는 증거가 될 수밖에 없어. 나는 이것으로 리비를 기억해. 리비를 기억하고, 리비가 죽었다는 사실 역시 기억할 수 있어. '살아 있었구나!' 하고 좋아하다가 새삼 '세상을 떴지' 하고 쿵 내려앉는 그 허한 마음을 두려워하지 않아도 되거든……. 나는 이게 가장 끔찍해서……."

"……."

"내게 이것이 얼마나 중요하냐 하면……. 외르타, 만일 리비가 내게서 잉그레의 표장을 앗아 가지 않았더라면 난 이 칼을 절대 쓰지 않았을 거야. 닳으니까. 날이 닳고, 리비의 기억이 닳고, 리비가 죽었다는 사실 역시 닳아서, 나는 그때가 되면 도저히 스스로를 감당하지 못할지도 모르거든."

한때 열병처럼 불어닥쳤던 바람 앞에 이제는 단단한 옹이가 생겼다. 담담해졌다. 자기 위안이라도, 상관없다.

"외르타, 네게 네 딸이 이 정도 의미일 거라는 것은 나도 짐작할 수 있어. 네가 항상 게외보르트 헛소리를 하지만 그렇다고 무언가에 대한 애착마저 가질 수 없는 건 아니야. 그런 것은 인간도 아니니까. 그러니 너는 네 딸에게……."

"……."

"그런데 왜 그 딸의 흔적마저 내게 돌려줘 마무리 지으려 하나? 네가 가져. 이걸로 기억해. 제발 좀 아무것도 없는 척하지 말고. 웃기지도 않다."

그러나 여전히 고요했다. 앙히에는 고개를 들어야 할지 그대로 있어야 할지 고민했다. 그녀의 무반응에 화가 나는 것 같기는 한데, 뱃속부터 끓어오른다기보다는 머리에서 새어 나오는 화라 어찌 표현할 방도를 찾지 못했다.

물론 자신이 건넬 질문은 찾았다.

"죽고 싶었지?"

외르타는 아무 말도 하지 않았다. 그러나 답은 아주 똑똑히 들렸다. 그는 여전히 엎드려 있었다. 어쩐지 제 머리칼 위로 누군가의 손이 덮인 것 같기도 했다. 그는 숨을 한 번 들이켜고는 가까스로 말했다.

"삶이 의무였지? 복수를 치르는 동안, 널 마지막으로 잡고 있던 건 증오보다는 네 딸이었지? 그래서 모든 것이 끝난 지금에서야, 딸의 물건을 남에게 넘기는 거지? 눈앞의 물건이 없어지면, 생에의 의지를 매번 확인하지 않아도 괜찮으니까."

"……."

"외르타……."

"……."

"들어 봐. 난 너를 위에서 내려다보거나 동정하는 게 아냐. 단 한 번이라도 죽고 싶다고 생각한 사람은 남의 자살에 대고 함부로 입 못 연다. 물론 그보다 더 지독한 상황에서도 잘 살아가는 사람이 있겠지. 하지만 자살은 타인이 아니라 자기 한계가 어디까지인가의 문제인 거거든. 내가 어느 선까지 감당할 수 있을까? 난 과연 어느 고통까지 참을 수 있나? 나는 몇 번째 손가락까지 자를 수 있을 것인가? 나는 언제까지 무너지지 않을 수 있나? 봐봐, 이건 그 사람의 문제인 거야. 세상에 네 한계에 대해 비난할 수 있는 사람은 너뿐이지, 그 외엔 있을 수도 없고 있어서도 안 된다. 나는 그런 바보짓을 할 생각이 없어."

이번에는 분명히 느꼈다. 외르타의 손이 제 머리를 둥글게 감싸고 있었다.

"외르타, 하지만 너는 살아 있고, 스스로 견뎠잖아. 다 끝나고도 자살의 유혹을 물리친 게 어디냐? 그러니까 이건 네 거야. 삶을 결심했다고 그동안 너를 지탱해 주었던 딸마저 넘길 이유는 없지 않냐. 아무리 딸이 과거를 상기시킨다 해도 지금은 이미 다 끝난 일이야. 넌 살고 있잖아. 그러니 딸의 유품을 가져. 너 스스로 죽음을 이겨 낸 전리품이라 생각해도 괜찮아."

아이의 유품. 리마네레의 돌이 영혼을 보관하느니 어쩌니 하는 흰소리는 아무래도 좋다. 자신도 리비의 칼에 담긴 게외보르트의 기조를 뿌리쳤으니까. 그저 죽은 자의 유품, 그것만으로 족하지 않나. 그것으로 기억하면 된다.

"내가 어떻게 할까. 빌까? 하지만 그건 이미 했잖아."

"……."

"너한테 들여보내 주지 않아도 좋으니까 볼 수라도 있게 해 봐."

"어떻게……."

앙히에는 그제야 숨을 내쉬었다.

"어떻게 짐을 내려놓아야 할지 모르겠구나. 인생에 있어 홀로서기가 어렵다지만 나로서 늙는 것과 삶의 의미 없음이……."

갑자기 그녀가 헛웃음을 터뜨렸다.

"하……. 네 것 같은 애정을 받고 살면 세상 다 얻은 기분일 테지. 언니는 좋겠어."

"그건 너도 마찬가지야. 그러니까 받아."

외르타는 답하지 않았다. 그러나 침상 위에 얹힌 제 손에 검지가 닿았다. 섬세한 손은 조갯살을 떼어 내듯 리마네레의 브로치를 살포시 쥐었다. 순간의 온기가 사라졌다.

앙히에는 고개를 들었다. 외르타가 웃음인지 고통인지 모를 표정을 짓고 있었다. 그는 자신이 무언가를 잘못 짚었나 생각했지만, 그녀가 브로치를 품에 넣자 의심을 가라앉혔다. 좋은 게 좋은 거라고, 이제 괜찮나 보다. 자신처럼, 스스로 살아가려는 생각에, 죽은 이의 유품까지 챙겨 갈 만큼 속이 굳건해졌나 보다.

"앙히에."

"응."

"네게 고마워해야 할지 너를 미워해야 할지 모르겠다."

"……."

"사실, 생각해 보면 너는 언제나 이랬어. 마음 써 주는 것이 분명한데도…… 나도 그걸 아는데…… 그럼에도 네 천성이 너로서도 어쩔 수 없는지……. 혹은 다 알고도 네 뜻대로 상대를 조종하기 위해 눙치는지……."

"제대로 말해."

외르타는 그의 뺨을 툭 쳤다.

"됐어."

"……."

"잘래."

앙히에는 약간 웃었다. 외르타는 둥그런 자세를 풀더니, 데굴데굴 굴러 침대에 누웠다. 앙히에는 그녀의 옛 버릇을 기억하며 소리 내어 몇 번 웃었다. 예전에, 정말 예전에, 숄렘을 벗어나 가끔 야외 취침을 할 때면 양옆으로 요를 세 장씩은 깔아 주어야 바닥으로 떨어지지 않던 외르타다.

그녀는 곧 이불 속으로 파고들었다. 앙히에는 습관적으로 우그러진 이불을 펴 주었다. 이불 속에 외르타의 윤곽만 남아 있었다. 그녀는 눈썹만 내놓은 채 그를 올려 보지 않았다. 앙히에는 몸을 돌려 등불이 모인 곳까지 다가갔다.

"불 꺼?"

"아니."

그는 그녀가 부정하리라곤 상상도 못했기에 의아하다는 듯 침대를 돌아보았다. 잠은 빛 없이 고요히. 잠들기 직전의 외르타 옆에서 떠들면 같은 짜증을 여러 번 들었다. 한데, 왜? 그러나 여전히 눈썹뿐이다.

앙히에는 순간적으로 섬뜩한 깨달음을 얻었다. 노성이 나오는 와중 입천장에 달라붙었다. 입 밖에 내지 않는 편이 좋을 것이다.

그는 등불을 하나 더 붙였다.

앙히에는 외르타의 숙소를 나선 이후에야 발렌시아를 기억해 냈다.

순간적으로 너무 어이가 없어 웃겨 죽을 뻔했다. 실제로도 몇 번이나 웃음을 터뜨릴 만큼 당황했다. 숄렘 노트란트에서 이곳까지 올 결심을 한 이유가 바로 발렌시아였건만, 외르타를 보자마자 폭풍 맞은 듯 잊어

버려 반나절이 지난 지금에야 제대로 생각하기 시작하는 것이다.

이토록 염치없는 아우가 있을 수 있나.

그가 조금 전 자신을 죽이려 든 것은 농담이 될 수도 없고, 농담이 되어서도 안 되었다. 발렌시아는 앙히에를 놓았고, 끊어 냈다. 앙히에는 그가 자신에 대해 가진 반발, 비난, 혐오, 배신감, 포기 등등을 전부 이해하고 있었다. 노여움이라는 한 갈래를 목격했지만 앙히에는 결국 그 모든 감정을 쪼개어 볼 수 있는 형제였다.

물론, 앙히에는 그의 감정에 맞춰 변할 생각이 없었다. 이미 한 사람으로 정제된 스스로만큼은 포기할 수가 없다. 나는 도통 되먹지 못한 인간이 아닌가. 물론 발렌시아 역시 매한가지일 것이다. 그도 타협할 마음이 없다. 앙히에는 변함없는 그의 모양이 허탈했다. 반가움이라기보다는 그 여전함에 대한 실망이다. 서로가 서로에게 체념한 형제였다.

그는 걸음을 뗐다. 발렌시아에게로 갈 생각이었다. 죽으면 어쩌나 하는 걱정은 들지도 않았다. 형님에게 죽으면 그것은 또 그것대로 괜찮은 일일지도 모른다. 어차피 간신히, 인상 찌푸린 채 사는 것도 지겨웠다.

그는 발렌시아가 출입했던 건물로 겅중겅중 뛰어 들어갔다. 목 뒤를 한 번 긁고는 계단을 올라섰다. 이쯤이면 제법 긴장이 될 법도 하건만 그의 몸가짐에 조심성이라고는 한 점도 보이지 않았다. 발렌시아는 어차피 자신이 건물에 접근하기도 전에 기척을 눈치챌 만한 기사였다.

그러니 내가 문을 여는 즉시 칼날이 닥쳐도…….

앙히에는 무언가에 열중하고 있는 발렌시아를 멍하니 바라보았다. 딱히 칼을 고대한 것은 아니지만 이토록 차분한 모습에 동요당하는 속마음만큼은 어쩔 수가 없다. 그는 상대를 더 충동질해 보기로 했다.

"형님?"

문진이 날아와도 놀랍지 않을 것이라 생각했다.

그러나 침묵이었다.

앙히에는 자신을 죽일 듯하던 아까의 기색이 어디로 갔는지 의아했다. 이번에는 무시로 노선을 바꾼 것일까? 그렇다면 무시를 못하게 하면 그제야 분연히 일어서 자신을 죽일 것인가?

그는 저벅저벅 걸어가, 발렌시아가 읽고 있는 서류 위로 떡하니 손을 내밀었다.

즉시 펜이 내리찍혔다.

앙히에는 기겁하여 손을 확 빼냈다. 발렌시아는 아무런 사건이 없었던 것처럼 다시 서류에 집중했다.

"형님, 아버지께서 결혼하라셨어."

정적.

"서른까지는 아무래도 리베 몬테 문제가 있는 데다 포티미외가 빨리 끝날 것 같지도 않으니 좀 참아 줄 수 있지만, 그 이상은 안 된다셨었어. 어쨌든 공작가의 후계는 있어야 할 것 아닙니까. 부인 간수하기가 번거로우면 애만 두고 모른 체해. 누가 감히 공작을 탓하겠어?"

다시 정적.

"아, 내가 공비 후보를 고르는 건 아니니 그에 관해선 걱정 붙들어 매십시오. 아버지께서 이미 좀 봐 두고 가셨어. 지금 여기서 펜 엎어지는 쪽으로 정할래? 정해 주면 군사가 오스페다에 도달하기 전에 먼저 달려가 다 끝내 놓을게. 왕가의 금석증金石證까지. 아마 폐하께선 이름 읽지도 않으시고 춤추면서 허락하실걸."

"내가 이 이상 인내하게 하지 마라."

앙히에는 간신히 받은 답에 반가운 표정이 되었다.

"나를 인내한다고 생각하지 마. 아버지 전언을 운반하는 심부름꾼이라고 보십시오. 어차피 그뿐이잖아? 난 사실 이 이야기만 하고 바로 또

오스페다로 뜰 생각이었어."

"이야기 들었다. 떠나라."

"지금이야 외르타 때문에 도저히 그럴 수가 없게 됐지만."

"……."

발렌시아는 미동조차 없었다. 저토록 무심한 시선이 어떻게 금방이라도 자신을 죽일 듯한 흉흉함으로 보이는지 영 모르겠다. 앙히에는 주의를 끌려는 것처럼 제 칼자루에 대고 손가락을 여러 번, 규칙적으로 두드렸다. 딱. 따닥. 딱. 발렌시아의 시선이 천천히 그 손매로 움직여 갔다. 앙히에는 자신이 그의 진심을 맞아 진심으로 응대하면 몇 분이나 버틸 수 있을지 고민해 보았다.

스스로가 칼에 모자라다고 생각해 본 일은 없지만, 사실 그에게는 열네 살, 떠나던 당시의 기억이 너무 뚜렷하게 남아 있었다. 찢어지는 달에, 움푹 떨어지는 흰 칼. 그 기분을 평생 느끼지 않으면 좋겠다고 말한 사람이 이제 자신을 향해 칼을 들고 있다는 이 역설. 그것은 어쩔 수 없이 등골에 쭉 흐르는 소름을 이끌어 냈다. 절름발이처럼 느릿느릿, 온몸에 공포로 스미는 것이다. 몸이 기억하는 공포였다.

더군다나 그런 개인적 사정을 제치고라도 니소르를 든 발렌시아는 이미 인간의 수준이 아니었다. 리볼텔라와 함께할 적부터 이미 요란하던 공작의 소문에, 그는 네가 그 사람의 아우인 것이 알려지면 처형 이전에 칼이라도 한번 붙여 보자고 올 치들이 더 많으리라는 농담을 왕왕 들었던 것이다. 사실 그것은 농담도 아니었다. 앙히에는 그것이 현실로 드러나리라 믿어 의심치 않았다. 하물며…….

그 위명 자자한 로크뢰도 죽인 형님인데.

갑자기 번쩍 정신이 들었다.

아, 그렇지. 저 사람이 그 개자식을 죽였지. 외르타, 저 사람이지. 그 당혹스러운 자각은 스스로 애써 밟아 둔 노여움을 들춰냈다. 방금 전의 그 등불을 기억했다.

그 여윈 얼굴을 강제로 짓밟고. 형님은 역시 사무적으로 그를 죽였을까? 굽히지 않자 꺾어 버리고. 왕을 대한다고 온갖 형식적인 예는 다 취하지 않았을까? 꺾이지 않자 밟아 부수어 버리고. 공작과 왕이라니, 그 얼마나 영광스러운 결투였을까? 밟혀, 부서진. 칼을 쥐는 제 오른팔이 끓는 물에 담긴 것 같았다. 저 손으로 죽였다고…….

도저히 이 멍청한 입을 멈출 수가 없다.

"형님, 로크뢰는 어떻게 죽였어?"

발렌시아는 고개를 들어 아우를 바라보았다. 앙히에는 입을 연 자신을 스스로도 도무지 이해할 수가 없다는 표정이었다. 발렌시아는 그제야 조용히 자리에서 일어섰다. 핏기 없는 바람에 서류 뭉치가 약간 흐트러졌다. 앙히에는 너무 정신이 산만한 나머지 상대의 손이 닿는 곳, 제 손이 닿는 곳에조차 아무 관심을 두고 있지 않았다.

발렌시아는 칼을 쥐지 않기 위해 숨을 한 번 들이켰다.

"너는 주제를 모른다."

앙히에는 그 말을 제대로 귀에 담지도 않은 느낌이었다. 발렌시아는 옆에 기대어 있던 니소르의 칼집을 발로 차 넘어뜨렸다. 손 닿는 곳에 두었다가는 금방이라도 저 목을 칠 듯한 기분이었기 때문이다.

아우에 대한 의무적인 살의는 조금도 변하지 않았다. 그가 이토록 살을 깎으며 인내하는 것은, 오로지 외르타 때문이었다. 그는 그녀와 어린 시절을 공유한 듯 보이는 오래된 벗을 직접 죽이는 데 거부감을 가지고 있었다. 사실 외르타는 앙히에에게 포옹을 허락함으로써 그에 대한 제 모든 공격을 봉쇄해 버린 것이나 다름없었다. 세상에 그런 허락을 받을 수 있는 사람이 몇이나 되겠는가? 저 아이를 죽인다면 얼마 있지도 않은 그녀의 너그러움은 아예 증발해 버릴 것이 틀림없었다. 구석진 곳에서 인 그 거부감은 파도처럼 치밀어, 손끝까지 다다랐을 때는 이미 억눌린 자제가 되어 있었다.

"대답해 봐."

"죽였다."

"더 자세히 말해 봐."

"……."

"어떤 방식으로, 어떤 방향으로, 어떤 말로 죽였는지 얘기 좀 해 줘."

"……."

"안 해?"

"……."

앙히에는 폭발했다. 등불이 여섯 개.

"아…… 제기랄, 내가 죽였어야 했는데! 그 자식을! 진짜! 내가! 내가 했어야……! 내가 죽였어야 했는데……!"

발렌시아는 책상 가장자리를 꽉 쥐었다.

"칠 년을! 칠 년을! 사람을! 와……! 그리 곱게 자란 애가 아닌데 그조차 완전히 말려 버렸어! 때리고! 범하고! 때리고! 범하고! 때리고……."

"때리고?"

그의 목소리는 약간 먹힌 것처럼 들렸다.

"형님은 반년이나 같이 있었다면서 외르타 몸을 걷어 본 적도 없어요? 아, 하긴 그러실 리가 없지……. 상처에 별 조예가 없는 외르타 제 눈엔 안 보이겠지만 설마 나도 못 볼까?"

"……."

"형님, 형님, 나도 걔 성격에 고분고분 당하고 살진 않았을 거라 생각하지만……. 그렇다고 어떻게 때리기까지 한답니까? 미친놈이! 칠 년 동안! 포를 떠도 시원찮지! 그 개자식이 진짜…… 아니, 그게 인간이야……? 미치지 않고서야……! 와……! 양심도! 도덕도! 자제도! 이성도! 세상에 아무것도! 아무것도 없다!"

막힌 둑이 펑하고 무너진 듯한 화였다. 어쩐지 결혼이라는 안건보다는, 이 분을 토로하기 위해 굳이 사이 나쁜 제 형을 찾아온 것 같은 느낌이 들었다.

"나는 왜 재가 다해 놓은 다음에 들이닥쳐서는…… 무슨 헛손질을 하는지 모르겠다. 재는 어떻게, 그렇게 사람 같잖게 모든 걸 거절하고, 이미 저 혼자 아등바등 다해 놓고, 누굴 위로해? 난 리비 털어 낸 지 오래란 말이야! 도대체 누가 누굴 걱정해? 다 끝났다지만 다 끝났을 리가 없지……. 제기랄! 평생 가겠지. 그 평생도 혼자 못 견디고 죽겠다 결심하기까지의 평생이거나, 발터 그 개자식이 조반 들고 동생이나 죽여 볼까 생각하기까지의 평생이겠지만! 그나마도 망쳐 놨어!"

앙히에는 보통 이때쯤 입 다물라거나 진정하라고 강요할 법한 형님이 조용하자, 그 와중에도 무언가가 이상하다는 것을 느꼈다. 그러나 침묵에 이의를 제기할 생각은 없었다. 드디어 그가 남의 흥분을 이해해 주는구나 싶어 놀라워했을 따름이다.

"외르타는 자기 딸만 걱정하는데, 내가 보기에 문제는 그것뿐만이 아냐. 그 딸이 죽지 않았더라도 걘 이미 심신 양면으로 엉망진창이야. 딸은…… 어쨌든 이미 죽었어. 그건 지금에 와서는 로크뢰랑 발터, 그 미친놈 둘 묶어 욕하고 끝날 일이다. 그런데 산 사람이 저 모양 저 꼴이라? 이건 진짜 충격이란 말입니다. 사람을 어떻게 저렇게 밟아 놔서, 작정하고 눌러둔 것 같다……. 개 길들이듯 두들겨 패고, 회유하고 두들겨 패고, 회유해선 복종을 습관처럼 만들려 한 거야. 외르타가 엔간한 사람이었으면 지금쯤 말도 잘 못하고 있을걸. 그 왕실에서 자라난 강단이니

굴종하기보다는 복수를 결심할 수 있었던 거지…….”

“…….”

“형님, 조심해. 외르타에게 티끌만큼이라도 잘못하면 폐하든 형님이든 간에 내가 데려간다. 사실 난 한 번도 용감한 사람이었던 적이 없는데 말하다 보니 몹시 대담해지는군. 아주 뿌듯해.”

발렌시아는 그가 그리할 수 있으리라고 믿어 의심치 않았다. 그것은 곧 확신이었다. 열넷의 나이로 미라이예의 감시망을 피하고, 여덟 해 동안 왕의 시야에 들어오지 않았던 아이다. 스물다섯. 못할 일이 없으리라. 뒨통 가시에 찔린 듯 입안이 쓰렸다.

“형님, 게외보르트를 부수는 것은 상관없어. 나도 그놈의 발터는 죽여 버리고 싶으니까. 다만 그 짓을 하겠다고 잴 사지에 넣지는 말란 말이야. 누가 주도하든 간에……! 형님이 미라이예를 가졌듯 내게도 아주 다른 방식의 힘이 있으니까.”

“그 여자에게 관심 있나?”

앙히에는 얼굴이 시퍼렇게 질렸다. 공포와 놀라움과 경악과 반가움을 한데 꾹꾹 눌러둔 것처럼 기묘한 표정이었다. 그는 믿기지 않는다는 듯 더듬더듬 걸어가 발렌시아의 두 팔을 쥐었다. 발렌시아는 떨쳐 내려 했지만 앙히에는 조금도 놓지 않고 동물이 문 양 악착같이 붙들고 있었다. 그는 감격한 듯 조금 목멘 목소리로 말했다.

“형님?”

“당장 놓지 않으면…….”

“설마…… 드디어…… 이 불초한 아우는…….”

“말 제대로 해라.”

앙히에는 돌연 잔뜩 고심하는 얼굴이 되었다. 그는 상대를 놓은 뒤 다시 팔짱을 끼고 서성거리기 시작했다. 발렌시아는 그 모습이 정신 사나워 문진이라도 던질까 잠깐 갈등했다.

"어떻게 처음 본 여자가 저래……. 우리 형님께선 운도 더럽게 없지…… 죽을 때까지 손이나 제대로 댈 순 있을까……."

"입조심해라."

"아! 이 대답은 해야지! 난 전혀 관심 없다. 앞으로도 있을 생각 없다. 난 리비에게 충분히 미쳐 있었어. 이건 그 빚이야. 쟤라도 지켜야 내 염치가 서."

"대답 안 해도 되었다. 질문은 취소한다. 말도 안 되는 것으로 나를 헤아렸다 착각하지 마라."

앙히에는 씩 웃었다. 발렌시아는 저 웃음을 이해할 수가 없었다. 사실 그는 지금 제 질문이 아우에게 그런 오해를 불러일으켰다는 그 인과조차 잘 파악하지 못하고 있었던 것이다. 방금 전 들어와 한참 동안이나 외르타에 대한 염려와 로크뢰에 대한 증오를 터뜨리는데, 어찌 그리 생각하지 않고 배기겠는가?

"형님, 옛날의 외르타에 대해서는 알려 줄 정보가 참 무궁무진하지만…… 지금은 잘 모르겠습니다. 약 올리려는 게 아니라 진짜로, 남자에 관심 둘 수는 있을까 싶어. 사실 난 쟤가 나까지 혐오하는 눈으로 볼까 조마조마하거든."

"나와는 상관없는 일이다."

"과격해졌어. 역시 사랑에 빠지면……."

"입 다물어."

발렌시아의 표정은 조금도 변하지 않았다. 그러나 앙히에는 멈추지 않으면 그다음에 올 것은 말이 아니라 칼이 될지도 모른다고 판단했다. 게다가 저 무표정한 얼굴이라니. 정말 아닌가? 그저 내 바람이 만들어 낸 환상일 뿐인가? 아냐, 확인해야지. 본시 앙히에는 누군가의 위협에 제가 하고 싶은 일을 멈춰 본 역사가 없었다.

"공비 자리가 빈 게 몇 년째지? 어머니 돌아가시고, 거의 열세 해쯤? 레아가 미치기 직전이니 한 그 정도 될걸……."

"그만해라. 지친다."

"아니다. 그게 문제가 아닌가? 외르타가 공작가의 후계를 보면 발터가 벌벌 떨 것 아냐. 그거야말로 진짜 전쟁거린데."

"그녀는 불임이다."

"그 말 들으면 진짜 펄쩍 뛸 거야. 미라이예만큼이나 혈통 좋은 귀족이……. 뭐라고?"

"……."

그는 대답하지 않았지만, 앙히에는 한 대 얻어맞은 양 말을 멈췄다. 발렌시아는 그의 입을 막아 버리고도 별로 유쾌하지가 않았다. 유쾌하기는커녕 함부로 말을 꺼냈다는 생각이 들어 벌써 자책감에 속이 끔찍했다. 어쨌든 사생활이다. 그에게는 그것을 입 밖에 낼 수 있는 권리가 없었다.

"뭐…… 왜……. 죄렛?"

그는 천생 무신경한 앙히에가 저것을 어찌 아는지 몰라 조금 의아해졌다. 아무런 답도 하지 않았지만, 이미 그것을 긍정으로 받아들인 앙히에의 얼굴이 다시금 일그러졌다.

"진짜…… 로크뢰 그 개자식은 가지가지로 망치는구나……."

속이 확 가라앉았다.

"어쩌면 하나도 남겨 놓은 게 없어……. 이젠 형님이 맘 있대도 내가 뜯어말린다. 절대 안 돼. 절대 안 돼. 내 말은 다 잊어버려."

그러나 발렌시아는 그를 무시하거나 다음 주제로 넘어가지 않았다. 제 원래 성정으로는 그대로 안도할 것을, 아우의 돌변한 태도가 발렌시아의 역한 화를 불러일으켰기 때문이다. 저를 용납하느니 용납하지 않겠다느니 하는 앙히에의 주제넘음을 탓하는 것이 아니었다. 문제는 그 이유였다.

"아이를 낳을 수 없어 안 된다고?"

앙히에를 싫어하거나 그에게 짜증이 난 적은 지독히 많았지만 역겨워 보인 것은 이번이 정말 처음이었다. 천방지축으로 살아도 기본적인 예의라는 것이 있을 줄로만 알았다. 그 뒷이야기를 모두 알고 그리될 수밖에 없던 다난함을 인지하면서, 하물며 스스로 사랑했다던 여인의 핏줄이라 말하면서도 저런 기준으로 재단하다니. 그 벽안에 구더기가 들끓는 것을 본 듯 울렁거려 시선을 마주할 수조차 없었다.

"……듣고 있어? 젠장, 하나도 안 들었지?"

그래.

"그럼 이번에는 소리 안 지르고 흥분 안 하고 차분히 말해 볼게. 좀 더 알아듣기 쉬울 거야."

화를 냈나 보다. 한데 왜?

"미친 소리 좀 작작 하십시오, 형님. 원, 듣는 내가 더러워서. 후계야 상관없지. 내가 내놓은 놈이라 해도 자식 하나는 만들 수 있겠지. 현실감은 안 나지만, 내가 살아 있으면 자식을 싸지르든 어쩌든 십이공회의 불만을 누를 수 있겠지."

별로 흥분을 가라앉힌 것 같지는 않았다. 아직도 형의 말에 덜덜 떨며 분을 삭이고 있는 것이다. 발렌시아가 속으로 역겹게 지적한 부분을 앙히에 자신도 알아차린 듯싶었다. 그리고 그와 더불어 자신이 그런 말을 할 사람으로 보였다는 사실에 노여움이 어마어마했다.

"제기랄, 내가 안 된다 지껄인 건, 형님은 그만한 그릇이 못 되기 때문이야. 죄다 뜯겨 남은 게 없는 사람을 형님에게 맡기라고? 내가 미쳤나? 웃기지 마."

앙히에는 이를 갈아붙였다.

"형님이나 공작가를 위해 한 말이 아니고 외르타를 위해 한 말이다. 형님보다 급이 낮아도 타인을 이해할 수 있어 배려심 있고 사려 깊고 속 깊고 평생 제 목숨보다 아낄 사람이 낫지, 거기다 감히 누구를? 절대 안 돼. 더 망쳐 놓을걸? 형님께 외르타를 맡겨? 개도 웃겠습니다."

발렌시아는 화를 내지 않았다. 그 대신, 희미하게 미소 지었다. 흰 천을 억지로 잡아 늘인 듯 어설프고 억지스러운 미소였다. 앙히에는 그 웃음의 뜻을 몰라 긴장한 채 그를 노려보고 있었다.

발렌시아가 말했다.

"이만 가라."

어조는 평이했지만, 목소리가 달랐다. 앙히에는 입술을 깨물었다. 머리가 잠깐 마비된 듯했다. 고통이 물러가자마자 즉각 깨달았다. 말이 심했다. 제기랄. 막말을 해도 좋은 부분이 있고, 그렇지 않아야 할 부분이 있는데, 자신이 이성을 차리지 못한 것이다. 제 말이 발렌시아에게만큼은 치명적인 비수라는 사실을 그가 모를 리 없다. 거의 십 년 만의 재회라지만 그 성정은 그대로라, 어쩔 수 없는 불변의 급소.

앙히에는 먹힌 목소리로 사과했다.

"미안해."

그러나 진심이 아니었다는 말은 나오지 않았다. 발렌시아는 그것이 당연한 듯 실망한 기색조차 보이지 않았다.

"무엇이? 되었다."

"미안해."

"그만."

앙히에는 염치가 없어 한시라도 빨리 자리를 떠나고 싶었다.

"죽음은 모두 같다. 내가 끝을 냈고, 모욕적으로 목을 베었으니 그것으로 된 것이다. 그러니 모쪼록 잔인하지 못했단 사실을 후회하지는 마라."

그는 그제야 자신이 처음 물었던 것이 무엇인지 깨달았다. '형님, 로크뢰는 어떻게 죽였어?' 발렌시아는 대화를 끝내고 싶은 듯 처음 화제를 다시 끌어온 것이다. 앙히에는 말없이 고개만 주억거리고는 걸음을 돌려 나갔다.

발렌시아는 바닥에 쓰러진 제 칼을 바라보았다.

허리를 숙여, 천천히 들었다.

쥔 칼자루에 가시가 돋은 느낌이었다. 그는 손의 감각을 무시한 뒤 검을 세워 두었다. 이윽고 검은 한 번 기울어졌지만, 그의 손아귀에 잡혀 다시 곧게, 흔들림 없이 책상에 기댈 수 있었다. 발렌시아는 칼자루에서 손을 뗐다. 뒤로 한 발자국 물러났다가, 방향이 잘못되었음을 깨닫고 걸음을 틀어 다시 의자에 앉았다.

저 아이를 내쫓고 싶다. 당장이라도.

본디 복잡하던 제 머릿속이 앙히에가 옴으로써 몇 바퀴나 더 휘돌아간 느낌이었다. 이전처럼 서로서로 눈에 안 띄고 각자의 생을 영위한다면 더 바랄 것이 없겠는데.

이처럼 돌아오니 그 얼굴부터 제 기억을 북 찢어 내리지 않나. 그 겉모양부터 시작해, 말, 행동, 전부.

사실 그는 앙히에가 난 모양 자체를 싫어하는 것은 아니었다. 어차피 자신이 있으니, 차남이 놀기 좋아하는 한량으로 산들 가문은 불만을 제기하지 않을 것이다. 발렌시아 역시 스스로의 위치에 만족하므로 앙히에에게 화를 낼 거리가 없었다. 앙히에에게는 그런 삶이 걸맞고, 그에게는 그것을 인정할 마음이 있었던 것이다.

그러나 그 배반. 그는 그에 관해서는 아직도 열아홉이었다. 열아홉. 끔찍이도 당혹스러운 강제 회귀. 이것은 앙히에를 다시 보고 나서야 직감한 사실이었다. 삶을 돌이켜 겪고 싶은 마음이라곤 조금도 없건만, 저 아이를 보자 재차 덜덜 끓던 열아홉으로 되돌아가 버렸다. 스투레를 내리치던 유아기적 분노가 순식간에 제 손으로 돌아와 있었다.

그는 자신과 그토록 다른 동기를 그 성정 그대로 키워 두었다. 뒷골목을 용인했고, 그럼으로써 별 같잖은 놀음을 묵인했다. 이처럼 발렌시아가 앙히에에게 제시한 길은 그 폭이 어마어마했다. 둘 모두 그 사실을 잘 알고 있었다. 발렌시아는 그 넓은 길을 벗어나지 않는 앙히에에게 만족했고, 앙히에 역시 융통성 없는 형님치고는 청사진이 퍽 넓은 것이 아닌가 하는 생각에 고분고분히 따랐다.

혹은 그러는 체했다. 자신은 앙히에의 성격을 너무 과소평가했던 것이다. 가장 중요한 때가 되자, 성정의 차이는 기어이 날을 세워 둘 간의 유대를 끊었다.

서로 조금만 숙이면 되었지 않느냐는 아버지의 말씀에 그는 도저히 동의할 수가 없었다. 기사 서임이야말로 제 인내의 한계점이었기 때문이다. 사실 그는 형 노릇이 어떤 것인지 잘 몰랐다. 하지만 적어도 아우가 잘되도록 노력해야 한다는 기본적인 개념은 납득하고 있었고, 그로써 마지막 보루를 제시했다. 즐기더라도 마땅한 지위를 획득하고 즐길 것.

자카리는 그것이야말로 네 방식의 표본이라고 윽박질렀다. 최초의 갈림길에서 네가 선 쪽을 가리키면 후일 어찌 돌이키겠느냐는 조롱이 그의 골자였다. 자신도 모르는 제 저의가 과연 그러했을까? 그러나 발렌시아는 아우에게 삶을 강요할 생각이 없었다. 진심으로. 세 해. 세 해도 많다. 두 해. 두 해도 많다. 한 해. 한 해도 많다. 그저 그가 내키는 시간 동안만 왕명을 수행하다 오면 되는 것이다. 발렌시아 자신은 열넷의 나이로, 전쟁터에 나가자마자 기사직을 획득했다. 그런 그의 생각으로는 앙히에 역시 별다르지 않을 듯했던 것이다. 세상 속에서 명명백백하게 귀족의 자격, 기사의 표장을 받고 후일 피해를 보지 않게 하려 했는데.

스스로 세 해라 오금 박은 것은 아우에게 부담을 지우기가 싫었기 때문이다. 어렸을 적, 동기간의 비교에 더욱 민감해 했던 것은 앙히에가 아닌 발렌시아 자신이었다. 자신이 그의 입장을 겪을 수 없기에 더욱 겁을 먹었다. 형님의 성취에 비교당하는 아우가 언짢으리라 제멋대로 짐작하여, 저를 향한 모든 칭찬을 전부 쳐 냈다. 심지어 자카리가 농담처럼 말하던 치하마저 죄다 진지하게 거절하던 자신이다.

이런 상황에서 내가 그러했던 것처럼 한 해도 안 되어 기사직을 얻고 오라 말한다면, 그것이 어찌 부담이 아니겠는가. 그래서 모든 이들의 가장 기본 되는 기간인 삼 년을 말했다. 진심은 아니었다. 그토록 오래 기사직에 갇혀 있기를 바란 것이 아니니다.

이것을 말해 주지 않은 것이 지금 이 갈등의 근본 원인일까? 자신이 이 사실을 말해 주었다면, 앙히에는 도주하지 않았을까? 도주를 하지 않았다면, 형님은 결코 남을 이해하지 못하리라는 말 역시 들을 필요가 없었을까? 하나의 심연으로 삶을 지탱하는 광인처럼, 그것이 제 유일한 균열이건만, 그때 자신이 그리 오랜 기간을 말하지 않았더라면, 앙히에 역시 제 선택지에 수긍해 주었을까? 지금의 내가 정상일까?

헛되었다.

기가 막힐 정도로 헛된 망상이다. 우리는 이미 십 년 전에 갈라서지 않았나. 너무 오랜 시간 벽을 치고 걸어왔다. 그들은 어느새 서로가 보이지 않을 지경으로 멀리 서 있었다. 배냇병신이라 제 앞밖에 보지 못하지. 삶을 한 걸음 뗄 때마다 한 길로 긁어내린 균열이었다. 남을 가늠하는 것에 대한 두려움은 이제는 거의 선천적인 문제처럼 느껴질 정도로 커진 상태였다. 제 속에 있던 것이 어느새 저보다 더 거대해져, 이미 스스로를 잡아먹었다.

물론 발렌시아도 그간 앙히에가 무탈하게, 행복하게, 편하게 살았을 것이라고는 생각지 않았다. 아우에게도 무언가 고난이 있었겠지. 게외보르트의 내전을 생각한다면 그에게도 깨달음, 혹은 고통을 겪기에는 충분한 계기가 있었을 것이다. 그것이 자신이 재회 뒤 새로 발견한 그 얼굴의 성숙이고, 그 음성의 무게였다.

하지만 서로 겪은 고난의 정도가 같으니 퉁치자는 말은 허용되지 않는다. 방향이 완전히 달랐기 때문이다. 제게는 피의자가 명백했다. 앙히에의 되새김이 아니었더라면, 리베 몬테의 증오는 제게 그리 큰 울림이 되지 못했을 것이다. 그로써 자신은 영영 미끄러졌는데, 그럼에도 아직 뻔뻔스러운 아우의 낯짝이 같잖다.

도대체 우리는 그동안 무엇이 변했나. 일군 것은 바깥뿐이다. 속은 아직도 개간할 의지조차 없는 황량한 땅. 도대체 이따위 곳에 무엇을 심어 무엇을 자라게 할 수 있다는 말인가. 생장이 없으니 항상 만년설의 도돌이표고, 항상 제자리고, 항상 메말라 있다.

물론 이로써도 그럭저럭 살아갈 수는 있을 것이다. 자카리가 아니라면 자신에게는 제 무관심을 탓할 만한 사람이 없고, 심지어는 그것을 눈치채는 사람조차 없으니까. 애써 속을 개간해 보고 씨를 뿌려 이해라는 열매를 보여 주어도, 어차피 인정해 줄 이도 없었다.

발렌시아는 정말로 웃음을 터뜨릴 뻔했다. 상대를 이해하는 능력이 자기만족에 불과하다니. 이처럼 큰 모순이 세상에 또 있을까. 앙히에가 자신을 찢어 두고 가지 않았더라도 어차피 쓸모없었을 능력이 아닌가.

이렇다면, 애초에 자신에게는 아우에게 화를 낼 이유조차 없었다. 실제로 피해를 본 것이 없는데. 미라이예 공에게, 발렌시아 경에게 '이해'

가 있든 없든 아랑곳 않을 남들인데. 지금 이 순간 자신에게 돌연 사람에 대한 공감이 생긴다 해도, 그것을 두려움 없이 발휘할 수 있다 해도, 그 사실을 알아차릴 사람은 아무도…….

외르타.

갑작스레 이마에 얹혔던 손이 주먹을 만들었다.

힘이 들어갔다. 순간 불쾌감이 확 치솟았다. 그 모호한 안개 속에서도 분명 예리했다. 정확하다. 당연한 일이다. 그 여자라면 알 것이다. 제게 이해가 돌아왔을 때 그가 얼마나 인간다워졌는지 직감할 사람이라면 역시 그녀였다.

자신이 불완전해서, 그 여자를 모른다.

발렌시아는 그 순간 앙히에를 용서할 마음이 흔적도 없이 사라지는 것을 느꼈다. 제 이해에 득을 볼 이가 적어도 한 사람은 있었다. 스스로가 균열 없이, 극단에 치우치지 않았더라면, 포티미의 내내 그토록 느릿한 무심을 보여 주지 않아도 되었을 것이다. 외르타의 자진을 설득으로 자제시킬 수 있었을 것이고, 지금 역시 그녀의 살고자 하는 의지를 가늠할 수 있었을 것이다. 이해하지 못해서 전부 불가능하다.

네가 그리했기 때문에 나는 심지어, 외르타가 숨겼던 사실이 무언지 깨닫고도 스스로 주의해야겠다는 감정을 느낄 수가 없다.

그 폭력.

그것을 깨달았으니 모름지기 로크뢰와 다를 바 없는 자신이 주의를 해야 하는데, 마음이 동하지 않았다. 전쟁 중 스스로를 로크뢰와 착각하기까지 한 외르타다. 그만큼이나 체격이 유사하고, 힘이 동일했다. 그럼에도 앞으로 그녀를 대함에 더 조심해야겠다는 생각이 일지 않고 있었다. 자신과 같은 입장에 처한 범인이라면 당연히, 이제는 상대를 더욱 배려하여 손을 물려야겠다고 생각할 테지만 오로지 자신만큼은 그렇지 못했다. 이전과 똑같았다. 이런 불완전함. 이 불완전함으로 이는 것은…….

노여움뿐이다.

제가 죽인 자의 파렴치함에 대한 분이었다. 그와 마주할 적 자신의 팔에 어찌나 집중했던지, 아직도 떠올려 보면 감각이 생생한 근육들이 많았다. 자신조차 온 신경을 쏟지 않는다면 도저히 막을 수 없던, 그만큼이나 지독한 힘이었다. 그런데 그 힘으로 저 나뭇가지 같은 여자를 때렸다 한다. 이에 관해서만큼은 앙히에의 말을 부정할 수가 없었다. 양심도, 도덕도, 자제도, 이성도. 세상에 아무것도, 아무것도 없다.

강간과 자식 살해를 안 뒤, 발렌시아는 스스로가 그 왕의 가장 밑바닥까지 보았다고 생각했다. 제정신이 아닌 행동이었다. 제정신이 아닌 행동을 제정신임이 분명한 왕이 하니 구역질이 났던 것이다. 역겹다 못해 불쌍할 지경이다. 그 정도로 사람을 못 얻어 소유욕에 미쳤나. 그런데 듣자 하니 그의 죄목에는 폭력도 있다 한다. 사내가, 여인을. 남편이, 아내를. 그 대단한 힘으로, 손목만 잡아도 누를 수 있는 가냘픔을. 기가 막히다. 헛웃음이 나려 했지만, 그것을 겪은 사람을 제 눈으로 똑똑히 보아 감히 그럴 수 없었다.

기실 발렌시아는 그 구타의 이유조차 알 수 없었다. 어떤 방향으로 생각해도 도무지 이해가 가지 않았다. 사랑한다 말했지 않나. 자신이 부족해 그마저 납득하지 못하는 것인가. 스스로 정상이 되었을 때 그것을 이해하게 된다면 정상이 되고 싶은 마음마저 싹 사라질 듯했다. 어떤 광적인 생각으로 그 여윈…….

발렌시아는 제 손이 다시 그 뺨을 자아내는 모양을 보고 있었다. 이번에는 분명히 자각하고 있다. 무감각하지 않았다. 머리로 생각하며, 그 광경을 기억하며 섬세하게 빚었다. 뚜렷하게, 실제로 제 손에 흘러 들어오는 양, 새어 나갈 곳 없게. 유선형, 혹은 예각으로 이루어진 삼각형처럼, 조막만 하고 뜨끈한.

그는 한순간 무엇에 놀란 듯 손을 움츠렸다. 둥그스름한 무언가를 잡듯 좁아졌다. 다시 칼을 쥔다. 다시 니소르다. 사람을 죽이는 손이다. 그는 그 손으로 생각할 일이 있었다.

발렌시아는 졸레바 회전을 기억했다. 아직까지도 그녀가 그에게 머리를 맞던 장면을 생생히 기억했다. 그것을 상기해 그나시오에게 한 말 역시 기억했다. '인간 같지 않은 자였다.' '사람은 아니다.' '불쾌하니 더 논하지 마라.'

그 단편적인 판단이 진짜였다.

알고 보니 정말 짐승이었다. 기본적인 인간의 도리조차 없는. 딴에 기사라고, 쓰고 있던 붉은 갑옷에 구역질이 났다. 그 적색이야말로 사람답지 않은 잔인함의 증거인 듯했다. 시야에 피 안개처럼 훅 끼쳤다가, 기름 속에서 뭉친 듯 스러지는 그런 붉음이었다. 속이 메스꺼웠다. 기사들이 제 보배처럼 보관해 둔 그 주검과 그 갑옷. 어디 있더라. 자신이 교차시키고 있는 이 잔혹함이 진짜인지, 도저히……. 그는 차라리 마지막의 마지막에서 로크뢰가 자신과 외르타의 관계를 오해한 것이 다행한 일이라고 생각했다. 그 소유욕을 생각하자면 여자의 외도는 나락 같은 절망이었을 테니까. 이것만이 위로가 된다. 자신이 사람이 아닌 왕에 걸맞은 죽음을 선사했다는 사실에, 그나마 위로가 되었다.

위로가…….

발렌시아는 긴 한숨을 쉬었다.

그는 달이 제 눈을 찌를 때까지 펜대를 잡지 못했다.

새벽이었다. 뤼페닝의 시선은 비스듬했다. 누구에게서 옮아왔는지 그림자처럼 무표정한 얼굴로 그저 고요했다. 그는 팔짱을 끼려는 듯 양 팔꿈치를 만졌다. 천장의 반을 차지한 유리창에서 어스름과도 같은 여명이 비쳤다.

그 아래 반듯이 누운 것은 왕.

뤼페닝은 주검에 손을 대지 않았다. 습관처럼, 해가 뜨기도 전에 자리에서 일어나 몸을 정돈하고 노루아를 보내고 시간을 기록하고 어제 남겼던 선택지를 죽이고 스스로 정리해 둔 서류를 검토하고……. 오늘은 그 일련의 과정에서 서류를 생략했다. 종이를 쥐고 잠시 고민하다, 곧 방을 떠나 이곳으로 왔다. 그는 자신이 죽인 사람을 보는 살인자인 양 한 시간 즈음 가만히 서 있었다. 무언가 경이로운 듯, 경멸하는 듯, 안도하는 듯. 그러나 그 모든 것을 덮은 겉껍질은 그저 딱딱했다.

돌연 누군가의 숨죽인 웃음소리가 귓전을 때렸다. 그는 바람이 일 정도로 빠르게 고개를 돌렸다. 여명이 훤히 열린 아치로 쏟아진다.

그 아래, 사람이 보였다. 남자는 지평선에서 떠오르는 모양으로 불쑥 몸을 드러냈다. 뤼페닝은 상대에게 검지와 중지만 세운 오른 손등을 보여 주었다. 그의 다음 목소리는 제법 차분했다.

"내가 나간 뒤에 들어와라."

"짹짹거리네."

"입 닥쳐."

레스트왈의 걸음이 좀 더 빨라졌다. 그는 이전보다 배는 재게 걸어, 순식간에 양옆의 기둥을 세 개나 지났다. 뤼페닝은 팔짱을 낀 채 한 걸음 뒤로 물러났다. 사실 애초에 그가 고분고분하리라는 기대는 하지도 않았다. 레스트왈이 웃음기 어린 목소리로 지껄였다.

"넌 왜 남이 끌고 온 걸 혼자 다 헤쳐 먹으려 들어? 염치도 없냐?"

"헤쳐 먹기는 뭘 헤쳐 먹어?"

"이런……."

레스트왈은 자리에 다다르자마자 주검 위로 얼굴을 묻었다. 상체만 엎드린 꼴이다. 뤼페닝은 그 매캐한 냄새를 상상하며 인상을 찌푸렸다. 그는 곧 숨을 들이켜며 몸을 일으켰다.

"……애도 같은 것 말이야. 왜 이 아침부터 두문불출해서 너만 슬픈 체하냐고."

"너는 오면서 충분히 했을 것 아니냐."

"내가 한 거라곤 방부 처리밖에 없는데."

"딤니팔 것들이……."

"엉성하게 해 놨더라. 겨울인데도 넓적다리가 좀 썩었더라고."

뤼페닝은 발걸음을 돌려 다시 앞으로 걸어갔다. 그는 고개를 빼 다리 부분을 보려 했지만, 그곳은 전부 휘황한 갑옷에 가려져 있었다. 휘황한, 적색 갑옷. 붉은 갑옷이기는 하나, 로크뢰가 수년토록 써 온 그 붉은 갑옷은 아니다. 그것은 딤니팔에 있었다.

뤼페닝은 손을 내어 허벅지 부분을 퉁퉁 두드려 보았다. 속이 다소 빈 듯한 소리가 울려 퍼졌다. 레스트왈은 제법 뻐기는 느낌으로 말했다.

"지금이야 꽤 괜찮지?"

"전시할 수는 있겠군."

"라-발라-오슈에? 뤼페닝, 언제 옮기고 싶냐?"

"오후에."

"당장 옮기도록 하지."

뤼페닝은 꼭두새벽에 가까운 바깥을 창 너머로 바라보았다. 그는 레스트왈의 처리에 구태여 반항하고 싶지 않았다. 어차피 그는 라-발라-오슈, 즉 왕이 언제 신하들의 마지막 충성을 받을지에 대해서는 전혀 관심이 없었다. 기실, 왕에게 전혀 관심이 없다는 말이 더 옳다.

그는 로크뢰의 얼굴을 내려다보았다. 그 얼굴. 태어난 모습 그대로인 듯 무표정했다. 입매가 약간 일그러진 것 같기도 하지만, 어쨌든 무표정했다.

"왕의 죽음에 대해 무어라던가?"

"할 말이 있겠냐?"

"공작은?"

레스트왈은 뒤로 물러나 오른편, 세 번째 단 위에 털썩 주저앉았다. 빛을 맞는 자리였다. 뤼페닝은 그런 그를 물끄러미 바라보다가, 어떤 질긴 실에 이끌린 듯 그의 정 반대편으로 걸어갔다. 왼편, 세 번째 단 위. 앉았다.

그제야 레스트왈이 입을 열었다.

"낯짝을 한 대 갈겨 주고 싶더라. 뭘 어떻게 하든, 무슨 말을 지껄이든 조용해서……. 나 세상에, 딤니팔이 내 반대편에 인형을 가져다 놨나 생각했다. 어이도 없지."

뤼페닝은 다소 짜증스러웠다.

"그 낯이 벌겋든 퍼렇든, 사람이든 돼지새끼든, 짝이든 외짝이든, 그 따위를 가지고 협정에 위해를 끼쳤다면 넌 구제할 길 없는 금치산자다."

"걱정 마, 얼간아. 넌 아직도 내용을 못 봤냐?"

"개요만."

"작년 우리 논의 이상으로 변한 건 없어. 포티미외, 오르셰에즈 전반, 르주뢰 협정 파기, 라쥐모르 상권의 딤니팔 잠식 단초. 하지만 스무 해 불가침."

"사막 인질은 이미 전부 돌려보냈다. 르주뢰는 후일 회복할 수 있을 테고."

"라쥐모르 일이야 해적들이 알아서 잘할 거고."

"땅이야 얻으면 되고. 됐어."

"그렇다니까. 협정에 위해를 끼친 금치산자라면, 나보단 여기 아버님이시지."

레스트왈은 제 손에 있던 종이를 구겨 있는 힘껏 주검을 향해 던졌다. 우그러진 종이 뭉치는 탁하고 부딪히는 소리와 함께 바닥으로 떨어졌다. 뤼페닝은 제 쪽으로 굴러 오는 종이를 한동안 노려보았다. 그리 응시하는 와중 아우의 목소리가 들렸다.

"그딴 년한테 죽냐."

"입은 비뚤어졌어도 말은 바로 해야지. 왕을 죽인 이는 공작이다."

"아, 시끄러워. 너 다 알면서 헛소리할 때마다 입을 찢어 버리고 싶으니까."

사실 그들은 자신들의 수하와 외르타의 접점이 사라졌을 때부터 이런 상황을 예상하고 있었다. 곧장 그녀가 딤니팔에 망명했다는 것을 깨달았고, 답지 않게 근사한 머리로 군사 지식을 죄다 들어내 갔다는 사실 또한 깨달았다. 그러나 그들은 침묵했다. 그럴 수밖에 없었다.

레스트왈은 퉁명스레 읊조렸다.

"뺏긴 게 아쉬웠으면 빼앗고 죽던가. 이도 저도 못하고 자기 모가지만 뎅겅 날아가서 오는 것 봐라. 강단 없기는."

"넌 설마 아직도 욕심이 있나?"

"세상에 여자가 몇인데."

"그런데 왜 미련을 둬?"

"음? 아니, 미련을 뒀다면 그 몸이 아니라 정신머리야. 자기가 얼마나 큰 오판을 내렸는지 깨닫게 해 줘야지. 내가 상상할 수 있는 벌 중에는 기상천외한 것들이 많거든."

"벌? 이번 것은 그리 기상천외하지 않던데."

순간 레스트왈의 눈꼬리가 바짝 섰다. 동터 오는 빛을 정면으로 받는 자리라, 그 변화는 눈에 대단히 잘 띄었다. 지나칠 정도로. 뤼페닝은 다리를 꼬았다. 솟은 무릎 위로 팔꿈치를 괴어 턱을 얹었다. 상대를 비난할 마음만 잔뜩 있는 평론가 같다. 레스트왈은 다시 고요해졌다.

"그래, 그런가 보지……. 참, 외르타의 정체에 관해서는 서로 함구하기로 했다."

"……네가 동의했다니 의외로군."

"날 뭘로 보고? 아버님에 대한 내 호불호를 떠나, 라르디슈의 망신은 분명 망신이다. 대륙을 상대로 우리 왕비는 화냥년이었소, 지껄이는 꼴이니까. 내전에서의 입지가 빈약해, 축출이 두려워 딤니팔로 도주한 왕비라는 말이 라르디슈에는 훨씬 낫다. 딤니팔 역시 외르타가 배반자라는 것을 드러낼 마음이 없지. 딤니팔은 스스로 여자의 배반에 힘입었다는 사실 자체가 싫은 거다. 설혹 그게 그리 큰 도움이 되지 않았다 해도, 공작 본연의 힘이라 해도, 밀레비스의 전승이 별 쓰레기로 빛이 바래는 것을 원치 않는단 거지. 때문에 외르타의 정체를 공개하는 것은 우리 내전이 점화된 이후가 좋겠단다."

뤼페닝은 그의 말을 조금도 경청하지 않고 있었다. 둘 모두 당연히, 처음부터 끝까지 알고 있는 내용이었기 때문이다. 딤니팔의 졸렬함은 그의 이웃 나라라면 필수로 익혀 두어야 하는 항목이다. 그는 무덤덤하게 설명을 받았다.

"더불어, 내전 직후 외르타를 드러낸다면 그 의도가 너무 저열히 보여 만인의 조롱을 살 것이다. 어디의 어떤 바보가 봐도 대게외보르트전의 선전포고를 쥐고 흔드는 꼴이니. 딤니팔은 자의적인 선전포고를 바라지 않지. 항상 그랬지. 그들이 원하는 것은 게외보르트의 우선 도발이다. 발터하임부르겐도 바보는 아니니 지금쯤에는 외르타의 소식을 알 거다. 어수대가…….”

“아, 어수대 이야기가 나와서 말인데, 내가 하나 버리고 왔다.”

뤼페닝은 눈썹을 치켜 올렸다.

“내가 저번에 발밑 좀 살피라 했던 그것 말이냐?”

“블랑쉬 젤로라고 자부에이 궁의 수석 시녀가 있더라. 발이 넓더군. 생 로욜의 중심에다 박고서 도대체 몇 년을 모른 거야?”

“이제야 눈치채다니, 놀랄 노 자로군.”

사실 이렇게 말하는 자신도 안 지는 채 반년이 되지 않았지만, 아무래도 상관없었다. 그는 그 과정을 캐물어야겠다는 생각을 했다.

“그리고 ‘버렸다’니? 왜 안 죽였나?”

“…….”

“말 안 하면 내가 상상 가능한 최악의 추론을 퍼뜨려 주지.”

“너는 발이 넓다는 이야기를 귓등으로 듣냐? 우리 고모님들과 친밀하기가 이루 말할 수 없더라. 친애하는 우리 고모님들께선 귀가 먹었잖아. 완전히 갔어. 내가 어수대라 이야기해 줬어도 아예 들은 척도 안 하고 감싸고돌았을 거다.”

“줄을 잘 잡았군.”

뤼페닝은 조롱하듯 웃었다. 왕의 누이들은 레스트왈의 가장 든든한 뒷배경이었다. 바보의 돈줄에 의지하는 것은 항상 힘든 일이다.

“그래서 그년에게 어떤 식으로든 떠날 구실을 마련해서 고모님들께 보고하라 했지.”

“정체를 안 걸…….”

“그 여자는 모르고. 포티미외까지 가는데 밤 시중이나 들라 했거든.”

“너는 충분히 그럴 만하지.”

"젠장, 내가 내키는 대로 그녀을 죽일 수 있었으면 자부에이에서 목을 매달았지. 하지만 고모님들께서 굳건하시니 어디 가당키나 한 일이냐? 어쨌든 중앙에선 떼어 놔야지. 아무튼 이년이 또 무언가 낌새를 챘는지 고모님들께 가서 비비적대더군. 친정에 갈 일이 생겼는데 우연히도 포티미외 방면이라고, 그곳에는 왕실분들도 놀랄 만한 백작아초가 많이 자라니 반드시 한 아름씩 안겨 드리겠다고."

"돌아오겠노라 다졌군."

"그 알량한 술수라니, 짜증이 안 나고 배기겠나? 물론 그래도 생 로욜을 떠나서 살려 둘 생각은 없었다. 중간에 증발시켜 두고 백작아초는 내가 들고 갈 예정이었지. 고모님, 블랑쉬 젤로가 대신 전해 드리랍니다."

"그런데?"

레스트왈은 침묵했다.

"그런데? 대답해."

"버렸어."

"뭐?"

"……."

"어디서? 왜?"

"포티미외. 어쩌다 보니."

"왜 죽이지를 않고……."

그는 자신이 말을 흐렸다는 사실을 눈치채지 못했다. 뤼페닝은 머릿속에서 온갖 계산이 굴러가는 것을 느꼈다.

설마 그 어수대와 내전에 있어 '게외보르트의 지원' 에 대한 이야기를 나눈 건가? 때문에 죽일 마음이 아예 없었던 것은 아닌가? 아니, 아니다. 죽일 마음 이전에, 그 어수대를 알고도 계속 던져 둔 장본인이 레스트왈인 듯하다. 그런데 뤼페닝 자신이 블랑쉬 젤로를 눈치채자, 그에 관해 어떤 조치를 취하지 않는다면 상대가 의심하리라 짐작한 것이다. 그래서 들통 난 블랑쉬 젤로는 게외보르트로 송환시키고…….

어디부터가 진실이고 어디부터가 거짓인지 알 수 없었다.

뤼페닝은 이를 갈며 일어섰다.

꾸며 낸 이야기를 괜히 들었다는 생각은 들지도 않았다. 어떤 거짓이라도 그에는 일말의 진실이 숨어 있기 때문이다. 이에 자신이 보는 피해라고는, 경우의 수를 따지는 고민 열두 시간. 그는 인사도 없이 단을 내려와 문을 향해 걸어갔다. 레스트왈이 숨죽인 채 자신을 따르는 것이 느껴졌다. 그는 무시하고는 제 걸음에만 집중…….

뤼페닝은 제 목에 닿은 칼에 무슨 표정을 지어야 할지 약간 고민했다.

약간이었다. 그는 곧 냉랭하게 입을 열었다.

"말을 해."

"내놔."

뤼페닝은 웃음을 참기 위해 입술을 꽉 깨물었다. 주검이 놓인 이곳에 들어와 지껄인 소리란, 그 처음부터 끝까지 위장이었다. 아우의 본디 목적은 이 말이었던 것이다. 오로지 이것뿐. 그는 조롱을 못 이기고 날카로운 목소리로 운을 뗐다.

"어쩐지, 네가 이곳에 올 이유가 없다고 생각했다. 특히나 이같이 어떤 구경꾼도 없을 꼭두새벽이라면."

"알고 있……."

"하지만 안 준다. 그건 내 거야."

칼날이 더 깊게 파고들었다. 뤼페닝은 비웃었다.

"이러고도 네가 무사할까?"

"내놔."

"내가 가졌잖나."

"그래서? 닥치고 내놔."

"유사 이래 항상 먼저 가지는 놈이 임자였지."

"네가 멧돼지처럼 땅굴을 파는 동안 나는 나라를 맡았어. 그 누구도 흠잡을 수 없을 만큼 훌륭히 마무리 지었지. 너는 그만한 경의를 보여야 할 거다."

뤼페닝은 그를 향해 손가락질을 한번 하고 싶었다. 한 번, 혹은 여러 번, 혹은 그가 찔려 죽을 때까지. 물론 방향이 여의치 못해 그저 희미하게 웃었다. 미소의 끄트머리에서 무관심한 질문이 흘러나왔다.

"네 계획은?"

"온갖 도시에 전시할 예정이었지. 너는?"

"불."

문득 레스트왈이 입을 다물었다. 자신의 것과 형제의 것, 그중 어떤 것이 더 지독한 방법이 될지 비교해 보는 듯했다. 물론 뤼페닝은 그의 고민에 신경 써 줄 마음이 조금도 없었다. 대신, 그는 한 걸음 앞으로 나섰다. 레스트왈의 칼은 잠시 질질 끌리다가 곧장 쇄도해 왔다. 뤼페닝은 그 바람을 느끼면서도 아무 반응을 보이지 않았다. 기가 질릴 만큼의 평온.

레스트왈은 날을 멈췄다. 칼이 약간 기울다가, 서서히 내려감과 동시에 조롱이 들렸다.

"전후 처리가 끝날 때까지는 그 알량한 머리라도 보존을 해야지. 응."

뤼페닝은 대꾸도 없이 자리를 떴다.

외르타는 아델을 사랑하기가 무서웠다. 평생 자신을 추억할 아델이 두려웠다. 하나의 인생은 결국 끝날 것이고, 제가 건넨 사랑만 남아 아름다울수록 슬픔이 깊을 테니까.

그녀는 바로 이것이 비사 오필라에 머물 때의 무심함의 본질이라는 사실을 알았다. 내 왕실의 무심함은 이렇다. 언제고 죽을 인생에 감히 누군가에게 자신을 남길 수 있을 리 없다. 죽음을 목전에 둔 삶이 과연 타인에게 가치가 있을 것인가? 가치가 있다 한들 남은 사람이 평생의 짐을 기꺼이 떠맡을 것인가? 자신은 제 뼈를 깎아 만든 작은 딸에게조차 스스로의 애정이 남을까 겁을 집어먹었는데, 어떻게 완전한 타인에게 자신을 남길 수 있다는 말인가? 차라리 아예 거리를 두는 것이 낫다. 유리된 세상. 박제된 새와 산 새처럼.

때문에 그녀는 앙히에를 발견하고선 속이 내려앉았다. 만난 순간에 반갑다는 감정을 느낀 자신도 놀라웠지만, 그보다는 찬찬히 지켜본 뒤 깨달은 그의 전반적인 모습이 그녀를 더 놀라게 했다. 멀쩡해 보이는 그 모양은 기실 이전 자신과 만났을 때만큼 온전하지가 않았다. 마치 팔 하나를 떼어 다른 손에 쥔 것처럼 기묘했다. 그 기묘한 균형에 잠깐 동안 숨이 막혔다.

저래서 자신을 남기면 안 된다는 것이다. 존경하던 언니가 왜 그런 짓을 했는지 그녀는 도통 이해할 수가 없었다. 이해할 수가 없다. 언니, 왜 그랬어? 왕족이 자신을 남길 상대는 왕이면 충분하다. 발터 홀로 그녀를 뒤집어쓰고 가야 하는 것이다. 그것이 그의 의무이자 각오일 것. 언니는 나에게조차 남긴 것이 없잖아. 내게 자신이 조금도 남지 않도록 연락조차 저어했잖아.

설마 자신의 모습을 남길 만큼 앙히에를…….

외르타는 리볼텔라가 자신에게까지 그녀를 남기지 않아서 정말 다행이라고 생각했다. 그녀의 어깨에는 이미 충분히 힘겨운 짐이 있었다. 그것을 아는 리볼텔라가, 감히 따라갈 수조차 없는 그 혜안으로 자신을 무시해 준 것이다. 그 무시는 정말 큰 아량이었다. 압사에서 동생을 구하려는 세심한 배려다.

물론 그녀에게서 지금 당장 무언가를 받는다 해도 외르타는 곧장 앙히에와 같은 몰골이 되지는 않을 것이다. 그녀와 그녀의 자매는 상대의 죽음을 받아들이는 법을 너무도 잘 아는 이들이었다. 서로가 말하지 않아도, 어떤 교류가 없어도 종막을 침착하게 준비하던, 그들의 핏줄 속에 체화된 주의 깊음. 그런 무덤덤한 개흙 속에 깊게 묻는다 해서 그들은 서로가 서로를 잊는 것이 아니라는 사실을 잘 알았고, 때문에 조금도 원망할 여지가 없다는 것 또한 잘 알았다. 그리 넣어 두어야 상대가 편히 간다.

외르타는 그래도 가끔 궁금했다. 언니는 로크뢰에 대해 어떻게 생각했을까? 그녀가 자신에 대해 어떻게 생각했을지 궁금한 것이 아니라, 그에 대해 어떻게 생각했을지 종종 궁금했다. 복수의 칼을 갈면서, 그때즈음 리볼텔라를 조금 떠올렸다. 아주 조금. 그녀가 죽고 난 다음에야 아주 조금. 이 세상에 없는 향을 맡듯 조심스레 숨을 들이켜 보았다.

물론 세상에 죽은 이의 영이 있는 것이 아니듯 끝내 답은 없다.

"손바닥 아래쪽 있지? 손목 바로 윗부분을 하늘로 보게 하고 코를 빡! 하고 찍으면 코뼈가 뇌까지 뚫는다. 이것 봐봐."

"……널 가지고 실습하지는 마라."

"자세만 보여 주는 거야. 이렇……."

"나한테도 하지 마!"

외르타는 손바닥을 들어 제 콧날에 가까이 하려는 앙히에를 쳐 냈다.

"난 이제 떠나. 며칠 못 볼 거란 말이야! 호신이라도 할 수 있게 하고 가야지……."

"닷새 동안 내가 네 여자란 소문이 퍼질 만큼 붙어 있었다. 공작 아우와 갈등을 일으키고 싶은 이는 드물지."

"어쨌든 안 돼. 내 말 좀 들어."

"앙히에, 너 날 애 취급하면 정말 죽는다."

그녀는 그 말을 하며 웃었지만 그는 웃지 않았다. 그는 순간적으로 입을 다물었다. 외르타는 한 대 맞은 모양인 앙히에의 모습에 만족하며 홀로 유유자적 읊조렸다.

"며칠 뒤 볼 때에는 오스페다겠구나. 당연한 이야기겠지만 나로선 처음 가는 곳이라 기분이 좀 이상하다. 너도 내게 왕도 안내는 못해 줄 거다. 언제 올지도 모를뿐더러, 나 역시 왕궁에 들어가 있어야……."

"난 바로 올 거다. 그리고 왕궁? 잉그레 거기 내 집이야."

"……."

"어차피 난 솔 미라이예에 허락되지도 않는 몸이니 왕궁에 가야지 별수 있나?"

"그리 엄중한 곳에……."

"폐하께서 날 무지 좋아하셔서 괜찮아."

외르타는 문득 옛날 평원의 한복판에서 나눴던 대화를 기억했다. 과거와 현재를 짜 맞추며 웃음이 난 적이 한두 번이 아니건만, 결국 이번에도 또 어처구니없다는 미소를 짓고 말았다.

"예전에 네가 말했던, 전략상 몹시 중요하다는 고향의 성주가 딤니팔의 왕이었구나. 오스페다의 성주."

"아, 그렇지."

"우리한테는 공대 안 하고 촌 성주에게 깍듯하다고 불평했는데, 왕이라? 이제는 놀랄 것도 없다."

"맞아. 아무튼…… 보아하니 너는 좀 걱정하고 있는 것 같은데, 정말 괜찮을 거다. 걱정 마."

그녀는 눈썹을 치켜 올렸다.

"내가 뭘 걱정하니?"

"폐하를 뵙는 것. 내심 초조해 하고 있잖아."

"앙히에, 뭔가 기억을 못하는 것 같은데 내 부친께선 게외보르트의 왕이셨다. 내 죽은 남편이 라르디슈의 왕이었고. 너는 내가 긴장할 거라 생각해? 진심으로?"

"상황이 달라. 그 두 번은…… 지위가 대등했지만 이번에는 확실히 아랫사람이니까……."

"발렌시아 경이 가끔 언급하는 모양을 보면 퍽 온건한 사람 같더구나."

앙히에는 크게 대수롭지 않은 일이라는 듯 손을 흔들었다. 그 손에 쥐인 고삐까지 함께 흔들리자 말이 짜증스레 콧김을 내뿜었다.

"형님의 평가는 무시해도 좋아. 내가 진짜야."

"왜?"

"형님은 폐하라면 앞뒤 없이 간이고 쓸개고 전부 바칠 사람이니까. 여기서 웃긴 건, 폐하께서 가장 인간적으로 대하시는 상대가 가장 비인간적인 반응을 보여 준다는 거지."

"……."

"폐하께서도 속 터지시지. 그래서 웬만하면 대게외보르트전 때는 내보내지 않으려 하시는데…… 사실 또 그게 그렇게 될 리가 없고……."

외르타는 관대히 말했다.

"경은 괜찮다고 할 텐데."

"형님한테는 안 괜찮은 거 없어."

"넌 도대체 네 형제를 알면 얼마나 안다고 그리 단정 짓나?"

"네가 리비에 대해 아는 것보다는 잘……."

말이 뚝 끊겼다. 외르타는 입을 다물었다. 앙히에는 순간 인상을 찌푸렸는데, 그것은 그 정적에 대한 불만이라기보다는 제 말실수에 대한 불만인 듯했다. 그녀는 그에게 네가 틀렸다고 이야기해 주고 싶었다. 자신이 잠깐 침묵한 것은 설마 네가 또다시 먼저 리볼텔라를 꺼낼 줄 미처 몰랐기 때문이라고, 결코 내가 너보다 언니를 모른다는 사실을 인정하는 것이 아니라고. 그녀는 숨기지 않고 그대로 말했다.

"걱정 말렴."

"……."

"난 네가 아는 것보다 언니를 잘 알아. 몇 년이고 목숨을 저당 잡혔던 네게는 미안한 일이다만 그래도 언니에게는 내가 더 가깝다."

앙히에는 무슨 말을 꾸역꾸역 집어넣는 것 같았다. 입천장까지 솟은 말을 간신히 잡아뗀 듯 눈을 한 번 꽉 감았다 떴다.

"말실수했어. 그만하자."

"네가 언니랑 얼마나 깊은 관계를 맺었는지 나는 잘 모른다. 그렇지만…… 그래도 그게 지금의 나를 이해하지 못할 정도의 깊이란 건 알겠어."

그의 어깨가 한 번 흔들렸다.

"고작 그 정도를 가지고 지금 내게 충고해선 안 돼. 넌 언니가 내게 아무것도 남기지 않은 이유조차 이해하지 못하고 있을 거다. 언니랑 나는 같은 환경에서 같게 자랐잖아. 게다가 넌 포기하고 떠났다며? 비교는 그만하렴."

앙히에는 무언가를 결심한 것처럼 보였다.

"알겠어. 미안. 네가 리비에 대해 잘 모른다는 말은 안 할게. 리비가 네게 아무것도 남기지 않은 이유도 안 물을게."

"응."

"그런 이야기는 밀어 두고."

앙히에는 드디어 말에 올랐다. 이제 그를 보기 위해서 외르타는 고개를 완전히 꺾어야 했다. 몇 년 만에 보고 고작 며칠밖에 겪지 못한 발그레함이지만 그녀에게만큼은 칼로 새긴 듯 선명한.

"감기 안 걸리게 조심하고."

외르타는 앞뒤 없는 말에 소리 없이 웃었다.

"누가 덤비면 아까 그걸로 죽여 버리고, 형님이 귀찮게 굴면 대답하지 말고, 폐하께서 귀찮게 구셔도 대답하지 말고, 누구든 간에 별 이상한 개소리하면 나 올 때까지 기다려."

"너 오면?"

"데리고 튈게."

"용기는 인정하마. 가능성은 인정 안 해."

"두고 봐."

그녀는 뒤로 한 걸음 물러났다.

노을의 끝자락, 부드러운 붉은빛이 말의 잔등 위로 물든다. 물론 앙히에에게도 빛은 와 닿았다. 그의 벽안이 불을 머금은 듯 일렁이고 있었다. 찰나, 외르타에게는 저 동요가 온전히 자연에 의한 것인가 하는 의혹이 일었다. 의심을 말로 풀어내기 전에 그가 말했다.

"아, 그리고 리비가 전해 주랬어."

"응?"

"미안하대."

외르타는 순간적으로 무슨 말인지 알아듣지 못하고 뻣뻣하게 섰다. 저 덜떨어진 얼굴을 붙잡고 다시 한 번 윽박질러야겠다. 그러나 목소리가 나오지 않았다. 그녀는 자문했다.

지금 뭐라고?

미안하대.

그녀는 주먹에 힘이 들어가는 것을 느꼈다. 의도한 것이 아니라 무슨 반사 신경처럼 움직인 것이다. 잇새도 손아귀에 지지 않을 만큼 꽉 다물렸다.

이게 도대체 무슨 말이야, 언니.

죽은 이의 영이 답했다.

"미안해. 정말 미안해. 미안하다."

눈치채지 못하는 사이에 손이 떨리고 있었다. 힘을 너무 주어 떨리는 것이 아니라 아예 중심을 잃어 흔들리는 모양이었다. 이럴 리가 없는데. 이것이 도대체 무슨 말인가. 설마 언니가 내게 저런 사죄를 남겼나. 말이나 되나. 내게 아무것도 주지 않고 훌훌 세상을 뜬 사람이. 그래야 하는…….

"미안."

어딘가에서 무엇이 끊어지는 소리가 들렸다.

다리에 힘이 풀렸다. 확 수그러지자, 이내 온몸이 엄동설한의 추위에 얼어붙은 듯 빽빽하니 움직일 수가 없었다. 벌레처럼 납작하게 주저앉은 것을 빼면 변한 것은 아무것도 없다. 몸의 어떤 곳도 떨리지 않았고, 심지어 정신마저 또렷했다. 욕지기를 내뱉을 수 있을 정도로 또렷했다.

"앙히에…… 너 이 개자식……."

그가 무슨 반응을 보이는지는 눈에 잡히지도 않았다. 제 앞에 있는 건 같기는 한데, 그뿐이다. 고개를 한 치도 올릴 수 없었다.

무엇에 대한 '미안'? 나를 여행길로 보낸 것에 대한 '미안'? 리오넬의 공문을 받아들인 것에 대한 '미안'? 동기를 끊어 낸 것에 대한 '미안'? 그에게서 구해 내지 못한 것에 대한 '미안'? 자신이 패배한 것에 대한 '미안'?

결국은 사죄다. 외르타는 막다른 길에 다다라서 어쩔 줄을 몰랐다. 그녀는 리볼텔라가 어떻게 그것에 대해 미안해 할 수가 있는지 이해할 수가 없었다. 너무 기가 막히고 당황스러워서 웃음이 날 지경이다. 승패는 결국 자신의 능력에 달린 것이 아닌가. 제 능력의 부족을 미안해 하는 리볼텔라를 외르타는 도저히 상상할 수가 없었다. 그녀도 그녀의 자매도 결국 자존심이 없으면 살아도 죽는 낯들이건만, 어찌 자신의 능력을 미안해 하나. 외르타는 차마 화를 내지도 못했다. 무시하고 지나가도 좋을 전언이다. 아니, 차라리 무시하는 것이 바람직한 내용이었다.

그러나 그녀는 이미 울고 있었다.

신음이 흘렀다. 서서히, 바야흐로. 이해할 수 없는 비통함이다. 붉어지는 얼굴이 부끄러움 탓인지 멋대로 쏠려 나온 울음 탓인지 모르겠다. 주체하지도 못하고, 익숙한 감각으로 밀어치는 눈물.

"……데……. ……야……. 왜 울어!"

잘 들리지 않았다.

외르타는 자신이 울고 있는 이유라도 알았으면 좋겠다고 생각했다. 앙히에의 전언에 리볼텔라를 상기해, 그 죽음이 못내 안타까워서? 그 죽음을 동정하며 그녀가 살아 있기를 바라서? 이것은 정말 말도 안 되는 이야기였다. 외르타가 그녀의 죽음에 느끼는 가장 큰 감정은 '이해' 뿐이었다. 어쩌면 슬픔, 어쩌면 부러움일 수도 있겠지만 어느 쪽으로든 이만큼의 오열이 터질 이유는 없다.

도대체 왜?

갑자기 제 어깨 아래로 흐트러진 붉은 천이 눈에 들어왔다.

외르타의 온 숨결이 딱딱하게 굳었다. 방금의 질문은 어린 자신을 아끼던 리볼텔라에게 스스로 항상 가졌던 의문과 일맥상통했다. 나를 왜? 왜 나를 끔찍이 아끼고, 왜 살려 주겠노라 누누이 말하고, 왜 모든 것이 끝난 순간에 미안하다고 사죄하나? 왜?

헤아렸다.

내가 그녀의 딸이기 때문이다.

외르타는 제 아이를 낳고서야 드디어 리볼텔라를 이해했다. 그것을 알아차리자마자 그녀는 방금 내뱉은 제 말들을 모조리 주워 담고 싶었다. 미친 소리. 저런 이성으로 설명하려는 노력 자체가 정신 나간 짓이었다. 사람이 그럴 수는 없다.

자신이 세상에 태어나 유일하게 잘한 것이 바로 제 딸을 낳은 일이었다. 그 아이와 나눴던 첫 시선, 첫 웃음, 첫 잠자리 모두 사랑스러워 손끝이 저렸다. 자신은 항상 아이의 모든 숨소리를 경청했다. 행복하다가도 소름 끼치도록 슬펐다.

사랑하는 내 아가. 엄마가 너와 세상을 살 수 있다면 얼마나 좋을까. 내 오래도록 사랑하여 네 고통과 슬픔을 위로할 수 있으면 얼마나 좋을까. 엄마가 함께해도 아플 세상을 너 홀로 견뎌야 한다는 생각을 하니 온몸이 무너지는 것 같다. 오래 머물지 못할 엄마는 네게 늘 미안하다. 너를 지키지 못해 너무도 슬프고 애통한, 보잘것없는 어미가.

사랑한다, 내 아가.

외르타는 숨을 크게 쉬었다. 미안하다는 그녀의 말. 그곳에는 이미 사랑이 있었다. 세상의 모든 어미가 그러하듯, 자신이 제 딸에게 주었던 만큼의 애정이었다. 외르타는 아델을 위해 목숨을 걸었다. 조금의 숨도 아끼지 않고 덤벼 살인자를 찢었고, 간신히 딸에게 무언가를 갚을 수 있었다. 그럼에도 이 비통 섞인 그리움은 제 속의 앙금으로 남아 평생을 가는데.

미안하다.

"아무것도 해 주지 못하고 떠나서."

이것이 너무 절실한 이해라 눈물이 나는 것이다. 자신의 고통은 아무것도 아니다. 정말 아무것도 아니었다. 자신이 아무리 큰 고통을 겪었어도 그것은 어미의 아픔과는 도저히 비할 수 없는 통증이다. 외르타는 그것을 너무 무참하게, 너무 잘 아는 사람이었다. 아무것도 해 주지 못하고, 그 아이가 영영 그 지옥에 있으리라 짐작하면서도 속수무책으로 떠나는 기분. 그 끔찍한 공감에 가슴이 찢어졌다.

작은 몸짓이 제 아기집을 두드렸던 그 순간부터 그녀의 마음은 한평생 아델만을 향해 있었고, 있을 것이다. 마음으로 품은 자식이라고 그 심정이 다르겠는가? 자신은 그 아이가 있는 곳만 바라보다 결국 죽음까지 따라갔다. 그러니 리볼텔라는…….

자신이 산지옥에 있었으니, 그녀 또한 그곳에서 죽었을 것이다.

"외르타!"

그녀는 처음으로 고개를 들었다. 곧장 흐느낌이 터졌다. 벌겋게 달아오른 상대의 얼굴이 시야에 잡혔다.

"야……! 왜 우냐고 묻잖아! 도대체 몇 번을 묻는데…… 왜…… 아니…… 미안하다는 말이 이렇게까지 오열할 만한……."

"너, 너……."

"내 잘못이야? 내 잘못이지? 미안해."

그는 어느새 자신과 똑같은 모습으로 주저앉아 있었다. 언제 말에서 내려 자신을 쫓았는지 모르겠다.

"외르타, 미안하다. 네가 자꾸 리비에 대해……. 언젠가 한 번은 전해 줘야 한다고 생각했지만 이런 느낌은 아니었어. 미안해. 울지 마."

"너…… 당장……."

"미안해. 나는 정말, 네가 이렇게까지…… 몰랐어. 진심으로 미안. 네가 너무 냉랭하기에 이 정도쯤은 전해 줘도 괜찮겠다 생각했다. 정말 미안해. 미안. 그만 울어라. 미안. 제발 좀."

"당장 안 꺼져!"

"야……."

그녀는 흙을 뿌리려는 양 두 손으로 바닥을 짚었다. 머리가 식지 않았다. 아직까지도 리볼텔라의 말에 온통 침전되어 스스로 불타고 있었다. 활활, 능선을 태우는 산불처럼.

한순간 앙히에가 일어섰다. 외르타는 아무 생각이 없었다. 손바닥을 이마에 가져다 댔다. 이마를, 눈덩이를, 미끄러져 뺨을. 여전히 뜨끈한 것이 줄줄 흐르고 있었다. 귓가에 근접한 어떤 알 수 없는 기관에서 샘을 퍼 올리는 듯했다.

"……를……. 그럼…… 형님."

"……."

"아뇨. 일단 ……가 나중에……. 어차피…… 안……."

"……."

"아픈데, 좀 놓고……. 으악! 외르타!"

다음 순간 발굽 소리가 들렸다. 외르타는 땅에 반쯤 기대어 있었기 때문에 그 진동을 잘 느낄 수 있었다. 어미의 배 속 같다. 덜덜 떨린다. 굽은 채 말했다.

언니, 나는 살아 있어.

이 이야기를 하기 위해 죽고 싶었다. 자신이 지금 얼마나 온전한지, 그녀의 걱정은 이제 되었으니 마음 놓고 쉬라는 말을 하고 싶었다. 아델은 딸을 위해 살라는 말을 했지만 자신은 어머니를 위해 죽고 싶은, 이런 기이한 원. 절충하자. 반만 죽으면 말도 반은 전할 수 있을까? 언니, 나는……. 이런, 이건 리볼텔라를 더 절박하게 만들 텐데.

이 무한한 애정에 나는 어찌 보답하나.

"외르타."

그녀는 소스라치게 놀라 고개를 옆으로 돌렸다. 허파를 가른 듯 마른 울음이 다시 터졌다.

"밤이 춥습니다. 들어가십시오."

저것이 주저앉아 오열하는 여자에게 하는 말이다. 언니, 있잖아. 나 진짜 웃기는 놈을 만났다.

"외르타."

자신이 살려 놓고도 살린 줄 모른다. 베풀고도 베푼 줄 모르고 받고도 받은 줄 몰라. 헤아리고도 헤아린 줄 모르고 잔인해도 잔인한 줄을 모르는데, 어쩌면 그것은 그 나름의…….

외르타는 끌려 올라갔다. 그녀는 그것을 딱히 거부하지 않았다. 사람에 붙들렸다기보다는 어떤 두꺼운 줄에 잡힌 듯했으므로. 더불어, 그녀가 여전히 차오르는 눈물을 자제하는 데 온 정신을 할애하고 있었기 때문에 두려워 할 겨를이 없었다. 외르타는 얼굴을 드는 와중 어쩐지 그의 한숨을 엿보았다고 생각했다.

"들어가십시오."

"잠시……."

목소리가 떨렸다. 울음 섞인 목소리는 눈물에 젖어 밖으로 나오지 않았다. 한 손을 올려 얼굴을 덮었다. 세로로 절반. 갈라진다. 뜨거운 숨이 손바닥에 반쯤 막혀 습기로 온 뺨을 물들였다. 그녀는 어깨만 들썩이며 숨을 가다듬었다. 딸꾹질 때문에 목덜미가 도통 가만히 있지를 않았다.

노을. 발렌시아는 앙히에가 군영을 떠났을 것이라 추측했다. 지난 닷새 동안은 그가 있어 외르타에게 감시를 붙이지 못했다. 때문에 앙히에가 떠난 지금, 발렌시아는 외르타에게 재차 감시에 대한 통고를 해야 했다. 기실 통고였다.

그는 옵타토 경을 대동하여 그 자리에 갔다가, 외르타가 배웅을 위해 떠났다는 사실을 깨닫고는 약간 짜증스러운 기분이 되어 둘을 찾아 나섰다. 옵타토 경은 그녀를 찾는 데에 총사령관이 직접 나선다는 사실에 무척 송구해 했다. 그러나 변한 것은 없었다. 그녀는 남아 지키고, 그는 그들이 있을 것이 분명한 가장자리로 걸음을 옮겼다.

그는 외르타가 주저앉은 모습을 보고는 다소 의아해졌다. 앙히에가 펄쩍 뛰어내려 그녀의 옆에 서는 것이, 떠밀린 듯 앉아 그녀에게로 고개를 기울이는 것이, 무어라 왕왕 소리를 지르는 것이 잘 보였다.

“외르타!”

그녀가 처음으로 고개를 들었다. 발렌시아는 스무 걸음 앞에서 그 벌건 눈물을 보았다.

“야……! 왜 우냐고 묻잖아! 도대체 몇 번을 묻는데…… 왜…… 아니…… 미안하다는 말이 이렇게까지 오열할 만한…….”

“너, 너…….”

“내 잘못이야? 내 잘못이지? 미안해. 외르타, 미안하다. 네가 자꾸 리비에 대해……. 언젠가 한 번은 전해 줘야 한다고 생각했지만 이런 느낌은 아니었어. 미안해. 울지 마.”

“너…… 당장…….”

"미안해. 나는 정말, 네가 이렇게까지…… 몰랐어. 진심으로 미안. 네가 너무 냉랭하기에 이 정도쯤은 전해 줘도 괜찮겠다 생각했다. 정말 미안해. 미안. 그만 울어라. 미안. 제발 좀."

"당장 안 꺼져!"

그 순간 발렌시아는 그 둘에게 도달했다. 그는 즉시 앙히에를 잡아 올렸다. 앙히에가 대경하여 숨을 삼키는 소리가 들렸다. 그녀에게 지나치게 열중해 자신이 오는 것조차 보지 못했던 듯하다.

"형님! 나 놀라게!"

"왜……."

"아…… 그래도 다행입니다."

"설명해."

"얘 좀 맡길게요. 나 있으면 계속 혼나기만 하고 재 진도 뺄 것 같아. 그럼 나는 일단……."

"떠나겠다고?"

무거운 어조였다. 앙히에는 처음, 끝, 중간에 생략된 말을 전부 알아차렸는지 어설픈 웃음을 지었다.

"형님, 일 터뜨리고 간다고 화내지 말고. 일단 내가 크게 잘못한 것 같지는 않은데……. 어떻게 된 건지 정곡을 찔렀나 봐. 지금은 안 되니까 나중에라도 사과하고……. 외르타에게도 그 정도 너그러움은 있으니까……."

"……."

"아픈데, 좀 놓고……. 으악! 외르타!"

그는 앙히에의 비명을 듣고는 시선을 내리깔았다. 상대가 아래를 바라봐 별도리가 없었다. 그러나 그 순간, 앙히에는 제 손을 떨치더니 바로 옆에 있던 말에 올라탔다. 습관처럼 칼을 휘둘렀지만 그가 탄 말은 이미 몇 발자국이나 앞선 상태였다.

발렌시아는 휘두른 검에 외르타의 머리칼이 말려 올라가자 정신이 번쩍 들었다. 어스름 속에서 먼지구름이 뿌옇게 일었다. 아우는 이미 호흡처럼 자연스레 줄행랑을 놓은 뒤였다. 제 앞에는 동그마니 섬처럼 엎드린 여자만 남았다.

그는 칼을 꽉 쥐었다가…….

"외르타."

그녀의 온몸이 덜컹 떨렸다. 줄기를 건드렸을 때 그에 매달린 수백 개의 나뭇잎이 흔들리는 모양 같았다. 숨 막히는 울음이 다시 터졌지만, 혓바닥에 막혀 나오지 않았다. 소리는 없다. 질식한 눈물뿐이다. 발렌시아는 무슨 말을 해야 할지 고민하지도 않았다. 그것은 습관적인 행동이었다.

"밤이 춥습니다. 들어가십시오."

침묵.

"외르타."

발렌시아는 칼을 넣었다. 그는 그것을 잡았던 제 오른손을 무감각하게 쥐었다가, 별 볼 일 없는 천 조각처럼 펼쳤다. 그녀의 여윈 팔뚝을 붙잡았다. 양 어깻죽지에 손을 넣어 들어 올리는 편이 피차 편할 테지만, 그는 팔뚝 이상으로 그녀에게 손을 댈 엄두가 나지 않았다.

"들어가십시오."

"잠시……."

외르타는 아무래도 되었다는 듯 손을 내젓고선 건물의 벽 쪽으로 더듬더듬 걸어갔다. 한눈을 가려 거리 가늠이 되지 않는 채, 절름발이처럼, 어느 순간 딱딱하고 찬 벽에 걸려 간신히 섰다. 그녀는 찬 벽에 이마를 붙이고 한숨과도 같은 이름을 불어넣었다.

"리비……."

외르타는 숨을 들이켰다.

떨림이 멈추지 않았다. 그만한 오열을 터뜨리고도 아직까지 쥐어짤 수 있는 샘이 있다는 것이 정말 믿기지 않았다.

"난…… 정말……."

괜찮아. 고마워. 사랑해. 리볼텔라도 제 뜻을 전부 알 것이다. 죽은 자는 모든 것을 안다. 외르타는 그 익숙한 인식에 위로 아닌 위로를 받았다. 리볼텔라는 이제 모든 것을 헤아려, 자신이 그녀를 애도하지 않으면서도 이토록 가슴 아린 이유 또한 선선히 납득해 줄 것이다. 이건 애도가 아니야. 자신은 가슴에 손을 얹고 자랑스레 단언컨대 단 한 번도 리볼텔라를 안타깝게 여긴 일이 없었다. 제 언니의 끝을 수용한 지가 너무도 오래된 그녀는, 설혹 있었을지 모르는 찰나의 비통마저 옛 기억 속에 파묻어 버렸다.

그녀는 제 언니의 사죄를 받으며 드디어 천천히, 천천히 울음을 억눌렀다. 느리고 큰 물결을 집어삼키는 바다처럼 하나로 온전해졌다.

그 순간, 외르타는 하나의 개념을 깨달았다.

그녀는 고개를 확 들었다. 미친 사람처럼 희번덕거리며 빈 허공을 노려보려 했지만, 의외로 그 자리에는 아직도 발렌시아가 서 있었다. 그녀는 약간 어리둥절했으나 그렇다고 나서서 그를 내쫓을 만큼 경황이 있는 것도 아니었다. 그저 제 시야에 가둬 둘 뿐이다. 그는 그 수형에 반항하지 않았다. 외르타는 눈물을 삼킨 후유증처럼 몇 번 가쁜 호흡을 내뱉었다. 감히 눈앞에 선 그를 붙잡지는 못하고, 대신 자신의 양 팔뚝을 잡고는 크게 찬탄했다.

"발터!"

발렌시아는 그 자리에 계속해서 가만히 서 있기만 했다. 외르타는 조금도 개의치 않았다. 아니, 외려 그 붙박인 모양이 고마웠다. 그가 가까이 다가오면 자신은 또 물러나야 하니까.

"발터가 왜 나를 못 죽였는지! 이제야!"

웃음은 없었지만 웃음소리가 들렸다. 그것은 생의 기쁨이라기보다는 조롱과 깨달음의 희열이었다.

"이…… 멍청한 놈! 왜 나를 죽이지 않나 했더니…… 언니와 약속했구나! 리비! 그 지옥을 겪고 있다는 걸 알면서……! 날 살렸어! 차라리…… 차라리 죽이지……! 죽이지! 날 죽이지!"

우스운 것은 이 상황에서도 리볼텔라를 원망할 수 없는 자신이다. 잔인한 것을 알면서도 도저히 상대를 저와 같은 죽음으로 끌어들일 수 없는. '세상을 좀 더 살았으면 아름다운 것도 많이 보았을 텐데.' 외르타 자신에게도 이런 불가해한 집착이 있었다. 그녀라고 이와 다르겠는가.

"나를 살려서……. 그토록 고집스럽게 살리겠다고……! 발터! 넌……!"

가장 높은 언덕에 솟아 한 가닥 드리운 나무가 벼락을 얻어맞은 듯, 순간 신음과 함께 이해했다. 뒤늦게야 어설픈 위안이 찾아왔다. 또 한 번의 깨달음이었다.

이제 발터의 인내도 끝장이구나.

이제는 제 오라비가 참아도 수년을, 수 번을 참았다는 사실을 이해했다. 리볼텔라에 대한 애정으로도 도저히 견디기 힘든 번민을, 이번 딤니팔 건으로 완전히 떨쳐 버렸을 것이다. 자신은 정도를 넘었으니까. 너무 멀리 왔다. 목이 가라앉았다.

"아……."

두려움은 애정보다 크다.

"그래……."

팔, 다리, 몸통 어느 곳 하나 떨어지지 않은 완벽한 교감이었다. 발터의 인내는 자신이 로크뢰를 배반하고 딤니팔로 넘어온 순간 끊겼다. 그 지고한 왕이 잃어버린 인내는 곧 대단한 철퇴가 되어 제 머리로 닥칠 것이다. 깨부수는 죽음. 입이 웃는 것처럼 벌어졌다 가까스로 닫혔다. 알겠다.

발터는 공식적인 경고, 처형조차 내릴 마음이 없을 만큼 지금의 자신을 증오하고 있을 것이다. 막고 있던 둑이 터지면 감정은 노도처럼 몰리는 법, 그간의 노여움과 미움이 똘똘 뭉쳐 외르타를 노리고 있을 것이 아주 뻔했다. 증오가, 혐오와 경멸이 뻔하다. 리볼텔라와의 마지막 약속까지 벌써 끝장을 보았으리라.

그녀는 이제 그가 반드시 자신을 죽일 것이라고 생각했다. 공식적인 전쟁도 필요 없다. 아니, 그는 공식적인 죽음보다는 뒷문의 살수를 이용할 것이다. 그녀는 그를 알았다. 외르타는 자신의 확신에 관해서는 결단코 딤니팔에 경고를 주지 않을 작정이었다. 자신이 제 목숨을 귀히 여기지 않아서가 아니다. 이것이야말로 자신이 유일하게 반항할 수 있는 방법이었기 때문이다. 삶을 찾겠다고 자신을 버려서야 몹쓸 주객전도가 아닌가.

어쨌든 그런 인생이다.

"새벽같이 행군을 시작해야 함을 모르실 리 없습니다. 우선 들어가십시오."

"그래."

그녀는 높이 고개를 들어 어두컴컴한 밤하늘을 바라보았다. 그 튀밥 같은 반짝임을 보며, 아무 생각 없이, 어린 나무일 적 내뱉던 익숙한 언어로 제 바람을 뱉어 냈다.

"쇠렌 지타……."

갑자기 발렌시아가 앞으로 성큼 다가왔다. 외르타는 놀라 뒤로 물러나려다, 제 뒤에는 벽밖에 남지 않았다는 사실을 깨닫고는 하얗게 질렸다. 발렌시아는 한 걸음 정도의 거리를 두고 가만히 멈췄다.

"설명하십시오."

"어, 어? 무엇을?"

"당신의 말."

순간적으로 모골이 송연했다. 아무 말 하지 않았다는 것은 웃기지도 않는 농담이 될 것이다. 벙어리처럼 서 있는 동안 그가 반복했다.

"쇠렌 지타."

외르타는 그 능숙한 억양에 절망했다. 알고 있었지만, 귀에 담으니 더 큰 막막함이 되어 자신을 때렸다. 소에렌 지타도 아니고 소이렌 지타도, 쇠레느 지타도, 소렌 지타도…….

"외르타, 당장 설명하십시오."

이 멍청한……. 외르타는 제 속에서 욕설이 터져 나오는 것을 느꼈다. 그래, 그 반편이 같던 앙히에마저 왕실 내부인과 다름없이 지껄이던 게 외보르트어다. 심지어 발렌시아는 제 입으로 그 말에 능통하다고 말한 바 있었다.

"'외렌 지타'가 잘못 나왔어."

그가 인상을 찌푸렸다.

"잠들겠다는 말은 정황에 맞지 않습니다."

"'죽겠구나'라는 난장 맞을 말이 정황에 맞기는 하고? 되었다. 들어가마."

"설명하십시오."

"경은 내가 항상 거짓만 내뱉는 줄 아나?"

"아니요. 하지만 방금 당신의 말이 사실이 아니라는 것쯤은 헤아릴 수 있습니다."

"발렌시아 경."

발렌시아는 제 이름에 답하지 않았다. 재촉할 의지마저 사라진 듯했다. 그에게서 좀처럼 보기 힘든, 묘하게 지친 기색에 외르타는 상대가 조금도 자신을 신용하지 않는다는 사실을 알아차렸다. 물론 자신이 그 의심을 위로할 방법은 없다. 그리하고 싶은 마음도 없다. 그녀는 그를 무시한 채 자리로 돌아가려 했다.

그가 불쑥 말했다.

"시일 전, 제게 당신의 이름을 요구하셨습니다."

그랬지.

"받아들이겠습니다."

외르타는 정말 놀라 그를 바라보았다. 제 눈이 얼마나 크게 뜨여 있는지 도저히 가늠할 수가 없었다. 잘못 들었나?

"제 가신만을 명명해 온 일천한 과거입니다. 모자람이 있더라도 아량으로 용서해 주시길 바랍니다."

그녀는 웃음을 터뜨릴 뻔했다. 그토록 단숨에, 조금의 숙고도 없이 거절하던 사람이다. 어이가 없다 못해 화가 날 지경이었다. 자신을 조롱하지 말라고 했다. 그토록 명명백백 생에의 의지를 보여 주었음에도, 조롱하지 말라는 답밖에 받지 못했다. 그런데 지금? 그 대답에서 얼마 지나지도 않은 시간이지 않은가.

그의 번복에는 줏대가 없었다. 동시에, 그녀는 저 막무가내를 이해할 수가 없었다. 물론 자신이 수락을 바라온 것은 맞지만, 그것이 지금 자신에게서 '쇠렌 지타'의 뜻을 캐내고자 하는 회유라면, 정말이지 바라지 않았다. 자신이 작명을 제안한 것은 그것으로 그가 제 삶의 의지를 깨달아 주기를 바랐기 때문이다. 그 작명이 고작해야 회유의 용도, 스스로를 얽어매기 위한 수단으로 쓰이는 것을 참을 수가 없었다.

"경."

"……."

"당신은 이미 나를 거절했다. 아주 논리적이었어. 나는 당신 이유를 인정했고. 그래서 난 당신이 지금 나를 캐내겠다는 조야한 이유로 자신을 흐트러뜨리는 게 불쾌해."

발렌시아는 침묵했다. 외르타는 어쩐지 자신이 이와 쌍둥이 같은 반응을 이미 겪어 본 것은 아닌가 의심했다. 의심은 확신이 되었다. 틀림없다. 언젠가. 꽉 잠긴 심해처럼. 그럴 리는 없지만, 이상하게도 약간의 악의까지 섞인 것 같은 감정. 그 오해는 아마 상대가 너무 지독히 가라앉아 있기 때문일 것이다. 특별한 감정이 없더라도 정도를 넘은 침묵은 노여움처럼 보이기 마련이다.

그녀는 끝내 기억해 냈다. 그것을 상기한 자신을 칭찬해 주고 싶었지만 제 회상이 그리 가벼운 것이 아니라 그저 입만 꾹 다물었다.

"너는 내가 기어이 로크뢰의 수급을 베어 와야 만족할 텐가."

자살할 생각으로 거절했다.

그때 건네받은 감정이 분노인지 답답함인지 그녀는 아직도 잘 알 수가 없었다. 말조차 함부로 나오지 않던 따가운 숨이다. 그녀까지 순간적으로 뒤로 물러설 만한 시선이었다. 그것은 분명 발렌시아 자신도 설명할 수 없는 불쾌함일 것, 어쨌든 그들은 상대의 모호함까지 설명할 수 있을 만한 유대를 쌓지 못했다.

그러나 외르타는 그 모양이, 지금 제 앞에 선 저 무서울 정도의 정적과 꼭 닮았다는 사실만큼은 똑똑히 인식할 수 있었다. 그럴 수밖에 없다. 논리보다는 직감으로, 불에 덴 것처럼 알았다.

제 말을 거절당하는 데 익숙지 않은 자인가? 물론 그럴 만한 지위지만, 그렇다 한들 발렌시아는 저만큼의 동요를 보이기에는 언제고 너무 고상하던 사람이었다. 더군다나 이미 그가 거부했던 이야기, 이제와 제 같잖은 고집이 그것을 흐트러뜨릴 만큼의 충격이 되었으리라고는 생각지 않았다.

아, 어쩌면 '그때'와 똑같은 종막을 상상하고 있는지도 모르겠다. 그래서.

"그것은 거절입니까?"

"……."

"……."

"응."

그녀는 제 손이 꾹 쥐이는 것을 의아하게 바라보았다. 마치 같은 몸이 아닌 것 같다. 힘을 주라고, 동요하라고 명한 적이 없는데 손매는 어느새 떠밀린 듯 이를 악물고 있었다.

무슨 의도인지 두 발자국 앞에 선 발렌시아가 손을 올렸다. 외르타는 반사적으로 팔을 들어 얼굴을 가렸다. 자신이 어떤 반응을 보이는지는 잘 알지도 못한 채, 그저 뺨에 그늘 드리우듯 꽉 붙였다.

돌연 이마로 올라갔던 제 손이 잡혔다. 외르타는 자신의 팔에 왜 그곳에 있는지조차 이해하지 못하고 어리둥절해 했다. 손 자체를 움켜쥔 느낌은 결코 아니었다. 검지와 중지 끄트머리만을 얇은 종이처럼 쥔 모양이었다. 그러나 이내 그 손가락도 놓여, 그 둘 사이에는 어떠한 접점도 없게 되었다. 그제야 외르타는 간신히 고개를 들었다. 발렌시아가 제 앞에 서 있었다. 그녀는 천천히, 느릿느릿 팔을 내려 그에게로 시선을 들었다.

밤을 먹어 어두컴컴한 녹갈색 눈이 여느 때와 다를 것 없는 벽안을 마주했다. 그가 입을 열었다.

"두 번 거절하셨습니다."

"어?"

"마지막은 수락하십시오."

요청이 아니다. 그저 무지막지한 요구였다. 외르타는 그가 언제 이토록 막무가내였나 생각하다가 자신에게 있어서는 거의 매번 그러했다는 사실을 깨닫고는 짧게 웃었다. 그녀는 그 농담을 입 밖으로 풀어내려 했다. 그러나 그보다는 조용한 그의 목소리가 먼저였다.

"외르타, 미라이예의 객客이 되십시오."

외르타는 타국인으로서 마땅한 반응으로, 그 말을 전혀 이해하지 못했다. 그러나 그의 진지함을 듣자마자 반문하기에 지금 상황은 조금 겸연쩍은 면이 있었다. 결국 그녀는 객의 의미를 헤아리기 위해 한참 동안이나 가만히, 약간 허탈한 기분으로 발렌시아의 기색을 읽어 내려 했다.

그의 얼굴은 약간 언짢은 것처럼 보였지만 동시에 긴장, 혹은 기대처럼 보이기도 했다. 그녀만큼이나 단단히 자리를 지키고 서서, 정말 반대의 답이라고는 들을 준비조차 되지 않은 것 같았다.

그녀는 입만 몇 번 벙긋하다가 결국 다소 높은 목소리로 반문했다.

"무슨 뜻이야?"

발렌시아는 어쩐지 벌써부터 제 말을 주워 담고 싶어 하는 표정이었다. 그녀는 그의 표정이 자신의 멍청함을 꾸짖는 것이라 지레짐작하여 덜컥 초조해졌다. 그러나 그는 분명 친절하게 설명했다.

"객은 그 사람이 한 가문의 보호를 받고 있다는 표지입니다. 그것은 상징이 아닌 실제적인 수호입니다. 솔 미라이예에 머무는 것이 첫째 권리, 공식 석상에 나아갈 때 가주의 체칼라스를 맬 수 있는 것이 둘째 권리입니다. 솔 미라이예에 머무름으로써 가문의 일원과 대등한 존중을 받을 수 있음은 물론이거니와, 미라이예의 체칼라스를 맨 자에게 함부로 대할 만한 만용을 가진 자 역시 잉그레에는 단 한 사람도 없습니다."

외르타는 바로 이해했다. 그리고 당연한 질문을 했다.

"내가 왜?"

그의 표정에는 미동도 없었다. 아까 전의 동요는 어디로 갔는지, 설명조의 말을 하며 냉정을 찾은 모양이었다. 그는 스스럼없는 당위로 답했다.

"당신은 방금 전 제 의도치 않은 손마저 두려워하셨습니다."

그녀는 당연히 나올 줄 알았던 '제 목숨의 수호'가 없자 대단히 당황했다. 너무 난데없는 말이라 감탄사조차 내뱉지 못했다. 방금 전 자신이 그의 손을 두려워했던가? 이런, 팔을 든 것이 그 때문인 것 같기도 했다. 제 위로 닥치는 그림자에는 어쩔 수가 없다. 아직도 팔뚝에는 몇 가지 방어흔이 그늘처럼 남아 있었다.

"작위 없이 잉그레에 들어가는 자는 이전의 신분 고하와는 별개로 평민과 동등하게 됩니다. 때문에 이처럼 신상이 뜬 채로 왕도에 가신다면 무례한 자들의 작태가 도를 넘어 조롱과 존중 않음이 허다할 것입니다."

"……."

"당신 역시 이성 귀족들에게 유연한 대처를 보이지 못해 왕실 규모의 소란을 일으킬 마음은 없으시리라 믿습니다. 그를 방지하고자 함입니다."

뜬금없는 칼이었다. 그러나 외르타는 그 예리함을 인정했다. 그녀가 보기에 지금의 발렌시아는, 지난 몇 달 동안의 경험으로 생사에 관해서는 서로가 영영 평행선을 달릴 것이라는 사실을 깨달은 자였다. 아무리 자신이 생을 주장한들 그가 믿으려 하지 않으니 소용이 없다. 덕분에 드디어, 가까스로, 그 역시 이제, 스스로 그런 고루한 이유를 댈 수 없다는 사실을 안다. 근본적인 이해의 차이가 있으므로.

그리고 그런 그가 목숨의 고귀함을 포기하고 내세운 이유는 자신에게 있어서 대단히 유혹적인 이야기였다. 아무래도 몰린 것 같았다.

"승낙하십니까?"

외르타는 잠깐 침묵했다. 슬쩍 그의 시선을 피했다가, 그 끈질김에 못 이기고 꼬리 튀기며 돌아왔다. 그녀는 그가 말한 내용이 전부 진짜라는 사실을 알았다. 잉그레에 간다면 적당한 작위를 받기 전까지 자신이 받을 대우란 조롱과 비웃음과 새로운 관심뿐이다. 전자야 아무래도 상관없지만 막다른 곳에 몰렸을 때의 후자는 굉장히 치명적인 공격이 된다.

굴라르모 4세는 왕녀의 정체를 숨길 것이다. 그처럼 왕녀와 무관하게 된 왕은 그녀에게 마땅한 자구지책을 줄 수 없었다. 작위 없는 여자 따위를 왕실에서 보호한다는 인상을 보일 수 없는 것이다. 목숨만큼은 수호하더라도 모실 필요까지는 느끼지 못하리라. 시시각각 잉그레로 닥치고 있는 그녀에게는 지금, 정말 절실히, 누구든 간에 단번에 내칠 수 있는 권력이 필요했다. 왕실만큼 체면에 구애를 받지는 않지만, 그와 비견될 정도의 힘.

미라이예라.

그녀는 숨을 내쉬며 물었다.

"앙히에는?"

발렌시아는 나올 것이라고 생각지 못한 말을 들은 사람처럼 인상을 확 찌푸렸다.

"무슨 말씀이십니까?"

"앙히에 그 녀석은 어디에 머무르나?"

"그 아이는 비전하의 친우 자격으로 잉그레에 체류합니다."

"왜 솔 미라이예에는 안 오고?"

"제가 불허합니다."

그녀는 한숨을 쉬었다.

"정말 체념했구나. 물론 그럴 만도 하지만……."

"저는 이 자리에서 제 아우의 처분을 논할 생각이 없습니다."

그만 입 다물라는 말보다는 꽤 고상했지만, 어쨌든 의미는 같았다. 물론 외르타는 그런 말에 상심할 만큼 섬세한 사람이 못 되었다.

"항상 당신을 봐야 하는 것은 아니지?"

"솔 미라이예에서 마주하는 일보다 잉그레에서 조우하는 일이 더 많을 것입니다."

그녀는 손가락을 하나 폈다.

"그리고 또 한 가지 난점."

"말씀하십시오."

"폐하께서 나를 숨기려 하신다면 내 구태여 귀족들 앞에 나설 필요가 없다. 그냥 왕궁 안에 꼭꼭 숨으면 되지 않나."

"폐하께서 숨긴다고 말씀하신 것은 당신의 이름이나 정체를 숨긴다는 말씀이십니다. 당신의 모습만큼은 만천하에 드러나야 합니다. 그리해야만 어수대가 당신을 밀고할 수 있기 때문입니다."

"차라리 그냥 내 이름을 공표해 버리지…… 왜 이리 번거롭게……."

"외르타, 첫째로, 딤니팔은 당신의 도움을 받았다는 사실을 공표할 의사가 없습니다. 당신은 라르디슈의 내전 발발 이후 딤니팔에 망명한 것으로 처리될 것입니다. 그때까지는 극비입니다. 둘째로, 우리는 어디까지나 피해자입니다."

"……."

"상대를 먼저 도발하는 일, 상대에게 무턱대고 준 선전포고를 내리는 일을 지양해야 합니다. 그런 악독함은 적이 보일 것입니다. 딤니팔은 육백 년 내리 대륙의 도덕을 수호해 왔습니다."

내용만 들으면 웃음이 나올 수밖에 없는 이야기다. 그러나 외르타는 딤니팔이 저런 교묘함으로 사방의 식민지를 얼마나 회유했는지 알아, 도저히 그의 말을 농담으로 받아들일 수가 없었다.

"우리는 당신 개인의 생명을 최대한 보호하려 했다는 인상을 보여야 합니다. 이름이나 망명 사실까지 공개하지 않고 완전히 새로운 사람으로 살 수 있도록 큰 배려를 했다고 주장할 것입니다. 그런데 이런 노력에도 불구하고 게외보르트가 시비를 건다면 그것은 온전히 그들의 사악함입니다. 우리는 전쟁을 두려워하지 않을 것입니다. 이로써 딤니팔은 선량한 개인의 목숨을 구하기 위해 전쟁도 불사하는 나라라는 도덕적 우위를 확보할 수 있습니다."

외르타는 기어이 웃음을 터뜨렸다.

"너희가 진짜 나쁜 놈들이다!"

"압니다."

그의 말은 지나치게 성의가 없어 거의 퉁명스러운 느낌마저 들고 있었다. 그녀는 그것이 더 웃겼다. 그래서 더 웃으려는 찰나, 발렌시아에게 잘렸다.

"승낙하십니까?"

웃음이 뚝 그쳤다. 그녀는 시선을 피하지 않고 조심스레 물었다.

"꼭 지금 대답해야 해?"

"더 궁금한 것이 있으십니까?"

"……."

"……."

"승낙하면 당신은 또 내 주인이 되잖아."

발렌시아는 그제야 그 사실을 깨달은 듯 약간 미안하다는 표정이 되었다.

그러나 외르타는 이미 제 실수를 깨닫고 있었다. 그에게 먼저 사과하고 싶었다. 발렌시아가 그런 의도로 말한 것일 리가, 그가 자신을 소유하고 싶어 할 하등의 이유가 없었다. 진심으로 대비책을 말한 것인데 정작 그 배려를 받는 사람이 조롱 천만이라니 자격이 없다.

"죄송합니다."

"아니…… 결코 탓하려는 것이……."

"하지만 그리하셨으면 좋겠습니다."

"발렌시아 경?"

"겪은 풍파가 많으신데 딤니팔에서까지 좋지 않은 인상을 받으실까 두렵습니다."

그녀는 이상하다는 시선으로 그를 바라보았다. 두려워? 잘 이해할 수가 없었다. 저것은 책임감인가? 자신을 포티미외에서 오스페다까지 끌고 가는 주범으로서, 그에 대한 사죄를 하기 위함인가? 아니면 그저 자신의 과거를 아는 남자의 심정적인 부채감일 뿐인가?

"쉬운 결정이 아니라는 것을 압니다. 지금 당장 답해 주지 않으셔도 됩니다."

"……."

그녀가 여전히 침묵을 지키자, 발렌시아는 먼저 걷기 시작했다. 외르타는 항복하듯 양손을 들며 그를 따랐다. 애초에 앙히에가 부득부득 배웅을 말려, 제 본디 숙소와 별로 멀지도 않은 자리였다. 외르타는 터덜터덜 걷다가, 문득 자신이 어디에 가 있든 순식간에 잡아내는 발렌시아에게 놀라움이 일었다. 도대체 뭘 보고, 무엇을 느끼고 쫓아오는지 모르겠다.

멀지 않은 곳에 옵타토 경이 보였다. 그녀는 외르타와 발렌시아를 보고선 경례를 했다. 어두컴컴한 그림자가 먼저 안으로 들어갔다. 발렌시아가 어떻게든 그녀를 넣어 주리라는 기대인 듯했다.

외르타는 인사 한 번 없이 문 안으로 쑥 들어갔다. 얼마나 거칠게 밀어젖혔는지 철제문이 종잇장처럼 펄럭이는 모습이 보였다. 그는 몇 초간 제자리에 서 있다가, 그대로 뒤돌아 걷기 시작했다.

미라이예의 객. 그 역시 이것이 정말 난데없는 제안이라는 것을 모르지 않았다. 모르지 않다 뿐일까? 그녀보다 더 당혹스러웠다. 뼛속까지 딤니팔 사람인 그야말로 이 제안이 정말 대단한 무게라는 사실을 아니까. 보통 귀족 가문의 제안이라도 엄준한 일일진대 하물며 미라이예의? 홀로 반문하자 갑자기 속이 울렁였다.

그러나 돌아가 번복할 마음은 조금도 없었다.

외르타를 잉그레에 둔다면 자신은 더 이상 그녀의 추이를 지켜볼 수가 없게 된다. 그는 그녀에게서 여태껏 단 한 번도 살겠다는 의지를 발견하지 못했다. 그나마 이름을 요구한 것이 가장 생에 가까워 그것으로 넌지시 강요했건만, 또 거절이다. 어이가 없고 허탈했다. 항상 그러했듯 회유가 끝나면 자신에게 남은 길은 강제뿐이었다. 습관처럼 행했을 따름이다.

그러나 제가 그녀의 목숨에 구애 받는다 해서 그것을 고스란히 털어놓을 수는 없었다. 외르타가 이미 여러 번 자신의 삶을 강조했기 때문이다. 문제는, '믿을 수가 없다.' 이런 균열. 그러니 자신이 그녀의 목숨을 지켜보기 위해 객을 요청한다고 고해하면 돌아올 답이 단호한 거절 외에 무엇이 있겠는가. 그 거절을 저어하여 다른 이유를 생각하다가, 별생각 없이 든 손에 외르타가…….

순간적으로 화가 치밀었다. 그 노여움이 자신을 폭력이나 쓰는 저급한 자로 본 것에 대한 분인지, 아니면 저런 반사적인 행동이 나올 때까지 그녀가 겪은 로크뢰의 광기에 대한 분인지는 잘 구분할 수가 없었다.

발렌시아는 그처럼 생각에 잠겨 건물 앞에 서 있다가 문득 놀랐다. 누군가 뒤에서 다가오고 있었다. 이토록 가까이 올 때까지 기척에 무지했던 자신에게 잠깐 어이가 없었지만, 다음 순간 그녀를 알아차리자 모든 감정이 증발했다.

등 뒤에 있음에도 모두 보였다. 비록 항상 그러했다고는 하나, 지금은 상대의 사소한 움직임에마저 온 신경을 곤두세우고 있는 상태였기에 더욱 선명했다. 아무 소리도 없이 조용조용 걸어오다가, 세 발자국 전에 우뚝 멈춰 고개를 들었다가, 다시 내리고 성큼 크게 다가섰다가, 침을 한번 삼켰다가, 다시 한 걸음, 고개를 꺾어야 제 머리가 보일 정도로 가까이 와 선다. 그녀의 손이 들렸다. 발렌시아는 지금 당장 돌아서고 싶은 충동을 느꼈다. 그녀의 손이 위로 뻗어 왔다. 손은 그가 실제로 열기를 느낄 수 있을 정도의 거리에서 정지한 채 더 이상 나아가지 못했다. 활짝 펴 있던 손매가 순간적으로 움츠러들었다. 그처럼 사리물어 주먹이 되기 직전, 마치 무언가에 떠밀린 듯 다시 피어난 손끝이, 어깨에 닿았다.

발렌시아는 도저히 무슨 반응을 보일 수가 없었다.

외르타는 그가 자신의 갑작스러운 등장에 크게 놀라 돌아보지 못한다고 생각했는지 그제야 숨을 파 내쉬었다. 웃음 섞인 숨이었다. 그녀는 용기를 얻고 재차 그 어깨를 두드렸다.

"발렌시아 경."

그는 뒤를 돌아보았다.

외르타는 제 팔을 내리며 그 시선에 대답했다.

"그리하마."

"……."

"바로 옵타토 경에게 돌아갈 테니까 화내지는 말고, 응?"

블랑쉬 젤로는 깊이 잠긴 물과 같은 여자였다. 검은 머리와 검은 눈, 그 모두가 푸른빛을 걸머쥐고 있다는 점이 기이했다. 훤칠한 키에도 그만한 인상이 들지 않는 것은 그녀에게 버들잎 같은 곡선이 머물러 있는 까닭이다.

발터는 그 단아함에 딱히 놀라지 않았다. 어쨌든 그녀는 생 로욜 본궁의 시녀였다. 아름답지 않을 리가 있나? 지금의 그는 공무로 사흘을 꼬박 지새워 머리 자체가 반 진공인 상태였다. 시야에 온전히 집중할 수조차 없었다. 이른 잠자리에 들려는 와중에 급사가 왔다는 말에 두들겨 깨워진 독대. 정말 죽을 지경이다. 다음 날에 보고자 하는 마음이 굴뚝같았다.

"폐하의 누이는 이제 석녀입니다."

그는 잠에서 깼다.

"설명해라."

"저는 어수대 생 로욜 날개 일 다시 일의 장將, 블랑쉬 젤로입니다."

발터는 뻔한 내용에도 조급해 하지 않고 그녀의 말을 기다렸다.

"너무 급박히 생 로욜을 떠나게 된 까닭에 중간 도시에서 연락을 취할 수밖에 없었습니다. 하지만 어수대의 급신을 통한 것이 아니라서 지금 이 시간까지도 소식이 비사 오필라에 다다르지 못했을 것이라 추측합니다. 혹 폐하께서는 상브르와에서 온 연통을 받으셨는지요?"

"전혀."

"저는 어수대에 보고한 바와 같이 뤼 레스트왈의 의심을 샀습니다. 뤼 레스트왈이 제 휴지 도중 들이닥쳐 포티미외로의 동행을 요구했습니다. 물론 이 동행은 시침녀의 연침連枕 대상으로서의 동행입니다. 그러나 그도 제가 눈치챘음을 알 것입니다. 갑작스러운 동행 탓에 저는 생 로욜의 다른 날개에 명확한 행선지를 전하지 못했습니다. 폐하께서는 아마 블랑쉬 젤로가 소식 없이 증발했다는 보고를 들으셨을 줄로 압니다."

"그래. 네게 하문할 것이 있었다. 한데 듣자니 감쪽같이 사라졌다기에, 짐의 다음 명령은 널 잡아 죽이라는 내용이 되었지."

"마땅히 제 죄를 아오니, 방을 나가는 즉시 오른손으로 치죄하겠습니다."

"계속."

"저는 부아파르 부인과 앙토냉 부인께 제 목숨의 보장을 받은 뒤 뤼 레스트왈을 따라 라르디슈와 딤니팔의 종전 협정이 이루어지고 있는 포티미외까지 오게 되었습니다. 그리고 탈출했습니다. 이것은 첫째, 제 자리를 망각한 일인 줄 앎에도, 저는 작금의 제 상황이 포티미외의 사정을 살피기에 가장 적절한 위치라는 사실을 깨달았습니다."

"왼손 감이군."

"예. 명에 따르겠습니다. 또한 둘째, 저는 생명의 위협을 느끼고 있었습니다. 아무리 왕족의 보장을 얻어 두었다 한들 뤼 레스트왈이 제가 어수대임을 눈치챈 이상 저는 죽은 목숨과 다름없었기 때문입니다. 혹은 죽음을 넘어, 정보를 요구당할 위험이 있었습니다. 저는 물론 그에 두려움이 없지만 무엇보다도 어수대의 보존이 먼저였습니다. 때문에 저는 뤼 레스트왈에게 약을 썼습니다."

"먹히던가?"

"예, 뤼 레스트왈은 제 정체를 눈치챈 뒤에도 저를 연침 대상으로 동반할 만큼 배짱이 좋은 자였습니다. 종전 협정 전날, 저는 그에게 열여섯 시간짜리 약을 먹인 뒤 도주했습니다. 저는 그처럼 본진에서 벗어나 경계를 사지 않기 위해 임산부로 위장했습니다. 피난촌을 샅샅이 수색할 필요조차 없었습니다. 만삭의 제 모습을 본 이들이 즉각적으로 의원에게 보내는 온정을 보여 주었기 때문입니다. 저는 그 의원이 짐을 꾸리는 모습에 큰 의혹을 느꼈습니다. 촌에 머무는 이들이 쉽게 보금자리를 바꾸지 않는다는 이유는 차치하고라도, 온 짐을 꾸린 뒤 누구에게도 행선지를 알리지 않고 홀로 떠나려던 모습은 분명 의심을 사기에 충분했습니다. 저는 그자가 제게 이유를 흘리도록 구슬렸습니다. 딤니팔군이 의외로 허술한 대처를 보였습니다. 의원은 미라이예 공작에게 함구령을 받은 모양이지만……."

"잠깐…… 다시."

"'딤니팔' 말씀이십니까? 저는 허투루 말하지 않았습니다. '딤니팔', '미라이예' 두 단어 모두 확실하게, 거듭 말씀드릴 수 있습니다."

발터는 턱에 힘이 들어가는 것을 느꼈다. 드디어, 상대의 말보다 제 생각이 더 빨리 달려가기 시작했다.

"의원은 미라이예 공작에게 함구령을, 더불어 당장 이곳을 뜨라는 명을 받은 듯했습니다. 의원을 죽이지 않음에야 그것이 정보의 유출을 막기 위한 최선의 방책이었을 겁니다."

그녀는 감히 왕에게 고하는 말을 평하지 않았으나, 발터는 그 속에서도 조롱을 읽어 낼 수 있었다. 그는 날카롭게 미소 지었다.

사실 이런 우연이, 혹은 행운이 겹치지 않았더라면 게외보르트가 그 의원을 포획할 방도는 없었을 것이다. 미라이예의 게외보르트적 상상력이 부족했던 것이 아니다. 딤니팔군에 섞인 간자는 군율에 묶여 있고, 라르디슈군에 섞인 간자는 패배로 묶였으리라 판단했을 테니. 더군다나 포티미외는 상시 어수대가 머무르기에는 너무 재미없는 땅이었을

뿐더러, 전쟁이 터진 뒤에는 그 땅의 병장기 다음으로 날카로운 것이 정보 유출에 대한 경계가 되었을 터다.

지금 블랑쉬의 경우처럼 종전된 뒤에야 제대로 된 간자를 넣을 수 있었을 텐데, 아마 발터 자신이 직접 수색을 명했을 때 즈음이면 의원은 이미 증발하고 없었을 것.

미라이예 공작이 내전 준비에 바쁜 레스트왈이 종전 협정에 얼굴을 보일 것이라 상상이나 했겠는가? 그 레스트왈이 생 로욜 어수대의 첫 날개를 의심하여, 제거를 위해 대동할 것을 어찌 떠올릴 수 있기는 하고?

이 일이 지극히 희박한 확률로 일어난 행운이라는 점은 부정할 수 없다. 그러나 블랑쉬도 자신도, 애초에 딤니팔에서 이런 만에 하나를 염두에 두고 의원을 죽여 없앴어야 한다고 생각하는 것이다.

"저는 품속에 암기와 독약을 품고 있었으므로 쉽게 의원을 겁박할 수 있었습니다. 의원은 자신이 딤니팔군에 징발되어 한 젊은 여인의 건강을 돌보았다고 실토했습니다. 갈색 머리에 녹갈빛 눈, 공한 미모로 묘사되는 그 묘령의 여인은 공작을 대하는 데까지 아무런 거리낌이 없어 마치 만인을 제 아래로 보는 듯 무례했다고 합니다. 의원 앞에서는 누구도 그녀의 이름을 부르지 않았다 하나, 폐하, 저는 라르디슈 왕비의 행방이 포티미외 이후로 묘연한 지금 다른 인물을 떠올릴 수 없었습니다."

"짐 역시 그리 생각한다."

"의원은 첫 손에 그녀가 불임이라는 사실을 가려 낼 수 있었다고 합니다. 목숨을 걸고 맹세한 사실입니다. 저는 부귀의 약속과 협박을 순차적으로 운용하여 의원을 비사 오필라까지 끌고 왔습니다. 우선 수옥囚獄에 두었으니 후일 내키신다면 다시 하문하셔도 좋습니다."

발터는 의아한 점을 물었다.

"외르타가 포티미외 전쟁 도중 딤니팔로 도주했다? 그것이 어떻게 가능하지? 라르디슈군이 왕비의 도주를 용납할 만큼 허술한가?"

"제 추측을 말씀드리는 것을 허락……."

"말해라."

"뤼 뤼페닝과 뤼 레스트왈이 로크뢰 1세의 모살에 몰두하고 있었다는 사실을 아실 겁니다. 저는 폐하의 누이가 포티미외로 보내진 것 자체가 모종의 획책이라고 보았습니다."

"쌍둥이의."

"불명료한 주어에 사죄드립니다. 예. 맞습니다. 저는 뤼 뤼페닝과 뤼 레스트왈이 폐하의 누이에게, 로크뢰 1세의 감시를 따돌리고 자신들의 명을 따를 수 있는 방도를 만들어 주었다고 생각합니다. 물론 뤼 뤼페닝과 뤼 레스트왈으로서도 왕비의 딤니팔 도주는 예상하지 못했을 겁니다."

"속고 속이는 꼬리 물기로군. 근거는?"

"제가 뤼 레스트왈의 몇 가지 서류를 훔쳐보았습니다."

확실하지 않은 내용이라면 추측이라는 겉을 뒤집어쓰고라도 결코 왕에게 고하지 않도록 훈련된 어수대다. 발터는 블랑쉬 젤로가 이미 저 추측을 기정사실화했다는 것을 깨달았다.

"외르타는 딤니팔로 떠났나?"

"의원은 여인이 군을 따라갔다고 말했습니다. 군의 종착지는 오스페다입니다."

"이제 가만히 앉아서 굴라르모가 애태우는 꼴을 구경할 수 있겠군."

블랑쉬는 '살수로 처리하지 않으실 겁니까?' '의원이 오진했을 확률은 생각지 않으십니까?' 등의 반문을 꺼내지 않았다. 주제넘은 짓이다.

"용건은 끝났나?"

"예."

"나가라."

"한 시진 내로 두 손을 올리겠습니다. 처분해 주십시오."

발터는 별 반응을 보이지 않았다. 그녀는 깊게 고개를 숙이고는 왕의 침실을 떠났다.

발터는 문이 닫히자 벌떡 일어섰다. 어지럼증이라고는 조금도 남아 있지 않았다. 속에서 어처구니없는 노성이 터졌다.

레스트왈! 이 잡종 개새끼 같으니라고!

뤼페닝의 사절은 아직까지 이곳에 도달하지 못했다. 그래서 발터는 여태껏 자신이 그를 지원하겠다는 심중을 전하지 못했다. 하지만 이제는 얌전히 앉아 기다리지 않을 것이다. 내일 당장 그 형 되는 자에게 간소한 서신을 보내리라. 너희가 그리 원하니 나는 어쩔 수가 없다. 다 같은 인간 말종끼리 모여 종내 웃는 화상이 누가 될는지 볼 수밖에.

그는 서성임도 없이 곧게 걸어가, 찬연한 창가에 섰다. 유리에 제 얼굴이 비치자 갑자기 만사가 짜증스러워졌다. 그는 결국 견디지 못하고 습관처럼 아래를 비껴 보았다. 날카로운 눈매 아래 긴 선으로 붙박이는 것은, 빛이었다.

땅으로 떨어진 별빛인 양 수천 가지 색으로 박힌 저지대의 환한 밤, 신전의 힘을 입은 대륙 유일의 불야성이다. 리마네레의 찌꺼기를 시조 눌라레의 치적으로 위장하는 오스페다나, 몇 번의 천도 끝에 얼기설기 엮여 올라간 천박한 생 로욜과는 비교조차 할 수 없는, 서부의 오팔. 숄렘 노트란트.

그처럼 생생하고 온전한 제 도시를 보자, 발터는 돌연 새롭고도 우스꽝스러운 안도가 치미는 것을 느꼈다.

그래, 이 나라와 딤니팔과의 전쟁은 없다.

웃고 싶었지만 유쾌한 웃음을 터뜨린 지가 너무 오래되어 그저 잊었다.

굴라르모 4세는 아마 지금 이 순간에도 전쟁을 일으키고 싶어 애가 닮고 있을 것이다. 외르타가 굴러 들어온 것을 알고 왕좌에서 공중제비를 뛰었을지도 모르는 작자가 아닌가. 한데 이제 어쩌나. 다 끝장이다. 발터는 그들에게 제 누이에 관해서는 결코 아무런 언질을 주지 않을 셈이었다. 언제까지 애만 태우고 있을지 느긋하게 보고 있을 것이다.

외르타가 불임이 아닐 가능성은 무시해도 좋다. 불임이든 불임이 아니든, 그녀가 아이를 잃은 한恨을 본 지금의 자신에게는 그리 큰 걱정이 없었기 때문이다. 또 한 번 아이를 가진다면 이번에는 낳기도 전에 스스로 목을 맬 사람이 바로 제 누이다. 딤니팔에서 아이를 밴다면 결국 핏줄을 죽이기 위한 전쟁이 일어날 것. 그러나 '그런' 전쟁이 발발한들 자신이 그 승패에 연연하겠는가? 발터가 그에 아랑곳하지 않을 사람이라는 것은 외르타가 가장 잘 안다. 이기면 공식적인 처형으로, 지면 살수로. 어떤 경우든 아이는 무조건 죽는다. 아이 죽는 꼴을 설마 네가 또 볼 테냐?

때문에 '그런' 전쟁에서 이기고 지는 것은 그에게는 진심으로, 조금도 상관이 없는 일이었다.

게외보르트가 딤니팔의 왕손을 죽였던 솔림와르 전쟁에서 볼 수 있다시피, 어차피 그들에게 '그런' 전쟁은 일종의 선전 같은 것이었다. 전쟁이 어렵지 않다거나 가볍다는 말이 아니라, 그 승패보다는 그로 인한 효과가 훨씬 중하다는 뜻이다. 솔림와르에서 게외보르트는 패했지만 어쨌든 딤니팔의 왕손은 전쟁이 끝났을 때 이미 사망한 상태였다. 당시 딤니팔의 왕비는 다시 자손을 낳을 수 없다는 이유로 승전보 속에서 폐위되었고, 그 뒤로는 아무리 작은 공국의 왕이라도 비사 오필라의 딸을 달라고 요청한 역사가 없었다.

이처럼 선전의 효과만 있다면 몇 번쯤은 전쟁의 승패를 따지지 않아도 좋다. 어떤 이유로든 한 세대에 한 번은 싸우게 되는 견원지간이니 미리 주먹을 내보자는 마음가짐이면 족하다. 한 번 이기면 한 번 지기 마련,

중앙 삼국은 기틀을 잡은 뒤로 그런 무료함에 오래도록 젖어 있었다.

그 선전의 내용은 게외보르트 왕계를 탐내지 말 것. 신의 인가를 받은 왕위 내분에 인간의 욕심을 자제할 것. 우리는 그런 사소함으로도 한 나라에 시비를 거는 무뢰한이니 금록에 대해서는 먼저 예우할 것. 비사 오필라는 제 승계를 신성시하는 만큼 너희의 것 또한 먼저 나서 망치지 않으므로 득실을 잘 헤아릴 것.

그것을 어긴 딤니팔은 나라가 반으로 갈라졌고 라르디슈는 가까스로 천도해 목을 보전했다. 그들은 그 뒤에야 저희의 선전을 배웠다.

제 나라는 평생을 난폭한 올곧음으로 살아와 다들 그 한길을 인정하는 동네 불량배와 같다. 그 의심 많은 딤니팔이 외르타 하나를 쥐었다고 전쟁을 치를 기쁨에 날뛰는 것을 보면 자신들이 얼마나 '올곧았는지를' 짐작하고도 남음이다.

발터는 다시 시선을 올려 유리 위 얼굴을 빤히 바라보았다. 외르타. 굴라르모. 뤼페닝. 레스트왈. 생각할 거리가 지나치게 많았다. 만사가 말 한마디로 이루어지면 좋으련만, 모든 권력을 쥐고도 하지 못하는 일들은 아직도 허다히 남아 있었다. 신이 아닌 이상 별수 없다. 이를 예상하고 올라왔음에도 여태껏 억울해 하는 자신이 가소로웠다. 말 한마디로 모든 것을 일으킬 수 있다면 참 아쉬울 것이 없겠는데. 한 나라의 왕이 되어서 지껄이는 이런 유아적인 발상이 그저 웃겼다.

너무 간절해서 그렇다.

그는 변명했다.

이미 일어난 일을 돌이킬 생각은 없었다. 그러나 제가 현실적인 전능함을 가졌더라면 최소한 스스로 그녀와 했던 약속만큼은 지켜 낼 수 있을 것이다. 전자가 과거라면 후자는 현재.

아니, '현재' 였다고 생각했다. 지금에 이르러서는 모두 끝났다. 전자도 후자도 이제 전부 사라졌다.

외르타, 듣지 않아도 네가 무슨 소동을 벌였는지 알겠다. 그 깨달음으로 내가 미안하다. 내 멍청한 제안을 사죄한다. 나는 그 사람과의 약속을 기억하는 종자라 네게 도주를 제안할 수밖에 없었다. 그를 거절한 것이 스스로 이를 갈고 있었기 때문이라는 사실을 이제 안다. 그래. 차라리 그것이 나았겠다. 그것이 네 자존심이었을 수 있겠다. 딤니팔로 넘어간 네게 화는 나지만, 끝내 인정하겠다. 내 인정이다. 너는 잘했다.

그것은 우리의 존경하는 동기에게서 옮겨붙은 불인가?

그는 고개를 숙였다.

한참의 정적이었다.

왼쪽 검지 끝이 자리자리하게 아파 왔다. 평생 쥐어 본 적 없는 바늘이 어느새 잔뜩 꽂혀 있는 느낌이었다. 피부 한 땀 남기지 않고 교묘히, 수천 개로, 자비 없이 관통한. 움츠렸더니 손바닥까지 찔렀다. 부끄럽게도, 그 순간적인 고통에 소리 내어 숨을 들이켤 뻔했다.

아무래도 그 사람이 마지막으로 쥔 자리인 것 같다.

미친놈이라는 욕설은 이제 나오지도 않고, 필요도 없었다. 어차피 자신은 자신이었다. 부정하지 않는다.

발터는 어쩐지 지금 자신에게 여인이 필요하다는 생각이 들었다.

"한 시진 내로 두 손을 올리겠습니다. 처분해 주십시오."

그 낭창낭창한 곡선에서 손이 떨어져 나간 모양은 묘하게 그의 심기를 거슬렀다.

블랑쉬는 본궁에서 칼을 들 수 없기에 곁에 있는 어수대의 본산으로 향했다. 연락도 없이 지정된 자리를 이탈한 것에 오른손, 자의로 판단한 것에 왼손이다. 본산에 상세 보고를 하러 온 어수대원이 남아 있기를 바랐다. 왼손은 자신이 한다. 그러나 오른손, 저와 같은 자들이 아니라면 단박에 오른손을 끊어 줄 만한 사람이 없었다. 걸음은 빨랐다. 이리될 줄 알고도 비사 오필라까지 찾아왔다. 그것만이 왕의 종복된 어수대의 의무이기 때문이다.

그는 누군가 뒤에서 저를 헐레벌떡 쫓는 느낌에 긴장했다. 왕을 독대함에 감히 암기를 들었을 리가 없다. 이런 무방비한 맨몸이 참 오랜만이라 온 신경이 곤두섰다. 그녀는 천천히 셋을 셌다. 하나. 둘. 셋.

다음 순간 그녀의 손에 쥐인 것은 누군가의 목이었다. 전시종으로 보이는 어린 소년이 짜증스레 헛기침을 내뱉었다. 목이 쥐인 채로 헛기침을 내뱉으니 사레는 당연한 것. 몇 번이나 이어 터지는 기침에 블랑쉬는 손을 놓았다. 소년은 죽는 시늉을 하다가 획 고개를 들어 그녀를 바라보았다.

"블랑쉬 젤로, 폐하의 전언을 받드십시오."

"돈수재배코 귀함貴函을 듣겠습니다."

소년은 짧은 말임에도 정확을 기하려는 듯 입속에서 여러 번 읊조렸다. 블랑쉬는 초조해 하지 않았다. 소년은 다섯 번쯤 홀로 되새긴 뒤에야, 가까스로 내뱉었다.

"양손과 밤 중에 고르라."

그녀는 그 후한 제안에 놀랐다.

외르타는 잠에서 깨어났다.

이상한 꿈을 꾸었다.

그녀에게 있어서 이상한 꿈이란 현실적인 꿈, 현실과 밀착된 꿈이었다. 방금 전 자신이 꾼 꿈은 드물게도 제 현재와 너무 촘촘한 상관이 있는 몽상이었다. 꿈에서 발터를 보았다. 나는 네가 불임인 것을 잘 안다고 지껄이고 갔다. 팔 년 전에 본 것이 마지막이니 지금은 그리 붉은 얼굴도 아니련만, 제 기억에서만큼은 분명 새파란 젊은이로 나타났다.

잠깐 현실과 꿈을 구분하지 못하고 벌떡 일어섰다. 덜 깬 머리로 옵타토 경이 어디 있는지를 눈으로 좇아 보았다. 이내 외르타는 그녀가 이미 자신의 소영지에서 하차했다는 사실을 깨달았다. 그리고 아직까지 자신에게는 옵타토 경만 한 권위의 호위 기사가 배정되지 않았다. 그 판단과 건물 바깥까지 달려 나가는 모양은 거의 한 가지 동작처럼 보였다. 길을 반 이상 가로질렀을 때야 그녀는 약간 정신을 차렸다. 외르타는 중간에 우뚝 멈추어 서 다시 제 방으로 돌아가야 하나 고민했다.

내키지 않았다. 칼을 뽑았으면 무라도 베라고, 이미 뛰쳐나왔으니 그에게 가서 몇 마디 질문을 하고 와야겠다는 생각을 했다. 그녀는 결정한 뒤 가볍게 뛰어가 소리 한번 죽이지 않고 계단에 올라섰다.

문은 열려 있었다. 외르타는 항상 무언가가 한 아름씩 쌓여 있던 그 책상이 씻은 듯 깨끗하자 약간의 의혹을 느꼈다. 그러나 그 옆, 가벼운 성장 차림의 발렌시아는 자신이 의혹을 느끼기에는 너무 지나친 일상처럼 보였다. 그녀는 그에 힘입어 담백하게 물었다.

"발렌시아 경, 전쟁이 일어나지 않을 시 내 처분이 어떻게 되는지 당신은 아나?"

"……왕도에 가 폐하께 여쭈어 보십시오."

"전쟁 발발에 대해선 그리 신나게 이야기하더니……."

"당신이 기침하시면 떠나려 했습니다. 여장이 얼마 없으신 줄로 압니다."

그녀는 어리둥절해졌다.

"어?"

"밀-아단에서 오스페다까지는 군대가 들어갈 수 없습니다. 오직 폐하께 보고할 의무를 가진 고위 사령부만이 출입할 수 있습니다."

"고위 사령부? 사령부에 남은 기사가 몇 없잖나?"

"예. 더불어, 남아 있는 기사들은 한미한 가문의 일원이기에 군사를 방기하고 폐하를 알현할 수 있는 자격이 없습니다. 또한 폐하께서 재촉하……."

"경, 내게 말을 타라고 하지는 않았으면 좋겠다."

긴 한숨 같은 말이었다. 지금 그의 말은 뻔했다. 왕도에는 당신과 나만 가야 한다. 군대는 안 된다. 마차까지 끌고 갈 우스꽝스러운 여유는 없다.

"당신은 저번 밀레비스 당시 분명 말에 오르셨습니다. 저는 당신이 말을 몰 수 있다고 판단했습니다. 승마의 능숙함과는 상관이 없는 이야기입니다."

"……."

"리베들께서 쓰시는 가장 온순한 말입니다. 말에 오르시기만 하면 됩니다."

"……."

"정 꺼리신다면 제가 당신을 모시는 수밖에 없습니다. 하지만 이것이 당신을 더 언짢게 할 것이라 생각합니다."

"내가 말 타면 엄청 늦어질 텐데……."

"당신이 직접 말에 오르시는 방법이나 제가 모시는 방법이나 속도는 다르지 않습니다. 그것을 예상하고 이처럼 이른 아침에 밀-아단을 떠나자는 말씀을 드리는 것입니다."

요청은 번복되기 힘들 것이다. 외르타는 우울하게 판단하고는, 잠에서 깬 뒤 이곳으로 달려올 것이 아니라 그대로 도망쳐 버릴걸, 하고 후회했다.

"일단 그 온순하다는 녀석 좀 보자."

그는 몇 장의 종이를 반듯이 접어 제 품에 넣은 뒤 방을 나섰다. 외르타는 한숨을 푹푹 쉬며 그 뒤를 따랐다. 그녀는 얼마 지나지 않아 건물 옆 귀퉁이에서 햇빛을 맞아 반지르르한 백마를 발견했다. 그 옆에는 믿기지 않을 정도로 자유롭게 주인을 기다리고 있는 붉은 말이 있었다. 그것은 종종걸음으로 다가오기 시작했다. 외르타는 순간적으로 저것이 자신을 향해 걸어오나 싶어 눈썹을 치켜 올렸다.

그들 사이가 몇 걸음으로 좁혀지자, 갑자기 외르타가 성큼 걸어갔다. 다음 순간 그녀의 손이 절로 올라가 말을 멈추었다. 애초에 흥분한 일도 없는 적마였지만, 그 부드러움에는 노련한 말조차 주인이 아닌 자를 따르게 만드는 힘이 있었다.

말이 자신을 바라보았다. 정직한 검은 눈이 어릴 적 제가 종종 훔쳐 탔던 리볼텔라의 흑마와 많이 닮았다. 제 기억에서 빼돌린 듯한 이 말은 콧김조차 없이 그저 가만히, 가만히 그녀의 손을 받아들이고 있었다. 동물과의 친화력 따위라 일컫기에는 그 손의 동선이 너무 정확했다. 종이에 묘사된 듯한 정확성으로 말을 매만지고 있는 것이다.

잠깐 고개를 돌리자, 발렌시아가 미심쩍은 눈으로 그녀를 바라보고 있었다.

"말을 못 탄다는 것까지 거짓이셨습니까?"

"진짜야."

"제 말을 쓰셔도 됩니다."

"못해."

침묵은 어처구니가 없다는 의미였다. 외르타도 그런 그를 이해하지 못하는 것은 아니었다. 이런 능숙함은 말에 오랜 시간 몰두해 온 기수나 보일 수 있는 손이었기 때문이다. 하지만 외르타는 자신이 할 수 있는 것이 이에서 그친다고 항변하고 싶었다. 멈출 줄 알면, 달래고 가라앉힐 줄 알면 무엇 하나? 오르기만 하면 죄다 엉망진창으로 잊는 것을. 자신은 차라리 큰 개를 골라 타고 가는 것이 더 나을 것이다.

외르타는 적마를 놓고 자신에게 주어진 흰 말에 다가갔다. 왕국에 있을 때에는 저것과 같은 백마를 가장 싫어했다. 그들에게 특별한 흠결이 있어 그런 것이 아니라, 귀부인들에게 주어지는 말이란 항상 저 모양이라 미안한 편견을 가지고 있던 것이다. 물을 잔뜩 먹은 듯 못 달리던 멍청함.

물론 지금에 와서 달릴 걱정 따위는 조금도 할 필요가 없다.

"손이 필요하십니까?"

"괜찮아."

그녀는 등자를 밟고 단박에 올랐다. 발렌시아는 그 노련함이 점점 더 의심스러운 모양이라, 그녀가 올라간 그대로 떨어질 것이라고는 상상도 못한 듯했다.

외르타는 헉 소리도 못 내고 옆으로 고꾸라졌다.

발렌시아는 간신히, 정말 간신히 그녀를 부여잡을 수 있었다. 외르타는 비명을 삼켰다. 눈앞이 아찔한 공포도 공포려니와, 아슬아슬하게 기운 상태에서 팔이 잡히자 정말 살이 고스란히 끊어질 것처럼 아팠기 때문이다. 그 역시 그것을 깨달았는지 그 상태에 머무르지 않았다. 기운 그녀를 잡아당기고는, 그대로 붉은 등을 눌렀다. 외르타는 한숨을 쉬며 말의 목덜미에 붙었다. 무언가가 제 다리 쪽을 지분대며 꽉 졸라매는 것이 느껴졌다.

발렌시아는 그녀의 양쪽 다리 모두를 정강이까지 고정시킨 뒤 말을 잡아탔다. 외르타는 숨도 못 쉬고 갈기에 이마를 박고 있었다. 그가 몸을 숙여 제 허리까지 붙들어 매기 시작하자, 그녀는 기어이 분통이 터져 이를 갈았다.

"젠장."

그가 물러났다.

"움직여 보십시오."

그녀는 허리를 천천히 세웠다. 말에 탔을 때 반드시 머리를 묶곤 했던 기억을 되새겨 애써 손을 들어 올리려 했다. 고정되었으니 흔들려도 떨어지지는 않겠지. 앙히에가 제 물건을 남기고 간 것이 이를 위한 안배라고 생각했다.

그러나 두려움에 손이 올라가지 않았다. 묶여 있어도 어떤 식으로든 곤두박질칠 것만 같아 무서워 견딜 수가 없었다. 외르타는 세 번의 시도 끝에 시야를 포기했다. 아예 눈을 감은 채, 아래를 보지 않고 손을 들어 머리를 감싸 보자. 하지만 결국 마찬가지였다. 보이지 않아도 그 까마득함이 상상되어 도저히 팔을 올릴 수가 없었다.

그녀는 주먹으로 말을 내리쳤다.

발렌시아는 놀라 모둠발을 떼려는 말을 진정시켰다. 외르타는 감히 말에서 손바닥을 뗄 생각조차 못한 채 그 갈기에 웅그리듯 붙었다.

"이…… 멍청한……."

"외르타, 큰 낙마 사고를 당하신 일이 있습니까?"

"조금……."

"기수가 되어 낙마의 경험이 없는 이는 없습니다. 어린 나이에 말을 배우는 딤니팔의 기사들은 모두가 수개월이 넘도록 온몸이 바스러질 정도입니다. 여인을 기사와 비교하는 것은 물론 죄송한 일입니다. 하지만 방금 전 말을 다루던 당신의 모습에서 유추하건대 기사 중에서도 그 기술을 따를 자는 얼마 안 될 것입니다."

"난……."

"쥘부아 강이 승마 초심자를 위한 음박음악 박자을 지킨다는 사실을 아실 겁니다. 중앙 삼국 공통으로 기사 교육에 쓰는 것으로 알고 있습니다. 그를 헤아리시면 도움이 될 겁니다."

"절대 안 해!"

"당신은 약점 아닌 것이 무엇입니까?"

외르타는 어깨를 크게 떨며 숨을 쉬었다.

"제 무지를 사죄드리겠습니다. 하지만 이전에도 하셨던 일을 다시 하지 못하실 것이라고는 생각지 않습니다."

"아…… 모르겠다. 당신이 쥘부아를 지껄여서 지금 더 불편해. 토할 것 같아."

"……."

외르타는 고민했다. 내가 과연 절박하지 않은 상태에서도 말을 몰 수 있을까? 아니, 이 자리에서 몸을 일으킬 수 있기는 할까? 이 같잖은 높이를 언제까지 까마득하다고 느낄 텐가?

이제 다 끝났잖아.

전부 끝났는데…….

그 순간, 제 붉은 천이 확 뜯겨 올라갔다.

제 어깨가 동시에 우두둑 깨져 나가는 기분이었다. 외르타는 선뜩한 느낌에 기겁하여 상체를 들었다. 햇살을 마신 적색이 앞으로, 한참이나, 높이 비껴 올라가 있었다. 눈이 부셔 감히 응시할 수조차 없는 붉은 한숨. 이 자리에서는 도저히 잡을 수가……. 그녀는 순식간에 말을 몰아 천을 와락 끌어안았다. 허파가 꺼져라 한숨을 쉬었다.

외르타는 아이를 껴안은 채 거의 증오까지 담아 발렌시아를 노려보았다.

"당신, 지금……."

"……."

"감히……."

외르타는 날 선 맹수처럼 그를 노려보았다. 발렌시아는 그저 무덤덤했다. 조금의 동요도, 사죄도 없이 차분했다. 때문에 그녀의 노여움은 의외로 짧았다. 외르타는 제 화가 발렌시아에게 미치지 않으리라는 사실을 깨닫자마자 시선을 돌렸다. 그렇다고 온순해진 것은 아니다. 손이 투박하게 움직여, 풀려난 붉은 천을 졸라매고, 졸라맸던 허리를 풀어내기 시작했다. 순식간에 온 고정이 떨어져 나갔다. 그녀는 몸을 숙여 정강이까지 물린 왼쪽 다리에 자유를 주었다.

발렌시아는 그때 즈음 사태의 심각성을 알아차렸다. 그는 어쩔 수 없이 다시 하마해 그녀의 손이 닿기 시작한 오른 다리로 다가갔다. 오른쪽 고정을 푸는 것을 막기 위한 실랑이가 잠깐 벌어졌다.

"위험합니다."

"나보고 말을 몰라고 그따위 짓을 한 거 아닌가? 해 줄 테니 비켜."

"방금 전까지 몸을 일으키지도 못하셨잖습니까."

"십칠 년을 말 위에서 살았는데! 설마 죽기라도 하려고!"

"너무 위험……."

그녀는 자신을 말리는 그의 힘을 이기지 못하고, 전조도 없이 짜증스레 말을 박찼다. 그녀의 오른쪽 종아리는 여전히 고정된 상태였다. 발렌시아는 그나마 그 약소한 안전이 보장되었다는 사실에 안심하며 제 말에 올랐다. 그러나 그 안도도 순간, 그는 그녀가 앞만 보고 '달리며' '몸을 기울여' '한 손으로' 오른 다리까지 풀어내는 것을 보고 온몸이 확 가라앉는 것을 느꼈다.

저게 말이나 되는…….

기다릴 겨를도 없이 속도를 올렸다. 방금 전 가만히 선 말 위에서도 손을 올리지 못하던 외르타는, 이제 달리는 말 위에서 머리를 묶고 있었다. 허리를 낮게 숙인 채, 흔들리는 손으로. 발렌시아는 그 정신 나간 행동을 보며 잇새에 힘이 들어가는 것을 느꼈다. 따라잡은 뒤 억지로 끌어내려서라도 저 미친 짓을 말릴 것이다.

앞서 가던 외르타는 바람을 맞으며 인상을 찌푸렸다. 반사적인 행동이었다. 막고 있던 둑이 터진 느낌이다. 두꺼운 철판처럼 자신을 저지하던 공포가 뽑혀 나가자, 드디어 나타난 여상스러움. 그 옛날의 여상스러움. 머리에 담아 두지 않았으나 몸이 기억한 듯 바람이 가벼웠다.

그러나 외르타는 얼마 앞서 나가지 못했다. 징발된 대로를 채 벗어나기도 전에 누군가가 옆으로, 큰 새가 날아 붙듯 닥쳤다. 외르타는 그가 무슨 행동을 하는지 똑똑히 보면서도 어찌 막을 수가 없었다. 얼굴에서 핏기가 빠졌다. 설마 말을 찌르려고? 질주라고 할 정도의 속도는 아니지만 그래도 쾌속으로 달리는 마상이다. 짧은 검이라 해도 이 와중의 섬세한 조율은 도무지 말이 안 되는 일. 근육을 자칫 잘못 찔렀다가는 내가 그대로 고꾸라지는…….

그의 손이 움직였다.

말이 물에 잠기듯 서서히 느려졌다.

외르타는 적이 탄 말을 잡는 모양으로 속도를 짓누르는 그에게 완전히 질려 버렸다. 변명의 여지없이, 제가 말을 거칠게 몰자 달려와 냅다 찍은 것이다. 그녀는 분통이 터져 그를 돌아보았다. 그가 경고했다.

"멈추십시오."

사실 이쯤 되면 제 백마는 고삐만 틀어쥐고도 세울 수 있는 저속이었다. 칼로 말을 감속시킨 사람으로서는 기이할 정도로 온건한 요청이 아닌가.

"이 속도로도 해가 지기 전에 도달할 수 있습니다. 당장 멈추십시오."

외르타는 두 번 무시했고, 발렌시아는 세 번 경고하지 않았다. 그는 고삐를 낚아챘다. 점점 느려지다가, 기어이 우뚝 섰다. 외르타는 그 서늘한 얼굴을 보며 방금을 상기해 낼 수 있었다. 그러자 달리는 동안 멈춰 두었던 화가 터졌다.

"달리라는 것 아니었어? 그 짓거리를 해 놓고 내가 침착하기를 바라! 감히! 당신의 역할은 분실된 물건을 돌려주는 것으로 다 끝난 거다! 이제 이건 건드리지 마! 발렌시아 경! 다시는 손대지 마라!"

그가 무언가에 지독히 놀란 것처럼 눈을 내리깔았다. 외르타는 발렌시아가 무엇에 대경했는지 알고 싶었지만 그의 시선이 닿은 곳은 그저 마른 겨울 땅이었다. 그는 스스로를 가다듬듯 미간을 좁히다가, 그것을 채 끝맺지도 못한 채 가까스로 그녀의 노한 눈을 마주했다.

"죄송합니다. 제 행동에 관해서는 후일 충분히 사죄드리겠습니다."

외르타는 그의 진지한 얼굴을 보자 갑자기 뒤로 나동그라진 것 같았다. 화를 낼 기운이 없었다. 감히 아델을 건드린 자를 자신이 무슨 아량으로 인내하겠다는 것인지 가늠할 수가 없다. 그러나 노성을 터뜨리려 해도, 그것 역시 어쩐지 가능한 일처럼 생각되지 않았다. 전속력으로 달려가다 딱 한 번 정지했다. 그녀는 물 맞은 불처럼 어수선한 표정으로 그를 바라보았다.

"그래도 과하셨습니다. 지지할 것이 없는 마상은 당신에게 있어선 자살행위입니다. 다시는 만용을 부리지 마십시오."

"난 항상 그렇게 몰았어."

"언제 적의 항상인지 저는 알지 못합니다. 하지만 지금의 당신은 분명 힘이 부족합니다. 뒤에 선 제 눈에도 다릿심이 부족하신 것이 명확히 보입니다. 구태여 그런 묘기를 부리지 않으셔도 기마술에 뛰어나시다는 것은 잘 알겠습니다."

"긴 머리가 거슬리는데 그럼 뛰자마자 멈춰야겠니?"

발렌시아는 답할 가치를 느끼지 못한 듯했다. 대답 없이 말에서 내려, 자신이 찌른 백마의 상처에 무언가를 댔다. 피가 조심스레 스며 들어왔다. 어쩐지 저 시큰둥함이 풀 죽은 모습처럼 생각되어, 그녀는 결국 떠밀린 듯 한숨을 쉬었다.

저자는 이처럼 다루기 힘든 사람을 무슨 생각으로 솔 미라이예에 들인다 우겼는지 모르겠다. 속으로는 벌써부터 후회하고 있을 것이다. 외르타는 자신이 그곳에서 석 달 이상 버틴다면 스스로가 더욱 놀랄 것이라고 생각했다. 자신도 그도 서로가 불편하기는 마찬가지니까. 그녀는 몇 년이 지나도 그의 손에 경기를 일으킬 사람이었다. 아무리 쉽게 마주하지 않는다 한들 스스로를 악인 취급하는 여자를 같은 집에 두고 오래 인내할 수 있겠는가? 대단히 회의적이다.

발렌시아는 응급처치를 끝내고 다시 말에 올랐다.

"속보 이상으로 빠르기를 올리지 마십시오. 어차피 다친 말이라 버티지도 못할 것입니다."

외르타는 그가 이것을 의도하고 칼을 찔러 넣었다는 사실을 깨달았다. 말을 감속시키는 여러 방법이 있음에도 꿋꿋이 단검을 들어 상처를 만든 이유. 오스페다까지 제 속도를 묶어 두려 한 것이다. 강제는 분명 강제건만 너무 능숙한 힘이라 잘 와 닿지도 않았다.

그녀는 고개를 저으며 제 말을 툭툭 쳤다. 말은 모욕에 상심한 양 터덜터덜 걷기 시작했다.

외르타의 기분도 사실 비슷했다.

외르타는 오스페다에 발을 들이며 조금도 놀라지 않겠다고 생각했다. 가장 큰 이유는 결국 자존심이다. 숄렘 노트란트에서 나 생 로욜에서 바닥을 본 자신이 중앙 삼국의 나머지 한 수도에 과연 놀랄 수 있겠는가?

숄렘 노트란트. 서부의 오팔. 게외보르트 왕족인 자신에게는 명실상부 세상에서 가장 아름다운 도시였다. 대륙 유일의 신전이 왕에 대한 숭배로 빛을 밝히는, 한 주먹 쥔 색색가지 보석이다. 세상 그 어떤 곳도 숄렘보다 밝지 못하다는 사실을 외르타는 잘 알았다. 그리고 생 로욜. 생각하면 일그러진 미소가 나지만, 그래도 그 창창한 화려함만큼은 인정할 수밖에 없다. 숄렘이 뾰족이 선 북방 침엽수라면 생 로욜은 넓게 펴진 남부의 바다. 노을 삼킨 잔잔한 반짝임과 진한 향기가 일렁이는, 결국 그곳의 모든 것은 남부적 나른함의 표상이었다.

그처럼 온갖 특징들을 두 도시가 절반씩 쪼개어 가져 더 이상의 아름다움이 남아 있지 않을 것이라 생각했다. 설혹 오스페다가 가장 오래 묵은 왕도의 위엄을 내세우더라도, 그 위엄은 이미 충분히 맛보아 질린 화려함에 불과하리라. 그러니 자신은 놀라지 않을 것이고, 놀란다 하더라도 끝끝내 감추리라 결심했다.

"외르타."

발렌시아가 재촉하듯 불렀다. 그는 성문 앞 긴 줄을 무시한 채 즉각적으로 대수문의 수장을 불러냈다. 그런 뒤 몇 마디 대화도 나누지 않고, 당연한 권력을 이용하듯 그대로 말을 몰아 들어가려는 것이다. 외르타는 그의 무관심한 일상을 보며 입술을 꾹 깨물었다. 무관심한 일상이라니. 이런 곳의 무관심한 일상. 오스페다의…….

오스페다. 이것이 진정 사람 손에서 이루어진 성인가.

"외르타, 기다리는 자가 많습니다."

앞선 두 수도가 번화한 도시라면 오스페다는 전설 속의 성이었다. 이 정도로 구식인 모양을 평생 본 일이 없을 정도로, 과거를 결집시킨 태곳적 숨. 그녀는 자신이 이 성을 묘사할 수 있다는 생각은 감히 하지도 못했다. 인간이 만든 성이 아니니 인간의 평가가 필요하지 않을 것이다.

누군가 제 말을 잡아끌었다. 머리 위로 대수문의 그림자가 지나갔다. 속이 메슥거렸다.

"왜……."

발렌시아는 돌아보지 않았다. 그녀는 다시 한 번 제대로 된 말을 뱉어냈다.

"왜 이렇게 하얀……."

"……."

"해묵은 성이 이렇게 깨끗한 게 신기하네……."

"잘 들리지 않습니다. 대낮의 삼곽이 고요할 리 없습니다."

외르타는 간신히 많은 감탄을 삼켰다. 슬슬 이 하얀 광경에 익숙해지고 있었으니 그에게 괜히 놀란 모양을 보이고 싶지 않았다. 더군다나 이곳은 평민들이 허다히 오가는 삼곽. 자신에게도 익숙한, 모두에게 지독히 평범한 하루였다. 하얗디하얀 성만큼은 감탄할 만했지만 그 경탄조차 무덤덤한 일상에 해졌다.

그녀는 제 뺨을 몇 번 누른 뒤 발렌시아 옆으로 말을 몰아갔다. 오스페다에 대한 이야기는 이제 결코 꺼내지 않으리라 결심했다.

"발렌시아 경, 당신 왜 이렇게 일반인처럼 지나가나? 어쨌든 개선이잖아."

"큰 의미가 못됩니다."

"포티미의, 오르셰에즈, 라쥐모르 상권, 르주뢰 협정 파기……."

"당신이 자랑스러워 해야 할 업적입니다."

외르타는 농담에 웃어 주려 했으나 순간적으로 그가 농담을 한 역사가 없다는 사실을 깨달았다. 옳다. 저것은 농담이 아니다. 농담이 아니라면 헛소리일 수밖에 없기 때문에, 그녀는 그것을 헛소리로 납득했다.

그녀는 발렌시아가 이 대접에 불만이 없다는 사실에 정말 놀랐다. 물론 앙히에보다 공명심이 적은 사람이라는 사실은 일찍이 깨달은 바지만, 이것은 상식선의 문제였던 것이다. 일 년 반 동안 전쟁을 치르고 온 총사령관이 아무 마중도 없이 개선한다고? 굴라르모 4세가 이토록 야박한 자라던가?

외르타는 그것을 따져 묻고 싶었지만 발렌시아가 이수문의 경비병을 들볶기 시작하자 그만두었다. 그는 따라오라는 말도 않고 먼저 문을 지났다. 그녀는 또 터덜터덜 좇을 수밖에 없었다. 길 찾기는 참 쉬운 성이다. 모든 구역이 잘 그린 그림처럼 딱딱 맞아떨어져, 도시가 아닌 흰 예술품 같다는 생각이 들었다.

이수문의 그늘 아래서 발렌시아가 먼저 말에서 내렸다. 외르타는 그 모양을 따라했다.

"합하閤下."

외르타는 제 뒤에서 들린 그 목소리가 무엇을 칭하고 있는지 알아들을 수 없었다. 자신이 쓰는 공용어에는 없는 단어다. 그러나 발렌시아가 몸을 돌려 제 쪽을 바라보자, 그녀 또한 순간적으로 깨달았다.

"합하."

"내가 온다는 것을 어찌 알았나?"

"폐하께서 솔 미라이예에 직접 연통을 보내셨습니다. 간만에 뵙는 자리에 못난 말씀을 먼저 올리는 점은 죄송합니다만…… 차라리 오시지 않는 편이 나았을 정도로 현재 꼭대기 층 상태가 말이 아닙니다."

"어디가 문젠가."

"이외에도 많습니다만 우선 카타네오와 운라쿰이 아직까지도 죽는 소리를 내고 있습니다. 합하께서 포티미외의 총사이신 걸 그 돌대가리로 이해는 하고 있냐고 꾸짖어도 막무가내입니다. 이래서야 시정잡배가 따로 없습니다."

"전장까지 서류를 보내왔지 않나. 내 결재했다."

"그 스무 배 정도 된다고 보시면 됩니다."

"……."

"전쟁 관련하여 남은 일이 많으신 것, 이제 폐하를 뵙고 다시 배로 많아지실 것 소인도 잘 압니다만…… 이미 총체적 혼란입니다. 소인의 의견으론 서류는 나중에, 먼저 소영주들을 하문하셔야 한다고 봅니다. 합하께서도 꼭대기 층 서류를 보시면 그리하지 않고는 못 배기실 겁니다."

"……."

"합하, 바로 잉그레로 출타하실 겁니까?"

폭풍처럼 말하던 사람이 질문과 함께 걸어 나왔다. 공손하지만, 드디어 제 모든 일을 떠넘길 수 있어 기쁜 듯한 초로의 남자였다. 외르타는 발렌시아의 얼굴이 불쾌한 듯 묘하게 일그러져 있다는 사실을 깨달았다. 듣기만 해도 피곤한 모양이다.

"그래. 바로 간다."

남자는 기다렸다는 것처럼 그에게 가까이 다가와, 두 손으로, 숙인 제 머리보다 높게 무언가를 올렸다. 각진 보관함이라 그 안에 무엇이 들었는지 알 수 없으나, 물건 하나에 그런 공경을 바치는 모양은 식전 왕관을 올리던 신관과 다르지 않았다.

발렌시아는 한숨을 쉬며 어떤 것을 잡아 올렸다.

푸른 천이었다. 공단? 전혀 아니다. 비치지는 않지만 그처럼 두껍지도 않다. 모슬린 혹은 글로리아, 아니, 그 모든 것을 자아내는 소모사梳

毛絲일 수도 있겠다. 빛을 전부 삼키는, 약간 긴 푸른 바탕에 흰 문양이 뜨여 있었다. 자라다 엉킨 두 나무 같은 도안이다. 저것과 꼭 같은 것을 발렌시아의 잉그레 표장에서 본 일이 있었다.

그가 그것을 둘렀다.

'둘렀다'는 말로밖에 설명할 수가 없었다. 외르타는 분명 그 가까이 서 있었는데, 그럼에도 불구하고 그 손이 어떻게 움직였는지 도저히 볼 수가 없었다. 볼 수 없다. 보지 못했지만, 분명 움직였다. 그 간단하고도 복잡한 손이 끝나자 보이는 것은 어깨선과, 뚝 떨어진 견갑골까지 짧게 흐른 고상함. 묶인 모양을 보고 나니 그 매듭을 추측하는 일이 더 어렵게 느껴졌다. 매듭인가? 아니, 매듭이 아니다. 과연 묶인 것일까? 걸친 것인가? 혹 얹힌 것은 아닌가?

"누프리, 같은 것으로 하나 더 준비해라."

"준비하겠습니다만, 체칼라스가 더 필요하신 이유를 모르겠습니다."

"객을 맞을 것이다."

"오……. 몇 번째 고리에 머무르시게 됩니까?"

발렌시아는 답하지 않고 외르타를 빤히 바라보았다. 그녀는 당황했다. 내가 무엇을 알아야 답하지. 그녀는 자신이 그만큼 당황했다는 사실에 더 당황했지만, 그것은 이내 저보다 더한 경악에 묻혀 버렸다.

"저분이십니까?"

"그래."

"제가 알지 못하는……."

"그만."

"죄송합니다. 소인이 미욱해 혼잣말을 지껄이고 말았습니다."

"답해라."

"체칼라스는 물론 준비할 것입니다. 한데 저분은 제가 뵌 적이 없으니, 아마 솔 미라이에를 잘 알지 못하는 분이실 것이라 생각합니다. 머무실 곳은 후일 직접 와서 보시지요."

외르타는 어설프게 고개를 끄덕였다. 갑자기 머리부터 발끝까지 초조해지기 시작했다. 미라이에의 객이 가벼운 무게일 것 같지는 않았지만, 그것은 다분히 '공작가'의 객이기 때문이라고 생각했다. '객'이 중요하다고 생각지 않은 것이다. 한데 '객'이라는 말 하나에 공작의 솔정마저 충격을 받자 갑자기 덜컥 긴장이 되었다.

그저 손님일 뿐이라 여겼다. 실제로도 외르타는 자신이 저택에 머무르며 주인의 환대를 받는 방문자쯤 되지 않겠느냐고 편히 생각하고 있었다. 더불어 체칼라스도 단지 귀족의 표지 중 하나일 것이라 짐작했건만, 왕관과도 같이 저토록 굴종하는 경애가 섬뜩했다. 무언가 이상하다. 딤니팔 기준으로 사고하지 못한 내 잘못인가?

"너는 이제 돌아가 꼭대기 층을 열어라."

"직접 여셔야 합니다만……."

"분주하니 형식 차릴 겨를이 없다. 집무실 열고, 입구에 쌓인 것들 모두 사안별로 분류해 두어라."

"지금 솔 미라이에에는 저와 아레초와 발폼 셋밖에 없습니다. 불가능합니다."

"하는 데까지 해."

남자는 깊은 한숨을 쉬더니 그제야 제 공작에게 허리 굽혀 인사했다. 아직까지 왕의 인가가 없으리란 것을 짐작했는지 외르타에게 예를 표하지는 않았다. 남자는 발렌시아의 말과 그녀의 말을 모두 회수하여 삼곽 쪽으로 나갔다.

외르타는 사선에 몰린 듯 발렌시아를 바라보았다. 방금 전까지는 분명 한 명의 기사였건만 돌연 공작이라는 칼을 하나 덧쓴 느낌이었다. 자신은 분명 왕가의 딸이나, 지금에 와서는 아무런 밑바탕도 없다. 핏줄은 허망한 자부가 될 것이다. 그녀는 상대의 힘에 묘하게 짓눌리는 느낌이 들었다. 그런 자신에게 화가 났지만, 어쨌든 이것은 자리 붙일 곳 없는 망명자에게 있어서 참 타당한 소외감이었다.

"외르타, 먼저 말씀드리지 못해 죄송합니다. 왕도에 도착한 즉시 입궁하라는 폐하의 명이 있으셨습니다."

"아…… 그래. 발렌시아 경……. 공작? 미라이예 공이 나을까?"

"익숙한 쪽으로 부르십시오."

그녀는 이유도 모른 채 약간 웃었다.

발렌시아는 몸을 돌려 이수문을 지났다. 그녀 역시 그 뒤를 성큼성큼 따라갔다. 눈이 자꾸만 그의 어깨 쪽으로 비껴 내려가려 했다. 아직 어두워 제대로 보이지는 않지만, 그래도 체칼라스가 궁금했다. 물론 그 어깨에 머무른 시선은 그리 오래가지 않았다. 외르타는 문 그림자를 쓸어 넘기며 숨을 삼켰다.

"와."

오스페다의 이수문 안이라면 결국 딤니팔 최고 귀족들의 거처. 평민이 드나드는 삼곽과는 차원이 다른, 적어도 귀족가의 봉공奉公을 위한 아랫사람이 되어야 발을 들일 수 있는 문턱 높은 장소다. 외르타는 옹기종기 모인 저택을 보며 감탄했다. 흰 공예 안에 색색의 수석들이 담겨 있는 모양이었다. 모아 보면 아기자기하건만 희한하게도 하나하나 또 저만의 아름다움이 있는 것처럼.

그녀가 판단하기에 오스페다의 이곽과 지금껏 자신이 겪어 온 귀족의 저택에는 근본적인 차이가 있었다. 범상한 건물은 아무리 화려해도 사람이 지어 올렸다는 인상을 줄 수밖에 없다. 그러나 이곳, 오스페다에서는 인공미라고는 한 점 찾아볼 수가 없었다. 흰 바닥과 벽의 경계가 잘 보이지 않았다. 화려하지는 않지만, 그저 본시 있었던 배경처럼 그림 같았다. 숄렘 노트란트보다는 차라리 이 자리가 신의 수호를 받고 있다고 말하는 편이 더 믿음직하리라.

이곽 안 모든 건물이 왕도의 땅에서 한 핏줄로 태어난 느낌이었다. 그녀는 저택과 성이 함께 지어진 것은 아닌가 하는 불가능한 상상을 했다. 그만큼 조화로웠고 그만큼 인간의 기술로 보이지 않았다. 이는 사람이 세운 것 같지 않은 이 흰 성과 마찬가지라, 성과 저택들이 아예 하나의 묶음으로 여겨지는 것이다.

"안 오십니까?"

자신도 모르게 멈춘 모양이다. 발렌시아는 사람이 별로 없는 대로에서서 자신을 돌아보고 있었다. 외르타는 그제야 당연한 사실을 깨달았다. 이곳은 아마 발렌시아가 나고 자란 장소일 것이다. 그에게는 참 익숙한 광경인 까닭에 저리 무던한 것이리라. 그 역시 숄렘 노트란트나 생로욜을 보면 비슷한 경외감을 느낄까? 내 숄렘도 웅장하긴 한데…….

"외르타."

"어? 어."

그녀는 한숨을 쉬며 종종걸음을 쳤다. 그는 다시 걷기 시작했다.

"이곳 굉장하다."

발렌시아는 그 무가치한 감탄에 대답할 것인지 고민하는 듯했다. 딱 그만한 깊이의 정적 뒤에 그가 답했다.

"오스페다가 어찌 지어졌는지 모르십니까?"

"국조國祖 눌라레께서 생기라 명하자 생겼다고 들었다. 마법이라니, 아이도 속지 않을 말을……."

"육백 년 전의 일입니다. 삼곽의 잡다한 광경이라면 몰라도 이곽 안은 세워진 그대로, 단 하나의 저택도 없어지거나 마모되지 않았습니다."

외르타는 속으로만 그 거짓말을 비웃었다. 그러나 자신이 이 광경에 경도되지 않았다면 그것 또한 어쩔 수 없는 거짓말일 것이다. 발렌시아는 그 두 가지 모두를 읽어 냈는지 드물게도 희미한 웃음을 보였다. 소리도, 별 움직임도 없는 웃음이었지만 외르타는 멋쩍어져 그를 제쳤다.

"저쪽이 인그레 정문이구나. 정문이라는 명칭이 맞지?"

"잉그레 정문입니다."

"그래, 정문."

"잉그레."

"이인……."

"……."

"이인…… 인……. 앙히에는 되는데 왜 안 되지……. 이잉그, 인그레."

그녀는 발렌시아가 웃음을 참고 있을 것 같아 몸을 획 돌렸다. 그는 어쩐지 걱정까지 섞인 인상으로 자신을 보고 있었다. 외르타는 오기가 일어 제 입속으로 몇 번이나 잉그레를 반복했다. 앞을 돌아보며 계속해서. 라르디슈의 고유명사도 불렀는데 이 단어 하나 못 부를 것이라고는 생각지 않았다. 잉그레. 잉그레. 이것은 젤브렝어와는 또 다른 억양이었다. 첫 글자에 강세를 둔 잉그레. 잉그레. 잉그레. 잉그레.

"인그레."

"……."

"……."

"이제 많이 쓰셔야 하니 곧 익숙해지실 겁니다."

"이 발음이라면 평생 안 쓰고 싶은데……. 당신 지금 내가 인그레라 할 때마다 웃고 있지?"

"아닙니다."

"인그레."

"……."

외르타는 잉그레를 절대 입 밖에 내지 않으리라 결심했다. 저리 점잖은 발렌시아조차 그 발음의 우스꽝스러움을 부정하지 못하고 있으니 도리가 없다.

그녀는 한참 동안이나 앞장서서 먼저 잉그레의 정문 앞에 다다랐다. 경비 기사들은 영문을 모른 채 아무 신분 증명도 없는 여인을 바라보았다. 누군가 외르타를 물리려는 순간, 그녀의 등 뒤로 발렌시아가 다가섰다. 그들은 물러났다. 젊은 공작에게는 낮게 가라앉아 변치 않는 제 얼굴이 곧 신분 증명인 듯했다. 그녀는 지나가는 그림자에 떠밀려 안으로 들어섰다.

외르타는 잉그레에 발을 들인 뒤에야 자신이 지나치게 긴장해 있다는 사실을 깨달았다. 문을 가로지르는 순간 머리부터 발끝까지 소름이 끼쳤기 때문이다. 이곳이 한 나라의 왕궁이자 왕실이기 때문에 긴장한 것은 아니다. 그와 같은 이유로 초조해서야 자신의 지난 스물다섯 해가 얼굴을 들 수 없다.

다만 그 왕을 생각했다.

서부가 겪은 파란에 몇 해가 지난 지금도 이를 갈고 있을 젊은 왕. 제 오라비를 잡아 죽이는 꿈을 꾼 것만으로도 연회를 세 번쯤 베풀라고 말할 권력자. 자신과 진정 어떠한 관계도 없어 스스로 마땅히 머리를 조아려야 할 한 나라의 수장.

너무 긴장해 주변을 살필 여유조차 없었다. 성에 그토록 찬탄하고서 정작 그 정수인 성주의 본궁에는 조금도 관심이 없는 제 모양이 조금 어처구니가 없었다.

앞서 가던 발렌시아가 잠깐 멈춰 그녀를 돌아보았다. 외르타는 덜컥 멈춰 그를 바라보았다. 그는 오래 살피지 않고도 그녀가 초조해 하고 있다는 사실을 알아챘는지 몇 걸음 다시 되돌아왔다. 그녀는 그가 무슨 말을 할지 궁금해졌다.

"폐하를 알현하실 때 잊지 마십시오."

무엇을 잊지 말아야 하느냐고 되물으려는 순간, 발렌시아의 왼손이 반 물린 주먹으로 올라갔다. 그것은 공기를 쥔 모양이 되어 그의 입가에 다다랐다. 굽은 엄지가 입가를 가렸다. 입김이 닿을 정도의 거리를 사이에 두고 입은 맞추지 않는다. 외르타는 어안이 벙벙했지만 그 동작은 아직 끝난 것이 아니었다. 입술에 머물렀던 엄지의 두 번째 마디는 이마로, 다시 내려와 콧날을 감추었다. 단 한 번도 닿지 않았지만 그 방향만큼은 분명했다.

순식간이었다. 그 경건함이 마치 왕국의 성호와도 같은 느낌이었다. 발렌시아는 왼팔을 내리고 그녀를 바라보았다. 외르타는 입을 한 번 벌렸다가, 무언가 한 개념을 떠올렸다.

"왕실의 예니?"

"예. 목례하고, 다시 약간 고개를 숙인 뒤 같은 모양으로 따라하십시오."

"이해했다."

그는 또 무언가 마음에 들지 않는 듯 인상을 찌푸렸다. 아무래도 그의 마음에 들지 않는 것은 그녀인 모양이었다. 그는 손을 뻗으려 했지만, 살쾡이처럼 곤두선 모습인 외르타를 보자 어쩔 수 없이 멈추었다.

"차림을 정돈하십시오."

"내가 지금 어떤 꼴인지 모르겠어."

발렌시아는 이곳까지 와서야 그녀의 옷차림에 신경을 쓰고 있는 자신을 믿을 수 없는 것 같았다. 그러나 지체하지는 않았다. 그는 지나가던 궁내부원을 낚아채듯 불러 이분이 입을 만한 큰 망토를 들고 오라 지시했다. 그는 발렌시아의 부름만큼 신속했다. 외르타는 이번에도 흰색이면 조금 웃길 것이라고 생각했지만, 안쓰럽게도 그러했다.

발렌시아는 그것을 받아 그녀에게 넘겼고 그녀는 아무 생각 없이 망토를 펼쳤다. 마침 그처럼 열리며 떨어진 것이 가로 부분이라, 그 끄트머리가 바닥에 닿게 되는 순간이었다. 발렌시아가 떨어지는 부분을 움켜쥐었다. 망토는 간신히 얼룩을 먹지 않았다.

그는 그녀에게서 그것을 뽑아 갔다. 흰 망토가 흘러 나가는 느낌은 꼭 물결 같았다. 다음 순간 발렌시아의 양손이 망토를 제대로 잡고, 그와 이어지는 동작으로 반 바퀴 휘둘렀다. 그가 한 발자국도 더 가까이 오지 않아 천만 날아와 감싸인 느낌이 들었다. 외르타는 놀라 뒤로 물러서려 했지만 아직도 망토의 양 끝이 발렌시아에게 쥐인 모양이라 뒷걸음질 칠 수가 없었다. 그는 그녀를 끌어당기지 않고 자신이 다가가 망토를 마무리 지었다. 체칼라스를 매던 손처럼, 거의 찰나로 느껴질 정도였다.

발렌시아는 한 걸음 뒤로 물러났다.

"잉그레의 예를 잊지 마십시오."

그는 자신이 언제 망토를 쥐었냐는 듯 다시 뒤돌아 걸어가기 시작했다. 외르타는 성 한번 못 낸 자신이 억울해지기 시작했다. 때를 놓쳤고, 사실 애초에 그럴 마음도 들지 않았을 만큼 상대가 정중했다. 어쨌든 그는 자신에게 손대지 않았으니까. 가까이 와 고정하는 동작조차 마른기침처럼 순식간이었다.

그녀는 그에게 지나치게 집중한 나머지 자신이 긴장했다는 사실마저 완전히 잊고 말았다. 발렌시아를 따라 잉그레의 본궁인 듯 가장 큰 장소에 들어가면서도 초조해 하지 않았다.

갑자기 그가 우뚝 서도 그저 그러려니, 마치 항상 그러했다는 듯 똑같이 정지했다.

그가 입을 다문 채 작은 한숨을 쉬어도, 고개를 숙여도, 다시 몸을 세워 그 왼손을 올려도, 아무런 동요 없이 그저 반사적으로 따라했다.

"오랜만일세!"

사실 그녀는 그것이 누구에게서 나온 말인지도 잘 이해하지 못하고 있었다.

"폐하."

외르타는 놀라서 뒤로 한 걸음 물러났다. 숨을 삼키지 않은 것은 제 마지막 자존심이다. 고개를 드니 새파랗게 젊은 왕이 중앙 홀의 곁에서 걸어 나오고 있는 모습이 보였다.

그녀는 그 젊음을 미심쩍어 하지 않았다. 자신이 본 왕들은 전부 그러했기 때문이다. 그러나 저 왕의 금발이란, 눈을 지지며 시야 속으로 들어오는 느낌이었다. 황금을 녹인 빛으로 선명하여 아름다움에 잘 놀라지 않는 자신마저 한 수 접어 줄 지경이었다. 로크뢰를 처음 본 자가 그 타는 듯한 붉은 머리칼에 놀라는 것과 마찬가지다. 흔한 빛임에도 그 극단까지 치고 올라온 원색이라, 어쩔 수 없이 압도되는.

왕은 그녀보다는 발렌시아가 우선인 듯했다.

"하루가 멀다 하고 서간으로 재재댄들 이와 같겠나. 반갑네, 반가워."

"격조했습니다."

"총사령관직을 공식적으로 해제하네. 아직까지 임시는 달고 있었지?"

"신 무상하오나 사사로운 목숨을 아끼지 않게 해 주신 폐하께 감읍할 따름입니다."

"다시 직접 묻겠는데, 개선 의식이 정말 싫은가?"

"예."

"다른 이들은 어떻게 생각하나?"

"상황이 안 좋다는 것을 폐하께서도 익히 아시리라 믿습니다. 사령부 기사들에게 전쟁은 아직 끝난 것이 아닙니다. 모두 차출되었습니다."

"번복 안 할 거지?"

"예."

"그대의 반대 여부에 상관없이 잉그레의 무도회는 열릴 걸세. 그것만큼은 인정해야지."

"폐하의 명을 받들 따름입니다."

"그래, 그래. 좋은 게 좋은 거라고."

다음 순간, 왕은 외르타의 양손을 모아 잡았다.

방심하고 있던 외르타는 정말 기절할 뻔했다. 물러서지도 다가서지도 못한 채 굳었다. 저자는 왕이었다. 한 나라의 왕이 된 자가 누군가를 두 손으로 잡는다는 것은 상대에 대한 가장 큰 경의를 보이는 일이다. 그 사실을 익히 아는 외르타는 자신이 남성을 꺼린다는 사소한 이유 따위로 왕을 밀어 낼 수가 없었다.

"그대도 반갑네."

"예, 폐하……."

그는 손을 놓았다.

"일단 올라가자."

"저희가 온 것을 아는 이가 몇이나 됩니까?"

"그대랑 그나시오랑 톨레도랑……."

왕은 그리 말하며 계단을 쑥쑥 올라갔다. 왕가의 예법이란 모든 일반적인 예를 두 배씩 느리게 하는 것이라고 배워 왔던 외르타는 다소 놀랐다. 그녀는 발렌시아까지 그를 뒤따르는 것을 보고 나서야 걸어 올라갔다.

"……자멘테, 브레타냐……. 이런, 이건 끝이 없네. 십이공회 전부! 그리고 짐! 그리고 레아!"

"비전하께서도 아십니까?"

외르타는 그 말속에서 잘 정제된 당혹을 느꼈다.

"그래. 레아가 어디 짐을 가만히 둘 위인이더냐?"

"이름을 숨겨야 한다는 명은 폐하께서 먼저 내리셨습니다."

"아! 이름 이야기가 나와서 말인데, 그대 이름은 그대 모국이 시비를 건 다음에야 공표할 예정이네. 걱정 말게. 그때 정식 이름을 하사하는 사람은 짐이 될 거야. 대단한 권위가 되겠지."

"영광입니다, 폐하."

그녀는 무덤덤하게 말하며, 자신이 만약 시일 전 발렌시아의 제안을 받아들였더라면 지금 이 분위기가 어떠했을지 알고 싶었다. 난처한 침묵? 아무래도 난처한 침묵이었을 것이다. 발렌시아가 무슨 반응을 보일 수 있겠는가. 저자는 그의 왕이었다.

"뭐, 온전히 무명無名으로 사는 것은 아닐세. 짐이 정해 놨지. 잠깐 기다려 봐."

왕은 어떤 문 앞에 우뚝 서서는 둘을 기다렸다. 그는 발렌시아와 외르타가 몇 걸음 안쪽으로 다가오자 방 안에 홀로 들어갔다. 문은 무시무시한 기세로 다시 닫혔다. 발렌시아는 그가 그런 사람이라는 것을 익히 아는 듯 놀라지도 않고 손을 올렸다. 문은 쇄도하다 끝내 서서히 느려졌다. 외르타는 그에게 눈짓으로만 감사 인사를 하고 문설주를 지나쳤다.

왕은 책상에 걸터앉아 있었다. 외르타는 그의 격 없는 모습이 불쾌했다. 어떻게 제 제일가는 신하를 대우하기가 이러한가? 천장 높은 알현실도, 화려한 접견실도 아니니다. 아무리 왕이라 한들 응대가 너무 불손하지 않나. 그러나 발렌시아는 이 무례가 매우 익숙한 모양으로, 왕의 턱짓 한 번에 곧장 자리를 찾아 앉았다. 외르타는 어찌할 바를 모르고 그 둘을 번갈아 바라보았다.

왕이 그녀에게 몸을 돌렸다.

"짐, 라 딤니파 카타름 생로 자카리 디본도네 이니고 산테카를로는 무명의 망명자에게 명名 '외르타 발미레'를 하사한다."

외르타는 어떤 반응을 보여야 할지 도저히 알 수 없었다. 발렌시아가 작게 얼굴을 찌푸렸다. 너무 미세한 차이였기에 그 움직임을 발견한 자신이 더 놀라울 지경이었다. 자카리는 머리를 여러 번 흔들더니 한숨과 함께 불평했다.

"음……. 이따위 건 형식이야. 아무튼 그대는 이제 공식석상에서 외르타 발미레로 스스로를 칭하면 되네. 이름이야 외르타가 편할 테니 됐고, 발미레는 우슈탈어로 '서쪽에서 온 자'라는 의미지."

"남쪽에서 오지 않았다고 해 주시니 그저 감읍할 따름입니다."

"짐도 도의는 있네. 그런 의미에서."

그는 바닥으로 뛰어내려 제 쪽으로 성큼성큼 다가왔다. 외르타는 몸이 굳는 것을 느꼈다. 사람을 만나야 하는 왕도라는 것을 스스로도 잘 알고 있었다. 그럼에도 매번 이토록 고달파 하는 자신이 답답했다.

자카리는 기어이 그녀 앞에 섰다. 그 손을 잡아당기며, 동시에 허리를 얕게 숙였다. 그는 그녀의 손등에 입 맞추었다.

외르타는 그 자리에서 도망치고 싶었다. 도대체 무엇에 더 놀라야 하는지 구분할 수가 없다. 제 손에 닿은 그의 입매에 더 놀라야 하는지, 아니면 한 나라의 왕이 자신에게 고개를 숙였다는 사실에 더 놀라야 하는지…….

그녀는 그제야 자신이 해낸 배반이 사소한 일이 아니었음을 깨달았다.

"그대에게 온 딤니팔이 빚을 졌다."

"아…… 예……. 미욱한……."

"괜찮아."

"……."

"짐은 지금 그대에게 이 잉그레라도 절반 떼어 주고 싶을 정도로 고맙네. 그만한 용맹이었어. 그대가 경주한 모든 노력에 경의를 표하네. 누구도 보일 수 없는 불굴의 의기와 결단이었다."

그는 빙그레 웃으며 한 걸음 뒤로 물러났다. 외르타는 입술을 깨물었다. 그녀는 왕이 자신이 겪은 일에 대해서 언급하지 않자 지나치게 고마웠다. 자신을 이곳까지 살려 데려오라 명하고서 저런 배려라니 사실 잘 이해할 수는 없지만, 그렇다고 제 사소한 기꺼움마저 빛 바래는 것은 아니다. 외르타는 문득, 아직도 조용히 앉아 있는 발렌시아를 바라보았다. 약간 눈을 내리깐 모양이다. 그 가라앉은 모습이 마치 털이 반지르르한 맹수 같아 기분이 묘했다.

"잉그레가 태어난 이후 가장 후한 접객 맞이겠군."

부드럽지만, 분명 주의를 돌리는 목소리였다. 외르타는 왕을 앞에 두고 다른 곳을 보고 있던 자신에게 순간적으로 화가 치밀었다. 이렇게 멍청할 수가. 그런 경의와 감사를 듣고 무시하는 모습으로 시선을 돌려? 그녀는 다시 왕을 보고는 사죄의 의미로 목례했다.

이런 일련의 과정 때문에 외르타는 왕의 말을 제대로 알아듣지 못했다. 그래서 왕에게 진실을 알릴 수 있던 사람은 그녀가 아니었다.

"폐하."

"응?"

"외르타 발미레는 잉그레에 머물지 않습니다. 솔 미라이예의 객이 될 예정입니다."

"뭐?"

"미라이예 가주의 권한으로 외르타 발미레를 본가의 객으로 들이고자 합니다. 윤허를 요청드립니다."

무시무시한 정적이 있었다.

외르타는 그제야 정신이 번쩍 들었다. 그제야 왕이 무슨 농담을 했는지 깨달았고 그제야 발렌시아가 어떤 반박을 했는지 알아차렸다. 그녀는 밝은 자리에 무언가가 삐쭉 솟은 듯 불안해 견딜 수가 없었다. 저 사람은 부드럽게 말하는 방법을 아예 모르나 보다. 정면으로 왕에게 뻗대는 모양에는 모골이 송연했다. 자카리는 대단히 의심스럽다는 눈으로 발렌시아를 쏘아보고 있었다. 사실 그것은 불만이라기보다는 그저 경악과 의혹이었다.

"또 말하라거나 진담이냐는 덜떨어진 소리는 안 하겠네. 이것 먼저 묻지. 왜?"

"서로가 동의한 바입니다."

"'왜' 동의했는데?"

"폐하께서도 외르타 발미레의 안위를 돌봄에 있어서 잉그레보다 솔 미라이예가 낫다는 사실을 익히 아실 것입니다. 더 안전한 곳이 우선되어야 합니다."

"그대는 지금 감히 잉그레가 위험하다는 말을 하는 건가?"

"폐하, 잉그레는 지나치게 넓습니다. 본궁은 물론 이 듀아네일에서 제일로 엄중한 곳이나, 정체조차 밝히지 못하는 외르타 발미레로서는 감히 거처를 둘 수 없는 곳입니다. 여러 별궁 중 하나에 머무르는 것보다는 차라리 솔 미라이예가 낫습니다."

"짐이 억지를 부린다면 본궁에 거처를 두지 못할 이유가 어디 있나?"

"또한 공식 석상에 발미레라는 성을 가진 정체불명의 초대객으로 출입하기 위해서는 마땅한 지위가 필요합니다. 그녀가 잉그레에 머문다는 것을 모르는 귀족들은 결코 '평민'을 용납하지 않을 것입니다. 솔 미라이예의 객이라는 위치가 타당합니다. 그에 의혹을 품은들 감히 제게 진정을 묻는 자가 있으리라고는 생각지 않습니다."

자카리는 인상을 찌푸렸다. 책상을 뒤로 잡은 그의 두 손에서 정신 사나운 소리가 나고 있었다. 그의 손가락은 엉망진창인 곡조를 연주하듯 분주했다. 발렌시아는 어느새 일어서 있었다.

"더 안전하다?"

"그렇습니다."

외르타는 저것이 제 정신병을 감싸 주기 위한 변명인지, 아니면 그가 여태껏 감추어 두었던 진심인지 잘 구분할 수 없었다. 어쩌면 둘 다일 수도 있겠다.

"어차피 잉그레를 제 집처럼 드나들어야 하잖나."

"차이가 큽니다."

"짐이 불허하면?"

"저는 이미 답을 압니다."

"젠장."

"폐하."

그것은 욕설을 달래는 것 같기도, 허가를 재촉하는 것 같기도 했다. 자카리는 책상을 향해 몸을 돌려, 가장 아래 깔려 있는 서판만 반대로 되감아 쳤다. 거친 움직임에 가장자리의 서구書具들이 바닥으로 떨어졌지만 누구도 개의치 않았다. 외르타는 이 모양이 일상이라는 듯 침착한 발렌시아를 보고서야 간신히 안심했다. 왕의 노여움이 아니구나. 여상한 난폭인가 보다.

"둘 다 이리 와."

그녀는 영문도 모르고 책상 가까이로 걸어왔다. 자카리는 이미 허리를 반쯤 숙인 채 무언가를 맹렬히 쓰고 있었다. 발렌시아는 자연스레 그 옆 펜 하나를 쥐더니 왕이 몸을 들자, 이제 제 차례라는 듯 말도 없이 끊긴 곳을 받았다. 그는 몸을 얼마 숙이지 않고도 정갈한 글자를 새겨 넣었다. 그가 멈추자 이번에는 외르타에게로 펜이 넘어왔다.

"십이공회의 객은 좀 번거로워서……. 그나마 셋 다 여기 있으니 두 번 세 번 부르지 않아도 되겠군. 공용어로 쓰게. 델로름 잘타, 안노 로쉬난 시오겐디달."

외르타는 간신히 기억했다. 몸을 숙였다. 제가 써야 하는 곳 위로 가지런히 흐른 그의 글씨체에, 아직 놓이지도 않은 자신의 악필이 부끄러워지려 했다. 그녀는 한숨을 쉬며 써 내려갔다.

델로름 잘타. 안노 로쉬난 시오겐디달.

마지막 글자를 쓰는데 왠지 묘한 거리감이 들었다. 이 점을 찍으면 자신의 위치가 지금과 확연히 달라진다는 사실을 직감적으로 느꼈다. 이 나라에 대한 그 어떤 것도 모르면서 무턱대고 이런 계약서에 인주를 찍어도 되나? 구태여 이렇게 빨리 움직일 필요가 있나? 앙히에에게 모든 것을 캐낸 다음이라도 늦지는 않을 것이다.

하지만 정신을 차리고 보니 이미 제 손에는 펜이 없었다.

왕은 원본을 떼어 낸 뒤, 그것을 일견 쓰레기통과 구분하기 힘든 서류보관함으로 휙 내던졌다. 그러나 그마저도 잘되지 않았다. 눈대중 없이 던져진 공증서는 한참 떨어진 창가까지 낮게 날아갔다. 자카리는 그 난장판에 조금도 아랑곳하지 않는 기색이었다. 그는 바닥에 떨어진 공증서를 무시한 채 남아 있는 먹지만 발렌시아에게 안겨 주었다. 그 시큰둥하고 무던한 태도가 이 중대함에 어울리지 않아 조금 우스웠다.

"됐지? 이제 전부 미라이예 소관이고……. 발미레, 그대는 잠깐 나가 시종의 안내를 받는 것이 어떤가? 발렌시아가 나갈 때 언질해 주지."

"그리하겠습니다."

"그래. 곧 다시 보게 될 거야. 잘 가게."

외르타는 이처럼 깍듯한 자신이 가소로웠다. 신분이 이토록 같잖다. 그녀는 잊지 않고 잉그레의 예를 표한 뒤 방을 나섰다.

제 뒤로 칼날이 떨어지듯 문이 닫히는 소리가 났다. 강하게 인 바람에 흰 망토가 여러 번 펄럭였다. 외르타는 떨떠름한 기분으로 잉그레의 흰 격자를 내려다보았다. 어쩐지 자신이 이곳에 서 있는 것이 현실로 믿겨지지 않았다. 알량한 목숨이…….

외르타는 그 순간, 누군가와 마주쳤다.

발렌시아는 외르타의 뒷모습을 잠시 바라보았다. 왕이 자주 이용하는 이 새끼 집무실은 두꺼운 문의 무시무시한 난폭함으로 유명했다. 조심성 없이 나가는 모습이 보기에 조마조마했다. 자칫 걸려 넘어갈 뻔한 자신을 아는지 모르는지, 스스로 얼기설기 매어 준 망토가 위태롭게 문턱에서 벗어나고 있었다.

고개를 돌리자 자카리가 다시 책상 위로 올라앉는 모습이 보였다. 그는 엉덩이 아래에 결리는 문진을 옆으로 빼내며 물었다.

"잤냐?"

발렌시아는 물끄러미 제 왕을 바라보았다.

"묻잖아."

아무래도 진담인 것 같다. 왕의 얼굴은 엉망진창으로 구겨져 있어, 도저히 농지거리를 하는 것으로 보이지 않았다. 그는 눈을 한번 깜박이고는 대답했다.

"아닙니다."

"농담 마라."

"저는 폐하께서 농담을 하시는 줄 알았습니다."

"정말 안 잤나? 아무 사이 아냐? 그만한 관계도 없는데, 지금 뭐?"

"말씀이 과하십니다."

"생각이 있나 없나! 어련히 그대가 알아서 잘할 거라 믿었건만! 아니 도대체가, 객? 미라이예의 객?"

"폐하."

"그대는 마지막 미라이예의 객이 오십이 년 전에 있었단 걸 기억하고 있기는 하나? 그자가 자멘테의 정당한 승계권자였고, 미라이예가 그를 수호함으로써 반역자가 동부 군도까지 쫓겨나 수장水葬된 것을 기억하기는 하느냔 말이다. 그런 무게의 객을! 젠장! 너희가 잤든 안 잤든! 짐은 지금 발미레 걱정을 하는 것이 아닐세. 그대 걱정이야!"

발렌시아는 이해했다.

"짐이야 아무래도 좋다. 그대 말이 백 번 옳으니. 도저히 본궁에는 둘 수 없고, 별궁보다는 솔 미라이예가 만 배 안전하며, 공식 석상에 보이기 위해서는 마땅한 지위가 필요하다는 것. 모두 타당하고 고마운 일이다. 한데 문제는 그대야. 지금은 어쨌든 아무런 위치도, 직위도 없는 평민을 미라이예의 객으로 들여? 가주로서 그대 정신이 있는 건가, 없는 건가? 이래서야 완전히 여자에 미친 거야. 다들 분명 이를, 미천한 지위의 여인을 공작의 첩으로 들이기 위한 포석이라고 볼 걸세. 그것도 그토록 천박한 짓을 객이라는 영광으로 포장한다는 것에 역겨움을 느낄 거라고! 다른 방도가 많음에도 사랑하는 여인에게 마땅한 지위와 핑계를 주지 못해 공작이 안달 난 것이라고, 그래서 감히 미라이예의 객이라는 말도 안 되는 억지를 부림이라고 재재댈 걸세. 발렌시아, 발렌시아. 그대도 지금껏 미라이예가 객에 대해 철저히 지켜 온 원칙을 깨고 싶지는 않잖나?"

"왜 전부 아시면서 논점을 벗어난 이야기로 하문하시는지 이해가 가지 않습니다. 공작가가 객에 대해 지켜 온 원칙을 언급하셨으니 저도 말씀드리겠습니다. 미라이예가 육백 년 내리 객을 맞으며 고려한 것은 왕령 하나였습니다. 외르타 발미레를 맞는 것은 폐하의 의지와 하등 어긋남이 없는 일입니다. 때문에 후일 진실이 밝혀지면 모든 오해가 해결될 것이 자명하고, 또한 폐하께서는 지금도 진실을 아시지 않습니까? 주지의 사실만으로도 미라이예의 명예는 지켜집니다."

"전반적인 귀족적 평판이란 게 있잖나! 펴엉판! 이 일이 언제 끝날지도 모르는데 이 상황에서 너, 공비는 어쩌게?"

발렌시아는 예상치 못했던 공격을 받은 듯 잠깐 침묵을 지켰다.

"네 아비가 앙히에 놈한테 단단히 약속 받아 두고 간 것을 알아, 몰라? 대공작이 그랬다더군. 네가 서른까지 아무것도 안 변한 채 마냥 뻗대고 있으면 무조건 잡아넣으라고."

"들어 압니다."

"넌 지난 십 년 동안 아무것도 안 변했어. 아무것도! 그러니 마땅히 잡혀 들어가야지!"

"그 일은 제가 알아서 합니다."

왕은 미심쩍은 얼굴로 발렌시아를 쏘아보았다. 그것은 어쩐지 왕과 신하가 아닌, 오랜 친우처럼 보이는 시선이었다. 자카리는 조금쯤 억울해지는 것을 느꼈다. 레아를 제한다면 결국 발렌시아야말로 자신의 가장 큰 진심을 받는 사람이건만, 돌아오는 것은 언제나 이 모양이다.

"짐은 차라리 네가 정말 발미레와 모종의 관계가 있어서 객으로 들이겠다고 고집 피우는 거라면 좋겠다. 짐이나 잉그레를 위해서가 아니라."

"기대에 부응해 드리지 못해 죄송합니다."

물론 자카리 자신도 그 사실을 알았다. 이미 제 입으로 그가 지난 십 년 동안 변치 않았다고 말했다. 그가 외르타를 객으로 맞이한 것은, 결국 잉그레의 전쟁 욕심이 크기 때문이다. 왕의 심중을 헤아린 공작의 노력일 뿐, 그 외에 달리 있을 리가 없다.

그는 또 무어라 퉁명스레 말하려 했지만 그보다는 발렌시아가 먼저였다.

"폐하, 게외보르트 건에 대해 논하고 싶으실 때 다시 저를 부르십시오. 저는 지금 이 사안에 대해 이야기하고 싶은 마음이 없습니다."

"너……."

"외르타 발미레는 폐하의 주구走狗에 마땅한 보호를 받으며 솔 미라이예에 체류하게 될 것입니다. 온전히 폐하를 위한 일이니 흡족히 여겨 주셨으면 좋겠습니다."

"얼씨구."

"폐하."

자카리는 책상을 꽉 쥐었다.

발렌시아는 비스듬히 아래를 바라보고, 그 왕은 그 침착함을 노려보는 침묵이 몇 분이나 지속되었다. 간신히 소용돌이의 중앙에 올라, 떠내려가지 않고 한참을 버티는 나무토막처럼. 그처럼 아슬아슬한 침묵이었다.

그러나 결국 그것도 흘러가 버렸다.

"좋네. 공사公事를 이야기하지. 짐이 보기에 발미레는 이미 짐의 의도를 알고 있는 것 같더군. 어디까지 알던가?"

"전부 압니다. 죄송합니다. 외르타 발미레는 제가 언급하기도 전에 먼저 나서 폐하의 혜안을 설명했습니다. 때문에 종내 저 스스로도 폐하의 의도를 시인하게 되었습니다."

"그대가 알아서 했겠지. 어차피 이것을 헤아리지 못할 만큼 멍청했다면 그런 배반은 못하네. 으으음. 배반. 그래, 배반. 다 끝난 일이지만, 그리고 짐도 잘 아는 바지만, 그래도 한 번쯤은 직접 물어야겠군. 발미레는 얼마나 대단한 밀고자던가?"

발렌시아는 고개를 들어 자카리를 바라보았다. 분명 조용했지만, 주저하는 모습이나 말을 고르는 정적으로는 보이지 않았다. 그보다는 회상하는 자의 시선인 듯하다. 자카리는 그 선선한 회상마저 재촉하고 싶은 제 마음을 이길 수가 없었다. 그는 속으로 자신을 꾸짖으며 끝내 반복했다.

"그녀가 얼마나 큰 도움이 되었느냐 물었네."

"폐하, 저는 한 나라의 왕을 죽였습니다."

아까와는 종류가 다른 고요가 찾아왔다. 묘한 정적이었다. 오만이나 자부심이 아니기에 그저 담담했다.

자카리는 턱에 힘을 주었다. 그는 물론 외르타의 밀고 내용을, 제 앞에 선 발렌시아 본인에게서 모두 받아 보았다. 발렌시아의 작품이 항상 그러했듯 거의 편집광적인 기록이었다. 그러나 그 도움을 겪은 자에게서 직접 이야기를 듣는 것은 또 와 닿는 느낌이 다르다.

"무려 중앙 삼국의 왕입니다. 자세한 사항은 이미 폐하께서도 전부 아실 테니 이 이상 설명이 필요하지 않을 것입니다. 그저 그만한 도움이었다고 표현할 따름입니다. 그것은 도리 없이 사람을 압도하는 양이라, 저에게는 제 자존심이 상할 여지조차 주어지지 않았습니다. 폐하, 저는 그녀를 존경합니다."

"그처럼 그대가 존중하는 자를 주구로 이용하는 이 딤니팔에게 환멸감이 들지는 않고?"

상대는 그것이 자신을 떠보는 말이라고는 생각지도 않는 듯했다.

"미라이예의 임무는 개인적 존중보다 우선됩니다. 미라이예는 육백 년 동안 딤니팔의 첫 기둥이었습니다. 앞으로도 변치 않을 것입니다."

"좋아. 계속 그리하게. 다시 본론으로 가지. 게외보르트가 바보도 아니고, 짐이 짐작하기에 어수대는 이미 이 자리에 그녀가 와 있다는 것을 인지했을 걸세. 문제는 언제 집적대느냐지."

발렌시아의 턱에 잠깐 힘이 들어갔다. 어떤 중한 말을 하기 위한 도움닫기 같았다. 자카리는 그 드문 얼굴을 보며 느릿느릿 팔짱을 꼈다.

"폐하, 외르타 발미레는…… 자식을 볼 수 없습니다. 이 사실이 알려진다면 게외보르트의 경계를 사기가 한층 힘들어질 것입니다."

왕이 이를 드러냈다.

"어디서, 어떻게 알았나?"

"포티미외에서 그녀가 수태를 착각한 일이 있습니다. 여인의 건강을 우려하여 주변 피난촌의 의원을 징용했습니다. 그가 확신한 바입니다."

"죽였겠지?"

"아니요."

"미쳤나?"

"그 앞에서는 그녀의 정체를 드러낼 만한 이야기를 일절 하지 않았습니다. 또한 저는 그자에게 적당한 양의 금을 하사하고 올해 안에 동부 도시로 뜨라 명했습니다. 십이 월, 저희가 떠나기 직전에 확인한 바, 그는 이미 고향을 뜨고 없었습니다. 거취를 확인할 수 없었지만 차라리 그것이 다행입니다. 저희가 모른다면 게외보르트가 알 수 있을 리 없습니다."

자카리가 긴 한숨을 내쉬었다.

"아…… 뭐, 괜찮아. 그리 신경 쓰지는 않네. 그 의원 하나의 의견을 가지고 발미레의 석녀 여부를 가리는 것은 우스꽝스러운 일이 될 테니까. 발터하임부르겐이 그리 순진한 자라고는 생각지 않네. 만에 하나를 가정할 거야. 짐은 그가 그리함으로써 제 누이를 내놓으라고 말하기만 하면 족하네."

"저들이 살수를 이용한다면 어찌 하실 예정입니까?"

"살수는 우선적으로 막고……. 죽더라도 그 죄를 게외보르트에 뒤집어씌우면 되네. 어수대의 소행이라면 분명 증거가 조금도 남아 있지 않겠지만, 어차피 그들일 것이 뻔하지 않나. 몰아붙이면 돼. 짐이 억지 쓰는 모양을 그대가 한두 번 봤나?"

"아무런 반응을 보이지 않을 경우도 예비하셨습니까?"

자카리는 온 인상을 찌푸렸다.

"사실 있기는 한데…… 별로 쓰고 싶지는 않다. 그건 두 번째 계획으로 밀어 두지. 설마 발터하임부르겐이 잠자코 있을 위인이겠나?"

"무엇을 생각하고 계십니까?"

"공작."

"……."

"아직은 일러."

발렌시아는 두 번 묻지 않았다. 왕은 멀리 창밖을 내다보았다. 한참을 이야기한 것 같은데도 바깥은 아직 훤한 낮이었다. 창 앞으로 불쑥 튀어나온 희고 섬세한 부조가 눈에 띄었다. 그는 그것에 집중하며 천천히 말을 골랐다.

"발렌시아, 오늘은 맞이하는 차원에서 불렀으니 이만 가게."

"시일 만에 존안을 뵈어 기쁘기 한량없습니다. 곧 알맞은 예를 지켜 다시 알현하겠습니다."

"이제 외르타 발미레를 보호할 일만 남았군. 그녀가 죽는다 해도 짐은 그대에게 책임을 묻지 않을 테지만, 그래도 솔 미라이예 안에서 미라이예의 객이 죽는다면 그대 위신에 엄청난 손상이 갈 걸세. 두 번, 세 번 생각하게."

"이해했습니다."

"혹 너무 무거운 짐이라 생각하면 지금이라도 내려놓게. 말이 보호지, 어수대에게서 그 목을 수호하는 것은 사실상 전투에 가깝네."

"……."

"응? 짐이 강요 안 하마. 미라이예의 객은 지금 당장 폐기될 수 있네. 아예 없었던 일처럼 기록에도 안 남기고 파기시켜 줄 수 있어. 어, 안전은…… 짐이 발미레를 잉그레 본궁에 넣어 주겠네. 사실 좀 무리한 일이긴 하지만…… 그래도 후궁 직첩 이야기로 궁내부에 떼를 쓰면 어찌 되겠지. 안전은 그것으로 다 해결되네."

"……."

"너는 왜 짐에게 네 앞길을 막으라 하나."

발렌시아는 그에 답하지도, 왕을 바라보지도 않았다. 그는 창가 쪽으로 몇 걸음 걸어갔다. 자카리는 설마 공작이 바깥의 정경을 보며 감상적인 말이라도 내뱉을까 의심했지만, 그것은 당연히 아니었다. 발렌시아는 얼마 걷지 않고 허리를 숙였다. 무언가를 잡아 올렸다. 자카리는 그제야 그 행동을 깨달아 어안이 벙벙한 얼굴로 상대를 응시했다.

발렌시아는 객의 공증서를 들고 조용히 걸어와, 종이를 책상 위에 얹었다. 그는 공증서를 문진으로 누른 뒤 곧장 잉그레의 예를 표했다. 방문이 열렸다.

"앙히에."

외르타는 긴장이 풀린 나머지 웃음 섞인 한숨을 터뜨렸다. 앙히에는 제 입가에 검지를 세운 채 어느 한 방향을 가리켰다. 그는 그녀를 잡아끌지도 않고 홀로 총총 걸어갔다. 그녀는 영문도 모르고 서 있다가 결국 그의 가벼운 걸음에 따르기로 결심했다. 안내를 받으라던 시종은 없고 떡하니 나타난 것이 저 녀석이니 쫓아도 그리 그른 행동은 아닐 것 같았다.

앙히에는 돌아보지 않고 한 층을 더 올라가, 이내 긴 복도를 종종걸음치기 시작했다. 보이는 궁내부원들마다 인사 한 번으로 물리는 모양이 참 기가 막혔다. 잉그레에서 이런 대우를 받는 사람을 우리 내전에 끼워주었다고?

그는 모퉁이를 돌고 나서야 그녀에게로 몸을 돌렸다.

"내 이럴 줄 알았지. 오자마자 잉그레? 폐하께서 뭐라시냐?"

"고맙대."

"그 말씀밖에?"

"그래."

그녀는 다음 순간, 벽에 곱게 진열되어 있던 의전용 홀을 들어 그를 후려쳤다.

"아! 뭐하는…… 으!"

"입조심."

"난 어쩔 수가……. 그만 좀 해!"

"앙히에, 한 번만 더 앞뒤 가리지 않고 비슷한 소리 지껄여 봐. 내가 네게 같은 짓을 할 수 없어 잠자코 있는 것이 아니야. 심지어 난 더 짧아도 돼. '리볼텔라?'"

앙히에는 인상을 찌푸리려다, 성공하지 못하고 울상을 지었다.

"나한텐 하지 마."

"너도 내게 그러지 말았어야 했다."

그는 눈을 꾹 감았다. 외르타는 다시 발돋움해 무기를 걸어 놓았다. 균형이 잘 맞지 않아 제 몸까지 함께 기운 뒤에야 간신히 고정시킬 수 있었다. 다시 돌아보려니 앙히에가 한숨도 없이 마른세수를 하는 모습이 보였다. 외르타는 그제야 그에게서 이전과 달라진 곁이 무엇인지 알아차렸다.

손. 예전에는 그리 잘 다듬어진 오동나무 같던 마디마디가 기어이 거친 주목으로 변해 버렸다.

나이테처럼 세월을 먹는 손.

"하지 마."

그 손끝은 나이를 삼켜, 결국 과거가 켜켜이 쌓인 한 사람을 만든다. 스민 나이를 지팡이 삼아 절뚝이는 현재, 그뿐이다. 외르타는 그 두꺼운 관절에서 누군가를 발견했다. 그이를 발견하지 못했다면 제 눈이 먼 것이다.

"미안했어. 내가 못 참았다."

"받으마."

"다시는 안 그럴게."

"알겠어."

"그날 어떻게 견뎠어?"

"난 네가 아니란다. 무너지지……."

내가 무너지지 않았던가?

그녀는 말을 멈췄다. 앙히에가 벽에 등을 기댄 채 스르르 무너져, 아예 창 앞에 둥지를 트는 모습이 보였다. 그녀는 어찌 해야 할까 고민하다가 그와 나란히 앉고 말았다. 그녀는 망토와 치마를 주섬주섬 앞으로 말아 쥐곤 털썩 엉덩이를 붙였다. 먼지처럼 내려앉음과 동시에 눈이 감겼다. 그는 숨이 닿을 만큼 가까이 앉은 외르타를 빤히 바라보다가, 어쩔 수 없다는 듯 머리를 한 번 긁었다.

그녀는 그 잠깐에도 몇 년의 피로가 쌓인 양 눈을 꽉 감고 있었다. 무슨 생각을 하고 있는지는 도통 알 수가 없었다. 복도를 가로지른 그녀의 치맛자락 사이로 여윈 다리 곡선이 어렴풋이 드러났다. 앙히에는 문득, 외르타도 자신도 평범한 스물다섯 해를 겪었다면 어떠했을까 하는 생각이 들었다. 저 십이공회의 자식들처럼 모범적이고도 고상한 생활을 겪었다면…….

이런, 우리는 아마 만나지도 못했을 것이다.

그는 허탈하게 웃었다. 외르타가 눈을 뜨곤 이상하다는 시선을 보냈다. 앉은 그녀가 평생 감옥에서 지내다 나온 수인 같다면, 앉은 그는 평생을 길 위에서 떠돌다 지쳐 버린 방랑자 같았다. 두 모양 모두 축축 늘어진 버드나무 가지라, 스치는 시선만으로도 노곤함이 엉겨 붙을 듯했다.

앙히에는 스스로 이토록 가까이 앉아 외르타를 겁먹게 하지는 않을까 걱정했다.

"이렇게 앉아 있어도 괜찮아?"

"그런 멍청한 소리를 지껄이는 이상 괜찮다."

그는 마음 놓고 그녀와 같은 모양으로 다리를 쭉 폈다. 발을 뻗어도 복도 길이가 남는 외르타와는 달리 그의 다리는 맞은편 벽까지 꽉 막고도 조금 구겨졌다. 앙히에는 하품 비슷하게 신음하며 눈을 감았다.

"앙히에."

"응."

"이다는 왜 안 보여 줘?"

"보고 싶어?"

"내가 미안해서 봐야겠어."

"그게 무슨 소리야?"

"나는 이다가 얼마나 품이 넓은 사람인지 알아. 그때…… 내가 성질을 부려서 잠깐 달래 주려 떠나 있던 건데도…… 그래도 사실을 알고 난 뒤에는 자책이 컸을 거야."

앙히에는 모장티의 욜란다를 기억했다. 갑작스레, 항상 인식하고 있던 사실인데도 더 갑작스레 제 옆의 외르타가 무엇을 겪었는지가 너무 생생하게 와 닿았다. 욜란다의 생뼈를 째는 듯한 슬픔. 그 울음이 무엇에서 기인했는지, 제 옆 사람의 과거를 들추면 참 잔인하게도 선명할 것이다.

"그래, 그랬어. 이다가 많이 울었지."

"그녀에겐 아무 죄가 없어. 나를 넘긴 언니와 발터에게 죄가 없는 것처럼. 이다에게 알려 주고 싶어."

앙히에는 얼어붙었다. 그녀가 말한 목록에 제멋대로 자신을 끼워 놓고, 홀로 얼었다.

"너 지금 또……."

"……."

"우리 해후 때 내가 말했잖아. 신경 쓰지 말라고."

"날 두들겨 패면 차라리 마음이나 편하지……."

"내 마음이 편치 않아."

"외르타, 외르타, 외르타, 외르타. 내가 죄를 지은 게 있어."

"그래. 사는 꼴 보니 한두 개는 아닐 것 같더라."

"네 계획을 리비에게 발설했어. 로크뢰에게서 너를 달라는 대묵臺墨, 남의 편지에 대한 경칭.이 왔을 때. 못 참고, 네가 나한테 거짓말을 한 줄로만 알고, 말했어. 약속을 깬 죄로 지금 죽여도 괜찮아."

외르타는 잠깐 침묵했다. 둘 모두 눈을 감은 상태였기에 서로서로 나란히 앉은 친구를 살필 수 없었다.

"어…… 오래 버텼네."

"……."

"사실 나는 네가 바로 언니에게 말할 줄 알았단다. 자기 동생은 이러저러해서 외국으로 도망친 거다, 그러니 다시 잡아와서 리비 네 아래 넣어라."

"……."

"그때까지 네 리비에게 말하지 않았다니, 음, 그러니까……."

"……."

"언니가……."

"외르타, 이 얘길 듣고 그 반응을 보이려면 도대체 그 계획을 나한테 왜 고해했냐? 날 믿지도 않을 거면 왜? 이렇게 실망도 화도 없을 거면 왜?"

그 말은 차분했지만 뒤로 갈수록 성이 덧씌워지고 있었다. 외르타는 앙히에의 실망을 이해했지만, 끝내 인정할 수가 없었다.

"날 알잖아. 앙히에, 나를 모르니? 너는 나를 알아야 해. 아니면 네가 언니를 따랐던 의미가 없지."

"왜 맨날 나만 주고 있느냐고 화내고 싶은데, 사실 준 게 없어서 어떻게 화를 낼 수가……."

"화 내지마. 그냥 날 보렴."

앙히에는 눈을 떴다. 갑작스레 들이닥친 복도의 불빛에 몇 번이나 시야를 닫아야 했다. 그는 고개를 돌려 여전히 죽은 듯 앉아 있는 외르타를 바라보았다. 숨소리가 들릴 만큼 가까운 위치였다.

매번 동정해서 미안한 친구였다. 동정하지 않는다면 제가 사람이 아니게 되는 것 같아 어쩔 수가 없다. 저 친구야말로 비정상이다. 어린 고집불통. 하지만 변화시킬 수도, 그러고자 하는 마음도 전혀 없었다. 자신은 실질적으로는 해 준 것 하나 없지만, 상대가 인정하려 들지 않는 마음의 빚만 붙들고 매양 가여워 했다. 미련하나마 한 번쯤은 무언가를 건네야 한다고 생각하고 있었다.

"야."

"응?"

"이다한테 보내 줄까?"

외르타가 눈을 떴다.

"이다?"

"가고 싶지 않아?"

"음……."

그들은 거짓을 파내기라도 할 듯 서로의 얼굴을 바라보고 있었다. 바라본다기보다는, 어쩌면 노려보고 있다는 말이 맞을지도 모르겠다. 외르타는 그의 속눈썹 개수까지도 셀 수 있었다. 그럼에도 두렵기는커녕, 반은 안타깝고 반은 미안한 마음에 그 거리가 눈에 잘 들어오지 않았다. 그녀는 그 마음으로 답했다.

"안 돼."

너무 가까이 있어서, 그의 턱에 힘이 들어가는 것이 잘 보였다.

"왜?"

"너는 우리 자매 때문에 온 인생을 잃으면 안 돼."

"사람 소리야 개소리야, 이건?"

"넌 날 빼돌리면 다시는 이 자리로 못 돌아온다. 어쩌면 네가 그리 친하다던 너희 왕한테 목이 베일 수도 있어. 그만한 죄야."

"도대체!"

외르타는 시퍼런 눈을 반듯이 바라보았다. 파랗고 둥근 무언가가 터져 흐르는 느낌이었다.

"도대체 왜 내 인생을 걱정해? 어? 리비, 너 할 것 없이 왜 내 인생을 걱정하느냔 말이야! 너희 삶이나 걱정해! 나는 나 알아서 살아!"

"알아서 산다고? 너 지금 너 알아서 못 살고 있잖아. 네 칼, 누구 거야?"

앙히에는 무어라 외치려다 입을 닫았다. 그는 다시 한 번 시도하려 했지만, 이번에도 그녀가 먼저였다.

"내가 왜 그 몰골마저 잡아먹어야 하나? 싫다."

"야."

"나는 물론 살고 싶지만, 세상에는 바람과 다른 일이 종종 일어나기 마련이란다."

"그러니까 나를 따라오라고……."

"나는 살겠답시고 나 자신을 버리지는 않아. 그건 삶을 바란 내 딸도 싫어할 거야."

"……."

"과분한 소망이라면……."

그는 약간 기대에 찬 눈으로 그녀를 바라보고 있었다. 외르타는 그 예상치 못한 반응에 제 말을 도로 삼키고 싶었다. 분명히 실망시킬 것이다. 그에게 말하는 것이 그를 더 실망시킬까, 아니면 그에게 말하지 않는 것이 그를 더 실망시킬까?

"갈 때는 고통 없이 가는 거야."

앙히에는 순간적으로 제 분을 참지 못하는 듯했다. 너무 화가 나 상대를 때리고 싶은데, 그 사람이 제가 감히 손을 대기조차 무서운 사람이라 산 채로 불을 삼키는 모양이었다. 덜덜 떨며 간신히, 아주 가까스로. 그녀는 제 시야에 그득 담긴 그 시퍼런 얼굴을 보며 한숨을 쉬었다.

"평생을 한껏 즐기다 가도 가는 순간이 아쉬울 텐데…… 평생을 고통스럽게 살았는데 가는 순간마저 아프면 어쩌나……. 그런 거지."

"제발 좀……."

그는 무어라 빌던 와중, 무슨 종잇장이 시야에 끼어들자 기겁했다.

"뭐야!"

"나다."

앙히에는 기가 막힌다는 얼굴로 고개를 들었다. 영문 모르는 외르타 역시 위를 바라보았다. 앙히에는 다소 퉁명스럽게 그녀의 이름을 불렀다.

"레아?"

그들 위로 불쑥 들이닥친 사람은 외르타보다도 작아 보이는 여자였다. 새하얀 백금발에 잠깐 온 시야가 화사했다. 외르타는 무슨 반응을 보여야 할지 몰라 그저 눈만 깜박였다. 레아라고 불린 여자는 앙히에를 중간에 두고 외르타의 정 반대편에 딱 붙어 앉았다.

"안녕하세요?"

"나한테 인사하냐?"

"조용히 해."

"넌 왜 여기까지 나와서 정신 산만하게 굴어? 안 들어가?"

"쫓아내기 전에 조용히 해."

외르타는 가만히 그 잡담을 듣고 있다가, 쫓아낸다는 말에 인상을 찌푸렸다. 이곳은 잉그레였다. 딤니팔의 왕궁이자 오스페다의 중심. 그곳에서 누구를 쫓아낸다는 말을 할 수 있는 사람이 그리 많아 보이지는 않았다.

"알로지아드 산티에서 연락을 보낸 녀석이 뭘 이리 빨리 온 거야? 오고 나한테 얼굴도 안 비쳤지?"

"온 지 두 시간밖에 안 됐는데 무슨……. 내가 평소처럼 레발로를 거쳐 왔으면 좀 늦었겠지. 하지만 산티 아냐, 산티! 너 봐라. 산티, 발라데, 베네, 지카, 졸피, 만자나, 바비에, 오스페다."

"완전히 달려왔네."

"심지어 밀-아단도 제쳤다니까."

"알로지아드를 따라오는데 밀-아단은 당연히 제쳐야지. 그네젠은?"

외르타는 욜란다의 성을 듣고는 본격적으로 그녀를 훔쳐보기 시작했다. 저토록 작으니 무언가 조잘댈 땐 새가 재재대는 느낌이 날 법도 한데, 전혀 아니었다. 그보다는 매 마디 명령하는 듯 활기찼다. 소녀 같음이라고는 조금도 없으며, 여성스러움은 있는 듯 느껴진다면 다행일 텐데, 그렇다고 남자다운 인상이 아니냐 묻는다면 완전히 장님 취급을 받을 법했다. 어떻게 표현할 수 없지만 그럼에도 불구하고 묘하게 매력적이었다. 외르타는 어중간하다는 단어를 칭찬으로 바꿔 보려고 노력했지만 이내 실패했다.

"아, 이다? 괴스텔에서 갈라졌어. 잠깐 동부로 떠나야 했거든. 사실 나도 쫓아갈 예정이었는데…… 여기, 얘 때문에."

외르타는 앙히에가 몸을 뒤로 젖히자, 꼼짝없이 레아와 눈을 마주칠 수밖에 없었다. 어떻게 피할 겨를도 없었다. 훔쳐보던 시선 그대로 멈췄다. 그녀는 레아와 얼굴을 정면으로 마주한 채 어색하게 눈만 깜박였다.

레아가 말했다.

"안녕하세요?"

"예…… 안녕하세요. 그런데 성함이……?"

그녀는 자신이 존칭을 쓴 이유를 설명할 수 없었다. 항상 반말이 먼저 나가던 안하무인의 무뢰한이, 갑자기 왜? 외르타는 약간 얼떨떨한 채 상대의 대답을 들었다.

"라 딤니파 이스말 레아 톨레도 산테카를로."

외르타는 저도 모르게 고개를 끄덕였다. 곧장 일어서려 했지만 앙히에가 제 손을 꽉 쥐어 미끄러졌다. 그녀는 하마터면 엎어질 뻔하다가 가까스로 내뱉었다.

"외르타 발미레입니다."

처음으로 제 혀끝에서 나가는 새 이름은 묘한 맛이 있었다. 날카로운 쇠에 꿀을 바른 양 비릿하게 달콤했다. 레아가 고운 눈썹을 치켜 올렸다.

"이름이 왜 그 짝이야?"

"발미레? 우슈탈어? 폐하 작품인가요?"

"……말 하고는. 폐하께서 하사하셨단다. 예, 그리고 말씀 낮추십시오."

"서쪽에서 온 자……."

"서쪽이야? 남쪽이 아니네?"

"덜떨어진 녀석, 생각 좀 하고 말해."

"아니……. 그게 아니라, 그런 문제는 차치하고라도, 이 건은 내전을 두려워 한 왕비의 망명으로 기록된다지 않았냐? 그러면 당연히 남쪽에서 왔다고 말해야 할 텐데."

레아는 그를 한 대 때렸다. 외르타는 여전히 어중간한 자세로 굳어서는 그 둘이 툭탁거리는 모양을 지켜보았다.

"나중에, 망명한 게, 되면, 본디, 국적이, 사라진다던?"

"자암깐, 손 멈추고. 잠깐만. 야! 잠깐. 아니 그래도 보통은……."

"비전하."

그제야 손이 우뚝 멈췄다. 외르타는 자신에게만 저리 조심스러운 상대가 마음에 들지 않았다. 마치, 처음에 무슨 말을 걸 것인지 주저하다 끝내 뒷짐 진 채 지켜보는 꼬마 같다. 그녀는 그 같은 원숭이 취급이 끔찍이도 싫었다.

"네?"

"우선 말씀 놓으십시오."

"안 놓으면 안 돼요? 개인 취향이에요."

"전하께서는 지금 이자에게 하대하고 계십니다……. 같은 대우를 해주십시오."

"얘한테 공대는……."

"써 봐."

"정신 나간, 큼, 크흠. 아니, 경우가 달라요, 발미레. 이 녀석과 저는, 나라의 신하가 왕비에게 반말을 내뱉는 이 상황이 어색하지 않을 정도로 오래된 사이거든요. 하지만 발미레 그대는 오늘 저와 초면이잖아요?"

외르타는 고개를 한 번 저었다. 눈이 비스듬하게 감겼다가, 다시금 갈색으로 드러났다.

"하지만 위계의 차이는 명백합니다. 저는 지금 게외보르트의 왕녀도, 라르디슈의 왕비도 아닌 딤니팔의 일개 망명자일 따름입니다. 심지어 사정상 정식 성명조차 하사받지 못하고 임시변통으로 성만 가졌습니다. 근본이 다릅니다."

"예? 근본을 따지기 시작하면 저보다는 당신이 더 낫죠. 저는 십이공회의 딸이었을 뿐이지만, 그대는 나라의 딸이었지 않나요?"

"그렇다면 현재를 생각해 주십시오."

"현재 그대는 라르디슈의 전 왕비예요."

"망명자입니다."

"전 왕비라니까요."

"그렇다면 전하께서는 현 왕비십니다. 아무래도 격이 맞지 않습니다."

"재미없게들 논다……. 외르타, 얘가 원하는 대로 해. 고집불통이다."

앙히에는 거북의 등껍질에서 목이 나오듯 다시 슬쩍 허리를 세웠다. 외르타는 레아와 자기 사이를 가려 버린 그를 물끄러미 바라보았다.

"비켜. 대화하는 데 끼어드는 행동이 가장 몹쓸 짓이다."

"그걸로 싸우다 해 질 것 같으니 그렇지. 하릴없이 듣고 있는 내가 끼어들지 않을 수 있나? 너도 말 놓으라니까?"

"앙히에, 나는 예의를 안단다. 초면에 허물없이 대하려는 태도는 우리에겐 아무래도 걸맞지 않아. 그것을 모르실 분이 아님에도 억지를 부리신다면 나는 권력에 굴종하듯 말을 놓을 수밖에 없다. 하지만 그것이 흔흔한 수락이겠니? 아니야. 나는 지금 이 상황이 이해가 가지도 않고, 일면으로는 어이가 없기도 하다."

앙히에는 순간적으로 속이 확 가라앉는 것을 느꼈다. 아무리 제가 막대하는 친우라도 결국 이 나라의 왕비다. 이토록 정면에서, 명확하게 비난하는 행동을 저 아이가 어떻게 느낄지 도무지 확신이 들지 않았다. 그는 조마조마한 채로 고개를 돌렸다.

레아는 빙그레 웃었다.

"그렇게 언짢으시다면 계속 이리 말하도록 하죠. 하지만 난 그대가 잉그레에 있는 내내 이럴 화상이니, 말씀은 그대가 먼저 낮추게 될 거예요."

"비전하, 죄송합니다만 저는 즉각 떠납니다."

그 말에는 앙히에가 더 놀라 끼어들었다.

"뭐? 네가 어딜 가?"

"솔 미라이예."

"뭐?"

"뭐?"

이번에는 합창이었다. 두 사람은 잠깐 동안 못마땅한 표정으로 서로를 노려보았다. 외르타는 그 얼빠진 모습을 보며, 최대한 빨리 이 자리를 뜨고 싶었다. 간절하다.

"외르타, 솔 미라이예에 간다고? 네가 무슨 자격으로?"

"미라이예의 객."

"뭐?"

"뭐……. 젠장, 레아, 너 입 안 다물래?"

"너나 다물어. 솔 미라이예의 객이라고요? 누가 그랬어요?"

"발렌시아 경이 제안해 제가 받아들였습니다. 방금 전 공증서에 폐하와 발렌시아 경, 그리고 제 자필을 남겼습니다."

레아는 할 말을 잃은 듯 보였다. 앙히에는 그녀보다 배는 더 놀라서, 이제 그의 표정은 거의 경악에 가까웠다. 외르타는 멀쩡한 자신이 외려 비정상인가 의심했다. 저 둘. 얼굴에 줄 대고 그은 듯 똑같은 경악이라니. 자신만 사정을 몰라 얌전한 모양이 불쾌했던 것이다.

"문제가 됩니까?"

"아니…… 그런 건 아니지만……. 그래, 의도는 알겠어요. 무례한 말 양해 부탁해요. 이곳에 온 이상 그대 모국이 그대 목을 가만히 둘 리 없으니까. 하지만……."

"잉그레로도 충분한데……."

"본궁에 머물 수가 없으니 별궁보다는 차라리 솔 미라이예가 나을 거랍니다."

"맞는 말이긴 한데……."

"뭔가……."

"아니……."

"조금……."

"이상하네……."

"그러게……."

외르타는 차라리 저 둘이 부부라면 믿겠다고 생각하며 속으로 웃음을 터뜨렸다. 물론 그 생각보다는 더 중요한 문제가 있었다.

"비전하, 제가 타국인인지라 객의 개념에 대한 명확한 사전 지식 없이 제안에 동의한 것 같습니다. 물론 폐하께서 공증하신 지금에 와서는 이를 돌이킬 수 없습니다만, 그래도 현재 제 위치를 알려 주시면 감사하겠습니다."

"객은 일반적인 손님의 의미라기보다는 음, 피보호자라는 의미가 강해요. 라르디슈에도 비슷한 것이 있지 않나요? 프로테제라고……. 어, 아마 그보다도 훨씬 더 강하겠지만요. 누군가가……. 이건 불편하니 그대를 예로 들게요. 그대가 죄를 지어도 벌은 공작이 받아요."

첫 문장부터 갑자기 속이 확 우그러들었다.

"그대의 모든 언사는 공작의 말과 같은 위치에서 고려되어야 해요. 대우도 당연하고요. 그대가 화를 낸다면 그것은 공작의 화고 그대가 기꺼워한다면 그것은 공작의 기꺼움이에요. 그리고 만일 그대가 억울한 일을 당한다면 그것을 되갚는 것 역시 공작의 역할이 돼요. 또, 공작은 그대에게 필요한 모든 것을 제 한도를 넘어서까지 제공해야 하는 의무가 있어요……. 그 외에도 많지만 아무튼 이처럼 완벽한 책임이 바로 객을 받는 자의 의무예요."

이 작자가 일부러 설명을 안 했구나.

"이 대가로 그대가 놓아야 하는 것은 딱 하나 있어요. 신상身上이요."

"……."

"그대는 이제 스스로에게 권리가 없어요."

외르타는 당장 내려가 공증서를 찢어 버리고 싶은 마음을 애써 억눌렀다.

"사실 조금 웃기죠? 그대에게 필요한 모든 것과 그대가 하는 모든 행동에 책임을 진다면서, 정작 그러는 사람이 그대를 강제할 수 있다니요. 이래서야 고양이에게 생선을 맡긴 꼴이죠. 하지만 원체 이런 제도가 태어난 이유가 복잡하고도 다난해서……. 좀 웃겨도 우리는 이렇게 쓰고 있어요. 의외로 아귀가 맞는 부분도 있고요."

"이거 정말 귀찮거든. 우리쯤 되면 엔간하면 안 해. 중소 귀족들의 경우에는 부유한 재산 상속자에게 돈을 뜯어내려고 객을 유용하는 경우가 많지만…… 십이공회원은 사실 그럴 필요가 전혀, 전혀 없다. 때문에 십이공회 선부터는 정치적인 의미가 강하지. 너 같은 망명객이나, 아니면 휘하 영지들에 분란이 일어났을 때 제 의사를 표현하는 일이라거나, 유대 있는 귀족가에 위험이 닥쳤을 때라거나……. 일례로 미라이예는 반 세기 전 자멘테의 본가 반란에서 적통의 손을 들어 줬어. 적통을 미라이예의 객으로 들인 미라이예는 반역자들이 차지한 자멘테의 영지를 공략할 권리를 가졌지. 실제로도 그렇게 했고. 뭐 이런 식이야."

"사실 그대가 객이 된 것이…… 그대가 라르디슈의 망명객이라는 실상을 알고 보면 그리 틀린 게 아니지만요, 지금 그대가 똑똑히 밝힐 수 있는 것은 두 단어로 이루어진 그대 이름밖에 없잖아요……. 공작이 그 오해를 감당할 수 있으려나 모르겠네……."

"그러니까 내 말이. 여자 소문이야 그러려니 넘어가도, 지금껏 미라이예가 지켜 온 객 원칙을 단박에 깼다고 구설수가 장난이 아니게 될 텐데……."

외르타는 제 신상 운운하던 레아의 말 뒤로는 어떤 것도 듣고 있지 않았다. 그녀는 그제야 '승낙하면 당신은 또 내 주인이 되잖아' 라는 말에 미안해 하던 발렌시아를 이해할 수 있었다. 그가 실제로 그런 표정을 보일 정도면 그것은 진짜 사죄다. 외르타 자신이 고작 — 저택에 맞이해 시일간 보호할 뿐인 — '손님' 이 되는 것이었다면 그는 그처럼 미안해 하지 않았을 것이다.

그녀는 노기를 감추지 못하고 잇새로 내뱉었다.

"비전하, 제가 사정이 있어 이만 물러나려 하니 부디 윤허해 주시기를 바랍니다."

레아는 깜짝 놀라 그런 그녀를 바라보았다. 조심스레 인사했다.

"어, 네, 그래요. 나중에 봐요."

"감사합니다. 앙히에, 넌 곧 다시 보게 될 것 같구나."

"뭐? 어디서?"

"여기서."

"왜?"

"머무를 곳을 찾아놔."

나의 왕은 외르타 발미레를 죽일 것이다.

발렌시아는 잠깐 걸음을 멈췄다. 발끝부터 한숨이 새어 나오는 느낌이었다. 간지러움보다는 조금 강하고, 아픔보다는 조금 약했다. 홀로 산 것은 머리뿐이다. 피로에 몰릴 때처럼 관자놀이가 아렸다.

모든 묘책이 통하지 않았을 때 자카리가 할 일은 결국 제 손으로 외르타를 죽이는 것, 그럼으로써 게외보르트에 살인죄를 뒤집어씌우는 것이다. 입 밖으로 나오지 않았지만 자신은 알아차렸고, 자카리 또한 상대가 완전히 무지하리라고는 생각하지 않을 것이다. 이 때문에 자신을 그리 만류했음이 분명하다.

"그래도 솔 미라이예 안에서 미라이예의 객이 죽는다면 그대 위신에 엄청난 손상이 갈 걸세."

짐은 너를 아끼니, 어차피 죽을 사람을 솔 미라이예에 두지 말라고.

무슨 생각으로 끝까지 억지를 부렸는지 스스로도 잘 이해가 가지 않았다. 발터하임부르겐 1세가 분노할 것을 확신하나? 그것으로 게외보르트에서 공문이 와 만사를 해결해 줄 것이라 생각하나? 그러니 구태여 딤니팔의 치졸한 모살을 대비할 필요가 없다는 것인가?

전부 옳다. 이것이 제 진심이고, 또한 세상의 진실이기도 했기 때문이다. 게외보르트가 우선적으로 발작할 확률이 가장 높다. 그것은 서쪽 왕국의 가장 상식적인 대답이 될 것, 사실 이 대답은 그들이 사백 년 동안 경고해 온 바였다. 왕계를 건드리지 말 것. 그에 대한 즉각적인 반응 덕분에 저희가 일부러 도발한 일이 더 많던 역사다. 전쟁을 일으키고 싶을 때, 아주 살짝, 발이라도 내밀고 오면 득달같이 일어서 달려드는. 사실 왕계 침범이 핑계에 불과하다는 것을 이쪽도 저쪽도 모르는 바는 아니나, 어쨌든 전쟁이 필요하니까. 둘 모두 그렇다고 판단했으니까.

지금도 그러해야 한다. 진정 때였다. 전쟁이 발발해야 숨 막혔던 교류가 트인다. 지금은 외르타라는 훌륭한 구실이 없었더라도 모두가 숨을 죽였을 '때' 였다. 발터하임부르겐 1세가 즉위한 지 어느덧 두 해하고도 반. 게외보르트 역시 충분히 무르익었을 것이다. 딤니팔도 바라 마지않는 바다. 전쟁은 기필코 일어나야 한다. 사람이 죽어야 했다.

자카리는 이와 똑같은 생각에 입각해 발을 동동 구르고 있었다. 물론 그에게는 서부 영주들의 피해와 자존심이라는 무게가 보다 더 크기에 보다 더 절박하지만, 어쨌든 상호 간의 암묵적 동의는 이미 이루어졌다고 생각하고 있는 것이다. 어떤 서간도 오가지 않았으나 결국 공감해 주리라 믿고 있다.

그러니 공문은 올 것이다.

와야 했고, 끝내 올 것이다.

나머지 일은 생각할 필요가 없다.

발렌시아는 어쩐지 이 상황이 조금 어처구니가 없다고 생각했다. 그토록 살려 오라고 억지를 부렸다. 그런데 다시 죽이겠다고. 이런 냉온이 반복된다면 그 사이에 선 제 입장이 무엇이 되는지 곤혹스럽고 언짢았다. 끝내 죽일 것이라면 차라리 이전에 살리라 하지를 말지. 그는 이치에 맞지 않는다는 것을 알면서도 짜증스럽게 반복했다. 끝내 죽을 사람이라면 차라리 살리지 말 것을.

그는 순간적으로 약간 소름이 끼치는 것을 느꼈다. 짐승 소리처럼 들렸지만, 사람의 말이기에 더 오싹했다.

생각하지 않기로 했다. 게외보르트가 공문을 넣지 않을 경우는 우선 헤아리지 않을 것이다. 너무 이르다. 왕도 말했다. 모든 것이 너무 이르다. 어차피 다 잘 해결될 일에 미리부터 주의를 할애할 필요가 없었다. 지금은 모든 예비가 너무 일렀다.

그러나 나는 항상 최악의 경우를 가정해 오지 않았던가?

"발렌시아 경!"

발렌시아는 목소리가 들린 곳을 돌아보았다.

"당신! 나한테 제대로 설명 안 했어!"

외르타가 잉그레의 바깥 계단을 뛰어 내려오는 모양이 금방이라도 넘어질 듯 위태로웠다. 화를 내느라 발걸음에 아예 신경 쓰지 못하는 듯했다. 그는 앞으로 나서려 했지만, 그런 자신을 깨닫고는 외려 더 뒤로 물러났다.

"객……! 미라이예의 객이라고? 방금에야 제대로 된 설명을 들었다!"

아.

"당장 물려! 감히 내게 그따위 구속을 둬? 경, 제정신인가! 나는 이인그…… 젠장! 여기에 머물겠다! 솔 미라이예는 되었으니 당장 나랑 같이 올라가! 공증을……!"

"진정하십시오."

발렌시아는 사실 아무 생각이 없었다. 그녀의 분에 어떻게 대처할지, 그 무계획이 암담하지는 않은지, 그녀가 마지막 인내까지 잃는다면 어찌 될지, 전혀 몰랐고 아랑곳하지도 않았다. 그런 스스로가 의아했다. 약간 신기하기도 했다.

"지금 진정을 하라고! 좋아! 좋아. 좋아. 당신이 말하는 진정이 이런 거였다면 이제 아쉬울 것 없겠군. 그러니 더 이상 어떤 것도 요구하지 말렴. 소리를 높인들 낮춘들 내용은 같을 거다. 당장 물려라. 나는 그런 의미의 객에 동의한 적이 없다."

"하셨습니다."

"웃기지 마라. 당신이 내게 설명한 것은 아무것도 없어. 정말 아무것도 안 해 줬어. 이래서야 당신과 순진한 어린애 등처 먹는 무뢰한이 어디가 다른가? 당신은 내가 내 입으로 순진하다고 지껄이는 것을 꼭 들어야겠나?"

"객의 성문 조건은 제가 말씀드린 그 둘뿐입니다. 가주의 집에 머무를 것과 가주의 체칼라스를 공유할 것. 이외 나머지는 암묵적인 규칙입니다."

"지금 당신 나랑 장난하나! 암묵적인 게 가장 중요하단 걸 누가 몰라, 불문율이 훨씬 영향력이 크단걸! 그것도 웬만한 불문율도 아니다. 왕비가 당연한 듯 이야기하는 불문율이야."

"비전하를 만나 뵈셨습니까?"

"지금 그게 중요해?"

"반복적으로 작금의 상황을 강조하시는데 현재 어떤 불편함이 있는지 말씀해 주십시오."

"그걸 당신이 몰라?"

그는 안다고도, 모른다고도 대답하지 않았다. 정말 아무 생각이 없어서, 그저 가만히 고개를 기울이고 그때그때 별 의미도 없는 말을 내뱉었다.

"우선 솔 미라이예로 돌아가 말씀하십시오."

"무슨 소릴 하는 건가! 지금 당장 각하시키자니까!"

"너무 흥분하셨습니다."

"경! 내가 흥분 안 하게 생겼어?"

외르타는 그에게서 정확히 세 발자국 떨어진 위치에 우뚝 섰다. 화가 머리끝까지 나 도저히 무슨 말을 이을 수가 없었다. 저자는 지금 내 노여움을 과소평가하는 것은 아닌가? 무엇을 믿고 저리 차분한가? 얽어매지 말라 누누이 주의를 주었음에도 끝내 이러했다. 상대가 애초에 자신을 존중하지 않았다는 뜻이다.

"내 신상이 당신에게 소속된다고? 여긴 군이 아니야. 당신도 총사가 아니고. 당신은 지금 내게 내 남편을 두 번 겪으란 소리를 하는 건가? 그리 살려 와서, 이런 대우를?"

"다릅니다."

"무엇이 다른데?"

"모든 것이 다릅니다. 제가 당신을 구속할 때란 당신의 안위와 직결되는 사안이 있을 때뿐입니다. 저는 그리 세심한 자가 못 되고 심지어 이제 전시보다 배는 분주해질 사람이니, 직접적인 규제는 아마 거의 느끼지 못하실 것입니다."

"구속, 규제, 당신도 이 말을 쓰고 있잖나? 그것인즉슨 그 권리가 당연하단 것 아닌가!"

"예, 당연합니다."

외르타는 숨이 딱 막혔다. 저 무감정하고 차분한 시선에 참 오랜만에 다시 증오가 끓어올랐다. 자신의 모든 과거를 앎에도 끝내 자신을 얽매겠다고 주장하는 이유를 모르겠다. 헤아리고 싶지도 않았다. 그와 똑같이 미쳤나 보다. 그것은 제 이해를 넘어선 광인의 경지였다.

"공증은 파기하지 않을 것입니다."

외르타는 잠깐 동안 할 말을 잃었다. 할 말이 없어서가 아니라, 너무 많아 목구멍부터 틀어 막혔다.

"제 강제는 당신의 안위를 위하는 선에서 조정될 것입니다. 평시와 그리 큰 차이가 되지 않으리라 생각합니다. 외려 잉그레에 머무는 것이 솔 미라이예에 머무는 것보다 바깥 출타가 힘들어 당신의 자유를 더 제한하게 될 공산이 큽니다."

헛소리. 그녀는 참지 못하고 바락 소리를 질렀다.

"경은 항상 그래! 당신은 항상 그랬어! 아이를 가진 줄 알았을 때에도 기어이 못 떼게 했고! 밀레비스에 나가게 해 달라 해도 완벽히 묵살했고! 내가 죽었을 때도, 끝내 살려 냈고! 내 인생에 무슨 억하심정 있어? 왜 이래? 제발 좀!"

발렌시아는 그제야 기색이 변했다. 그의 얼굴이 약간 일그러졌다.

"당신을 위한 일이었습니다."

"오, 맙소사……. 이제는 심지어 날 위한 일이었다는구나……. 다 되었다. 이제 그만하고 싶다. 쉬고 싶다. 왜? 왜 이걸 이해하지 못했어? 경. 경은 도대체가 왜 그래?"

"그렇다면 제가 그것을 온전히 왕명이라 해야 마음이 편하시겠습니까?"

그녀는 입을 꾹 다물었다. 무언가가 역류하는 느낌에 어쩔 수 없는 행동이었다. 그렇다고 대답하면 제 스스로 덫을 놓는 꼴이다. 공작이 왕명을 거역할 수 없으니, 저것은 지금까지 그가 보인 행동들에 마땅한 변명이 될 것이다. 미라이예의 객 또한 저 단순한 답을 들이민다면 끝내 자신의 추궁을 피할 수 있게 된다.

그녀는 눈을 한 번 깜박인 뒤 말했다.

"발렌시아 경, 정말 번복 안 할 거야?"

"예."

"진심으로?"

"번복하지 않습니다. 이미 폐하의 필서 아래 공증되었을 뿐더러, 당신의 목숨을 위한 일입니다."

"정말?"

"잉그레에 당신의 자리를 두지 말라 명해 두겠습니다."

외르타는 다리에 힘이 빠지는 것을 느꼈다. 서서히 주저앉아, 분기에 떨리는 손으로 악귀 같은 제 얼굴을 가렸다. 자신의 이 노여움이 너무도 무가치했다. 그의 힘 있고 낮은 어조에 모든 강요가 현실로 고정되고 있었다. 저 익숙한 권력. 저 익숙한 힘. 그 아래서 버르적버르적 기는 나.

살아가겠다고 맹세했다. 내 아이에게. 내 모든 것에 내 전부를 걸고 온 숨으로 맹세했다. 이미 제 몸보다 더 큰 쇳덩어리로 삶의 의무가 지워진 자신이다. 외르타는 스스로가 진심으로 생에의 의지를 가졌다고는 생각지 않았다. 오로지 아델의 뜻이다. 때문에 욕심조차 없이, 담백하게 집착했다. 그녀는 자신이 살기 위해서라면 모든 것을 감내할 수 있을 것이라고 굳게 믿었다.

그럴 리가 없지.

다시 신상의 구속이 닥친 것이다. 기약 없이, 자신을 근본부터 깎아내리는 무시무시한 힘. 할 수만 있다면 반항이라도 해 볼 텐데 도저히 길이 보이지 않았다. 지난 반년간 겪은 발렌시아다. 외르타는 뻗대는 일이 조금도 소용없으리라는 사실을 알았다. 그녀는 순식간에 밑동이 잘려나간 나무 꼴이 되었다. 온몸이 우그러져 덜컥덜컥 내려앉았다. 옹졸하게도 제 감정이 먼저라, 이럴 바에야 죽는 것이 낫다고 소리를 지르고 싶었다. 왜 기억하기도 싫은 과거를 벅벅 긁어 가져오려는지 모르겠다.

외르타는 지금도 자기 전, 제발 다음 날 눈이 떠지지 않기를 기원했다. 오래전에 깨달은바, 사실 밀레비스까지가 제 정당한 삶이었다. 지금 고통스레, 가까스로 늘어진 제 숨은 딸의 목소리가 신의 물레를 넘보는 짓일 뿐이다. 신의 물레는 거짓을 말하지 않는다. 그에서 자아진 실은 이미 끊긴 지 오래, 지금은 아델의 손이 그것을 억지로 잡아 늘이는 중이었다. 새로울 것이 없다. 현재가 없다. 현재가 없으니 제게는 옛 기억뿐이고, 영영 자유롭지 않으니 로크뢰는 자신을 떠나지 않는다.

로크뢰. 그래. 서서히 수면 위로 올라올 때가 되었다. 이런 구속을 듣고 웃으며 오지 않을 사람이 아니었다.

사실 그녀는 지금 그가 보고 싶기까지 했다. 그리움이 아니라, 그저 끔찍이 보고 싶었다. 그 감정은 그리움과 완전히 다르다. 로크뢰는 그녀의 절반을 갈라 먹었다. 그가 죽은 지금에 와서도 그는 온전히 제 절반이었다. 외르타는 발렌시아의 명령에 스스로가 단숨에 헤져 버렸다는 사실을 깨달았다. 도저히 자신만으로 삶을 지탱할 수 없었다. 변치 않는, 고집 센 자신으로 생을 기억할 수가 없었다. 남은 것은 아델의 바람에 매여 있는 자신뿐이다. 그것은 정말 아무것도 아니었다. 심지어는 생각도 못하는 무생물에 불과했다.

"이 꼴이 될 줄 알았으면…… 차라리 그때 그한테 죽을걸……."

이 속박을 겪으며 무너지지 않을 리가 있나. 끔찍한 기분이었다. 로크뢰라면 그 살인자의 손으로 자신을 죽여 주었을 것이다. 산뜻하고 깔끔하고 확실하게. 그 손으로 죽는 것이나 제 손으로 죽는 것이나 결국 상대의 절망을 샀을 것이다. 확실한 방법을 쓸 것을 무에 그리 신이 나 홀로 배에 칼을 쑤셨는지 모를 노릇이다. 그에게 찔렸다면 지금 이처럼 아픈 삶에 묶이지는 않았을 텐데.

결국 과거를 구차하게 늘이니 이런 사달이 일어나지 않는가. 리오넬. 그 이름을 한번 떠올린 것만으로도, 그자는 준비하고 있었다는 듯 저를 온통 집어삼켰다. 그가 보였던 것과 비슷한 속박, 비슷할 뿐인데 그저 물씬 치밀었다. 리오넬. 시궁창 냄새가 풍겼다. 리오넬. 이제 반쪽도 아니다. 전부 그다. 그녀는 사라졌다.

너무 증오해서, 너무 보고 싶었다.

외르타는 결코 증오를 번복하지 않는 자였다. 그녀는 한번 미워하기 시작하면 평생 미움으로 기억할 어린아이였다. 그러니 복수가 성공한들 스스로 죽을 때까지 증오할 그 얼굴을 잊을 수 있을 리 없다. 덕분에 그것이 제 앞에서 사라지자, 불안했다.

외르타는 딤니팔에서도 지난 칠 년을 겪을까 겁이 났다. 언제나 그러했듯 거절하고 싶어도 거절할 수 없었다. 그녀는 이미 그녀 자신만으로는 스스로를 지탱할 수 없는 지경에 이르러 있었다. 그래서 로크뢰를 찾았다. 제 가장 밑바닥에 그가 있었기 때문이다. 자신의 일부라기보다는, 땅. 스스로가 뿌리박고 자란 땅. 제 온 바탕. 그런 그가 증오로 보여야 자신의 삶이 증명되는 것이다. 이 끔찍한 속박 속에서 자신의 삶을 기억하기 위해서는, 이 수밖에 없었다.

"리오넬……."

그가 내 삶을 증명해야 하는데.

"왜 내 앞에…… 없어서……."

어차피 자신의 인생은 뿌리 끝부터 썩어 든 종자였다. 스스로 그를 죽여 낸들 평생토록 이리 속박되리라는 사실을 설마 내가 몰랐을까? 영영 증오로 묶여 있을 것이다. 외르타 자신이 닳아 없어질 때, 가장 아래 척박한 붉은 흙이 드러나 그녀를 받쳐 줄 것이다. 내 남편, 내 증오가, 이리될 줄 알았다. 그래서 다 끝내고 죽겠노라 가뿐하게 결심했던 것이다. 복수가 양자 모두를 말려 버린다는 것은 차라리 하나의 진리였다.

외르타는 스스로를 기억해야 했다. 가장 증오하는 자를 끝끝내 끌어

내어 제정신을 가누어야 했다. 증오를 통해 모든 기억을 억지로, 알뿌리처럼 잡아당겼다. 그가 나였다. 이래서 살아 있으면 아니 되었다. 삶이 허락되기를 바라지 아니하였다. 자신이 죽여 놓고도 기어이 다시 미련을 두지 않나. 로크뢰는 죽은 것이 아니었다. 적어도 제 속에서는.

나는 그에게 아무 말도 안 했다. 말을 하지 않으면 말을 하지 않는다고 욕하였다. 말을 하면 말을 한다고 욕하였다. 그러면서 온갖 입에 담지 못할 폭언과 주먹을 얼굴 앞에 들이대었다. 죽여 버리고 싶었다. 죽으라고 빈 적도 많다. 그를 너무도 오래 겪어 별수 없이 이제 다들 그리 보인다. 더럽고 무섭고 힘만 세고 죽어 없어져 버려야 할 것들…….

"외르타."

그의 목소리는 어쩐지 잇새로 밀려 나온 듯한 느낌이 들었다.

"파기하고 싶다면 그리하십시오."

외르타는 갑작스레 고개를 들었다. 온갖 악다구니가 한꺼번에 달려 나오다, 죄 제 혓바닥에 걸려 넘어졌다. 결국 자신의 목소리 같지 않은 신음만 딱 한 번 새어 나왔다.

"뭐?"

"당신 마음대로 하십시오."

그녀는 입을 꾹 다물었다가 무어라 대답해 보려 했다. 그러나 역시 그가 먼저였다.

"왕에게 미련을 두셨다면 그를 시해한 자인 저는 당신 앞에 고개를 들지 못할 것입니다. 그 살인자가 당신을 보호한다니 말이 되지 않습니다."

"경, 입조심해라."

"언사에 신중을 기해야 하는 이는 당신입니다. 저는 제 앞에서 로크뢰 1세를 그립다 말하는 당신의 심중이 이해가 가지 않습니다. 당신이 변덕스럽고, 따라서 그 증오가 애증이 되었다는 이야기는 신경 쓰지 않습니다. 다만 제가 그를 죽였습니다. 그를 시해한 자 앞에서 무례하십니다."

그녀는 앉은 채 주춤주춤 물러났다. 계단에 막혀 그대로 걸터앉았다. 발렌시아는 그때까지도 제자리에 우두커니 서 있었다. 외르타는 깨질 듯한 머리를 움켜쥐었다, 오른손만 내밀어 제 바닥을 보였다.

"그립다고 안 했어."

"사과하십시오."

"안 했어. 왜 내 앞에 없느냐고 했어. 그러니 사과할 일도 없다."

"다릅니까? 사과하십시오."

외르타는 고집스러운 그의 목소리에 점차 정신을 차렸다. 로크뢰로, 증오로 기억하는 자신이 아닌, 온전히 그녀로 기억하는 자신이었다. 세상에, 나를 이 지경까지 밀어 넣은 것이 누군데. 미안해야 할 사람이 누군데.

"당신이 사과해."

"사과하시면 미라이예의 객을 각하시키겠습니다. 사과하십시오."

"사과 안 한다! 당신이 잘못했는데 내가 왜 사과를 해!"

그녀는 열에 받쳐 내뱉고는 순간 실수한 것인가 생각했다. 미라이예의 객을 물리겠다는 제안을 거절해서가 아니다. 그것은 희한하게도, 갑자기 본론처럼 여겨지지가 않았다. 다만 그의 표정. 정말 사람을 죽일 것처럼 확 가라앉는데, 적지 않은 시간 그를 보아 왔다고 자부한 외르타마저도 오싹할 지경이었다. 그녀는 완전히 정신을 차렸다.

"당신은 수치가 없습니까?"

"무슨……."

"오래도록 그를 겪고도 당당히 그 애정을 과시합니까? 복수에 부끄럽지도 않습니까? 저에 대한 무례를 넘어, 자신에 대한 무례라고 여겨지지는 않습니까? 제게 사과할 마음이 없다고 말씀하셨습니다. 그렇다면 당신에게 사과할 마음도 없으십니까?"

외르타는 벌떡 일어섰다.

"발미레를 어떻게 안다고?"

"지겨워……. 내 지난 칠 년은 묻지 말라고 몇 번을 말해?"

"정말 끝끝내 그렇게 대답할 거야, 너?"

"외르타는 발미레고 왜 나는 너냐? 넌 내가 만만하냐?"

"솔 톨레도 적부터 그랬잖아."

"어유, 시끄러워. 잠깐 나갔다 올게."

"놀금?"

"내 일이 그렇지."

레아는 의자 위에 동그마니 앉아선 고개를 끄덕였다. 앙히에는 잉그레의 예를 표한 뒤, 뒤에서 놀리느냐며 물건을 던지는 레아를 피해 달아났다.

그는 발렌시아가 왜 무리하게 객을 요청했는지 고민했다. 물론, 가장 처음 떠오르는 것도 가장 마지막으로 떠오르는 것도 역시 자카리일 수밖에 없었다. 즉각적인 깨달음이었다. 제 형님은 왕의 의사를 헤아렸으리라. 이는 결국 왕명을 위한 배려다.

자신은 발터를, 자카리가 이해하는 것보다 정확히 열 배 더 잘 아는 사람이었다. 제 누이를 가만히 두지 않겠다는 발터 본인의 의사는 이미 몇 해 전에 그 입으로 똑똑히 들은 바다. 또한 제 왕은 현재 서부를 향해 이를 갈고 있었다.

하나 더하기 하나는 둘이다. 아무도 언질해 주지 않았으나, 형님, 외르타와 삼자대면을 하는 순간 저 홀로 알아차렸다. 이것은 외르타를 전쟁 구실로 삼고자 하는 그리 특별할 것도 없는 수다. 발터가 항의하면 전쟁. 발터가 살수로 외르타를 죽여도 전쟁. 아무 일이 일어나지 않을 확률은 없다. 발터는 분명 도발될 것이다. 도발되거나, 혹은 웃으며 집 밖으로 걸어 나오거나.

그러나 어쨌든 저희 딤니팔은 드러내 놓고 무기를 흔드는 파렴치함을 보일 수 없었다. 눈 가리고 아웅이지만 그래도 초반만큼은 숨기려는 노력을 보여야 한다. 더군다나, 아마 딤니팔군은 외르타의 도움을 받았다는 이야기를 전면 부정할 것이다. 이 때문이라도 역시 정체는 감춰져야 한다. 숨기면서, 왕과 모종의 관계가 있는 것처럼 보여 발터를 초조하게 할 것. 이것저것 형식에 얽매이면 이 임무는 불가능한 일이 되고 만다.

이 임무의 핑계를 파 줄 사람이 바로 발렌시아인 것이다. 미라이예의 객과 왕의 접점이 많은 것은 외려 당연한 일이고, '외르타 발미레' 처럼 평민과 다름없는 이름이라도 감히 의심받지 않을 것이다. 십이공회조차 공작이 입을 다물면 아무도 그 의도를 모르게 된다.

무관無冠인 자신이 모든 계획을 어림짐작할 수 있는 것은, 스스로가 리볼텔라와의 육 년을 이야기하는 동안 왕의 노여움을 보았기 때문이다. 앙히에는 그 노기를 놓치지 않았다. 왕의 노기는 언젠가는 현실이 된다. 북부, 동부, 남부, 중부 십이공회의 일원들, 즉 '대다수' 의 불만을 사지 않기 위해 현재 함구하고는 있으나, 언젠가 그 왕이 확고한 의지와 확고한 전쟁 명분으로 전면에 나선다면, 그 모든 것은 돌이킬 수 없다. 이미 코앞에 닥친 전쟁에 이의를 제기할 자가 설마 있겠는가? 감히?

이처럼 철저한 비밀이었다. 왕과 공작. 이외에는 몇 년의 경험과 어설픈 머리로 짐작한 자신이나, 무슨 생각을 하고 있는지 모를 레아.

때문에 발렌시아의 의도는 명료했다. 그는 왕의 심중을 헤아렸을 뿐이다. 그럼에도 자신이 의아한 것은, 이것이 그가 가장 사랑하는 원리원칙에 위배되는 행동이라는 사실이었다. 미라이예는 육백 년 동안 스무 명이 조금 안 되는 객을 맞았다. 어떤 때는 백 년이 넘도록 잠자코 있던 적도 있다. 이것은 미라이예가 왕명을 충실히 지키기 때문으로, 이 자체가 명예가 되어 귀족들에게 숭앙받고 있던 것이다.

한데 형님이 이 원칙을 어겨?

물론 실상은 원칙에 위배되지 않는다지만, 다른 이들에게는 어찌 달리 보일 수가 없다. 이로써 공작은 한동안 미라이예의 오명을 씻지 못하게 될 것이다. 사실 모든 것이 드러난 뒤에도 그 인식 자체가 파다할 확률이 높고, 그런 일은 자신을 향한 시선이 귀찮아서라도 결코 하지 않을 형님이다. 다 그만두고 잉그레에 놓아도 왕의 여자라는 둥 눙칠 수 있으니 좋게 흘러갔을 텐데.

도대체 왜 그랬대? 이해가 가지 않았다. 그냥 잉그레에 머무르게 두면 될 텐데. 그는 투덜대며 왕궁의 쪽문을 나섰다.

"이 꼴이 될 줄 알았으면…… 차라리 그때 그한테 죽을걸……."

이건 또 어디의 누가 같잖은 투정을…….

"리오넬……. 왜 내 앞에…… 없어서……."

앙히에는 몸을 휙 돌렸다. 나무가 중간을 가리고 있어 앞이 불편했다. 그는 뛰쳐나가려 했다.

"외르타, 파기하고 싶다면 그리 하십시오."

그는 달려 나가는 발과 멈추는 발이 엉켜 순간적으로 고꾸라질 뻔했다.

세 번 연속으로 양 뺨을 맞은 느낌이다. 깜짝 놀라서 정신이 들기는커녕 더 혼란스러워졌다. 젠장, 뭐? 그래, 기억에 가장 강하게 남은 것은 결국 마지막이다. 앙히에는 도저히 방금 전 자신이 들은 목소리가 발렌시아의 것이라고 생각할 수가 없었다. 자신과 조우했을 때조차 속이야 어떻든 겉만은 침착했던 형님께서 어떻게 저런?

"뭐?"

"당신 마음대로 하십시오."

"왕에게 미련을 두셨다면 그를 시해한 자인 저는 당신 앞에 고개를 들지 못할 것입니다. 그 살인자가 당신을 보호한다니 말이 되지 않습니다."

"경, 입조심해라."

외르타 역시 불을 꾹꾹 누른 목소리였다. 앙히에는 그녀가 그럴 만도 하겠거니 생각하다, 직전의 말을 상기하고는 갑작스레 화가 치밀어 올랐다. 잘못한 사람은 형님이 아니라 너지. 로크뢰가 보고 싶다고? 그는 슬슬 자신이 발렌시아보다 화가 나고 있다는 사실을 인정해야 했다.

"언사에 신중을 기해야 하는 이는 당신입니다. 저는 제 앞에서 로크뢰 1세를 그립다 말하는 당신의 심중이 이해가 가지 않습니다. 당신이 변덕스럽고, 따라서 그 증오가 애증이 되었다는 이야기는 신경 쓰지 않습니다. 다만 제가 그를 죽였습니다. 그를 시해한 자 앞에서 무례하십니다."

"그립다고 안 했어."

"사과하십시오."

"안 했어. 왜 내 앞에 없냐고 했어. 그러니 사과할 일도 없다."

"다릅니까? 사과하십시오."

"당신이 사과해."

"사과하시면 미라이예의 객을 각하시키겠습니다. 사과하십시오."

"사과 안 한다! 당신이 잘못했는데 내가 왜 사과를 해!"

앙히에는 외르타의 뻔뻔함을 한두 해 봐 온 것이 아니었다. 그러나 이번에는 정도를 넘었다. 그것은 발렌시아 역시 마찬가지로 느낀 듯했다.

"당신은 수치가 없습니까?"

"무슨……."

"오래도록 그를 겪고도 당당히 그 애정을 과시합니까? 복수에 부끄럽지도 않습니까? 저에 대한 무례를 넘어, 자신에 대한 무례라고 여겨지지는 않습니까? 제게 사과할 마음이 없다고 말씀하셨습니다. 그렇다면 당신에게 사과할 마음도 없으십니까?"

앙히에는 멍하니 앉아 있다가, 그녀가 이를 갈며 일어서는 모습을 보고는 나무 사이로 튀어 나갔다.

그로 인해 외르타는 일어서려다 다시 앉게 되었다. 그녀는 제 어깨를 누른 앙히에를 노려보았다.

"무슨 짓이야?"

"로크뢰가 보고 싶다고? 너 그건 무슨 미친 소리냐?"

"엿들었어? 네가 뭐라고 나를 추궁해! 비켜!"

앙히에는 그녀의 한마디 한마디가 끔찍했다. 누군가 제 쇄골 아래에 대고 규칙적으로 정을 두드리듯 일 초에 한 번씩 숨이 막혔다. 그 울림은 가슴 한가운데에서 퍼져 나가 손끝까지 꼭 같은 동선으로 죽죽 훑어갔다. 마치 자신이 하나의 큰 종이 되기라도 한 것처럼.

목소리는 외려 낮아졌다.

"엿듣든 말든. 그게 말이나 되냐? 넌 내가 생 로욜에 몇 번이나 찾아간 줄 알아? 그딴 소리가 나오게, 너 진짜 미쳤어?"

"비켜!"

"입 다물어. 넌 그 말 한마디로 몇 사람을 조롱했는지 모를 거다. 날 제대로 납득시키지 않으면 나도 내가 어떤 낯짝을 보일지 모르겠어."

외르타는 세 번째로 털썩 주저앉게 되자, 폭발했다.

"비키라고 했어!"

"네가 갈 곳이 어디 있다고……."

"솔 미라이예!"

"아까 그렇게 화를 내며 잉그레로 돌아간다더니? 객은 무슨 빌어먹을 객. 방금 그 말 설명하면 잉그레에 방 내줄게. 대답해."

"내가 왜? 너한테 말한 것도, 경에게 말한 것도 아니란다. 나는 해명할 이유도 의무도 없어. 넌 당장 안 가니? 가!"

"외르타."

그녀는 성난 그대로 고개를 획 돌렸다. 발렌시아였다. 외르타는 그가 방금 전의 일로 솔 미라이예 체류를 거절하려는 줄 알고 약간 움츠러든 모양이 되었다. 그가 그리 말한다면 자신은 꼼짝없이 앙히에에게 끌려 들어가, 당장이라도 그 미친 소리를 해명하라고 열두 시간짜리 고문을 받게 될 것이다. 그녀는 상당히 조심스러워졌다.

"왜?"

"수락을 번복하지 않을 예정이십니까?"

그녀는 거짓말을 했다.

"응."

외르타는 벌떡 일어섰다. 앙히에가 펄펄 뛰며 잡아 누르려 했지만, 이번에는 외려 그가 잡혔다. 앙히에는 자신을 막은 발렌시아를 짜증스레 노려보았다.

"형님, 저 설명은 듣고 보낼 겁니다."

"미라이예의 객이시다."

"나도 미라이예야."

발렌시아는 순간 자신을 억눌러 인내하는 듯했다. 외르타는 그의 손이 미세하게 떨리는 모양을 보았다. 혹은 본 것 같았다. 그녀는 그 균열이 제 착시는 아니었던가 의심했다. 얕은 한숨이 지나갔다.

“지금은 흥분했으니 후일 이야기해라. 어차피 근 시일 내로 잉그레의 연회가 있다.”

“앙히에, 네가 진정하면 말해 주마. 그러니 지금은 놔주렴.”

사실 이것도 거짓말이다.

“외르타, 너…….”

“정말이야.”

거짓말이다. 그러나 앙히에는 사실을 몰라, 마른손으로 제 얼굴을 마구 쓸었다.

“로크뢰가 왜 앞에 없느냐니……. 그건 또 무슨…… 개소리야……. 사람 미치게…….”

“설명해 준다고 말했잖아. 단, 지금은 안 돼. 너 지금 냉정히 들을 수도 없잖아.”

발렌시아가 먼저 뒤를 돌았다. 외르타는 거짓말이 미안해서 다시 한 번 앙히에를 바라보았다. 다시 노을 속에 드러나야 떠날 것이다. 다음 순간 땅거미가 그의 얼굴을 한 움큼 움켜쥐었다. 외르타는 눈이 드러난 그에게 한 걸음 다가서서, 사과했다.

“미안.”

“…….”

“하지만 걱정 말렴. 내가 죽을 때까지 그자를 증오하지 않을 날은 없을 거야.”

외르타는 상대가 돌연 화를 가라앉히는 것을, 갑작스레 걱정스러운 모습을 보이는 것을 이해할 수 없었다.

“너…….”

“가마. 나중에 보자.”

그녀는 잉그레의 정문 길에 접어드는 발렌시아를 향해 뛰어갔다. 뒤를 돌아보지는 않았다.

그가 일부러 느리게 걸었는지, 그녀는 곧 그에게 도달할 수 있었다. 그녀는 그와 발걸음이 맞는 순간 말했다.

"아까 폐하께 받은 그 먹지 있지?"

"……."

"그거 날 주렴."

그는 느릿느릿 답했다.

"이유를 말씀하십시오."

"……공증 각하시키려고. 당신은 바쁘니 내가 대신 폐하께 가서 고하마. 지금 주면 좋지만, 정돈이 안 되어서 찾기 힘들면 들어가 줘도 좋고."

"……."

"경?"

"수락을 번복하지 않으신다고 말씀하셨습니다."

외르타는 그의 순진함에 웃음을 터뜨릴 뻔했다. 웃음을 그친 것은, 그것이 상대의 순진함이 아니라 자신의 파렴치함임을 깨달았기 때문이다.

"당신은 아까 내가 그리 이성을 잃고 화를 낸 모습을 봤잖아. 그걸 보고도 수락할 것 같았어? 경."

"외르타, 미라이예에 머무십시오."

"나는 이걸로 세 번째 구속을 받는 거란다. 당신에게서만 세 번째. 내가 객이 그런 의미일 거란 걸 어떻게 알 수 있었겠어? 알았다면 결코 수락하지……."

"객이라 명명한들 조금도 강제하지 않을 것입니다. 결코 어떤 것도 금지하지 않겠습니다. 하고 싶은 것을 하십시오. 저는 당신에게 조금도 관여치 않을 것입니다. 부디 홀로 계십시오. 그것이 당신이 원하는 바라 생각합니다. 그리하십시오."

외르타는 놀라 옆을 돌아보았다. 더듬더듬 말을 내뱉는 느낌이었는데, 제 귀로 듣고 보니 그보다 배는 빨랐다.

"내 신상의 구속을 하지 않겠다고?"

"그리 말씀드렸습니다."

"내가 뭐라고 그 귀찮은 일들을 감수해? 말이 안 된다. 그리고 나로서도 미안하지."

"공이 아닙니다."

그녀는 순간 걸음을 멈췄다. 그가 대가로 무엇을 요구할지 궁금해졌기 때문이다. 몇 초간 혓바닥에 붙었던 말이 달려 나왔다.

"대가는?"

"사과하십시오."

외르타는 기어이 웃음을 터뜨리고 말았다. 발렌시아가 걸음을 멈춘 채 뒤를 돌아보는 모습이 보였다. 그녀는 손으로 얼굴을 반쯤 가린 채 웃다가, 손사래를 치다가, 다시 웃었다. 자신도 저가 왜 웃는지 몰랐다. 웃음은 한참이나 계속되었다.

"하, 하하, 하……. 사과? 경, 방금 전의 그 말 말이야?"

"예."

"설명은 어떠니?"

"하십시오."

그것은 어쩐지 한마디, 한마디 잘 으깨진 피멍울처럼 들렸다.

"당신이 나한테 로크뢰를 떠오르게 했어."

그는 순간적으로 숨이 막혔다. 어디서? 내 무엇이? 어떻게?

"그 속박에 나를 잃었지. 그 망할 객. 빌어먹을 객. 덕분에 모든 곁가지들이 증발하고 내 머릿속에는 오로지 그 속박밖에 없게 되었단다. 미친 것 알아. 실제로도 정신 나갔어. 그리고 그 구속에 숨이 막히자, 나는 내 남편이 보고 싶었어……."

발렌시아는 그 순간 제 무엇에서 로크뢰를 발견했는지 물어보려던 것을 완전히 잊었다. 사실 그는 지금까지는 어느 정도 온건한 예상을 하고 있었다. 그를 보고 싶다 했던 말은 결국 잠깐 이성을 놓은 상태에서 나온 헛소리일 뿐이라고. 광인의 허언이었으니 잊어 달라고. 외르타가 그리 말했다면 자신은 분명 잊었을 것이다. 다시는 기억하지 않고 온 바닥에 묻어 버렸으리라.

그런데…….

"도대체 왜?"

그것은 거의 맹수의 위협처럼 들렸다.

"어……. 경, 노여워하지 마. 그건 그리운 거완 달라……. 내가 그를 그리워하게 되었다거나 뒤늦게야 사랑을 발견했다는 따위의 이야기는 아니란다. 사실 나는 한번 미워하기 시작하면 죽을 때까지 이를 가는 통제할 길 없는 망나니에 더 가깝거든. 그러니 복수가 성공한들…… 내가 죽을 때까지 증오할 그 얼굴을 어찌 잊겠어……. 때문에 없으니…… 뭔가가…… 이상하단 거야……. 불안하기까지 해……."

설마하니 저 사람은 길들여졌나? 앙히에의 말을 기억했다. 때리고 범하고 때리고 범해서 아예 복종을 타성으로 만들려 했다고. 그것이 통했을지도 모른다는 생각에 발렌시아는 갑자기 덜컥 겁이 났다. 저 사람이?

"멍하니, 똑바르지 못한 정신으로 문득 생각하면 이상하다……. 평생을 함께 진창에서 뒹굴어야 하는데…… 없으니까……. 경, 그는 나란다. 때문에 나 자신이 박살 났을 땐 내 가장 아래에 깔린 그를 끌어내야 하는 거야. 그가 나니까……. 그는 내 눈앞에 있어야 해. 내 앞에 그가 보여야 내 삶이 증명되는 것 같아서…….”

속이 철렁 내려앉았다. 길들여졌다. 복종으로 길들여진 것은 물론 아니다. 그러나 증오로 길들여졌고, 증오로 얽매였다. 칼을 들었는데 날이 어느 쪽에 붙었는지 구분이 가지 않았다.

발렌시아는 무슨 말을 내뱉으려 했으나 결국 실패했다. 감히 저 무게에 맞설 만한 답을 자아낼 수 없었다. 외르타는 그 기색을 눈치챈 듯했다. 그녀는 어금니를 한 번 문 뒤에 간신히 다른 생을 말했다.

“당신은 누구에게 목숨을 걸 정도로 매달려 본 일이 없잖아. 그만큼 절박했던 경험이 없다면 헤아릴 수 없을 거야. 발렌시아 경, 칠 년이었다. 나를 위로하지는 않았으면 좋겠어.”

외르타는 약간 우울하게 옆을 내려다보았다.

“나는 아마 유서에도 그자 이름을 남기게 될 거야.”

발렌시아는 그녀를 포기했다. 이해하기를 포기했다. 너무 힘들고 지독한 삶이라 자신이 이해한다 말한다면 외려 더 큰 무례가 될 것 같았다.

돌연 외르타가 빙그레 웃었다.

“됐지? 그러면 단순히 손님으로만 머물러도 되는 거지?”

“…….”

“내 멋대로 나다닐 거야.”

그는 스스로 답하는 줄 모르며 답했다.

“그리하십시오.”

“나한테 이래라저래라 해도 절대 아무것도 안 들을 거다. 나와 관련된 건 무조건 논의한 뒤에 결정해야 해. 이건 결코 주종 관계가 아니란다. 동등하게, 사람 대 사람으로. 이웃처럼 반쯤 데면데면, 반쯤 격 없이 지낼 거야. 선을 지켜.”

“그리될 것입니다.”

"공중은 물리지 말자."

발렌시아는 그제야 긴 한숨을 내쉬었다.

"머무실 곳은 당신이 결정하십시오."

외르타는 기가 막힌 듯 발렌시아를 응시했다.

"경, 나는 솔 미라이예가 어떻게 생겼는지조차 짐작이 안 가……."

"전체 네 개 층으로, 말발굽 모양으로 휜 건물입니다. 일반 빈객들은 양 날개 부분에 머무릅니다. 그러나 미라이예의 객은 그와 격이 다르니 중앙에 거처를 정하십시오."

"꼭대기 층은 어때?"

"꼭대기 층은 공작 내외 전용입니다."

"그러면 그 아래층……. 안 될까? 최대한 윗자리가 좋아."

옆에서 지켜보던 공작의 솔정이 공손하게 말을 받았다.

"중앙 삼 층은 합하의 혈연만이 머무를 수 있는 곳입니다. 삼 층의 날개라도 괜찮으시다면……."

"누프리, 머무를 혈연이 없으니 그곳에 여정을 풀어 드려라."

외르타는 혈연이 없다는 말에 등골이 약간 섬뜩했다.

"르나치 경의 방이 남아 있지요."

"십 년째 열리지 않는 방을 논할 이유가 없다."

"그렇다면 합하의 명에 따르겠습니다. 한데 리베 발미레, 위에 가서 방을 둘러보고 결정하실 것인지요?"

"안 봐도 하나같이 으리으리하겠지……. 그러니 구조는 신경 쓰지 않아. 그렇지만 혹시 된다면, 계단을 앞에 둔 방으로 쓰고 싶다."

"그곳은……."

"내어 드려라."

누프리는 고개를 숙인 뒤 화급히 계단을 올라갔다. 외르타는 그를 따라가려다, 아직도 홀에 멈춰 있는 발렌시아를 돌아보았다. 그는 그녀와 시선이 마주치자 그제야 떠밀린 듯 걸음을 뗐다. 외르타 역시 다시 걷기 시작했다. 그녀는 앞서 계단을 오르며 제 뒤에 선 그에게 넌지시 물었다.

"경, 그 방이 무엇이기에 누프리가 안 된다고 했던 거야?"

"소공작의 방입니다."

"……안 되는 것 아니야?"

"그 주인이 없다면 한갓 방에 의미를 부여할 필요가 없습니다."

"그리고 혹시 저택에서 내가 주의할 점이라면? 주인의 입장에서."

"꼭대기 층에만 출입하지 않으시면 됩니다."

"무슨 마굴 같네."

"그곳에 출입할 수 있는 자는 저와 보고를 위한 솔정뿐입니다."

"이해했어. 주의하마."

그녀는 그 말의 끄트머리에서 자신의 새로운 방을 발견했다. 약간 신이 난 채로 고개를 빼는 순간, 외르타는 자신이 이 솔 미라이예 전부에서 가장 간소한 방을 선택한 것은 아닌가 생각했다. 소공작의 방이라 들었는데. 소공작이라면…….

"이게 경 취향이야?

"……."

하녀들의 손길이 분주했다. 소공작의 방이니 하루가 다르게 청결해졌을 자리지만, 아무래도 사람이 머무르지 않았던 곳 특유의 황량한 느낌이 남아 있었다. 검은색, 남색, 청회색, 짙은 회색, 짙은 녹색, 풀색, 겨자색, 갈색, 적갈색. 세상에. 어쩌면 이토록 보는 것만으로도 숨이 턱턱 막히는 빛깔만 씌워 놨는지 모르겠다. 아무리 최고급 물푸레, 마호가니, 대리석이라 해도 색이 갑갑했다.

그녀는 발렌시아를 돌아보았다.

"언제부터 언제까지 썼는지 물어도 돼?"

"났을 적부터 두 해 전까지 썼습니다."

"둥지 틀고 살라면 참…… 갑갑한……."

"불편하시다면 다른 방을 쓰십시오."

"이 위치가 좋아. 다만 이불이나…… 손대는 것만으로도 바꿀 수 있는 물건들은 바꾸마. 괜찮겠어?"

"도배를 새로 하셔도 됩니다."

"어차피 오래 머물지도 않을 건데 그런 호사를 부릴 수는……."

"적어도 한 해입니다. 당신이 내키는 대로 하십시오."

"아니야……. 괜찮다. 올라가 보렴."

그는 몇 초 더 지체하다가, 고분고분히 한 층을 더 올라가 사라졌다. 외르타는 팔짱을 낀 채로 지휘하는 누프리 옆에 가 섰다. 누프리는 짜증스레 한곳에 대고 손가락질했다.

"평소 하던 대로 하고 어서 나와라. 지금 성심성의껏 하는 꼴은 평소에 얼마나 이곳에 소홀했는지 보여 주는 결과밖에 안 돼. 아…… 가관이구나. 마레아, 거기서 나오려무나. 어차피 그곳은 너희들이 청소를 맡는 곳 아니냐. 옮기지 마……. 마레아! 옮기지 말라니까!"

"누프리?"

"……예?"

"공작의 솔정이 이런 잡다한 지휘를 하고 있어도 돼?"

"오……. 첫째로, 이것은 잡다한 지휘가 아닙니다. 미라이예의 객을 맞이하기 위한 준비지요. 둘째로, 제 본시 역할은 공작 합하의 혈연 보조입니다. 즉, 이삼 층이 제 구역이지요."

"공작의 혈연이라며 앙히에는 돌보지 않나 보구나."

누프리가 희미하게 웃었다.

"그래도 아까처럼 르나치 경을 언급할 수 있는 사람은 이 저택에서 저뿐입니다. 역할이 역할인 이상 합하께서 불쾌해 하시는 공자의 성함도 감히 입에 올릴 수 있는 것이지요. 공자께서는, 죄송합니다, 마레아! 너는 이만 나가 있어라! 공자께서는 솔 미라이예에 출입 엄금을 당하셨을 정도로 합하의 노여움을 사신 상태입니다. 때문에 그분이 저를 부르시면 저는 어느 쪽으로도 못 가는 상당히 어중간한 위치가 되어 버립니다만."

"네가 공작의 혈연을 수행하기 때문에?"

"예. 그중 우두머리이기 때문에 합하의 명을 따르지도, 공자의 명을 따르지도, 이도저도 못하게 됩니다. 그런데 다행스럽고 희한하게도 공자께서는 분가하신……."

"가출."

"……가출하신 뒤로 특별히 이쪽 솔정의 도움을 바라신 일이 없습니다."

"앙히에가 도움을 요청한다 해도, 공작 본인이 꿈쩍도 않는 이상 공작의 명을 따라야 하지 않아? 위계상."

"이 도움은 대공작께서 기록으로 남겨 두신 명입니다. 전대 기록에 남은 명령은 현재 합하의 권한을 뛰어넘습니다. 때문에 저희는 합하의 인가를 받지 않고도 대공작의 임종 시 르나치 경을 소환했습니다."

"아……."

"됐다. 나가. 훠이, 훠어이. 그러게 예전부터 열심히 해 뒀으면 이렇게 분주해질 일이 없잖느냐!"

외르타는 소녀들이 제게 꾸벅꾸벅 인사하며 나가는 모습을 지켜보았다. 사실 크게 차이 나는 나이가 아닐 텐데도, 제게는 전부 종종대는 종달새처럼 청량해 보였다.

"누프리는 진짜……."

"맨날 저래……. 그러니까 저번 만토 일이 생기지."

"그러게."

"그러니까!"

"으, 누프리, 확 머리나 새어 버려요!"

"충분히 샐 만큼 샜으니 걱정 마라. 썩 나가, 썩!"

마지막 하녀가 코웃음을 치며 나가는 것을 끝으로, 누프리 역시 고개를 숙였다.

"곧 석찬이 올라올 겁니다. 석찬 뒤로는 여섯 그릇과 잠을 올릴 것입니다만, 그 외에 필요한 것이 있으시다면 저쪽 나무 쐐기를 내려 주십시오."

외르타는 여섯 그릇과 잠이 무슨 말인지 짐작조차 할 수가 없었다. 그녀는 눈을 동그랗게 떴다가 반문했다.

"여섯 그릇과 잠?"

"예? 아, 예……. 여섯 그릇과 잠은 숙면에 드시기 전 필요한 물건을 전부 일컫는 말입니다. 여섯 그릇이 의미하는 바는 얼굴, 목, 왼손, 오른손, 왼발, 오른발을 정결히 하기 위한 물그릇입니다. 또한 리베 발미레께서는 여성분이시니 이외에도 소다, 보라 장식품, 손톱깎이, 백색 안료, 조그만 돌, 흉부와 둔부를 받치는 끈……."

외르타는 희미한 기억 속에서 앙히에에게 들었던 딤니팔의 귀족 풍습을 떠올렸다. 여섯 그릇. 그래. 있었다. 얼굴과 손, 발이라면 몰라도 얼굴, 목, 왼손, 오른손, 왼발, 오른발이라니, 딤니팔인들이란 전반적으로 결벽증이 있는 자들이 아닌가 생각했지만, 앙히에에게 돌아온 답은 너무 오래도록 내려와 다들 아무 생각 없이 그리한다는 말이었다. 외르타는 그제야 누프리가 아직까지도 물품을 나열하고 있음을 깨달았다.

"……양모 발 닦개, 베일, 잠옷, 민소매 옷, 카디건, 빗……."

"아, 알겠어. 알겠어. 고맙다. 그런데 아예 씻고 싶으면? 나, 석찬은 동하지 않아. 그냥 씻고 싶어."

"지금 당장 준비토록 하겠습니다."

외르타는 간만에 소소한 기쁨을 느껴 씩 웃었다.

그녀는 시중을 들어 주겠다는 손을 전부 물리치고 홀로 목욕을 끝냈다. 외르타는 몸을 닦은 뒤 거울에 등을 비춰 보았다. 돌연 허탈해졌다. 습관이다. 시중을 거절하는 것도, 씻은 뒤 온몸을 확인하는 것도 전부 떼어 낼 수 없는 습관이 되었다.

등을 살핀 뒤 왼 다리부터 훑었다. 순간 부서진 왼발에 흠칫했다가, 별일 아니라는 사실을 깨닫고는 가슴을 쓸어내렸다. 왼 다리, 다시 오른 다리. 촘촘한 시선이었다. 왼팔, 오른팔, 상체, 어깨, 목덜미, 얼굴.

몸에는 새로 생긴 흔적이 없었다.

외르타는 어설프게 슬립을 입다 뒤로 엎어질 뻔했다. 방금 전 자신을 조심스레 살피던 것과는 달리, 당장이라도 눈앞에서 몸을 치우고 싶어 안달했다. 그녀는 가까스로 전부 옷을 차려 입고는, 나름대로 잠에 들기 위해 성장한 채 바깥으로 나왔다.

그리고 여섯 그릇을 발견했다.

그녀는 잠깐 어처구니가 없다는 듯 휘황한 그릇을 노려보다가, 하나 하나 들어 방금 전 자신이 들었던 욕조에 부어 버렸다. 목욕을 했는데 또 씻으라니 무슨 허례허식인지 모르겠다.

그녀는 실내화를 신은 채 제 방을 이곳저곳 살폈다. 가구는 하나같이 훌륭해서 품평할 마음이 들지 않았다. 그러나 걸린 그림에는 이상하게도, 초상화가 전혀 없었다. 게외보르트나 라르디슈는 제 방에 작게나마 자신을 두는 것이 풍습이었는데 이곳은 아닌가 보다. 그 대신 걸려 있는 것은 정물화 하나, 풍경화 하나, 그리고 액자에 보관된 종이 셋. 그림은 꼭 누구를 닮아 낮게 가라앉아 있었지만, 글로 쓰인 것은 그렇지 않았다.

외르타는 오래된 종이를 슥 읽어 보고는, 별것 아닌 '산테' 임명장이라는 것을 알아차렸다. 그녀는 '산테'에 대해 아무런 지식이 없었기 때문에 별 깨달음 없이 다음 것으로 넘어갔다. 두 번째 작은 종이는 왕의 친전 같았는데, 무언가에 대단히 감사하고 있었다. 외르타는 주어와 목적어가 명확해졌으면 좋겠다고 생각했다.

외르타는 곧 넓은 책상의 대각선 방향에 홀로 걸린 액자를 발견했다.

그리 높은 위치는 아니었다. 외르타는 의자에 앉아 보았다. 아무래도 자신은 너무 작아서 발렌시아의 키일 법한 높이로 엉덩이를 올려 보았다. 역시 그랬다. 고개를 돌렸을 때 정면으로 잡혀, 처음부터 끝까지 읽어야 할 듯한 의무감이 드는 위치였다. 외르타는 그것이 자유민 반 비로 쓰인 글이라는 사실을 알아차렸다. 그녀는 스스로 그 극동의 언어를 해석할 수 있다는 사실이 얼마나 다행인지 생각하며 글을 읽어 내려갔다.

그리고…….

그 짧은 글에 자신이 얼마 동안이나 매달려 있었는지 모르겠다. 신기할 지경이었다.

바람, 원함, 욕망에 관한 글이었다. 유쾌함과 희망이 느껴지는 글은 결코 아니다. 그러나 그렇다고 비난조 역시 아니었다. 저토록 양극단적인 주제를 가지고도 균형을 이룰 수 있는 그 감각이 놀라웠다. 또한 그 문체. 동부 특유의 장문이 쏜살같이 나오는데, 그 흐름이 부드러우면서도 동시에 강력했다. 힘이 있었다. 길고 빛나고 오동통하고 활기찬 물고기. 일반인이 썼다면 그의 뼈로 우려낸 글이라 판단했을 텐데, 외르타는 도저히 이 글이 범인의 손에서 나왔다고 판단할 수가 없었다. 그보다는 천재의 방식이다. 놀라운 작문을 능숙하게 해내는, 노력하지 않고도 무의식중에 분명 예술적인.

글은 우아했다. 그리고 외르타는 그 우아함 안에서, 그 기품과는 정반대되는 사람을 찾아냈다. 인내, 계산, 도박, 기회를 놓치지 않는 감각. 전부 있었다. 노련한 사람이었다.

글은 우아하고, 사람은 노련하다.

외르타는 가장 아래에 쓰인 이름을 읽었다.

무타스 디무어.

다음 순간 외르타의 숨이 터졌다. 당연하다. 동부의 그 천재다. 외르타는 그녀의 「전술」을 원어로 읽다 마지막 장에서 던져 버린 기억이 있었다. 어처구니없게 어려웠으니까. 그것을 받은 발터는 첫 번째 장에서 포기했고, 넘겨받은 리볼텔라 역시 읽을 생각조차 하지 않았다. 아마 아는 체하며 어디 애인에게 선물했을 것이다. 그 뒤 외르타는 가까스로 역주본을 구했다. 대단한 사람이었다. 행복하게 읽고서는, 어린 마음에 그이를 만날 방법이 없나 몇 년을 고민했는지 모른다.

하지만 자신이 만나 보려 시도하기도 전 그 여자는 자살했다. 그 이유는 잘 기억나지 않고, 애초에 명확한 기록조차 없었던 듯하지만 그 시기만큼은 확실히 기억하고 있었다. 잊을 수가 없으므로. 아델과 같은 해, 같은 달.

좌우간 외르타는 박수라도 쳐 주고 싶은 심정이었다. 이런 사람, 이런 글이니 발렌시아가 소장했을 것이다. 그녀는 문득 자신이 첫머리를 놓쳤다는 사실을 깨달았다. 그녀는 종이의 시작에서 이 글과 도무지 맞지 않는 제목을 발견했다.

"번역료……."

어디의 무슨 책을 번역했기에 번역료라는 얼토당토않은 제목을 지어 주었을까. 그곳에는 번역료를 받는 이의 이름도 쓰여 있지 않았다. 그저 단순하게, 번역료.

외르타는 제목을 몇 번 더 곱씹어 보다가 허리가 아파 일어났다. 그녀는 허리를 퉁퉁 때리며 열린 붙박이장 문을 닫으러 갔다. 문을 닫으려 몸을 기울이다가, 그대로 떠밀려 넘어졌다. 외르타는 짜증스러운 신음을 내며 한 번 굴렀다. 문이 어디에 걸려 있었나 보다. 붙박이장은 훤히 열려 무슨 두꺼운 종이들을 와르르 쏟아 내고 있었다. 쌓아 두면 거의 제 키만 할 것 같다.

외르타는 손을 탈탈 털며 일어섰다. 아무 생각 없이 종이 한 장을 들어 읽던 그녀는, 다음 순간 저도 모르게 와그작 구기고는 놀라 다시 폈다. 이런. 너무 힘을 줬나. 다시 슥슥 펴 보았지만 구겨진 자국이 원체 선명해 어쩔 수가 없었다. 편지의 첫 시작은 이러했다.

어서 당신의 아내가 되고 싶어요.

외르타는 놀랐지만, 동시에 남의 것을 훔쳐보고 있다는 민망한 마음이 들어 힐끔힐끔 아래를 내려다보았다. 그런다고 훔쳐보는 것이 당당해지는 것은 아니지만, 어쨌든 그녀는 이내 그 발신인이 데밀라 닐리 라얀 몬테라는 것을 깨닫게 되었다. 욜란다의 말과 옵타토 경의 말이 순식간에 스쳐 지나가면서, 그녀는 실제로 얻어맞은 듯 진이 빠졌다. 아까 전 누프리가 나중에 옮기라고 타이르던 종이 뭉치인 듯하다.

어서 당신의 아내가 되고 싶어요. 저번 주에는 리베 베네데타께서 솔 몬테에 방문하셔서 여러 시간 충고를 해 주셨어요. 리베 베네데타께서 혼인 직전 알론조 캄비에 서원하신 것은 잘 아시죠? 덕분에 친구와 함께 혼인을 준비할 수 있어 기뻤어요. 비록 당신은 아직 이르다고 말씀하시지만.

한 장을 더 들었지만 이번에도 별로 다를 것이 없었다. 한 장을 더 들었다. 이번에는 발렌시아 자신의 노트인 듯 알 수 없는 문자들이 여러 단락 정자체로 쓰여 있었다. 하나를 더 올리자 이번에는 놀금에서 온 서한이었다. 날짜는 539년 4월 2일. 외르타는 그의 나이를 손가락으로 세어 보았다. 열여덟 적 일이구나. 그때 자신은 열셋. 아니나 다를까 놀금에서 온 서한은 앙히에의 변명으로 진창이었다.

솔 미라이예 직통.

합하의 무궁한 은혜에 힘입 아, 이거 왜 이렇게 안 지워져. 놀금의 공식 서한이지만 접니다. 놀금 서한이 가장 빨리 직송될 것 같아서 써 봤어. 여기는 밀아단. 밀-아단? 표기가 어떻게 되지? 여기는 밀(-)아단입니다. 이십 일간 떠나 있을게요. 떠나는 방향은 안 알려 줘. 뒷골목 일, 아콰 관련, 놀금, 전부 아님. 참, 그나시오 백작께서 뭐라고 말씀하시면 꼭 꼭 들어. 꼭!

형님을 존경하는 아우.

외르타는 한숨을 쉬며 종이를 차곡차곡 쌓아 올렸다. 남의 사생활을 이 이상 읽어서는 안 되었다. 더 넘겨보고 싶은 마음은 물론 굴뚝같지만, 그나마 남은 양심이 자신을 자제시켰다.

대강 나누어 쌓자 종이는 이내 제 넓적다리만 한 높이의 두 무더기로 나뉘게 되었다. 무엇을 이리 수집해 두었는지. 하녀들에게는 사생활이

공개된다는 개념이 없으니 피차 상관없지만, 자신이 들어오는데도 아무 말 없이 올라갔다는 사실은 희한했다.

잊은 것은 아닐까. 이곳에는 두 해간의 공백이 있었다. 포티미외의 두 해가 있었고, 그동안 대공작이 세상을 떠 꼭대기 층으로 올라간 것이다. 자신의 옛날을 모아 두었다는 사실을 잊었나? 잊은 것 같다. 그 외의 이유로는 달리 설명이 되지 않았다. 외르타는 그리 결론지은 뒤 이것을 어찌 처리해야 할지 고민했다. 나무 쐐기를 내려 하녀를 불러도 되지만 오밤중에 무턱대고 타인을 부르기가 싫었다. 하지만 동시에 내일 아침까지 자신이 이것을 가만히 두리란 보장도 없다.

그녀는 결심했다.

외르타는 종이를 한 아름 들어 보았다. 이 양이면 한 댓 번에 끝날 법했다. 계단도 코앞이고, 꼭대기가 바로 위층이기도 하니 나쁘지 않았다. 발렌시아를 만날 필요는 없다. 꼭대기 층이 공작의 영토라니 그 입구에 쌓아 두면 되겠지.

그녀는 한숨을 쉬며 제 방문을 활짝 열었다. 실내화로 툭툭, 문틈에 나무를 찔러 넣어 고정했다. 복도에 있는 것이라곤 나란한 등불밖에 없었다. 디무어의 글을 읽는 동안 시간이 너무 많이 흘렀나 보다. 그녀는 계단을 돌아 올라갔다. 종이 사이사이에 구김이 많아 두툼했을 뿐, 그리 무겁지 않았다. 외르타는 더미를 내려 두고는 꼭대기 층을 둘러보았다. 아래층과 다른 것이라고는 아래층보다 두 배쯤 더 어둡다는 것. 그 정도밖에 없었다. 그녀는 약간 실망한 채 다시 내려갔다.

그리고 네 번 왕복. 외르타는 마지막 뭉치만 쌓인 제 방을 만족스레 바라보았다. 그것 역시 들어 올리는 순간, 그녀는 무언가를 깨닫고는 다시 걸음을 되감았다. 자신이 되돌아간 곳은 붙박이장이 아닌, 책상 앞이었다. 외르타는 무언가에 홀린 듯 디무어의 글을 바라보았다.

다음 순간 확신했다.

발렌시아가 받은 글일 것이다.

그녀는 그것을 주인에게 돌려주어야겠다고 생각했다. 한 손만 내어 액자를 똑 뗀 뒤 종이 위에 얹었다. 외르타는 층을 올라가 마지막 종이를 쌓아두며 제일 위에 놓인 액자 위치를 여러 번 조정했다. 그것을 만족스러운 방향으로 놓은 뒤에야 뿌듯한 미소를 지었다. 그녀는 등 돌려 계단을 여러 칸 내려갔다.

그 순간, 뒤에서 문이 열렸다.

외르타는 그 기척에 너무도 놀라 계단에서 미끄러질 뻔했다. 식은땀이 쭉 흘렀다.

"외르타?"

그녀는 후회했다. 차라리 굴러떨어질 것을.

"주무시지 않고 왜 이곳까지 올라오셨습니까?"

"……당신 앞을 좀 봐. 그리고 집무실이 여기 코앞이니? 세상에 사람 간 떨어지게…… 불빛 하나 없던데……."

그가 다가오는 소리가 들렸다. 외르타는 제 차림을 머리부터 발끝까지 점검하고 나서야 뒤를 돌아볼 수 있었다. 평소의 차림이라고는 말할 수 없지만, 적어도 부끄러울 정도는 아니다.

발렌시아는 종이를 몇 장 읽다가 인상을 찌푸리고는 다시 내려 두었다.

"방에 있었습니까?"

"응……."

그의 시선이 액자에 멈추었다. 순간, 외르타는 상대의 호흡이 밭아졌다는 느낌을 받았다. 그는 약간의 정적 뒤에 입을 열었다.

"이것을 왜 가져오셨습니까? 벽에 고정되어 있던 것으로 기억합니다."

"응. 그런데 당신이 적장에게 받은 것 아니야? 멋진 글이던데. 몇 해

만에 돌아왔으니 잊었을 법도 하지."

"다시 가져가십시오."

"……전부?"

"아니요. 디무어의 글만 가져가십시오. 본디 동부 원정 종전 후 폐기 처분하려던 것인데 경황이 없어 잊었습니다. 제게는 필요 없는 글입니다."

"어…… 응. 당신이 그렇다면야."

외르타는 몇 계단 올라가 그에게서 액자를 받아들었다. 밤 인사를 하려 했지만, 그가 곧장 몸을 돌려 집무실로 들어가고 있다는 것을 깨달았다. 외르타는 당황하여 소리를 높였다. 쓸데없는 오해를 사고 싶지 않았다.

"경!"

걸음이 멈추더니, 양쪽 문 사이에 낀 그림자가 몸을 돌렸다.

"경, 난 정말 몇 장밖에 안 읽어 봤다. 그것도 그냥 별뜻 없이……."

"전부 읽어 보셨어도 괜찮습니다. 극비라면 제가 그곳에 무방비하게 두었을 리 없습니다."

"극비의 문제를 떠나 사생활이니까……."

"괜찮습니다."

그녀는 거듭되는 부정에 약간 민망해졌다. 발렌시아는 더 이상 그녀에게 개의치 않으려는 듯 몸을 돌렸다. 물론 외르타는 그 순간 또다시 할 말을 떠올렸다.

"아, 그리고, 경, 염려하지 않아도 된단다. 나는 알아."

"……무엇을 아십니까?"

"당신 잘못으로 약혼녀가 죽은 것이 아니란 사실……."

외르타는 제 말을 들은 그가 되돌아 나오는 것을 보고는 깜짝 놀랐다.

걸어 나오는 것이 아니라, 거의 맹렬하다고 표현할 수 있을 정도로 빠른 속도였다. 그녀는 하얗게 질려 뒤로 한 계단 물러났다. 발렌시아는 계단 위에 우뚝 멈췄다.

"그런 말씀은 함부로 하지 마십시오."

그녀는 계면쩍은 얼굴로 애꿎은 액자를 꽉 껴안았다. 그의 입장에서 생각해 보았다. 그런 말도 안 되는 소문을 상대가 진실로 여기고 있다면, 자신이라면 속이 불편하리라고 생각했던 것이다. 그뿐이었다. 그런데 저토록 정색하고 비난조라니.

"당신이 누구에게서 그런 변명 같은 소문을 들으셨는지 모르겠습니다. 저는……."

"알겠어. 알겠어. 나 추워. 들어가마."

외르타는 들은 체 만 체 하고 뒤를 돌아보았다. 민망하기도 했지만 춥다는 말도 거짓은 아니었다. 아무래도 얇은 실내복인 것이다. 어깨를 감쌀 수도 없는 팔 탓에, 그녀는 별수 없이 복도의 찬바람에 완벽히 노출되어 있었다. 외르타는 입 다물라는 그의 저의를 알았으니 이제 그만 떠나도 되겠다고 생각했다. 한 걸음 뗐다.

그 순간, 오른 팔뚝이 잡혔다.

그녀는 걸음을 멈췄다. 그것은 순간적인 내뻗음도 아니었다. 잡은 즉시 제 쪽으로 당기는, 그야말로 앞뒤 없는 힘이었다. 외르타는 정말 기절할 정도로 놀라 헐떡였다. 온전치 못한 걸음으로, 눈 먼 장님처럼 끌려갔다. 온몸이 사시나무처럼 떨렸다. 제 팔뚝, 그의 손 전부가 차디차 사람이라기보다는 어떤 물건에 끼인 듯한 느낌이었지만, 그것은 그저 느낌일 따름이다. 자신을 잡아당기는 자가 사람이라는 것은 경험으로 선명했다. 허파가 말라비틀어진 듯 숨이 가빴다.

그러나 그녀가 꼭대기 층 위로 올라서자, 손은 저절로 놓여 잡혔던 흔적조차 없게 되었다. 외르타는 아무 말도 못한 채 반사적으로 뒤를 돌아보았다. 검지가 상대를 향해 올라갔지만, 여전히 고요했다.

"집무실로 들어오십시오."

들어오지 말라고…….

"당신에게 드릴 말씀이 있습니다. 춥다 하시니 잠시 머무르시기를 요청 드립니다."

외르타는 거절하려 했다. 하지만 그 순간 복도 정중앙에서 겨울바람을 한번 맞고는 어깨를 움츠렸다. 추위에 화가 사그라졌다. 아직 덜 마른 머리가 얼어붙는 느낌이다. 왜 이리 추운지. 그녀는 이까지 부딪히며 덜덜 떨다가, 결국 앞으로 한 발자국 내디뎠다.

그것으로 끝이었다. 그녀는 안에서 쪼이는 햇볕을 이기지 못하고 들어갔다. 발렌시아가 뒤따라 들어오며 한쪽만 열려 있던 문을 닫았다. 외르타는 주변을 살피며 가장 가까운 소파에 엉덩이만 살짝 걸쳤다. 그제야 말문이 터졌다.

"경, 내가 부디 손 좀 조심하라고…… 몇 번이나……."

"죄송합니다. 제 불찰입니다."

"말은……."

"당신이 부른들 들어오실 것 같지 않아 저도 모르게 손이 나갔습니다."

외르타는 '불러도 도망칠 것 같아 붙잡았다' 라고 말하는 그를 바라보았다. 너무 뻔뻔해서 화가 나지도 않았다. 얼빠진 얼굴로 발렌시아를 올려 보려니, 그것을 다른 신호로 받아들인 그가 담요를 들고 왔다. 숄 같기도 하고 담요 같기도 한, 얇지만 여러 겹으로 포개진 두꺼운 천이었다. 외르타는 얼떨떨한 채 담요를 받아 들었다.

한 걸음 물러선 발렌시아가 입을 열었다.

"당신이 직접 묶음을 가져오다니 저택의 주인으로서 염치가 없습니다. 삼 층은 몇 해간 사람이 머물지 않아 관리에 소홀한 듯합니다. 하인들의 교대 체계가 바뀌기까지는 시일이 걸리니, 그때까지만 복도에 하인이 없는 불편함을 참아 주십시오."

"응……. 괜찮다. 그런데 할 말이?"

그녀는 숄을 두르며 말했다. 검은 바탕이 나비 날개처럼 떨어졌다.

"외르타, 누구에게서 그런 소문을 들으셨습니까?"

외르타는 숄을 모아 쥐었다. 그녀의 얼굴은 이제 검은 꽃 위에 홀로 피어난 꽃술 같았다.

"소문이 둘 중 어떤 건지 모르겠는데."

"제가 리베 몬테의 죽음에 책임이 없다는 것이 소문입니다."

"경……."

"누구에게서 그런 얼토당토않은 소문을 들으셨습니까?"

"……."

"대답하십시오."

"열여섯 살 때. 이다."

"'이다'는 놀금의 부상 욜란다 그네젠을 말씀하심입니까?"

"응."

그는 안도하는 듯한 표정이었다. 외르타는 그것이 어떻게 안도할 만한 거리가 되는지 이해할 수가 없었다. 발렌시아는 한 발자국 더 물러났다. 낮지만, 그제야 훨씬 흔흔한 목소리가 되어 말했다.

"욜란다 그네젠은 저를 지나치게 높이 평가하는 경향이 있습니다. 무슨 이야기를 들으셨든 잊으십시오. 세간이 맞습니다."

설마설마했던 것이 사실로 드러났다. 그녀는 어안이 벙벙한 얼굴로 어느새 얼굴을 세운 발렌시아를 바라보았다. 세간의 소문이라 하면 '소공작에게 버림받은 여인의 자살'일 것이다. 외르타는 지금 제 앞, 장본인의 퉁명스러움보다는 욜란다의 웃는 얼굴이 훨씬 설득력 있겠다고 생각했다. 물론 논리적인 근거는 없다.

"리베 몬테는 실수로 발코니에서 떨어져 반신불수가 되셨습니다. 저는 그처럼 온전하지 못한 여인을 공비로 맞을 만큼 대범하지 못해, 마지막 예의로 직접 솔 몬테에 방문하여 파혼을 요청했습니다. 리베 몬테는 저의 무도한 행위에 충격을 받아 그날 저녁 자진하셨습니다."

"경."

"저는 세간의 말을 부정하지 않습니다. 실제로도 옳기 때문입니다. 저 기록들은 제가 제 죄의 흔적으로 남겨 둔 것입니다."

외르타는 다소 넘어갔다. 진짜인가? 사실 그녀도 발렌시아가 누군가에게 애정을 둘 수 있다는 생각이 들지는 않았다. 리베 몬테에게도 그것은 마찬가지였을 것. 그 추락이 정말 실수였다면, 파혼 역시 그녀에게 애정이 없던 발렌시아로서는 당연한 행동이 아닌가. 그 어떤 귀족도 자식을 볼 수 없는 여인을 아내로 맞으려 들지는 않을 테니. 더군다나 발렌시아는 미라이예다. 나오는 답이 둘일 리 없다.

"정말?"

"예. 귀족들의 모든 이야기가 그러하고, 심지어 몬테 백작 역시 그리 알고 계십니다."

"……."

"그러니 그네젠이 말한 추측은 혹여 타인에게 발설하지 마십시오. 리베 몬테의 명예가 더럽혀질까 저어됩니다."

그녀는 자신이 제멋대로 어림짐작한 것인가 싶어 미안해졌다. 발렌시아에게도 미안하지만, 그보다는 죽은 여인에게 더욱 미안했다. 그녀는 약간 주눅 든 목소리로 사과했다.

"미안. 내 실수였다. 나야 지금도 마찬가지지만, 당시에는 더욱이 딤니팔 사정에 무지하던 어린아이였단다. 이다가 그토록 확신에 차 열변을 토하는데 내가 어찌 넘어가지 않고 배기겠어. 세상을 뜬 리베께 조의를 표하마. 아, 죄송하기도 하고."

"말씀하지……."

"절대 말 안 할게. 거짓말을 퍼트리고 다닐 염치는 없어. 더군다나 내 말이 당신 말이라며? 완전히 자기변명이겠구나."

발렌시아는 아무 대답도 하지 않았다.

"그런데 경, 실례가 되지 않는다면 묻고 싶어."

"말씀하십시오."

"당신은 왜 당신의 죄를 보관해?"

그는 기묘한 시선으로 그녀를 내려다보았다. 외르타는 숄을 더 꽉 졸라맸다. 그의 시선을 해석할 수가 없었다. 죄책감인지, 무관심함인지, 자괴인지, 미안함인지, 후회인지. 전혀 알 수 없었다. 전부 섞어 놓아 구분하지 못하는 것이 아니라, 저 중에는 아예 존재하지 않아 알 수 없는 것이다. 외르타는 적당한 단어를 뽑아 보려다 실패하고는 제 부족함을 깨달았다.

발렌시아가 말했다.

"최소한의 예의입니다."

"죽은 사람한테?"

"당신은 아닙니까?"

그녀는 말을 삼켰다. 자신이 아델의 천을 보관하는 이유 또한 저것과 크게 다르지 않았다. 자신 역시, 아, 아니…….

"아니야."

"……."

"나는 내 딸을 사랑했어. 그래서 품에 안고 있는 거란다."

"저는 이 이상 어떤 답을 드려야 할지 모르겠습니다. 저 나름의 반성이라고 생각해 주십시오."

"경, 내가 들고 온 걸 또 보관할 건가?"

"예."

외르타는 조용히 눈만 몇 번 깜박였다. 한숨이 잠깐 새어 나온 것 같기도 했다. 그녀는 자리에서 일어선 뒤 턱짓을 했다.

"이야기 끝났지? 나가 봐도 돼?"

"좋은 밤 되십시오."

"경 역시."

외르타는 그대로 달려 나가려다가, 그 걸음 그대로 다시 되돌아왔다. 그녀는 망토처럼 목에 두른 검은 숄을 풀어 두려 했다. 그러나 몇 발자국 앞에서, 발렌시아가 한 손을 들어 그녀를 멈추었다.

"두십시오."

그녀는 고개를 까닥여 감사 인사를 했다. 그리고 뒤를 돌아 문을 잡아당겼다. 묵직한 느낌이었다. 외르타는 이 진중한 마호가니가 마음에 들었다. 그녀는 제 몸이 맞을 정도로만 문을 열어서는 잽싸게 빠져나왔다. 검은 숄이 가까스로 흘러나왔다. 춥지 않다.

외르타는 하품을 하며 계단을 걸어 내려와, 삼 층에서 홀로 환한 제 방에 들어섰다. 발로 문을 밀어 닫고, 디무어의 글을 다시 걸고, 적당히 환한 방을 던져두고는 침대로 들어갔다. 집무실에서 벗어나 이곳에 털썩 쓰러지는 것까지 채 일 분이 걸리지 않은 듯했다. 외르타는 그 순간 왜 이곳이 소공작의 방이 되었는지를 이해했다.

그녀는 하품을 한 번 더하고는 이불 속으로 미끄러져 들어갔다. 외르타는 순식간에 잠들었다. 사실 머리는 아직 마르지 않았고, 발렌시아가 건네준 검은 숄 역시 풀지 않았는데. 사방이 짙은 방 속에서, 외르타가 고집 피워 바꾼 샛노란 이불이 유독 도드라졌다.

외르타는 자신을 부르는 목소리에 뒤를 돌아보았다. 얼굴 빨간 아이가 무언가를 손에 쥐여 주고 떠났다. 그녀는 어안이 벙벙한 채 제 손에 얹힌 쪽지를 바라보았다. 그것을 펼쳐 보려는 순간 여러 손들이 그녀를 끌어당겼다. 외르타는 거미줄에 꿰이는 심정이 되어 끌려갔다. 참 익숙한, 부드러운 강제. 비사 오필라에서도 생 로욜에서도 줄에 매이다시피 치장했다. 저녁에 무도회가 있더라도 새벽부터 꾸미기 시작하는 것은 이제 차라리 상식이었다.

"아파!"

"어쩔 수 없습니다, 리베 발미레."

"다섯 번째 안 풀래? 당장 풀어."

"원체 여위신 분이니 이 정도는 참으셔야……."

"안 풀어!"

그녀는 다섯 번째에서 네 번째 단추로 풀려났다. 외르타는 그제야 간신히 쪽지를 펼쳐 볼 수 있었다. 꼬리처럼 하녀들을 매단 모양으로, 허리만 앞으로 숙인 채 글을 읽었다. 아니, 글이라고 말하기에는 약간 그런 것이…….

나와.

외르타는 나가야겠다고 생각했다.

"나 잠시 다녀오마."

"이 모습으로 어딜 가신다고요!"

"미안. 망토 줘. 잠깐 다녀오마."

"리베!"

"경이 나에 대해 뭐라고 했지?"

"……."

"……."

"다녀올게."

그녀는 붉은 망토를 빼앗아 졸라맨 뒤, 날개 돋친 발걸음으로 코앞 계단을 뛰어 내려갔다. 벌써 열흘째 머물러 저택 구조에는 꽤 익숙했다. 그 많던 비사 오필라의 별궁까지 외우던 낯이라 이런 아담한 크기의 솔미라이예에 적응하기는 쉬웠다. 그녀는 계단을 두 칸씩 뛰어내리다 엎어질 뻔한 몇 번을 제하면 제법 안전하게 정원까지 다다랐다.

하지만 그녀가 만나야 하는 사람은 그곳에 없었다. 외르타는 한숨을 쉬며 정문까지 종종걸음 쳐 갔다.

"나중에 경을 치실 겁니다! 감히 합하의 객을 빼돌리시다니요!"

"누가 빼돌리겠대? 대화를 하겠다고 대화를. 저 봐, 내 말 한마디에 발등에 불붙은 듯 나오잖…… 야! 돌아와!"

그녀는 다시 정문 앞에 섰다. 문지기가 고개를 저으며 문틈을 살짝 벌려 주었다. 그녀가 붉은 천 자락을 껴안고 바깥으로 나가자, 앙히에는 뒷걸음질 치며 모퉁이를 손으로 가리켰다. 외르타는 이의 없이 졸졸 따랐다.

그는 멈춰 서더니, 도무지 왜 있는지 이해할 수 없는 야외 의자와 탁자에 턱 걸터앉았다. 외르타는 있지도 않은 먼지를 두 손으로 털어 내고는 슬쩍 몸을 걸치기만 했다.

"그렇게 안 더럽거든? 솔 톨레도 애들이 매일 치운다고."

"왜?"

"어렸을 때 레아랑 나 때문에 바깥에 던져둔 거라."

외르타는 한 나라의 왕비를 저 모양으로 부르는 앙히에에게 이미 질린 상태였다. 물론 외르타 역시 자신에게 말을 놓으라던 그녀가 생생해, 왕비의 위엄이란 것이 약간 의아하기는 했다.

"외르……."

"앙히에."

"어?"

"네가 저번의 그 설명을 듣고 싶다면……."

"됐어. 이해했어."

그녀는 눈을 동그랗게 떴다. 발렌시아에게는 몇 분에 걸친 일장연설을 늘어놨던 자신이다. 앙히에라고 다를 리 없다 생각했건만, 저토록 차분히 가라앉는 얼굴로, 안단다. 그녀는 미심쩍은 표정으로 그의 벽안을 바라보았다.

"네가 이해해?"

"증오로 기억하잖아."

그 정확한 답에 잠깐 할 말을 잃었다.

"나한테도 잊히지 않는 놈들이 있거든……. 다시 만나 오장육부를 들어내고 싶은……. 물론 넌 나와는 다른 증오겠지만, 기반이 같다."

"너에게도 있다니? 혹 발터야?"

앙히에가 매서운 웃음을 터뜨렸다. 외르타는 순간 눈을 크게 떴다. 그의 그런 웃음을 처음 보았기 때문이다. 그것은 앙히에 본연의 것이라기보다는, 어쩐지 저 먼 곳에서 제 오라비의 웃음을 그대로 본따 온 듯했다.

"아니."

"……."

"그놈은 아니야."

그는 테이블 위에 손을 얹었다. 검지와 중지로 사람의 걸음을 만들어 냈다. 한 걸음 한 걸음 살아 있는 것을 밟고 지나가듯 꾹꾹 눌렀다.

"발터 그 자식은 나보다 더 심해. 인정하기는 싫지만…… 그래, 나보다 더 심해. 내가 죽이려고 했던 것들을 전부 자기가 죽여서, 살인을 위해 게외보르트에 돌아갔던 날 당황하게 만들더라."

"이해가 안 가."

"발터는 롤란드의 사지를 찢어 버렸어. 반 게르츠도 거열형에 처했어. 반 튀링겐, 단 악슈타트, 단 뢰브. 얘들도 전부. 리볼텔라를 지원한 다섯 귀족의 주검도 모두 그따위로 처리했어. 딤니팔의 서부 소귀족들 역시 줄줄이 목이 날아갔지. 이런 놈을 내가 어떻게 증오하겠냐?"

"……."

"아무튼 용건은 이게 아니다."

외르타는 팔짱을 꼈다.

"외르타, 왜 계속 머무르냐?"

"……솔 미라이예에?"

"그래. 너 레아가 말한 객의 의미를 제대로 이해하지 못한 거 아냐? 아니…… 그렇게 화낸 것 보면 그건 아닌데."

"발렌시아 경이……."

"네가 거기 있으니 신상 문제는 어떻게든 해결됐겠지. 그건 신경 안 쓴다. 내가 문제 삼는 건 객이라는 단어 그 자체거든."

"……."

"오늘 무도회 나오지? 껍질부터 벗겨질 거야. 야, 리베들이 지금 얼마나 벼르고 있는지 아냐? 나까지 붙들어서는 혹시 외르타 발미레를 아느냐, 이름처럼 평민이냐, 도대체 어디서 왔냐, 공작께서 귀환하신 지 얼마 되지도 않았는데 객이라니 이게 말이나 되냐."

"……."

"다들 절연한 내 사정을 알면서도 자꾸만 붙더라. 내가 나름 형님의 혼처를 담당하고 있어선가?"

그녀는 눈썹을 치켜 올렸다. 들었던 이야기지만 역시 거듭 기가 막혔다. 절연한 사이라는 것은 둘째 치고 저이가 남의 혼사를 담당한다니, 대공작이 어처구니없는 농을 친 것은 아닌가 싶었다. 그녀는 헛웃음을 터뜨렸다.

"네가 중매를……."

"아버님께선 사실 십이공회 미만 귀족들을 원하셨거든. 십이공회는 정치적으로 좀…… 그래서 리베 모르가니와 리베 로톤도, 리베 몬테 순으로 약혼했는데, 첫 번은 일주일 만에 죽었고, 둘째 번은 불미스러운 사건이 있었고, 셋째 번은, 알지? 두 번째고 세 번째고 여자들이 염치가 없어서……."

"잠깐!"

"……아버님께서도 손을 놓으셨어. 결국에 내게 주신 것은 안니발레, 브레타냐, 체세나, 루틸로, 데군다, 본잘. 이 정도지. 발렌시아에게는 한미한 가문이 어울리지 않나 보다. 저 아이만 한 지위의 사람과 혼인해도 기죽지 않고 자기 인생 따로 살 여자가 좋겠다 말씀하셔서 죄다 이 모양이야."

외르타는 다소 말문이 막혔다. 그는 십이공회의 이름들을 마치, 제 앞에 줄 서서 차례를 기다리는 아이들로 묘사하고 있었다. 그녀는 자신이 무슨 말로 앙히에를 끊었는지조차 기억하지 못한 채 서서히 팔짱을 풀었다.

"그러니까!"

그녀는 깜짝 놀랐다.

"계속 객으로 머무는 건 문제 심각해진다고. 저 안니발레, 브레타냐, 체세나, 루틸로, 데군다, 본잘……. 십이공회의 절반이로군. 아무튼 다들 금지옥엽으로 자라 와서 자존심이 아주 그냥……. 당연히 지금 네가 끼어들어서 다들 기분이 별로 안 좋아. 내가 잡아먹힐 뻔했다니까."

"객은 물릴 수가 없는데……."

"그럼 무도회에라도 나오지 마. 형님조차 네가 객으로 남을 수밖에 없는 이유을 찾아내지 못할 거다. 그리고 형님이 함구하면, 넌 결국 평민 이외로 보일 리가 없어. 형님이 계시더라도 비난 받을 확률이 높다."

"객이 왕궁의 무도회에 나가지 않는 것도 경에게 민망한 일이 되는 것 아니야?"

"응? 아니야. 객은 외려 왕궁에 나오는 일이 드물어. 객의 주인은 가주인데, 왕궁에는 폐하가 계시거든. 주인이 두 사람이 되는 거지. 그 위치가 좀 어정쩡해서 객은 오히려 왕궁 출입을 꺼리는 경우가 많다."

"응."

"응이라니?"

"경한테 물어볼게."

"야!"

그녀는 사뿐히 일어서서 걸어가기 시작했다. 대답은 없다.

"나오지 마! 진짜!"

앙히에는 의자를 걷어차다가, 그것이 그대로 엎어지자 깜짝 놀라 등을 받쳤다.

외르타는 한참 뒤에야 자신이 할 말을 놓쳤다는 사실을 깨달았다.

외르타는 거울 속의 자신을 바라보았다. 그처럼 성장한 스스로가 너무 오랜만이라 인사라도 하고 싶었지만, 참 잔인한 기억들이 많아 그저 놓았다. 흰 듯 푸른 듯 어쩐지 제 머리부터 발끝까지 햇살에 비친 청날치 같았다. 하녀들은 마지막으로 백분을 마무리 짓고, 알 굵은 흰 보석이 세 개 매달린 목걸이를 걸어 주었다. 작품에 흡족해 하며 몇 번이고 추켜세워 주는 모양이 귀여웠다. 그처럼 사소한 것에 기뻐할 수 있다니 신기했지만, 사실 외르타는 그런 광경을 적게 겪어 본 것이 아니었다.

앙히에의 강요에 대해서는, 이미 발렌시아에게 물어보았다. 한낮에. 돌아온 답은 그저 '무시하십시오'. 그것도 그 내용을 넘어, 앙히에가 자꾸만 솔 미라이예 근방에 들락거리는 것을 불쾌히 여기는 듯한 시선이었다. 외르타는 괜히 앙히에를 언급했나 싶어 그의 말에 바로 수긍해 버렸다. 앙히에보다 근거 없는 그의 단언에 넘어갔다. 약간 불안하기는 한데. 성장한 지금 다시 물어보는 것은 어떨…….

"외르타."

그녀는 그 목소리를 듣는 순간 질문을 가라앉혔다. 엄격하고 조용했다. 번복될 리가 없는 것이다.

외르타는 뒤돌아 방 바깥으로 나왔다. 발렌시아 역시 성장해 있었는데, 사실 외르타는 그 전과 후에서 그리 큰 차이를 느끼지 못했다. 그들은 서로의 모습에 놀라지도 않고 여상하게 대화하기 시작했다.

"지금 가나?"

"예."

"그리 오랫동안 꼭대기 층에 있더니. 다 끝냈어?"

"아직 한참 남았습니다."

"……잠은 자?"

"전장에 있을 때보다는 많이 잡니다. 외르타, 잠시 멈추십시오."

그녀는 어리둥절한 채 멈추어 서서, 몸을 돌려 발렌시아 쪽을 바라보았다. 그는 옆에서 조심조심 걸어오는 시종을 바라보고 있었다. 외르타는 그것이 중한 것이냐 눈으로 물었지만 그는 아무 대답 없이 시종이 가져온 보관함의 뚜껑을 열었다. 그제야 그의 어깨로 눈이 갔다.

"이를 관리하는 것이 가주의 일이라 직접 매어 드릴 수밖에 없음을 용서하십시오."

외르타는 그가 무엇을 용서하라는 것인지 잘 알았다. 때문에 순순히 따랐다. 그녀는 그를 돕기 위해 아래로 늘어진 제 머리칼을 들어 올렸다. 발렌시아의 손이 목덜미 가까이 다가오더니 마치 아이의 턱받이를 하는 모양으로 한 번 빙 둘러 주었다. 연기에 감싸이는 듯했다. 그녀는 체칼라스를 매는 것이 바로 이런 느낌이구나 싶어 스스로도 이해할 수 없는 웃음을 지었다. 옆에서 몇 번 바람이 지나간 듯 했으나 그 작은 웃음이 사라졌을 때에는 그의 손도 없었다.

그녀는 그가 물러서자 먼저 홀까지 걸어 내려갔다. 발렌시아는 체칼라스가 매인 그녀의 등을 물끄러미 바라보았다.

"이거 좀 까끌까끌해."

"새것이라 그럴 것입니다."

"이따 풀면 안 되니?"

"다시 돌아오실 때까지는 안 됩니다."

"거지꼴이 좋았지……. 뭐야? 경, 우리 걸어가?"

그녀는 어처구니없다는 얼굴로 문 앞에서 우뚝 멈췄다. 마차라고는 얼씬도 않는 휑뎅그렁한 땅거미가 그들을 기다리고 있었다. 발렌시아는 계속해서 걸어갔다.

"걸어서 수분 거리에 마차를 부리는 것이 마땅하지 않다고 판단했습니다. 항상 그러했습니다."

"그래도 공작이잖아?"

"수많은 마차에 시달리는 것보다는 낫습니다."

"나야 아무래도 괜찮지만…… 채신 문제라고 배워 온 내가 이상한 건가?"

그는 대답 없이 정문을 지났다. 외르타는 소탈함에 당혹하여 그를 따라 걷기 시작했다. 땅에 먹힌 노을에 그의 그림자가 스며들었다. 그녀는 홀린 듯 그림자를 바라보다 한순간 그가 한참이나 앞서 가고 있다는 사실을 깨달았다. 깜짝 놀라 빠른 걸음으로 상대를 따라잡았다. 그러나 제 발은 다시 느려지고, 발렌시아는 처음도 지금도 다르지 않게 규칙적으로 걸었다. 그녀는 결국 또다시 뒤처질 수밖에 없었다. 다리 긴 청년이 흔히 그러하듯 움직임보다 더 빨리 작아지는 모양이었다.

그것을 세 번쯤 반복하자 그들은 잉그레에 다다라 있었다. 외르타는 발렌시아가 조금도 과장하지 않았다는 사실을 깨달았다. 사실 몇 분은 커녕 몇 초 만에 도착했다 해도 믿을 수 있을 듯했다. 마차로 시끌시끌한 잉그레의 정문에서, 사람 바람을 뚫고 시큰둥하게 걸어가는 그의 모습은 사실 조금쯤 희극적인 데가 있었다.

발렌시아는 통행 허가를 받기는커녕, 목소리 한 번 내지 않고 그녀와 함께 문을 지났다. 일렬로 선 마차들. 외르타는 발렌시아가 줄을 흘끗 바라보는 그 표정 하나로 그가 저것을 얼마나 싫어하는지 깨달았다. 마차가 늘어선 휘황함이 싫다기보다는 저 갑갑한 지체가 끔찍한 듯했다.

발렌시아는 본궁에 들어서기 직전 그녀를 향해 몸을 돌렸다. 주변에서 누가 반갑게 공작을 부르는 느낌이었지만, 모조리 무시한 채 그녀에게만 집중했다. 외르타는 눈을 몇 번 깜박였다.

"외르타."

그녀는 참 오랜만에 익숙한 벽안을 발견했다.

"솔 미라이예의 객에게 밝혀진 것은 아직 그 이름뿐입니다. '외르타 발미레.' 짧은 이름 탓에 당신은 지금 정체불명의 평민으로 보이고 있습니다. 물론 공작가의 객에게 무례하다면 제가 결코 좌시하지 않을 것입니다. 하지만 혹……."

"지분대는 녀석이 있어도 참으라?"

"예. 물론 확률은 낮습니다. 더군다나 십이공회 또한 당신을 알고 있는 상황입니다. 그들을 제한다면 결국 공작의 객과 격이 맞는 이가 없을 테니, 당신은 잡다한 소리에 일일이 답해 주지 않으셔도 괜찮습니다. 비록 십이공회의 일원이라도 폐하를 알현하기 전에는 누구든 적당히 대하시고, 만일 불쾌하시다면 침묵을 지키십시오. 제가 나서겠습니다."

"당신이 나서겠다는 말은 결국 내내 내 옆에 붙어 있겠다는 말이니?"

"예."

"고마워. 나는 그런 당신을 난처하게 하고 싶지 않다. 들어가게 되면 공대하마."

"바라지 않습니다."

외르타는 의심쩍은 눈으로 그의 잔잔한 시선을 받았다. 그가 응시하는 모습은 꼭 낮게 깔린 밤 같았다.

"하대가 좋니?"

"당신은 항상 그리하셨지 않습니까?"

"당신을 하대하는 사람은 폐하뿐이잖아. 유별나 보일 거야."

"상관없습니다."

그들은 한참 동안 서로 응시하고만 있었다. 말이 아닌 눈빛으로 싸우기라도 하는 모양이다. 누가 먼저 말을 꺼내지도 않아, 결국 그 균형을 깬 것은 침입자였다.

"미라이예 공."

외르타는 그의 옆으로 불쑥 나타난 여인에 깜짝 놀라고 말았다. 분명 중년의 원숙함으로 보이건만 어쩐지 서른 줄 이상으로 판단하기가 어려운 품위였다. 동작 하나하나에 절도가 있으나 그것은 예법에서 나온 절도라기보다는 무인의 절도였다. 그 깍듯함은 발렌시아와도 비슷했다.

발렌시아는 고개만 틀어 그녀를 확인하더니, 곧장 몸을 돌려 정식으로 인사했다. 얕게 허리를 굽히며 그 손등에 입을 맞추는. 외르타는 그제야 딤니팔의 예법이 어떤 느낌인지 확실히 깨달았다. 위선처럼 우아했다.

"자멘테 후."

"격조했습니다. 돌아오셨다는 연통을 받고 솔 미라이예에 방문하려 했으나, 아쉽게도 공의 지체된 업무가 꼭대기 층까지 이르렀다기에 바람을 접었습니다."

"내 언제든 당신을 반가이 맞을 것이다."

외르타는 그것이 진심이라는 사실을 깨닫곤 적잖이 놀랐다.

"말씀 감사합니다."

그녀는 그제야 외르타를 향해 고개를 돌렸다. 외르타는 키가 큰 두 사람 사이에 서 있으려니 고개가 아팠다. 발렌시아야 제가 원체 익숙해져 있다지만, 새로 나타난 여인은 도대체 무엇을 먹고 저리 시원시원하게 큰 것인지 신기할 정도였다.

"리베 발미레."

"음……."

그녀는 사실 공대와 하대 중 갈피를 잡지 못하고 있는 상태였다. 그러나 고맙게도, 상대가 먼저 말해 주었다.

"뵙게 되어 영광입니다. 포티미외를 지원한 저 또한 당신께 은혜를 입었습니다. 하대를 하셔도 됩니다."

"아, 그래. 후작, 반가워."

"들어가시지요."

자멘테는 외르타를 팔로 끌어당겼다. 그녀는 이처럼 부드럽게 감싸 안겨 인도 당했던 마지막 기억이 언제인지 떠올릴 수조차 없었다. 너무 오래된 일이다. 제 남편은 인간이 아니었으니 무려 열 해 가까이 추억을 더듬어 올라가야 했다. 때문에 외르타는 순식간에 이 여자가 마음에 들기 시작했다.

발렌시아는 외르타가 제 앞을 스치는 것을 보고 나서야 따라 움직였다. 자멘테는 그녀를 비스듬히 둘러 안고 예의바르게 몇 걸음 더 인도했다. 서서히 풀어준 뒤에야, 정돈된 웃음으로 가볍게 목례했다. 외르타는 싱글벙글 화색이 만연해 어쩐지 처음 사교계에 나온 소녀 같았다. 자멘테는 웃음기 어린 눈으로 그녀를 내려다보더니 이내 발렌시아에게 몸을 돌렸다.

"회장에서 뵙겠습니다, 공작."

"그래."

그녀는 다시 한 번 외르타에게 인사를 한 뒤 곧게 사라졌다. 외르타는 그녀의 뒷모습을 보며 약간 들뜬 어조로 말했다.

"좋다."

"예?"

"후작, 자멘테 후작이라고? 괜찮다. 사람이 정말 우아해. 방금 봤어? 나한테, 마치 음, 내가 어렸을 때처럼, 당신과도 비슷한데, 당신보다는 훨씬 남자 같아서, 발터? 발터일까? 꼬마 때 날 숙녀 대우해 준다고 발터가 한 번 붙들고 간 적이 있다. 내가 그때 그 인간을 진짜 싫어했는데, 그 딱 한 번에 감탄해서 자주자주 쫓아갔어."

발렌시아는 한마디도 답하지 않은 채 즐거워하는 그녀를 응시했다. 물끄러미. 사실 너무 앞뒤 없이 나와 정확한 내용을 알아듣기 힘들기도 했다. 외르타는 조금 뒤에야 그 사실을 깨달았다. 그녀는 결국 홀로 떠드는 제 모양에 혀를 찬 뒤, 천천히 조용해졌다. 그제야 그가 불쑥 말했다.

"제게 손을 얹을 수 있으시겠습니까?"

그녀는 순간 당황하여 그를 올려다보았다. 그러나 그는 당혹하기는커녕, 외려 평소보다 훨씬 차분한 태도로 조곤조곤 말하고 있었다.

"들어가실 때 잠깐만 얹으십시오."

그녀는 어디, 어떻게 얹느냐고 묻지 않았다. 그의 손이 느릿느릿 올라왔기 때문이다. 외르타는 회장의 문 앞에 우두커니 서서 곧장 팔을 들어 올렸다. 올라간 손가락들이 악기를 연주하는 모양으로 한 음계, 한 음계 발렌시아에게 닿았다. 외르타는 그처럼 네 손가락이 모두 떨어진 뒤에야 엄지로 슬며시 그의 손등을 눌렀다.

발렌시아는 그녀가 내려앉자마자 성큼 발을 내딛었다. 외르타는 한순간 멈칫했다가 미안하다는 듯 조용히 부탁했다.

"걸음이 빨라."

"죄송합니다."

아직까지도 전장의 습관이 고스란히 배어 있는 느낌이었다. 외르타는 현저히 느려진 그의 걸음에 만족하며 발끝에 집중했다. 나는 발끝만 보고, 발끝만 듣고, 발끝만 느낀다. 그리해야 했다. 자신이 들어가 겪을 것을 모르지 않았다.

홀 안으로 한 걸음 내딛자마자 온 시선이 제게 내리꽂혔다. 외르타는 아랑곳하지 않았다. 항상 발끝이었다. 어린 시절의 왕국이었다면 제 순진함과 천방지축으로 활달했겠지만, 자신이 지난 몇 해 동안 겪은 것은 지금의 이 과녁판과 다를 것이 없었다. 그녀는 본디부터 주목을 그리 두려워하지 않는 사람이었다. 그것이 그 몇 년을 지나며 하나의 완전하고도 무덤덤한 결석으로 굳어진 것이다. 죽은 나무껍질처럼 단단해졌다. 차라리 감사한 일이다. 이 확고한 무의식을 위해 그녀가 생각해야 하는 것은 딱 하나였다. 발끝. 발끝. 발끝만. 외르타는 그처럼 몰두하여 주변 광경이라고는 하나도 눈에 담지 않았다. 그리할 가치조차 느끼지 못했다.

그녀는 심지어 발렌시아에게 인도당해 어느 벽에 기대게 되었을 때조차 자신이 멈춘 줄 모르고 있었다. 발렌시아는 그녀를 서서히 놓아주었다. 민들레 홀씨가 날아가듯, 쫓겨나 웅크리는 얇은 손.

"아."

"신경 쓰지 마십시오. 어차피 가까이 오지도 못할 자들입니다."

"음……."

"당신은 폐하만 뵈면 됩니다. 나머지는 필요 없습니다."

외르타는 무도회장을 휘휘 둘러보다 결국 다시 그를 향해 고개를 들었다. 무슨 말을 하려다 그저 삼켰다. 이런 중앙에 이르러서야 갑자기 '그런' 그가 눈에 들어왔기 때문이다. 그는 화려한 곳에 본디부터 있었던 것처럼 자연스러웠다. 사실, 저 사람은 어디에 무엇으로 있어도 항상 그 배경에 일순위로 얽히곤 했다. 전장에서는 댈 것 없는 살인자로, 서류 속에서는 침착한 공무 집행자로, 이와 같은 인공적인 빛 아래에서는 날 때부터 귀족적인 청년으로. 물론 그렇다 한들 그를 구성하는 본질이 바뀌는 것은 아니었다. 곧음, 그렇기에 무심함, 그렇기에 우아함, 그렇기에 매혹. 그렇기에 이런 뒤섞인 잡탕 속에서도 홀로 투명한 것이다.

그렇기에 지금 자신이 이처럼 속이 뒤집어질 듯한 질시를 받고 있기도 하다. 너무 빤해서 웃겼다.

"라르디슈나 여기나 난 결국 붙임으로 주목받는 인생인가 보다……."

붙임, 덤, 끼움, 상품. 라르디슈에 있을 적에는 로크뢰가 수년 동안이

나 애지중지하다 왕비 자리에 앉힌 희대의 왕녀로, 지금은 십수 년 만에 처음으로 미라이예에 체류하게 된 여자로, 거의 분노가 섞인 질투의 눈빛을 받고 있는 것이다. 젠장, 둘 다 주마. 그러니 귀찮게 하지 말려무나.

"발렌시아 경, 난 잠시 자리를 떠나 있으면 안 되겠니? 특별한 이유가 없다면."

"제가 못 떠납니다."

그러니 당신도 못 갑니다. 외르타는 못마땅했지만 이해했다. 이곳에서 그는 나라 유일의 공작, 자신은 그 가문에 부속된 수인이다. 그 아랫사람이 먼저 자리를 뜬다면 그것이 얼마나 큰 무례가 되고 추문이 될지 그녀가 모르는 것이 아니었다. 포기한 채 벽에 기대려는 순간, 의외로 그가 먼저 제안했다.

"힘드시다면 폐하께서 오실 때까지 나가 계십시오."

"그래도 돼?"

그는 뒤에 있는 테라스 문을 열더니, 들어가라는 듯 그녀를 응시했다. 외르타는 그의 팔 아래를 고개 숙여 통과했다. 그 와중에 치마가 몇 번 엉켰지만 마구 흔들어 내곤, 자유롭게 푼 뒤 난간까지 걸어갔다. 난간에 팔을 괴는 순간 바깥에서 발렌시아가 문을 닫는 소리를 들었다. 그것이 끝이 아니었다. 아예 커튼까지 내리고 있는 듯 작은 바스락거림이 이어졌다. 호기심 섞인 시선을 막는 것 같다.

외르타는 손가락으로 난간을 두드리며 서늘한 공기를 머금었다. 갑자기 탁 트인 테라스에 나오자 안팎이 구분되지 않았다. 아직까지도 뜨끈한 열기와 희뿌연 소음이 피부에 남아 있었다. 잉그레를 제대로 감상하지 못하는 자신을 탓하려 했지만, 어차피 비사 오필라의 홀에도 생 로욜의 홀에도 딱히 집착한 역사가 없는 자신이다. 그녀는 그런 스스로에게 상심하지 않았다. 안이 안 된다면 바깥이라도 담지.

바깥 잉그레에 붙은 빛은 점점이 떨어진 물방울처럼 그리 환하지 않았다. 엄밀히 말하자면, 지금 자신이 내려다보는 정원과 서쪽 별궁은 어두운 곳이 절반이었다. 외르타는 실망했다. 이래서야 낮의 주인을 표현하기에는 역부족인 부하 아닌가. 자신의 비사 오필라가 밤이 깊어지면 깊어질수록 찬연해지는 보석이라, 별수 없이 시큰둥하게 조롱했다. 아무리 잉그레가 아름답다 한들, 결국 밤만큼은 비사를 따라오지 못하는구나.

그녀는 무료히 밖을 감상하며 빙그레 미소 지었다.

테라스에 서서 무료하던 날들을 기억했기 때문이다. 그 평화로움. 참 인생의 풍랑이란 것이 과격하다는 생각이 들었다. 삶이 이토록 잔인하게 급변할 수 있나. 방랑자도 수년에 한 번은 안식을 찾건만 자신은 아직까지도 이리저리 떠밀리고 있었다. 스스로 노곤함을 극복한 것이 신기할 지경이었다.

그래. 작년 이맘때에는 어떠했더라. 외르타는 멍하니 떠올렸다. 복수의 끝자락, 포티미외에 가겠다는 각오 하나로 수없이 많은 애원을 하던 날들이다. 그 옆에서 쌍둥이는 계속 우리와 합류하라 충동질하고 나는 거절하고. 제안하고 거절하고 간청하고 거절하고 분노하고 거절하고……. 자신에게 욕심이 있던 레스트왈을 생각해도 이제는 그저 쓴웃음이 날 뿐이다. 시간이 많이 지났다. 지워지지 않는 것은 죽은 사람뿐이었다. 나머지 알량한 기억들은 이제 모두 헤져…….

"외르타."

그녀는 기겁하여 그 소리가 어디서 났는지 살펴보려 애썼다. 같은 바깥인데, 아래는 아니다. 그녀는 고개를 돌려 옆의 테라스를 바라보았다.

누군가 명치를 친 듯 말문이 막혔다. 발끝부터 뻿뻿하게 박제되어 감히 눈을 깜박일 수조차 없었다. 상대는 잠깐 턱에 힘을 주더니, 혀뿌리부터 열리는 듯한 느낌으로 말했다.

"이게 누구야……."

낮고 날카로운 목소리였다. 숨이 멈춰 어찌 답도 못하고 뻣뻣하게 섰다. 아무리 어둡다 한들 잉그레 본관만큼은 충분히 밝았고, 덕분에 상대의 모습도 충분히 선명했다.

어디서 물들이고 왔는지 머리칼은 그저 무난한 밤색이었다. 그러나 그 눈, 생록을 으깨어 넣은 진초록. 항상 매섭고 성마르던 시선이 지금은 아무래도 조금쯤 당혹하는 기색을 보이고 있었다.

그녀는 신음처럼 말했다.

"너……."

그의 얼굴이 싹 굳었다. 그는 그대로 자신의 테라스 가장자리로 오더니, 옆 돌기를 잡고 그녀가 선 곳으로 넘어왔다. 믿기지 않는다는 표정치고는 대단히 신속한 동작이었다. 어서 이 환상을 깨 버리고 싶다는 다급함으로 보였다.

그는 성큼성큼 다가와 그녀의 손목을 들어 올렸다. 즉각적으로 목울대가 뻣뻣해졌지만 충격은 별로 크지 않다. 이미 이 상황에 어떤 것도 느끼지 못할 정도로 놀라 있던 까닭이다. 그 역시 무슨 말을 먼저, 어찌하지도 못하고 그녀를 잡은 제 손에만 힘을 꾹 주었다. 정적. 외르타는 잠깐의 긴장 뒤에야 쥐어짜는 듯 간신히 단어를 뱉어냈다.

"뤼……."

말을 끝내지는 못했지만 그녀도 그도 서로를 알았다. 칠 년을 보고 살았다.

뤼페닝이었다.

도대체 그가 왜 이곳에 있는지 감히 어림짐작할 수 없었다. 라르디슈의 태자가 아닌가. 잉그레에서만큼은 제 오라비보다 더 보기 힘든 작자인 것이다. 말도 안 돼. 저 아이가 이곳에 어떻게? 그녀는 경계심에 눈을 치켜뜨며 팔부터 빼내려 애썼다.

그가 답했다.

“어.”

그녀는 제 이름을 받은 무뚝뚝하고도 못마땅한 대답에 순간 웃음을 터뜨릴 뻔했다. 뤼페닝은 그녀가 확실하다는 것을 인지했는지 대단히 실망하며 손을 놓았다. 외르타는 설마 이 잉그레 안에서 적국의 왕자가 무슨 짓을 하겠나 싶어 큰 불안을 갖지 않았다.

그는 한참이나 침묵을 지키다 휙 옆을 돌아보았다. 외르타는 웃어 주어야 할지 미안하다는 표정을 보여야 할지 그때까지도 제대로 결정을 못한 참이었다. 그가 불쾌하다는 목소리로 물었다.

“도대체 안 죽고 뭐하나?”

외르타는 무슨 헛소리냐고 묻지 않았다. 칠 년이다. 그만큼 자신을 알고 있는 뤼페닝이었다. 속이 철렁 내려앉았다. 그 먼 거리에서도 내가 자진하리라 철석같이 믿고 있었다는 말인가? 그녀는 입을 다물었다. 뤼페닝의 목소리가 더 낮아졌다.

“안 죽고 무엇하고 있느냐 물었다.”

그녀는 그의 당연한 반응을 듣자 참 오랜만에 살아남은 자신이 부끄러워졌다. 저 말이야말로 진실인데. 사실 저 질문이야말로 그녀가 매일매일 스스로에게 자문하는 말이었다. 이렇게 멍청한 숨을 이어 가야 할 의미가 없다. 있다면 아델뿐인데, 그 각오는 제게 남은 그 아이의 기억만큼 확고했지만, 또한 그 아이만큼 여리기도 했다. 때문에 머리를 붙이고도 계속해서 그 쓸모를 의심할 수밖에 없는 것이다.

뤼페닝은 그녀가 자괴에 잠겨 있는 모습을 인내하지 않았다.

“대답 안 해?”

"사정이 있었어."

"내가 네게 유일하게 높게 평가한 것이 바로 그 맺고 끊음이 확실한 성질머리였다. 그것마저 저버리나?"

"사정이……."

뤼페닝이 더 바짝 다가왔다. 외르타는 숨을 삼키고, 이를 꾹 깨물었다. 그는 그 기색이 의아한 양 뒷머리를 몇 번 긁더니, 다소 높은 목소리로 물었다.

"왜 이래? 원래 이렇게까지 날 꺼렸나? 내 기억에는 아닌데."

"네가 너라서가 아니라……."

"그러면?"

"남자가……. 아니…… 아니, 난 원래 싫어했다. 싫어하는 티를 낼 수 없었을 뿐이지. 이제는 마음 놓고 꺼릴 수 있는 주변머리가 생겨서……."

"완전히 미쳐 버렸다는 이야기군."

그녀는 제 정신병을 부정하지 않았다. 지금 이 상황에서 돌이켜보자면 저가 어떻게 그리 시꺼먼 군대를 견뎌 냈는지도 의심스러울 지경이니까. 로크뢰를 죽이고 이제 다시는 이성과 닿을 일이 없겠다 안심하자마자, 노도처럼 밀려오던 혐오. 그 역류에 묻혀 버렸다. 서서히도 아니다. 그저 단박에 묻혀 단박에 바뀌어 버렸다.

"어쨌든 상관없지. 그래서 그 사정이 뭐냐? 그 낯짝으로 감히 살겠다고 결심해?"

"사정이…… 있어."

"똑똑히 말해."

"사정이……."

"외르타, 나는 그것을 들을 권리가 있다."

그녀는 뒤로 한 발자국 물러났다. 그의 녹색 눈은 인공의 불처럼 날카롭게 빛나고 있었다. 자연에서 나오기 힘든, 아주 광적인 색의 독약을 부어 놓은 모양이다. 뤼페닝은 그녀가 이미 제 손에 쥐인 새라는 것을 알아 느릿느릿, 딱 그녀가 물러난 만큼 더 다가왔다. 외르타는 저 아이의 키가 또 커졌다는 사실을 반 몽롱함 속에서 깨달았다.

"나는 네 배반에 피해를 입은 나라의 태자다. 내 구태여 네 뒤를 쫓지 않은 것은 물론 왕의 죽음이라는 일차 목적을 달성했기 때문이지만, 결국은 내 믿음 때문이다. 내게는 네가 이미 스스로를 끝장냈으리라는 믿음이 있었다."

정확한 예측이었다. 그녀는 그를 어떻게 다듬어 주고 싶은 생각조차 들지 않았다. 아델의 소리를 듣지 못했다면 그녀는 필시 자진하고 말았을 것이다. 딤니팔의 강제가 어떠했든 스스로는 이미 주검이 되었을 것. 사실 그것이 제 원래 계획이기도 했다.

때문에 뤼페닝의 말은 타당했다. '왜 자살하지 않았지? 난 네가 당연히 그리할 줄 알았다.' 그런데 그녀는 그 질문에 논리로 대답할 수가 없었다. '아델이 나를 말렸기 때문에.' 논리일 수가 없다. 뤼페닝은 논리가 아닌 말은 듣지 않는 사람이었다. 그래서 외르타는 어쩔 수 없이, 사레들린 것처럼 희미하게 말했다.

"사정이……."

그는 그녀의 멱살을 쥐었다. 그리 강하지는 않게, 단지 자꾸 멀어지려는 외르타를 시야 안에 들여놓기 위한 방편인 듯했다. 그녀는 입술을 깨물며 눈을 내리깔았다. 왼손이 그처럼 순식간에 멱을 잡아 고정시키자, 그 뒤에야 오른손이 천천히, 천천히 다가와 그녀의 목덜미를 감쌌다.

그의 의도대로 외르타는 꼼짝도 할 수가 없었다. 조금만 움직여도 목덜미의 손은 떨칠 수 있고, 조금만 힘을 주어도 멱의 힘은 털어 낼 수 있을 텐데, 그 벌레만큼 유유한 강제에도 우뚝 멈춰 버렸다. 애초에 얼마 노력한 힘도 아니건만. 외르타는 억울했다. 그는 그처럼 간단히 그녀를 짓눌러 두고는 낮게 물었다.

"제대로 대답 안 해?"

"손."

대답은 등 뒤에서 들려왔다. 뤼페닝은 고개를 들었다.

발렌시아가 제 뒤로 테라스의 문을 닫고 있었다.

"손 내려라."

"넌 누구야?"

"누구인지 물을 권한은 내게 있다. 그리고 손 내려."

"내가 이름을 물었다."

"손 내려."

마지막 말을 할 때 그는 이미 난간 가까이에 서 있었다. 발렌시아는 지체 없이 그녀를 잡은 힘을 떼어 냈다. 인간이 친 거미줄이니 그 과정에 약간의 실랑이가 있을 법도 하건만, 외르타가 떨어져 나가는 것만큼은 정말 순식간이었다. 뤼페닝은 제 손목이라도 부러뜨릴 듯한 힘에 이를 드러냈다.

발렌시아가 가장 먼저 집중한 것은 자신이 던져 버린 그의 손이 아니었다. 그보다는 반사적으로 한 걸음 물러난 외르타였다. 그는 입을 꾹 다문 그녀를 보고 낮게 물었다.

"괜찮으십니까?"

"아니…… 응……. 괜찮다. 별거 아니야."

"저 사람과 안면이 있으십니까?"

외르타는 대답하지 않고 세 걸음 뒤로 물러났다. 난간이 꺾이는 부분까지 뒷걸음질 쳐 딱 붙었다. 발렌시아는 그 모습을 보고는 다시 뤼페닝에게 고개를 돌렸다.

"정체를 밝혀라."

"그건 네가 먼저 밝혀야 예의지."

"내게는 폐하께 지켜야 할 예가 있을 뿐이다. 당장 답해라."

뤼페닝은 그제야 이자가 누구인지 깨달은 것 같았다. 어깨 부근의 체칼라스를 보며 고민하던 생각이 순식간에 하나로 꿰인 듯하다. 그는 그제야 자신을 접었다.

"그리 수상한 사람은 아니다, 공작."

외르타는 지금 이 잉그레 안에서 저놈만큼 수상한 자도 또 없으리라 확신했지만, 뤼페닝은 제 어처구니없는 말을 증명할 방도가 있는 듯했다. 그는 품에서 무언가를 꺼내 발렌시아 앞으로 들이밀었다. 발렌시아의 서늘한 눈이 더 낮게 가라앉았다. 그는 그것을 보자 어쩔 수 없이, 떠밀리듯 불쾌한 표정으로 들어 올렸던 손을 내렸다. 불티 뚝뚝 떨어지던 기세가 서서히 땅에 스며들었다.

외르타는 거울을 보지 않아도 지금의 자신이 어찌나 어설픈 표정을 짓고 있을지 눈에 선했다. 이 얼마나 어처구니없는 평온함이냐. 죽은 아비에 제일 신이 난 아들과 아비를 배신한 아내와 아비를 죽인 살인자.

뤼페닝은 상대를 머리부터 발끝까지 딱 한 번 훑은 뒤 더 이상 아무 말을 하지 않았다. 구태여 내릴 말이 없다는 방자한 태도였다. 제 아비를 죽인 것은 고맙지만 제 나라를 전패시킨 것은 아니꼬워 삭친 것일지도 모른다. 그는 외르타를 비껴 보고는 빙긋 웃었다.

"아침에 왔는데 이렇게 빨리 반가운 얼굴을 만날 줄은 상상도 못했군."

"너……."

"이만 간다."

"만나러 오지 마."

"기다리고 있어."

"……."

뤼페닝은 꺼냈던 증표를 품속에 넣은 뒤 가볍게 테라스를 나섰다. 주머니에 양손을 꽂고 여유롭게 걸어갔다. 그는 조심성 없이 문을 쾅 밀어젖히더니 곧장 안으로 사라져 버렸다. 외르타는 저 유유함이 기가 막히면서, 동시에 발렌시아를 막은 무언가가 무엇인지 궁금해졌다.

발렌시아는 아교 같은 시선으로 그를 좇다가, 그가 커튼 너머로 사라지자 그제야 그녀에게로 고개를 돌렸다. 외르타는 기회를 놓치지 않고 바로 물었다.

"발렌시아 경, 방금 저자가 보여 준 게 뭐야?"

"……잉그레의 증표입니다."

"어? 폐하께서 저 인간을 나다니게 두셨다고?"

"그런 듯합니다."

"하지만 저놈은……."

"증표로 자신을 증명하는 것을 보아하니 딤니팔의 귀족은 아닙니다. 누군지 아십니까?"

그는 그녀가 답해 주리라 믿어 의심치 않는 듯했다. 추궁이라기보다는 그저 당연한 답을 요구하듯 공손했다.

그러나 외르타는 답해 줄 수 없었다. 공작조차 영문을 모르는 잉그레의 허가증이다. 때문에 어쩌면 이것은 왕의 극비, 공작에게도 알리지 않고 몰래 라르디슈 건을 처리하려는 자카리의 셈인지도 몰랐다. 왕의 비밀을 함부로 입 밖에 낼 수는 없는 노릇이다.

"나도 잘 모르는 사람이야."

그의 턱에 약간 힘이 들어갔다. 말도 안 되는 거짓말에 당혹한 것처럼 보였다. 십 년 묵은 원수처럼 대면했으면서 모른 체하는 모양이 같잖다,

그 말이 거의 육성으로까지 들릴 지경이다. 들릴 듯 말 듯한 한숨. 그것은 지나치게 고요해 찬 밤공기 속 조밀한 입김으로만 드러났다. 그럴 리가 없는데, 어쩐지 화를 참는 모습 같기도 했다.

외르타는 원수까지는 아니라고 정정해 주고 싶었다. 그냥 싫어했을 뿐이다. 그 아비를 증오하니 연좌제는 당연한 일. 또한 제 인생의 시궁창을 모조리 목격한 자를 좋아할 수는 없지 않은가.

물론 저가 싫어하는 뤼페닝은 언제고 자신에게 무관심했다. 패로 이용할 수 있다고 생각하기 전까지는 항상 그러했다. 때문에 이처럼 다 끝난 순간에 돌이켜 보자니 어쩐지 뤼페닝은 너무 이유 없이 제 혐오를 뒤엎어 쓴 느낌이 있었다. 외르타는 새로운 깨달음에 감탄할 뻔했다.

물론 그녀가 감탄하기 전, 발렌시아가 끼어들었다.

"외르타, 저는 물론 당신을 강제할 권리가 없습니다. 그러나 제가 보기에 저자는 당신의 거부 의사를 개의치 않는 것 같습니다. 만일 당신이 호의로 저자의 정체를 알려 주신다면 제가 마땅한 경고를 보내겠습니다."

"응? 아니다. 괜찮아."

"이름이라도 말씀하십시오."

"괜찮아."

그러나 그는 괜찮지 않은 것처럼 보였다. 약간 언짢은 듯 입매가 굳자 그녀는 저것이 나를 향한 노여움인가 하여 약간 긴장했다. 그러나 아니었다. 그의 공손한 요청은 지칠 줄 몰랐다.

"알려 주십시오."

"모른다니까."

"당신은 제가 눈을 가리고 넘어가기를 바라십니까?"

그녀는 그리 말하는 그를 빤히 바라보았다. 항상 이렇다. 누군가 언성을 높이지도 않았건만 결국 긴장이 팽팽했다. 정적이 이어질 수밖에 없었다. 서로가 서로를 경계하듯 감히 먼저 입을 떼지 못하기 때문이다.

그 순간 누군가 투덜거리며 테라스 문을 열었다. 구시렁대는 소리가 언뜻 들렸는데, 말이 너무 많고 소리가 너무 낮아서 제대로 잡힌 것은 결국 마지막 문장 하나였다.

"데리러 들어간다면서 뭘 이리 오래 걸려?"

외르타는 긴장을 깨 준 자카리를 향해 고맙다는 웃음을 보였다. 그는 그것을 보지 못하고 테라스 문을 쾅 닫다가 옷자락을 잡혔다. 자카리는 입 밖으로 짜증을 내뱉으며 문을 다시 열었다. 그리고 다시 닫고선, 바깥이 완전히 가려져 있는지 확인한 다음에야 그들 쪽으로 성큼성큼 다가왔다.

그녀는 다가오는 그에게 잉그레의 예를 표했다. 자카리는 손을 몇 번 흔들고는 그대로 난간에 기댔다. 외르타는 그런 왕에게 뤼페닝에 대해 어찌 말할지 고민했지만, 다행히 그 고민은 그가 먼저 해결해 주었다.

"발렌시아, 나가 있게."

발렌시아는 잠시 멈칫했다가, 입을 앙 다문 외르타를 다시 한 번 바라보았다. 그녀는 아주 작게 고개를 끄덕였다. 그는 테라스를 나갔다.

이윽고 자카리가 입을 열었다.

발렌시아는 다시 홀로 나오자 이전보다 더 대단한 집중을 받게 되었다. 이전, 외르타를 테라스에 처음 들여보낸 뒤 그 딱딱한 얼굴에 말을 붙일 수 있던 사람은 기실 왕뿐이었다. 시종장의 공표도 없이 설렁설렁 다가온 왕은 즉각 외르타가 어디 있느냐 물었고, 그는 별수 없이 안에 들어가 그녀를 불러오려 했다.

분명 혼자 들여보냈고, 마지막까지 혼자 선 것을 확인했건만 제 눈에 보이는 것은 누군가의 손에 멱살을 잡힌 외르타였다. 발렌시아는 그녀의 하얗게 질린 얼굴을 보자마자 그녀가 겪었던 폭력을 상기하고 말았다. 당연한 일이지만, 앞뒤를 따질 겨를도 없이 손이 먼저 나갔다. 미라이예의 체칼라스를 보고도 그따위 무례를 저지른 자다. 아마 제 손에 칼이 있었다면 상대는 잉그레의 징표를 보일 사이도 없이 즉처되었을 것이다.

아직까지도 열이 꺼지지 않았지만 발렌시아에게는 결국 상황을 찬찬히 헤아리는 냉정이 남아 있었다. 그 남자. 언뜻 스물 내외로 보이나, 나이는 그 매서운 기색에 따라 위로 열 살까지 더 셈을 쳐 볼 수 있을 것 같았다. 묘하게 낯익은 얼굴이었다. 사람을 많이 보는 자신에게 이런 익숙함은 그리 드문 일이 아니다. 그러나 이번만큼은 어쩐지 분명한 확신이 있었다. 틀림없다. 그와 비슷한 생김새를 제 기억에 두었다.

혹은 그리 믿고 싶을 정도로 저자의 정체에 집착하고 있거나. 발렌시아는 끝끝내 자신에게 답하길 거부하던 외르타를 기억했다. 그렇게 쥐여 놓고, 그렇게 입술을 깨물어 놓고 아무 사이가 아니라면 세상에 거짓은 몇 없다. 더군다나 잉그레의 징표, 왕의 허가. 삼자 간에 무슨 유대가 있기에 자신에게 그리 감추려 드는지 이해할 수가 없었다. 자신이 끈질기게 물어본들 실마리라도 줄 사람이 아니라 더 막막했다.

"공작, 저분은 누구신가요?"

공작이 전장이 아닌 곳에서 듣는 기사 호칭을 싫어한다는 사실은 익히 알려진 바였다. 발렌시아는 그 소문의 오류를 정정해 주고 싶었다. 경 소리를 듣는 것이 언짢다기보다는 자신의 이름이 불리는 것이 언짢은 것이다.

발렌시아는 고개를 돌렸다. 십이공회의 딸들이라 어찌 물릴 수도 없었다.

"미라이예의 객이십니다."

"그거야 뒤에 맨 체칼라스로 충분히……. 저분께서 하늘에서 뚝 떨어진 공비실 리도 없잖아요?"

"……."

"공비를 모시기 전에 애첩을 먼저 들이시려는 건가요? 어…… 하지만 애첩에게는 체칼라스의 권한이 필요 없는데 왜 구태여……. 그만큼 총애하신다는 것을 보이기 위한 방편인가요?"

"그런 뜻으로 들인 분이 아닙니다."

"리베 본잘, 말씀이 심하세요. 아무리 리베 발미레께서 이 자리에 계시지 않는다지만……."

"하지만 도무지 이해가 안 가서 그래요. 어떻게 감히 평민이 십이공회의 객으로 올 수 있죠? 공작, 제가 여태까지의 친밀함으로 몰래 알려드리는 것이지만……."

그것이 친밀함이라면 외르타는 이미 자신과 밤을 지낸 사이다. 물론 발렌시아는 별 반박을 하지 않았다. 바람은 바람으로 두는 것이 좋으니.

"뒷공론이 정도를 넘었어요. 리베 발미레께서 처음부터 테라스에 계시지 않았더라면 온 여자들이 붙어 한마디라도 꺼내 보려 애썼을 거랍니다. 폐하께서도 공히 궁금하신지 아예 만나러 들어가셨잖아요?"

"도대체 어떻게 저분을 만나게 되신 건가요? 포티미외 동안 취하신 근방 여인인가요? 공작, 공작, 아무리 바라신들 우선순위라는 것이 있습니다. 전대 공작께서 공작의 혼인을 오매불망 바라셨던 것을 정말 기억하지 못하시나요?"

"객으로 들일 만큼 애정을 가지신 애첩이라면, 그에 기꺼워할 부인은 세상천지에 하나도 없습니다. 공비가 되실 분의 마음도 생각해 주셔야지요."

"리베 데군다, 제 일은 제가 알아서 합니다."

"하지만……."

그 순간 뒤에서 누군가가 불쑥 걸어 나왔다. 그 앞에 선 여자들이 동시에 예를 표했다. 자카리는 사람 좋은 웃음으로 손을 흔든 뒤, 같은 손으로 발렌시아의 어깨를 툭툭 쳤다. 낮게 말했다.

"부르면 와."

발렌시아는 그가 그 이상 무슨 말을 꺼낼 줄 알고 잠시 기다렸으나, 그는 수상하게도 지체 없이 자리를 떴다. 여자들의 수다를 나누어 받아줄 생각이 조금도 없는 것 같다. 항상 그러했듯, 발렌시아의 그런 모습을 즐기는 모양으로 유유히, 싱글벙글하며 도망쳤다.

발렌시아는 다시 부리에 쪼이게 되었다.

"어머, 폐하께서 무슨 말씀을 나누셨기에 공작을 그리 의미심장하게 보고 가셨을까요?"

"웃으셨어요! 리베 본잘, 보셨죠?"

"그럼요. 저희도 슬슬 함께 웃고 싶은데, 저분께선 나오지 않으시나요?"

"저희는 십이공회의 가문이지 않나요. 무례한 짓은 절대 하지 않을 테니 잠깐만 이 자리로 불러 주실 수는 없을까요?"

"저희가 남자도 아니고 경계하실 필요는 없잖아요?"

한꺼번에 서넛이 까르르 웃음을 터뜨렸다. 도저히 무시할 수 없을 정도로 시끄러웠지만 어차피 발렌시아는 지금 아무 말도 듣고 있지 않았다. 자카리가 이곳에 나온 이후 제 신경이란 신경은 모조리 뒤쪽 테라스에 집중되어 있었기 때문이다.

그는 결국 참지 못한 채 여자들에게 고개를 숙였다.

"먼저 실례하겠습니다."

'어머, 공작…….' 운운하는 소리가 들렸지만 무시했다. 그는 두꺼운 커튼을 젖히고 문 안으로 들어갔다. 몸을 완전히 트니 아까와 똑같은 모양으로 난간에 턱을 괴고 있는 외르타가 보였다.

그녀는 인기척을 느꼈는지 허리만 반쯤 돌려 뒤를 바라보았다. 얕은 웃음과 함께 다시 정원을 응시했다. 발렌시아는 몇 걸음 크게 다가가다, 그녀가 얼마 남지 않은 지점에서 우뚝 멈추었다. 그리 작은 사람이 아닌데 난간에 기대어 웅크린 모양이 아직 여인에 이르지 못한 소녀 같았다. 그는 가는 뒷모습을 보며 입을 열었다.

"폐하와 독대하심에 불편한 점은 없으셨습니까?"

"응. 별 이야기 아니었다."

그 내용을 노린 물음이 혀끝까지 나왔다가 도로 쑥 들어갔다.

"바깥이 춥습니다. 안으로 들어오십시오. 곧 기조연설이 시작될 것입니다. 다들 춤 상대를 찾는 일에 바빠 당신에게 신경 쓰지 못할 것입니다."

"난 춤 안 출 건데 당신은 어차피 한 번쯤 돌아 줘야 할 것 아니야? 그게 예의기도 하고. 난 필요 없다. 바깥에 있을 테니 혹 폐하께서 내가 그립다 하시면 이곳으로……."

"바깥이 춥습니다."

외르타는 그제야 몸을 완전히 돌려 그를 바라보았다. 발렌시아는 긴장했지만, 바로 배어 나오는 그녀의 웃음에 어쩐지 맥이 풀렸다. 그녀는 미소 지은 모습 그대로 부드럽게 말했다.

"그때도 추웠는데 천양지차로군."

"예?"

"내가 당신을 처음 봤을 때."

"……."

"가을비를 쫄딱 맞아 엉망진창인 날 제일 허름한 막사에 굴려 넣더구나. 흥분해서 뭘 느낄 겨를이 없었는데도, 아주 덜덜 떨면서 잠들었던 기억이 난다. 아아아니, 결코 불만이 아니야. 당연한 대우 아닌가. 그런데 그 광경에…… 지금에 와서는 위화감이……. 음…… 그래서 그래."

외르타는 그리 말하며 손에 입김을 불어넣었다. 흰 입김도, 사포 다듬듯 비비는 오밀조밀함도 여러 번이다. 삭삭 살갗 스치는 소리만 나는 고요.

"그래. 들어가기는 하자. 어설픈 추위도 추위는 추위구나."

외르타는 베일로 온기를 유지하려는지 두 손으로 쇄골 부근을 꽉 모아 잡았다. 발렌시아는 그녀가 제 앞을 지나갈 때 모양을 정정해 주고 싶었지만, 그저 두었다. 그는 그녀가 여는 문을 따라 다시 안으로 들어왔다.

돌연 따뜻한 기운이 훅 끼쳤다. 발렌시아는 제 뒤쪽의 테라스 문을 닫았다. 안은 여전히 수런수런한 분위기다. 자카리가 또 기조연설을 생략한 듯, 이전과 조금도 다름없이 어수선했다. 그는 제 앞에 선 외르타의 둥근 가마를 내려 보다, 그런 자신의 모습을 깨닫고는 놀라 고개를 들었다.

바람을 느낀 듯 갈색 머리가 뒤를 돌아보았다. 웃는 것 같다. 시야를 휘감는, 두껍게 땋은 머리칼, 그 뒷목 부근에는 작은 보석인지 생화인지 모를 것들이 별처럼 박혀 있었다. 그 반짝임을 보며 발렌시아는 갑작스레, 정말 갑작스레 그녀의 성장盛粧을 깨달았다. 분명 솔 미라이에서부터 보던 차림이건만, 이처럼, 정면으로, 어둠에서 빛과 같이 드러나는 모습에. 눈치채지도 못하는 사이 턱에 힘이 들어갔다.

딤니팔의 정석을 보여 주려는 듯 단지 하얗게 질린 옷이었다. 푸른빛이 돌 정도로 완벽히 하얀. 움푹 팬 그녀의 등선을 따라 짙은 남색 문양이 보이기는 했지만, 어쨌든 제 눈에는 그저 하얀 여자였다. 어깨가 희미하게 보였다. 본시 드러난 살갗 그대로 두려던 것을, 어깨를 노출하는 옷에 익숙지 않은 외르타가 싫다 소동을 피워 가까스로 베일을 씌웠노라 했다. 손목부터 목덜미까지 온통 뒤덮은 안개. 하얀 옷에 더 하얗게 달뜬, 희미한 베일이 겹쳐 상상 이상으로…….

"경?"

"……."

"이분들께서…… 음……."

발렌시아는 그제야 그녀에게서 시선을 뗄 수 있었다. 아직도 자리에 머물러 있는 여러 명의 리베들을 발견했다. 리베 루틸로는 자리를 떴지만, 리베 본잘, 리베 데군다가 그 둘을 기다린 듯했다. 소개를 바라는 호기심 많은 시선에 발렌시아는 순간적으로 짜증이 치미는 것을 느꼈다. 귀찮아서 견딜 수가 없다. 그 분을 그대로 내뱉으려는 순간, 외르타가 말했다.

"발렌시아 경."

그것은 '말한' 것이 아니라 거의 '막은' 수준이었다. 그는 호흡을 숨겼다.

"……리베 본잘, 리베 데군다. 이분은 미라이예의 객 외르타 발미레십니다. 부디 마땅한 예로 맞으시길 바랍니다."

"감사해요, 공작. 리베 발미레라고 부르면 될까요?"

첫 마디부터 조롱이다. '리베 발미레'에는 누구라도 눈치챌 수 있을 정도의 강세가 들어 있었다. 리베의 명칭을 받을 수 있는 여인은 가문의 장녀뿐. 사실 외르타는 그 명칭을 받을 만한 위치가 되지 않았다. 평민이므로. 하지만 계속해서 미라이예의 객이라 칭하기에는 불편함이 있어 편의상, 그리고 미라이예에 대한 존중으로 리베를 붙여 주는 것이다. 때문에 그리 부르는 행위는 그 자신도 인정하고 있었지만, 저것처럼 구태여 짚어 이 모든 사실을 상기시키는 행동은 역시 무례한 짓이었다. 미천한 네가 공작의 후의를 입어 출세했다는 속내가 물씬 배어 있었다.

발렌시아는 살포시 웃음 짓는 외르타가 속이 없는 듯하여 못마땅했다. 그러다 순간, 그녀가 딤니팔 명칭에 익숙지 않아 저리 평온한 것은 아닌가 하는 생각이 들었다. 상대의 속내를 모르는 웃음이라면 더욱 언짢다. 공손하게 답하는 그녀에게 이유 없이 화가 났다.

"예, 그리 불러 주세요. 리베……."

"본잘이에요. 이쪽은 리베 데군다시고요."

"리베 본잘, 리베 데군다."

"그런데 외르타 발미…… 리베 발미레, 공작께서 객의 위신을 존중하셔서 말씀을 안 드렸나 봅니다. 미라이예 공은 왕도에서만큼은 공작으로 불리세요. 발렌시아 경이 아니라."

외르타는 그것을 처음 알았는지, 크게 뜬 눈으로 그를 올려다보았다. 발렌시아는 순간적으로 당황했다. 그제야 처음으로 제 태도의 괴리를 발견했기 때문이다. 그는 자기도 놀란 채로 낮게 변명했다.

"리베 발미레께선 발렌시아 경이라는 호칭에 더 익숙하십니다. 제가 수락했습니다."

"어머, 공작……."

"역시……."

그가 오해에 답하려는 순간, 갑자기 누군가가 자신을 불렀다.

"공작, 폐하께서 부르십니다."

설상가상이다. 그는 외르타를 돌아보려다가, 그렇게 행동하는 것이 리베들의 더 큰 오해를 불러일으키리라는 사실을 깨닫고는 우선 인사했다.

"죄송합니다. 잠시 자리를 떠야 할 것 같습니다."

"어머, 괜찮아요. 다녀오세요."

"외…… 리베 발미레, 제가 폐하를 뵙고 올 동안만 홀로 계실 수 있으시겠습니까?"

자신은 그녀를 이름으로 부르려다 멈칫했고, 외르타는 습관처럼 말을 토막 내려다 멈칫했다. 그녀는 멋쩍게 답했다.

"그리…… 하세요."

발렌시아는 앙히에의 말을 듣지 않은 자신을 후회했다. 난생처음인 듯싶다. 외르타를 무도회까지 부르지 말 것을. 이토록이나 눈총을 받을 그녀라는 사실을 모르지는 않았다. 다만 자신이 계속 그녀 옆에 있을 테니, 솔 미라이에에 남은 그녀를 생각하며 불안해 하는 것보다는 낫겠다고 판단했던 것이다. 홀로 둔다면 어떻게 또 자진할지 알 방도가 없지 않나. 하지만 지금은……. 그는 약간의 미안함과 뒤숭숭함, 불안감이 섞인 목소리로 답했다.

"죄송합니다. 양해하십시오."

외르타가 손을 들어 주려다 지레 놀라 품을 접는 모양이 보였다. 그것 역시 격식에 맞지 않는 행동이라 판단한 듯했다. 발렌시아는 움츠러든 그녀의 손끝을 바라보았다.

조그마하고, 아이 같은 손. 생각해 보니 외르타의 손톱은 다듬어도 모양이 나오지 않는 것이 몇 개 있었다.

"공작……."

발렌시아는 시종의 목소리에 반사적으로 뒤를 돌았다. 가까스로 기를 편 시종이 먼저 안내하기 시작했다. 그는 성큼성큼 뒤따라가며 약간 꺼림칙한 기분을 느꼈다.

돌연 뒤돌아 다시 그녀에게 가고 싶다는 생각이 들었다. 여자들의 모욕에 조금도 신경 쓰지 않을 사람이라는 것을 안다. 하지만 그처럼 비맞는 모양으로 두기가 저어되었다. 다른 모든 귀족들 역시 외르타를 그리 대우할 것이다. 공작이 홀로 둔 그녀를 함부로 넘볼 자들이 벌써부터 눈앞에 선했다. 남자에 경기를 하는 외르타에게 그런 혼란을 넘겨주고 싶지 않았다.

그러나 자신은 어느새 앞에 있었고, 걸음도 덫처럼 잡힌 상태였다. 발렌시아는 한숨을 쉬며 좁은 복도로 들어가는 시종을 따랐다.

"리베 발미레, 어느 정도까지 스스로를 알리실 수 있나요?"

"예? 기간을 말씀하시는 것인지, 제 소개를 말씀하시는 것인……."

"둘 다예요."

외르타는 그녀의 서늘한 말을 들으며 앞에 선 여자의 이름을 상기했다. 리베 본잘. 아침에 앙히에가 와 예비 공비 명단에 있다고 읊어 주던 이름이었다. 경쟁자를 보는 살쾡이의 눈이 제법 매서웠다.

"기간은 저도 모른답니다. 내용은 발렌시아 경께서 함구하라셨……."

"경이라 부르지 마세요. 그건 금기랍니다."

"……방금 전 경의 말씀을……."

"들었지요. 하지만 여지없이 금기예요. 미라이예 경이라면 모를까 발렌시아라면 공작의 본명이 아닌가요? 지위가 낮은 저희로서는 그 성함을 함부로 부를 수 없지요. 공작이 예법에 맞는 호칭입니다."

"발렌시아가 그분의 성함이라 하나, 발렌시아 경은 이미 기사의 명칭입니다. 개인적 친밀함이라고는 무관하게, 객관적인……."

"그렇지만 듣는 사람들은 조금 언짢지요."

"리베 본잘, 이처럼 매번 말씀을 끊으시면 예에 맞춰 답하기가 어렵습니다."

"'예에 맞춰 답하기가 어려우시다' 니요? 경고인가요?"

외르타는 제 이마 앞에 유부녀라는 표지를 붙여 주고 싶었다.

"아니요. 문장이 완전하지 않은 것 또한 리베들께는 무례하다 여겨지실 것 같아서요. 제가 말을 길게 하는 편도 아니니 조금만 참아 주시면……."

"그럴게요."

외르타는 화가 나려다, 너무 기가 막혀 성질마저 가라앉는 것을 느꼈다. 리베 본잘이 본시 유독 드센 것인지, 아무래도 그 옆에 선 리베 데군다까지 그녀에게 눈치를 주고 있는 상황이었다. 소녀에 가까운 리베 본잘과는 달리 리베 데군다는 저와 동치쯤으로 보였다. 뒷자리에서야 괜찮지만, 그렇다고 정면에서 뻰대는 지금 이것이 무슨 행동이냐는 말이 거의 육성으로 들려왔다. 외르타는 리베 데군다가 대화를 맡아 주었으면 좋겠다고 생각했지만, 사실, 극단적인 쪽이 대화의 주도권을 쥐기 마련이다.

"리베 발미레, 아무튼 제 말씀은 명심해 주세요. 진심으로 충고해 드리는 거예요. 리베께서 그리 공작을 칭하신다면 어처구니없어 하실 분들이 많아요."

"주의하도록…… 하지요."

외르타는 한숨과 함께 답했다.

"그런데 리베 발미레, 작은 방은 언제 차리시나요? 꼭대기 층에 자리를 마련해 달라고 하다 주인에게 내쳐지는 애첩 이야기는 잘 아시……."

"리베 본잘!"

리베 데군다가 놀라 제지했다. 그녀는 상대의 말 한마디 한마디에 정신이 번쩍번쩍 드는 듯했다. 그녀는 숨을 삼킨 채로 후닥닥 말했다.

"리베 발미레, 제가 사과드립니다. 말씀드리는 방식이 터무니없었어요."

"그러면 그 내용은 옳았다는 말씀이십니까?"

외르타는 자신의 속마음이 그대로 바깥으로 나오자 순간 당황했다. 제 속을 그대로 뽑아낸 듯 토씨 하나 다르지 않았다. 하지만 제 것이 아니라, 남성의 목소리였다. 그녀는 소리가 들린 오른쪽으로 고개를 돌렸다.

그 순간 욕설이 튀어나올 뻔했다.

"리베 본잘, 리베 데군다, 미라이예의 객이십니다. 대함에 경의를 보이십시오. 그리고 리베 발미레, 공작께서 부르십니다."

그녀는 이를 갈 뻔했지만 옆에서 서늘히 지켜보는, 지위 대단한 아가씨가 둘인 상황에서는 도저히 그리할 수가 없었다.

"따라오십시오."

외르타는 바닥에 발이 붙은 듯 꿈쩍하지 못했다. 가야 하는데. 공작이 부르는데도 가지 않는 공작의 객을 보고 저 둘이 무슨 말을 할지 모르는데. 하지만 자신을 부르는 목소리에, 도저히 걸음이 떼어지지가 않았다.

상대는 자신이 전갈을 전한 뒤에도 붙박인 듯 서 있는 외르타에게 당황하지 않았다. 그저 빙그레 웃더니, 그녀의 손을 잡아 제 쪽으로 당겼다. 소름이 오스스 돋는 순간 그가 허리를 숙였다.

손등에 입을 맞췄다.

뤼페닝 저 자식은 드디어 미쳤나 보다.

그는 허리를 들더니 무표정하게 사과했다. 물론 겉포장만 사과일 뿐 그 저의는 전부 강요에 가까웠다.

"전 시종이 아님에도 제대로 예를 갖추지 않은 채 모실 생각을 한 제 불찰입니다. 늦었으나 이것으로 노여움을 풀고 어서 따라오시지요."

마지막 어구는 정말 협박처럼 들렸다. 외르타는 신음을 억누르며, 칼날 위로 떨어뜨리듯 한 걸음을 내디뎠다. 둘째 걸음이라도 쉽지는 않았지만 점차 진공 상태가 되어 타성으로 걸을 수 있었다.

그녀는 자신이 강요를 거절할 수 없게 만든 뤼페닝의 영악함에 이를 갈았다. 외르타는 발렌시아에게 더 이상 민폐를 끼치고 싶지 않았다. 때문에 무도회에서 모든 것을 참아 내기로 스스로 서원하고 온 몸, 누구의 눈에도 대단히 공손하고 얌전한 미라이예의 객으로 보이기를 바랐다.

자신의 그 마지막 염치를 이용한 것이다. 공작이 부른다는 말에도 꿈쩍 않는 미라이예의 객을 견딜 수 없었다. 제 옆에 선 여자들의 수군거림이 사방으로 퍼져 나갈 것이다. 공작은 자신의 객조차 관리하지 못한다고. 외르타 스스로 저자가 발렌시아의 말을 전달하는 것이 아니라 주장해도, 자신을 이미 비난조로 보는 여인들이니 악의 섞인 소문을 피할 수 없을 것이다.

발렌시아를 위해서는 어쩔 수가 없다.

외르타는 뤼페닝이 언제부터 자신을 지켜보고 있었던 것인지를 생각하자 등골에 소름이 쫙 끼치는 것을 느꼈다. 확신했다. 테라스에서 나온 뒤 적당한 자리에 진을 치고 있다가, 자신과 발렌시아가 나오고, 대화하고, 그가 떠나고, 리베들과의 대화까지 찬찬히 들은 것이다. 그리 검토한 이후에야 자신을 끌고 갈 계획을 세웠을 뤼페닝이다. 그 짧은 시간에도 자신, 그리고 자신과 발렌시아의 관계를 파악한 그가 기막혔다.

다행히도 뤼페닝은 자신보다 약간 앞서 가고 있었다. 서로 닿는 곳도 없었다. 외르타는 어차피 끝까지 쫓아갈 생각이라고는 눈곱만큼도 가지고 있지 않았다. 사람도 많은데, 내가 왜? 그녀는 도망치기 위해 연회장의 중앙 부근에서 살짝 몸을 돌렸다. 이 소란 속에서는 자신도 흔적 없이 숨을 수 있었다. 조금만 벗어나면…….

그때 누군가가 자신의 왼 팔뚝을 붙잡았다. 맹수가 입을 다문 듯 악랄한 힘이었다. 그 목소리 역시, 그답지 않게 험악했다. 제 아비를 닮았다.

"따라와."

그녀는 새하얗게 질렸다.

끔찍한 손아귀 힘. 이성의 마개가 막히고 목구멍에서 비명이 새어 나오려는 순간, 외르타는 발렌시아를 생각했다. 돌연 머리가 차가워졌다. 세상에. 이 중앙에서 비명이라니. 안 될 일이다. 절대 안 될 일이다. 비명이 솟고 소란이 일면 분명 뤼페닝은 왕명으로 빠져나가고, 파문의 중심이 되는 것은 자신, 그리고 자신을 책임진 발렌시아. 절대 안 된다. 절대. 어차피 이곳은 잉그레지 않나. 어느 곳을 가도 상시로 궁내부원이 드나드는 그 휘황한 왕궁. 뤼페닝 역시 내게 큰 위해를 끼치지는 못할 것이다. 이 손만 참으면 되었다. 제발, 이 힘만…….

외르타는 기우뚱 앞으로 기울다가, 여러 걸음이나 끌려갔다. 뤼페닝은 제 힘에 사정을 두지 않았다. 남자를 두려워한다 말한 자신의 약점을 알뜰히도 써먹는 모양이 증오스러웠다. 눈을 깜박일 수가 없다. 그가 쥔 왼 팔뚝부터 굵은 덩굴이 타고 올라와, 제 온 얼굴, 제 온 표정을 고정시킨 듯했다. 스무 걸음, 스물하나, 스물둘, 스물셋.

그들은 복도로 들어섰다.

그곳에는 이미 누군가가 서 있었다. 팔뚝이 놓였다. 그러나 남자가 복도를 막아서고 있었기에, 그녀는 도저히 도망칠 엄두를 내지 못했다. 뤼페닝은 자신의 붉은 겉옷을 벗어 남자에게 넘겼다. 외르타는 잔뜩 곤두선 채 서 있다가, 뤼페닝이 자신에게 다가와 팔을 드는 모습을 보고는 숨을 삼켰다. 그는 그녀의 손목부터 목덜미까지를 덮고 있던 베일을 들어냈다. 외르타는 빼앗기지 않기 위해 양손에 힘을 주었지만, 뤼페닝의 한 손에 고스란히 패했다. 그는 헐떡이는 소리를 완벽히 무시한 뒤 그녀의 베일마저 남자에게 넘겼다.

“드랭쿠르, 서 있어.”

“명령 받잡겠습니다.”

남자는 양쪽 팔뚝에 뤼페닝과 외르타의 겉옷을 끼고 회장으로 나갔다. 그녀는 약간 질린 채로 뒷걸음질 쳤다. 뒤는 벽이다. 뤼페닝은 사소한 반항에 개의치 않고 여윈 팔을 끌어냈다.

“자…… 잠깐……! 잠깐! 왕궁 안이라면 따라갈게. 따라갈게……! 팔 좀 놔. 제발!”

뤼페닝이 뒤를 돌아보았다.

“잉그레는 벗어날 생각도 없었다. 넌 내가 겉옷을 넘긴 걸 도대체 무슨 표지라고 본 건가? 따라와.”

살이 움켜쥐어졌다. 그는 다시 복도의 끝을 향해 걸음을 떼기 시작했다. 칼을 좋아하지 않는 사람이니 그럴 리가 없는데도, 걸음걸음이 군인의 그것 같았다. 외르타는 심호흡을 했다. 눈을 깜박일 수도 없었을뿐더러, 쇄골 사이에서 무언가가 계속 치고 올라왔다. 머리가 초점 없는 백지로 탈색되었다.

외르타는 한참 뒤, 어딘가로 던져지는 느낌에 제정신을 차렸다.

눈이 트이자, 보이는 것은 금실 은실이었다. 그녀는 이불을 꽉 부여잡았다. 작고 볼품없는 손이 유난히 원망스러웠다. 머리가 잠깐 얼얼하다가, 점차 상황 파악이 되었다. 자신이 엎어진 곳은 금으로 뒤덮인 왕실의 손님 침상인 듯했다. 아무래도 복도에 달린 문을 열어 자신을 밀어 버린…….

“말 들어.”

그녀는 몸을 반 웅크린 채 그의 냉랭한 목소리를 들었다. 한 치 흔들림도 없는, 정말 기가 막힐 정도로 균형 잡힌 음성이었다. 그것을 말하는 사람도 마찬가지였다. 그런 그가 말했다.

"외르타, 나는 너를 존중한다. 진심으로. 아마 멀리서 긴장하고 있을 네 오라비만 빼면 너를 가장 잘 이해하고 존중해 줄 수 있는 사람은 나뿐일 거다. 너도 그것을 알고 나도 그걸 알아."

"너……."

"그렇지만, 나는 살아 있는 너까지 존중할 마음은 없어."

외르타는 몸을 돌렸다. 약간 하얗게 뜬 채로. 이것이 기대인지 절망인지 모르겠다.

자카리는 양손을 슥슥 비비고 있었다. 무언가 짜증스러운지 한숨을 쉬다가 모퉁이를 돌아 나오는 발렌시아에게 눈썹을 치켜떴다. 발렌시아는 그 변화가 '화색'이 아니라는 사실을 깨닫고는, 상황이 이상하다는 사실을 알아차렸다. 그는 빠른 걸음으로 제 왕에게 다가갔다.

"발렌시아."

"예."

"넌 도대체 저 여자한테 얼마나 지껄인 거냐?"

"무슨 말씀을 하시는지 모르겠습니다. 대명사를 자제해 주십시오."

자카리는 복도의 낮은 장식장 위에서 펄쩍 뛰어내렸다. 그는 일순간 노여움까지 비치는 어조로 말했다.

"공작, 외르타 발미레에게 어디까지 발설했나?"

"말씀을 더 상세히……."

"전부 실패했을 때 그 여자는 죽은 목숨이라는 사실까지 말했냐 이 말일세."

발렌시아는 순간 답할 말을 찾지 못했다.

충격은 정말 찰나였다. 그 짧은 놀람 이후로는, 방금 전의 테라스에서 어떤 대화가 오갔을지 서서히 짐작이 가면서, 자카리가 아닌 외르타에게 화가 치밀었다. 자카리에게 말했구나. 본인의 입으로. 그녀가 사리에 밝다는 것은 알겠다. 하지만 제 추측, 혹은 확신 그대로 왕에게 지껄이는 것은 이게 도대체 무슨…….

"그 여자가 거기까지 확신하고 있으면 어떡하나. 말이 돼? 너는 사냥감이 사냥꾼의 방향을 꿰뚫고 있는 이 상황이 말이 된다고 생각하나? 방향을 알았으니 이제 피하겠지. 어떻게든 피할 걸세! 죽지 않으려 발악을 할 거란 말이네!"

"……."

"발미레가 무슨 대책을 강구하기 전에 짐이 먼저 손을 쓰고 싶은 심정일세. 게외보르트에서 공문이 오지 않을 경우? 경우를 따질 때까지 기다린다는 말이냐? 짐은 기다릴 수가 없어. 만일 공문이 오지 않고 어수대가 그녀를 죽이려 들지도 않았는데, 발미레가 이미 제 목숨에 대한 자구책을 마련했다면 어찌하나? 아! 대답하지 마! 공작도 알지? 전쟁은 물 건너가는 거야."

발렌시아는 최대한 침착하게 계산하려 노력했다. 왕이라면 제 순간의 언짢음과 불안만으로도 외르타를 죽일 수 있는 사람이었다. 그 앞에서 함부로 입을 연 외르타에게 화가 끓고 있었지만, 사실 그보다는 지금 자카리를 진정시키는 일이 더 먼저였던 것이다.

"폐하, 외르타 발미레에게는 생에의 의지가 없습니다. 폐하의 청사진을 알아차리는 명석함으로 그것을 입 밖에 내는 어리석음이라니 애초에…….”

“잠깐, 잠깐. 이거 먼저 답해라, 너. 첫째, 공작, 어디까지 발설했나?”

“저는 아무 말도 하지 않았습니다. 폐하께 감히 거만한 말씀을 올리는 것인지 모르겠습니다. 하지만 공사에 대해서는 저보다 더 입이 무거운 자를 찾기가 힘드실 것입니다.”

“좋아. 믿네. 그럼 둘째, 넌 정말 저 여자한테 감정이 없나?”

일순간 침묵이 있었다.

물론 발렌시아는 자신에게 외르타를 향한 애정이 있으리라고는 생각지도 못했다. 고려할 만한 가치도 없다. 다만 반년을 이어 온 관계, 그 극단적인 진창과 혼란 속에서 어떤 것도 자라지 않았다면 또한 거짓말이다. 도대체 무엇이 자란 것일까. 제 속에 처음인 듯 지독히 강한, 악랄할 정도의 생명력으로 뿌리박은 감정.

도무지 알 수가 없다. 그리고 당연히, 발렌시아는 단어로 정의할 수 없는 감정에는 도통 관심을 쏟지 못하는 사람이었다. 때문에 답은…….

“없습니다. 믿고 위탁하십시오.”

“믿겠네. 허 참, 사실 짐은 저 모짊에는 네가 넘어갈 거라고 생각했거든. 비슷한 것을 도무지 본 일이 없었을 테니까.”

“다행입니다.”

“넘어가지 않아서? 그래. 다행일세. 아무튼 아까 말하려던 걸 다시 해 보게.”

“폐하, 폐하의 청사진을 알아차리는 그녀의 행동은 그녀가 상황 파악에 능하다는 사실을 입증합니다. 반면에 그처럼 폐하의 계획을 짐작하고 그것을 입 밖에 내는 행동은 지독히 어리석은 짓입니다. 지금처럼 폐하의 경계심을 높이는 일밖에 되지 않기 때문입니다. 외르타 발미레가 그런 모순되는 어리석음을 보여 줄 리 없습니다.”

"결론은?"

"그녀에게는 애초에 생에 대한 의지가 없습니다."

그리 말하면서, 명치부터 무언가 솟아오르듯 숨이 가빠졌다. 이유를 모르겠다.

"폐하께서도 외르타 발미레가 밀레비스에서 자진을 시도했다는 사실을 보고받으셨을 것입니다. 보통 자살을 시도했던 자는 자실 기도 이후 삶을 깨닫습니다. 그러나 발미레는 그렇지 않았습니다. 외려 자신이 실패한 것에 더욱 집착하여, 죽기 위해 사는 삶이 조금도 변치 않았습니다. 저는 왕도로 오는 도중 자살의 반복을 막기 위해 교대로 밀착 감시를 붙였습니다. 제가 그녀에게 미라이예의 객을 제안한 것도 이 의도와 다른 일이 아닙니다."

"……."

"외르타 발미레는 솔 미라이예에서 어떤 방식의 자진도 시도하지 못할 것입니다. 저는 돌아온 날 연무장에서 모든 병장기를 몰아냈습니다. 벽에 걸린 장식용 검들 역시 전부 뒷방에 두었습니다. 마침 그녀가 택한 것이 소공작의 방이기에 침대 역시 가장 단출한 구조를 하고 있습니다. 봉이 없어 목을 매달지도 못할 것입니다. 나머지 다른 방법들도 원천 봉쇄해 두었습니다. 저는 이런 신중을 기하고도 그녀가 솔 미라이예에 든 그 이튿날부터 제 솔정에게 감시를 맡겼습니다. 또한 그녀의 방 역시 제가 일과 중 가장 많이 머무르는 집무실의 바로 아래층 되는 곳이라, 무슨 일이 생긴다면 돌이킬 수 없게 되기 전 제가 사정을 돌볼 수 있습니다. 이런 경계를 기하는 이유는 제가, 외르타 발미레 본인에게 살고자 하는 의지보다 죽고자 하는 의지가 더 강하다는 사실을 여러 달의 경험으로 깨달았기 때문입니다."

"……."

"그녀가 죽지 않기 위해 온갖 방도를 강구하실 것이라 말씀하셨습니다. 하지만 폐하께서는 애초에 그 기반 명제를 잘못 놓으셨습니다. 그녀에게는 살고자 하는 의지가 없습니다. 제가 확신합니다."

"그럼, 네 생각에는 지금 발미레가 짐에게 '다 안 되면 날 죽이실 거란 걸 잘 압니다' 따위의 말을 한 것이 일종의 시위라는 말이냐?"

"……그렇습니다."

어서 죽여 달라는 시위일 것이다. 왕의 경계심을 높여, 사태의 진행과 상관없이 스스로 죽을 수 있도록 안배해 둔 것이다. 발렌시아는 점점 깊어지는 화를 감추느라 무진 애를 썼다.

자카리는 팔짱을 꼈다.

"그 여자 이상하네."

"……."

"짐 역시 발미레가 삶의 의욕이 없으리란 건 오래전에 깨달았지만, 그렇다고 이렇게까지 적극적으로 요구해? 왜 그래? 죽지 못해 안달 났나?"

자신이 묻고 싶은 질문이었다.

"살려 오라는 내 명에 따르기도 힘들었겠군. 살리는 게 더 어렵겠어."

"……."

"발렌시아, 짐은 솔직히, 양심상 발미레를 살리려 노력하고 있네. 우리야 항상 만에 하나를 가정할 수밖에 없는 꼭대기잖나. 그러니 지금부터 발미레의 모살을 논하는 것은…… 사실 어쩔 수 없지만…… 가장 가능성이 낮은 일이기도 하네. 그냥 가능성 중에 하나로 남겨 두는 것뿐이지. 이보다는 발터하임부르겐이 발미레의 처단을 원한다는 공문을 보내 줄 확률이 훨씬 높고, 어수대가 그녀를 모살할 확률은 그보다 훨씬 높다. 아, 발렌시아, 너도 알겠지만 다시 강조하마. 어수대에게서만큼은 확실히 지켜라. 어수대가 어수대인 만큼 그녀도 일정 정도의 피해는 입겠지만, 아무튼 기필코 살려. 증언을 받아야 더 신빙성이 있으니까. 아예 죽어 버리면 어수대가 죽이나 짐이 죽이나 별반 차이가 없지 않겠느냐."

"살릴 예정입니다."

"어쨌든 이처럼 다 좋게 좋게 끝나고 모두 살고 전쟁은 터지고 우리가 상대를 부숴 버리면, 아니, 적어도 동률이라도 되면 외르타 발미레는 삶을 보존할 수 있다. 짐이 그만한 억지도 못 쓰겠느냐? 산테카를로를 성으로 하사해 그 방정맞고 예의 없는 입들을 막아 버려야지."

"……."

"그런데 용건이 다 끝난 뒤 온갖 부귀영화와 삶을 약속한들 지금 상황으로 봐서는 영……. 그렇게 살아도 또 죽겠다고 하는 거 아니냐?"

부정할 수 없었다. 발렌시아는 저도 모르게 손을 올려 이마를 만졌다. 그는 다음 순간 자신의 무례에 지나치게 놀라 어찌 사과도 못한 채 팔을 뚝 떨어뜨렸다. 그러나 자카리는 그 놀란 시선만으로도 충분히 사죄 받았다고 생각하는 모양이었다. 그는 고개를 절레절레 젓더니, 복도 바깥쪽을 향해 손짓했다. 이만 가 보라는 것이다.

"그녀를 이만큼이나 혼자 놔둬서야 쓰나. 죽을지도 모르는데. 이만 가 봐."

"먼저 물러나겠습니다."

"그래."

발렌시아는 잉그레의 예를 표한 뒤 뒤돌아 나왔다.

걸음이 점차 빨라졌다. 그녀를 만나면, 어디로든 마음 놓고 대화할 자리를 찾아 데려갈 것이다. 그 뒤 아직도 정신을 못 차렸냐고, 아직도 죽고 싶어 감히 폐하 앞에서 폐하의 계획을 언급했냐고 화를 내야겠다. 정말 하루라도 빨리 죽고 싶어 그러했다는 것 외엔 다른 답이 나오지가 않았다. 아직도, 어쩌면 죽을 때까지.

속이 빽적지근했다. 사실, 제 머릿속 가장 깊은 곳에는 자카리의 말에 동의하는 자신이 있었다. 모든 일이 완벽히 처리되어 부귀영화의 삶을 누릴 수 있게 된들, 자유가 된들, 외르타에게 남는 것은 주검뿐이리라. 가까스로 전부 떨치고 살 수 있게 되었을 그때마저 주검이다. 그것은 그녀의 유일한 소원인 듯 보였다.

발렌시아는 자신이 왜 공적인 일 이후까지 생각하는지 도저히 알 수가 없었다. 하지만 그 생각을 끊을 수도 없어 그저 어리석었다. 도대체 삶이…….

그는 섬뜩한 기분을 느꼈다.

다시 한 번 회장을 둘러보았다.

없다.

발렌시아는 놀람 이전에 의아함을 느꼈다. 그럴 리가 없으므로. 그저 발견하지 못한 것뿐이다. 그는 속을 가라앉히고 다시 찬찬히, 끝부터 끝까지 뜯어보았다. 홀 전체를 격자무늬로 잘게 토막 낼 수 있을 정도로 정교한 시선이었다. 그는 모든 이의 얼굴 하나하나를 인식했다. 리베 본잘과 리베 데군다는 이미 갈라져 남자와 춤을 추고 있었다. 십이공회는 같은 지역끼리 모여 또 자신들만의 은밀한 대화를 하고 있다. 나머지 역시 샅샅이 뒤졌지만, 어느 곳에도 없었다.

그는 숨을 삼켰다. 그녀가 함부로 움직였을 리 없건만. 방금 전 자카리의 농담이 진짜인 듯 느껴져 속이 철렁 내려앉았다.

"그녀를 이만큼이나 혼자 놔둬서야 쓰나. 죽을지도 모르는데."

말이 안 된다. 외르타는 그 정도로 염치없고 미안함을 모르는 사람이 아니었다. 자신이 객에 대해 그만큼이나 양보를 했으면, 그녀 역시 그 정도의 예를 보여야 하지 않나. 설마 이 잉그레에서 죽겠다는 발칙한 마음을 먹을 리가…….

그 순간, 발렌시아는 드문드문 늘어선 시종 중 그녀의 겉 베일을 든 자가 있다는 사실을 깨달았다. 외르타의 뿌옇고 길고 두꺼운 베일은 너무도 눈에 띄어 옷에 무지한 발렌시아조차도 단숨에 알아차릴 수 있었다. 시종의 손에 잡힌 겉옷은 당연히 두 벌이었다. 저 모양은 귀족 남녀가 홀에서 잠시 떠날 때 남기는 것으로, 야외에 나가 예에 어긋나는 짓을 하지 않겠다는 증거였다. 딤니팔 무도회의 예.

외르타가 저러한 예를 알 리가 없다. 그렇다면, 그녀의 것 옆에 걸린 옷의 주인공이 알고 있으리라. 발렌시아는 이미 걸어가고 있었다. 누가 감히 미라이예의 객을 빼돌렸는지 도무지 짐작할 수가 없었다. 더군다나 외르타는 남자를 지독히 꺼리는 사람으로, 초면, 아니 구면이라도 결코 단둘이 떠나지는 않았을 것이다. 무슨 일인지 생겼는지 모르겠다. 긴장에 목덜미가 뻣뻣해졌다.

목표로 삼은 시종이 자신을 알아본 듯한 시늉을 했다. 그는 곧장 외르타의 옷을 던진 뒤 복도로 사라졌다. 발렌시아는 잡으려 했으나, 사방에 너무 많은 사람이 있어 쫓을 길을 죄 막혀 버렸다. 그는 점차 외르타가 제 앞에서 자진한 모습을 본 직후처럼 초조해지기 시작했다. 자진. 저 모양으로 보건대 스스로 원한 일은 아닐 것이다. 그렇다면 도대체, 왜, 누가.

발렌시아는 뒤늦게야 벽에 다다라 바닥에 떨어진 외르타의 베일을 주워들었다. 불쾌한 소름이 끼쳤다. 몸을 돌려 복도를 돌아보았지만 당연히, 간 곳이 없다. 그러나 발렌시아는 마지막 단서까지 놓칠 마음이 없었다.

그는 복도로 들어갔다.

외르타는 점차 공포마저 증발하고 있음을 느꼈다. 자신이 두려워하는 것, 두려워한 것은 남자의 힘이다. 뤼페닝 본인이 아니었다. 그가 온전히 떨어져 나가자 공포 역시 스러졌다. 뤼페닝은 침대에서 제법 떨어진 붙박이장에 허리를 기대었다.

"긴장하지 마. 죽일 생각 없다."

기대인지 절망인지 모를 것이 사라졌다.

"하지만, 너는 적어도 내가 네게 권리가 있다는 사실을 인정해야 한다. 외르타, 아까 전 공작 덕분에 마무리 짓지 못한 이야기를 하지."

"……권리?"

"내가 '너로 인해 피해를 입은 나라의 태자'라 했지. 그러니 네가 왜 살아남았는지 그 이유를 들을 권리쯤은 내게 있다고 생각한다."

"그걸 네가 알아서 어쩌게?"

"지금 장난하나."

그리 말하면서도, 뤼페닝은 팔짱을 풀지 않았다. 조금도 성이 나지 않은 모양이었다.

"외르타, 너는 바보가 아니다. 그리고 바보가 아니라면 끝내 너를 잡아 죽일 이 나라에서 어정쩡하게 살고 있을 리가 없어. 어정쩡해. 정말 어설퍼. 내가 너였다면 이토록 멍청히 굴기는커녕 스스로의 위치를 이용해 굴라르모를 옥죄었을 거다."

"그만 웃겨라. 난 가진 게 없……."

"왜 없어? 지금 당장 네 신분만 밝혀도 벌어질 소란이 얼만데?"

외르타는 완전히 뒤를 돌아보았다. 그녀의 얼굴은 어느새 그 상대만큼 고요해져 있었다.

"밝히면 뭐가 달라지나?"

"나한테 설교하려 들지 마라. 나 역시 네가 지금 정체를 감추는 이유가 구색 맞추기 정도밖에 안 된다는 사실을 안다. 하지만 스스로를 밝힘과 동시에 어수대와 접촉한다면? 네 목숨 보장을 조건으로 오라비에게 딤니팔을 발설하는 거지. 정체를 밝히면 전쟁은 순식간에 점화될 거다. 그 전쟁 동안 딤니팔에서 목숨을 수호 받는 척하며, 뒤로는 나라의 사정을 빼돌리면 된다. 그것이 여의치 않으면 적어도, 스스로 굴라르모에게 거슬릴 만한 행동을 하여 주의를 분산시키거나. 너는 직접 겪을 기회가 적어 네 모국의 어수대를 과소평가하는 것 같다. 그들이라면 만사가 끝나고도, 아니 가장 위험하고 급박할 때조차 너를 빼낼 수 있어. 그러니 네가 이중 배반을 한다면 이 모든 이득을 한 번에 잡을 수 있다는 거지. 왜, 배반 한두 번 해 보나?"

외르타는 입을 닫았다. 딱 뤼페닝에게서 나올 법한 계획이다. 그라면 그것을 가능하다 못해 훌륭한 계획으로 펼칠 수 있을 것이다. 하지만 자신은…….

"이게 바로."

턱에 힘이 들어갔다.

"진짜 살고 싶은 사람의 행동이지."

그녀는 이미 뤼페닝이 모든 것을 짐작했다는 사실을 깨달았다. 이래서 천재는 피곤하다. 스스로의 사고보다도 먼저 달려가 저 앞에 깃발을 꽂아 두고 있는 모습. 무료하게 앉아 자신을 내려 보며, 제 모든 생각을 평이하게 긁어내는 것이다.

뤼페닝은 낮고 서늘하게 말을 이었다.

"방금의 내 계획이야말로 기필코 살아남겠다 결심한 사람에게서 나올 법한 말이다. 나 정도까지 만전을 기할 필요는 없어. 우리를 배반해 딤니팔로 넘어간 네 머리 정도면 충분하다. 그 정도면 충분히 이중 배반을 해서 네 목과, 딤니팔을 엿 먹일 수 있다는 만족감 모두 얻을 수 있을 거다. 그러니 네가 정말 생에의 의욕을, 집착을 가졌다면 이렇게 행동했을 테지. 하지만 너는 아니다. 지금 네가 구는 낯짝은 한심하기 짝이 없어. 굴라르모와 공작에게 개 목줄로 매여 별 같잖은 진흙탕에 구르고 있지. 살았지? 그런데 왜 삶을 위해 노력하지 않나? 왜 쟁반에 목을 얹어 진상하나? 딤니팔의 전쟁이 너와 무슨 상관있다고? 무슨 이유로 기죽어선 정치적 주구 역할에 순응하나? 왕의 목을 날리던 악다구니는 어디 가고? 지금 네가 너인가?"

외르타는 그의 말에 답하지 않기로 결정했다. 무슨 말을 꺼낸들 기필코 제 본의가 드러날 것이다.

"그러니 네가 이 몰골로 구르고 있는 이유는 단 하나일 수밖에 없다. 살겠다는 마음이 없는 거야."

혹은, 말하지 않아도 본의를 알거나. 외르타는 자리에서 일어섰다. 반박의 말을 하려 했지만 불가능했다. 자신을 붙들고 있는 것은 오로지 아델, 그 아이의 말이 맞았다.

"본심은 죽고 싶지. 그런데 무슨 무생물적인 이유 하나가 너를 붙잡아서, 삶도 죽음도 아닌 것을 영위하게 만든 거다."

웃음이 터지려 했다. 그녀는 스며드는 미소를 손으로 슬쩍 가렸다. 오른쪽부터 서서히 쓴웃음이 흘러나왔다. 도대체 저 인간의 가장 가까운 수하는 무슨 재미로 인생을 살지 모르겠다. 제 모든 삶이 예측되는 상황에서. 심지어 그것은 틀리지도 않은, 자신보다도 더욱 정교한 미래다. 혹은 과거의 분석이고 혹은 빗어진 현재.

"너는 지금 네가 살아 있다고 생각하나? 네가 살아 있을 때 이처럼 멍청한 몰골을 보인 일이 있나? 외르타, 넌 홀에서 공작에게 폐를 끼칠까 무서워 내게 끌려왔지. 지금 나랑 장난하나. 이전의 너라면 도무지 말이 안 되는 일이다. 넌 지금 의욕이라곤 조금도 없어. 집착도 끈기도 어떤 것도 없다. 살아도 사는 게 아니란 거지."

"뤼페닝."

"그러니 말해라. 이건 개인적인 호기심이다. 너를 이렇게 죽은 몰골로 살게 만든 것이 뭐지?"

외르타는 입을 다물었다. 말한들 믿지 않을 것이다. 그가 믿지 않을 것이 두려워서가 아니라, 진실을 말해도 거짓이라 치부되어 재차 캐물을 것이 불쾌해 침묵했다. 말해 본들 그의 논리로는 이해되지 않을 것이다. 어차피 거짓으로 보일 답을 구태여 입 밖에 낼 이유가 없다.

"말해."

"……."

"내가 네게 바라는 보답은 이뿐이다. 왜 살았지? 그러니 말해."

"……."

"외르타, 너는 내 인내가……."

그 순간, 방문이 열렸다.

외르타는 놀라 옆을 돌아보았다.

뤼페닝은 무언가 묘한 표정을 짓더니 벽에서 느릿느릿 허리를 들었다. 자신을 물어뜯던 팔이 고상히도 올라가 잉그레의 예를 표했다. 외르타는 그가 저토록 딤니팔의 예에 익숙한 모양을 보며 약간 억울해졌다.

"뤼 뤼페닝, 미라이예의, 객을 함부로, 독대하는 것은, 예에 어긋, 난다."

외르타는 난입해 온 레아가 숨을 좀 가다듬고 이야기해 줬으면 좋겠다고 생각했다. 그러나 뤼페닝은 웃지도 않고 공손히 입을 열었다. 그에게 공손하다는 수식어가 어울릴 줄은 꿈에도 몰랐기에, 외르타는 눈을 크게 떴다.

“제 불찰입니다. 어머니를 뵙고 회포를 건잡을 수 없어 저도 모르게 따로 자리를 마련하게 되었습니다.”

“어머니? 하, 폐하께서 자유를, 후우, 주신 것은 도리에 어긋난 행동을 자제한다는 조건하에서야. 아니 그 이전에, 자유를 받기는 했나?”

“잉그레의 증표를 받았습니다. 그리고 ‘어머니?’ 라니요?”

레아는 눈을 동그랗게 떴다.

“네가 발미레에게 좋은 감정을 가졌을 리 없잖아? 내가 굳이 지적할 필요 있나? 쓸데없는 오해를 사지 말라는 말이다.”

“저는 어머니께 나쁜 감정이 조금도 없습니다. 이에 관해서는 이미 폐하께 말씀드렸습니다. 차라리 처음 말씀하신, 미라이예의 객을 함부로 불러내었다는 이유로 저를 탓하심이 옳은 줄 압니다.”

“아, 알겠으니까! 나가라.”

뤼페닝은 외르타 쪽으로 한 발자국 내딛었다. 외르타는 고개를 젖혀 그의 서슬 퍼런 녹안을 응시했다.

“어머니, 공작께 혹 전언을 듣지 않았느냐 여쭤 보십시오.”

“……내게 전언이 있다고?”

“예.”

외르타는 그를 노려보았지만, 뤼페닝은 더 이상 말을 이을 수 없겠다 판단한 듯 쌩하니 방을 나가 버렸다. 왕비에게 인사도 하는 둥 마는 둥 건성인 그 오만에 그녀는 잠깐 할 말을 잃었다. 문이 무서운 속도로 닫히는 소리를 제한다면, 완벽한 정적이었다.

그녀는 그제야 자신도 레아에게 인사를 해야 한다는 사실을 깨달았다.

"비전하, 신경을 쓰시게 만들어 죄송합니다."

"아니야! 요. 분명 이쪽으로 가는 걸 보고 쫓아왔는데 순식간에 증발했더라고요. 온 방을 이 잡듯 뒤져서 간신히, 후아……."

"실례되는 말씀일지 모르겠습니다만…… 왜 저를 쫓으셨는지요?"

"어……. 공작의 객이잖아요? 공작이 없는 사이에 자리를…… 아니 이게 아니라…… 나도 관계를 아는데 어떻게 가만히 보고 있을 수가 있겠어요……?"

그녀가 약간 어설픈 미소를 지었다. 외르타는 무슨 답을 해야 할지 몰라 얼떨떨하게 서 있다가, 이내 비슷한 미소를 지으며 앞으로 나섰다.

"감사합니다. 그런데 비전하 역시 저이의 본명을 아시는 듯합니다. 의외로 발렌시아 경께선 모르시던데……."

"그가 왕도에 돌아온 지 얼마나 되었다고요? 당연히 모르지! 요……. 그 이름은 폐하께서 내게만 넌지시 알려 주셨어요. 내 생각에는, 폐하와 저를 제한다면 그를 아는 이는 폐하의 무명無名뿐일 거예요. 발미레, 폐하께서 함구령을 내리셨죠?"

"예. 뵙고 말씀을 들었습니다. 지키겠습니다."

"그래, 고마……."

순간, 문이 벌컥 열리고 누군가의 짜증스런 목소리가 들렸다.

"도대체 왜…… 어?"

레아가 획 뒤를 돌아보았다. 외르타는 기가 막힌 것처럼 입을 살짝 벌렸다. 그 자리에는 도무지 영문을 알지 못하겠다는 듯 눈만 굴리고 있는…….

"너야말로! 앙히에! 오늘 안 나온다며?"

"여긴 무슨……. 나는 쟤가 안 나오는 줄 알고 자고 있었는데…… 아니, 들어 보니 객 때문에 떠들썩하다잖아. 못 참고 기어 내려왔다."

"그런데 여긴 왜 왔어? 홀로 가야지."

"홀에 너도 재도 폐하도 형님도 안 계셔서……. 그나마 비전하가 가신 쪽을 안다기에 쫓아왔지. 도대체 뭐야? 상황 왜 이래? 외르타 넌 내가 그렇게 오지 말랬는데 왜 왔냐?"

순식간에 어수선하고 활기차졌다. 외르타는 고작해야 자신이 뤼페닝을 쫓아온 곳일 뿐, 평시에는 인적조차 드물 왕궁의 곁방에 이만한 사람이 모였다는 사실에 헛웃음을 터뜨렸다. 웃음의 끝에서 그 둘이 선 쪽으로 걸어갔다. 아차 생각하여 잠깐 멈춘 뒤 잉그레의 예도 놓치지 않았다.

"우선 비전하께 민폐를 끼쳐 죄송합니다. 객이 된 자로서 무례하게도 먼저 자리를 뜬 점 사죄드립니다. 더군다나 공작도 안 계실 때, 이처럼 말없이 도주하다니……. 아무리 두통이 심했다 하나 격식에 맞지 않는 일이었습니다. 구태여 따라오셔서 제 죄를 꾸짖어 주신 점 감사드리고…… 역시 죄송합니다."

레아는 외르타가 어떤 식으로 일을 덮으려 하는 것인지 깨달은 듯했다. 그녀는 잠시 정적을 지키더니 고개를 끄덕이며 그녀의 어깨를 당겼다. 외르타는 놀라 눈썹을 치켜 올렸지만, 사실 그 접촉은 그리 오래가지도 아니었다. 레아는 외르타를 방 바깥으로 데려가 복도의 방향을 잡아 주는 즉시 손을 뗐다. 상냥하게 말했다.

"괜찮아요. 다음부터 그러지 않으면……."

"무슨 일이냐고 묻는데 대답도 안 해 주냐? 얘는 왜 여기까지 나와 있어?"

"아, 진짜! 어수선하게! 계속 올라가서 자! 안 자? 자!"

"도대체가 말이 안 되니까 그렇지! 왕비가 무슨 중요한 일이 있다고 홀 중앙을 떠? 아무리 놀고먹는 자리라 해도 지금은 폐하까지 안 계시는데, 이거 완전히 파장 아니야? 오늘 무도회, 뭐가 이렇게 핫바지야? 폐하도 형님도 안 계시고 너도 없고, 심지어 공작의 객도 실종 상태……."

"발미레가 아파서 잠깐 나와 있었다잖아!"

"응. 맞아. 내가 두통이 심해서 방을 찾았단다."

"그걸 말이라고. 너희는 변명 실력이 왜 그 짝이냐?"

앙히에는 걸음이 느린 두 사람 뒤를 쫓아가기가 불편한 듯했다. 그는 억지로 레아를 밀어젖힌 뒤 앞으로 나섰다. 레아가 못마땅한 기색으로 투덜거렸다. 그는 뒤를 보며 걷기 시작했다. 외르타는 어쩐지 교사에게 지적받는 말썽쟁이가 된 기분으로 그의 말을 듣지 않았다.

"레아, 너는 외르타 쫓아간 거라 치고. 외르타 너는 여기 왜 있는지 모르겠지만, 어차피 대답 없을 테니 그렇다 치고. 가장 근본적인 문제 먼저 말하자. 너 오늘 왜 나왔어? 나오지 말랬잖아. 객은 안 나와도 된다니까?"

"내가 경에게 물어본다 했잖아. 경이 무시하랬어."

"내 말을 무시해서 결과가 좋던? 얼마나 쪼였어?"

"별로……."

"진탕 쪼인 거로군. 리베 본잘? 그 여자한테 걸렸으면 넌 최악으로 뭐 밟은 거다. 그 여자는 나한테 대하는 말투도 아주 그냥……."

앙히에는 모퉁이를 도는 도중 누군가와 턱 부딪혔다. 두 여자 쪽을 바라보며 걷고 있었기에 확인이 늦었다. 그의 고개가 돌아갔다.

정적.

외르타도, 앙히에도 잠깐 틀어 막힌 듯 아무 말을 하지 못했다. 때문에 그를 부른 것은 천진할 정도로 맑은 레아의 목소리였다.

"공작?"

발렌시아는 꼭 몸을 숙인 맹수 같았다. 외르타는 그 기색에 순간 의아해졌다가, 자신이 말없이 자리를 뜬 것에 대한 노여움이리라 지레짐작하여 머쓱하게 웃었다.

"경……."

"비전하께 인사 올립니다."

"응? 응."

단숨에 무시당한 외르타는 어찌 말도 못한 채 눈만 깜박였다. 외려 레아야말로 당황한 듯, 더듬는 그 모습에 앙히에가 피식 웃었다.

"앙히에."

"……예?"

"내게 칼이 없는 것에 감사해라."

"예?"

"내가 없는 사이 미라이예의 객을 빼돌린 그 낯이 제정신으로 보이지는 않는다. 경고가 아니다. 내게 칼이 있을 시 재회한다면 너는 반드시 마땅한 대가를 받을 것이다."

"예……?"

앙히에의 반문 세 번은 전부 확연히 다른 어감이었다. 처음은 타성, 다음은 호기심, 마지막은 기막힘. 외르타는 떨떠름해졌다. 그녀는 지금이 저번 동기간의 살벌함보다 스무 배는 더 심각한 상황이라고 생각했다. 내가 함부로 자리를 뜬 것이 그에게 그만한 불쾌감이 되었을까? 나를 찾느라 그 정도의 시간을 들였나?

오로지 레아만이 그 노여움에 경악하여 반문했다.

"공작! 말조심해! 누굴 죽인다고? 나도 이 자리에 있는데, 경은 나도 죽일 건가?"

"저는 비전하께서 처음부터 외르타와 함께하셨으리라고는 생각지 않습니다. 오로지 저자입니다. 복도에 들어오기 전 겉옷 두 벌을 보았습니다."

남자 한 명, 여자 한 명이라는 표시다. 앙히에는 그제야 의심쩍은 표정이 되어 외르타를 돌아보았다. 레아와 이곳에 온 것이 아니었다. 외르타는 무슨 변명을 하고 싶었지만, 발렌시아가 제게 다가오자 흠칫하여 뒤로 물러났다. 아직까지 그의 시퍼런 노여움은 가시지 않았다. 그는 그녀가 물러서자 잠깐 멈추더니, 레아를 돌아보았다.

"비전하, 먼저 떠남을 윤허해 주십시오."

"벌써? 한 시간도 안 지났잖아."

"형님, 그리고 난 아니다. 멋대로 찍지 마."

"영지에서 화급한 소식이 왔노라 전해 주십시오. 그리고 앙히에, 그 입 다물어라. 앞으로 솔 미라이예 근방에 출입하지 않는 편이 좋을 것이다."

그 어조로 미루어 보건대, 앞에 생략된 말은 '죽기 싫다면' 이었다. 외르타는 너무 엄한 곳에서 불똥을 맞은 앙히에에게 미안해졌다. 아무리 앙히에라도 자신을 홀 중앙에서 끌고 나갈 정도로 막되어 먹지는 않았다. 그저 그 중앙에서 조곤조곤 말하거나 약간의 타박을 주었을 것, 여기까지 끌고 나오는 것은 앙히에의 염치로도 불가능한 일이었다. 그녀는 그를 변호하기 위해 먼저 나섰다.

혹은 나서려 했다. 그녀는 말을 꺼내는 도중 제 베일에 얼굴을 얻어맞았다. 뤼페닝의 수하에게 빼앗겼던 베일이었다.

"외르타, 따라오십시오."

그녀는 머리 위로 떨어진 제 겉 베일을 꾹 부여잡았다. 앙히에와 레아에게 어찌할지 묻는 시선을 보냈지만, 다들 얼떨떨한 채로 답이 없었다. 이내 앙히에가 먼저 손을 올렸다. 자포자기인 표정이다. 나는 됐으니까

이만 가. 외르타는 주저했지만, 발렌시아의 표정이 점차 엄중해지고, 더불어 레아의 인사까지 덧붙여지자 본의인 듯 타의인 듯 걸음을 뗄 수밖에 없었다.

발렌시아는 외르타를 따라갔다. 그녀는 뒤를 한 번 돌아보았지만 그의 얼굴이 너무 냉랭해 즉각적으로 앞을 보게 되었다.

"……발렌시아 경, 내가 함부로 자리를 떠서 걱정했니? 미안하다."

"당신 잘못이 아닙니다. 당신을 부른 앙히에의 잘못입니다."

"응? 그 아이는 아니란다. 돌아가서 조금만 물어본다면……."

외르타는 말을 뚝 끊었다. 모르긴 몰라도 방금 전 뤼페닝이 남긴 겉옷 두 벌을 증거로 삼는 것으로 보아, 발렌시아에게는 그녀가 남자와 떠났다는 확실한 물증이 있는 것 같았다. 그런데 자신이 앙히에가 범인이 아니라 주장한다면, 뤼페닝을 무슨 변명으로 꾸며 대야 할지 앞이 막막해지는 것이다.

"돌아가서 주변을 살핀다면 그가 앙히에가 아님을 발견할 수 있다는 말씀이십니까?"

"……."

"대답하십시오."

그녀는 할 말이 궁해졌다. 어서 남자에 대한 변명을 자아내야…….

"그럼 지금 돌아가 적어도 제 오해에 한해서는 아우에게 사과하겠습니다. 원하십니까?"

"내 말을 왜 그리 철석같이……."

"제가 그처럼 사과한다면 한 가지만 답해 주십시오."

외르타는 이미 그의 질문을 알고 있었다.

"왜 떠나셨습니까?"

"……."

"저는 처음에 당신이 제가 없는 때를 노려 자진을 시도한 줄 알았습니다."

머리가 아팠다. 이 남자는 자라지도 않는다.

"그런데 당신은 모를 딤니팔의 겉옷 예법을 보고, 당신이 홀로 떠난 것이 아니라는 사실을 깨달았습니다. 어찌 된 일입니까?"

"……."

그의 걸음 소리가 멈췄다. 외르타 역시 무언가에 걸린 듯 서 버렸지만, 그렇다고 뒤를 돌아볼 용기마저 생기는 것은 아니었다.

바닥에 온갖 뱀이 풀린 것 같은 정적이다. 외르타는 실제로 비늘이 부딪히는 소리까지 들은 듯하여 소름이 쫙 끼쳤다. 왜 이런 침묵인지 모르겠다. 그는 제 노여움을 숨긴다고 숨기는 것 같은데, 그것을 받는 외르타는 도저히 그리 생각할 수가 없었다. 제 눈에는 저 사람이 얼마나 화가 났는지 너무 선명히 보였으니까. 말이 침착하다고 속까지 침착한 것이 아니건만, 심지어 그는 제 음성조차 가까스로 재단하고 있는 상태였다.

"외르타, 대답하십시오. 누구와 홀을 떠나셨습니까?"

"……남자. 귀족, 나는 모르는 남자."

"말이 되지 않습니다. 당신이 생판 모를 사람을 따라갈 것이라고는 생각지 않습니다."

"그 사람이 나를 강제했어."

"……."

"비전하께서 가까스로 날 구해 주신 거란다."

"상황이 이상합니다. 누군가 당신을 강제했다면 주변에 도움을 요청하시면 될 일입니다."

"당신에게 누가 돼."

잠깐 침묵이 흘렀다. 뱀은 사라지지 않았다. 제 뒤에서 숨을 고르는 소리가 들렸다.

"제게 누가 된다고 스스로에게 위해가 가는 일을 감내하지 마십시오. 용납하지 않겠습니다."

"강제하지 않는다며……."

"더 큰 자유를 드리는 것뿐입니다. 행여 앞으로 그런 일이 다시 생긴다면 곧장 상대의 무례를 꾸짖으십시오. 제 걱정은 하실 필요가 없습니다. 그리고 만일 제게 걱정거리가 생긴들, 그로써 당신의 안위를 확보할 수 있다면 족할 일입니다."

그녀는 뒤돌아 그의 얼굴을 확인하고 싶다는 충동이 들었다. 분명 지독히 조용한데, 무언가 좁은 곳에서 억눌린 듯 왕왕 울려 그 두 배, 세 배의 크기로 울렸다. 정말 화난 것이 맞나 보다. 화가 나면 항상 음성이 꽉 짓눌리는 그다. 억눌린 목소리가 다시 들렸다.

"외르타, 그의 이름을 말씀하십시오."

라그랑주 뤼페닝 브느와 라르디슈 올 발루아.

"생김새라도 말씀하십시오. 그에 마땅한 치죄를 내리겠습니다."

갈색으로 염색한 붉은 머리에, 나보다도 진한 녹안.

"외르타, 이것은 결코 작은 죄가 아닙니다. 목적이 무엇이었든 미라이예의 객을 강제하는 행동은 결국 저를 강제하는 행동에 준하는 것입니다."

"검은 머리에…… 밤색 눈……. 중키에, 약간 마른……. 그런데 찾아내면 어쩌게?"

"십이공회 이하라면 미라이예의 권한으로 수급을 거둘 것입니다."

그 말에, 외르타는 엉터리로 주워 삼키던 인상착의를 뚝 멈췄다. 자신의 방정맞은 입으로 엄한 사람을 고초에 시달리게 할 수 있었다.

"외르타, 더 말씀하십시오."

그녀는 평상시보다 조금 빠르게 걸음을 옮겼다. 뒤에서 발렌시아가 느릿느릿 따르는 것이 느껴졌다. 자신의 가마, 혹은 목덜미를 내려다보는 시선 역시 뚜렷했다. 외르타는 문득 그라면 자신의 폭행 흔적을 발견할지 모른다는 생각이 들어, 잽싸게 베일으로 온 살을 가려 버렸다.

그러나 이미 한숨 같은 목소리가 흘러나온 뒤였다.

"당신 오른쪽……."

어깨가 부러졌지. 외르타는 더 단단히 자신을 가렸다. 한 번 보인 것으로 족하다. 딤니팔이 왜 이처럼 헐벗은 옷들을 좋아하는지 이해할 수가 없었다. 나처럼 얻어맞는 여자가 있으면 어쩌려고?

"외르타."

"완쾌됐어. 내 눈에는 보이지도 않는 걸 상처에 익숙하다고 멋대로 캐지 마라."

"……."

그녀는 모퉁이를 돌다가, 그것이 막다른 길이라는 사실을 깨닫고는 발렌시아를 돌아보았다. 발렌시아는 외르타를 스쳐 지나가 그녀가 미처 눈치채지 못한 문을 열어젖혔다. 그녀는 제가 선 자리까지 훅 끼치는 서늘한 공기에 얼굴을 가렸다. 눈이 매웠다.

"나오십시오."

외르타는 그리하기로 했다. 그녀는 약간 어설픈 걸음으로 바깥에 다다랐다. 발렌시아는 문을 놓으며 언짢은 목소리로 말했다.

"내일 당장 의원의 진료를 받도록 하십시오."

"괜찮아."

"모리 라치올을 부르겠습니다. 미라이예의 유일한 여성 의원입니다."

"괜……."

"그리고 당신은 아직 답을 주지 않으셨습니다. 그 남자의 인상착의를 말씀하십시오. 제대로 말씀하지 않으신다면 제가 수소문하겠습니다."

"경……."

아까부터 정말이지 타협의 여지가 없을 정도로 일방통행이었다. 외르타는 어찌 답을 하지 못한 채 잠깐 멍하니 서 있다가, 간신히 말을 쥐어짰다.

"검은 머리, 밤빛 눈, 중키에 말랐고, 매부리코에 약간 째진 눈이었는데……. 안 째졌나? 아무튼 굉장히 매서운 눈이었단다. 옷은 붉은 정장을 입었어."

"외르타, 왜 거짓말을 하십니까?"

철렁 내려앉았다.

"그자의 생김새를 말하는 것조차 금기입니까?"

"……."

"말씀하지 않으신들 상관없다고 경고드렸습니다. 다시 설명하십시오."

"……갈색 머리, 녹색 눈, 매서운 눈. 균형 잡힌 얼굴이기는 한데…… 눈썹이 지나치게 짙고, 그 콧날. 그리 높지는 않은데 제법 가팔라. 찔러도 피 한 방울 나올 것 같지 않게 생겼단다."

"이름은 아십니까?"

"아니."

"또……."

거짓말을. 외르타는 자신의 거짓말 실력이 이 정도였나 싶어 눈앞이 깜깜해졌다. 발렌시아는 기어이 뒤를 돌아보았다. 외르타는 제 걸음을 멈추다가 하마터면 중심을 잃을 뻔했다.

그가 말했다.

"외르타, 부디 한 번이라도 진실을 말씀하십시오. 저는 당신이 불행하라고 노력하는 이가 아닙니다."

"……알아."

"저는 살겠노라 말하는 당신의 거짓말을 억누르지 않았습니다. 방금 전 테라스에서 만난 이 역시…… 당신이 그의 정체에 대해 함구하는 것을 알면서도 추궁하지 않았습니다."

외르타는 순간 그의 얼굴을 한 대 갈겨 주고 싶었다. 주눅 들었던 모양은 온데간데없다. '살겠노라 말하는 당신의 거짓말을 억누르지 않았다?' 세상에. 뤼페닝마저 자신의 낯빛 한 번에 깨닫는 사실을, 어떻게 저 사람은 저 모양인가. 포티미외 당시에는 너무도 감사했던 저 무심함이 이제 점차 양날의 칼이 되어 자신을 찔러 오고 있었다.

"당신은 아직도…… 내가 죽고 싶다고……."

"……."

"그 안쓰러운 오해는 도대체…… 언제……."

"당신의 배에 칼을 찌르던 모습이 잊힌다면 그때 놓겠습니다."

"내 눈물은 아무것도 아니고?"

발렌시아의 얼굴은 그저 무표정했다. 그러나 외르타는 그 속에서 감정의 결절을 긁어낼 수 있었다. 처음이었다. 그 당시를 언급한 것이. 자신이 울고, 그가 받고, 삶을 줍던 그때. 열매가 썩어 울퉁불퉁한 씨앗을 드러낸 양 투박했다.

잉그레는 어두컴컴했다. 등불을 붙일 능력이 없는 것이 아닐 텐데, 이 어두움은 왕궁의 천성인 듯싶다. 그들 사이의 거리는 두 걸음이었다. 발렌시아의 걸음이 아닌, 외르타의 걸음으로 두 걸음이다. 그는 그 자리에서 꿈쩍하지 않았다.

그 팔이 미미하게 들린 듯했지만, 그녀가 시선을 들었을 때는 이미 간 곳이 없었다.

그는 아무 말 없이 뒤돌아 떠났다.

"잠깐만……."

"예?"

모리 라치올의 눈은 아몬드 모양이었다. 둥글둥글하면서도 살짝 꼬집힌 듯한 타원 덕에, 그녀는 그 나이보다 거의 열댓 살은 더 어리게 보였다. 게다가 그 목소리까지 더하면 두 번 말할 필요도 없다. 쉰 가까운 여인에게 저런 낭랑함이 있다니 외르타는 홍안의 자신이 부끄러워질 지경이었다.

외르타는 약간 더듬으며 용건을 꺼냈다.

"모리 라치올……. 아니, 모리. 미라이예에 여성 의원은 너 하나뿐이라 했지?"

"예. 전대 공비님을 치료한 뒤로 공작가에 여성분이 계시지 않아 참 여기저기 돌아다녔지만요, 결국 이렇게 다시 또 자리를 찾게 되었죠."

"그건 오해……. 아무튼, 그러면 너 외에 나를 살필 사람은 없니?"

"예! 합하께서 직접 명하셨어요! 객의 외상, 내상, 지병 할 것 없이 전부 제가 맡으라고 하시더군요."

"그러면 절대 함구하렴."

모리는 돌연 목소리를 확 낮추며 물었다.

"무엇을요?"

그 음성이 마치 비밀 이야기를 하는 아이 같아 외르타는 쓴웃음을 지었다. 그 정도로 가벼운 이야기였으면 좋겠다.

그녀는 제 왼발을 가리켰다.

모리는 주춤하다가 허리를 숙여 그녀의 실내화를 풀기 시작했다. 딤니팔의 실내화는 무용수의 신처럼 여러 겹으로 된 부드러운 천이라, 그것을 전부 풀어내는 데까지는 다소 시간이 걸리곤 했다. 그동안 그녀는 쉬지 않고 입을 놀렸다.

"아시다시피…… 딤니팔은 듀아네일에서 가장 의술이 발달한 나라…… 지요……. 그건 폐하께서 아량을 베풀어 의원의 권한을 대폭 증진해 주셨기 때문이랍니다……. 일례지만요. 세상에 어느 나라에서…… 폐하의 앞에서까지…… 저희 주인님의 건강 문제를 발설하지 않아도 될 만큼의 함구권을 의원에게 하사하겠나요? 절대적이지요……. 참, 지금 이 순간부터 리베 발미레께서 제 유일한 주인이란 사실은 아시죠? 그러니 개인 사정을 어디에 발설할 거란 의심은 추호도 마세요. 합하께서 하문하셔도 리베께서 허락한 내용이 아니라면 전부 입 닫겠습니다! 믿어 주…… 이거 왜 이래요?"

외르타는 윽박지르는 듯한 모리의 목소리를 탓하지 않았다. 너무 놀란 나머지 아예 예를 잊은 느낌이었기 때문이다. 그녀는 드물게도 상냥하게 물었다.

"네가 보기엔 어떤데?"

"이래서야 완전히 맞아 뭉개진 건데, 설마요? 그럴 리가? 누가 이렇게? 이토록 야만적으로? 아니 왜?"

모리는 혼란에서 벗어나지 못한 채 훤히 드러난 외르타의 왼쪽 발을 들여다보고 있었다. 외르타는 발을 조금 움츠려 보았다. 뒤틀린 발이 기묘한 방향으로, 도저히 그렇게 움직일 수 없을 것 같은 느낌으로 슬쩍 떨렸다.

"사실 거의 감각이 없기는 해."

"감각이 없기는…… 움직일 수 있으시잖아요……. 감각이 없단 건 리베 착각이에요……. 그대로 굳었네 이거. 걸을 때마다 좀 아프지 않으세요? 아니, 뒤틀린 건 아니니 걸음 정돈 괜찮겠군. 뛸 때는? 뛸 때는 어떠세요? 아니면 오래 걸으면? 오래 걸으면? 계단은?"

"계단은 요령이 생겨 괜찮지만 뛸 때는 사실 조금 쑤셔. 오래 걸어도. 그런데 익숙해졌단……."

외르타는 제 앞에서 꿀밤을 때리려는 자세로 멈춘 모리를 바라보았다. 같은 평민으로 여긴다면 그대로 한 대 쥐어박았을 텐데, 어쩐지 신분이 새겨진 제 몸가짐 덕에 가까스로 멈춘 듯하다. 그러나 여전히, 불쾌하지는 않았다. 못된 짓을 저지르려는 어린아이를 훈계하는 모양인데 화를 내서 어쩌겠는가. 어린 외르타는 어안이 벙벙한 채 그녀의 찌푸린 얼굴을 응시했다. 내가 무슨 말을 잘못한 거지?

물론 답은 바로 나왔다.

"아픔에 익숙해지시면 안 돼요! 그게 제일 위험해요! 안 아프다고 느끼면 자기가 얼마나 심각한 상탠지 자꾸 잊는다니까요? 이건 계속해서 아프다고 상기시켜 줘야 해! 그래야 해요!"

"……내가 얼마나 아픈데?"

"첫째, 언제 이렇게 되셨나요? 무슨 사고로?"

"육 년 전에. 음……. 부딪혀서……."

모리의 미간이 확 구겨졌다. 외르타는 속이 철렁 내려앉았다가, 뻔뻔한 표정을 지었다가, 다시 내려앉았다. 미라이예의 가문 의원에게 너무 뻔한 거짓말을 한 것은 아닌가. 아니나 다를까, 그녀는 일그러진 표정을 펴지 않은 채 답했다.

"리베 발미레. 저는 이미 리베 앞에서 비밀을 지키겠다는 서원을 했어요. 누구에게 당했느냐는 질문은 드리지 않을 테니 구타의 흔적이라는 것만큼은 인정해 주세요. 이미 몸이 이러신데……. 게다가 그래야 제 진단이 확실해지니까요."

"……."

"리베?"

"그래. 맞았어."

외르타는 발작적으로 덧붙였다.

"잊지 마. 절대 말하지 마. 절대. 누구한테도."

"의원 외길 삼십 년인데 제가 무슨 부귀를 누리겠다고 제 신조를 어긴답니까? 걱정하지 마세요. 하……. 정말 이 발……. 이런 표현이 가능하다면, 참 '조근조근' 히도 다져 놨네요, 미친놈이. 둘째, 처음 다치고 얼마 동안 치료를 받으셨나요?"

"일주일."

"……이 발로 일주일요?"

"꽁꽁 싸매 주고 끝났어."

"도대체가. 그러니 여기가……."

"악!"

외르타는 외마디 비명을 지르고는, 오히려 자신이 더 놀라 버렸다. 지난 몇 년간 정말 아픔이 사라져 버린 줄로만 알았으니까. 발을 혹사시킬 때를 제한다면 마치 자신이 정상인인 듯 느껴지기까지 했다. 그런데 모리의 정확한 손길 한 번에 다시금 이런 비명이 끓어오르는 것이다. 방금 전 발의 어떤 부분을 짚었던 모리의 손이 그녀의 시야로 올라왔다. 손가락들이 악기를 연주하듯, 매끄럽게 한 번 꿈틀거렸다.

"제가 어느 정도의 힘으로 짚었냐면요."

모리는 엄지로 그녀의 뺨을 살짝 찔렀다. 둥근 뺨이 움푹 들어갈 정도, 딱 그 정도의 압력이었다. 외르타는 다소 놀라 물었다.

"정말? 아니 그런데 그 힘은 도저히……."

"다시 해 볼까요? 제가 보기엔 한두 부분 정도 짚을 수 있을 것 같은데……. 이렇게."

"악! 하지 마! 하지 마! 아파!"

모리가 한숨을 내쉬었다.

"이 상처를 일주일 치료하고 말다니…… 망가진 것도 무리는 아니네요……. 약 바른 뒤 종아리까지 부목 대고 칭칭, 딴딴하게 감아서 두 달은 버텨야 그나마 발목 수준의 치료로 내려갈 텐데……."

"……."

"리베 발미레, 정말 죄송한 말씀이지만 아무리 저라도 완치는 못해요……."

"지금까지 잘 살았단다. 괜찮아."

"또, 또! 리베, 아프면 비명을 지르시라니까요! 안 아픈 척하시면 정말 돌이킬 수 없는 시점까지 간다고요! 아프면 재깍재깍 악! 하고, 예?"

"그런데 정말 괜찮아."

"이래도요?"

"악! 하지 마!"

외르타는 비명을 지르고는 약간 주눅 든 모습이 되었다. 그녀는 팔짱을 낀 모리를 바라보았다. 만년 밝기만 할 것 같던 그녀의 표정이 다소 어두워졌다. 외르타는 세 시간의 진료 끝에 처음으로 그녀의 의원다운 목소리를 들었다.

"리베 발미레, 일단 몸의 상흔들은 거의 없어진 것이나 마찬가지에요. 구타가 참 영리해서 흔적도 없고 고통도 안 남았네요. 합하만큼 상흔에 능통하신 분이 아니라면 웬만한 기사들이 봐도 그러저러하게 넘어갈 거예요. 그래도 몇 가지 지적하자면, 머리의 흔적은 반년 전에 새로 생기신 거라 말씀하시니 넘어갈게요. 적당히 처치는 된 것 같으니 시간으로 아물기만 기다리면 될 거예요. 그리고 여기, 어깨."

외르타는 자신의 오른쪽 어깨를 짚는 그녀의 깔끔한 손가락을 내려다보았다. 그녀가 입매를 일그러트렸다.

"여기는 조금만 몸을 볼 줄 알면 눈에 확 띌 거예요. 기사분들의 이상한 오해를 받고 싶지 않으시다면 딤니팔 풍 드레스는 자제하셔야 할 것 같네요. 어깨가 다 드러나면…… 음, 예, 그렇죠. 그리고 왼쪽 무릎도 조심하세요. 처음 다친 부분 자체는 완쾌되었는데요. 아무래도 실생활에서 자꾸만 부딪히는 부분이라, 한 번 금 간 곳이 계속 마모되고 있어요. 약간만 부딪혀도 멍이 들 테니 주의해 주세요. 그리고 여기. 여기 팔뚝. 방어흔이 심해요. 얕아서 눈에는 전혀 보이지 않지만……. 아무튼 왼쪽 무릎이랑 비슷한 경우예요. 조금만 부딪혀도 멍들 테니 조심하세요. 마지막으로, 당연히, 리베 왼발이요. 이게 오늘 제가 본 부분 중 가장 심각하네요. 나 참, 이거 답이 없네. 어떡하지. 초진을 뭐 이렇게 개떡같이 해 놨대? 그따위로 한 새끼가 내 앞에 얼굴 내밀면 죽어, 진짜. 의원이라고 하는 그 낯짝 뺨을 갈겨 버리고 싶을 정도네요. 리베 발미레, 정말 의원이 해 준 것 맞아요?"

"응……. 맞기는 맞는데…… 치료하다가 쫓겨났어."

내버려 둬도 괜찮다고 말했다.

"아이고 기가 막혀요, 내가, 기가 막혀!"

모리는 제 가슴을 탕탕 내리치며 곡소리 비슷한 것을 냈다. 외르타는 멋쩍게 웃으며 왼발을 움츠렸다 폈다.

"리베 발미레, 우선 제가 할 수 있는 일은 전부 해 드릴게요. 부목이고 뭐고 이제는 시간이 너무 지나 영 소용이 없는 물건이고요. 단단히 감싸고 다니세요. 평생 그러셔야 돼요. 제가 발 모양에 맞춰 제대로 해 드릴 테니까, 순서 자알 기억해서 씻고 똑같이 하셔야 해요. 그러실 리도 없겠지만, 실내에서 맨발로 슬리퍼를 신고 다니셔도 절대 안 돼요! 그렇게 다니시다 계단에서 한 번 고꾸라지시면! 알죠? 안 돼요!"

"응."

"딤니팔 실내화 모양이 이래서 천만다행이네요. 잠깐만요."

그녀는 벌떡 일어서더니 방에 딸린 화장실 쪽으로 쌩 달려갔다. 큰 욕조에 담아 놓은 물이 철벅철벅 요란하다가, 얼마 뒤 그녀가 들고 온 것은 물이 가득한 대야였다. 모리는 조심성 없이, 조금씩 물을 흘리며 침대에 앉아 있는 외르타에게 다가왔다. 그녀는 양탄자가 깔린 바닥에 대야를 사뿐히 놓았다.

"왼발!"

외르타는 왼발을 내밀었다. 모리는 그녀의 발목을 잡아당겨 섬세하게 씻겨 주었다. 외르타는 아까와는 달리 제 발이 전혀 아프지 않도록 닦아 주는 그녀의 노련한 손길에 감탄했다. 모리는 그처럼 재빨리, 꼼꼼히, 유려하게 발을 씻어 주고는 주변에 있는 천을 끌어다 물기를 닦아 냈다. 그리고 이내, 자신이 방바닥에 아무렇게나 펼쳐 둔 무언가를 들어 잽싸게 다가왔다. 외르타는 발끝부터 천천히 감겨 오는 천을 물끄러미 바라보았다.

"리베 발미레, 여기는 시계 방향으로, 시계 방향부터 시작하셔야 해요, 시계 방향."

"응."

"여기, 여기서 한 바퀴 꽈서 고정시키세요. 엄지발가락 끝부터 딱 절반. 이 위치, 이 위치. 아시겠죠?"

"응."

"아이참, 듣고 계세요? 여기는 시계 방향! 여기서 한 번 꼬고! 그다음 반시계 방향!"

"응. 듣고 있어."

"반시계 방향으로 감아서 여기 복사뼈에서 한 번, 아니 여기는 두 번, 아니 세 번 꼬자. 세 번 꽈 주세요. 세 번, 세 번, 세 번."

"알겠으니까 그만 반복하렴."

"세 번 꼬고 여기서 이렇게…… 붙일 수 있어요. 보이세요?"

"아, 응."

"거꾸로 시작하시면 천이 엉켜들어요! 위아래, 방향 제대로 해야 감싸고 풀기가 쉬워요! 자, 해 보세요."

모리는 단숨에 자신이 만들었던 작품을 풀어 내렸다. 외르타는 얼떨떨하게 다시 드러난 제 왼발을 바라보다가, 어벙한 얼굴로 고개를 들었다.

"내가?"

"네. 직접 해 보세요."

외르타는 허리를 숙였다. 발을 살짝 들어 잡고, 모리에게서 얇고 긴 천을 받아들었다.

"이쪽이 맞니?"

"예. 그대로 해 보세요."

"이렇게……."

"옳지, 예, 그렇게요……. 예, 꼬고, 세 번! 세 번! 세 번!"

"알겠어……."

"예, 맞아요, 좋아요, 옳지, 그렇게. 예. 오! 됐어요. 어떻게 하는지 이제 아시겠어요?"

"응."

그러나 모리는 한 번 더 풀었다.

"다시 해 보세요."

"모리……."

"발을 누구에게도 보이기 싫다고 하셨잖아요. 혼자 헤매시면 어쩌나요?"

외르타는 방금 전 모리의 시범과 직전 자신의 손길을 기억하며 다시 한 번 왼발을 고정시켰다. 옆에서 모리가 날카로운 시선으로 지켜보다가, 모든 것이 마무리되자 박수를 한 번 짝 쳤다.

"됐어요! 좋아요. 그렇게 하시면 돼요. 아시겠죠?"

"응. 고마워."

"고맙긴 뭘요. 제 의문걸요. 몸은 방금 봐 드렸으니 됐고……. 사실 거기엔 별 처치도 필요 없거든요. 여기, 여기, 여기. 다 안 아프시죠?"

"응. 몸은 정말 안 아파."

"짐작했어요."

모리는 허리를 두드리더니 '어이쿠.' 소리를 내며 자리에서 일어섰다. 외르타가 제 발을 바라보는 동안, 그녀는 자신이 펼쳐 놓은 이것저것을 주워 올리기 시작했다. 외르타는 하얗게 감싸인 왼발을 다소 얼이 빠진 듯 바라보았다. 옆에서는 물건 모으는 소리가 요란한데, 무언가에 홀린 양발을 응시하기만 했다. 외르타는 나직하게 말했다.

"이렇게 보면…… 괜찮은데."

모리가 시선을 들었다. 그녀가 무슨 신음을 내뱉기도 전에, 외르타가 먼저 물었다. 그것은 어쩐지 자문처럼 들리기도 했다.

"모양 괜찮지?"

"……."

다음 순간, 그녀의 발이 부드러운 양탄자 위로 떨어졌다. 모리는 그 모양에 놀라 후닥닥 달려왔다.

"함부로 다루지 마시라니까요! 아픈 줄 아셔야지 정말! 아까보단 낫겠지만 그래도…….”

“괜찮아. 훨씬 나은 것 같단다. 고마워. 아무 처치도 안 하고 다닌 나를 반성해야지……. 고집 부려서 너를 붙여 준 경에게도 감사 인사를 해야겠어.”

“제가 뭘 한 게 있다고…….”

“참, 모리. 거듭 강조하지만 말하지 마.”

“…….”

“절대, 입 밖에도 내지 마라. 절대 안 돼. 아무도 안 돼. 특히나 경은 더 안 돼. 물어도 대답하지 말렴. 다른 상처는 어차피 경도 짐작한 듯하니 상관없지만, 발은 안 돼.”

모리는 그 이유를 묻지 않았다. 묻지 않아도 당연한 일이었다. 그녀는 외르타의 두 발을 모아 주며 낮게 다독였다.

“걱정 마세요.”

모리는 이내 그녀의 방을 떠났다. 여태껏 여러 가문에서 자신을 꾸어 갔다며, 피곤해 직접 관을 짜려는 참에 리베를 전담하게 되어 기쁘다는 말을 남겼다. 외르타는 소리 없이 웃어 주었다.

그녀는 모리가 나가자 자리에서 벌떡 일어섰다. 오른발은 실내화로, 왼발은 모리가 준 천으로 졸라맨 채 방 안을 어정거려 보았다. 모리가 확실히 대단한 실력자임은 틀림없는 듯했다. 고작해야 중심점을 주는 몇 부분이 달라졌을 뿐인데 발목이 완전히 서면서도 아무 고통이 없었다. 그녀는 충격을 주지 말라는 모리의 말을 무시하고는, 제 왼발을 한 번 쾅 굴러 보았다.

고통이 없다.

외르타는 만족한 채로 방을 벗어났다. 발렌시아에게 자기 고집을 꺾어 줘 고맙다고 말해야겠다. 그리고 또 다른 질문도 있으니.

외르타는 약간 들뜬 채 계단을 걸어 올라가다, 계단이 꺾이는 지점에서 살짝 멈췄다. 바쁘지 않을까? 집무실에 얼씬하지 말라는 경고를 들었으니 역시 그래야 하지 않나? 걸음이 멈추자 마음마저 멈춰 버렸다. 고작해야 조그마한 감사로 찾아가려 했던 자신에게 어안이 벙벙해졌다. 십이공회의 일원마저 걸음을 끊을 정도의 분주함이다. 아무 의미 없을 자신이 감히…….

"리베 발미레? 예서 무엇 하십니까?"

외르타는 눈을 깜박였다.

"누프리?"

"합하를 뵙고자 하십니까? 여쭤 볼까요?"

"아…… 누가 되지는 않을까 싶어서."

"그래도 미라이예의 객이시지 않습니까. 여쭐 수 있습니다. 잠시……."

누프리는 휙 돌아 계단을 올라갔다. 이 저택의 계단은 어찌나 호화로운지, 저토록 힘 있게 내딛는데도 소리가 나지 않았다. 외르타는 똑같은 일을 홀로 시도해 보려 왼발을 높이 올렸다. 콱 내리찍으려는 순간…….

"리베 발미레, 올라오시랍니다."

누프리는 숨이 찬 듯 그리 말하고는, 다시 무슨 일이 그리 바쁜지 그녀 옆을 스쳐 지나갔다. 꼭대기 층이 그리 엄하게 출입 금지되었다면서 자신을 이토록 쉽게 들여보내 주는 이유가 궁금했다. 올라가길 바랐으면서도 이 마음만큼은 여전했다. 비단 지금뿐만이 아니라, 자신은 이곳에 온 첫날부터 그 집무실에 몸을 들이지 않았는가. 미라이예의 객이란 본시 이 정도 무게인가 싶었다. 무턱대고 꼭대기 층에 올라도 용서받을 수 있는 건가?

외르타는 집무실의 커다란 입구를 바라보다가, 숨을 한번 삼키고는 한쪽만 살짝 열어젖혔다. 온 신중을 기해 열었기에 문을 여는 소리는 얼마 나지도 않았다. 그녀는 집무실 안으로 들어갔다.

환한 낮의 집무실이었다. 요란하지는 않다. 벽이란 벽은 전부 차지한 듯한 책장, 고상하게 놓인 작은 소파 하나와 안락의자, 탁자, 용도를 모를 가구, 벽 높은 곳마다 달린 등불, 책상 사이를 비집고 들어간 어마어마한 길이의 장식장, 구석에 있지만 주인이 결코 손을 대지 않을 것 같은 포도주 진열대. 그리고 창을 등진 책상, 혹은 그 주인.

"외르타, 말씀하십시오."

외르타는 정신을 차렸다. 그녀는 눈을 몇 번 깜박이다가 머릿속에서 가장 먼저 떠오른 말을 내뱉었다.

"고마워."

"……."

"괜찮다고 고집 피웠는데 그건 아니었나 봐. 신경 써 줘서 고맙다. 벌써 모리가 다녀갔어?"

외르타는 자신과 그의 거리가 너무 멀다고 생각했다. 그녀는 한 걸음 옮겼다가, 발렌시아가 아무 지적도 하지 않자 성큼성큼 여러 걸음을 더 나아갔다. 그는 그 모습을 물끄러미 지켜보며 뒤늦게야 답했다.

"예."

"무슨 말을 했니?"

왼발에 시선이 머무르지 않았다. 외르타는 안도했다.

"너무 오래된 상처라 아픔이 없으시리라 했습니다. 다만 오른 어깨와 오른쪽 팔뚝, 왼쪽 무릎은 본디가 심각한 상흔이므로 움직임에 주의를 두셔야 한다 합니다."

"응. 나도 들었다. 명심하마. 됐지?"

발렌시아는 아무 대답도 하지 않았다. 무언가 묻고 싶은 것이 잔뜩 있을 텐데 득이 될 것이 없어 전부 삼킨 모양이다. 외르타는 의아한 기색으로 상대를 살폈다. 화가 나지는 않은 것 같은데.

그녀는 문득 한 가지를 더 떠올렸다.

"아, 발렌시아 경, 혹시 나한테 전할 말 없어?"

그는 미동도 없었다. 책상 뒤에 앉은 채, 마치 그 책상이 두 사람을 가르는 절벽이라도 된 듯 냉엄하게 상대를 바라보았다. 물론 외르타는 그 찬 시선에는 이미 이골이 난 사람이었다. 팔짱을 끼고, 한숨을 푹 쉬더니, 다시 한 번 재촉했다.

"경, 혹 누가 내게 한 말이 없느냐 물었잖아. 전언 말이야, 전언."

"발신인이 누군지 아십니까?"

"어? 한둘이 아니야?"

"발신인이 누군지 아십니까? 그리고 그 소식을 전달한 이의 신원 역시 밝히십시오."

"얻어들었어."

"말씀이 타당치 않습니다."

그는 두루뭉술한 답만 반복하고 있었다. 결코 전언이 있다는 태도가 아니었다. 혹은 확증을 주지 않은 채 외려 그녀에게서 정보를 캐내려는 모양새였다. 외르타는 그가 헛질문의 근원을 알기 위해 저런 반응을 보이는 것이라고 판단했다. 적어도 논리적으로는. 하지만 제 느낌만큼은 확연히 달랐다. 그는 무언가 알고 있는 것이 틀림없었다.

"경, 말씀이 타당하고 타당하지 않고를 떠나 나를 위한 전언이 있다면 전해 주는 것이 당연하잖아? 어서 전해 주렴."

"없습니다."

"전언이?"

"예, 없습니다. 저는 당신이 어디서 그런 말을 들으셨는지조차 짐작이 가지 않습니다. 그와 같은 헛소문의 근원은 발본색원해야……."

"아니, 아니, 알겠어, 됐다. 그런데 정말 없어?"

아주 약간의, 그러나 깊은 침묵 뒤에.

"없습니다."

"……."

"저는 당신에게 말을 전할 수 있을 만한 인사조차 만난 일이 없습니다. 혹 폐하를 일컬으시는지 모르겠습니다. 만일 그러하다면 제가 다시 질의하러 잉그레에 다녀오겠습니다."

그녀는 고개를 절레절레 저었다. 자신에게 이야기를 전한 사람은 뤼페닝이었다. 그러니 자카리의 전언은 아닐 것이다. 또한, 왕이 무슨 말을 하고 싶다면 지금이라도 당장 자신을 소환해 지껄이면 될 일, 역시 그는 아닌 듯했다.

"와! 경!"

외르타는 대뜸 탄성을 내질렀다. 그녀는 몇 걸음 휘청이며 걷다가, 갑자기 반동에 쓸려 서가까지 단박에 뛰어갔다. 책장과 다닥뜨리기 직전에야 가까스로 발을 멈출 수 있었다. 외르타는 제 왼발을 찧지 않았다는 사실에 가슴을 쓸어내렸다.

다른 많은 생각이 있었지만 방금 전 자신의 눈에 띈 물건을 막는 데에는 아무 소용이 없었다. 그녀는 책장을 잡고, 제 키보다 족히 두 칸은 더 높은 곳에 있는 책 하나를 잡아 빼려 했다. 가까스로 손만 올려 그 부근을 훑었지만 정확히 어떤 책등인지 알 수 없었다. 그녀는 뒤로 한 걸음 물러났다. 고개를 들어 책이 자리한 곳을 확인했다. 짧은 한숨을 내쉬며 책 아래로 걸음을 옮겼다. 물론 그 한숨은 어느새 책장에 매달리기 위한…….

누군가의 손이 올라왔다.

제 시선이 닿는 곳에 있던 책 여러 권이 한꺼번에 빠져나왔다. 그것들은 매우 자연스레 그 한 손에 쥐여, 바로 옆 탁자에 놓였다.

그녀는 몇 초 뒤에야 획 뒤를 돌아보았다.

"깜짝이야!"

발렌시아는 책에서 천천히 손을 떼었다. 외르타는 인사도 없이 그중에서 한 권을 스윽 빼냈다. 그러고는, 무언가를 과시하듯 들어 그 앞에 보여 주었다.

"경, 의외다. 「전술」 초판본? 이건 구하기도 힘들었을 텐데! 나도 재판밖에 못 봤어."

돌연 그의 손이 맹수의 아가리처럼 뻗쳐 왔다. 그러나 외르타는 지지 않았다. 등 뒤로 책을 빼돌려, 그가 제게 닿지 않고는 빼앗을 수 없게 만들어 버렸다. 그녀는 약간 빼기듯, 그러나 희한하게도 애원하는 어조로 말했다.

"초판본을 아끼는 마음은 잘 알겠어. 경, 그런데 살짝, 살짝만 구경해 보면 안 될까? 이 자리에 서서 훑기만 할게. 당신 눈앞에서. 나도 책 아끼는 걸론 누구 못지않으니까……."

"보지 마십시오."

'읽지 말라'가 아닌, '보지 말라'다. 외르타는 미심쩍다는 표정이 되었다.

"왜?"

"어렸을 적 읽어 민망한 단상들이 많습니다."

"몇 살 때?"

"열여덟에 처음 쥐었습니다. 그 당시 그대로입니다."

"나는 열여섯에 읽었어……. 설마 내 시각보다 더 유치하겠니? 난 읽다 구역질하는 줄 알았다니까. 너무 어려워서. 심지어는 마지막 장에서 포기하고, 반년쯤 뒨가 역주본을 읽었어. 경이 이런 나보다 멍청할 리는 없겠지."

"……."

"내용이 바뀌지는 않았을 테니 책의 편집만 살짝 보마. 응? 궁금해서 그래. 당신이 그리 부끄럽게 여긴다면 당신 코앞에서 재빨리 보고……."

"역주본을 읽으셨습니까?"

외르타는 눈을 한 번 깜박였다.

"나는 그 책을 모장티에도 들고 갔어."

뻗쳐 왔던 그의 손이, 스스로 눈치채지도 못하는 것처럼 느릿느릿 내려갔다. 외르타는 그것이 그 나름의 허락이라 생각하여 화색을 띤 채 책을 펼쳤다. 그의 말이 거짓이 아니란 것을 증명하듯 책의 이곳저곳에 밑줄과 촘촘한 글씨들이 기록되어 있었다. 외르타는 발렌시아에게 한 말과는 달리 소년의 기록만을 꼼꼼히 읽으며 아무렇게나 중얼거렸다.

"사실 날 초대했던 모장티 저녁 식사의 토론 주제가…… 바로 이 「전술」 역주본이었거든……. 물론 그치도 원본은 절대 못 읽었겠지만……. 역주본이 얼마나 친절한지……. 그 돌덩이도 읽을 수 있겠다고 생각했다니까……. 「전술」을 미끼로 내걸지 않았다면 내가 갔을까? 으음……. 아니 또, 그건 논외겠다……. 그게 안 먹혔어도…… 언젠가는…… 날 불러들였을…… 남편이니까……. 사실 난…… 좀 귀가 얇은…… 편이거든……. 조심성이라곤 조금도 없어서…… 어?"

"……."

"경, 이건 좀 신기한데? 경이 이 책을 읽었을 때 열여덟이었다고 했지? 경이 열여덟이면…… 하나, 둘……."

외르타는 책을 쥐지 않은 한 손으로 숫자를 세다가, 아무래도 연도가 맞지 않는 듯 인상을 찌푸렸다. 그녀는 코를 박고 있던 옛 책에서 고개를 들었다. 얼어붙은 양 서 있는 발렌시아를 바라보았다. 외르타는 영문을 몰랐지만, 어쨌든 자신의 질문이 먼저라고 생각했다.

"경, 열여덟이라니? 햇수를 잘못 센 거 아니야? 여기 내가 기억하는 역주본 구절이 고스란히 있는데. 역주본이 출간됐을 때가 언제더라……. 음, 그……."

"540년."

"응, 맞아. 그때쯤일 거야. 그때 내가 열넷이었으니 당신은 열아홉 아니야? 이 부분은 완전히 역주한 부분을 고스란히 옮겨 둔 것 같구나. 내 기억이 녹슬지 않아 다행이지……. 아무튼 경, 시간상 말이 안 된다. 연도 헷갈렸지?"

"아닙니다."

"그러면 나중에 덧붙인 기록 아니야?"

"저는 초독 때에만 펜을 듭니다."

외르타는 점차 수수께끼를 맞히는 것처럼 흥미진진해지고 있음을 느꼈다. 자신의 기억은 정확했다. 마지막 장의 디무어식 첫 문장, 그리고 두 장짜리, 정말 끔찍이도 길던 그 주. 도무지 그 내용처럼 보이지 않던 본문을 한 갈래로 해석하던 그 천재적인 주. 사실 외르타는 원작자와 번역가가 동일인은 아닌가 의심했다. 미로를 한 길로 뚫어 내는 그 명석함은 디무어 본인이 아니라면 불가능한 일일 테니까.

외르타는 다른 답을 발견했다.

"아, 그러면 혹시 번역가를 알아? 나도 역주본이 딤니팔에서 나왔다는 소식은 들었다. 적의 책을 번역하다니 참 아량도 넓다 했지. 그것도 동부 최악의 적이었는데……. 무타스 디무어가 허가는 해 줬을까? 하하……."

"……."

"경?"

다시 침묵이었다. 그러나 외르타는 발렌시아의 친필 기록을 읽느라 침묵에 집중하지 못했다. 읽으면 읽을수록 유사했다. 열여덟 살에 이런 기록을 했다면, 사실 자신은 부끄러워할 여지도 없었다. 차원 자체가 다른 듯 여겨졌으니까. 발렌시아는 정말 번역한 장본인을 모르는 걸까? 정말 생판 남이고, 어떤 직접적인 교류도 없었다면, 세상에는 디무어를 해석할 수 있는 사람이 하나 더 생기는 것이다. 열여덟에 번역가와 똑같은 생각을 가진…….

그녀는 순간 무타스 디무어의 서간 제목을 기억했다.

'번역료.'

순간, 제 보호색이 변하는 듯했다. 그녀는 눈을 크게 뜨며 고개를 들었다. 발렌시아는 여전히 그 자리에 서 있었다. 햇빛이 맑다. 외르타는 먼지가 물리는 소리를 들을 수 있을 정도로 거칠게 책을 닫았다. 책을 사이에 낀 양손으로, 벌어진 입을 다물지 못한 채 신음처럼 흘렸다.

"경…… 설마……."

"……."

"와! 정말이야?"

"……."

"와!"

"……."

"그럼 이건 초판본에, 번역한 사람의 초록抄錄이 써 있는 책이란 건가? 경, 나 좀 보여 주면 안 되겠니? 응? 제발. 여기서 읽고 가마. 경 역주본은 훌륭했어! 조금도 부끄러워하면 안 돼, 응? 숨소리 한 번 안 내고 읽고 가마."

"……."

외르타는 그의 침묵을 허락으로 여겼다. 한껏 부풀어서 소파에 털썩 앉았다. 평시라면 소파에 안기자마자 잠들었겠지만, 이 귀중한 책이 품에 있을 때라면 경우가 다르다. 역주본을 처음 보던 소녀 적으로 되돌아간 듯 두근거렸다. 그녀는 작은 소파에 대강 누운 뒤 눈만 굴려 상대를 바라보았다. 그는 아직도 그 자리에 서 있었다. 외르타는 어깨를 으쓱하고는 「전술」의 첫 장을 펼쳤다. 아, 이런 사소한 행운에…….

"외르타."

그녀는 이미 글줄을 읽느라 정신이 없었다. 외르타는 스스로 무슨 말을 하는지도 모른 채 답했다.

"응?"

조용했다. 외르타는 이미 책에 빠진 뒤라, 답이 돌아오지 않아도 별달리 이상한 점을 느끼지 못했다. 입이 절로 벌어졌다. 굉장하다.

누구의 말도 스치지 않는 정적이 있었다. 그녀도 반문을 잊고, 그도 호명을 잊은 듯한 고요. 그만한 길이, 그만한 깊이. 한참이 지났다.

발렌시아는 그녀가 책을 제한 모든 것에 주의를 기울이지 않고 있다는 사실을 깨달았다. 외르타는 소파에 파묻힌 채, 초판본과 역자의 초본에 온 정신이 팔려 있었다.

그는 자신이 왜 저 초판본을 버리지 않았는지 이해할 수가 없었다. 디무어가 자신에게 깊은 발자국을 남겼다는 사실은 인정한다. 그러나 적어도, 디무어가 자살한 뒤에는 스스로 그녀에 대한 모든 미련을 버렸다고 생각했던 것이다. 미련은 물건. 그 첫줄에 선 것은 아직도 제 기억에 선명한 동부공화. 그마저도 박살을 낸 자신인데, 아직도 이토록 많은 물건이 남아 있다는 사실에 경악을 금할 수가 없었다. 물론, 기실 어쩔 수 없는 일처럼 여겨지기도 했다. 스스로에게 디무어를 이식해 버린 그 어리석음이 어디 가겠는가.

희한하게도, 외르타가 삶에 들어온 뒤부터 사소한 것들이 다시금 눈에 띄고 있었다. 전부 잊었던 것이, 혹은 잊었다고 생각했던 것이. 지난 번의 '번역료.' 그 서신은 자신이 디무어와 첫 독대를 한 뒤 솔 미라이예에 발송된 물건이었다. 자신은 그 소식을 전해 듣고 그것을 걸어 놓을 위치까지 정확히 지정해 주었다. 그리고 그 여자는 자살했고, 자신은 잊었다. 그 뒤 외르타가, 마치 잘하지 않았냐는 듯한 시선으로, 저 깊은 곳에서 젖은 과거를 꺼내 버린 것이다.

더군다나 저 초판본까지. 도대체 저 여자는 디무어에게, 자신에게 무슨 억하심정이 있는지 모르겠다. 코가 좋은 동물처럼 손 닿는 곳이 전부 과거였다. 그것도 상대를 갈퀴로 긁어내리는 듯한 과거. 그는 성을 내지 않으려 매번 애쓰고 있었다.

억하심정? 발렌시아는 순간적으로 어처구니가 없어졌다. 누구에게 죄를 뒤집어씌우나. 디무어와 연계된 것도 자신, 사서 피해를 입은 것도 자신, 옛날과 재회함으로써 이를 악무는 것 역시 자신. 전부 자신이었다. 죄를 지었다면 자신이니 탓할 사람 역시 저뿐이다.

발렌시아는 「전술」을 읽는 외르타를 바라보았다. 숨소리가 고르다. 골랐다가, 가빠졌다가, 다시 부랴부랴 가라앉았다. 본문보다는 자신의 글을 읽는 느낌이었다. 평소에는 가까이 가지 않으면 묻히던 녹색 눈빛이, 지금은 햇살을 정통으로 맞은 데다 휘둥그레 뜨여 있는 덕에 아주 선명했다. 발렌시아는 그녀가 자신을 인식하지 못한다는 사실을 깨달았다. 마음 놓고 그 눈을 바라보았다. 고삐 풀린 생각은 계속 달려갔다.

사실, 자신이 저 정신 나간 역주본을 낸 것 자체가 불행의 시초였다. 그 스스로 그리 여기고 있었다. 뽐내는 일을 그리 좋아하지 않던 그다. 그런 스스로에게 어긋나는 일을 할 때부터 무언가 일이 비틀리고 있었던 것이다. 저것을 읽은 뒤 디무어는 그를 깨달았고, 불렀고, 그녀 나름의 애착 — 혹은 아닐지도 모르지만 — 을 가졌고, 동부 원정 내내 자신에게 스며들었고, 자살했고, 한 사람을 망쳤다. 귀에 못이 박히도록 새 집을 지으라기에 헌것을 부수고 새로 만들었더니 그마저 흔적 없이 무너진 꼴이다. 그는 그 뒤로 헌 집도 새 집도 가지 못한 채 폐허 위에 우두커니 서 있었다.

그리고 저 여자 역시, 경우는 다르지만 내 책에…….

발렌시아는 숨을 들이켰다. 아무 소리 나지 않았지만 제 목구멍이 고통스러웠다. 외르타는 평온했다. 그는 그제야 방금 자신이 무슨 말을 삼켰는지 기억해 냈다. 자신을 걷어차고 떠난 숨이, 고향으로 돌아오며 내뱉었다.

"외르타."

"……."

이제는 이름에 답하는 낭랑함조차 들을 수 없었다.

"제가……."

그녀가 듣고 있지 않다는 사실을 안다.

"불행의 시초가 되어……."

여전히 책에만 몰두하고 있다. 그녀가 듣고 있지 않다는 사실을 안다.

"이 죄송함을……."

메마른 녹색 눈이 두 번 깜박였다. 여전히 책에만 몰두하고 있다. 그녀가 듣고 있지 않다는 사실을 안다.

"「전술」의 역자로서……."

"그만!"

외르타는 벌떡 일어섰다.

발렌시아는 입을 다물었다.

외르타는 초판본을 소파 위에 내동댕이치더니 그를 향해 성큼성큼 다가왔다. 발렌시아는 어떤 제지도, 사과도 하지 못한 채 그녀가 제 두 걸음 앞까지 다가오는 모습을 바라보았다. 머리 자체가 어떤 지나친 압력에 마비된 모양이었다. 떠오르는 생각이라고는, 왜 실내화의 짝이 맞지 않을까.

그녀는 멈추는 순간부터 버럭 소리를 질렀다.

"그게 어떻게 당신 잘못이야? 도대체 어떻게? 그냥 역자를 만나서 기쁜 나로 내버려 두면 안 되나? 왜 또 망쳐, 정말!"

전부 듣고 있었나 보다. 하지만…….

"하지만……."

"경, 「전술」 역주본이 없었으면 로크뢰가 나를 못 불렀을 것 같아? 당신 그런 사람 아닌데, 왜 이에 관해서는 그렇게 생각이 짧아? 그는 이미 전날 나를 만났단다. 그 순간 잡아먹을 채비를 마쳤단 말이야! 「전술」로 꼬드겨지지 않았다면 본국에서 소식이 왔다는 이야기로 날 끌어냈을 거고, 그마저 먹히지 않았다면 그 손이 직접 나를 붙들어 갔을 거다. 어떻게 해도 일국의 왕을 피할 수는 없어. 더군다나 경계 한 점 없던 어린 왕녀라면 더욱 그러하다. 「전술」은 아무것도 아니야. 나는 심지어 그 일이 있고도 그 책을 가장 좋아했어. 책이 무슨 죄라고?"

"외르타, 그러나……."

"너희 형제는 자괴를 안 하면 못 살아? 어!"

외르타는 짧게 폭발했다. 발렌시아는 조용해졌다. 그녀는 책을 내던지려 했다가, 곧이어 이미 그것을 던졌다는 사실을 깨달은 사람처럼 보였다. 외르타는 소파 쪽으로 달려가 「전술」을 잡아 올렸다. 발렌시아는 디무어가 저를 향해 쇄도할 것이라 생각하고는 시선을 내리깔았다.

침묵.

그가 고개를 들자, 그곳에는 다시 누운 외르타가 있었다. 그는 타성처럼 그녀의 이름을 토해 냈다.

"……외르타."

"발렌시아 경, 당신 거기에 대해서 한마디만 더하면……."

"……."

"난 책을 읽을 테니 당신은 당신 할 일 하렴. 역자가 당신이란 사실을 알고 읽으려니 감탄하기도 힘들구나."

발렌시아는 입을 열었지만, 아무 소리도 새어 나오지 않았다. 태양을 받는 나무색 머리칼, 그 눈. 자신이 제자리로 돌아간다면 그 빛이 막힐 것이다.

"발렌시아 경, 그렇게 빤히 지켜보고 있으면 내가 신경이 쓰이겠니? 안 쓰이겠니?"

"……."

"내가 말 안 한 셈 치고 하던 대로 업무에 충실하면 안 되겠니? 아니면 내가 이 책 들고 나갈까?"

그는 아주 낮은 한숨을 쉬었다. 외르타의 귀에는 잡히지도 않는, 그 정도로 낮은 한숨이었다. 느린 안개처럼 흘러나왔다. 자신은 지지 않았다. 그러나 이길 수도 없다. 목덜미가 뻐근했다.

외르타는 독서를 마무리 지었다. 그 뒤 아직도 일에 묻혀 있는 발렌시아를 바라보다가, 딱 한마디 말을 걸었다.

"발렌시아 경."

발렌시아는 시선조차 올리지 않았다.

그녀는 「전술」을 소파 아래로 떨어뜨린 뒤 반듯이 누웠다. 천장에 무언가가 있다면 습관처럼 세어 보려 했는데, 고개 들어 본 위가 지나치게 매끈하여 맥이 빠졌다. 그녀는 옆으로 굴렀다가, 다시 반듯이 누웠다가, 다시 옆으로 굴렀다가, 끝내 엎드렸다. 엎드리자 시야에는 아까와 다름없는 모양으로 고개를 숙인 발렌시아가 보였다.

외르타는 다시 한탄했다.

"경, 내가 말이 심했나? 기분 상했지?"

이번에도 답이 나오지 않았다. 그녀는 제 말이 진짜 들리지 않는 것인지 아니면 그가 일부러 무시하고 있는 것인지 알고 싶었다.

"「전술」을 재독하니 당신이 이 사람이랑 직접 알던 사이라는 사실이 신기해졌다. 그러니 동부 원정 때의 얘기 좀 해 보렴, 동부 원정."

외르타는 무료해 죽겠다는 듯 집무실 소파에 엎드렸다. 그녀 옆 바닥에는 오로지 오래된 「전술」뿐이다. 발렌시아는 그 말을 듣고서야 처음으로 옆을 돌아보았다. 설핏 드러나는 천진함과 외르타를 도저히 연관 지을 수 없는 모양이다.

"외르타."

"아직도 언짢아?"

"아니요."

"아직도 미안하나?"

"아니요."

"왜 거짓말하지?"

"……."

그녀는 놀라지도 않았다. 놀라는 대신 그를 돕기로 했다. 외르타는 제목을 가다듬었다.

"큼, 크흐음, 동부도 거의 중앙 삼국만 한 크기잖아. 리마네레 당시에는 지금 여겨지는 것보다 만 배는 더 중요한 땅이었고. 알론조 캄비가 중부에 없었더라면 황도皇都는 아마 동쪽에 위치하게 되었을 거야."

발렌시아는 다시 펜대를 잡지 않았다. 그러나 무어라 답을 해 주지도 않았다. 그저 옮게 깔린 공단처럼 그녀를 바라보고 있었다. 외르타는 끈기 있게 말을 이었다.

“그런데 어쩌면 그렇게 평생토록 집산을 못하고 라르디슈와 딤니팔에 당하고 사나. 스물에서 서른 정도. 나라는 생겼다 없어졌다, 생겼다 없어졌다. 용케 쓰러지지도 않는구나.”

“우리가 전력을 다하지 않기 때문입니다. 여력이 있는 약자는 결집할 필요를 느끼지 못합니다.”

외르타는 그의 말씨에 만족했다. 그는 사실을 말함으로써 안정을 찾을 것이다. 아니나 다를까, 마치 오르골 소리처럼 무덤덤한 음성이 뒤를 이었다.

“동부 원정은 외부의 적을 적절한 규모로 유지시키는 방편 중 하나일 따름입니다. 사막을 담당하는 눈의 방패가 종기사들에게 살인에 무뎌지기 위한 기회를 준다면 동부 원정은 노련한 군대 자체의 대규모 훈련입니다. 게외보르트가 서부와 북부를, 라르디슈가 남부 군도와 동부 일부를 이용하듯 이것 역시 상시 전투력을 유지하기 위한 딤니팔의 특별할 것 없는 수입니다.”

“하지만 그 훈련도 가끔은 재미를 주지. 무타스 디무어? 이 「전술」의 저자는 어땠나? 당신이라 말해 주는 건데, 사실 리오넬도 그녀와 싸운 적이 있다. 아무 소득 없이 돌아와서는 ‘미친년’이라 간단히 평하던데, 그만한 모욕을 받을 만큼 굉장한 사람인가?”

발렌시아는 침묵을 지켰다. 그러나 다시 종이에 집중하게 된 것도 아니었다. 책상에 닿은 펜이 움직이지 않고 있었다. 생각하는 듯, 혹은 불쾌한 듯 나무 모서리를 응시했다. 한참의 정적 뒤 그가 말했다.

“저는 그 사람과 독대할 기회가 대단히 많았습니다.”

평소의 목소리와 약간 다른 듯싶다.

"드높은 위명에 여인이라는 점은 익히 알려진 바입니다만 직접 겪는 자에게 그것은 결코 믿을 수 없는 사실입니다. 실력으로 의심하기 시작하여 그 열패감에 냉정을 잃으면, 남성적인 이름에마저 힘을 얻고 그녀가 여인임을 부정하게 되기 때문입니다."

"'디무어' 라."

"그 사람은 말 그대로 상식을 뛰어넘는 천재라, 만인을 경멸하는 태도를 버리지 못하는 자존심 강한 군인이었습니다. 실제로 무타스 디무어의 죽음 역시 그 삿된 고상함에 기인합니다. 범인의 눈에는 자살행위인 그녀의 전술에 일부 보수적인 동맹군 대대장이 반발, 대대 반란, 불복종이 이어졌고 그 탓에 동맹군이 다호르티 회전에서 전패하자 그녀에게 혐의가 씌워졌습니다."

"너희가 나 없이 얼마나 버티나 보자 하는 자살이었겠지?"

"기실 정치적 감각이 떨어지는 자였습니다. 정치력을 발휘할 수 없었다기보다는 그럴 필요를 못 느꼈던, 자기애의 절정에 속해 있던 자였기 때문입니다. 군대에 있어서는 어쩔 수 없는 약점이 되는 여인이라는 제 특징조차 스스로 보호할 줄 몰랐습니다. 군대에서 그만한 천재는 동성이라도 자칫 잘못하면 배제되기 마련입니다. 하물며 여인, 너의 우매함을 이끈다는 교조적인 태도, 그리고 실제로 그 천재성을 증명하는 전과에 많은 이들이 그녀를 증오했습니다. 무타스 디무어는 전승에는 경원시 당하다 종내, 단 한 번의 완패에 벼랑 끝으로 몰려 자살하게 되었습니다."

외르타는 서서히 자신의 목적을 잊고 있었다. 그를 다독이지도 못하고, 그의 답에 함몰되어 버렸다. 그녀는 신음 같은 한숨을 터뜨렸다. 디무어의 사고가 기구해서가 아니었다. 발렌시아의 말에 깔린 자명한 전제를 이해했기 때문이다.

무타스는 자신을 향한 것이 존경이든 애정이든 경원이든 전혀 신경을 쓰지 않았을 것이다. 그녀의 세상에는 자신뿐이었으리라. 머리만큼은 대단히 모자라지만, 어쩐지 자신 역시 그 성질과 별로 다르지 않은 것을 가졌다는 생각이 들었다.

발렌시아는 서서히 자신의 목적을 기억하고 있었다. 첫 시작은 이전의 싸움을 가라앉히기 위한 외르타의 기지였지만, 지금에 와서는 자신이야말로 끝을 낼 수 있는 사람이었다. 그는 말하고자 하는 것이 있었다. 디무어에 대한 이야기는 아니다. 발렌시아는 그녀의 본질을 논하기가 끔찍이도 싫었다. 그래서 자신이 굴리는 것은, 그저 누구나 파악할 수 있는 그녀의 겉. 디무어가 결코 숨기지 않는 그녀의 겉모습. 고작 그뿐이었다. 어차피 이 이야기가 다다를 곳은 그녀가 아니다.

“그녀는 으스대는 것을 좋아하는 사람이었습니다. 때문에 저는 그 사람과 마주 앉았을 때 본 내용 말고도 여러 사소한 화담들을 중구난방으로 얻어들은 일이 많습니다. 한 번은.”

이야기는 간신히 원점으로 돌아왔다. 정확히는, 발렌시아가 생각하는 원점이었다.

“그녀가 로크뢰 1세와 자웅을 겨룬 과거를 듣게 되었습니다. 그녀는 그에게 다시없을 파렴치한이라는 평을 내렸습니다. 회담 차 마주 앉았을 때 적장이 여인임을 조롱하기가 정도를 넘었다는 것입니다. 한심하여 예조차 차리지 않고 즉각 직설했다고 합니다.”

“응? 무어라고?”

발렌시아는 다시 조용해졌다. 외르타가 일어나 앉았다. 그는 그녀가 눈썹을 치켜 올릴 정도로 오랫동안 바라보더니, 이내 침착한 말투로 무타스 디무어의 욕설을 옮겼다. 고스란히, 토씨 하나 빼놓지 않고.

“무뢰한이 왕계를 써 가장된 존경을 받으나 평생토록 사랑은 못 받을 낮이라. 존중, 양심, 도덕, 자제 그 어떤 것도 없으니 복종은 받을지언정 감히 애정을 욕심내렷다?"

외르타는 순간적으로 숨이 막혀 입술을 꽉 깨문 채 상대를 바라보았다. 발렌시아는 심해처럼 가라앉은 얼굴이었다. 그녀는 어쩐지, 그가 스스로 할 욕설을 디무어의 입을 빌어 내뱉은 듯한 느낌을 받았다. 그의 말은 끊이지 않았다.

"무타스 디무어는 제 생이 그 자리에서 끝나는 줄 알았다며 웃었습니다."

당연하다. 그것이 그때 그 인간의 최대 약점이었을 테니까.

"그 말 단 한마디에 종전 협정이 결렬되었다고 합니다. 물론 처음부터 무타스 디무어에게 무례히 굴었던 것으로 보아 로크뢰 1세 역시 협상 결렬을 목표로 하고 온 것이 확실합니다. 때문에 무타스 디무어의 감정적 비난은 잘못이 아닙니다. 그녀는 협정과 상관없이, 제 계산된 말이 그를 짓밟았다며 개인적으로 대단히 흡족해 했습니다."

"계산되었다고? 그녀가 그 당시 라르디슈의 사정을 알던가?"

"그럴 리 없습니다. 그 사람은 위의 일에 조금도 관심이 없었기 때문입니다. 무타스 디무어는 그 자리에서 로크뢰 1세를 고스란히 읽어 냈을 사람입니다. 줄글처럼 읽고, 민감한 곳을 발견해 그대로 공격한 것입니다. 저는 한 사람을 그리 쉽사리 천재라 일컫지 않습니다."

그녀는 간신히 숨만 몰아쉬고 있었다.

"모든 것이 고스란히 읽히기 때문에 저는 애초에 그녀에게 무엇을 숨기려 든 일이 없습니다. 조롱만 살 뿐입니다."

"당신이?"

"그 실력을 목도한 제 요청으로 잉그레는 대단한 작위와 보상을 약속하며 그녀에게 딤니팔로의 망명을 요구했습니다. 심지어 당신만 얻을 수 있다면 동부 원정은 즉각 종전하겠다고까지 말했습니다."

"숙고의 여지도 없었겠지……."

"저와 같은 범인이."

외르타는 그제야 약간 웃을 수 있었다.

"그녀의 생각을 가늠하기에는 가소로운 점이 많으나, 어설픈 제 판단에서조차 무타스 디무어에게는 나름대로의 신조가 있었던 것으로 보입니다."

"신조? 디무어의 신조가 무엇이기에?"

"나름대로의 신조라 말씀드렸습니다. 저는 모릅니다."

물론, 안다.

"그게 뭐야? 칼을 뽑았으면 뭐라도 베어야지."

"저는 그 여자를 모릅니다."

물론 나는 그 여자를 안다.

발렌시아는 로크뢰 이야기에서 너무 돌아왔다는 사실이 불쾌했다. 애초에 의도한 것은 무타스의 욕설인데, 스스로 외르타에게 끌려가다 보니 무용한 잡담과 평가까지 늘어놓은 것이다. 외르타는 묘한 존경을 담아 미소 지었다.

"그런 시시콜콜한 이야기까지 젊다 못해 어린 경에게 했단 말이야? 디무어가 경을 참 높게 평가했구나. 어땠……."

"저는 이 이상 드릴 말씀이 없습니다."

"경? 지금까지 그렇게 신나게 논해 놓고 무슨 소리야?"

그러나 그는 제 말을 어기지 않았다. 디무어의 욕설을 전한 것으로 충분하다. 자신에게 번역에 대한 죄가 없다면 그 죄는 전부 그 근원에게 돌리면 될 일이다. 그래서 욕설을 전했다. 사실 그것은 그녀의 말이기도 했고 자신의 말이기도 했다. 로크뢰에게 전부 돌렸다. 그 집착이, 광기가 죄다. 수단은 죄가 아니다. 욕설을 퍼부었다.

발렌시아는 이야기를 더 바라는 듯 곧게 앉은 외르타를 바라보았다.

고개를 숙였다.

발렌시아는 자리에서 일어나다가 문득 깨달았다. 외르타의 머리 위로 단단한 「전술」 역주본이 쓰러져 있었다. 「전술」을 읽더니 기어이 그 역주본도 재독해야겠다며 집무실에서 찾아낸 것이다. 밑동 베인 나무처럼 육중한 두께가 머리에 엎혀 있었다. 어쩐지 기분이 언짢아졌다. 그는 별 뜻 없이 다가가 책을 들어 올렸다.

그 아래 드러난 것은 잠든 얼굴이었다. 발렌시아는 순간 뒤로 한 걸음 물러날 정도로 놀랐다. 남 앞에서 무력한 외르타를 본 일이 드물었기 때문이다. 그는 책의 벌어진 쪽에 갈피를 끼워 두고선 바닥에 내려놓았다. 그리고 예의를 지켜 그대로 물러나려다, 누운 그 모습을 한 번 흘끗 바라보았다. 인상이 찌푸려지려 했지만 그 이유를 몰라 우뚝 멈췄다. 잠든 외르타. 발렌시아는 몇 초 지나지 않아 적당하고 불쾌한 비유를 찾아냈다.

주검.

자연스러운 자세라고는 조금도 없었다. 곧게 누워, 정말 관 안에 갇힌 것처럼 팔다리가 반듯했다. 심지어 이전처럼 꿈속 헛말조차 내뱉지 않으니 저 모습이 완전히 죽은 사람 같아 보이는 것도 무리는 아니다. 그는 자신도 느끼지 못하는 사이에 손을 뻗어 그녀의 인중에 가까이 했다. 즉각적으로, 의아한 채로 물러났다. 살아 있기는 한데.

그는 우두커니 서서 그 인공적인 잠을 바라보았다.

여전히 미동도 없었다. 군인조차 저런 단단함으로 잠들지는 못할 것이다. 붉은 천은 그녀의 등 아래 깔려 있었다. 그는 한 번 뒷걸음질 쳤다가, 무엇을 어떻게 해야 좋을지 모르겠다는 얼굴로 방을 둘러보았다. 자신의 집무실이다. 그저 살풍경하다. 그는 생전 처음으로 그 사실에 불만을 느꼈다. 왜?

발렌시아는 방을 나갔다. 다시 돌아온 그의 손에는 잘 개인 담요가 들려 있었다. 사실 겨울보다는 봄에 가까운 오늘, 담요는 전혀 필요하지 않은 물건이었다. 그 또한 자신이 이것을 둘러 준다면 그녀가 깨는 이유가 더위가 될 것을 잘 알고 있었다.

그러나 그보다는 자신이 저 누운 모양을 보기 싫은 마음이 더 컸다. 어쨌든 그는 그녀를 안아 올리기는커녕 아예 건드릴 수조차 없으니, 눈앞에서 언짢음을 치우는 방도에 다른 것이 있을 리 없다.

발렌시아는 그녀에게 햇볕 쪼인, 얇고 밝은 담요를 덮어 주었다. 딱 한 번 펄럭이며 서서히 가라앉는 조개껍질. 이내 그녀를 온전히 감추었다.

그는 아무 일도 없었다는 듯 다시 제자리로 돌아갔다.

"함구하라."

그것은 이미 각오했던 바다.

"짐이 그대에게 뤼페닝과의 사정을 알려 준다면 그대는 발설하고 싶은 욕망을 견디지 못할 것이다. 그렇지?"

"폐하, 저는 발설할 사람이 없습니다. 발설할 이유도 물론 없습니다."

"아니. 그렇게 지엽적인 문제가 아니라, 사람으로서 말일세. 사람으로. 사람으로서 비밀이 머리에 들어오면 참 견디기 힘들지 않겠나."

"……."

"볼 눈이 있고 들을 귀가 있으면 비밀은 못 지켜."

"폐하."

"아, 그렇지. 손이랑 입도. 이는 그대도 잘 아는 바 아닌가. 미안한 이야기지만 짐은 그대를 조금도 못 믿거든?"

"현명한 판단이십니다."

자카리는 미동도 없이 바깥을 내려다보고 있었다. 외르타는 그와 몇 발자국이나 떨어진 곳에서 젊은 왕을 응시했다.

"걱정 말게. 그대에게는 조금도 피해가 가지 않을 걸세."

"……."

"사실 지금은 이 말이면 되었네. 짐은 이만 가 보마."

"폐하, 게외보르트가 도발되지 않는다면 폐하께서는 저를 어떻게 처분하실 예정이십니까?"

왕은 그제야 그녀를 돌아보았다. 그녀는 희미하게 웃었다. 구름 속에 묻힌 달이 저 대신 흘리고 간 조각 같다. 그만큼 온화했다. 그러나 말은.

"폐하, 제게 정치적인 피가 흐르지 않는 것은 아니지만, 어차피 그 피는 권력이 전무한 지금 아무 소용이 없으니 그저 말씀드리겠습니다."

"……."

"저를 죽이시는 것은 상관없습니다. 저를 죽이심으로써 제 오라비에게 혐의를 뒤집어씌우셔도 괜찮습니다."

"……."

자카리의 표정은 조금도 변하지 않았다. 그러나 그다음 순간 나온 목소리는, 대단히 낮았다. 그녀는 그 전조에 만족했다.

"도대체…… 그대는 정신이라도 나갔나."

외르타는 모른 척했다.

“지금 그걸 말이라고 해? 그렇게 뻔뻔스레 짐의 계획을 까발리면 짐이 잘했다 칭찬해 줄 줄 알고?”

당연히 그럴 리 없었다.

“제가 폐하의 의중을 짐작했으니 제 의중은 폐하께서 짐작하십시오.”

“외르타 발미레, 입이 방자하다.”

“폐하, 저는 배반의 값으로 이 정도의 방자함마저 누릴 수 없습니까.”

끔찍한 침묵이 있었다.

몇 분 뒤 그는 몸을 돌려 떠났다.

외르타는 자카리가 자신에게 살고자 하는 의지가 있음을 눈치채 주기를 바랐다. 모든 이가 그렇듯 죽기 싫어 발악을 한다고 여겨 주기를 바랐다. 실제로도 자신은 그의 ‘마지막 계획’ 을 알아차리고, 그것을 막기 위해 애를 썼으니. 그는 딱 하나의 계산만 건너면 되었다. 딤니팔의 왕은 단 한 번의 질문만 거치면 된다.

왜 굳이 ‘마지막 계획’ 을 내게 발설해 경계를 높였을까. 무엇을 믿고 당신으로 인해 자신이 죽지 않겠느냔 말을 지껄였을까.

그에 당연한 결론은 ‘내 손에 죽지 않을 자신이 있다’ 이다.

그 이유는 물론 여러 가지로 갈릴 수 있었다. 첫째는, 발터가 어수대를 이용하거나 공문을 보낼 확률이 백이라는 것. 둘째는, 뤼페닝이 말했듯 외르타에게 줄이 있으리라는 것.

첫 번째는 아무래도 좋다. 그것은 서로에게 좋은 결과로 끝나므로. 그러니 자카리에게 문제가 되는 것은 두 번째였다. 그는 이제 그녀가 라르디슈, 혹은 게외보르트와 내통했을 확률을 고려해야 할 것이다. 딤니팔을 막을 수 있는 ‘줄’ 은 오로지 이 둘뿐이기 때문이다. 물론 전자의 경우는 가능성이 희박하고, 만일 진짜더라도 바로 앞에 있는 뤼페닝을 잡아 족치면 — 물론 호락호락 당하지는 않겠지만 — 진정이 드러날 일이다.

그러나 후자, 외르타와 게외보르트 간의 줄이 살아 있다면? 자카리는 이중 배반의 의심부터 시작하여 어디까지가 진실이고 어디까지가 거짓인지조차 구분을 하지 못하게 될 것이다. 포티미외부터 접선이 있을지 모른다. 혹은 생 로욜에서부터 어수대를 통해 발터와 친교를 쌓았을지 모른다. 혹은 애초에 로크뢰와의 사달이 의도된 것일지 모른다. 내전 이전부터 남매가 협약을 맺었을 것이다. 오라비는 왕위를 차지하고 누이는 모략을 담당하여 중앙 삼국 잠식을 결심했으리라?

548년 말 딤니팔의 게외보르트 공관 철수 당시, 아무 상관없던 라르디슈가 딤니팔에 선전포고를 할 때부터 무언가 이상한 낌새가 느껴졌다. 분명 게외보르트와 딤니팔 간의 전쟁이 발발하기 직전이었는데, 그 불이 어느새 남부 국경으로 넘어간 것이다.

포티미외 전쟁. 사실 게외보르트로서는 이 전쟁에서 누가 이기든 좋은 일이었다. 라르디슈의 위세가 대폭 수그러들고, 딤니팔이 아직 모든 것을 삼키지 못한 채 전쟁의 피로를 떠안고 있는 현재, 게외보르트는 창창했다. 어떤 피해도 입은 일이 없다.

이것이 십 년을 내다본 발터의 계략이라면 어떨까. 누이의 얕은 고통은 문제가 되지 않는다. — 어쩌면 그 고통 역시 이야기를 꾸며내기 위한 계략이었는지 — 자신에게조차 매정한 게외보르트 놈들은 그러고도 남는다. 더군다나 다소 모험기가 있는 왕녀 역시, 목숨을 보장한다면 상호 간의 유대가 영원하지 않겠나. 남매는 이미 한 가지 목적을 달성한 상태였다. 누이에 대한 믿음을 가진 발터는 결코 그녀를 버리지 않는다. 어떤 일이 있더라도 살려 목숨으로 보답할 것이다.

한번 상상하기 시작한다면 여기까지 가는 것이 현명하다. 타당한 여러 근거들이 있을뿐더러, 애초에 정치에는 한도가 없기 때문이다. 상상 역시 그 극단이 가장 좋다. 포티미외 전쟁은 너무 갑작스레 발발했다.

그 시기는 심지어 게외보르트와 딤니팔 간의 전쟁이 일어나기 직전이다. 아무리 많은 고통을 겪었더라도 한 나라의 왕비가 개인적으로 그런 역사를 해낼 수 있을 리 없다. 어쩐지 이상하더라. 차라리 십 년을 노린 이 계획 모형이 발미레의 단독 배반에 더 큰 타당성을 부여하는 것처럼 보인다.

자카리로서는 섬뜩한 일이다. 적국의 가장 명석한 칼을 뱃속에 품고 있는 것이나 마찬가지기 때문이다. 가장 좋은 방법은 지금 당장 외르타를 죽이고 어수대의 소행이라 공표하는 것이지만, 만일 외르타와 발터가 이어져 있다면 그마저도 불안한 일이 되고 만다. 자신을 죽인 악당이 딤니팔이라 하는 그녀의 증언을, 게외보르트가 공신력 있는 문서로 남겨 두었다면?

딤니팔로서는 상상할 수 있는 최악의 상황이다. 지금 이 고생을 하는 이유가 바로 도덕성을 확보하기 위함인데, 스스로 그것을 꺾는 행위라니 말도 안 된다. 딤니팔에게 큰 이득을 준 망명자를 제 손으로 죽여서야 — 죽였다는 소문이 나서야 — 딤니팔의 도덕성은 완전히, 꺾이다 못해 짓밟히고 흙탕물에 내던져지는 꼴이 아닌가.

그녀는 자카리의 생각이 바로 이처럼 흘러가기를 바랐다. 외르타가 이곳에 얌전히 있는 것으로 보아 발터 역시 대딤니팔전을 원하는 것은 틀림없다. 그러니 차라리 외르타 제거는 뒤로 미루어 놓고 전쟁만을 도모해 보는 것은 어떨까? 외르타의 줄을 전부 끊어 놓은 다음에야 자카리는 안심할 수 있을 것이다. 우리에게 어떤 위해를 끼칠지 모르는 독사 같은 여자는 밀어 두자. 엄중한 감시 속에 중앙과 거리가 있는 곳에 유폐시키고, 우선은 전쟁.

자카리가 자신을 중앙에서 떨어뜨려 놓는다면, 그다음부터는 외르타 역시 자구지책을 마련할 수 있었다. 어떻게든 도망갈 수 있다. 지금까지 그러했으니 분명 그때도 무슨 수가 생길 것이다. 외르타는 현재 이처럼 왕의 눈 아래 있는 상황만 벗어나면 되었다.

그래.

사실 이것은 전부 허풍이었다. 그러나 자신을 살리는 허풍이다.

외르타는 자카리가 '저 여자 역시 살고 싶어 할 것이다' 라는 문장 이후로 딱 이 정도까지만 생각해 주기를 바랐다. 그가 이리 생각하지 않는다면 만에 하나 모든 것이 끝났을 경우, 자신에게는 희망이 없었다. 아델의 말을 따라 이토록 살겠다 발버둥을 치는 것도 끝이다. 결국 그는 왕이 아닌가. 자신의 아버지, 로크뢰. 그의 권력은 이들과 다를 것이 없으리라. 그녀를 죽이겠노라 마음먹으면 별도리가 없는 것이다.

외르타는 자카리가 자신의 삶을 믿고 있으리라는 사실에 한 치의 의심도 품지 않았다. 왜냐하면…….

"폐하께…… 무례를…… 탓했……."

……기 때문이다. 외르타는 자신의 배반으로 많은 이득을 보고도 어떤 것도 내주지 않는 그의 무례를 탓했다.

"폐하, 저는 배반의 값으로 이 정도의 방자함마저 누릴 수 없습니까."

이것은 누가 들어도 원망이었다. 자신을 죽이려는 왕에 대한 원망.

"……살겠다고…… 그 귀로……. 알아들었…… 겠지……."

외르타는 문득 자신이 꿈이 아닌 현실에서 중얼거리고 있다는 인상을 받았다.

순식간에 눈이 번쩍 뜨였다.

허리가 튕겨 올라가는 것은 다음 일이었다.

외르타는 너무도 놀라 순간적으로 이곳이 어딘지조차 짐작할 수가 없었다. 오렌지색 방. 이것은 본디 빛이 아니라 한 벽을 차지한 창 덕분에 나타난 색이었다. 서서히 해가 지고 있었다. 자신의 새로운 방은 이 정도로 큰 창문이 없었다. 도대체 이곳은 어디…….

"기침하셨습니까."

그녀는 하얗게 질려 고개를 돌렸다. 남자 목소리. 잠에서 깨자마자 다시 기절할 것 같은 느낌이었다. 그러나 이내 시선이 가 닿은 곳은 세상의 가장 큰 광기마저 가라앉힐 듯 잠잠한 자리였다.

발렌시아는 무언가를 쓰다 멈춘 상태였다. 검은 먹이 흰 종이에 원을 만들고 있었다. 외르타는 지금 제 상황도 잊고 종이에 얼룩이 진다고, 조심하라고 외칠 뻔했다. 그녀는 가까스로 말을 삼켰다. 어리벙벙한 얼굴로 자신을 가리켰다가, 새된 목소리로 물었다.

"내가 잤어?"

"예. 두 시진쯤 되었습니다."

"아…… 미쳤나……. 아니, 경에게 하는 말은 아니고. 이만 가야겠다."

"……."

"아까 「전술」 역주본을 읽고 있었는데 어디 갔어? 그건 들고 내려가도 되겠지? 나중에 돌려주마."

"당신 머리맡에 있습니다. 그리고 가시기 전 제 질문에 답하고 가십시오."

"응?"

"폐하께 살고 싶다는 의중을 비추셨습니까? 어찌 된 일입니까?"

외르타는 역시 제 잠꼬대를 들켰구나 하는 생각에 인상을 찌푸렸다. 하지만 상관없다. 어차피 제 의도는 말 깊은 곳에 있었기 때문이다. 그 겉포장을 알려 주는 것 정도는 그리 꺼려지지 않았다. 그녀는 앉은 채 팔짱을 꼈다. 그것은 어쩐지 콧대 높은 골목대장처럼 보였다.

“폐하께 말씀드렸다. 내가 배반한 대가라곤 눈 씻고 찾아봐도 없다고. 염치 좀 아시라고.”

“폐하께서는 당신이 폐하의 계획을 발설할 만큼 무모했다고 말씀하셨습니다.”

“그랬지. 그러니 이 두 개를 잘 조합해서 머리를 굴리는 게 폐하의 임무란 거지. 명민한 분이시란 건 알고 있다.”

“폐하께선 노여워하셨습니다.”

“처음에는 안 노엽고 배기니? 자기 계획을 남이 떠벌리는데. 그것도 그런 계획을.”

“그리 노여우신 모습으로, 제게 당신의 의중에 대해 자문을 구하셨습니다.”

약간 불안한 기분이 들었다. 그녀는 제 양팔을 더욱 꽉 조였다. 설마 평소 내게 지껄이던 억지대로 말하지는 않았겠지. 발렌시아는 입 밖에 내기 전 두 번, 세 번, 열 번의 숙고를 거치는 사람이었다. 특히나 제 왕이 구한 자문이라면 열 번이 아니라 백 번이라도 고려할 사람이다. 그런 그가 설마, 항상 제멋대로 어림하여 말하던, 내가 죽고 싶어 한다는 그런 얼토당토않은 이야기를…….

“저는 그것이 당신의 시위라고 말씀드렸습니다.”

시위.

팔이 서서히 풀렸다.

외르타는 제 입이 어설프게 열리는 것을 느꼈다. 아니, 느끼지 못했다. 말하는 사람은 자신이 아닌 듯했다. 그저 제 몸의 어떤 부분이 장치로 조절당해 삐걱삐걱 읊조리는 것 같았다.

“폐…… 하께…… 내가 살고 싶어 하지 않는다고 했니?”

“……그리 말씀드렸습니다.”

온갖 말이 나오려다 혓바닥이 좁아 전부 멈췄다. 말은 눈으로 넘어갔다. 눈매가 화끈거렸다.

"당신…… 너……."

"……."

"나를 죽였어……. 어떻게……."

"……."

외르타는 소파를 더듬으며 자리에서 일어났다. 그녀는 소파의 등마저 한 번에 잡지 못한 채 몇 번이나 팔을 헛짚었다. 가까스로 섰다. 그녀는 상대를 원망할 기운조차 없었다. 걸음을 뗐다. 노을을 등졌다. 붉은 빛이 제 윤곽을 짓씹어 댔다. 어디선가 의자를 미는 소리가 들렸다. 외르타는 숨을 크게 들이켜고는 한 손으로 이마를 짚었다. 생각을 해라. 생각을. 살아남을 수 있는 방법을.

목덜미가 아찔했다. 이런. 아무 생각이 들지 않았다. 괜찮아. 괜찮다. 지금은 너무 경황이 없어 그럴 것이다. 충격적인 바람을 얻어맞은 직후지 않나. 애써 자아낸 계획이 와르르 무너졌으니 혼란한 것도 당연했다. 지금 무슨 이야기를 만들어 낼 수 있다면 그것이 더 놀랄 일이다. 괜찮다.

"외르타."

외르타는 걸어가며 제 뒤로 손을 흔들어 보였다.

"아……. 됐으니…… 할 일 하렴……. 내가 또 무슨 말을 하면 폐하께 일러바칠까 두렵구나……."

"말씀을 설명하십시오."

"됐다니까……. 됐어……. 난 좀 쉴게."

"설명하고 떠나십시오. 제가 당신을 죽였다니, 이해가 가지 않습니다."

외르타는 대답할 가치를 느끼지 못했다. 이 집무실은 왜 이리 넓은지 모르겠다.

그녀는 순간 놀라서 제 어깨를 뜯어냈다. 시선을 돌리자 이미 손을 거둔 발렌시아가 보였다. 외르타는 그의 힘 한 번에 거의 네 걸음이나 끌려가, 그와 거의 숨이 맞닿을 지경이었다. 평소라면 화가 났을 텐데 정신이 하나도 없어 도저히 무슨 노여움을 표할 기분이 아니었다. 외르타는 그의 손을 무시한 뒤 다시 집무실의 문 쪽으로 걸어갔다. 몸이 기우뚱거렸다. 머리가 아팠다.

"외르타."

"쉰다니까……."

"제가 잘못한 점을 말씀해 주십시오."

"아, 됐으니까 이따가…… 나중에……."

그녀는 다시 붙잡혔다. 외르타는 문을 코앞에 두고 재차 자신을 붙드는 그에게 짜증이 났다. 손아귀에 힘이라곤 조금도 없어 마치 개가 저를 툭툭 건드리는 느낌이었다. 그리 큰 느낌으로 와 닿지 않았다. 그녀는 다시 산만하게 그 손을 묵살하고는 문을 열어젖히려 했다. 그녀는 아까 들어올 때처럼 문고리를 돌려 잡아당겼다.

열리지 않았다. 이해가 안 가 다시 한 번 잡아당겼다. 여전히 안 열렸다. 영문을 모른 채 고개를 돌렸으나 아무것도 없었다. 적어도 왼쪽에는. 외르타는 다른 방향에 시선을 두고 눈을 몇 번 깜박였다. 아무것도 없었다. 이번에는 양손을 들어 문고리를 잡았다. 잡아당겼다. 미동조차 없었다. 외르타는 다시 있는 힘껏 세 번을 시도했다. 전부 실패했다.

그녀는 그제야 뒤를 돌아보았다.

"문 잠갔니?"

"말씀하고 나가십시오."

"문 안 열래?"

"말씀하신 뒤에 열겠습니다."

"문 열어."

"제 잘못을 설명해 주십시오."

"괜찮다니까. 괜찮아. 발렌시아 경, 정말 괜찮아."

사실 제가 들어도 별로 괜찮아 보이지가 않았다.

"외르타, 제가 당신 삶의 의지를 속단한 것이 그 정도의 여파입니까? 필요하시다면 번복하겠습니다. 당신이 이유를 말씀하지 않으셔도 제가 번복하겠습니다."

"아……."

"당신이 살고 싶어 한다는 사실에 이제 더 이상 이의를 제기하지 않겠습니다. 지금껏 당신을 오해한……."

"아니……. 됐으니까……."

"외르타, 제 말씀을 듣고 계십니까."

"아, 신경 쓰지 않아도 괜찮아……."

"외르타."

"문 좀…… 열어……."

발렌시아의 손이 올라갔다. 그녀가 발돋움을 해도, 손을 뻗어도 결코 닿지 않았을 걸쇠가 금세 풀렸다. 외르타는 문을 잡아당겼다. 너무 빨리 열려 뒤통수가 발렌시아에게 부딪혔다. 그녀는 놀라지도 않고 무감각하게, 더듬더듬 걸음을 내딛었다.

외르타는 바로 앞에 있는 계단을 고꾸라지듯 내려가 — 엎어질 뻔했지만 누군가가 자신을 잡아 주었다. — 꺾이는 자리의 난간을 꽉 부여잡았다. 높은 곳에 올라간 양 머리가 멍했다. 휴식은 잠깐이었다. 그녀는 곧장 몸을 돌려 미끄러지는 모양으로 삼 층까지 내려갔다. 활짝 열린 제 방으로 굴러 들어갔다.

외르타는 침대에 얼굴을 묻고 한숨을 쉬다가, 문득 무언가가 생각난 듯 허리를 벌떡 세웠다. 고개를 돌린다. 발렌시아가 삼 층을 돌아내려가고 있었다.

그녀는 자신이 무슨 말을 하는지도 모르는 상태로 입을 열었다.

"어디 가니?"

"잉그레에 갑니다."

"아, 그…… 뭐?"

외르타는 침대에서 일어났다.

그제야 흠씬 두들겨 맞았던 제 넋이 조금 제정신을 차리는 것 같았다. 그녀는 어안이 벙벙한 채로 이미 삼 층에서도 내려가 버린 그의 뒷모습을 바라보았다.

그녀는 그 사실을 알아차리자마자 뛰어 내려갔다.

"경! 뭐? 어디?"

"잉그레에 갑니다."

"거길 당신이 왜 가?"

"폐하께 드린 말씀을 번복하기 위함입니다."

"그게 무슨……."

그녀는 금세 발렌시아 곁에 따라붙어서는, 전쟁에 나가는 아들을 만류하는 어미처럼 닦달했다.

"그게 지금 무슨 소리야!"

"제 좁은 식견으로 폐하와 당신 모두에게 큰 피해를 끼쳤다는 사실이 무척 죄송스럽습니다. 폐하께 제 오류를 사죄드리고 다른 각도의 논지도 살펴보시라 전하겠습니다."

"그걸 지금 바로 가서?"

"지금이 아니라면 언제 해야 합니까?"

"좀 차분히……."

"저는 지금 몹시 침착합니다."

그의 걸음을 따르다 보니 어느새 일 층이었다. 외르타는 너무 쿵쾅쿵쾅 내려오느라 제 왼발이 다소 쑤시는 것을 느꼈다. 모리가 손봐 준 발로도 이런 자잘한 아픔이라니, 그 속도를 알 만했다.

주변에서 영문을 모르는 듯한 하녀들이 몇 다가왔다. 그는 무시했지만, 외르타는 당장 아무 신발이나 가져오라고 윽박질렀다. 그는 계속 걸었다. 외르타는 안절부절못하고 하녀들이 가져오는 신에 발을 우겨 넣었다. 이런, 이쪽이 아니다. 바꿔 신었다. 발렌시아는 이미 바깥이었다. 저놈의 걸음, 좀 느리게 맞춰 주지 않으면 자기가 죽기라도 하나.

외르타는 대강 신은 신으로 그가 나간 곳을 향해 뛰어갔다. 그녀는 바깥 노을 공기에 숨을 삼켰다. 그는 얼마 남지 않았다. 조금만 더 달려서……. 그녀는 고꾸라졌다. 엉터리로 신은 신발과 발보다 다급한 마음이 그녀의 다리를 얽어맨 것이다. 그녀는 짜증스러운 신음을 내며 땅바닥을 짚었다. 되는 일도 없다. 넘어질 때 짚은 손바닥이 아팠다.

갑자기 제 위로 어떤 그림자가 드리워졌다. 그녀는 멍하니 위를 바라보다가, 그 까마득함이 꼭 발렌시아 같다고 생각했다. 팔이 뻗어 왔다. 팔뚝이 잡혔다. 외르타는 이 남자가 남의 손을 잡는 방법 자체를 잊어버린 것은 아닌가 하는 생각을 했다. 태어나서 누구와 한번 악수조차 못해 보았을 낯이다. 하긴. 악수는 라르디슈의 풍습인데. 몸이 닿지 않는 것을 예로 여기는 딤니팔에서 그런 일이 있을 리 없지.

그녀는 쓸데없는 생각을 하다가 어느새 자신이 일어서 있다는 사실을 알아차렸다. 외르타는 그리 따라잡으려 안달했던 발렌시아의 모습을 보곤 반가워 외쳤다.

"경! 폐하께 고작 그런 이유로……."

"저는 당신에게서 제가 당신을 죽였다는 말씀을 들었습니다. 그 오해, 혹은 진실을 풀기 위해서라도 이 행동은 당연합니다."

"하지만……."

"저는 이제 당신에게 생에의 의지가 있다는 점을 믿습니다."

외르타는 말을 멈추었다. 걸음도 멈춘다. 그는 홀로 가고 있다.

그녀는 숨이 가빠 말을 잇지 못했다.

그녀는 발렌시아를 반 말리고 반 지지하는 어정쩡한 입장으로 잉그레까지 종종 쫓아갔다. 내가 당신을 설득한 것으로 보이면 어쩌느냐는 말에 그는 자신이 신뢰를 쌓은 스무 해가 그렇지 않다는 말로 간단히 반박했다. 그저 너무 가벼운 답을 드린 것 같다 말씀드리면 되니, 따라 들어오지 말라.

그래서 외르타는 잉그레에 들어가기 직전, 모퉁이를 꺾지 않고 한 담벼락에서 걸음을 멈추었다. 돌아갈까 물었더니 그는 참 무심하게도 마음대로 하시라 말했다. 그 나름의 논리로 상대의 삶을 확신하자, 영영 번복하지 않을 듯한 길이다. 조금도 경계하지 않는 것이다.

외르타는 드디어 무언가가 하나가 해결되었다는 생각에 가슴을 쓸어내렸다. 어차피 왕명을 따르게 될 발렌시아가 무슨 의도로 제 생을 돕겠다 말하는지 모르겠다. 그러나 당장의 행동으로 제게 큰 영향을 주는 사람이라면, 그의 우호적인 언사란 꽤 희망찬 신호였다.

그녀는 낮의 온기가 서린 담에 등을 기댔다. 그가 나올 때까지는 한참이 걸리겠지만, 그 정도쯤은 기다리는 것이 예의일 것 같았다. 차라리 그가 오해를 해 실수를 저지른 것이 다행이라면 다행이다. 그로 인해…….

"아직도 전언을 안 물어봤지?"

그녀는 기절할 뻔했다. 모퉁이에서 불쑥 나온 사람이, 그 그림자와 동시에 지껄인다면 이는 당연한 반응이다. 외르타는 반사적으로 그 뺨을 갈기려 했다.

물론, 상대의 팔에 막혔다.

"나오기를 벼르고 있었는데, 마침 딱 적당한 위치군."

"내가 나오기를?"

뤼페닝은 그녀의 손을 잡아 던졌다. 외르타는 너무 거칠게 던져져 꺾일 뻔한 제 손목을 부여잡았다.

"그래. 따라와."

"내가 미쳤니? 네가 무슨 짓을 할 줄 알고?"

"전언은 레스트왈의 전언이다. 이래도 안 와?"

갑자기 소름이 오스스 돋았다. 자신을 향한 그의 전언. 분명 범상한 것은 아니다. 범상하기는커녕 그녀를 바싹 말려 버릴 경고일 것이다. 게다가, 그것이 정말 레스트왈의 전언이라면 발렌시아가 자신에게 그것을 전하지 않은 것 또한 설명이 된다. 정도를 넘은 협박일 테니.

외르타는 오싹하면서도, 그 내용을 알고 싶어 안달하는 스스로가 원망스러웠다. 들어야 대비를 할 수 있지 않겠느냐는 변명은 정말 변명이다. 그저 호기심. 그녀는 이번 단 한 번만 자신을 억제해 보기로 했다. 약간 짓눌린 듯한 목소리가 새어 나왔다.

"경에게 물어볼 거야."

"이미 한번 물어봤지?"

"……."

"그놈이 네 기둥서방이라도 되나? 한번 거절하면 번복할 낯짝도 아니다. 결코 입 밖에 내지 않겠지. 그러니 네가 레스트왈 개자식의 이야기를 듣기 위해선 나를 통하는 수밖에 없다."

"내가 죽기를 바라지 않는다면서 왜 이렇게까지 상관하지? 알려 주고 싶다면 이 자리에서 말하렴."

"공개된 장소에서는 불가능하다."

"그래서 지금 안으로 들어가자고 하는 거야? 넌 제정신인가? 내가 널 고분고분 따라갈 줄 알고? 저번에 네가 어떤 짓을 했는……."

외르타는 말끝을 흐렸다. 그가 끝끝내 자신에게 손가락 하나 대지 않고 떠났다는 사실을 기억했기 때문이다. 죽어도 입만 동동 뜰 것처럼 온갖 일장연설을 하더니 레아를 보고는 쌩하니 나가 버렸다. 죽일 시간이 필요했다면 그 이전에도 반 시간이나 주어진 터. 누구도 모르는 반 시간. 사실 한 사람을 죽이는 데에는 충분한 시간이었다.

그는 그에 쐐기를 박듯 말했다.

"나는 널 안 죽여."

답은 반사적이다.

"안 믿는다."

"노루아 이하 모가지들을 전부 걸지. 나는 널 안 죽이고, 못 죽인다. 관심도 없지만 그보다는 정치적 이유 때문이지."

외르타는 눈을 가늘게 떴다. 사실 그녀는 스스로 바보가 아니라는 것을 증명하려면, 뤼페닝의 말을 인정해야 했다. 그는 정말이지 자신을 죽일 수 없는 상황이었다. 그러나 여전히, 의심이 담뿍 서린 시선은 변하지 않았다. 뤼페닝은 다소 짜증스러운 기색으로 부연했다.

"강간 폭행은 내 취향이 아니란 것 잘 알지? 그런 저열함은 내 왕이나 하는 짓거리고. 나는 다른 방법으로도 충분하니 신상의 위협은 걱정하지 않아도 좋다. 네가 여전히 의심쩍다면, 다시 정치적 이유를 들겠다. 굴라르모."

그녀는 눈살을 찌푸렸다.

그러나 뤼페닝은 더 이상 참지 않으려는 듯했다.

"목 졸려 갈래, 그냥 갈래?"

외르타는 할 말을 잃었다.

그녀는 아델의 천을 제 앞으로 돌려 안았다. 뤼페닝이 홀로 앞장서서 걷기 시작했다. 휘적휘적 성마른 그림자를 보고 있으려니, 강제로라도 데려가려 했다는 말이 조금 우습게 여겨졌다.

물론 그는 거짓 협박을 하지 않는 사람이다.

외르타는 딱딱하게 굳어 그의 등을 바라보았다. 지금 이 순간 걸음을 떼지 않는다면, 제게 닿을 것은 스스로 도저히 저항할 수 없는 힘이 될 것이다. 그의 걸음이 살짝 멈췄다. 그녀는 미간에 뜨거운 물을 부은 듯 화들짝 놀랐다. 어쩔 수 없이 뒤를 쫓았다.

뤼페닝은 닷새 전 오스페다에 도착한 사람답지 않게 복잡한 골목을 여러 번 돌았다. 그리고 끝내, 이수문조차 지나지 않고 불 꺼진 건물로 들어갔다. 외르타는 뒤따르면서도 이상하다는 생각을 했다. 이곽은 모든 곳에 주인이 있는 혼잡한 거리다. 잉그레에 머물 수 있는 증표를 받았으니 기실 잉그레로 가야 하지 않나?

뤼페닝은 그녀의 의아함을 실제로 들은 듯 날카롭게 답했다.

"너 때문에 떼어 놨으니 고마운 줄 알아라. 귀족의 사촌을 위장해 별관을 빌렸다. 심지어 방금 전에."

"왜 나 때문이야?"

"첫째, 나는 굴라르모에게 내가 너와 많은 시간 접촉했다는 인상을 주고 싶지 않다. 둘째, 대화를 방해받지 않을 시간이 좀 필요해. 이건 내가 구태여, 개방된 자리에서 이곳으로 너를 끌고 온 이유와 맥락을 같이 한다."

그는 저택의 별관으로 들어가서, 그곳에서도 구석진, 가장 안쪽의 응접실 문을 열었다. 그는 귀찮다는 듯 등불 네 개만 켜고 나머지는 아무렇게나 던져두었다. 외르타는 상대의 수고를 본 체 만 체 하며 소파에 털썩 앉았다. 뤼페닝은 마지막 등불을 켠 벽으로 기대었다.

그녀는 긴장한 채 다리를 모았다. 이 상황에 이르러서는 다소 용감한 것으로 여겨질 말을 하려 했다.

"빨리 말하렴."

"뭘?"

외르타는 당황했다.

"레스트왈의 전언이 있다고 했잖아?"

"그래서?"

"……."

그녀는 그를 노려보았다. 외르타는 설마 저치가, 내가 전해 주겠다고 한 적 없다는 등의 헛소리를 할 것이라고는…….

"전해 주겠다고 한 일 없다."

"무슨……."

"그건 공작에게나 가서 캐."

"……그러면 도대체 나를 왜 불러온 거야?"

뤼페닝은 기이하게 웃었다. 외르타는 그 익숙한 웃음을 보자 약간 언짢아졌다. 낮지도 높지도 않은 목소리가 울렸다.

"왜 안 죽었나?"

외르타는 예상했던 공격에도 속이 메슥거리는 것을 느꼈다. 저 문자들이 실제 목소리로 다가오는 순간순간, 아주 철렁 내려앉았다. 사실 외르타는 서서히 무언가 이상하다는 느낌을 받고 있었다. 기이하다. 왜 자신이 살아남은 이유에 저토록 집착할까. 그것도 내 서사에는 전혀 관심이 없을 저 인간이.

"도대체 저번부터 그런 걸 왜……."

뤼페닝이 성큼 다가왔다. 그녀는 물러설 수 없는 것을 알면서도 온 힘을 다해 등에 힘을 주었다. 그는 한 걸음 만에 멈췄다. 낮고 단조로운 목소리가 흘러나왔다.

"550년 12월, 레스트왈 일원의 처가 이쪽으로 배반해 왔다. 지난 9월, 발터하임부르겐 1세에게 밀사가 갔다고 한다. 자세한 사정은 모르지만 게외보르트에 밀사가 간 것만큼은 증거도 있고, 내 선에서도 틀림없다는 판단을 내렸다. 나는 자연스러운 추론으로 그놈이 발터하임부르겐 1세에게 도움을 요청했다고 생각했다. 사실 그럴 수밖에 없는 정황이었다. 그때 마침 부플레르가 급사해 레스트왈 측 지방이 산산조각 났으니까."

그것은 완연한 설명조의 말투였다. 느리지도, 빠르지도 않은 목소리에, 심지어 결코 끊이지 않는 유창함.

"구월이라면 포티미외가 종전되기 두 달 전이다. 네가 생 로욜을 떠나자마자 보낸 듯하다. 네가 우리 계획에 따른다면 왕은 분명 죽을 테니, 더 이상 앞뒤 사정을 따질 겨를 없이 게외보르트에 매달린 거다. 나는 중앙 삼국을 등에 업은 레스트왈은 맨몸으로 이기기 힘들다 판단했다. 당연한 일이다. 그래서 딤니팔에 밀사를 보냈건만, 단칼에 거절당했지. 하지만 나는 곧장 포기할 수 없었다. 그래서 면 대 면으로 협상하기 위해 직접 온 거지. 어차피 라르디슈의 전후 처리가 끝나기까지는 우리도 본격적인 내전에 들어갈 수 없으니까."

그녀는 점차 사태를 이해했다. 국내에서만 해결하리라 굳게 믿고 있던 — 실제로도 그에 관해서는 두 파의 암묵적인 동의가 있었기에 — 뤼페닝에게 레스트왈이 선수를 친 것이다. 게외보르트를 잡아? 외르타는 레스트왈이 그 정도로 수완이 뛰어났나 생각하다가 그의 광기가 정도를 넘었다는 사실을 깨닫고는 떨떠름한 표정이 되었다.

"……그런데 굴라르모는 나에게 이 단순한 사실을 숨기려 하던데. 왜지?"

"일단은 그와 내가 전반적인 함구를 합의했고…… 너는…… 아니다. 굴라르모는 우리가 교류한다는 사실 자체에 굉장한 경계심을 가진 것 같다. 그 사람은 우리가 정말 친밀한 줄 알아. 일전의 그 소문도 있고. 그런 유대를 가진 나와 네가 서로 통하게 되면 결국 자기가 독점한 정보의 희소성이 떨어질 거라 판단한 거지. 때문에 네게는 아예 선을 그은 거다."

"선을 그으면 지금 우리가 이처럼 만나는 것은 절대 불가능……."

"너는 내가 잉그레에서 쉽게 빠져나왔다고 생각하나?"

외르타는 침묵을 지켰다. 이해했다.

"내가 답지 않게 지껄여 주는 것은 결국 너를 알기 때문이다. 네가 입벙긋 안 할 사람이라는 것을 알뿐더러, 사실 나는 서로 간의 이야기를 맞추는 것이 더 급하다고 생각했다."

그녀는 다시 침묵했다. 그러나 그의 다음 질문은 그녀를 번쩍 솟아오르게 만들었다.

"외르타, 이게 다 너 때문인 건 알지?"

"나?"

"딤니팔 입장에서 생각해라. 우리 내전을 통해 게외보르트에게 타격을 입힐 수 있는 게 하나. 너를 통해 직접적인 전쟁을 벌일 수 있는 게 하나. 나라도 후자를 택하겠다. 도대체가. 네가 살아 있을 줄 짐작이나 했겠나?"

"……."

"너도 잘만 뒤통수를 때리더군. 개자식들. 어째 정직하게 싸우는 건

나밖에 없어?"

그녀는 그 어처구니없는 언사에 소리 없이 웃고 말았다. 물론 다음 말에, 웃음은 흔적 없이 사라졌다.

"그래서, 왜 안 죽었나?"

"도대체……."

"나는 방금 전의 일장연설로 충분히 내가 너로 인해 입은 피해를 설명했다고 생각한다. 이런 내가 바라는 것은 고작해야 이 질문뿐이다. 대답해. 왜 안 죽었지?"

끈질겼다. 그녀는 간신히 스스로를 가다듬었다. 그가 이토록 애가 닳아 있다면 자신이 허황된 진실을 말해 준들 단박에 내쳐지는 일은 없을 것이다. 논리가 아니라도, 적어도 비웃거나 곧장 반문하지는 않을 것이다. 자신이 이만큼이나 뻗댔으니 끝내 나오는 것은 진실이라 가정했을 터. 이야기할 수 있을 것이다. 이것만 말한다면 그는 자신을 놓아주리라.

외르타는 눈을 질끈 감았다가, 말했다.

"자살은 안 돼."

뤼페닝은 그녀가 진짜를 말하기 시작했다는 사실을 깨달았는지 다시 뒤로 한 걸음 물러났다. 표정에는 변함이 없었다. 아니, 약간 변했는지도 모르겠다. 그녀는 숨을 한 땀 쉬었다. 말은 그 뒤였다.

"나는 내 딸을 지켜야 해."

"네 딸은 이미 죽었다. 넌 날이 가면 갈수록 멍청해지나?"

"넌 이해 못한다. 되먹지 못한 패륜아가 어떻게 부모의 마음을 이해하겠니?"

"사람 미치게 하는군."

"뤼페닝, 사실 나는 로크뢰 앞에서 한 번 자진했다."

그녀는 뤼페닝의 턱에 갑작스레 힘이 들어가는 것을 보았다.

"네가? 왕 앞에서?"

"응. 아직도 배에 상처가 심해."

"그자가 완전히 돌아 버렸겠군."

"당연하지. 나자빠지느라 그 광경을 못 본 것이 천추의 한이다."

그녀는 지금 뤼페닝이 무슨 생각을 하고 있을지 팔 년 만에 처음으로 궁금해졌다. 가장 통렬한 상처로 이를 악물며 삶을 놓은 아비. 아무리 그에게 애정이 없었다지만, 그렇다고 자식 된 자로서 충격 또한 없을까? 리오넬이 자신을 얼마나 사랑하고, 자신에게 얼마나 집착했는지 여과 없이 본 아이인데, 그런 자 앞에서 그런 자가 스스로를 후벼 팠다니. 여러 가지 의미로 경악하지 않았을…….

"그래서, 그 죽음에 가까이 가서 네 딸의 목소리라도 들었나?"

외르타는 그의 메마른 목소리에 하마터면 웃음을 터뜨릴 뻔했다. 그 질문의 내용이 조금만 더 가벼웠더라면 필시 그러했을 것이다. 그래. 인물이 다르지 않나. 아비의 죽음이 어떠했든 그것이 저와 무슨 상관이냐고 물을 만한 냉혹함이었다. 저 아이는 정말 '냉혹'이다. 냉정도 우아함도 무감함도 잔인함도 아니고, 그저 눈 속에 박아 넣은 칼 같은 냉혹.

"그래."

"네 딸이 네게 살라 말했다고? 그래서 가까스로 삶을 건지셨다?"

그녀는 두 번 긍정할 필요를 느끼지 못했다. 그가 지나치게 정확했기 때문이다. 뤼페닝은 기대어 있던 벽에서 몸을 일으켰다가, 다시 한숨을 쉬며 몸을 기울였다. 그러나 이어진 말에는 그런 여유가 없었다.

"외르타, 넌 그 말 자체가 네가 가진 생에의 집착이라고는 생각지 않나?"

순간, 그녀의 몸이 굳었다.

"네가 유령을 봤든 옛 기억을 떠올렸든 그것은 문제가 안 된다. 난장 맞을 유령은 어차피 너도 믿지 않을 테니 제치고. 기억, 기억 말이다. 외르타, 기억은 언제나 마모된다는 것을 모르나? 아델라이데가 무슨 말을 했든 그것은 과거의 이야기다. 얼마든지 왜곡되고 변형될 수 있어."

"……."

"네가 떠올린 그 말이 진짜라고 어떻게 확신하나? 정말 있었던 일이라고? 신뢰하나? 아니라면? 그것이 네 치졸한 집착에서 나온, 완전히 비틀린 망상이었다면? 실제도 있지도 않은 이야기를 스스로 꾸며 냈다면? 그 '기억' 이 '기억' 이 아니라면? 외르타, 나는 방금 네 이야기를 듣자마자 알아차렸다."

"……."

"넌 한 번 자살한 뒤에야 자기가 얼마나 살고 싶었는지 깨달은 거야."

맥이…….

"그런데도 복수를 끝내고 죽겠다는 각오는 아직 너무 생생했지. 살고는 싶은데 복수는 끝낸. 그러니 죽어야 한다고 꿋꿋하게 다짐하는데 살고는 싶은. 그 모순되는 논리가 부딪혀 참 편리하게도 '내 딸이 자살을 말렸다' 라는 구실을 만든 거다."

뛰지가…….

"외르타, 삶의 변명이 유치하다. 아니지. 그것은 심지어 유치함을 넘어선 졸렬함이다. 네가 목숨 같이 아끼던 딸을 네 목숨의 핑곗거리로 삼아? 있지도 않던 과거를 꾸며? 살고 싶어서? 살고 싶어 살해당한 딸을 부여잡아? 죄책감도 없나? 너는 수치도 없어? 차라리 스스로 살아남고 싶으면 살아남고 싶다고 정직하게 말하지. 그 자리에 꼭 죽은 아델라이데를 덧씌워야겠나? 그러고도 어미야? 외르타, 정말 구차하다. 나는 차라리 굴라르모가 모든 방도에 실패하여 너를 죽일 때가 왔으면 좋겠다. 그때가 되면 너도 너 자신을 인정해야 할 테니까. 자살도 싫고, 살해당하는 것도 싫고, 그냥 죽는 게 싫다. 솔직하게 인정해. 그냥 인정해. 그러면 최소한 아델라이데는 파렴치한 어미에게서 놓일 수 있지 않겠나."

갑자기 문이 열렸다. 뤼페닝은 하얗게 질린 외르타를 내려다보다가, 아주 천천히 고개를 돌렸다. 그 사람은 걸어오며 미라이예의 놋쇠 증표를 들어 올렸다. 뤼페닝은 초로의 남자를 바라보며, 아니 정확히 말하면 그 증표를 바라보며 매섭게 웃었다. 그는 엄중히 말했다.

"미라이예의 객을 함부로 빼돌리지 마십시오."

"저 여자는 자기 의지로 날 따라왔는데."

"알 바 아닙니다. 저는 합하의 명을 받고 왔으니, 이것은 합하의 경고입니다. 외르타, 일어나십……."

"놔!"

외르타는 누프리를 뿌리쳤다. 그녀는 벌떡 일어나선 뤼페닝을 향해 더듬더듬 다가갔다.

"제발……."

"나는 진심이다. 내가 생각하는 대로 말했다."

"아니라고…… 딱 한마디만…… 부정을……."

"그래. 아니야."

그녀는 무너졌다. 무릎이 꺾여 바닥에 닿았다가, 고개만 들려 한참이나 높이 있는 뤼페닝을 올려다보았다. 그는 한숨 비슷한 것을 쉬며 허리를 굽혔다. 단단한 손이 그녀를 일으켰다.

"도움이 안 되지? 미안하다. 네 이유를 듣는 순간 내게는 그 생각밖에 떠오르지 않았다. 나는 널 공격하려던 게 아니다. 단지 네가 한 번도 고려하지 못한 이야기일 것 같아 입 밖에 낸 거지. 판단은 네 몫이다."

"……."

"옳을 수도 있고, 그를 수도 있다. 내가 준 것은 가능성이다."

외르타는 그에게 붙들려 일어섰다. 그리고 살짝 떠밀렸다.

"아, 잊을 뻔했군. 내가 알려 주지 않은 전언은 반드시 공작에게 들어라. 제대로 듣고, 의미를 알고 싶으면 나한테 와. 이번에는 내가 기다리마."

"……."

"나중에 보자."

뤼페닝은 잠자코 서서 자신이 방금 한 말들을 곰곰이 되새겼다. 사실, 그의 목표는 외르타를 처음 만난 순간부터 지금까지 한결같았다. 그러나 목표를 성취하기 위한 방법은 순전히 순간적인 계산이었다. 때문에 그 청산유수에 되먹지 못한 충동이 없다고는 말하기 힘들다. 자신은 결단코 양심적인 사람이 아니지만, 그 충동만큼은 스스로도 인정해야 할 만큼 확고했다. 아직 덜 마른 바닥을 눌러 보고 싶은 어린아이. 완벽한 곳에 딱 한 자락 난 흠을 걷어차고 싶은 심술.

그러나 딱 거기까지였다. 자신이 그런 조롱을 지껄였다면 뤼페닝은 스스로를 용서하지 못했을 것이다. 그런 것은 덜떨어진 레스트왈 놈이나 할 짓이다. 그에게는 분명 이보다 훨씬 더 큰, 그리고 중요한 한 가지 목표가 있었다.

그는 그녀를 죽여야 했다.

뤼페닝은 지금 이 시점에 외르타가 살아 있다는 사실이 탐탁지 않았다. 그녀가 있기 때문에 딤니팔의 지원을 얻을 수 없다. 저 여자가 없어져야 딤니팔이 제게로 온다. 그것도 지금처럼 거만한 태도가 아니라, 길 잃은 아이처럼 질질 짜다 마지막 구명줄에 매달리는 모양으로 오게 되는 것이다. 그리되기만 한다면 자신은 지금보다 몇 배는 더 유리한 입장에서 내전 협상을 진행할 수 있었다. 모든 면에서 만족스러운 이야기였다. 때문에 그녀는 없어져야 했다.

그러나 외르타의 죽음을 애타게 바란다 해도 그 스스로 직접 칼을 들 수는 없었다. 딤니팔의 지원을 받겠다면서 자카리가 현재 가장 애지중지하는 보물을 깨뜨려? 말도 안 되는 소리다. 자카리 또한 이 가능성을 생각하고 있다. 조금의 의심이라도 있다면 굴라르모는 잉그레가 어느 정도까지 미칠 수 있는지를 아주 잘 보여 줄 것이다. 감히 라르디슈 태자의 목을 벨 생각은 못하겠지만, 감히 스무 해 불가침조약을 파기하지는 못하겠지만, 어쨌든 추방과 레스트왈 지원은 필연이다. 그래서야 딤니팔의 팔을 뜯어내야 하는 내 처지가 곤란해지지 않나.

때문에 제 입장에서 외르타가 가장 바람직하게 제거되는 방식은 바로 자살이었다. 자신이 그녀를 죽일 수 없고, 게외보르트가 그녀를 죽일 때까지 기다릴 수도 없으니 남은 길은 단 하나. 외르타가 변명의 여지없이 깔끔하게 자진해야 한다는 것이다. 그것만이 어느 쪽에도 꼬투리를 주지 않는 장례식이 된다. 딤니팔은 완전히 닭 쫓던 개 꼴이 되리라.

물론 자카리가 그녀의 자살을 보고 저것이 바로 어수대의 모살 증거라 떼를 쓸 확률이 없지는 않다. 또한 자신이 손을 쓴 시기가 너무 늦어, 게외보르트가 그녀의 자진보다 더 빨리 그녀를 죽여 버릴지도 모른다. 하지만 뤼페닝은 이상의 두 가지 사건이 일어날 경우, 라르디슈의 이름으로 모든 진실을 발설할 예정이었다.

우리나라의 왕비가 포티미외 당시 밀고자로 딤니팔군에 들어갔다. 한데 딤니팔은 왕비 덕분에 승리를 얻고도 온전한 보호 조치를 취하지 않았다. 비록 밀고자라 하나 우리는 명예를 아는 나라, 망명한 우리 왕비를 보호하지 못한 딤니팔을 통렬히 비난하노라. 라르디슈는 지금 왕이 서지 못한 혼돈이고, 또한 아쉽게도 딤니팔과 불가침조약을 맺었으니 실제로 행동에 들어갈 수는 없다. 그러나 이 비난은 공문으로 남을 것이다.

생각하면서 실룩 웃음이 났다. 이 말을 곧이곧대로 받아들이는 미친 자는 없을 것이다. 저 고해는 겉포장에 불과하다. 발견해 주기를 바라는 것은 그 안의 선물이다. 즉, '밀고자를 처단하는 라르디슈의 엄격함', '외르타가 라르디슈에 의해 살해당했을 확률' 때문에 이 내용이 공표된다면 중앙 삼국의 관계는 완전히 개판이 될 것이다. 끝내 발발할 사태는 누가 누구를 비난해야 하는지도 모르는 정신 나간 꼬리 물기.

딤니팔이 여러 해 성질을 억누르고 있는 이유가 바로 도덕적인 전쟁 명분을 찾기 위해서였다. 그러니 라르디슈가 외르타를 살해했을 가능성이 제시된다면, 딤니팔은 그녀의 죽음을 대게외보르트전의 명분으로 내세울 수 없을 것이다. 게다가 어차피 현재 게외보르트는 전쟁에 눈독을 들이고 있지도 않는 상태다. 딤니팔과 게외보르트의 전쟁은 끝내 발발하지 못할 것이다.

이 공표가 나라의 치부가 되리라는 사실은 뤼페닝에게 큰 영향을 미치지 않았다. 이것으로 자카리를 협박하기 시작하면 그 작자는 얼굴이 붉으락푸르락하며 당혹해 할 것, 그 모습만 보면 족했다. 뤼페닝은 딤니팔만 째 내면 되었다.

그러니 오로지 외르타의 자살이다.

때문에 방금 자신이 한 일은, 그녀를 깨뜨리는 것.

스스로 집요하게 삶에의 의지를 물은 이유가 달리 있을 리 없다. 설마 자신이 외르타의 개인적인 생사에 신경 쓰겠는가? 말도 안 되는 이야기다. 뤼페닝은 그 삶의 이유를 깨뜨리고 싶었다. 삶의 이유를 정확히 듣고 정확히 깨 버린다면 그는 그녀가 다음번 자신을 만날 때까지 살아 있으리라 생각하지 않았다.

뤼페닝이 들은 외르타의 '삶의 이유'는 아델라이데였다. 정확히는, 아델라이데의 말이었다. 그는 사실 외르타가 살아남은 이유를 듣자마자 그것이 퍽 정당하다는 것을 깨달았지만, 대우에 큰 차이를 두지는 않았다.

그는 아델의 말을 깼다.

너 스스로 살고 싶어 네 딸아이의 핑계를 댄 것이 아니냐고. 그 몰골로도 삶에 매달리고 싶은데, 그 이유를 감히 스스로 대기가 저어되어 딸에게 짐을 떠넘긴 것 아니냐고. 네 딸아이는 죽었다. 그런데 너는 살려고? 그것도 죽은 딸을 이용해? 그 아이가 과연 저가 죽고도 삶에 집착하는 무도한 어미를 바랄까? 그럴 리 없다. 어머니라면 자식이 부르는 외침을 무시할 수 없지 않느냐. 그를 무시하면 너와 아델은 이미 모녀지간이 아니다. 네 칠 년을 그 한으로 보복했는데, 너는 복수의 이유마저 잃을 셈이냐?

그가 한 말에는 이 같은 의미가 모두 있었다. 외르타 역시 전부 이해했다. 때문에 뤼페닝은 그녀가 완전히 무너졌음을 믿어 의심치 않았다. 아델라이데가 '살라'고 했다고? 그러면 그 '살라'는 말만 부정해 주면 되었다. 그리했다. 뤼페닝은 그 말 자체를 의심하도록 만들었다. 그뿐이다. 어차피 그 말이 없으면 외르타는 살아갈 이유가 없었다. 그가 보아 온 것은 그만한 한이었다.

그녀는 아마 제 말에서 스스로 살고 싶다는 부분에는 큰 주의를 할애하지 않을 것이다. 그녀가 떠올릴 것은 스스로 살고 싶기 때문에 딸을 이용했다는 부분이다. 남는 것은 오로지 의심. 의심과 자기혐오. 의심과 자기혐오와 삶의 부정. 의심과 자기혐오와 삶의 부정과…….

여기서 자살한다면 내 기꺼이 네게 감사하겠다.

그는 성큼성큼 저택을 걸어 나가 대기하고 있던 드랭쿠르를 툭 쳤다.

중년 남자가 뒤를 돌아보며 깊게 인사했다.

"전하, 말려 보려 했지만 이 저택의 하인들이 솔 미라이예의 증표를 보고 뒤집어져 어쩔 수가 없었습니다."

"상관없다. 어차피 오늘 할 일은 끝났어. 굴라르모가 눈치채지 않았던가?"

"아직 몽피에에게서 연락이 없습니다. 이대로 돌아가시면 됩니다."

뤼페닝은 피곤하다는 듯 두 손으로 얼굴을 쓸어 냈다. 굴라르모는 자신을 우습게 볼 수밖에 없다. 열아홉과 서른. 당연한 일이다. 더군다나 그 열아홉이 와서 빌고 있는 처지 아닌가. 상석에 선 자신은 일흔이 와 빌었어도 가차 없이 무시했을 텐데, 저자의 방심은 당연하다. 물론 자신이 왕위에 오르면 저 오만한 낯짝부터 뜯어낼 것이다. 저가 잘났나. 신하가 잘났고 나라가 잘났지.

"전하, 생 로욜의 드 방지거에게 레스트왈의 항의가 왔습니다."

"몇 번째지?"

"근 두 달간 여덟 번째입니다. 매번 회유와 협박이 달라집니다만 결국 바라는 것은 같습니다."

뤼페닝은 고개를 돌리며 입술을 깨물었다. 찢어지는 입을 자제하기 위해서는 어쩔 수 없었다. 어느새 둘은 걸어가는 모양이었다.

"이번에는 뭐라 하던가."

"자신이 종전 협정까지 맡고 온 사실에 감사함이라고는 조금도 보이지 않으셨답니다."

"저번에도 그 지랄이기에 올세유를 돌려줬잖나."

"그보다 전하께서 가지신 것이 더 급했던 듯합니다."

"천치 같은 놈. 올세유가 훨씬 중요하지. 그따위로 내게 아득바득 화를 내? 고작 성질 때문에? 그놈은 그걸로 언젠가 초를 칠 거다. 설마 교환하자는 말도 있나?"

"예……."

뤼페닝은 드물게도 소리 내어 웃었다.

"하하! 으하핫! 미치겠군, 그놈 정말!"

어떻게 솔 미라이예로 돌아왔는지 기억이 나지 않았다. 어느 곳을 보고 누구의 얼굴을 보았는지, 무엇을 밟고 무엇을 더듬으며 걸었는지 조금도 인식할 수 없었다. 신음을 애써 억누른 채, 바람이라도 불면 훅 꺼질 듯한 위태로움으로 간신히 제 방에 닿았다. 그의 말을 들은 귓속은 도저히 소리를 들을 수 없을 만큼 시끄럽게 왱왱댔다.

외르타는 뤼페닝을 조금도 원망할 수 없었다. 그의 말을 인정한다. 그 아이는 가능성을 제시해 준 것뿐이다. 확신이 아닌, 가능성. 그녀 혼자였다면 결코 고려하지 않았을 막다른 길을 그 철저한 손으로 잡아 주었다. 상대의 모습을 가만히 보고 있다가, 한순간 손을 쭉 뻗어 가장 민감한 곳을 짚고 가는 매서움이다.

"외르타, 넌 그 말 자체가 네가 가진 생에의 집착이라고는 생각지 않나?"

외르타는 사실 뤼페닝이 의도했던 것이 무엇인지 잘 알고 있었다. 머리가 말했다. 저놈은 널 죽일 거다. 딤니팔의 지원을 사지 못하는 이유가 오로지 제 어미니 그것만큼은 기필코 제거하려 들 위인이다. 사탕발림에 넘어가면 안 된다. 이 사람은 나쁜 사람이다. 이 사람은 믿지 마라.

이 사람 말대로 하면 반드시 당한다.

이렇게 생각했는데, 너무 절박해서 그 손을 덥석 잡고 말았다.

"외르타, 넌 그 말 자체가 네가 가진 생에의 집착이라고는 생각지 않나?"

'생에의 집착'. 칠 년 만에 처음 들었다. 그 단어를 듣자마자 왕국에 머무를 당시 자신이 가졌던 삶이 되돌아왔다. 열일곱 해 동안 해끄무레했던 얼굴. 지금의 자신에게 얼룩처럼 남은 비관도 그 열일곱에는 흔적이 없었다. 그저 만인에게 그러하듯 햇살 같은 어린 시절이었다. 그것이 거센 물살로 콸콸 쏟아져 도무지 정신을 차릴 수가 없었다. 눈도 못 뜬다. 귀도 막혔다. 말할 수도 없다.

뤼페닝은 모를 것이다. 그 자신이 얼마나 큰 정곡을 찌르고 갔는지. 제가 죽다 산 몰골로 웅그려 있던 지난 칠 년만 본 그 아이는 모른다. 알 수가 없다. 그녀가 어찌나 살고 싶어 했는지, 스스로 얼마나 제 목을 아까워했는지 그 아이가 알 리가 없지 않나.

너무너무 살고 싶었다. 그 바람이 죄가 되는 왕실인 줄 앎에도 그저 마냥 살아남고 싶어 발버둥 쳤다. 그리 발버둥 치다 남은 것은 결국 피투성이가 된 발뿐이었지만, 심지어 자신은 그때까지도 살고자 했다.

삶을 바라던 내 열일곱.

그것이 어쩌면 이토록 까마득한 옛일이 되었는지 모르겠다. 고작해야 칠 년이 흘렀을 따름인데 모든 일이 천지가 개벽한 듯 바뀌어 버렸다. 연속된 책의 마지막 장이 닫히고 그다음 권이 열린 것처럼 괴리감이 아주 선명했다. 그 단절 때문에 사실, 지금 외르타에게는 회상조차 참겨운 일이었다. 그 정도로 무참한 시간이 멀었다.

그러나 과연 무참할 뿐인가? 외르타는 그 갈피에 서 있는 사람을 기억했다. 그 사이에 서서 삶과 삶을 끊는 사랑스러운 얼굴을 기억했다.

가끔 그녀는 자신이 살과 피와 뼈로 이루어졌는지 아니면 그 아이로 이루어졌는지 의심했다. 머릿속에 흐르는 것이 자신의 생각인지 제 속에 들어온 그 아이의 생각인지 구분하지 못할 때도 많았다. 그 아이의 말마따나 자신이 그 아이였고 그 아이가 자신이었기 때문에 이런 혼동은 사실 불가피했다.

때문에 자신은 그 아이를 받아 살아남았다. 그 아이가 살아가라 명했기 때문에 이처럼 간신히 숨을 잇고 있었다. 그때 그 말 덕분에, 끝의 끝에서야 쥔 이 알량한 목숨. 지금 이 호흡 하나하나는 오로지 아델 덕분이었다.

혹은 그렇다고 생각했다.

내 열일곱과 그 칠 년이 섞였다고?

간교한 년. 나는 비겁해질 만큼 절박했나 보다. 손톱이 빠져라 다시 긁어 담아 보려는 이 행위가 더없이 추하게 보였다. 그렇게 살고 싶었을까? 삶이 그토록 절박했을까? 열일곱 해 갈아 두었던 생에의 집착이, 복수가 끝나자마자 안도의 숨을 몰아쉬며 다시 제게로 돌아왔던 것일까? 삶이 그토록…….

그런데 그렇다면 죽은 내 아이는 어떻게 되는 건가? 산 자와 죽은 자의 길이 다르다지만, 그렇다고 어머니와 딸의 길도 다르다던가? 그 아이 앞에 박힌 돌을 빼내며 밤을 지새우던 자신이다. 그 작은 발에 흙이라도 질까 두려워 그 아이가 가는 길, 그에 한발 앞서 모든 덫을 먼저 맞았다. 그것만이 유일한 행복이었고 제 맹목적인 사랑이었다. 그런데 어떻게 그런 제 전부를 버리고도 살아남겠다고 이 치졸함을 보이는가.

심지어 자신은 아델을 삶의 핑계로 삼아 목을 보호한 무뢰배였다. 이

전까지는 제 삶의 이유였지만, 이제는 핑계였다. 디딘 곳이 한꺼번에 박살 나는 기분이었다. 삶에 제대로 서 있지 못하고 절망으로 속절없이 쓸려 내려가는.

외르타는 염치도 없이, 무너져 내릴 때 항상 그러했듯 즉각적으로 무덤의 아이를 불러냈다.

아델, 왜 울어? 살고 싶어 우는 거니? 내 삶을 줄 테니 울지 마라.

정작 그 아이의 얼굴이 생각나지 않았다.

칼로 베이는 듯한 고통이 닥쳤다. 자신이 삶을 떠올려서 그렇다. 자신이 삶을 떠올렸으니 저 말은 거짓이다. 자신이 살고 싶은 건지 죽고 싶은 건지 이제는 그것도 모르겠다. 살아 보겠다는 못 돼먹은 집착을 딱 한 갈피 내비치니, 모조리 없다. 살겠다는 생각도, 그 아이도 놓았다. 의심뿐이지만, 충분하다. 자신이 놓았다. 그 아이는 이런 몰염치한 어머니를 원망하고 증오할 것이다.

세상에. 이런 내가 아니면 누가 지옥에 가랴. 그 사 년을 한 번도 서로 헤어지자는 말없이 견뎠다. 그녀는 로크뢰도 견뎠고 종말의 예고도 견뎠다. 끝이 다가온다는 것을 알고도 사랑했다. 이 아이가 아니면 안 된다. 그 모든 시간들에 대한 보상을 받으려고 하는 것도 그 아이가 불쌍해서도 아니다. 내가 사랑하는 딸이고 내가 그 아이를 위해 목숨이라도 버릴 수 있다는 확신이 있었기 때문이다.

그럼에도 불구하고 외르타는, 다시 태어난다면 그 관계를 시작하지 않고 싶었다. 그것은 그녀 자신보다는 그 아이가 너무너무 힘들어지기 때문이다. 아델은 다시 태어나도 자신을 어머니로 사랑하고 싶다 했지만 외르타는 안다. 그 아이가 그 짧은 시간 동안 삶에서 느꼈을 고통을 안다. 제 어미가 언제나 낭떠러지에 서 있다는 것을, 제게 쏟아지는 사랑에 두려움이 절반이라는 것을, 저 스스로도 세상에 자리 잡기 위해 피투성이라는 것을. 외르타는 두 번 다시 그 아이에게 그런 고통을 겪게 하고 싶지 않았다.

다시 태어나 그 아이를 만날 수 없기 때문에 차라리 묘지기를 할 수 있는 지금을 원하는 것인지도 모르겠다. 그것이 살고 싶다는 의지에 의해 억지로 붙여진 변명이라 해도 믿겠다. 그런 핑계에 아델을 넣었다는 사실도, 사실이라면 인정할 수밖에 없다.

이제는 모르겠다.

미안하다.

정말 미안하다.

발렌시아는 외르타가 닷새째 식음을 전폐하고 있다는 이야기를 들었다.

사실, 들은 것은 아니다. 매 순간 알았다. 그것을 자신이 모른다면 더 기이할 일이다. 이전과는 달리 조금의 악도 눈물도 보이지 않는, 말 그대로 죽은 듯한 정적이 제 등골을 서늘하게 했다.

그녀가 누프리에게 떠안기듯 부축당해 온 날을 기억했다. 남자와 붙었다기에는 너무도 평범한 자세라 약간의 당혹감을 내비치려는 순간, 그녀의 얼굴을 보게 되어 전부 삼켰다. 생 넋을 잡아 뜯긴 듯 멀건 표정이었다. 심지어 누프리가 그녀를 놓자, 외르타는 그대로 그 자리에 무릎을 꿇어 여럿을 난처하게 했다.

그날.

자카리는 자신의 말을 곧이듣지 않았다. 홀로 돌이켜 생각해 보니 자신이 너무 짧은 소견을 보여 드린 듯하다고, 다른 경우도 고려하시라고 충언했지만 그는 어설픈 미소만 지을 따름이었다. 발렌시아는 오랜 경험으로 그것이 온전한 신용이 아니라는 점을 깨달았다. 턱이 꽉 다물렸다.

아무리 공작이라 한들, 예고 없는 독대는 짧기 마련이다. 그는 스스로 외르타에게 한 말을 어떻게 지킬지 고심하며 바깥으로 나왔다. 여느 때처럼 걸어가 외르타가 서 있던 자리를 보았으나 그녀는 이미 솔 미라이예로 들어간 뒤였다. 별 걱정 없이 저택에 돌아가 그녀의 방을 찾았다. 불조차 켜져 있지 않은 싸늘한 냉기가 저를 반겼다.

그는 곧장 무언가 이상하다는 사실을 깨달아 누프리를 찾았다. 물론 그녀가 그 자리에 없는데, 그가 있을 리 없다. 스스로 너무 당황하여 그에게 외르타의 감시를 맡겼다는 사실마저 잊어버린 것이다. 초조해 하며 그를 기다렸다.

그리고 나타난 둘은…….

조금의 강제라도 있었느냐는 물음에 누프리는 제 목을 걸고 부정했다. 발렌시아는 그가 목을 걸지 않고도 결코 제게 거짓을 말할 수 없는 자라는 사실을 알았다. 그러니 진실은 그의 말 그대로다. 그녀는 스스로 걸어 돌아온 것이다. 그런데, 제 눈앞에 선 것은 혼절 직전의 위태로움.

외르타는 심지어 그를 꽉 붙잡고 일어섰다. 그를 붙들고 난간까지 걸어가 더듬더듬 계단을 올라갔다. 하녀들이 그녀를 부축하려 했지만 끝내 다 떨치고, 반쯤 넋이 나간 그대로 제 방으로 들어가 버렸다.

그 뒤로 닷새다. 방에서 나오지 않는 모양은 이제 차라리 자연스럽다. 발렌시아는 그 두문불출을 인정할 수 있었다. 하지만 식사에도, 물에도 손을 대지 않는 그 난폭한 고요만큼은 그도 온전히 인정할 수가 없었다. 이번에는 저 모양으로 죽으려는 심산인가? 주변에서 온갖 칼을 들이미니, 당하기 전 먼저 곡기를 끊으려는 셈인가?

지쳐 간다.

분명 그녀는 자신에게 살고 싶다고 말했다. 믿었고, 속았다. 사람을 얼마만큼 더 휘저어 놓아야 만족할 것이냐고 묻고 싶었다.

발렌시아는 그녀가 그리 산란해져 돌아온 이유조차 궁금하지 않았다. 이제는 그저 그녀의 바람대로 죽게 내버려 두는 것이 낫겠다. 그 자살 자체를 어수대의 소행으로 위장하여 게외보르트를 치는 것이 지금의 이 초조한 기대보다는 만 배 나을 것이다. 저 자리에 두자. 제가 난 방에서 등치부터 말라 가도록 두자. 그것이 그녀의 한결같은 소망이기도 하지 않은가.

처음 마주한 뒤 반년이 넘도록 외르타가 집착하는 것은 오직 죽음이었다. 실제로도 한 번 저지른 자살, 그 소망이 허풍일 것이라는 생각은 조금도 들지 않았다. 모든 것이 허락된 상태에서 다시 한 번 칼을 쥐여 준다면 거리낌 없이 또 한 번 목을 찌를 사람이다. 이번에는 제 경험을 토대로 더욱 완벽하게. 그만큼 스스로 원하는 삶의 종막이다. 그리하게 두자. 자신의 정상적인 바람이 매번 의미 없이 버려지는 것도 이제는 신물이 났다. 그리하게 두자. 말라 가게 두자.

그러나 자신은 이미 이곳에 서 있었다.

발렌시아는 물끄러미 제 아래를 내려다보았다. 외르타는 둥근 벌레처럼 엎드려, 아니 웅크려 있었다. 다른 비유를 생각해 보고 싶었지만 그 동그란 모양이 살벌하고 음울하여 온 생각이 뿌리째 막혔다. 무릎 꿇고 그대로 상체를 구부린 채, 흰 손만 이불을 꾹꾹 붙들고 있는 모습이었다. 잠이 든 것인지 저 모양 그대로 실신한 것인지 모르겠다.

그러나 그 순간, 그녀의 어깨가 한번 들썩였다. 발렌시아는 뒤로 한 걸음 물러섰다. 간신히 숨의 증거를 발견했다. 다행히도 잠 속에서 살아 있는 것 같았다. 그는 그 여윈 등을 보며 생각했다. 그녀도 꿈을 꿀까?

그렇다면 아이가 되는 꿈을 꾸었으면 좋겠다. 아예 아이가 되었으면 좋겠다. 너무나 고통스러운 삶이기에 바랄 수 있는 것은 그뿐이다.

어쩐지 천년이고 만년이고 이 자리에 서 있게 될 것만 같은 느낌이었다. 저 이불에 홀려서. 저 이불이 움켜쥔 곡선에 정신이 나가 불이 꺼진 듯 계속 정지해 있었다. 저 희고 간소한 천이 무엇이라고 그것에서 시선을 뗄 수 없는지, 그런 자신에게 의혹이 일었다.

외르타가 서서히 어깨를 떨고 있었다. 그녀는 소리도 없이 침대에 머리를 문지르다, 굽었던 팔만 뻗어 앞선 베개를 꾹 잡았다. 얼마나 여위었으면 근육 한 오라기 없는 여인의 팔 움직임이 저토록 선명히 보일까. 그녀는 그 모습 그대로 잠깐 엎드려 있었다. 정적이 이어졌다. 그녀는 가까스로 허리를 세웠다. 이불 속에서 일어서는 것이 꼭 한겨울의 눈을 헤치고 서는 모양이다. 그녀는 앞만 보고 시야를 닫았다 열었다 닫았다 열었다 하더니 끝내 흘끗 눈매를 돌렸다.

갑자기 그녀의 숨이 가빠졌다. 시선이 내려갔다. 자신을 꺼릴 뻔했던 눈이 스러지자, 그제야 발렌시아는 약간 숨통이 트였다. 그러나 그뿐, 외르타는 이미 제 쇄골 부근을 거세게 두드리고 있었다.

정말 숨이 모자란 것 같다.

발렌시아는 팔을 뻗었다가, 그 뻗은 끝에서 주먹을 쥐었다가, 가까스로 그녀의 여윈 어깨를 잡았다. 높이가 너무 낮아 손이 제대로 닿지 않았다. 결국 그는 파도에 떠밀린 듯 침대에 앉게 되었다.

외르타에게서는 아직도 쌕쌕거리는 숨소리가 나고 있었다. 그의 팔이 엎드려 있는 외르타의 목덜미를 감쌌다. 단숨에 일으켜 세웠다. 몸이 위로 젖혀진 상황에서도 그녀의 호흡은 도통 진정될 기미를 보이지 않았다. 그의 다른 손이 곧장 정확하게 견갑골 중앙을 두드렸다. 한 번, 두 번, 세 번, 네 번, 다섯 번.

외르타는 다섯 번째에 이르러서야 큰 숨을 토해 냈다. 한번 숨이 터지자 마치 몇 시간이고 달리기를 한 듯 짧은 호흡들이 연달아 흘러나왔다. 어깨가 크게 올라갔다, 내려갔다, 다시 올라갔다, 출렁이고 있었다. 이만 팔을 풀어야…….

팔뚝 아래에서 쇄골이 움직였다. 규칙적인 간격으로. 그녀가 숨을 들이켤 때마다 그 어깨가 품에 닿고 있었다. 왜 아직까지 발작을 일으키지 않는지 모르겠다. 응급처치를 위해서라고는 하나, 제 손에 닿다 못해 거의 안긴 상태에도 비명 한번 없는 이 상황이 이해가 가지 않았다. 손가락이 홀로 움직여 상대의 맥을 짚었다. 뛴다. 뛰고 있다.

발렌시아는 그녀의 뒤통수를 내려다보았다. 갈색. 소란한 갈색. 치렁치렁한 머리칼은 이미 제 품에 진창처럼 흐트러져 있었다. 숨소리밖에 들리지 않는…….

다음 순간, 그는 자리에서 일어났다.

그에게서 놓인 외르타가 다시 웅그리는 모양이 보였다.

애초에 바깥에 대한 감각 자체가 드문 듯했다. 자신조차 인식하지 못했으리라. 무언가가 숨통을 틔워 주었다는 정도의 느낌뿐. 어쩌면 그마저도 없을지 모른다. 내가 이곳에 있다는 사실은 알까? 발렌시아는 저도 모르게 말했다.

"외르타."

수그리던 몸이 들렸다. 고개를 돌렸다. 탁하던 눈에서 흰 막이 걷혀 나갔다. 이불을 쥔 그녀의 손에 힘이 꽉 들어갔다. 영영 열리지 않을 것만 같던 입이, 그처럼 순차적인 충격을 거쳐 서서히 터졌다.

"미안……."

발렌시아는 그녀가 정상적인 말을 할 수 있다는 사실에 놀랐다. 모리의 말에 의하면 입 한번 벙긋하지 않는 침묵이어야 하는데. 그녀는 그

자리에서 미동도 없었다. 반복했다.

"내가…… 미안……."

"무엇이 미안하다는 말씀이십니까?"

"미안……. 당신에게도……."

자신을 보고 있는 것이 맞다. 발렌시아는 그 사실에 약간의 희망을 가졌다.

"외르타, 제게 삶에 대한 의지를 설파하셨습니다. 순식간에 번복하신 듯하여 마음이 좋지 않습니다."

"미안하다……."

"외르타, 제대로 말씀하십시오."

"살고…… 싶은……."

말이 뚝 끊겼다. 뒤통수 역시 내려갔다. 발렌시아는 끔찍한 아쉬움을 느꼈다가, 그 아쉬움을 이기지 못하고 그녀에게로 한 걸음 다가갔다. 그녀의 어깨가 미세하게 떨리고 있었다. 왜 한 발자국 뒤에서는 저 모습을 발견하지 못했는지 스스로가 미심쩍었다.

"외르타, 제게 살고 싶다고 말씀하셨습니다. 어찌 된 일입니까?"

"당신은…… 도움이……."

너는 도움이 안 된다.

관자놀이가 쑤셔 왔다. 그래. 지금껏 더할 나위 없는 천치를 보아온 외르타다. 공감보다는 의심에 중점을 둔, 불신밖에 없는 무뢰한. 그녀가 자신을 믿을 수 있을 리가 없다.

이래서 디무어가 실패작이라는 것이다. 덕분에 나 역시 실패작이다. 발렌시아는 지금껏 스스로 약간의 기대를 하고 있었음을 깨닫고 경악했다. 나는 염치도 없다. 아직까지 남과 공감할 수 있다는 기대를 버리지 못했다.

"그 피를 보고……."

순간적으로 어떤 입에서 나온 말인지 구분할 수 없었다. 설마 자신이라고는 생각하지도 못했다. 때문에 그 목소리에 무슨 답을 해야 할지 고민하던 와중, 그제야 그 단어가 제 입에서 나왔다는 사실을 깨달았다. 그는 홀로 말문이 턱 막혔다. 허파에서 바람이 전부 빠져나간 느낌이다.

발렌시아는 이후로도 가끔 그녀의 방으로 내려가곤 했다. 물론 그가 내려간들 그녀도, 그도 침묵뿐이었다. 사실 서로를 보지 않을 때가 더 많은 날들이었다. 외르타는 그녀 자신의 품을, 그는 이불자락을 응시하며 고요했다.

그는 문득 이불 끄트머리가 헝클어졌다는 것을 눈치채곤 침상에 가까이 다가갔다. 허리를 숙여, 들어 올렸다.

"합하."

발렌시아는 이불을 든 채로 고개만 돌렸다. 발폼은 민망한 광경에도 송구하다는 듯 고개를 조아리기만 했다. 나오는 것 역시 공손함뿐이다.

"소공자께서 입관을 허해 달라고 난동을 부려 현재 저택 바깥의 소동이 큽니다."

"몇 시간째냐."

"지금이 초저녁이니…… 한두 시간쯤 된 것 같습니다. 죄송합니다. 처음에는 곧 가시겠거니 생각하여 정확한 시간을 보지 못했습니다."

"왜?"

"객을 뵈어야겠다는 말씀만 하십니다. 제가 객께선 지금 운신을 하실 수 없는 상태라 하자 그러니 더더욱 뵈어야겠다고 화를 내셨습니다."

"이유는 언급하지 않나?"

"음……. 흉흉한 말씀을 그대로 전하기는 민망합니다만……."

"그대로 말해."

"객께서 죽어 나자빠지기 전에 들이는 게 좋으실 거랍니다……."

발렌시아는 다시 고개를 돌려 웅크린 외르타를 내려다보았다. 손에 힘이 풀려 이불을 놓쳤다. 얼마 되지 않는 무게가 그 몸 위로 털썩 떨어졌다.

"들여보내라."

발폼은 고개를 숙이고 물러났다. 발렌시아는 떠나야 할지 머물러야 할지 갈피를 잡지 못한 채 방문만 바라보고 섰다가, 문득 습관처럼 다시 옆을 돌아보았다.

외르타의 어깨는 속삭이듯 움직이고 있었다. 저토록 여위었는데, 모리가 가까스로 먹이는 하루 한 끼를 제한다면 외르타는 입에 대는 것이 없었다. 죽기만을 바라는 모양에도 해 줄 수 있는 것이 없다. 자신이 위로에는 갓난아기나 다름없다는 사실을 안다.

그녀는 문득 무언가를 느꼈는지 허리를 곧추세웠다. 두리번거리지는 않고 제 앞 어느 한곳을 향해 시선을 내려 박고 있었다. 보이지 않는 과녁이라도 있는 듯했다. 눈이 감기지 않았다. 발렌시아는 약간의 우려를 표하려다가, 한숨과 함께 접어 두었다. 자신이 할 수 있는 것은 없었다. 도움이 되지 않을 것이다.

앙히에는 대문 앞에서 초조하게 발을 문지르고 있었다. 이 자리에 선 지 두 시간쯤 되는 때에야 가까스로 누프리를 소환해서, 멱살을 흔드는 것으로 제 의사를 전달했다. 그는 짜증을 조금 내다, 알겠다며 물러났다.

그는 외르타가 솔 미라이예로 들어간 이후로는 그녀를 보기가 참 힘들었다. 아무래도 일평생 출입 금지를 당한 몸이었으니까. 그래서 홀로 이것저것 놀금을 뒤적거리며 잉그레에서 허송세월하는 도중, 이상한 이야기를 들었다. 외르타가…….

"들어오십시오."

누프리가 문을 열었다. 앙히에는 고개조차 끄덕이지 않고 성큼성큼 걸어가기 시작했다. 발걸음에 거침이 없다. 누프리는 바람 같은 빠르기를 따라잡기 위해 무진 애를 써야 했다.

앙히에는 누가 제가 태어난 곳이 아니랄까 봐 조금도 방향을 잃지 않고 쑥쑥 나아갔다. 저택 안, 계단을 올라가는 동안 구면인 수행인들과 간단히 인사를 하는 모습은 꼭 이 집의 작은 주인이 돌아온 듯한 광경이었다. 일 층. 이 층. 삼 층. 그는 복도로 나와 잠깐 고민하는 것처럼 서 있었다.

누프리는 그런 그에게 살짝 손짓했다. 소공작의 방. 앙히에는 눈을 크게 뜨고는, 반쯤 닫힌 그 문을 벌컥 열어젖혔다. 외침은 그다음이다.

"야!"

앙히에는 문 앞에 서서 다시 한 번 버럭 소리를 질렀다.

"미쳤어?"

여전히 대답이 없자, 그는 폭풍 같은 기세로 방 안을 찢고 들어왔다. 그녀가 앉은 침대의 아래 끄트머리에 서서, 먼저 손을 뻗을 생각도 못한 채 혼자 성이 나 소리를 질렀다.

"굶어? 죽으려고? 편히 죽는 게 좋다며! 고통 없이 죽는 게 좋다며! 굶어 죽는 게 얼마나 미친 고통인 줄 아냐? 젠장! 당장 식사 안 들어!"

그녀는 그제야 무언가 눈에 빛이 돌아온 느낌이었다. 외르타는 침대 끝에 기대어 있다가, 갑자기 무서울 정도의 기세로 앞으로 고꾸라졌다.

앙히에는 놀라 그녀를 받으려 했지만, 될 리가 없다. 너무 멀었다.

그러나 외르타는 자의로 엎드린 모양이었다. 그녀는 숙인 자세 그대로 깊은 숨을 몰아쉬더니 앙히에가 앉은 쪽으로 더듬더듬 기어 왔다. 그는 잔뜩 긴장하여 외르타를 바라보았다. 외르타는 그렇게 기어 와 그의 팔을 붙잡았다. 앙히에는 당황하여 눈만 여러 번 깜박였다.

"앙히에……."

"뭐, 왜, 어?"

"내가…… 그때……."

그 순간 왁 울음이 터졌다. 그는 몰랐지만 그녀가 무슨 감정을 보인 것은 이것이 '그날' 이후 처음이었다. 앙히에는 안절부절못하고 잡힌 팔을 번갈아 가며 올렸다, 내렸다. 그녀는 두 손으로 그의 양팔을 벌려 잡고는 고개를 확 숙였다. 막혔던 울음이 한꺼번에 터져 숨이 턱턱 막히는 모양이었다.

"야, 무슨 말을 하는 거야? 얼굴 좀 들어. 아니 얼굴보단, 그만 좀 그쳐 봐. 야, 뚝."

"내가…… 너한테…… 고해할 때……. 이다 만나던 날…… 밤에……."

"응."

"뭐라고 했어?"

그것은 기이할 정도로 또렷하게 나온 말이었다. 앙히에는 턱에 힘을 꽉 주었다. 무슨 어절을 골라내야 할지 모르겠다. 머리가 산란해 죽을 것만 같다. 어떤 답을 해야 그녀가 제정신을 차릴지, 어떤 방식으로 저 아득함을 걷어 내야 할지 갈피를 잡을 수가 없었다. 그러니 단지 이렇게 물을 수밖에.

"무슨 말을 하는 거야?"

"그 밤에…… 내가…… 뭐라고…… 했어……."

앙히에는 그 순간 그녀가 바라는 답을 깨달았다. 문제는, 그것이 자살을 위한 답인지 삶을 위한 답인지 모르겠다는 것. 젠장. 리비, 단서라도 줘. 얘가 지금 뭘 바라고 하는 말인데?

그는 그리 우울하게 지껄인 뒤에야 살아 있는 사람에게 묻기로 했다. 그는 고개만 돌려 벽 가까이 서 있는 발렌시아를 바라보았다.

"형님."

"……."

"왜 이러는 줄 알……."

"아니."

"벌써 일주일짼데……. 그간 넋 놓은 이유도 안 물어봤다고?"

"그래."

이유 없이 싸늘한 반응이었다. 그는 그 냉정함에 기가 막힌다는 얼굴로 발렌시아를 바라보았다. 그동안, 그녀가 이처럼 바짝바짝 죽어 가는데 손도 안 대고 있었다고? 기색을 보아하니 애초에 무엇을 추궁하지도 않은 느낌이다. 자신이 안 왔으면 정말 이렇게, 손도 안 대고 혼자 스러지게 내버려 두었을 것이다. 세상에. 그런 사람이라는 것은 잘 알았지만 외르타에게조차? 한심해서 할 말이 없었다. 그는 더 이상 묻고 싶은 마음이 싹 사라지는 것을 느꼈다.

앙히에는 다시 그녀에게로 시선을 돌렸다. 외르타는, 얼굴에 그런 말을 쓸 수 있다면 정교하게, 자신을 응시하고 있었다. 그는 거의 떠밀린 듯 발뺌했다.

"넌 아무 이야기 안 했어."

"했어……."

"안 했어."

"내가…… 분명히…… 했어……."

"결혼해 달라고 했어."

"다른 거……."

"아이가 좋다고 했어."

"다른…… 거!"

"나라를 떠나겠다고……."

"개자식! 제대로! 말 안 할래?!"

앙히에는 입을 다물었다. 그제야 깨달았다. 외르타는 모르는 것의 답을 물어보고자 우는 것이 아니었다. 이미 아는 것을 확인하기 위해 저토록 절박한 것이다. 그는 궁지에 몰려 긴 한숨을 쉬었다. 사실 그녀가 무엇을 원하는지는, 당연한 기억의 반추로, 외르타의 질문을 듣자마자 잇몸 한구석에 밀어 넣었다. 머리 안쪽의 선명한 기억을 고스란히 잘라 와 목구멍에 붙여 놓았다. 말만 하면 된다.

그럼에도 불구하고 그는 주저했다. 그녀가 이처럼 처절하게 답을 바라는 것에는 필시 무슨 중요한 이유가 있을 것이다. 자신이 그 중요한 일의 이유가 되어도, 그녀의 이유로 심어져도 괜찮을지 걱정이 되었다. 무슨 일인지 묻고 싶었지만, 지금의 저 얼굴에서는 결코 대답이 나오지 않으리라. 불가능하다. 완전히 졌다.

앙히에의 목소리가 낮아졌다. 그 작은 소리로 제 말의 무게 또한 덜어지기를 바랐다.

"그들처럼 죽고 싶지 않다고 했어."

외르타의 눈이 커졌다. 그는 그것이 좋은 신호인지 나쁜 신호인지 도저히 가늠할 수가 없었다. 그래서 그저, 조심스레 말을 이었다.

"정말 살고 싶다고, 진심으로, 무척이나 살고 싶다고 했다. 살기 위해 어떤 일도 견딜 수 있고 무슨 짓이라도 할 수 있다고. 그래. 그랬어. 이걸 묻고 싶었어?"

다음 순간 그녀의 몸이 시체처럼 굳었다. 그것은 수사적인 표현이 아니었다. 그의 팔을 붙잡고 있던 손이 그대로 떨어져 나갔다. 그녀의 온몸은 무너져 기어이 그의 품 안으로 기울었다. 누군가 아래에서 긴 머리카락을 한 올 한 올 잡아당긴 듯 서서히, 그러나 소름 끼치게.

앙히에는 이를 갈며 그녀를 받았다.

이 천치 같은 놈. 말하면 안 되는 것이었구나. 모조리 지껄이고 나서야 깨달았다. 반반의 확률조차 왜 옳게 선택하지를 못하나. 스스로 변명하고 싶었다. 살고 싶다는 말을 묻기에 정말 살고 싶어 하는 줄로만 알았다. 그래서 답해 주었다. 끝까지 애써 피해 보려다, 억지로 입을 벌렸다. 그런데 그 조심스러운 노력마저 완전히 헛된 것이었다는 자각에, 이제 자신도 자신에게 화가 났다.

외르타는 저가 먼저 찾아 들어왔다. 자지러지게 울면서. 울다가 복받쳐서 말을 못하는 아이처럼 억억대며 그 품에 들었다. 무슨 말을 또 하고 싶은 것인지 울음이 섞여 단 한마디도 알아들을 수가 없었다.

앙히에는 눈을 한 번 감았다가, 가까스로 그녀를 안정감 있게 안았다. 사람이라기보다는 무슨 뜨거운 구체 하나를 껴안은 느낌이었다. 외르타는 파고들고도 더 파고들었다. 누군가에게 악착같이 붙어 눈물을 퍼붓고 싶었던 양, 품에 대롱대롱 매달려 엉엉 울었다. 그 삶이 고되었다는 사실은 뼛속까지 이해하고 있었다. 그러나 그것을 실제로, 이렇게까지 토해 내는 그녀의 모습을 앙히에는 처음 보았다. 안쓰러워 미칠 지경이었다. 노여움보다, 안타까움. 이제는 그저 안타깝다. 속이 아뜩할 정도로 가여웠다.

"외르타."

"으으……억……. 윽……."

"야."

"으으윽……."

"야……."

그는 어설프게 고개를 들어 발렌시아를 바라보았다. 민망하다기보다는 미안했지만, 사실 그 모든 감정을 느끼기에는 자신이 많이 바빴다.

"형님, 나 여기 며칠만 있으면 안 돼?"

"……."

"내가 지금…… 또 뭘 건드린 것 같은데……. 제정신 차릴 때까지만 좀 붙어 있을게."

그는 대답하지 않았다. 그저 바라보았다. 시선이 스친 곳을 전부 그려낼 수 있을 정도로, 굉장히 뚜렷하게. 무슨 감정이 들어 있는지는 모르겠다. 다만 그 조용한 벽안이 동생에게 끔찍이 몰두하고 있다는 것만큼은 잘 알 수 있었다. 노려보고 있다.

앙히에는 사실 이 순간 그가 자신을 한 대 칠까 조금 겁이 났다. 겁? 왜?

발렌시아는 말없이 돌아 나갔다.

앙히에는 한숨을 쉰 다음, 외르타의 어깨를 들어 올려 더 제대로 안았다.

앙히에는 별로 소용이 없었다. 그는 윽박지름과 애원을 적절히 이용해서 끝내 외르타에게 곡기를 유지시키는 데에는 성공했다. 그러나 정확히 거기까지였다. 외르타는 며칠이 지나도 넋 나간 무엇처럼 의미 있는 말을 하지 못했다. 멍청하게 침대 위로 앉았다가, 앙히에에게 몇 마디 욕을 듣다가, 먹을 것이 들어오면 쪼아 먹다가, 잔다. 이 모든 것의 반복이었다. 그나마 있던 짤막한 대화도 이틀 만에 앙히에가 쫓겨나자 완전히 사라졌다. 끔찍한 정적이었다.

그래서 발렌시아는 제 앞에서 그녀를 보았을 때, 잠깐 동안 자신이 헛것을 보는 줄로만 알았다.

"폐하께서 나를 부르셨을 거야."

며칠 만에 저 멀쩡한 목소리를 듣는지 헤아릴 수조차 없었다. 발렌시아는 자기도 모르는 사이에 이미 자리에서 일어나 있었다. 외르타는 앞이 어지러운 듯 이마를 짚었다가, 다시 빠르게 손을 내리고는 그를 바라보았다. 입이 열렸다.

"폐하께서 날 부르셨지?"

그제야 그 질문이 머릿속에 들어왔다. 그는 반사적으로 대답했다.

"예. 한데 건강을 차리신 뒤에 말씀드리려 했습니다."

"멀쩡하다. 갈래."

발렌시아는 귀를 의심했다.

"예?"

"건강하다니까. 폐하를 알현하고 오마."

웃기지 말라는 소리가 혀끝까지 나왔다가 간신히 들어갔다. 저 꼴로 어디를 가겠다는 말인지 그저 기가 막히다. 외르타는 얼마 전까지만 해도 저가 그리 유유히 누웠던 소파를 찢어질 듯 꾹 부여잡고 있었다. 그는 책상을 돌아 나왔다.

"방에 돌아가십시오."

"경?"

"처음이자 마지막으로 명하겠습니다. 들어가 쉬십시오."

"약속을 지켜."

"당신은 이미 금치산자입니다. 저는 명목상이라도 결국 당신의 보호자입니다. 제게는 당신의 건강을 살필 의무가 있습니다."

"발렌시아 경, 다녀오면 식사도 잘하고 경도 귀찮게 안 하마. 계속 그랬던 것처럼 당신보다 더 많이 돌아다닐게."

정상으로 돌아가겠다? 발렌시아는 순간적으로 그 제안에 혹했다. 물론 그 역시 그녀가 약속을 어길 것임을 알았다. 자신은 속아 넘어간 역사가 너무 길었으니, 그것을 짐작하지 못한다면 제 머리는 차라리 죽는 것이 낫다. 그럼에도, 그 말에 귀가 붙들려서 한심했다. 이번에는 정말 죽으려는 것이 아닌가? 그날 앙히에를 껴안고 보였던 눈물은 외려 살고 싶다는 의지였던가?

"잠깐이면 되잖아. 나도 정신은 있다."

정신이 있는 사람이 지난 보름간 그런 행동을 했나?

"이 꼴로 앙히에가 있는 뒷골목에 나가겠다는 말은 안 해. 엎어지면 코 닿을 거리인 왕궁에나 잠깐 들렀다 오겠다는 말이야. 당신은 하루에 서너 번씩 왕복하는 곳이잖나. 조금만 배려해 줘."

"……."

"응?"

그는 그녀 앞에 섰다. 외르타는 고개를 들어 또렷하게 자신을 마주하고 있었다. 거짓을 말하는 눈이 저토록 맑다는 것은 사실 억울하기까지 한 일이다. 넘어가면 안 된다고 말한다. 저 가장된 천진함이 무엇을 겪고 왔는지 너무 잘 알지 않나. 너는 넘어가는 것을 알고도…….

"마차를 준비하겠습니다."

외르타는 눈썹을 치켜 올렸다.

"걸어서 얼마나 걸린다고? 되었다."

"이 이상은 저도 양보할 수 없습니다."

"경."

"그리고 저도 함께 갑니다."

"왜?"

"무슨 일이 있을 시 곧장 돌아오기 위해서입니다."

그녀는 더 무어라 항의했지만, 발렌시아는 듣지도 않았다. 모든 것을 무시하고 바로 마차를 내라 명하더니, 엄중하게 '가십시오.' 하고 말했다. 외르타는 눈만 몇 번 깜박이다가 하는 수 없다는 듯 터덜터덜 계단을 내려갔다.

외르타는 지난 며칠을 떠올렸다. 마지막으로 걸친 허름한 이성으로 간신히 생각해 보았다. 자카리는 자신을 반드시 부를 것이다. 발렌시아가 자신의 말을 번복했으므로, 그 저의를 캐묻기 위해.

그녀의 기분은 초 단위로 오르락내리락 미친 듯이 물결치고 있었다. 저에게 와 닿는 가장 처음은 그 아이를 팔아 살아남았다는 자괴. 그리고 모른 체하려던 사실을 억지로 들춰낸 뤼페닝에 대한 노여움. 그 냉엄한 사실에 감사는 못할망정 화를 내는 못난 자신에 대한 분노. 다시 자괴. 아델에 대한 그리움과 애정과 다시 자괴. 그리고 다시 자괴.

총체적 혼란이었다. 무엇을 해야 할지 도무지 짐작조차 할 수가 없었다. 아델의 말을 인정해야 할지 부정해야 할지, 내 살고 싶다는 의지를 돌이켜야 할지 묻어야 할지. 살아야 할지 죽어야 할지. 그 어떤 것도 선택할 수 없었다. 머릿속이 매 순간 아프고 얼얼했다. 주변을 둘러볼 눈이 남아 있지 않았더라면 그녀는 스스로가 아직도 로크뢰 옆에 남아 있는 줄 알았을 것이다. 그만한 아픔이었다.

그러나 그래도 딱 한 가지 뚜렷한 것은 있었다. 자신을 이용하려던 뤼페닝을 기억했다. 넋 놓기 직전의 냉정으로도 자신을 이용하려던 그 파렴치함은 잘 보았다. 그것만큼은 용서할 수가 없다. 이해는 하지만, 공감하지는 않겠다. 어차피 자신에게는 정상적일 적에도 그만한 아량이 없었다.

때문에 그녀는 자카리에게 가서, 뤼페닝이 자신을 죽이려 했다고 무턱대고 고할 예정이었다. 앞뒤가 모두 생략된 보고에 자카리는 실제로 직접, 칼이나 독 등으로 외르타를 죽이려 한 뤼페닝을 상상해 줄 것이다. 그는 기꺼이 지금까지 자신을 귀찮게 하던 라르디슈의 태자를 추방할 것. 그렇게만 된다면 뤼페닝의 딤니팔 협상은 천 년 이내에는 감히 꿈꾸기 힘든 이야기가 될 것이다.

그가 자신에게 큰 잘못을 저지른 것이 아니라는 점은 외르타도 잘 알았다. 그저 제 목적을 위해, 제 머리 한구석을 찔러 주고 간 것이다. 그뿐이다. 그러나 지금의 외르타는 누구라도 탓하지 않으면 정말 숨이 턱 막혀 죽을 것 같았다. 미안하지만 어쩔 수 없다. 한번 정신이 나가면 냉정 한 톨 남지 않는 나를 너도 잘 알았지 않니? 그 냉정을 차리지 못하는 방향이 자살 쪽으로 가길 그는 바랐겠지만, 아쉽게도 그녀는 아직 균형추 위에 있었다. 자살보다는, 우선 자신을 향한 원망과 노여움을 누구에게라도 돌려야겠다고 생각했다.

정신을 차려 보니 자신은 이미 잉그레 안으로 들어와 있었다. 외르타는 질식한 표정으로 발렌시아에게 인도당해, 그대로 알현실까지 올라갔다. 그녀는 그의 등만 따라가고 있었기 때문에, 그가 돌연 뚝 멈추자 같은 실에 매달린 것처럼 제 발걸음도 꾹 눌러 버렸다. 그가 느릿느릿 뒤를 돌아보았다.

"외르타."

"……."

"먼저 들어가 보겠습니다. 잠시만 기다리십시오."

무슨 이유인지 몰랐지만 알고 싶은 마음도 없었다. 외르타는 긍정도 부정도 하지 않고 복도에 기대어 있는 긴 의자에 털썩 주저앉았다. 발렌시아는 앞만 보고 있는 그녀를 물끄러미 바라보다가, 끝내 저 먼저 안으로 들어가 버렸다.

머리가 너무 아팠다. 머릿속에 아무것도 없어서 그렇다. 과장이 아니라, 지금 제 머리에 남은 것은 실제로도 아무것도 없었다. 자신에게 있는 것이라고는 오로지, 혀끝에 걸린 고발뿐. 뤼페닝을 탓한 뒤 그대로 돌아갈 것이다. 더 이상 아무 말 없이, 조개처럼 입을 닫고 다시 제 방으로 돌아와 몸뚱이를 고민할 것이다.

뤼페닝을 탓하면 과연 모든 것이 끝날까? 외려 그를 보내고 난 뒤, 정당한 사실을 내친 자신에게 혐오감이 들어 또 죽으려 들지는 않을까? 오늘은 결국 내가 자살하는 날이 될 것인가? 오늘 자신의 주변에서 누군가가 죽는다면, 그것을 미리 느낄 수 있을 것이라 생각했던 날들이 있었다. 완전히 얼간이였다. 세상에 그런 게 어디 있을까.

아무 말도 않고 아무런 행동도 취하지 않겠으니 이대로 내버려만 달라고 속으로 빌고 또 빌었다. 온몸이 뻥 뚫린 기분이라 견딜 수가 없었다. 앞이 너무도 막막했다.

제 옆 방석이 가라앉는 느낌이 들었지만, 외르타는 옆을 돌아보지 않았다. 의미가 없다.

"내가 아이를 가지고 느낀 것이 있어요. 배 속에 이 아이를 우리 부모님이 나한테 한 만큼, 아니 그것의 반만큼이나 해 줄 수 있을까 하는 생각을요."

"……."

"내가 임신 초기에 신염으로 의원에게 매달려 있던 일이 있어요. 독한 약 때문에 정신을 제대로 못 차리는 동안, 이 사람이 내가 치료를 안 받을까 봐 아기가 잘 있는지 맥을 짚어 주지 않는 거예요. 태동도 없는 상황에서…… 몸은 이 지경인데다 약은 독하지……."

"……."

"약을 먹기 전 의원 이야기가, 아기가 내 몸의 열 때문에 심장이 너무 빨리 뛰고 호흡이 불편하고 아무튼 무진장 상태가 안 좋았다고 했어요. 그 이야기를 듣는 순간 머리가 딱 멈춰 버리는 게, 진짜 너무 걱정이 되어서 돌겠다는 말이 무슨 뜻인지 알겠더라고요."

"……."

"그런데 그것조차 더 이상 알 수가 없으니까…… 그 걱정조차 확인받을 수 없으니까 미치겠는 거야……. 나만 살자고 드러누워 있는 것이…… 정말 미칠 것 같은 고통인 거야……."

"……."

"태어나지도 않은 내 아이 때문에 가슴이 찢어지는데 희생하며 키웠던 자식은 얼마나……."

"……."

"……."

"아이는?"

"사산했어요."

외르타는 레아를 돌아보았다.

"넌……."

레아는 몸을 약간 숙인 채 제 치맛자락을 만지작거리고 있었다. 외르타는 그런 일을 태연하게 말하는 레아를 보며 가슴이 먹먹했다. 누군가 명치를 우악스레 치기라도 한 듯 힘들었다. 아홉 달 동안 배에 넣고 아꼈는데, 세상 한 번 보지 못한 채 숨이 멎었다고.

자신이 아델을 그리 낳았다면…….

발작적으로 숨을 들이켰다. 순간, 머리부터 발끝까지 하나로 뚫린 듯 지독한 고통이 있었다. 그것을 어찌 견디나. 제 몸에서 죽은 아이를 낳았다면. 제 몸에서 죽은 아델을 낳았다면. 갑자기 매캐한 재를 마신 것처럼 눈동자에 뜨거운 것이 차올랐다.

"초산에 여러 악재가 겹쳐 이미 다들 놓았던 아이였지만…… 제발, 제발 기적이라는 것이 있었으면 좋겠다고 생각했어요. 내가 내 아이를 어떻게 놓아요? 다들 놓는다고? 그래서요? 그래서? 그러니 나까지 놓으라고? 미쳤어? 정신 나갔어? 내가 왜 내 아이를 놔?"

한마디 한마디 송곳처럼 귓속으로 파고들었다. 그 말을 듣는 것만으로도 속에서 무언가, 크고 뜨거운 것이 복받쳐 입술이 덜덜 떨렸다. 그래. 같은 부모였다. 그 동질감에 물을 잔뜩 먹은 듯 코끝이 찡하고 눈물겨웠다.

"그런데…… 그렇게 됐어요. 이 왕가란 놈은 굉장히 잔인해서, 사산된 아이는 불행의 씨앗이라고 이름도 남겨 주지 않더라고요. 내가 아홉 달을 고민해서 지어서, 그 아홉 달 내내 곱씹던 이름을 버렸어요, 그냥. 그 아이도 버렸어. 못 볼 것이라도 되는 잡동사니처럼. 왕가의 묘지에 매장해 준 것이 어디에요? 이름도 없이……. 아…… 말하다 보니 죽을 것 같아, 정말……."

나도 죽을 것 같아.

"나는 아직도 그 아이에게 말을 걸어요. 엄마가 꼭 만나러 갈 테니까. 얼마 남지 않았다고. 삶은 사실 그리 중요하지 않아요. 의미가 없어요. 자카리에게 미안하지만, 역시 별수 없더라고요."

외르타는 순간적으로 그녀를 돌아보았다.

"정말 어떻게든 만나고 싶어요. 그래서 매일매일 기도하고 있어요. 정말 너무 보고 싶어요. 그래서 항상 보러 갔어요. 보러 가요."

"……."

"그냥 증발해 버리고 싶어요. 밖에 나가서 죽을래도 내 주검을 보는 이에게 폐를 끼치는 거니까 장소 정하기도 너무 힘들고……. 바다라도 갈까 봐요. 산을 갈까…….”

외르타는 손을 뻗어 레아의 어깨를 잡아당겼다. 지금 무어라고 지껄이는지 모르겠다. 목울대까지 화가 차올라서, 그 머리채라도 잡아 올리고 싶은 것을 간신히 참았다. 냉정이 서지 않았다. 죽겠다고? 그러나 그리 잡힌 레아는 그녀를 돌아보지도 않았다.

“그 아이가 날 얼마나 원망할까. 엄마라는 사람이 제 몸 관리 하나도 못하고, 어릴 적 구를 때는 건강하게 잘만 뛰놀다가……. 어, 내가 왜 죽어야 하냐고, 그렇게 물을 거야. 그렇죠? 아니면…… 엄마가 어렸을 때 그리 천방지축으로 몸을 혹사시켰기 ‘때문에’ 애 하나 견디지 못하고 떨어뜨렸다고. 나 하나 견디지 못하고 죽였다고. 죽도록 원망할 거야. 끔찍하게 싫어하고 생각만으로도 밉살스러울 정도로 증오할 거야. 자기를 죽였으니 엄마도 죽어야 한다고 할 거야. 난…….”

“그따위…….”

“왜요? 세상 빛 한번 못 보게 해 준 엄마를 싫어하지 않는 게 말이나 되나? 죽은 사람은 당연히 그 살인자를 원망하는 게 맞지 않아요? 그것이 도리…….”

“조용히 해.”

그녀의 목소리는 잔뜩 쉬어 있었다. 레아는 그제야 외르타를 획 노려보았다. 거의 표독스럽기까지 한 눈빛이었다.

“당신은 나한테 설교할 권리가 없어요.”

“너…… 너는 욕해도 되는데……. 아이까지 끌고 들어가지 마……. 너 혼자 자괴를 하든…… 자살을 하든…… 지지든 볶든 상관 안 할 테니까……. 아이한테 그따위 말을…….”

“내가 뭐라고 했는데요?”

“널 죽이고 싶어 해? 그 아이가 너 같은 말종인 줄 알아? 그 말이 어떻게…… 함부로 나와……. 세상에…… 아이를 품었다는 사람이…… 어떻게 그래…….”

“난 내 아이 얼굴 한번 못 봤어요. 그 아이가 얼마나 선량했을지 내가 어떻게 아나요? 겪지도 못했는데? 상식으로 생각해야지요. 자길 죽인 어머니를…….”

“그 소리…… 좀…… 그만해……! 네가 죽였어? 입 좀 다물어! 제발! 듣기 싫어! 너도 꼴 보기 싫어! 넌 정말 미쳤어!”

“나는 그 아이를 죽였어요.”

외르타는 순간적으로 시야가 컴컴해지는 느낌이었다. 느낌이 아니다. 실제로 그러했다. 눈앞에 발을 친 것처럼 모든 빛이 막혀서, 자신이 지금 손에 쥔 것이 무엇인지도 잘 알 수가 없었다. 이대로 숨이 넘어갔으면 좋겠다. 저따위 소리를 듣고 제정신을 유지하는 자신이 혐오스러웠다.

애정의 결정 같은 아이의 입에서 누구를 원망하는 말이 나올 것 같나? 하물며 죽으라고? 자신을 제 목숨만큼 사랑했을 어머니에게? 저 여자는 제 아이를 겪어 보지 못해 비관적인 상상이 정도를 넘은 것 같았다. 미쳤다. 아이가 어떻게 죽으라는 말을 한다는 말인가. 정말 정신 나갔어. 죽은 아이를 그 정도로 욕되게 하는 일이 과연 또 있을까. 저 여자는…….

“나는 그 아이를 죽였는데.”

정신을 잃었으면 좋겠다. 저따위 말을 듣느니 차라리 그 편이 나았다.

“왜 나만 살아가라는 거야?”

레아를 잡은 손에서 힘이 빠지려 했지만, 그녀는 결국 다시 악착같이 잡아 올렸다. 이번에는 어깨가 아니라 멱살이었다. 그러나 그것은 잡았다기보다는 매달린 모양과 더 유사했다. 외르타는 두 손으로 레아의 옷자락을 잡고, 덜덜 떨면서 고개를 움푹 숙였다. 어깨에서 짓눌린 한숨이 보였다.

“그러지 마……. 그러지 마라……. 넌 살아야…… 제발……. 안 그래도 힘들 아이에게…… 너까지 얹지 마라…….”

자신의 진심이라는 사실을 알았다. 그것은 상대 역시 같은 순간에 헤아린 사실이었다.

누군가 제 손을 감쌌다. 사람의 온도만큼 데운 물에 살짝 담근 느낌이었다. 그런 안온감, 따스함, 애정, 어짊, 연민, 공감. 외르타는 닿은 손을 타고 그 모든 것이 흘러 들어오고 있다는 사실을 깨달았다. 손의 주름 하나하나, 마디 하나하나, 파랗게 드러난 핏줄 하나하나로 삶이 전이되는, 그런 아릿아릿한 느낌.

레아의 얼굴을 볼 수가 없었다. 그녀가 지금 표정 짓고 있을 이해에는 속 좁은 자신이 감히 견디지를 못할 것 같았다. 사람이 주는 부드러운 감정에도 질식할 수 있다는 사실을 생전 처음으로 깨달았다. 눈물겨웠다. 보지 않았지만, 레아의 입이 고요히, 그러나 무언가를 담뿍 담고, 구원을…….

“외르타, 당신은 잘못한 게 하나도 없어. 당신은 당당해.”

잡힌 손이 덜덜 떨리기 시작했다. 손으로 펑펑 울음을 쏟아 내는 모양이었다. 그 눈물샘을 막는 것은 상대의 애정이었다. 안쓰러움과 연민, 동질감, 순수한 애정. 모진 곳 없이 오롯이 둥근 어미의 배처럼 따뜻하게 포옹했다.

“나는 당신이 아이를 놓지 않았으면 좋겠어. 너무나 가슴이 아파. 어떻게 사랑하는데 보내 줘? 너무 사랑해. 그럴 수는 없어.”

내 딸은 세 살이야. 영원히 세 살.

“나도 알아요. 외르타, 나도 알아. 내 몸에서 두 개의 심장이 뛰는 느낌을 알아. 그걸 잊으면 안 되잖아. 잊을 수도 없잖아. 나도 이를 악물고 참았어. 진짜 가끔 죽으면 이 그리움이 끝날까 싶을 때도 있었어.”

외르타는 가까스로 얼굴을 들었다. 눈물을 흘리지는 않았지만, 이미 온 얼굴은 울음 천지였다. 레아는 그녀의 손을 조심스레 놓은 뒤 기어이 여윈 어깨를 안았다. 외르타는 나무토막처럼 긴장해 있다가, 제 귓가에서 상대의 숨이 터졌을 때에야 힘을 풀었다. 살과 살이 맞닿았다기보다는 피와 피가, 뼈와 뼈가, 생과 생이 맞닿은 느낌이었다. 외르타는 그녀가 무슨 말을 하기도 전에, 서로에게 겹친 격자를 느끼며 그 전부를 이해했다.

“그런데…… 그래도…… 살아요…….”

외르타는 기어이 턱에 힘을 주었다. 잇새가 바스러질 정도로 세게, 온 잇몸이 헐어 없어질 듯이. 배꼽부터 솟는 울음덩어리를 막기 위해서는 어쩔 수가 없었다. 누군가가 저 아래에서 망치로 쾅쾅 숨을 쳐올리는 것 같았다. 안에서 바깥으로 나가는 호흡, 그것에 얹혀 냉정까지 떠밀려 갔다. 지키고 있던 마지막 보루가 뿌리부터 뜯겨 나가는 느낌이었다. 어쩐지 속 시원하게.

“그리워하고 미안해 하고 고마워하고 원망도 하고 사랑도 하고 그래도 결국 버티긴 버텨요. 응? 그렇게 살면 되잖아. 살아. 살아져요. 피 말리는 사랑이었겠지. 그만큼 힘들겠지만, 끝내 살아.”

“내…… 그 아이는…… 내…….”

내 무엇이라고 표현할 수가 없었다. 인간의 말로 묘사하기에는 너무, 너무도 부족했다. 오월이 주는 모든 초록의 빛, 망울을 터뜨리는 생명, 그 아이를 위해 줄 수 있는 것이 내 목숨뿐일 정도로. 그나마도 너무 미력해 스스로가 증오스러웠다. 자신이 그만한 무게를 지고 있다는 사실이 놀라울 만큼의 사랑이었다.

레아는 그녀의 목덜미를 두른 손에 힘을 주더니, 상대를 제 품에 온전히, 느리고도 도톰한 손길로 쓸어 담았다. 어깨에 턱을 얹고 있던 외르타가 서서히 떨어졌다. 둥글고 흰 품으로. 소리를 자아내는 곳에 이마가 닿았다. 그녀가 말할 때마다 웅웅 울리는 그곳에, 제 뿌리 얕고 여윈 나무까지 함께 흔들리고 있었다.

"어떤 말로 위로가 되겠어……. 나는 당신이 떠난 아이를 위해서라도 누구보다 더 기운 차리고 행복하게 살길 바라. 잃어버린 것을 잊으라는 것은 아니야. 하지만 잊지 않아도 행복해질 수 있어……. 슬픔이 천천히, 너무 아프지 않게 정리가 되길……."

정말 울고 싶지 않았다. 그러나 결국 눈물이 깨졌다. 소리는 없다. 속눈썹에서 이어진 두 실이 찬찬히 뺨으로 떨어졌다. 세심하게 쓰다듬었다. 그것은 어쩐지 아이의 손길 같았다.

발렌시아는 왕에게 반 시간 이상의 독대를 자제하라는 충언을 올리고 나오는 참이었다. 몇 마디 불평이 나왔지만 객의 건강을 생각하라며 전부 묵살했다. 결국 자카리는 승낙했고, 다 알겠으니 즉각 들여보내라 명하기까지 했다.

그래야 하는데 저 모양은 도대체…….

외르타는 레아에게 안겨 있었다. 얼굴도 보이지 않고 아무 소리도 없어, 울고 있는지 아닌지는 잘 모르겠다. 그러나 그가 무슨 말을 건네려는 순간, 돌연 레아가 도끼눈을 세우고 그를 바라보았다. 발렌시아는 입을 다물었다. 도끼눈도 가라앉았다. 다시 입을 열려 하자, 또 험악해졌다. 닫았다. 다시 평온이 찾아왔다.

발렌시아는 이제 폐하를 알현하셔야 한다는 말을 어떻게 전해야 할지 몰라 약간 난처해졌다. 주저하다 다시 말을 꺼내려 했지만 결국 다시 졌다. 레아는 마치 알을 보호하는 어미 새처럼 외르타를 품고 있었다. 그것을 방해하는 자가 공작이든…….

"외르타 발미……."

"시끄러워요."

……왕이든 득달같이 달려들어 쪼기 시작했다. 자카리는 어안이 벙벙한 얼굴로 알현실 문을 활짝 열었다. 고개만 나왔던 모습이 이제 빛 아래 온전히 드러나 성큼성큼 두 여자에게 다가가려 했다.

"안 멈춰요?"

발렌시아는 자신이 이곳에 함께 있어 망정이지 하마터면 왕이 험한 욕설을 듣는 사태가 벌어질 뻔했다는 사실을 깨달았다. 그것은 자카리도 거의 동시에 알아차린 모양이었다. 그는 발렌시아와 나란히 서서, 굉장히 미심쩍은 것을 본다는 듯 그들이 껴안은 모양을 바라보았다.

"레아?"

"부부끼리 왜 이심전심이 안 돼? 딱 보면 몰라요? 이 사람 지금 좀 힘드니까 물러가 있어요."

차라리 반말을 쓰는 편이 더 나을 것 같기도 하다.

"발미레는 짐을 보러 왔는데? 넌 왜 중간에 끼어들어서 짐을 난처하게 해?"

"보면 모르시겠어요? 오늘은 안 돼요."

"레아, 짐에게 발미레가 필요해. 하문할 것이 있다."

"정말 이 사람이!"

높은 목소리에 자카리가 멈칫했다. 좀처럼 보기 힘든 왕비의 노여움이라 판단한 모양이었다. 항상 하늘빛으로 빙그레 웃던 눈이, 주먹으로 움켜쥔 듯 가늘게 변해 있었다. 자카리는 손을 들어 제 이마를 쓸었다. 무슨 말을 하려다가, 그 곤두선 모습에 이기지 못하고 입을 다물었다.

그녀는 왕이 제 뜻에 꺾였다는 사실을 깨달은 듯했다. 레아는 폭풍 같던 기세를 가라앉혔다. 등뿐인 외르타는 변한 기색이 없고, 레아는 포식 직전의 사자처럼 느긋했다. 그녀는 묘한 미소를 지었다.

"나중에 얘기하자고요."

"……."

그때, 외르타가 고개를 일으켰다. 발렌시아는 저도 모르게 한 걸음 앞으로 나가려다, 옆에 선 자카리가 이상스레 보는 것을 눈치채곤 가까스로 멈추었다.

외르타가 레아에게 몸을 기울여 무슨 말을 하는듯한 느낌이었다. 그 귀에만 대고, 그녀만 들을 수 있도록 작게. 갑자기 짜증이 솟는데 그 이유를 알 수가 없었다. 레아는 몇 번 고개를 끄덕이고 다시 몇 번 속삭여 주다가 천천히 그들을 향해 시선을 들었다. 둘 모두 긴장했다.

"폐하, 이 사람, 오늘 몸이 너무 아프답니다."

"그걸 왜 네가 전해?"

"젠장, 울고 있잖아요."

"레아……."

"폐하께서 무엇을 하문하시려 하는지는 모르지만, 이처럼 아픈 사람한테 다른 내용이 더 나올 것 같나요?"

자카리는 이쯤에서 패배를 인정하려는 듯했다. 발렌시아의 거리감 있는 눈으로도 왕이 왕비에게 이긴 일이라곤 단 한 번도 없었으니, 어쩌면 이것은 당연한 수순일지도 몰랐다. 자카리는 양손을 들어 올리며 물었다.

"그렇게 계속 데리고 있을 거냐?"

"제가 필요하다고 생각하는 한 계속요."

외르타가 또다시 무슨 말을 속삭였다. 발렌시아는 그녀가 모두 들을 수 있도록 조금 소리 높여 이야기해 주었으면 좋겠다고 생각했다. 도대체 무슨 이야기 중인지 짐작이 가지 않았다. 온 신경이 쏠려 있었다.

"이따 갈 테니 공작은 이만 가시랍니다. 가세요. 빨리 가세요."

"저는……."

"안 가요?"

왕은 그녀를 사랑해 넘어간 것이다. 자신에게는 그럴 이유도 의무도 생각도 없었다.

"저는 그분을 모셔 가야 합니다. 미라이예의 객이십니다. 제가 그분을 책임져야 한다는 사실을 비전하께서 모르실 리 없습니다."

옆에서 자카리가 조금 겁먹은 눈으로 발렌시아를 바라보았다. 그것이 언제가 되었든, 공작에 대한 잔소리에 쪼일 시기가 두려운 듯했다.

"가세요, 공작."

"객은 왕명만큼이나 귀중한 의미를 지닙니다."

"안 가시면 이제 발렌시아 경이라고 부를 겁니다."

"마음대로 하십시오. 하지만 외르타는 솔 미라이예로 모셔 가야 합니다."

레아가 인상을 찌푸렸다.

"외르타, 솔 미라이예로 돌아가시는 것이 좋겠습니다."

레아의 품에 묻혀 있던 외르타가 천천히 고개를 들었다. 발렌시아는 그제야 성큼성큼 그 둘에게로 다가갔다. 레아는 제 애인을 빼앗기지 않으려는 사람처럼 재차 외르타를 꾹 안았다. 그러나 그 순간 외르타의 손이 올라가, 그런 레아의 두 뺨을 감싸 버렸다. 곧장 그녀의 팔 힘이 느슨해졌다. 외르타는 물에 풀린 머리칼처럼 흘러나갔다.

외르타는 두 손으로 제 얼굴을 짚었다가, 가까스로 자리에서 일어났다. 발렌시아는 어느새 그녀 곁에 가 서 있었다. 그녀가 고개를 끄덕이자 즉각적으로 제 팔이 뻗어 나갔다. 자신이 무슨 용기를 보이는지도 모르는 채, 그녀의 어깨를 닿을 듯 말 듯하게 감싸, 슬며시 미는 손. 그녀는 성을 내지도 반항하지도 않고 그 희미한 힘에 밀려갔다. 백사장에 묻혀 있던 조가비가 여러 번 쓸려 온 파도에 못 이기고 떠내려갔다.

그들은 모퉁이를 돌아 사라졌다.

한참 뒤, 레아는 한숨을 쉬며 자리에서 벌떡 일어났다. 키가 작은 탓에 의도치 않은 종종걸음으로 자카리에게 걸어갔다. 그녀는 자카리의 단단한 어깨에 제 팔을 간신히 두르고는, 정신 차리라는 것처럼 뺨을 살짝 두드려 주었다. 그녀는 파리 쫓듯 고개를 몇 번 돌리는 그의 모습에 웃음을 터뜨렸다.

레아는 남편을 다독이며 알현실로 들어갔다.

발렌시아는 연무장에 우두커니 서 있었다. 불을 켜 두려는 시종을 그가 막았기에 이곳에는 오로지 그와 칼뿐이었다. 달 밝은 밤에 불을 밝히면 그림자가 여럿이 되어 정신이 산란하다. 이것이 낫다. 초승달의 입매마저 고즈넉한 밤. 낮의 해를 잘라 붙인 듯, 저 얇은 빛에도 온 바닥이 희미하게 드러나고 있었다.

보름 만에 처음으로 칼을 들었다. 밀린 업무에 몰두한 까닭에 그간 니소르를 위한 시간을 내지 못했던 것이다. 운라쿰이 드디어 끝나, 거의 자축하는 기분이 되어 이 자리에 설 수 있었다. 정교한 연습이라기보다는 단지 습관적인 동작이었다.

니소르. 제 다섯 번째 사지. 자신이 가장 애착을 가지는 것. 스스로가 조금이라도 애정을 가진 물건이 있다면 이뿐이다. 사람을 포함해도 마찬가지였다. 앙히에가 그나마 자신이 마음을 쓰는 상대였지만, 그 아이는 지금에 이르러서는 이미 저와 절연한 사이였다. 신경 쓰고 싶지 않았다. 외르타 때문에 간신히, 매번 참고 있지만 영영 눈앞에 보이지 않았으면 하는 것이 제 정직한 바람이었다.

앙히에가 먼저 그를 놓았다. 그리 도주하고서 버리지 않았다 말하는 것은 완전히 어불성설이다. 마음만큼은 변치 않았다고 변명할 테지만, 증거가 없다. 믿지 않는다. 그리고 그 모든 배신을 차치하고라도 그 아이에게는 죄가 더 있었다. 앙히에는 자신에게 가장 통렬한 상처를 입히고 떠난 자였다. 형님은 남을 이해하지 못할 사람이라고 지금과 같은 밤에 지껄이고선, 메우지도 않고 무책임하게 떠났다. 그리고 그 상흔은 리베 몬테에 의해 더 찢어졌다.

그 여자도 훌륭했다. 그녀 자신의 목표를 달성하는 데 있어서 너무도 훌륭했다. 자신의 인생에 이런 식으로나마 발자취를 남기고 싶었던 것 같다. 그 계획은 너무도 완벽하게 성공하여, 심지어 그는 지난 십 년 동안 그 생각을 떨쳐 낼 엄두조차 못 내었을 지경이다. 망령으로 살아 있었다.

평생 남을 이해하지 못할 것이다.

인정하지만, 그래도 속은 쓰렸다.

디무어는 남을 묵살하라 충고했다. 무가치한 치들의 읊조림은 읽어 내는 것만으로도 충분하다 말했다. 그러나 그녀는 실패했고, 발렌시아는 그것이 '충분하지 않다' 는 사실을 깨달았다. 그녀는 충분하지 않았다. 읽어 내는 이해를 넘어서려면, 도대체 무엇이 필요하지? 디무어는 자살했다. 그러나 그녀를 혐오하는 지금까지도, 스스로에게 충고를 할 수 있는 유일한 이는 그녀였다. 그 사람은 죽었다. 정신이 아찔했다.

누군가 오고 있었다. 그는 그 사람이 누구인지 너무도 잘 알았다.

그는 그녀를 느낀 순간 바닥에 칼을 꽂았다. 그리 부드러운 땅이 아닌지라 몇 뼘이나 흙이 튀길 정도로 거친 힘이었다. 발렌시아는 칼자루를 꽉 잡고, 그 사람이 다가올 때까지 기다렸다. 그리 오래 걸리지 않았다.

"발렌시아 경."

발렌시아는 잠깐 아래를 바라보았다. 날의 구멍은 기이할 정도로 깊숙이 파여 있었다. 단단히 들어가 움직임도 없다. 그는 그 칼자루에 마지막으로 한 번 힘을 주었다가, 결국 뒤를 돌아보았다.

외르타는 간소한 흰 옷과 그녀의 이목구비처럼 항상 함께하는 붉은 천을 두르고 있었다. 봄밤의 미풍에 천이 미세하게 날렸다. 그는 그 모습에 순간 숨이 막혔다.

그녀가 말했다.

"경, 나를 살릴 수 있겠니?"

발렌시아는 미동도 보이지 않았다. 대답 역시 없다. 그저 무시무시한 침묵이었다. 누군가 그 앞에 길고 검은 장막이라도 세워 놓은 듯 모든 곳이 묵직했다. 머리부터 발끝까지 어떤 완벽한 균형에 의해 선 빈틈없는 도형 같았다.

외르타는 그에 실망하기는커녕, 당연히 여겨 외려 고맙기까지 했다. 제 물음의 답이 쉽지 않다는 사실은 충분히 깨닫고 있었다. 이미 반 공식적으로 인정된 왕의 계획. 모두가 알고 있어도 감히 입 밖으로 내지 못하는 것. 모든 것이 실패했을 때, 왕은 외르타를 희생시켜 전쟁을 점화시키리라.

그런데 이런 상황에서 죽어야 하는 사람이 왕의 공작에게 삶을 요청하고 있는 것이다. 말이 좋아 요청이지, 이것은 사실 구걸과 다를 바 없는 행동이었다. 물론 자신이 애써 세운 계획을 발렌시아가 망쳤다는 사실은 부정할 수 없다. 그 역시 내심 그것을 느끼고 있을 것이다. 그러나 마음의 빚은 언제나 그뿐이다. 실용적이지 않다. 저자가 무엇이 좋다고 제게 그런 호의를 보이겠는가. 그러니 동정이 아니라면 안 될 일이다. 동정으로도 안 된다면, 별수 없다. 생이 가는 대로 맡겨야지.

칠 년 만에 살고 싶다는 생각이 들었다.

아직은 불씨뿐이지만 기어이 타올라 불이 될 것이다. 슬쩍 내밀어 본 손이 거절당한다면 그것은 또 그것대로 당연하고 좋은 일이다. 그의 권력에 의존하지 않고도 자신에게는 수가 있을 것이다. 물론 험난하고, 역시 죽음을 무릅쓰는 길이지만, 갈 곳이 있는 것이 어딜까.

외르타는 적당히 기다렸노라 생각하고는 얕게 웃으며 뒤를 돌았다.

이제 무엇을 해야 하나. 발터와 접선해 볼까. 잉그레에서 손을 들고 돌아다니며 제 얼굴을 어수대에 공개할까. 만나는 즉각 죽을 수도 있지만, 그래도…….

누군가 제 팔뚝을 잡았다. 그녀는 놀라 뒤를 돌아보며, 즉각적으로 그 억센 손을 털어 냈다. 이미 몸에 습관이 된 동작이라 그것이 누구인지, 어떤 의미로 잡았는지에 대해서는 생각할 겨를조차 없었다.

"예."

그녀는 반쯤 몸을 돌린 채 그대로 굳었다.

"삶을 원하신다면 제가 마땅히 드릴 일입니다. 저는 당신을 처음 뵈었을 때부터 목숨을 보전하시기를 요청했습니다. 다르지 않습니다."

외르타는 꽉 붙잡힌 팔뚝을 비틀어 빼내기 위해 몇 번이나 노력했다. 그것은 머리와는 별개로, 몸이 견디질 못하고 떨쳐 내려는 모양이었다. 때문에 그녀가 요구한 것은 조금 뒤였다.

"손…… 일단 놓고……."

그는 놓지 않았다. 외르타는 머리가 마비되어 무슨 생각을 할 수가 없었다. 그가 자신을 살려 주겠다고 말했는지, 그에게 무슨 말을 듣기는 했는지조차 기억이 나지 않고, 당장이라도 빨리 이 손을 떨쳐 내야겠다는 다급한 바람밖에 없었다.

그러나 여전히 뜨끈한 힘이 붙어 있었다. 그녀는 점차 이성을 잃어 갔다. 발렌시아는 그녀를 잡고 어딘가로 성큼성큼 걸어갔다. 외르타는 어떤 곳에 가기 싫다고 뻗대는 아이 모양으로 반쯤 주저앉아 버렸다. 하지만 그 힘. 고스란히 끌려가, 그 자리에 머무르지도 못하고 구부정한 다리로 더듬더듬 따라가게 되었다. 무서워서 눈물이 났다. 등골이 오싹하다. 저 남자가 너무너무 두려워 이 자리에서 그대로 기절하는 것이 더 감사할 지경이었다. 왜 나는 아직도 정신을 차리고 있나. 돌아 버릴 지경인데. 오금이 저렸다. 눈앞이 새하얗게…….

그녀는 자신이 어딘가에 앉혀졌다는 사실을 깨달았다. 의자에 닿은 넓적다리부터 돌연 차가운 것이 치밀어, 허리로 가슴으로 어깨, 목덜미까지 타고 올라왔다. 그 냉정은 가까스로 입에 스몄다. 혀뿌리를 타고 바깥으로 터져 나왔다.

"제발…… 그만 좀……. 아파 죽겠어……."

냉정은 아직 머리에 닿지 않았다.

"내가…… 참을게……. 응? 내가…… 조용히 할게……."

눈물이 흐르지 않는 것이 더 용할 지경이다. 정도 이상으로 무서우면 얼굴이고 몸이고 도저히 제 통제를 따르지 못하게 되니 이 꼴은 어쩔 수가 없었다. 아, 아니구나. 이미 울고 있었구나. 온 살갗이 저를 보호하려는 나무껍질처럼 일어나 뺨을 타는 눈물조차 느끼지 못하고 있었다. 자신은 이미 울고 있었다. 낮에 흘린 산 눈물과는 다른, 공포에 미쳐 죽은 눈물이었다. 목에서 쌕쌕 거친 숨이 돋아나는 소리가 들렸다.

"외르타."

"아…… 으……."

"외르타."

찬 것이 입술에 닿았다. 흘러 들어왔다. 그녀는 자신이 무슨 행동을 보이는 줄도 모른 채 그것을 꿀꺽 삼켰다. 작은 폭포수가 떨어지듯 온 속을 통과하는 차가운 물줄기.

외르타는 눈을 떴다.

눈앞에 발렌시아가 보였다. 다시 숨이 막혀서 그대로 넘어가려는 것을, 그가 붙잡아 내렸다. 외르타는 모여 잡힌 제 두 손에 이성이 다시 돌아오는 것을 느꼈다. 그것은 결코 그의 손길이 기꺼워서가 아니라, 충격에 충격을 얹어 다시 제자리로 돌아오게 만드는 힘이 있어서였다. 외르타는 꽉 막힌 목소리로 말했다.

"우선…… 놓고 얘기하자……. 팔뚝이든, 손이든…… 놓고……."

그가 떨어져 나갔다. 그러나 제 살에는 아직도 열기가 붙어 있어, 외르타는 기겁하여 허둥지둥 손을 등 뒤로 돌렸다. 그녀는 가쁜 숨을 들이키며 희미한 악을 터뜨렸다.

"도대체…… 경! 왜……!"

"세 걸음 왔습니다."

외르타는 눈물 맺힌 눈을 문지르며 고개를 돌렸다. 니소르가 꽂힌 곳에서부터 제 걸음으로도 너덧 걸음밖에 안 되는, 말 그대로 엎어지면 코 닿을 거리였다. 자신은 의자에 앉아 있고, 그 긴 의자 옆에는 뚜껑 덮인 우물 비슷한 것이 있었다. 제대로 된 이야기를 하자고 몇 걸음 떨어진 곳에 앉히려 한 것 같은데 그 와중에 저가 또 경기를 일으킨 것이다.

물론 그래도 화를 낼 거리는 많았다.

"거리가 무슨 상관인가! 그냥 저곳에 앉으라고 말하면 됐잖아!"

"앉지 않으셨을 것입니다."

외르타는 순간 숨을 삼켰다. 부정할 수 없다. 자신은 제가 요청해두고도 그 승낙에 놀라 도망가 버렸을 테니까. 어떻게 알았지? 그녀 스스로조차, 그의 답을 들은 순간과 이성을 잃은 순간의 차이가 너무도 적어 눈치채지 못했던 충동이었다. 그런데, 어떻게.

"경……."

"저는 답을 드렸습니다."

그는 그녀 앞에 몸을 숙인 채 눈을 마주하고 있었다. 그녀는 입을 벌렸다가, 닫았다가, 다시 벌렸다. 그러나 곧장 무슨 말을 자아낼 수는 없었다. 상대의 확고함에 떠밀려 자신이 아는 모든 언어가 잠깐 동안 억눌린 것 같았다. 그녀는 마른기침만 몇 번 하다가, 간신히 말했다.

"발렌시아 경, 다시 생각해 봐."

발렌시아의 반듯한 인상이 확 일그러졌다. 외르타는 그가 그 정도로 감정을 내비친 것을 본 일이 드물어 눈만 동그랗게 떴다. 그의 목소리는 평소보다 두 음계 정도 더 낮았다.

"제게 먼저 요청하셨습니다. 나를 살릴 수 있느냐 물으셨고 저는 그럴 수 있다고 말씀드렸습니다."

"불가능하잖아."

"외르타."

"폐하께서 원하시는 바야. 종복된 자로서 당신이 이길 수 있을 리가 없어. 왜 허무맹랑한 약속을 하니?"

"허무맹랑하지 않습니다. 저는 제 말을 지킵니다."

"어떻게……."

"당신은 그것이 가능하다는 것만 알아주시면 됩니다. 그것만 아시고 나머지는 개의치 마십시오."

"……하지만……."

"제 앞에서 처음으로 직접 삶을 요청하셨습니다. 저는 감히 그것을 무를 수 없습니다. 받게 두십시오."

외르타는 입술을 깨물었다. 사실 그녀는 거절당할 것을 각오하고 왔다. 그래서 외려 홀가분하고도 가벼운 마음으로 발렌시아를 찾았던 것이다. 그에게 큰 짐을 떠넘기고 있다는 생각이 전혀 없었으니까, 어차피 그는 거절할 것이고 자신은 내쳐진 뒤 다시 본디로 돌아갈 것이라고 생각해 왔으니까. 별 뜻 없는, 살겠다는 깃을 꽂은 기념행사 정도로 생각하고 말을 건네러 왔다.

그런데 이토록…….

"발렌시아 경."

"……."

"일전에 앙히에가 날 데리고 도망가 주겠다는 말을 한 일이 있어. 그런데 내가 거절했지. 그 이유가 뭔 줄 알아?"

"……."

"나는 그 아이의 인생에 빚을 지우기 싫었다. 나 때문에 일말이라도 그 생을 마모시키기가 싫었어. 나는 그런 호의를 받을 이유도 의사도 없단다. 경, 나는 당신 인생을 책임질 수가 없어……."

"책임져 달라 말씀드린 적 없습니다. 당신은 당신으로 계시면 됩니다."

그녀는 상대의 눈을 빤히 바라보았다. 달 밝은 밤이라, 그 동공 속에 손톱 하나와 제 얼굴이 같이 뜬 모양이 보였다. 외르타는 약간 고민했다. 그리고 말했다.

"나는 당신에게 이미 너무 큰 빚을 졌다. 당신은 내 남편을 죽여 주었지 않나."

"당신은 언제까지 그 왕을 남편이라 일컬으실 생각입니까?"

외르타는 너무 뜬금없는 칼에 말문이 막혔다. 사실 이것은 습관에 불과했다. 매번 그러하는 데 딱히 큰 의미가 있다고 생각한 적도 없고, 어차피 자신에게 남편이라는 말이 우호적인 어감일 리도 없으니 사용에 별 거리낌을 느끼지 못했던 것이다. 정상인의 눈으로는 이상한 단어 선택이었을까?

"아, 응. 신경 쓰지 마. 어차피 내가 좋은 의미로 남편이라고 부르는 게 아니잖아. 발렌시아 경, 각설하고, 당신은 나를 책임질 이유가 없어."

"……."

"경?"

"당신은 미라이예의 객이십니다."

외르타는 웃고 싶다고 생각했다. 그리고 실제로도 웃음을 터뜨렸다.

"하하……. 경, 그게 가장이란 것을 우리 사이에 꼭 지적해야겠어? 객이라니? 농담은 그만해라."

"……."

"경, 당신은 나 때문에 피해를 봐야 할 이유가 조금도 없단다. 나는 나와 관련 없는 사람이 나로 인해 영향을 받는다는 사실이 언짢다. 항상 그랬어. 그건 기분이 별로 좋지가 않아. 그러니 묻겠어. 왜? 이것만 대답해 보렴. 왜?"

갑자기 발렌시아가 일어섰다. 그녀는 영문도 모르고 그가 하는 양을 지켜보고 있었다. 그림자는 저벅저벅 걸어가 칼을 뽑아 들었다. 외르타는 땅속에 박혀 있던 부분이 꽤 되었다는 사실에 새삼 놀랐다. 조용히 들어, 조용히 회수하는, 검푸른 밤. 외르타는 걸쇠를 걸고 칼집 선을 쓸어내리는, 그 연결되는 모든 동작을 완전한 곡선으로 눈에 담았다. 옅은 미소가 흘러나왔다.

그는 그 자리에 우뚝 서서 어느 쪽으로 갈 것인지에 대한 답을 찾지 못하는 느낌이었다. 그것은 부탁의 가부를 고민하는 망설임이 아니라, 수락의 이유를 고민하는 망설임이었다.

그러나 그것도 찰나였다. 발렌시아는 땅을 잠시 바라보다가, 다시 외르타에게로 시선을 돌렸다. 침착한 것 같기도 하고 요동치는 것 같기도 한, 그런 기묘한 교차로 그가 말했다.

"너무 오랫동안 당신의 목숨을 지켜 와 이제는 도저히 돌이킬 수가 없게 된 것 같습니다."

외르타는 그를 물끄러미 바라보았다. 그의 말이 그렇다 하니 그러한가 보다. 맞는 말이다. 반년도 더 전, 자신을 만날 적부터 지금 이 순간까지 그가 제 숨에 신경 쓰지 않은 날이 없었다. 그것에 대한 채무감일까. 지금껏 그리해 왔으니 끝까지 마무리 짓겠다는 그다운 책임감. 그녀는 그를 알았다.

"당신을 난처하게 하고 싶지 않은데……."

"괜찮습니다."

"내가 너무 바라는 게 많아서……."

"아니요."

그녀는 눈썹을 가볍게 치켜 올렸다.

"이번이 처음입니다."

"……."

"항상 버리셨습니다. 무언가를 원하신 역사가 없습니다."

발렌시아는 그녀 쪽으로 한 걸음 다가왔다. 외르타는 긴장하지 않았다. 무릎에 소담스레 손을 올린 채 제가 보일 수 있는 최대의 집중으로 그를 바라보고 있었다. 그가 읊조렸다.

"외르타."

이름을 부르려는 행동이 아니었다. 읊조렸다. 제 입속으로 그녀의 이름을 울려 보려는 행동이었다.

외르타는 그것을 듣고 제 자신을 굽혔다.

"그래."

그가 한 발자국 더 다가왔다. 외르타는 슬며시 웃었다.

"그래. 그렇게 하자. 그래. 날 살려 줘."

"그리하겠습니다."

그녀는 고개를 끄덕끄덕 흔들더니 하품을 한 번 했다. 맑은 눈이 가늘어졌다가 다시 아몬드 모양으로 뜨였다. 일어서려고 두 손을 의자에 짚는 순간, 무언가가 제 앞으로 떨어졌다. 상아처럼 흰.

외르타는 웃음을 터뜨리며 니소르의 칼집을 쥐었다.

그녀는 실제로 끌어안긴 듯 단박에 올라갔다. 그 힘이 어찌나 셌는지, 외르타는 한순간 기우뚱 하지 않고도 곧게 설 수 있었다. 그녀는 흰 칼집을 치하하듯 두드려 주더니 이내 총총 걸어가 버렸다.

밤의 긴 그림자. 발렌시아는 그림자의 끝을 밟으며 걸어갔다.

"고마워."

레아는 그의 진심을 담은 감사에 빙그레 웃었다. 그 웃음 역시 드물게도 진지한 '진짜' 처럼 느껴졌다. 그러나 다음 순간, 장난기 어린 그녀의 손이 불쑥 뻗어 나갔다.

"고마우면 돈 내놔."

"……."

"미라이예에 던지고 가는 돈은 수없으면서 나한텐 아까워? 못된 녀석."

"……진짜 줘?"

앙히에는 멍청하게 반문하다 레아의 비웃음을 샀다.

"저 저…… 으유……."

그는 눈에 힘을 주다가, 제 눈이 이미 너무 크게 뜨였다는 사실을 깨닫고는 헛기침을 했다. 앙히에는 스스로를 소파 속으로 더 깊게 파묻어 버렸다. 자기변명적인 어조로 말했다.

"진담인 줄 알았어."

"앙히에, 내가 왜 돈을 바라? 부족하지도 않을뿐더러, 뭘 했다고?"

"도와줬잖아."

레아가 팔짱을 꼈다. 앙히에는 아직까지도 고마움과 미안함을 지우지 못한 시선으로 친구를 바라보고 있었다. 젖먹이 적부터 알았다 해도, 서로에게 지독히 민감한 부분은 반드시 있는 법이다. 자신이 요구한 것이 바로 그 부분이었다. 고맙지 않고, 미안하지 않을 리 없다.

그는 한숨처럼 읊조렸다. 고해를 위한 한숨이었다.

"레아, 549년 4월에 나는 오스페다에 있었어."

"……잉그레에 안 왔잖아. 아닌가? 내 기억이 잘못된 거야?"

"네 기억이 맞아. 레아, 나는 일월까지는 동부에 있었어. 네 산달이 되자 완전히 굴러 들어온 거지. 왕손이 탄생하는 날에는 외부인이 못 들어가니, 나는 뒷골목에 앉아 놀금을 잡고 있었는데…… 다음 날 그냥 갔다. 나로서는 그게 최선이었어."

"왜……."

"왜냐고 묻지 마. 레아, 나로선 그게 최선이었다고 답했어. 방법은…… 정말, 젠장, 내 방법은 여기저기서 하도 욕을 먹어서 진력이 났다. 너마저 그러면 난 진짜, 아, 성격 아닌데도 자책하기 시작할 거야. 그러니 하지 마. 나는 그랬어. 이제 와 바꿀 수도 없잖아?"

레아는 눈만 깜박였다. 짜증인지, 화인지, 혹은 짜증과 화를 가장한 미안함인지 모를 것이 노을에 비치고 있었다. 앙히에는 제 짧은 머리칼에 손을 넣더니, 신음조차 없이 여러 번 헝클어뜨렸다. 오렌지색 노을이 아슬아슬하게 그 머리칼을 훑고 지나갔다. 마구 뻗친다. 손이 가라앉았다. 붕붕 뜬 머리칼. 다음 순간 나온 중얼거림은 그의 머리칼만큼이나 산만했다.

"이건 중요한 게 아냐. 신경 쓰지 마. 나는 애썼는데 왜 다들 나한테만 그러냐? 젠장, 레아, 넌 화내지 마. 화내고 싶어도 가만히 있어. 아니, 아니, 이게 아닌데. 미안. 취소. 미안. 레아, 화내고 싶어?"

그녀는 대답하지 않았다. 그저 한심하다는 듯 혀를 차는 모양이었다. 저게 말인지 단어인지 음절인지 모르겠다는 표정이다. 앙히에는 얼굴을 붉히지 않았다. 그럴 만한 사람이 아니었고 그럴 만한 친구 사이도 아니었다. 그는 단지 인상을 확 찌푸리더니, 순식간에 제 말을 뭉텅 잘라먹었다.

"아무튼 중요한 건 이게 아니야."

"……."

"요점은, 내가 그 사안에 신경을 쓰다 못해 끝내 떠났다는 거야. 그 정도로 고민했어. 동부에서 이곳까지 와 놓고도 도저히 널 볼 엄두가 안 나 자리를 떴다. 내게는 그만한 충격이었고…… 너 역시 그럴 거라 생각했거든……. 그 뒤 나는 네 앞에서……."

짧은 침묵이 있었다. 레아가 느릿느릿 말을 받았다.

"사산."

"사산…… 이야기를 꺼내지 않겠다고 결심했어. 그런데 그걸 외르타를 위해 깬 거야. 진짜 나는 무슨 한 입으로 두 말하기가 취민가 보다. 앞으로는 결심도 안 해야겠어. 끔찍해."

레아는 숨을 크게 들이켰다가, 고개를 저으며 한숨을 내쉬었다. 드디어 자신이 말할 차례를 잡은 양 약간 흥분한 목소리가 흘러나왔다.

"너나 자카리나. 난 내가 아이를 극복한 이유를 두 번이나 설명하고 싶지 않으니 그냥 넘어갈게. 그러니 앙히에, 넌 앞으로는 딱, 옷 아래에서 일어나는 일을 입 밖에 내지 않는 정도로만 사산 일에 주의해 주면 돼. 무슨 깊은 구덩이라도 된 것처럼 피해 다니면 나한테 맞을 줄 알아."

"……뭐?"

"'뭐?' 앙히에, 내가 병자야? 너는 외르타 한 사람만 봐서 그런지 몰라도, 사람마다 극복하는 방법은 달라. 봐봐. 지금 저 고통을 겪는 외르타와 나는 삶 자체가 다르잖아. 이런 말은 미안하지만, 외르타의 삶에는 칠 년의 유폐가 있어. 나는 스물네 해를 온갖 곳에서 구르며 자라 왔고. 앙히에, 사람이 다르다니까?"

"……."

"물론 같은 곳도 있어. 나와 저 사람이 죽은 아이라는 공통점으로 묶여 있지 않았다면 네가 내게 도움을 요청했겠어? 아니야. 알아. 그렇지만 내가 외르타에게 나와 똑같은 방법으로 극복하라 말한다면 그것도 더없이 웃긴 일이 될 거야. 공통점과 차이점, 나는 그걸 분명 알고 있었고, 그랬기 때문에 그 사람을 설득해 낼 수 있던 거야."

"모르겠어."

레아는 신음을 흘리며 제 이마를 짚었다. 알면 네가 화상이겠니. 그녀는 거북이처럼 몸을 숙였다.

"그래. 내가 너 이런 모습을 하루 이틀 봐? 그냥 그렇다고 생각하고 넘어가자."

"네가 이렇게 무덤덤하면…… 물어도 되나?"

"뭘?"

"나는 며칠을 다독이면서도 영…… 계속 죽은 몰골이던데…… 넌…… 어떻게?"

'설득했어?' 레아는 고개를 들지 않았다. 여전히 제 무릎에 얼굴을 파묻은 모양이었다. 의외로 친절한 답이 나왔다.

"아이 때문에 복수한 사람이잖아. 아직도 아이밖에 없을 거야. 때문에 아이가 죽고 복수도 죽은 지금 자신이 왜 살아 있겠느냔 자문 역시 있겠지."

"나도 그건 알아."

"그런 사람의 사고방식을 바꿀 필요는 없어. 그저 뒤집어 주면 돼."

"……."

"그렇게 끔찍하게 보살핌 받던 그 사람의 아이가 왜 어머니의 죽음을 바라겠어? 애초에 외르타의, 아이가 죽고 자신도 죽어야겠다는 이야기 자체가 비이성적인 이야기야. 우리 아이가 어떻게 그래? 말도 안 돼. 앙히에, 잘 들어. 나는 그런 말도 안 되는 생각을 한 그녀가 어리석다 말하는 게 아냐. 그 사람은 그저 모든 게 힘에 부쳤을 뿐이야. 그만한 역경을 겪은 사람에게……."

"그러니까……."

"말 끊지 마."

"야……."

"아무튼 그렇게 이야기해 줬어. 일방적인 충고는 먹히지 않을 테니까……. 내가 먼저 미친 척을 좀 했고……. 결국 그녀가 혼자 깨달았지. 내가 산파 역할을 했다고 해야 하나."

침묵.

레아는 그 침묵 속에서 불유쾌한 추측을 떠올렸다.

"앙히에, 넌 내가 공감이 아닌 속임수로 그녀를 설득했다고 생각해?"

"……."

"그러지 마……. 그건 너무 단편적인 시각이잖아. 내 속임수는 속임

수가 아냐. 공감이 밑바탕이 돼야 돌려 말할 수도 있는 거라고. 나는 외르타에게 이 방법이 가장 좋을 거라고 생각했어. 아이를 위해 그만큼 처절했으면서도 여전히 엉망인 모습이 안타까웠어."

"속임수라고 생각 안 했다. 그냥…… 그래. 나는 잘 모르겠어. 그냥, 네가 맡아 줘서, 네가 해결해 줘서 고맙다고 생각할 뿐이야. 아까 가서 보니까 웃던데? 좋은 게 좋은 거지."

레아가 아래에서, 소리 내어 웃었다.

"하하! 뭐, 그래야지."

"아무튼 고맙다. 진심으로."

"왜 이래? 대가가 아예 없는 건 아니었잖아."

그녀의 말은 웃음과 섞여 거의 농담처럼 들렸다. 앙히에 역시 따라 웃었다. 레아는 더 짙은 웃음을 터뜨리다가, 돌연 푹 가라앉았다. 얇은 나뭇잎 하나가 그 얼굴을 감춘 듯하다. 그녀는 갑자기 조심스럽게 덧붙였다.

"앙히에, 사실 무게는 네가 더 무거워. 나는 네게 답을 종용한 걸 약간 후회하고 있어."

그 역시 서서히 웃음을 가라앉혔다. 눈을 한 번 깜박였다. 새파란 벽안이 빛을 삼켰다가, 다시 뱉었다. 출렁이는 시선. 그러나 말은 침착했다.

"괜찮아. 리비로 외르타를 구했으면 된 거야."

"말 묘하네."

"그런가?"

"앙히에, 이제 와서 말하기는 조금 그런데, 난 사실 네가 나한테 네 칠 년을 말해 주리란 기대가 거의 없었어. 그동안 그토록 굳게 지켰던 이야기잖아."

"그래서? 애초에 수락하려 하지 않았는데 내가 말해 줘서 억지로 했다는 이야기……."

"아니. 그 반대야. 네가 말해 줄 거란 기대가 전혀 없었다니까? 난 네가 이야기해 주지 않았어도 외르타를 설득해 줄 생각이었어. 네 부탁을 들은 순간 수락할 생각이었다고."

그 순간, 앙히에가 몸을 기울였다. 소파에 푹 파묻혀 있던 상체가 앞으로 비스듬히 섰다. 레아는 제 눈보다 약간 짙은 시선이 저를 뚫어져라 응시하자 침을 한번 삼켰다. 변명이 필요한 시점이다.

"네가 너를 시험한 것처럼 보였다면 정말 미안해, 앙히에. 정말 미안. 하지만……."

"상관없어. 너 외르타를 계속 흘끔거리는 모양이 딱 내 칠 년에 대해 캐고 싶어 하는 꼴이었으니까. 그걸 누가 몰라? 심지어 폐하를 설득해서라도 나에 대해 캐냈을 테지. 언젠가는. 그러니 내 질문은, 왜? 이거야. 왜? 난 네가 외르타에게 관심 있는 게 순전히 나를 캐기 위해서인 줄 알았어. 그런데, 뭐라고? 너 언제부터 그런 동정심을 가졌냐?"

"좀 진정해. 그건 내가 묻고 싶은 질문이야. 내가 언제부터 그리 매정해 보였어? 넌 지금 진짜 날카로워."

"날카롭게 들렸다면 미안하다. 말이 좀 세졌나 보지. 레아, 하지만 진심이야. 네가 뭘 바라고……."

"너, 외르타가 진짜 중요하긴 한가 봐……."

그는 입을 딱 다물었다. 레아는 어안이 벙벙하다는 어조 그대로 말을 이었다.

"내가 내 입으로 이런 말 하기는 그렇지만…… 앙히에, 나는 정이 많아. 이건 네가 가장 부정하기 힘든 말일 거야. 그런데 그걸 잘 아는 네가, 내가 뭘 바라고 외르타에게 붙느냐 말해? 허……."

"……."

"지금 날카로워진 네가 믿을 거라고 생각지는 않지만, 내게는 아무 목적이 없어. 미안하지만 그녀에게도 노림 받을 만한 장점이 없고."

"……."

"나는…… 그냥…… 개인적인……."

"개인적인 뭐?"

"모르겠어. 그냥…… 안쓰러워. 그만한 배반을 저지르지도 못할 내가 이런 말을 하면 웃기지만…… 그냥 안쓰러워. 미안해. 나는 그녀를 동정해. 동정하지 않을 수가 없어. 미안해."

앙히에는 아무 말도 하지 않았다.

"그러고도 스스로 꼿꼿한 사람이 참…… 존경스러운데…… 결국 연민의 감정이 들어서…… 그 사람에게 삶을 설득해 달라는 네 말을 기꺼이 받아들일 예정이었어……. 앙히에, 난 둘 모두에게 미안해. 외르타에게는 내 동정이 미안하고, 너한테는……. 음…… 앙히에, 미안해. 응?"

약간의 정적.

고요 속에서, 그가 고개를 저었다. 레아는 그 모습을 보며 숨을 들이켰다. 다른 이였다면 일이 틀어진 줄 알았겠지만, 그를 오래도록 안 레아는 아니었다. 그녀는 다시 활발한 미소를 찾았다. 낭랑한 목소리가 흘러나왔다.

"고마워."

"나도."

"응."

"이따 떠날 거야."

"뭣 때문에?"

"놀금."

"외르타에게 인사는?"

"잘 있는 거 봤으니 됐어."

"경, 들어가도 되니?"

외르타는 다소 겸연쩍게 물었다. 문이 훤히 열려 있는 모양을 보자니 질문하는 자신이 더 이상해 보였기 때문이다. 발렌시아는 책상 반대편에 서 있었다. 등만 보였다. 무언가를 찾고 있는 듯 손이 분주했다.

답이 들리지 않았다. 외르타는 제 품에 들려 있던 사기그릇을 더 꽉 껴안았다. 싱그러운 풀 냄새가 콧등에 닿았다. 여전히 답이 없었다. 외르타는 안심하며, 더 이상 거리낄 것이 없다는 태도로 창가의 빛이 닿는 곳까지 걸어갔다. 그녀는 그가 고개만 돌리면 자신을 볼 수 있을 자리에 섰다. 물론, 방향이 그러할 뿐 거리는 그리 가깝지 않았다. 그제야 그가 시선을 돌렸다. 아주 조금, 짧은 움직임이었지만, 다음 순간 외르타는 자신이 그의 온 시야를 차지했음을 깨달았다.

외르타는 소리 없이 목을 가다듬다가 짐짓 활달하게 물었다.

"괜찮지?"

"……예?"

"햇빛이나 밝은 그늘 아래가 좋겠구나. 집무실이 의외로…… 직사광선을 받는 곳은 아니야. 그렇지? 창이 한 벽면을 차지하고 있으니 어디 방향을 가늠할 수가 있어야지. 저기, 아니, 그보단 여기? 발렌시아 경. 여기 놔도 될까?"

"저는 집무실에 관상 화분을 놓지 않습니다."

"이건 손질이 필요 없어. 사기가 두 그릇이잖아. 이 아이가 담긴 것

하나, 물 그릇 하나. 굳이 물을 주어야 하는 아이가 아니라 이렇게, 튀겨 주면…… 하루에도 몇 번씩 손을 씻어야 하니까, 그저 손을 턴다 생각하고…….”

“제게는 여전히 관상용 식물로 들립니다. 집무실 역시 선별된 하인이 손을 보므로, 저는 관리 소홀을 두려워하는 것이 아닙니다. 그저…….”

“집무실에 하인도 들어와?”

발렌시아는 자신의 말을 이으려 했으나, 그녀의 둥그런 눈을 보고 우선 미뤄 두었다.

“단 한 명입니다. 십이 대째 미라이예를 모시고 있는 가문입니다. 그리고 외르타, 저는 그런 것을 곁에…….”

“분갈이하다가 양이 너무 많아서 덜어 왔는데…….”

“당신이 왜 그런 일을 하십니까?”

“아, 그게.”

그리고 외르타는 무언가를 깜박한 것처럼 말을 잇지 못했다.

“당신이 왜 하녀들이 도맡아야 할 분재까지 관리하고 계시는지 모르겠습니다. 혹 대우가 불편하십니까?”

그녀는 침묵을 포기했다.

“경, 남에게는 안 맡길 거야.”

“…….”

“그, 저 덩굴은…… 목걸이 덩굴이라고 불려. 비사 오필라에서…… 아니! 내가 무슨, 우리 왕가의 상징을 딤니팔의 공작에게 주겠다는 뜻이 아니라, 그보다는…… 그러니까…….”

외르타는 더듬거리는 자신을 참을 수 없는 모양이었다. 그녀는 무언가 각오한 모양으로 그릇 둘을 퍽퍽 내려놓더니, 그것에서 손을 떼지 않은 채 또박또박 말했다.

"비사 오필라의 내 방에 많았던 아이야. 그렇지만 이곳에선, 그런 우량종을 구할 수 있기는커녕 애초에 손에 넣기도 힘든 분재란다. 그런 걸 앙히에가 턱하니 안겨 주고 가서…… 음, 그런데 저도 구해서 신났는지 너무 많아. 나는 내 눈 닿는 곳에만 놓고 싶은데…… 그래서 혹 집무실에 관상용 식물이 필요 없을까 했지."

"다른 곳에 두십시오."

외르타는 어설프게 웃었다. 저 칼 같은 거절이라니. 이것을 아무한테나 맡기고 싶지 않다, 그래서 당신 방에 놓으려 한다는 말을 한다면, 어쩔 수 없이 기묘한 침묵을 받게 될 것이다. 그래서 삼켰다. 그녀는 한숨을 쉬며 물그릇에 손을 담갔다. 그릇이 어찌나 깊던지, 그녀의 손은 그 손목까지 잠겨 버렸다. 외르타는 물 안팎을 오가며 찰박거리다 이내 손을 털었다. 그늘 아래에서 물방울이 튀었다.

그녀는 고개를 저으며 두 사기그릇을 다시 단단히 잡아들었다. 잡담처럼 읊조렸다.

"유리에 담아 오면 당신도 반했을까? 그게 정석이거든. 나도 할 수 있었는데, 분갈이하다 두 번이나 깨 버려서 도저히……."

"다치진 않으셨습니까?"

"괜찮아. 다시 돌아가서 어디가 문제였는지 봐야겠다. 내가 오늘 가기 전에 성공해야지, 사람 화나게……."

"재차 시도할 생각이십니까?"

외르타는 어차피 할 일이 없다는 식으로 대답하려다, 자신의 손에 눈에 띌 정도의 상처가 울긋불긋 나 있음을 발견했다. 그가 보고 있는 자리였다. 그녀는 그제야 그 말의 의도가 질문보다는 항의에 있다는 것을 깨달았다. 외르타는 제 왼손을 이리저리 돌려보며 작게 입을 벌렸다.

"그냥 몇 번 정도지. 나도 능숙해졌으니 이젠 안 깨 먹을걸."

"두고 가십시오."

그녀의 시선이 올라갔다. 큰 바구니를 양팔에 낀 모양으로, 몸은 어찌 움직이지 못한 채 고개만 들었다.

"경?"

"방금 두셨던 자리에 두십시오."

"버릴 거잖아."

"버리지 않겠습니다."

"내 물건이라지만, 결국 앙히에의 선물인데?"

"……개의치 않습니다. 제가 거두기를 원하신다면 그렇게 하겠습니다."

"정말이지?"

"예."

외르타는 한층 가벼운 발걸음으로 제자리에 돌아왔다. 조심스레 두 그릇을 놓았다. 각도를 맞춰, 이곳저곳을 살펴보며 섬세하게. 발렌시아는 그 모습에서 눈을 떼지 않았다. 외르타는 일을 마치고 손을 툭툭 털었다. 아직까지 물기가 마르지 않은 손이 요란하게 부딪쳤다.

"경, 내가 내 유리 분갈이에 성공하면 당신 것도 바꿔 줄게. 그게 훨씬 공기가 사니까."

"두십시오."

"응?"

"분재 따위에 그런 고생을 하지 마십시오. 이것으로도 충분합니다."

"분재 따위라니……."

외르타는 그가 제 피에 신경질적인 반응을 보인다는 사실을 알고 있었다. 혹은, 이번에야 확실히 깨달았다. 그녀는 어안이 벙벙한 얼굴로 그를 바라보다가, 그제야 번뜩 놀랐다.

"참, 맞다. 용건이 있었어."

그는 여전히 무언가를 찾고 있었다. 외르타는 모든 물건을 제자리에 정렬해 두는 그가 손 한 번에 찾지 못하는 것이 무엇인지 슬슬 궁금해지기 시작했다.

"경?"

"듣고 있습니다."

"레스트왈의 전언 말이야."

"……."

"아직도 못 전해 주겠어?"

"들은 바 없습니다."

"발렌시아 경."

그가 양손으로 서류 더미 위를 짓누르는 모습이 보였다. 외르타는 팔짱을 꼈다.

"교환은 어때?"

"무슨 말씀이십니까?"

"저번에 내가 누프리에게 끌려 올 때 왜 그런 모양이었는지 알려 줄게. 당신 이 일을 폐하께 보고는 했나? 그래도 못 들었지?"

발렌시아는 갈피를 잡을 수 없다는 듯 인상을 찌푸렸다. 외르타는 제 팔뚝을 더 단단히 감싸 쥐었다. 그럴 만도 하다. 사정을 모른다면 문장 간의 연계가 하나도 없는, 완전히 우스꽝스런 질문들이니까.

"이해가 가지 않습니다. 그리고, 아니요. 물론 저는 누프리에게, 당신이 그날 누군가와 만났다는 보고를 들었습니다. 그러나 그는 음영이 어두워 제대로 된 인상착의를 보지 못했고, 또한 그보다는 기절 직전인 당신을 치료하는 것이 화급하다고 여겨 바로 돌아왔다고 합니다. 후일 솔산시오에 사람을 보내 별관을 임차한 자의 정체를 알아보려 했으나 모든 것이 가장으로 이미 흔적이 없는 상태였습니다. 저는 이처럼 불명확한 건은 폐하께 보고할 만한 가치가 없다고 판단했습니다."

"음…… 교환해 준다고 말하렴. 그러면 내가 고해할 테니까."

그의 시선은 여전히 아래로 내려가 있었다. 고민 중이구나. 외르타는 자신이 그를 파악하는 데 상당한 재주를 지녔다는 사실을 깨달았다. 물론, 번뜩이는 영감이 아니라, 꽤 오랜 기간 부딪치며 갈등 속에서 얻어낸 것이다. 마침내 낮은 목소리가 들렸다.

"전부 말씀하십시오. 저는 아직도 사건의 인과가 파악되지 않습니다."

"우선, 그 사람의 이름은 밝힐 수 없어."

"……."

외르타는 지금 나와 장난하느냐는 말을 육성으로 들은 것 같았다. 그가 조금만 덜 고상했다면 실제로도 듣게 되었을 것이다. 그녀는 다소 어설프게 웃었다.

"그 전제를 깔아 두고 시작해도 괜찮지?"

"괜찮지 않습니다."

"왕명이야."

"……."

"폐하께서 내게 함구령을 내리셨다. 혹 무도회 날 나와 테라스에 있던 남자를 기억하니? 남자? 청년? 소년? 뭐라고 불러야 할지 모르겠구나."

"기억합니다."

"그자였어. 그 뒤 폐하께서 함구를 명하셔서, 나는 그에 관해서는 입벙긋할 수 없는 몸이 되었다. 후일 당신이 직접 이 사건을 언급하며 폐하께 여쭈어 보는 것이 어떠니?"

"그럴 만한 '사건' 입니까?"

"나는 다시 자살할 뻔했어. 벼랑까지 아주 조금의 거리만 남겨 놓고 돌아왔지. 레아 덕에. 어쨌든 내 자살은 폐하께서 바라시는 바가 아니잖아? 그만한 '사건'이야."

그제야 그가 고개를 돌렸다. 외르타는 그 시선에서 답을 읽어 내고는 빙긋 웃었다.

"얘기가 좀 거슬러 올라가겠는걸."

"……."

"내가 저번 밀레비스에서 살아남기로 결정한 것은 순전히 의무감 때문이었다. 내 아이가 나와 함께할 적 했던 말을 기억했거든. 내 기억이 그릇되었을 수도 있지만…… 그건 차차 말하기로 하고. 아무튼 그 아이를 지고 복수에 성공했으니 똑같은 의무감이라면, 역시 살아야 성공하는 거겠지. 적어도 나는 그렇게 생각했다.

사실 이를 생각한다면 그간 당신이 나를 미심쩍게 본 것도 당연한 일이야. 당신이 말하는 삶은 전쟁터에서의 삶일 테니까. 그 정도의 집착이 아니라면 그 의지란 걸 인정할 수 없었을 거야. 나같이 등 떠밀려 살고 싶다고 선전하는 사람은…… 당연해. 내가 죽고 싶어 한다던 당신 말이 맞았어."

"……."

"그런데 그자가, 내 의무감의 근간이었던 아이의 말이 거짓된 과거가 아니냐고, 네가 살고 싶어 기억을 꾸민 것이 아니냐고 묻더구나. 아니, 물었나? 확신이었을걸. 확신이었지. 무너졌단다. 아, 정말, 산 채로 매장되는 줄 알았어."

"……."

"그런데 레아가 도와줬지. 기억이 있든 없든…… 그것이 사실이든 거짓이든 상관없다고…… 나도 그렇게 믿기로 했다."

발렌시아는 약간 긴장한 모양이었다. 외르타는 그가 왜 저런 모습인지 잘 이해할 수가 없었다. 다행히도 다음 순간 그가 반문했다.

"그래서 아직도 당신은 의무감으로……."

"아니, 정말 살 생각이다. 아이를 부정할 필요가 없잖아. 그럼 이제 나를 찾아도 되겠지."

"……."

"됐지? 그자가 누군지는 내게 추궁할 사안이 아니란다. 폐하께 가서 여쭤보렴. 그럼, 이제 당신 차례."

그는 다시 시선을 기울였다. 외르타는 그가 답을 떼어먹을까 걱정하지 않았다. 그럴 사람이었다면 애초에 제 이야기를 건네지도 않았을 것이다. 아니나 다를까, 그는 그 모습 그대로 대답했다.

"뤼 레스트왈은 당신께 알아서…… 사리라는 말을 했습니다."

결코 속어가 나올 것 같지 않던 그의 입에서, 레스트왈 특유의 거만하고도 천박한 명이 들리자 외르타는 웃음을 터뜨릴 뻔했다.

"외르타, 의미 없는 협박입니다."

발렌시아는 드디어 서류를 발견했다. 말이 잠깐 느려졌다가, 다시 제 속도를 찾았다. 그는 이미 여러 번 접힌 듯한 종이를 반듯이 펴 책상 안쪽으로 돌려놓았다. 외르타는 그런 무신경함이 마음에 들지 않는 양 발을 몇 번 두드렸다.

"정말? 그뿐이야?"

"예."

엄밀히 말하면 '전언'이 그뿐이다. 발렌시아는 그의 말을 전부, 정직하게 토로할 생각이 없었다. '나는 그년을 죽이고도 남을 대가를 알아. 아주, 아주, 잘 안다.' 이런 말은 잊는 것이 좋다. 어차피 전하라는 말도 없었으니.

외르타는 의심스러운 듯 눈을 가늘게 떴다.

"그뿐이야? 진짜?"

"예, 전언은 확실히 그뿐입니다."

"그럼 왜 그랬을까……."

"예?"

"왜……? 저…… 알아서 사리라는 말에는 일말의 궁금증조차 들지 않는데…… 왜 내가 자길 먼저 찾게 될 거라고……."

발렌시아는 그 순간 불유쾌한 의심을 깨달았다.

"외르타, 혹 당신에게 위해를 가한 그자의 이름에 발루아라는 성이 들어갑니까?"

"어? 뭐? 왜? 아니."

"그자가 왜 지금 이 오스페다에 있습니까? 그가 올 곳이 아닙니다."

"아니라니까!"

"당신은 이미 긍정하셨습니다. 그리고 외르타, 저는 뤼 레스트왈과 열흘 동안이나 독대를 했습니다. 아직도 그 얼굴이 생생합니다."

생김새는 그리 비슷하지 않다는 식의 변명이 나왔다면 아예 제 손으로 낙인을 찍는 모양이었을 텐데, 다행인지 불행인지 외르타는 그 정도까지 어리석지 않았다. 그녀는 곧장 집무실을 떠났다. 있는 힘껏 양쪽 문 전부를 닫아 버리는 것이 심술이라면 심술이다.

발렌시아는 그녀가 떠난 방향을 바라보다가, 천천히 몸을 돌려 다시 책상을 응시했다. 잠깐 손에 힘이 들어갔다. 뤼페닝? 라르디슈의 태자, 외르타의 양아들. 말도 안 되는 수식들에 입이 꽉 다물렸다.

우선은 눌러두자. 어차피 곧 자카리에게 가야 할 것이다.

그는 한 장의 서류를 바라보고 있었다. 발렌시아는 책상을 돌아 자리에 앉았다. 손을 뻗었다. 여러 번 주저하다, 구기듯 쥐었다. 어차피 밀-

아단에서 무턱 대고 주워 왔을 때부터 멀쩡한 몰골은 아니었으니, 무명의 서간을 이토록 험하게 대하는 행동이라도 큰 죄책감이 들 필요는 없다. 그는 서간을 비스듬히 들어 그 첫머리를 손으로 훑었다.

근계. 포티미외 전 딤니팔 군 총사령관 발렌시아 마조레 기지 얀 미라이예.

안이 전장에 중하다고 판단하여 220년 공포된 달메로 칙령에 의거 폐하와 군의 총사께 동시 서간을 보냅니다.

순간적으로, 이 서두와 판에 박힌 듯 같았던 서신이 떠올라 소름이 끼쳤다.

550년 10월, 총사께서 직접 하문하신바, 우선 본 서간에서 간략한 답을 드리겠습니다. 주요 기록과 증거 자료는 인편으로 보낼 예정이므로 이순 뒤 따로 확인하십시오.

라그랑주 파르무티에 외르타-라르공드 비에이라 라르디슈 올 발루아는 생 로욜에 머무르는 동안 체계적으로 어수대와 접선한 일이 없습니다.

같은 적국의 밀정으로서 저희는 어수대의 신원을 대부분 파악하고 있습니다. 특히 생 로욜 어수대의 첫 날개인 블랑쉬 젤로와는 여러모로 교환할 거리가 많기에 다소 기묘한 친선 관계를 유지하는 중입니다. 저희는 왕비와 게외보르트 간의 접선을 염려하여, 그녀가 온 뒤 두 해간 그녀를 감시하는 일에 주의를 기울였습니다. 그리고 545년 블랑쉬 젤로가 저희 쪽에 정보 교환을 제안해 왔습니다. 요구한 것이 가벼운 이야기였으므로, 저희는 폐하의 인가를 받아 정보를 내주었습니다.

그 대가로 받은 말이 '너희는 왕비를 감시할 필요가 없다' 였습니다. 젤로는 미쳐 제정신을 가누지 못하는 그녀가 진짜라고 답했습니다. 지금은 게외보르트 본국의 왕이 제대로 서지도 못했을 뿐더러, 왕비가 아이를 밴 것을 기점으로 완전히 이성을 잃어 하루도 조용할 날이 없었기에 어수대와의 접선이란 백 번 부당한 이야기라 했습니다. 젤로의 말은 맞습니다. 저희의 눈에도 왕비는 광증에 시달리고 있었습니다. 또한, 저희도 접근에 난관을 겪을 만큼 로크뢰 1세의 감시가 대단하기도 했습니다. 그 어려움은 어수대에게도 마찬가지로 적용됩니다.

547년 11월 발터하임부르겐 1세 집권 이후 저희는 다시 감시에 착수했습니다. 그간 어수대보다 더욱 철저히 왕비를 지켜보던 저희기에 저희는 심지어, 그녀를 수행 — 감시 — 하는 로크뢰 1세 직속의 시녀로 무명의 일원을 두엇 투입할 수 있었습니다. 그녀들이 지켜본 바, 라그랑주 아델라이데 르장드르 라르디슈 올 발루아가 죽은 이후 왕비와 어수대 간의 접촉은 석 달 만에 도합 네 번을 기록했다고 합니다. 전부 블랑쉬 젤로를 통한 접촉이었습니다. 저희가 말의 번복을 항의하자 그녀는 그 접선이 왕명에 의한 것이었다고 답했습니다. 또한 이제 더 이상 어떤 접촉도 없으리라는 것을 약속했습니다. 게외보르트에게는 왕녀 이전에 다른 문제들이 산재해 있었기 때문입니다.

물론 저희는 젤로를 신용하지 않았습니다. 왕비가 이성을 찾아 로크뢰 1세를 향한 깊은 애정을 보여 주기 시작하자 저희의 접선 불안은 이전보다 배는 커졌습니다. 냉정한 왕비라면 다시 어수대를 불러 일신에 무슨 변화를 가할지 모르는 일이기 때문입니다. 그 이후 저희는 더욱 철저히 왕비를 감시했습니다. 투입된 무명은 로크뢰 1세에게 직접 감시 강화를 요청하기도 했습니다. 요청은 수락되었고, 왕비는 저희의 눈을 통하지 않고는 방을 나설 수조차 없게 되었습니다.

저희는 왕비가 생 로욥에 발을 들인 544년부터 공주가 처형당하기 전인 547년까지, 블랑쉬 젤로의 약속 이후인 548년 6월부터 550년 8월 말까지 왕비와 어수대 간의 접선이 전무했음을 확신합니다.

자세한 정보와 연대 기록은 별첨합니다.

생 로욜 무명.

객관성과 직업에 대한 소명 의식만이 투철한 서간이었다. 심지어 중간부터는 그 왕비의 이름을 잊은 것은 아닌가 하는 생각이 들었다.

이 서간은 외르타가 군에 투항해 온 당시 자신이 생 로욜에 요청해, 종전 이후 받은 정보였다. 발렌시아는 외르타의 증언을 전혀 신용하고 있지 않은 상태에서도 게외보르트와의 연계점을 의심했다. 만일 그 둘이 연계되어 있을 시, 기사 군영 내, 그것도 사령부 내로 들인 밀고자가 얼마나 큰 피해가 될지 상상할 수 없었기 때문이다.

자신은 이 정보가 자카리에게 제대로 갔을지 의심했고, 때문에 밀-아단에서 이 한 장의 서간만 급히 품에 넣어 왔다. 오전에 있었던 자카리와의 대화를 생각해 볼 때 이것은 백 번 칭찬 받을 만한 행위였다.

발렌시아는 오전의 만남을 떠올리며 인상을 찌푸렸다.

자신은 외르타와의 약속을 지켰다. 그리고 자카리에게서 돌아온 말은…….

"발렌시아, 너 요새 이상하다. 포티미외에 가서 무슨 물이라도 들어왔나? 짐은 이해가 안 가."

발렌시아는 별다른 표정을 보이지 않았다.

"폐하, 다른 경우는 상관이 없습니다. 가장 최악의 상황을 가정해야 하는 것이 폐하의 의무십니다. 때문에 저 역시 그에 관해서만 논했습니다."

"발렌시아."

"폐하께서는 제게 어수대에게서 외르타 발미레를 지키라 말씀하셨습니다. 그 이유로 발미레가 살아남을 경우 어수대가 자행한 악행에 대해 더 상세한 고발을 할 수 있다는 장점을 드셨습니다."

"그랬지."

"그 논리는 우리가 자작을 할 시에도 적용됩니다. 발미레를 살려 증언하게 하십시오. 그것이 선전에 더욱 효과적일 것입니다."

"좋은 게 좋은 거라 치면 그대 말이 전부 맞거든? 근데 딱 두 가지 문제가 있네."

"……."

"첫째는 방법론. 그대 말에 따른다면, 그 여자는 라르디슈의 공관에게 스스로 치명적인 상처를 입었음을 인증 받아야 하네. 그들만이 공정성 있는 지킴이가 될 테니까. 발렌시아, 살리고 싶다고? 보일 것이 주검이 아니라면 처참한 상처를 보여 주어야 하는데, 차라리 그보다는 단숨에 가는 것이 낫지 않겠나? 무명이 쓸 것은 일 초 만에 고통 없이 숨이 끊어지는 독약이다. 어수대와 비슷하지.

어수대에게서 살아남았다는 것을 보여 주려면 그 여자는 살아도 산 몰골이 되면 안 되네. 짐이 그대에게 '어수대에게서 지키라고' 했던 것은 기본적으로 이런 의미지. 말은 할 수 있는 시체로 남기라고. 이런 건 아무리 무명이라 해도 조율이 힘들어. 매번 사람을 쥐 잡듯 죽여 온 놈들이라 살려 둬라 하면 눈만 땡글땡글 뜨고 이해 못할 치들이거든. 무명이 아닌 다른 이는 도저히 믿음이 안 가고."

"……."

"둘째는 심리적인 문제지. 발렌시아, 너는 딤니팔을 위해 배반했다고 — 본 의도가 어떻든 간에 — 스스로 생각하는 여인이, 그 딤니팔에 의해 살해 협박을 받는 경우, 그녀가 품을 한이 얼마나 클지 헤아릴 수 없겠나? 그녀가 나중 천운으로 온전한 삶을 누리게 된다면 딤니팔은 어떤 보복을 받게 될지 모르네. 만만한 상대가 아니야. 후일의 안위를 생각한다면 죽이는 편이 낫네."

"폐하, 감히 폐하의 말씀에 제 사견을 덧붙이는 점 먼저 사죄드립니다."

"해라, 해."

"첫째 방법론에선, 폐하께서는 지금 거짓말, 적어도 과장된 엄살을 보이고 계십니다. 무명이 하지 못할 일은 세상에 없습니다. 저는 이에 더 드릴 말씀이 없습니다."

"……."

"둘째 심리적인 문제는, 인정합니다. 폐하, 사실 지금의 딤니팔이 도덕적으로 올곧다고는 말할 수 없습니다. 때문에 외르타 발미레에게 원망이 없다면 그것이야말로 거짓일 것입니다. 하지만 혈혈단신의 여인에게 반역의, 그것도 미래의 죄를 하문하시는 것은 정도를 넘은 언사이십니다."

"그렇지만 일개 여인이 아닐세. 그 여자 뒤에는 게외보르트가 있잖나. 혹은 라르디슈라든가. 개인으로 치부될 수 없네."

"그녀가 두려우시다면 차라리 추방을 하십시오. 모든 것이 끝난 뒤 외국으로 추방하는 것이 가장 마땅한 처사가 될 것입니다."

"하지만 딤니팔이 전쟁에서 이긴다면? 짐은 필히 그녀를 대우해야 하네. 발미레는 권력의 핵에 근접하게 될 걸세. 후일을 생각한다면, 딤니팔은 발미레를 배려할 만한 아량이 없게 되네."

"전승 뒤의 일은 너무 먼 이야기입니다."

"너무 머니까 지금 챙겨야지. 유비무환이라고. 나중에는 준비할 수조차 없을 거네. 발렌시아, 짐도 정말 그리하고 싶지는 않지만, 죽이는 것이 서로에게 편하다면 어쩔 수가 없네. 그녀를 살리는 방법이 아예 없다고는 말하지 않을 걸세. 하지만 그 과정이…… 왜 모살로 편히 끝낼 수 있는 것을 구태여 막나? 그것도 그대가 피해를 무릅쓰고, 온갖 손을 써서? 짐은 이해가 안 가네."

"……."

"발렌시아?"

"폐하, 저는 포티미외를 두 해 치렀습니다. 우선 소신의 미욱함에 죄를 하문하시는 것이 먼저일 줄로 압니다. 그러나 동시에, 전승을 가능케 한 발미레의 공 역시 가벼이 여길 만한 이야기는 아닙니다."

"아직도 그 소린가."

"가능하다면, 제가 폐하를 감화시켜 드릴 수 있을 때까지 계속될 이야기입니다. 폐하, 기록만으로는 전장이 어떠했는지 실감하기 어렵습니다. 저는 그 참상을 직접 겪고 직접 지휘했습니다. 항상 보아 왔던 살인이지만 결코 완전히 무감각해지지는 않습니다. 특히 그것이 아군의 죽음일 때는 더더욱 그러합니다. 폐하, 저는 포티미외에서 이렇다 할 전과를 보여 드리지 못했습니다. 그 지지부진한 전황에 스스로 무력감이 들 무렵, 발미레가 분수령을 마련해 준 것입니다. 저는 부하 장병들의 수천 목숨을 살린 발미레에게 큰 빚을 지고 있습니다. 제가 지금 그녀를 감싸는 것은 제게 마지막 남은 양심을 지키는 일일 뿐입니다. 저는 제 양심이 침묵하지 않는 한, 그리고 가능한 한, 모두에게서 그녀를 지킬 생각입니다."

"……."

"폐하, 저는 그녀를 살리고 싶습니다."

"……."

"……."

"……."

"폐하."

"알겠네."

"……."

"하지만 조건이 있어."

"……."

"외르타 발미레와 게외보르트 간의 연락 수단이 없다는 사실을 확신할 것."

그것이 바로 자카리의 조건이었다.

'외르타 발미레와 게외보르트 간의 연락 수단이 없다는 사실을 확신할 것.'

그래서 이 서신을 급히 찾아낸 것이다. 오스페다로 온 뒤의 접선에 관해서는 자신이 확신해 줄 수 있었다. 발미레는 한 번도 미라이예의 감시망에서 벗어난 일이 없다고. 이 정도면 일단은 확증이…….

"합하."

발렌시아는 서류를 내려다보고 있던 시선을 들었다. 발폼이 서 있었는 것이 보였다. 그는 간신히 입을 열었다.

"폐하께서 밀행하여 이곳까지 오셨습니다. 지금 그분을 뵌 사람은 문지기와 누프리, 저밖에 없습니다. 준비하십시오."

왕이 직접 찾아왔을 때에는 '들어오시게 할까요'라는 말이 필요 없다. 발렌시아는 눈썹을 치켜 올렸다가, 곧장 서간을 품에 넣고 자리에서 일어났다. 책상 앞으로 걸어 나왔다. 발폼은 깊이 인사를 하고 물러났다.

발렌시아는 안락의자의 등걸을 손으로 감쌌다. 서간을 찾았으니 될 것이다. 외르타와 게외보르트 간의 연계는 없다. 자카리는 이 확실한 증거에 굴복할 수밖에 없으리라.

"발렌시아, 너도 굴복할 수밖에 없는 증거를 찾았다!"

그는 고개를 들어, 어느새 성큼성큼 집무실로 걸어 들어오고 있는 남자를 바라보았다.

"폐하, 이 누택을 찾아주신 것……."

"됐고, 이것 먼저 봐 봐. 너도 발미레와 게외보르트 간의 연계가 있었다는 점을 인정할 수밖에 없을걸?"

"폐하, 저는 그 반대의 증거를 찾았습니다."

"뭐? 교환함세."

발렌시아는 제 품에서 무명의 서간을 꺼내 건넸다. 그리고 자카리가 건네준 글을 확인했다.

배계. 라 딤니파 카타름 생로 자카리 디본도네 이니고 산테카를로, 모든 딤니팔의 수장, 오스페다의 성주, 잉그레의 지고한 주인, 눌라레의 후예, 알론조 캄비의 수호자.

생 로욜에서 폐하께 아룁니다. 550년 11월 23일, 생 로욜의 어수대 제일 다시 일의 장 블랑쉬 젤로가 라그랑주 레스트왈 비제 라르디슈 올 발루아를 쫓아 포티미외로 떠났습니다. 그것까지는 사소한 사안이라 생각하여 보고 드리지 않았습니다. 그러나 551년 1월 7일, 레스트왈이 돌아왔을 때 그녀는 곁에 없었습니다. 저희는 혹 뤼 레스트왈이 그녀의 정체를 눈치채 제거한 것은 아닌가 생각을

서간은 여기서 찢겨 있었다. 발렌시아는 다음 장으로 넘어갔다.

배계. 라 딤니파 카타름 생로 자카리 디본도네 이니고 산테카를로, 모든 딤니팔의 수장, 오스페다의 성주, 잉그레의 지고한 주인, 눌라레의 후예, 알론조 캄비의 수호자.

숄렘 노트란트에서 폐하께 아룁니다. 551년 2월 18일 블랑쉬 젤로가 숄렘

노트란트에 도착했습니다. 그녀는 수도에 도착한 즉시 발터하임부르겐 1세와 독대했습니다. 짐작컨대 그 독대는 밤을 넘긴 듯합니다.

블랑쉬 젤로는 어수대의 전통에 따라 전대 어수대 간의 결합으로 태어난 제15기 중 가장 걸출한 능력을 지닌 자입니다. 라르디슈 침투를 목적으로 키워져, 십오 대 위까지 게외보르트의 핏줄을 탔음에도 이름이 이와 같습니다. 그녀는 열넷에 생 로욜의 시녀로 들어갔고, 열여섯에 생 로욜 일 다시 일 장을 차지했습니다. 551년 현재 그녀의 연령은 스물넷입니다. 사상 유례가 없을 정도로 길었던 게외보르트의 계승 내전 와중 생 로욜, 나아가 라르디슈 어수대 전반을 맡아야 하는 막중한 책무를 훌륭히 완수하여 저희 무명에게는 악명이 자자한 자입니다.

라르디슈 어수대의 상징과도 같은 자가 무슨 이유로 숄렘 노트란트에 도달하게 되었는지 저희는 어떤 추측도 할 수 없었습니다. 발터하임부르겐 1세는 정보의 유출을 염려한 듯 젤로가 오고 난 뒤, 그녀를 결코 정궁 바깥으로 보내지 않고 있습니다. 그녀가 운반한 것이 상당히 중한 정보인 듯 사료됩니다.

또한 그녀가 숄렘 노트란트에 입성할 시 초로의 남자를 대동하고 있었다는 정보가 있습니다. 정확하지 않은 정보라 말씀드리기 저어됩니다만 블랑쉬 젤로가 지나치게 중한 인사인 까닭에 이런 부정확한 이야기까지 전해 드리게 되었습니다. 혹 다른 편으로 얼토당토않은 일이란 것이 증명된다면 사죄드리겠습니다.

역시 아래는 찢겨져 있었다. 발렌시아는 다시 읽어 볼 겨를도 없이 고개를 들어 자카리를 보았다. 상대는 여전히 서간을 곱씹고 있는 중이었다. 그는 입술을 몇 번 깨물다가, 시선을 들지도 않고 말했다.

"발렌시아, 짐이 그 서간 두 장을 준 이유를 알겠나?"

"……외르타 발미레가 생 로욜을 떠나 딤니팔에 투항한 즉시, 생 로욜의 어수대 우두머리가 게외보르트 본국으로 송환되었다는 말씀으로 들었습니다. 발미레와 게외보르트 간의 연계가 의심되는 상황입니다."

"잘 파악했네. 그런데 이건 뭐지? 짐이 읽은 기억이…… 흐릿하게 있는 것 같기도 하고…… 이거 정확하냐?"

"아마 폐하께서는 제 전후 보고와 맞물려 상세히 검토하지 못하셨으리라 생각됩니다. 물론 무명의 보증이란 것은 확실합니다. 제가 9월, 발미레가 투항한 지 사흘 만에 생 로욜에 우선 문의한 바입니다. 게외보르트의 꼬리를 사령부 내에 두어서는 안 될 일이기 때문입니다. 물론 답을 지나치게 늦게 받았고, 그 이전에 제가 감시를 증강하고 폐하께서 인가해 주신 까닭에 큰 쓸모없는 안배가 되었습니다. 하지만 현재 시점에서는 이것 또한 도움이 되리라 생각합니다."

"그러게."

발렌시아는 상대의 간단한 수긍에 다소 놀랐지만, 당연한 일이라 여겨 반문하지는 않았다. 무명의 확신이었다. 발터하임부르겐이 어수대의 말을 의심할 필요가 없는 것처럼 자카리는 무명의 말을 의심할 필요가 없다. 자카리는 어정쩡한 표정으로 말을 이었다.

"짐이 가져온 두 장은 추측이지만…… 이건 완전히 확신 아냐? 무명이 칠 년간 무진 애를 써 이 여자를 감시했단 건 알았지만…… 정말 '열심히' 감시했나 보군. 로크뢰의 집착보다는 이치들이 잡아먹은 발미레의 자유가 더 많겠어."

"……."

"이쪽을 믿어야 하나? 아니. 이런. 재고의 가치도 없지. 짐의 무명을 안 믿으면 또 누구를 믿겠나."

"……."

"발미레의 허풍으로 그녀와 그녀 모국 간에 소통이 있는 건 아닌가 하는 의심이 들었는데…… 짐을 가지고 논 것 같군."

자카리는 발을 두드리고 있었다. 그의 결정은 항상 빨랐다. 발렌시아는 자신이 그가 내건 조건을 충족시켰음을 깨달았다. 외르타 발미레와 게외보르트 간의 연락 수단이 없다는 사실을 확신할 것. 무명의 확신이었다. 번복은 없다.

"좋아."

턱에 힘이 들어갔다.

"발렌시아, 그대 뜻대로 해라."

"폐하의 하해와 같은 은혜에……."

"그런데 조건이 하나 더 있는데 괜찮겠나?"

저리 물어도 결국 명령이다. 발렌시아는 자카리와 시선을 마주한 채 숨을 한 번 깊게 쉬었다. 기포가 터지는 것처럼, 흘러 나갔다.

"하명하십시오."

"……."

"폐하?"

"그대 손으로 해."

발렌시아는 잠깐 침묵했다. 아주 짧은 정적이라, 그는 자신이 침묵하고 나서야 침묵을 깨달았다.

"폐하, 제 수하보다는 폐하의 무명이 실력 면에서 훨씬 뛰어날 것입니다. 무명을 이용하십시오."

"아니, 발렌시아, '네 손'으로 하라 말했네."

이번 침묵은 조금 더 길었다.

자카리는 제 옆에 놓인 소파에 털썩 앉았다. 막대기처럼 몸을 길게 해 기지개를 펴는 모습은 여느 때와 다름없는 친절한 왕 같았다. 그는 눈을 여러 번 비비더니, 그대로 팔짱을 꽉 끼었다.

"발렌시아."

"……."

"짐이 네게 발미레를 찌르는 짐을 맡겼다 해서…… 화를 내지는 말게. 사실 짐은 일이 발생할 시 짐의 무명을 이용하려 했네. 살인이 그들의 주특기이기 때문일세. 하지만 발렌시아, 상처의 깊이 문제로 들어가면 그 특기는 좀 퇴색되네. 무명은 그런 걸 배워 본 적이 없거든. 그러니 일을 아는 사람, 그러니까 정확히 말해 짐하고 너하고 발미레 본인 중에 지원자가 나와야지."

발렌시아는 다시 한 번 그것이 거짓말이라는 사실을 알았다. 잉그레의 무명이 못하는 일이란 없다. 어수대만큼의 체계는 없지만, 유능하기로는 어수대를 가벼이 뛰어넘는 육백 년의 그림자들. 어느 정도를 후벼야 얼마만큼 잠에 들 수 있는지, 약을 어찌 배합해야 얼마만큼 죽어 있을 수 있는지 그들이 모르는 것이 아니었다. 그럼에도 자카리가 자신에게 맡기려 드는 것은…….

"폐하."

"……."

"그토록 발미레를 제거하고 싶으십니까."

"이봐."

"폐하께 발미레는 처치 곤란의 일회용 도구인 듯합니다. 게외보르트에서 공식 항의문이 온다 하더라도, 폐하께서는 전후 그녀를 살려 둘 생각이 없으실 것입니다. 물론 이해합니다. 전쟁이 끝나더라도 발미레는 딤니팔에 있어 암적인 존재가 될 것이기 때문입니다. 라르디슈는 내전에 바쁠 테니 차치하고라도, 게외보르트와의 연계는 확실히 위험한 일입니다. 폐하, 저는 스스로 지금에야 폐하의 심중을 헤아렸다는 사실에 송구함을 감출 수 없습니다."

그의 말은 마디마디가 잘 재단된, 딱딱한 가구 같았다. 억양 없는 목소리가 더욱 강압적으로 들리는 것은 어쩔 수 없는 일이다. 그는 차분하기 그지없었다. 자카리는 콧김을 한 번 뿜었다.

"발렌시아, 우습지도 않네. 짐은 방금 전 발미레를 살려 둬도 된다고 말했네. 네 손으로만 한다면! 그래서 어수대의 소행으로 위장해서 잘 해보라 했잖나."

"폐하, 폐하께선 지금 미라이예를 걸고 발미레를 살리라 하시는 것입니다."

"뭐? 짐이 언제?"

"무명을 내주지 않으시겠다는 말씀은 잉그레가 이 사안에 개입하지 않겠다는 말씀과 진배없습니다. 물론 전쟁의 핑계로 삼아야 하는 까닭에, 제 손에서 나온 암수만큼은 곧장 공개되지 않을 것입니다. 그러나 후일 폐하께서 사건의 전말을 공개하실 위험이 있습니다. 공작의 충성심이 지나친 나머지 어수대를 위장하여 발미레에게 해를 끼쳤다는 사실이 발설될지 모릅니다. 그리 되면 미라이예는 빠져나갈 구멍이 없게 됩니다."

자카리가 기가 막힌다는 표정을 지었다. 너무 어이가 없어 도중에 말을 끊지도 못한 모양이었다. 꽉 막힌 목소리가 터졌다가, 점점 그 소리가 높아졌다.

"자네 미쳤나? 짐이 미라이예를 위험에 빠뜨려? 도대체 얼마만큼 빈정이 상하면 그렇게까지 망상을 할 수 있는 건가?"

"폐하께서 후일 제 칼로 미라이예를 탓하신다면 피해를 보는 것은 저희 미라이예뿐입니다. 폐하께서는 발미레의 생존에 불만을 가지고 있으시므로, 딤니팔이 전쟁에서 패했을 시는 논할 필요가 없습니다. 어차피 그때 발미레는 죽게 될 것이기 때문입니다. 그러니 지금 논의되는 것은 딤니팔이 전쟁에서 승리했을 시, 발미레가 생존해 있을 시 폐하께서 저를 탓하시는 도구로 진실을 이용할지 모른다는 것입니다. 그때 이미 패배한 게외보르트는 딤니팔 쪽의 내홍을 탓할 처지가 아닙니다. 때문에 이것은 국내 문제가 됩니다.

조금 더 나아가 본다면 제가 탄핵 당하는 시점에는 이미 발미레가 사망한 상태일지도 모릅니다. 물론 무명에 의해서지만, 그때 이미 제게는 발미레 모살이라는 죄목이 추가되어 있을 것입니다. 폐하를 위해 한 번 한 자가 두 번 하지 못할 이유는 없기 때문입니다. 폐하께서는 첫 번에는 참다가, 두 번째에는 도저히 양심을 이기지 못해 진실을 밝힌다는 말씀을 하실 것입니다. 이에 미라이예는…….”

“입 안 닥쳐!”

발렌시아는 정적을 지켰다. 그의 시선은 자카리에게 가 있지도 않았다. 자카리는 이를 한 번 갈았다.

“저 천둥벌거숭이 같은 꼴이라니……. 그걸 지금 추측이라고 하고 있나! 누가 누구를 쳐? 잉그레가 미라이예를? 도대체 그 머리 어디서 그런 미친 소리가 나오는 건가? 정말 정신 나갔나? 왜 이렇게 흥분했어?”

“저는 예측 가능한 사실을 아뢰었을 따름입니다.”

“예측 가능? 아니. 그건 예측 불가능일세. 딤니팔과 잉그레와 미라이예는 같은 말이야. 그 사실을 알지도 못하고 공작위에 올랐나? 자네 미쳤나?”

“폐하.”

“그래, 인정하네. 짐이 발미레를 어쨌든 죽이고 싶어 한다는 것, 그런 못된 마음을 위선자인 왕에 알맞게 품고 있다는 것은 부정 못하네. 하지만 여전히, 수가 없는 것은 아니야. 또한 그대가 이토록 열렬히 그녀의 삶을 원하는 것을 갸륵히 여겨 짐이 그저 인내할 수도 있는 법이네. 그런데 그따위 말을 지껄여서 기어이 짐의 화를 북돋나?"

"……."

"짐이 바빠 죽겠는데 네 말도 안 되는 투정까지 듣고 있어야 하나! 번복의 여지는 없네! 네 손으로, 직접 처리해. 살리고 싶으면 그리해라."

"도대체 왜 제 손으로 해야 하는지 모르겠습니다. 저는 암기를 씀에 있어서는 그리 뛰어나지 않습니다. 무명의 실력과 조금도 다르지 않을 것입니다. 왜 무명을 이용하지 않으십니까?"

"네가 원하는 일이니 네가 하라는 거다."

"부당하십니다."

"부당하니까 말하는 거지!"

자카리는 소리를 내질러 놓고도 제 성을 온전히 표현하지 못한 것처럼 보였다. 그는 상대의 헛소리를 계속 참기보다는, 차라리 직설적으로 말하는 편이 낫겠다고 판단한 모양이었다. 빠른 말이 이어졌다.

"잘 들어. 그러니까, 웬만한 각오가 아니라면 이 짐을 떠맡지 말라 말하는 걸세. 무명? 아, 그래. 그들이 실수할 리는 없지. 하지만 네가 일이 처리되는 모양을 제삼자처럼 팔짱 끼고 지켜볼 수는 없어. 고통이 어마어마할 거다. 젠장, 발렌시아, 짐이 개자식인 건 알겠네. 하지만 그렇다고 인정도 없는 개자식은 아닐세. 상처가 있는 모양으로도 살리고 싶으면 그 짐은 네가 져야지. 죽음이 더 편할 텐데, 그 짝으로도 살려 두겠다 말하는 네가 아무 상관없는 것처럼 서 있을 수는 없지."

"그뿐이라면……."

"아니, 그뿐 아닐세. 입 다물고 듣게. 짐 역시 그녀를 죽이고자 하는 마음속 바람을 감추지는 않겠네. 짐은 그녀를 죽여야 발 뻗고 잘 것 같아. 짐 목이 간당간당하거든. 그러니 이런 짐의 불안을 무릅쓰고 발미레를 살리려면, 그만한 심지를 보여 주어야 하지 않겠나?"

"폐하."

"심술? 어리게 말하면 심술이지만 짐의 기준으로는 마지막 저항이네. 은인을 돕겠다는 각오가 이 이상으로 굳건하지 않다면 그냥 가만히 있으라는 말이네. 그녀를 돕기 위해 그녀에게 칼을 댈 정도의 각오가 없으면 때려치워. 짐의 불편함이 그 모래만 한 각오보다 크니까. 하지만 반대라면, 짐이 참으마. 그만한 심지로 일을 단행한다면, 결국 너는 끝의 끝까지 그 여잘 책임질 만한 인사다. 짐은 공을 믿네."

"……."

"그러니 이 조건의 번복은 없다. 네 손으로 직접 해라. 발미레 본인에게 양해를 구해야겠지만 어쨌든 증거 없이 처리해. 어수대의 느낌이 어떤 것인지는 네가 짐보다 더 잘 알 거다. 비슷한 암기를 마련하기 귀찮다 싶으면 짐에게 연락하고."

"……."

"물론 이건 모든 방도에 답이 없어졌을 때 이야기일세. 짐은 네 반응에 마음을 바꿨네. 전승 이후에는 발미레를 죽이지 않겠어. 그 대신, 그대가 책임지게. 책임지고, 사달이 일어났을 시 그녀를 제거하는 것도 그대 일이야."

발렌시아는 불가불 답을 하지 못했다. 더 반박을 하고 싶었지만 상대가 확고하다는 사실을 깨닫자 어찌 말할 수가 없었다. 입안으로 잘게 갈린 철가루를 쑤셔 넣은 느낌이었다. 자카리는 피곤한 듯 마른세수를 했다. 손 너머로 보이는 턱에는 힘이 잔뜩 들어가 있었다.

한참 뒤, 한숨 비슷한 것이 흐르고, 자카리가 양손을 툭 떨어뜨렸다. 그의 목소리는 자포자기의 마음인 것 같기도, 확신에 차 있는 것 같기도 했다.

"책임진다는 말은 정말 책임일세. 다 끝나면 발미레를 첩으로 맞든 그림자 손으로 들이든 지금 네가 원하는 대로 해라. 이 사달을 벌이고 그러지도 않으면 넌 정말 병신이야."

발렌시아는 답할 가치를 느끼지 못했다. 그러나 왕의 말을 무시할 수는 없다.

"폐하."

"폐하, 뭐? 고맙다고? 아무튼 이 '책임' 일세. 이것만이 진짜야."

"폐하, 말이 되지 않습니다. 이미 말씀드렸습니다. 저는 발미레에게 진 빚을……."

"빚 같은! 소리! 하네!"

소리는 지나치게 컸다. 자카리는 거의 악에 가까운 제 음성에 목이 칼칼해진 듯했다. 그는 짜증스레 기침을 터트리더니, 그 마지막과 함께 숨을 한 번 들이켰다. 숨이 터지며 말도 함께 흘러나왔다.

"빚 따위로 이만큼 굳건하게 맞설 것 같나? 그것도 짐에게? 네가? 너 짐을 바보로 알아? 초반부터 뭐가 이상하다 했지. 암만 짐을 위한 일이고 발미레를 위한 일이라도 솔 미라이예의 객이라니, 말이 안 되지. 평소 하던 대로 네 말을 곧이 들은 짐이 병신이다. 됐고…… 함구할 테니 걱정은 말고. 정말 그래라. 네가 정확한 상처로 전쟁을 발발시킨다면 짐이 그 정도도 처리해 주지 못하겠나? 발미레의 의사가 어떻든 상관없다. 네 마음대로 취해. 왕도에 놓기가 불편하다면 지방에 보내라. 짐이 소문이 나지 않도록 뒤처리까지 전부 해 주마."

"폐하, 주제넘은 말씀을 드리는 점 먼저 사죄드리겠습니다. 농담이라면 그만두십시오."

"아니, 너 유쾌하라고 하는 소리 아닐…… 아니지. 아닌데. 너 유쾌하라고 하는 소리 맞지? 그렇지? 하지만 농담은 아닐세. 이것도 명이야. 네가 죽이고 네가 거둬라. 끝까지 책임져. 저 맹렬함을 솎아 낼 수 있을

지는 잘 모르겠지만…… 발미레를 전후에도 살리기 위한 일련의 과정이라고 생각해라.”

“폐…….”

“앙히에 일에서 짐에게 맞선 건 그만한 사건이라도 있었지. 지금은…… 네 뻔대는 낯짝이란…… 그러니 지금 짐이 말한 것 정도의 보답은 보여야 한다, 너.”

“그것이 어떻게 보답이 됩니까?”

“짐이 고작 하루 갈 불에 데었다면 노여울 테니까! 최소한 전쟁이 끝날 때까지는 버텨서, 전승 뒤 반드시 저 여자를 들여. 안 그러면 네 망상 그대로 행할지도 모르겠다.”

“폐하, 말씀이…….”

“짐은 할 말 다 끝났다. 보고를 위해 찾아오지 마라. 넌 보름간 잉그레 출입 금지다.”

자카리는 자리에서 벌떡 일어섰다. 인사도 없이, 찬바람이 쌩쌩 몰아칠 정도의 냉랭함으로 문을 나섰다. 발렌시아는 그가 계단의 모퉁이를 돌아갈 때까지 미동조차 보이지 않았다. 물끄러미 바라보았다. 헝클어진 금발에 언짢음과 짜증이 잔뜩 뒤섞여 있었다. 공작이 얼토당토않은 곳에서 얼토당토않은 반발을 꾀하는 꼴에 있는 대로 화가 난 듯했다.

그는 시선을 내렸다.

사실 이리 될 줄 몰랐던 것은 아니다. 외르타를 살리겠다 말하는 것은 기실 자카리의 의중과 전면 대치하는 행위와 마찬가지기 때문이다. 그래도 타당한 근거를 긁어모아 선처를 바랐는데, 지금에 이르러서는 어쩐지 시든 꽃을 바라보고 있는 개 꼴이 된 듯했다. 허락은 맡았다. 하지만…….

발렌시아는 뒤를 돌아볼 수 없었다. 책상 옆에 비스듬히 기울어 있는 니소르를 바라보기 힘들었기 때문이다. 어수대가 주로 쓰는 암기가 아니므로, 저것을 이용해 외르타를 해하게 될 일은 없을 것이다. 하지만 지금 심정으로는 애초에 칼 자체를 시야에 담고 싶지 않았다.

그는 숨을 들이켜며 제자리로 돌아갔다. 육중한 책상을 돌아, 평생 그러한 일 없던 듯 무기력하게 앉았다. 자카리와의 대화가 천 년은 지속되었던 것 같다. 피곤했다.

처음부터 끝까지 농담은 아닌가 싶은 말들의 연속이었다. 누구를 내 손으로 베어서 누구를 취하라고? 물론, 그의 모든 말이 그 여자를 책임지라는 한마디로 관통될 수 있다는 사실을 안다. 그러나 그 한마디를 받아들일 수 없는 것이다. 끔찍했다.

디무어가 자살했을 때 더 이상 누구도 받아들이지 않겠다는 결심을 했다. 남의 눈에는 웃기기도 이 정도로 웃긴 각오가 없겠지만, 자신에게는 전부나 다름없었다. 그런데 자카리가 말하는 그런 '책임'은, 받아들임을 넘어섰다. 아예 외르타 자체를 제 삶의 일부러 들이는 일과 마찬가지니, 스스로 견딜 수 있으리란 생각이 들지 않았다.

'너무 오랫동안 당신의 목숨을 지켜 와 이제는 도저히 돌이킬 수가 없게 된 것 같습니다.'

돌이킬 수 있을 것이다.

아니, 없다.

너는 정신이라도 나갔나.

그리 결심해 두고도 이러했다. 도대체 제 인생에 있어 결심이란 것이 무엇인지도 모르겠다. 앙히에가 떠난 뒤로, 두려움으로 결심해 사람을 경계했다. 물론 쓰레기 같은 결심이었다. 그 와중에도 디무어를 존경한 자신이 있었기 때문이다. 존경? 입에서 쇠 맛이 났다. 디무어를 존경했다. 그리고 그 존경은 상대의 가차 없는 자살로 끝이 났다. 이제 전부 끝내고 사람을 받지 말자고 그리 확고한 결심을 했다.

두 번의 배반과 두 번의 자살로 이루어진 결심이었다.

그처럼 끝을 정확히 아는데 무엇을 믿고 또 하나를 책임지겠노라 허풍인지 알 수 없었다. 정말 정신이라도 나간 건가. 왜 여느 때처럼 제삼자로서 죽음을 지켜볼 수 없는 것인지, 그것도 왕의 노여움을 사면서까지 이리 고집인지 불가해 했다. 스스로 동정심이 투철한 자라고는 생각지 않았다. 전혀 아니다.

문득 자카리의 명이 떠올랐다. 네 손으로 직접 해하라는 요구를 넘어, 그다음. 갑자기 숨골에 피가 쏠린 듯 호흡이 갑갑해졌다. 그럴 만한 관계가 아니다. 답이 될 수 없을 것이다.

"경."

그는 정말 놀라 고개를 들었다.

"경은 이제 문을 안 닫고 살 건가?"

계단에 반 기대어 한숨으로 묻는 해끄무레함. 발렌시아는 숨을 들이켰다. 생각이 바깥으로 튀어나온 것 같아 당혹한 상태였다. 아무것도 모르는 양 정직한 상대의 표정에 갑자기 늑골이 아파 왔다. 누군가 명치를 걷어찬 듯, 정말 이가 악물릴 정도로 아팠다.

외르타는 조곤조곤하게, 그러나 꽤 떨어진 거리 탓에 높이 소리 내어 설명했다.

"아무튼 두 시간 만에 완성했는데 손님이 꽤 오래 계시더라고. 이것만 올려놓고 가마."

그녀는 자신을 찾아온 사람이 자카리라는 사실을 모르는 모양이었다. 발렌시아는 그 해사한 뺨을 보며, 문득 자신이 자카리에게 뤼페닝을 묻지 못했다는 생각을 했다.

다음 순간에야 그녀가 들고 있는 물건을 깨달았다. 절로 탓하는 목소리가 나왔다.

"외르타, 필요 없다고 말씀드렸습니다."

"자기만족이야."

외르타는 유리 볼에 담긴 목걸이 덩굴을 껴안고 있었다. 그녀는 그의 항의에 아랑곳하지 않고 성큼성큼 걸어 들어와 자신이 오전에 두었던 사기를 들어 올렸다. 부엽토가 가득해 무거운 화분을 둘이나 들고, 외르타는 잠시 균형을 잡지 못해 오른손을 고쳐 쥐었다.

발렌시아는 자리에서 일어났다. 어떤 말도 없이 다가가 그녀의 손에서 유리 볼을 빼앗아 올렸다. 외르타는 반항하는 듯했으나, 별 볼 일 없는 힘이라 방해가 되지는 않았다. 그는 나머지 하나도 빼앗았다. 그녀는 어안이 벙벙한 얼굴로 항의했다.

"경, 사기로 된 화분은 줘."

"유리 볼에 분갈이를 할 예정이십니까?"

"해야지 안 하니? 차이가 얼마나…… 잠깐…… 어디 가?"

그는 답하지 않고 퍽 높은 장식장까지 걸어갔다. 팔만 뻗어, 그 위에 사기를 올려놓았다. 외르타는 이제 보이지도 않게 된 덩굴이 안타까운 것처럼 혀를 쯧 찼다.

"저기는 햇빛이 아예 안 닿잖아. 방금 그 자리에 둬라."

"이건 도로 가져가십시오."

"유리로 된 건 내가 갈아 온 건데…… 다른 하나도 분갈이해야지. 내려 줘."

"무용하다고 말씀드렸습니다. 가져가십시오."

"발렌시아 경."

그는 그녀가 자기 손이라도 좀 보고 제게 분갈이를 졸랐으면 좋겠다고 생각했다.

"무료하시면 차라리 독서를 하십시오. 꼭대기 층 서재는 이 집무실에서 오른쪽으로 세 번 건너간 곳입니다."

"어? 정말? 아무튼 사기그릇은 내리는 게 낫겠다."

"집무실에서 반출하지 마십시오."

"드디어 요령이 생겼는데?"

"외르타."

그녀는 한숨을 쉬었다.

"알겠어. 당신 건 안 갈 테니까 저것 좀 내려 주렴. 목걸이 덩굴은 그늘에서는 잘 못 자란다."

"당신이 나가신 뒤에 그리하겠습니다. 가십시오."

"정말……."

외르타는 포기한 듯 유리 볼만 안고 뒤를 돌았다. 허리에 시선이 갔다. 치명상은 배가 나을 것이다. 자신이 허다히 저질러 온 상해는 전부 복부에서 시작되곤 했으니까. 발렌시아는 가까스로 생각했다. 어느 곳을 찔러야 후환이 남지 않을까. 후환이 남지 않는 중상. 가능하기는 한가. 가늠이 가지 않았다. 항상 베어 온 남자의 넓은 복부가 아니라 더욱 가늠이 안 되는 것 같기도 했다.

"이거…… 잠깐."

외르타가 몸을 숙이는 모습이 보였다. 발렌시아는 그녀가 한 손으로 들어 올린 종이를 보며 제 얼굴빛이 싹 바뀌는 것을 느꼈다. 저도 모르게 경고가 나갔다.

"당장 접으십시오."

"아……."

자카리가 제멋대로 바닥에 던져두고 간 무명의 서신인 듯했다. 외르타는 약간 굳은 얼굴로 그의 말을 따랐다. 답지 않게 터덜터덜 걸어와 서간을 책상 위에 얹어 두었다. 그녀는 그대로 떠나려는 듯하더니, 무언가를 참을 수 없는 것처럼 책상을 꽉 짚었다.

"발렌시아 경."

"……."

"나는 발터와 연락 안 한다."

"……."

"나는 심지어 누가 이 오스페다의 어수대인지조차 모르고 있다. 난 솔 미라이예에 유폐된 상태고, 더군다나 바로 당신이, 삼 층에 출입할 수 있는 인원조차 제한했잖아? 이렇게 철저하다면 아무리 어수대라 한들 나와 쉽게 접선할 수 있을 리 없다. 그리고 만일 내게 접선하고자 하는 의지가 있더라도 당신이 내 삶의 요청을 수락한 이상 잠정 보류야. 당신이 우선 어떻게든 손을 써 보고, 무언가 얘기가 됐으면 내게 말을 하겠지."

당신을 찔러서.

"무언가 확정이 되기 전까지는 나도 잠자코 있을 생각이란다. 당신 일에 초를 치기 싫다. 내가 어수대와 접선하는 모양이 폐하의 눈에 띄면…… 그 뒷이야기는 필요하지 않을 테니까."

"……."

"블랑쉬 젤로에 대해 궁금한가? 그 여자는 나와 정확히 네 번 만났다, 네 번. 내가 비생 로욜에 처음 끌려 왔을 때…… 젤로는 최고 지휘부가 없는 상태에서 홀로 판단한 것 같더구나. 비생 로욜 내부에 새로운 망을 구축하기 위해 내게 온 그것이 첫 번째였어. 이때 내가 그 머리채를 뜯어 버렸더니 몇 년 동안 얼씬도 않았지. 그리고 발터가 즉위했을 때 내게 첫 전언을 보냈다. 이것이 두 번째. 나를 탈출시켜 준다고 하던 발터의 헛소리가 세 번째. 앙히에가 사람 간 떨어지게 나와 접촉을 시도했을 때 당장 꺼지라 말하려고…… 염치도 모르고 젤로를 이용했지. 이게 네 번째. 알겠니? 이뿐이야. 발터의 일방적인 소통이었어. 그나마도 전부 내가 거절했단다."

순간적으로, 세 번째와 네 번째가 머릿속에서 얽혀 논리를 정돈할 수 없었다. 어지러웠던 머리는 얼마 뒤에야 돌아왔다. 그는 어느새 파드득 날아가려는 모양인 외르타를 불렀다.

"외르타, 기다리십시오. 세 번째를 먼저 설명하십시오. 발터하임부르겐 1세가 당신의 구명을 바랐습니까?"

"그랬어."

"멈추십시오. 차분히 말씀을……."

"내쫓을 때는 언제고 자기 마음대로……."

외르타는 말끝을 흐리며 뒤를 돌아보았다. 발렌시아는 그녀가 눈치챌 겨를도 없이 그 뒤에 서서 그녀의 어깨를 잡아끌었다. 외르타는 기우뚱 기울었다가, 그 저지가 약한 바람보다 못하다는 사실을 깨닫고는 쓰게 웃었다. 그녀는 고분고분히 자리에 앉았다. 앉는 즉시 긴 소파에 몸을 쭉 뻗었다. 엎드렸다. 발렌시아는 무어라 말을 하지 못한 채 그녀의 등을 응시했다. 웅얼거리는 목소리가 흘러나왔다.

"발터는 아직도 언니 그림자에서 못 벗어났단다. 경, 지금 폐하께서 가장 이를 갈고 계시는 서부 영주들의…… 뭐라고 해야 하지? 죽음? 모살? 어수대의 성과? 아무튼 이것. 전부 일 왕녀의 죽음에 대한 원한 때문이야. 알지?"

"예. 그것은 들어 압니다."

"발터는 언니 일만 되면 그 정도로 이성을 잃더구나. 나 역시 그가 이성을 상실한 결과지."

"예?"

"원래대로라면 발터는 나를 죽여야 한단다. 내 딸을 죽인다 해도……

본질적인 문제는 해결이 안 돼. 로크뢰가 건재했지 않나. 더 이상 왕가의 손을 보고 싶지 않았다면 나를 죽였어야지. 나는…… 포티미외 적에 발작했듯 내가 석녀가 된 줄도 모르고 있었거든. 그건 발터도 마찬가지일 테고. 아무튼 그래서, 날 죽이는 것이 우리의 정석이기도 하고 근본적인 해결책이기도 한데, 발터는 그러지 않았지. 나를 끝끝내 살려 두고, 심지어는 나의 비사에 다시 불러 줄 테니 내 감시 하에 살라 제안까지 했지."

"그것이 당신의 자매와 관련 있는 일입니까?"

"그 사람이 나를 키웠거든."

발렌시아는 인상을 찌푸렸다. 무언가에 기분이 상한 것이 아니라, 기억을 더듬을 때 습관적으로 나오는 동작이었다. 클라우지우스 겐센 지클레 리볼텔라 틸 게외보르트 트리첸바. 막시밀리아네 5세의 둘째 왕비 소생 장녀로, 발터하임부르겐 1세의 다섯 살 연상 친누이. 외르타는 처형당한 첫째 왕비의 딸이다. 연계가 보이지…….

발렌시아는 그제야 처음으로 외르타의 모친이 형장의 이슬이 되었다는 사실을 깨달았다. 정말 처음이었다. 그간 그것을 인식하지 못했던 자신을 향해 한숨이 터졌다.

"경 표정 보니 이제 깨달은 것 같구나. 내 어머니께선…… 몇 살 때였지? 한 살? 두 살? 아무튼……."

"당신이 과거를 언급함에 있어 가벼운 인사라고는 생각지 않습니다. 다만 제게 그 부분은 전면적으로 함구하십시오. 저는 당신의 무덤덤한 언사를 견디기 힘듭니다."

"경은 역시 앙히에와 똑같다."

그는 숨을 멈추었다. 외르타는 소파에 묻었던 제 얼굴을 살짝 들었다.

"아무튼 그 때문이야. 그 사람이 나를 그만큼 아꼈기 때문에…… 발터가 감히 건드리지 못하는 거지. 내 발칙한 상상으로는, 어쩌면 그 사람이 발터에게 맹세를 강요했을지 모른다는 생각이 들기도 한단다. 나를 살리라는 맹세. 조금의 위협도 못 될 병아리니까…… 천치 같은 놈, 지금 이 사달이 났는데…… 그래도 죽이질 못하고……."

"외르타."

"아니, 물론 지금은 발터도 맘을 바꿨을 확률이 훨씬 높지만…… 이 덜떨어진…… 얼간이야, 완전히. 정말 바보야."

발렌시아는 그 욕설에 스며든 미묘한 유대감이 불쾌했다. 저번에도, 그리고 지금도 마찬가지다. 그녀에게는 게외보르트의 피가 남아 있었다. 지울 수 없는 질긴 끈이다. 그런데 정작 그녀의 모국은 외르타를 적대하고 있는 상태로, 저 사고 방식은 언젠가는 그녀에게도, 자신에게도 큰 피해를 입힐 것이다.

"나는…… 음, 솔직히 그가 언니를 떨쳐 낼 수만 있다면 그 손에 죽어줄 수도 있어. 좋은 왕이 되기 위한 수순이라 말하면 얼마든지 내 목을 허락할 수 있을 것 같아."

발렌시아는 순간적으로 화가 치미는 것을 느꼈다. 나는 당신을 살리겠다고 온갖 미친 짓을 저질렀고 또한 저지르기 직전인데, 평생 적으로 남을 오라비에게 목을 바친다면 제 기쁨이 될 것이라고? 저것이 정상인의 말인지 의심스러웠다.

"정상은 아니지. 그리고, 발렌시아 경, 내 요청은 이것과…… 어긋나지만, 그래도…… 뭐라 해야 하지…… 묘하게…… 핏줄에 남은 유대 같아서 벗어나려 해도 벗어날 수가 없어…… 왜 이럴까. 나도 이런 내가 싫다. 분명 살고 싶은데 우리 왕가만 관련되었다 하면 한없이 약해져서……."

"외르타."

"응?"

그녀는 왼쪽 눈만 보이고 있었다. 웃고 있는 표정인지 울고 있는 표정인지는 도저히 모르겠다.

"언젠가는 말씀드려야겠다고 생각했습니다."

"뭘?"

"저는 이미 폐하와 이야기를 끝냈습니다."

외르타는 놀라 일어났다. 자신이 요청한 지 일주일도 안 된 시점이다. 놀랄 법도 하다. 발렌시아는 약간 시선을 내렸다. 어차피 언젠가는 밝혀야 될 사안이니 구태여 미룰 필요가 없었다.

"당신은 부상을 입는 선에서 삶을 보전하게 될 것입니다."

"정말? 지금 딤니팔의 자작까지 가게 될 때를 이야기하는 거지?"

"예. 폐하께서는 당신과 게외보르트 간의 줄이 없음을 확신하라는 것으로 조건을 거셨습니다. 저는 성공적으로 증명해 냈습니다. 그 뒤 이와 같은 명을 받았습니다."

외르타는 그의 말에서 이상한 점을 찾아낸 듯했다.

"명을 받다니? 왜 당신이 명을 받아? 당연히 폐하의 무명이 할 일 아닌가?"

"아닙니다. 여러 난점이 있기 때문입니다."

"어…… 내가 솔 미라이예에 있으니 당신 수하의 손을 쓰게 되나? 누프리가 맡으면 기분 웃기겠구나."

"기밀을 유지해야 하는 사안입니다. 역시 아닙니다."

그녀는 의심쩍은 눈으로 그를 올려다보았다. 발렌시아는 천천히 다리를 굽혔다. 외르타의 시선이 섬세한 직선으로 그를 따라왔다. 기어이 눈이 마주쳤다. 외르타는 제 날렵한 눈을 몇 번 깜박이다가, 믿을 수 없다는 것처럼 입을 벌렸다.

"경?"

그의 오른팔이 뻗어 나갔다. 외르타는 자신의 깨달음에 정말 놀랐는지, 그 명확한 접근에도 어떤 제지를 하지 못했다. 그의 손끝이 외르타의 복부에 아주 살짝, 어쩐지 공포까지 담은 모양으로 닿았다. 그는 한숨을 쉬었다.

"예, 제가 합니다."

외르타는 눈을 크게 떴다. 그녀는 자신의 복부에 닿은 미약한 힘조차 칼날로 느끼고 있는 듯했다. 헐떡인다. 그녀의 얼굴은 이미 하얗게 질렸다. 발렌시아는 눈을 꽉 감았다 떴다. 그제야 가까스로, 사람 같은 말을 뱉어 낼 수 있었다.

"도저히 통증이 없으리란 말씀은 드릴 수가 없습니다. 끔찍한 고통일 것입니다."

"경이……? 아니, 그렇다고 달라질 것은 없지만……."

"제가 하는 것이 가장 안전하다고 판단했습니다. 최대한 후환을 줄이는 선에서…… 살인자의 손에 장점이 있다면 이뿐입니다."

"당신이……? 아, 알겠어. 이해했어."

그녀는 일어서려 했다. 한시라도 빨리 머리를 정리하고 싶은 듯했다. 그러나 외르타는, 몸을 채 반도 일으키지 못한 상태에서 발렌시아의 손에 붙잡혔다. 휘청. 다시 주저앉았다. 그녀는 아직도 얼얼하여 그의 손에 이렇다 할 반응을 보여 주지 못했다.

"외르타."

호명보다는, 호소.

"죄송합니다. 저도 하고 싶지 않습니다. 하지만……."

"무엇이 죄송해? 괜찮아. 이해한단다. 당신이 애썼다면 정말 이게 끝이겠지. 나는 그저 당신이 직접, 손을, 쓴다는 데에 놀라서……."

"후일 저를 꺼리셔도 됩니다. 합의된 부상이라 한들 자신의 찌른 자의 얼굴을 쉬이 잊으실 수 있을 리 없습니다."

"내가 왜 그러겠어……."

그녀는 말을 잊지 못했다. 발렌시아는 약간 초조해졌다. 전조를 주고 이야기했어야 옳은 행동이었을까. 그리했다면 그녀가 이 정도로 충격받지는 않았을 것이다.

"경, 정말 괜찮아. 외려 이렇게 일찍 결론을 내린 뒤 내게 그 방도까지 알려 줬다는 사실에 감사하고 싶다."

"외르타."

"감수해야 한단다. 사실 나는 죽음을 각오하고 딤니팔에 망명했기 때문에…… 당신을 만나서 이런 도움을 받을 수 있다는 사실이 그저 고맙다. 당신이 아니었다면 나는 또 삶을 위해 한껏 머리를 굴렸어야 했을 테니까. 도움에 기대는 기분이…… 뭔가 이상하긴 하구나. 내가 아닌 것 같아."

"외르타, 저는……."

그녀는 그의 손에 양 팔뚝이 잡힌 모양으로, 약간 어리둥절한 채 파란 눈을 바라보았다. 긴 바람을 터뜨리면 상대에게 닿을 만큼의 거리였다. 벽안이 떨리는 숨을 삼키는 듯했다. 팔도, 목소리도 그러했다.

"이제 그날 제가 당신을 살렸음을 압니다. 그 정도의…… 아니, 아닙니다. 저는 당신을 긍정합니다."

"응. 고마워."

그녀는 서서히 냉정이 찾아오는 것처럼 빙그레 웃었다. 외르타는 정말 놀랍게도, 이성을 잃지 않고 그의 손을 하나하나 떼어 냈다. 발렌시아는 시일이 다 된 나뭇잎인 양 맥없이 팔을 물렸다.

"하지만 이번이 마지막이야."

발렌시아의 시선이 확 가라앉았다. 외르타는 어느새 손을 모아 제 손톱을 문지르고 있었다. 당혹스럽게도, 조금의 경계심도 없는 눈썹이었다. 그는 기다리지 못하고 의아한 점을 물었다.

"마지막이라 말씀하셨습니까?"

"이건 폐하께도 말씀드리고 싶은 사안인데…… 대게외보르트전 문제가 전부 해결된다면, 그리고 딤니팔이 이겨서 내가, 아, 이거 뭐가 묻은 거야, 그러니까…… 뭐였지? 맞다. 딤니팔이 이겨서 내가 살아남을 만한 여건이 마련된다면 나는 떠날 거야."

갑자기 구역질이 날 것처럼 속이 울렁였다.

"예?"

외르타는 여전히 자신의 손만 뚫어져라 쳐다보고 있었다. 무언가가 묻어 지워지지 않는 것처럼 보였다. 그녀는 온 신경이 그쪽에 쏠린 듯했다. 시선을 아래로 고정한 채, 목소리만 듬성듬성 피어났다.

"폐하께서는…… 나를 권력의 핵에 놓고 싶은 생각이 전혀 없으시겠지. 그러니 내가 떠나 드릴 거란다. 내가 왕도에 머무르지만 않는다면…… 폐하께서도 더 이상 나를 제거할 마음을 가지지 않으실 거야…… 그럴 이유가 없으니까."

"제대로 말씀하십시오."

"음? 경, 걱정 말렴. 죽으러 가는 것은 아니다. 묻혀서 잘 살 거야."

"외르타, 구태여 떠나실 필요가 없는 줄로 압니다. 혹 폐하께 영지를 하사 받아 그곳에 잠적하시겠다는 말씀이라면……."

"아니. 경도 잘 들었잖아? 나 혼자 떠난다고."

외르타는 무언가를 해낸 듯 만족스러운 미소를 띠며 고개를 들었다. 한층 유연하고 밝은 목소리가 흘러나왔다.

"그것만이 폐하께 흡족한 잠적일 거야. 어쩌면 내 소재를 파악해 편히 살도록 지원해 주실 수도 있겠지. 사실 수도원이나 들어갈까 하는 생각도 있지만, 지금으로선 그리 큰 청사진이 없구나. 뭐, 결국 서로에게 좋은 이야기 아니겠니? 나는 속 편하게 떠날 수 있고, 폐하께선 드디어 발 뻗고 주무실 수 있고."

"그렇다면 저는 어찌 됩니까?"

외르타는 눈을 크게 떴다. 무슨 말을 해야 할지 모르겠다는 것처럼 눈만 여러 번 깜박였다. 자신이 무언가를 잘못 들은 것은 아닌가 의심하고 있는 모양이었다. 그녀는 몇 번 말을 고르다가, 결국 가장 덜떨어진 반문을 내뱉고 말았다.

"……응?"

"제게도 소재를 알려 줄 생각이십니까?"

"어? 경, 아니. 나는 폐하께도 내 행선지를 알리지 않을 생각이야. 앙히에에게도 말하지 않을 거야. 사실 그놈한테는 떠난단 이야기도 안 할 거란다. 어딜 가든 기필코, 바득바득 찾아낼 것 같……."

"저는 폐하와 앙히에에 대해 여쭌 것이 아닙니다. 저에 대해 여쭈었습니다."

"발렌시아 경…… 경은 사실 나와 그리……."

침묵. 외르타는 당혹을 감추지 못한 채로 제 양팔을 펼쳤다.

"아직 너무 일러."

"외르타."

"지금은 당신이 나를 찌르는 상황을 논하기에도 너무 이른 시점이란다. 굳이 난처한……."

"제 칼은 이루어지지 않을 확률이 있지만 당신의 계획은 아닙니다. 저는 방금 전 당신의 말에서 번복의 여지가 없다는 인상을 받았습니다."

"그렇지만……."

"외르타."

그녀는 자리에서 벌떡 일어섰다. 그와 거의 동시에, 여윈 다리가 그의 팔을 성큼 넘어갔다. 발렌시아는 고개를 돌려 그녀의 종잡을 수 없는 웃음을 바라보았다. 외르타는 굳은 관절을 매만지는 모양으로 제 왼쪽 손목을 주무르고 있었다.

"이만 가마."

"……."

"아무튼 이야기 고마워. 그리고 폐하와의 독대 일정을 잡아 줄 수 있겠니? 언제든 상관없단다."

"……."

"……안 되면 내가 직접 가고…… 누프리를 대동하면 괜찮겠지?"

"……."

"경."

외르타는 제 머리끝을 매만졌다. 꼬인 머리칼이라고는 조금도 없건만 거친 손길은 퍽 초조해 보였다.

"경은 왜 자꾸 내게 화를 내나?"

"……."

"그런 사람 아니잖아. 난 이제 당신이랑 좀 데면데면함 없이 지내보고 싶은데, 정작 당신이 이렇게 화를 내면 나는 무슨 반응을 보여야 할지 모르겠다. 경에게는 내가 후일 떠나든 말든 그것이 그리 중요한 일이 아니잖아? 내가 당신에게 진 빚은 정말 많지만…… 당신이 내게 진 빚은 없으니까…… 아, 이래서 내게 캐묻는 거야? 그건 미안하네……."

"……."

"그리고 정말 고맙다. 나를 위해 폐하께 대항했다는 사실은 말하지 알아도 잘 안다. 조건이 좀 심술궂기는 하지만 폐하께서도 나름의 아량을 보여 주신 거겠지."

"그것을 아량이라고……."

"엄밀히 말하면 당신 폐하인데 말이 험하구나. 아량 맞아. 나 같으면 후일 내통을 염려해서 결코 그리하지 못했을 거다. 폐하께 이만큼의 신용을 받은 보답으로 떠나려는 거야. 폐하를 시험하고 싶지는 않았지만 그런 셈이 되었네, 당신이 너무 손이 빨라서. 폐하께서도 내가 전승 뒤 혈혈단신으로 떠나려 한다는 말을 들으면 좋아하시겠지."

"당신은 전승 뒤……."

"응?"

"아닙니다."

부정은 지나치게 신속했다. 외르타는 미심쩍다는 듯 인상을 찌푸렸다. 그녀는 머리를 만지고 있던 제 오른팔을 내렸다. 스스로 탁자에 놓아두었던 유리 볼을 든 뒤, 얕게 인사했다. 발렌시아는 움직이지 않았다.

"이만 나가 볼게."

그녀는 그의 답을 듣지 않고 걸음을 뗐다. 갈색 머리칼이 폭포수처럼 떨어지다, 흔들리다, 떠났다. 걸음은 빨랐다.

발렌시아는 일어서지 못한 채 제 눈을 가렸다. 하마터면 되도 안 되는 첩 이야기를 꺼낼 뻔했다. 정말 이성이라는 것이 한 점 남아 있지 않은 모양이었다. 도대체 그 말을 왜 꺼내려 했을까. 외르타의 말이 맞다. 그녀가 떠난다면 자카리의 불안도 없어질 것이다. 첩이니 그림자니 하는 소리도 완전히 무용한 말이다. 그녀의 실종으로 모두가 근심거리를 덜게 될 것. 전부 불 보듯 뻔한 일이 아닌가.

더군다나 말 그대로 '첩'이다. 외르타는 그 단어를 귀에 담는 것만으로도 경기를 일으킬 것이다. 자카리야 완연한 남이니 그런 소리를 쉽게 꺼낼 수 있는 것이겠지만, 자신은 도저히…… 제 그림자만 봐도 죽은 남편을 연상해 증오와 두려움에 이를 갈 여잔데. 역시 어불성설이다.

기실 그녀는 답을 찾은 것이다. 떠나면 된다. 자카리도 그녀가 무작, 무위로 초야에 묻힌다면 만사를 묵인할 확률이 높았다. 그가 두려워하는 일은 그녀의 내통과 정보의 유출이므로, 만일 외르타가 중앙과 아무런 상관이 없는 지방으로 떠난다면 그 역시 이 이상 그녀에게 신경 쓰지 않으리라. 모든 문제가 해결되는 것이다.

그 사실을 뻔히 알면서도, 스스로조차 이해할 수 없는 감정으로 매달렸다. 어처구니가 없다. 첩 이야기를 꺼내서 무엇을 어떻게 하려 했을까. 그것으로 매일 테니 떠나기는 쉽지 않을 것이라고? 도대체 무슨 망발을 하려 했는지 이해가 가지 않았다. 제겐 오랜 구속을 겪은 외르타를 다시 얽매려 드는 행위가 용납되지 않을뿐더러, 더군다나 자신에게는 이유가 없었다. 때문에 그저 당혹스러웠다.

사실 지금의 자신에게는 다행이라는 기분이 들어야 했다. 이제 외르타를 책임질 필요가 없어졌기 때문이다. 자신이 주구를 맡게 되는 것은 외르타 역시 논리로 납득한바, 둘 중 누구에게도 빚이 되지 않을 것이다. 따라서 책임도 필요가 없다. 더불어 전승 뒤 그녀를 책임지라는 말 또한 이제 빛을 잃은 상태다. 외르타가 떠나는 것으로 가볍게 종결될 것이다.

자신은 디무어 이후로 사람을 받지 않겠다고 결심했다. 방금 전 외르타가 들어오기 전까지만 해도 현실과 결심의 괴리로 이성을 상실할 지경이었다. 그 고민을 일소해 준 외르타에게, 그는 사실 감사를 표하고 내심 다행이라는 감정을 느껴야 마땅했다. 그런데 지금 자신이 느끼는 것은 다행이라기보다는 외려…….

놀라움, 아쉬움, 미련, 그리고 화.

마지막이 가장 강렬했다.

외르타가 제 시야에서 영영 떠난다는 사실에 안심이 되기는커녕, 오히려 화가 나는 것이다. 기가 막히고 어이가 없다는 말 이외의 표현으로 지금의 자신을 설명할 수는 없다. 이해가 가지 않는다. 누구에게 물어볼 수도 없었다. 도대체 웬 난장 맞을 '화' 인가.

네가 로크뢰라도 되나.

손에 힘이 들어갔다.

발렌시아는 한참 뒤에야 자리에서 일어섰다. 여느 때와 다름없이 빠르고 정확한 걸음으로 책상까지 걸어갔다. 아니, 책상이 아니다. 그는 장식장 앞에 섰다. 무심한 태도로 손을 올려, 방금 전 외르타가 내려 달라고 성을 냈던 목걸이 덩굴을 감쌌다. 한 손만으로 끌어내렸다. 그는 여전히 무성의하게 그것을 들곤 그녀가 처음 화분을 놓았던 자리에 두었다.

그리고 그녀가 담아 놓은 물에 한 손을 담갔다. 따사로운 느낌에 흠칫 놀라 빼내려다 우습게도 손이 미끄러졌다. 그는 물속에 잠긴 물고기를 감상하듯 제 손가락을 바라보았다. 움직여 보았다. 벌써 노을이 지고 있었다. 오렌지색 물 안에, 칼을 쥐는 손. 주먹을 쥐었다. 물을 움켜쥔 모양으로 허공에 떴다. 손의 가장자리에서 축축 늘어진 버드나무가 흘러나왔다.

발렌시아는 무언가에 놀란 것처럼 손을 털었다. 덩굴 줄기 사이사이로 물방울이 우수수 떨어졌다. 외르타에게서 나왔던 양의 배는 되는 것 같았다. 그는 물을 머금은 작은 잎사귀를 바라보다가, 다시 한 번 오른손을 볼에 넣었다. 세 번 반복했다.

그는 뒤로 한 걸음 물러났다. 물에 젖은 제 손을 바라보았다.

자카리는 한숨을 푹 내쉬었다.

"발미레, 짐이야 좋네. 염치없는 말이 되겠지만…… 사실 고마운 마음은 숨길 수가 없을 정도네. 짐에게도 소재를 알리고 싶지 않다면 그리하고, 더불어 평생 일신에 걱정이 없을 정도의 재산을 알로지아드에 동결해 두겠네."

"감사히 받겠……."

"그런데 그게 그렇게 싫어서 얘길 듣자마자 달려 온 건가? 좀 시간을 두고 오지. 이래서야 공작이 민망해지지 않나."

외르타는 왕의 말을 이해할 수 없었다. 그제 있었던 발렌시아와의 모든 대화를 더듬어 보았다. 그러나 지금 상대가 민망하다 말하는 것이 무엇인지 알쏭달쏭했다.

그녀는 질문을 하기 위해 숨을 들이켰지만, 그보다는 자카리가 먼저였다.

"먼저, 계속해서 계면쩍은 말을 할 수밖에 없는 짐을 양해 부탁하네."

"……."

"발미레, 그대에게 솔직히 공비 자리는 무리야. 평생 갈 불도 아니잖나. 때문에 짐은 발렌시아에게 그런 약점을 안길 수가 없네. 아니, 물론 공비 문제에 짐이 왈가왈부할 수는 없지만, 어쨌든 이 난점은 지금의 발렌시아도 동감하는 바거든. 따라서 첩이나 그림자가 적당할 텐데, 역시 그대의 마음에는 차지 않았던 건가?"

머리를 한 대 얻어맞은 것 같다.

"예?"

"물론 충분히 알겠네. 왕녀와 왕비 자리를 거쳐 온 그대에게 공작의 애첩 자리는 도무지 격에 맞지 않지. 하지만 짐이 그런 천박한 제안을 낼 수밖에 없었다는 점만큼은 이해해 주었으면 좋겠네. 짐작했다시피 짐은 발미레 그대가 너무 두렵거든. 그래서 완전히 공작의 날개 아래에 두려 했지. 전부 끝난 이야기니 이처럼 말해도 괜찮겠지? 아무튼 미안하네. 그대가 짐보다 더 철두철미한 정계 단절을 선언했으니 그것으로 족하네."

"아니, 폐하, 잠시만 기다려 주십시오. 저는 첩 이야기에 대해서는 전혀 들은 바가 없습니다."

자카리는 웃는 얼굴 그대로 멈췄다. 그는 휘두르며 말하느라 다 식어 버린 잔을 내려놓았다. 고요한 가운데 덜그럭 하고 잔이 그릇에 부딪치는 소리가 났다. 자카리는 그것과 거의 비슷할 정도로 낮게 말했다.

"어? 그게 무슨 소리야?"

"저는 발렌시아 경의 애첩이라는 말을 들은 일도, 생각해 본 일도 없습니다. 가능할 턱이 없기 때문입니다."

"어?"

"우선 첫째로 제가 싫습니다!"

이를 악문 얼굴과 낮은 외침. 그녀에게서 결코 나올 것 같지 않던 어떤 감정이, 보호색이 변한 듯 확연히 드러났다.

"둘째로, 경 역시 애정 없이 첩을 들일 마음은 없을 겁니다."

"애정 없이……."

"셋째로, 도무지 격에 맞지 않습니다. 폐하의, 저의, 발렌시아 경의 격에 전부 맞지 않습니다. 폐하께서는 라르디슈의 전 왕비에게 고작해야 공작가의 첩지를 준다는 눈총을 받고 싶으십니까? 혹은 그것조차도 의도된 조롱입니까? 그리 고귀해 봐야 딤니팔 귀족에만도 못 미친다고, 공작의 첩으로 묻어 버려 일을 끝낼 생각이셨습니까? 지금은 아예 없었던 일로 바뀌어 다행입니다만, 저는 이제 폐하께 좋은 인상을 받기 힘들게 되었습니다."

그는 그럼 지금까지는 좋은 인상을 받았냐고 반문하고 싶은 듯한 표정이 되었다. 그러나 그 말을 입 밖에 내지 않을 정도의 감각은 있었으므로, 그는 그저 꿀 먹은 벙어리 꼴이 되어 그녀의 화를 바라볼 수밖에 없었다. 외르타는 두 손을 깍지 꼈다.

"차라리 죽이시지 대관절 첩이 무슨 말씀이십니까? 폐하께서는 제가 무엇을 겪고 왔는지를 전부 아시면서 그렇게 파렴치하신 겁니까? 폐하, 제가 마땅히 화를 내야 하지 않습니까? 누구의 첩이요? 제가 폐하의 주구로서 휘둘리는 것은 어쩔 수 없습니다. 하지만 그것도 제 일신의 안위를 결정하는 일로 한정되는 겁니다. 이야기가 신상에 다다르면, 저도 양보할 수 없는 지점이 있습니다. 폐하, 제게 다시는, 첩에 관한 어떤 이야기도 꺼내지 마십시오. 저는 그리되느니 차라리 죽겠습니다. 저를 죽이시는 편이 낫습니다. 차라리 죽이십시오."

마지막의 죽이라는 말은 정말 진심이었다. 다급한 진심이었다. 그녀는 몇 번이고 같은 말을 반복했다. 자카리는 입을 꾹 다물고 제 앞에 앉은 상대를 바라보았다. 외르타의 깍지 낀 손은 아직 풀리지 않았다. 끝내, 왕의 입이 먼저 열렸다.

"발미레, 짐이 사과하겠다. 미안하네. 다시는 이 이야기를 꺼내지 않겠네. 짐의 독단이었으므로 공작에게는 추궁하지 말게. 그 역시 짐의 갑작스러운 명에는 놀라움을 감추지 못했거든."

"저도 이 명에 경의 의도가 조금도 들어 있지 않다는 것을 압니다. 저는 경을 안 지 이것으로 반년이 조금 더 되었습니다. 그간 엄격하되 선을 넘지 않는 훌륭한 인간상이었는데 돌연 이런 말도 안 되는 바람을 가지실 리 없지요."

외르타는 서서히 말을 멈췄다. 자카리가 왜 저토록 얼빠진 표정을 짓고 있는지 알고 싶었다. 그는 팔을 들어 올렸다가, 어떤 동작도 만들지 못한 채 다시 축 늘어뜨렸다.

"발미레, 그대는 정말 그리 생각하나?"

"예."

"공작이 여자 하나를 자살로 몰았을 만큼 무심한 사람이라는 사실은 아나?"

"압니다."

"지금 공작이 그대에게 하는 모든 행동이 평소 그의 행동을 뛰어넘어도 오래전에 뛰어넘은 것 같다는 사실은 아나?"

"그럴 수도 있겠지요."

"그럴 수도 있다?"

"그것과 첩 간에 어떤 연결고리도 없기 때문입니다."

"뭐? 그럴 수도 있다는 그 사실을 알면서, 그대는 도대체 무얼 믿고 경이 '훌륭한 인간상' 일 것이라 확신하나? 그놈이 사춘기도 안 온 어린 앤 줄 아나?"

외르타는 그 막말에 웃음이 새어 나오는 것을 느꼈다.

"폐하, 너무 나가셨습니다."

"어디가? 짐은 그대가 그렇게 인주를 찍어 놓는 모습이 탐탁지가 않네. 그대야말로 너무 멀리 나간 거야."

"아니요, 폐하. 폐하께서는 저희가 포티미외에 있을 적 얼마나 지독한 관계를 유지했는지에 대해선 전혀 아는 바가 없으십니다. 그 최악의 상황을 함께 지낸 서로라면 유대는 있을지언정 그 이상의 감정은 있을 수 없습니다. 그는 제 바닥을 보았습니다. 때문에 제게 감정을 둘 수 있을 리 없고, 만일 무슨 감정이 있더라도 그것은 제 혐오를 받게 될 뿐입니다. 그 감정은 분명 동정을 착각한 것일 테니까요. 혹 경에게 그런 마음이 있다면 제가 나서서 그 마음가짐을 교정해 주겠습니다. 물론 저는 그 이전에 그에게 그런 생각이 조금도 없음을 확신합니다. 경은 담백하고 무정한 사람입니다."

자카리는 여전히 얼떨떨한 표정이었다. 외르타는 한숨을 쉬었다.

"아무튼 이야기가 다 된 줄로 압니다. 저는 발렌시아 경에게 흔쾌히 칼을 받겠습니다. 또한 전승하면, 저 홀로 떠납니다. 저는 폐하의 시야에서 벗어난다 하더라도 결국 어수대나 프레몽트레에 제거될 확률이 있기 때문에, 웬만하면 어떤 연고도 없는 시골에 피신할 작정입니다. 폐하께서도 알로지아드 어느 결절에서 금화가 인출되었는지에 대해서는 특별히 주의를 기울여 함구해 주시길 바랍니다."

"그러겠네. 그리고 원한다면 주변 성주에게 호위를 부탁하겠네."

"그것은 그때 가서 이야기하도록 하지요……."

"알겠네."

"그럼 먼저 물러나겠습니다. 양해해 주십시오."

자카리가 고개를 끄덕이자, 외르타는 잉그레의 예를 표했다. 자리에서 일어났다. 그녀는 미련 없이 몸을 돌려 응접실의 문을 나섰다. 그 옷자락 끝에서, 무시무시한 압력으로 문이 닫혔다. 쾅. 자카리는 그제야 그녀가 떠난 방향을 바라보았다.

무슨 의미인지 스스로도 알 수 없는 웃음이 새어 나왔다.

그걸 모른다고? 발렌시아가 온 신경을 다해 자신을 보고 있다는 사실을 설마 눈치채지 못한 건가? 걸음 하나하나, 목소리 하나하나에 오감을 기울이고, 다툼에 있어서도 소심할 정도로 깨작대는 그 손. 감히 내게 대항하면서까지 저를 배려하는 모습을 보고도? 자카리가 보기에 발렌시아는 이미 돌이킬 수 없이 빠져든 남자의 좋은 예였다. 그는 유경험자였으니까.

물론, 그래. 그럴 수도 있다. 그녀가 알아차리지 못할 수도 있다. 자카리는 공정한 사람이기에, 외르타가 과거의 발렌시아를 전혀 모른다는 점을 기억해 주었다. 외르타는 어렸을 적, 소년기 적, 사회 초년생 적 그를 모른다. 사람을 미치게 할 정도로 무감각하던 그 시선. 리베 몬테의 죽음에 아무런 가책이 없고, 앙히에 역시 가차 없이 잘라 내던 그 단단함. 제 명령에 반드시 따르는 칼 같은 고분고분함. 외르타 발미레는 전부 모른다. 그러니 저토록 온건한 상상을 할 수 있는 것이다.

자카리는 심드렁한 한숨을 쉬었다. 그래도 언젠가는 깨닫게 되겠지.

그러니 문제라면 발렌시아일 것이다. 자카리가 보기에도 방금 전의 확고함은 장난이 아니었다. 그럴 만도 하다. 칠 년을 로크뢰에게 시달려 왔는데 다시 남자가 보이기는 할까. 혐오스럽다는 말에는 입이 딱 벌어지는데, 딱히 반박할 말도 없고, 그 말 자체가 마땅하다고 생각되기도 해서 그냥 그리 두었다. 발렌시아라고 그 거부감을 어찌할 수 있을 것 같지는 않았다.

앙히에에게 말이나 해 볼까. 그는 문득 앙히에가 지금 잠시 왕도를 떠나 있다는 사실을 깨달았다. 머리가 아팠다. 자카리는 한숨을 푹푹 쉬었다.

돌연 시종이 우뚝 섰다. 외르타는 그 등에 이마를 부딪힐 뻔했다. 그녀는 순간 기울었던 중심을 바로잡으며, 모퉁이 너머로 나타난 사람이 누구인지 가늠해 보기 위해 애를 썼다. 일 초 정도.

상대는 정체를 숨길 생각이 전혀 없는 듯했다.

"비전……."

외르타는 상대를 비전하라 부르려 했던 스스로에게 다소 멋쩍은 기분이 들었다. 그날 이후 처음이었다.

"솔 미라이예로 돌아가는 거야?"

"아…… 네……."

레아는 그녀가 신경 쓰고 있는 사람을 알아차린 듯했다. 레아는 귀찮은 듯 손을 휘휘 저어 시종을 쫓아냈다. 시종은 영문을 모른 채 예를 표하고는, 지체 없이 자리를 떴다. 레아는 반복했다.

"저번 일에 대해 할 말이 있어."

"하세…… 요."

"그렇게 울어 놓곤 웬 공대? 괜찮아. 이쪽으로."

그녀는 외르타의 팔뚝을 꾹 부여잡고는, 바로 옆에 있는 방으로 폴짝 뛰어들었다. 외르타는 엉겁결에 그녀에게 이끌려 들어갔다. 그녀는 눈을 비비다가 상대의 종달새 같은 목소리를 듣게 되었다.

"혹 내가 저번에 무례를 저질렀다면 사과하고 싶어."

그녀는 눈을 동그랗게 떴다. 무례를 저질렀다면 자신이었지 그녀는 아니었다. 그러나 말을 끊고 끼어들 틈이 없었다.

"나는 그때 약속을 지키기 위해 혈안이 되어 있었어. 그래서 할 말 못할 말 가리지 않고 마구 쏘아 댔을 수가 있거든…… 나도 원체 감정 이입이 돼서. 미안."

"아니…… 나는 고깝게 들은 말이 없단다. 그런데 약속이라니?"

"같은 엄마로서 당신을 살리겠다는 약속."

"누구와?"

"앙히에."

외르타는 그 이름을 듣는 순간 숨을 크게 들이켰다.

"당신이 고마워해야 할 사람이 있다면 그 자식이야. 능력 부족을 깨닫고 나한테 달려왔으니까."

"날 그리 달래다 쫓겨나더니……."

"게다가 더 염치없는 이야기기는 한데, 난 앙히에에게 대가를 받았어. 위로와 교환한 무언가가 있었어. 두 사람 모두에게 정말 미안해. 특히 앙히에에게는……. 내가 그걸 몇 년 동안 별러 왔다고는 하지만, 이런 식으로 얻어 내기를 바라지는 않았어. 너무 미안해. 지나치게 선선히 주기에 어떻게 막을 수도 없었고. 이건 이미 고개 숙여 사과했지만…… 당신한테도 역시…… 내가 대가성 봉사를 했다는 불쾌감이 들 것 같아서…… 정말 미안해. 하지만 진심이었어. 사정만 알았어도 반드시 이야기를 나눠 봤을 거야. 그래서 이렇게 고해하고 싶어."

레아는 고개를 반쯤 숙이고 있었다. 그녀의 희디흰 백금발이 지고 있는 석양에 물들었다. 외르타는 자신을 마주 보지 않는, 혹은 못하는 그녀를 향해 희미하게 웃어 주었다.

"나는 괜찮아."

"……."

"정말이란다. 당신이 거짓을 말했으리란 생각은 안 해. 죽은 아이를 걸고 거짓을 말할 수는 없어."

"……."

"나는 여전히 당신 충고에 고마워하고 있다. 그 말로 나를 붙들어 올렸잖아. 당신이 아니었다면 못했어. 앙히에는…… 선택을 잘했지."

"응……. 앙히에는…… 한 달? 두 달? 그 내외로 빨리 돌아온다고 했는데……. 놀금 일이라고는 해도 당신이 있는데 이렇게 훌쩍 떠날 거라곤 나도 생각 못했어."

외르타는 제 얼굴을 한 번 쓸었다. 한 번, 두 번, 세 번, 마른세수를 했다. 그녀는 마지막으로 양쪽 엄지의 등을 제 이마에 대고 꾹 눌렀다.

"레아."

"응?"

"혹 실례가 안 된다면 그 대가가 뭔지 물어도 될까?"

"……."

"실례라면……."

"아니…… 말할게."

레아는 여전히 고개를 숙이고 있었다. 자신의 죄를 인정하는 가장 겸손한 모양이었다. 외르타는 그녀가 받은 것이 무엇이기에 저토록 죄책감에 젖어 있는 것인지 다소 궁금해졌다. 레아의 말은 비교적 빨리 나왔다.

"앙히에는 사 년 전 왕도에 돌아온 뒤로 자신의 공백기에 대해선 일언반구도 하지 않았어."

순간 외르타는 깨달았다.

"자카리에게는 무슨 보고를 한 것 같던데, 그 특권이 소꿉친구인 나한테까지 넘어오지는 않더라고."

"……어린 시절에 친했니?"

"응. 생일 차이도 얼마 안 나서 젖형제였어. 걔가 열넷에 가출할 때까지 하루가 멀다 하고 놀았지. 그래서 놀금도 많이 도와줬고, 이다와도 꽤 알고. 아아아, 정말 골칫덩이 둘이었어.

아무튼 그렇게 십사 년을 보냈는데 이게 돌아와서는 자기 육 년의 공백에 대해서 아무 말도 안 하는 거야. 나는 알로지아드 이야기를 줄줄 풀어내 줬는데."

"칠 년이 아니라……."

"육 년이야. 떠나고도 놀금을 통해서 딱 나한테만 몇 번 연락이 왔는데, 그것마저 어느 순간 끊기더라고."

"아마……."

"본격적으로 일 왕녀 수하로 들어간 뒤겠지."

외르타는 손을 움켜쥐었다. 레아는 아직까지도 고개를 들지 못하고 있었다.

"그래. 내가 대가로 받게 된 게, 그때 무얼 하고 지냈는지. 이거지, 그 이야기였어. 들은 걸 후회하지는 않지만 그 방법만큼은 정말 후회하고 있어."

"어떻게 얘기하던?"

"숄렘 노트란트에서 일 왕녀와 우연한 계기로 만났다. 그녀 수하로 들어갔다. 최고점에서 여섯 해를 지내다 추락해 돌아왔다. 외르타를 알게 된 것은 내가 숄렘에 머무를 적이다. 나는 일 왕녀에 대한 의리를 지키는……."

"그 잡것이……."

레아는 대경실색해 고개를 들었다.

"외르타?"

답은 없었다. 그녀는 난처한 기분으로 이마를 짓누르고 있는 외르타의 두 주먹을 잡아 내렸다. 주먹이 사라진 곳에는 일그러진 미간이 자리하고 있었다. 온 뺨에 힘이 들어간 모양이다. 그 감정은 말로 표현될 수 없다.

레아는 다독이는 어조로 권유했다.

"그냥 고맙다고 하면 안 될까? 미워할 순 없잖아."

"그 자식은 언제까지 거기에 매달려 있을는지……."

"앙히에가 당신을 당신으로 봐 주지 않아서 괘씸한 거야?"

"아니."

"그럼 그가 당신을 비추는 거울 같아서 꺼림칙한 거야?"

"그게 무슨 말이니?"

레아는 팔을 내렸다. 두 손을 공손히 모아 쥔 모양으로 한숨을 쉰다.

"당신 역시 일 왕녀를 그리워하는 것 아니냐고. 그래서 여전히 그녀에게 목매고 있는 앙히에를 보면서…….”

“뭐? 아니야. 아니야. 그건 아니란다.”

“…….”

“정말 아니야. 진짜로.”

“잘 생각해 봐.”

“잘 생각해도 아니야. 나는 안 그래.”

그 강력한 부정에, 레아는 순간적으로 제 실수를 깨달은 듯했다.

“아…… 그렇지. 게외보르트 왕실은 동기지간이랄 것이…….”

“그것도 아니야.”

전부 아니란다. 레아는 서서히, 도저히 상대를 이해하지 못하겠다는 표정이 되었다.

“…….”

“저기…….”

“앙히에가 돌아오면 고맙다고 말하마.”

레아는 그녀의 갑작스런 말에 깜짝 놀라 고개를 돌렸다. 외르타는 어느새 자신을 물끄러미 응시하고 있었다. 그 투명한 시선에, 레아는 스스로 하려던 말을 잊었다. 외르타는 누군가가 밀쳐 내기라도 한 듯 벌떡 일어섰다.

“할 말은 사과뿐이니?”

“응.”

“그러면…….”

“응. 가. 지금쯤 십이공회도 끝났을 거야.”

그녀는 눈을 한 번 깜박였다.

“폐하께서 다시 돌아가신 지 얼마 안 된 것 같은데…….”

“자카리가 당신을 위해 중간에 나올 수 있었을 만큼 간단한 회의야.

인가만 필요한 사안이라서. 루틸로 후작의 장남 혼사 문제거든."

"……여기는 그런 사소한 일로도 십의공회를 소집해?"

외르타는 놀란 표정이었지만, 이제는 레아의 표정도 그에 지지 않고 있었다. 레아에 영문 모를 한숨을 내쉬었다.

"십이공회 일원의 혼사 문제는 정말 중요해. 도마 위에 올려서, 과반수의 동의를 받지 않으면 당장에 취소된다고."

"가문 일에 참견을……?"

"비단 가문의 일만은 아니지. 이건 한 가문을 넘어선 세력 균형 문제니까. 그래도 직계만 해당되니 얼마나 다행이야? 대부분의 경우 당연하게 인정하는데 그 짓을 하겠다고 오가는 일이…… 우리 아버진 지금 저기서 졸고 계실걸."

외르타가 약하게 웃었다. 레아는 마주 웃어 주더니, 길을 안내하겠다는 듯 벌떡 일어나 그녀를 지나쳐 갔다. 문이 열렸다. 걸음은 느긋하다. 저가 항상 뒤따랐던 사람이 발렌시아다 보니, 저토록 차분한 걸음에는 안정감마저 들었다.

바깥과는 다르게 잉그레 내부에는 금칠 장식이 허다했다. 금을 감상하고는 싶지만, 수백 년 동안 지켜온 흰 궁전은 깨뜨리고 싶지 않았던 딤니팔 선조들의 고상한 작품인 모양이다. 벽마다 태피스트리가 늘어져 있고 그 위로 번뜩이는 검이 교차해 걸려 있었다. 등불은 전부 보석을 깎아 만든 양 그 자체로 사치의 절정이었다. 바닥에는 발자국조차 남지 않는 구름 융단. 게다가 이 모든 것은 마치 새것처럼 윤기가 흐르고 있었다.

모퉁이를 도는 순간, 레아의 등에 밀려 다시 물러섰다. 외르타는 무어라 질문할 겨를조차 없었다.

"음…… 당신은 여기서 기다리는 게 좋을 것 같은데."

"응?"

"여기 가만히 있어."

그 말을 끝으로 레아가 달려 나갔다.

"톨레도 백!"

"비전하께서 왜 여기까지…… 아니, 옷은 또……."

"백작은 사사사건 트집이야?"

"제가 비전하를 도대체…… 아닙니다. 그리고 죄송합니다만 독대를 청해도……."

"안 돼! 저번에도 날 그렇게 들들 볶았잖아. 백작, 그러지 말고……."

외르타는 얼어붙은 채 그들의 빠른 대화를 경청했다. 톨레도 백작이면 레아의 아버지이자 십이공회의 일원이다. 아무래도 십이공회가 파해 다들 삼삼오오 나오고 있는 모양이었다. 물론 몇은 아직 눌라레의 원탁에 남아 있고, 가장 먼저 나온 서넛만이 기척을 낼 뿐이었지만 그래도 긴장되는 몸은 어찌 제어할 수가 없었다. 두려운 긴장이라기보다는 짜증스러운 긴장이었다.

"비전하, 그만하시지요. 백작께서 화병 나시겠습니다."

"자멘테 후, 나는……."

"비전하께서 백작이 많이 그리우셨나 봅니다. 이토록이나 반갑게 달려와 맞아 주시다니요. 혹 십이공회가 폐회될 때까지 이 앞에서 기다려 주셨던 것은……."

"아니야."

"말씀의 진위 판단은 스무 해가 넘도록 고명따님을 키워 오신 백작께 맡겨야겠군요."

이어지는 낮은 웃음소리. 외르타는 저 낭랑한 목소리를 알고 있었다.

"브레타냐? 벌써 가려오?"

"아, 저, 바빠서, 그러니까, 좀 바빠서, 먼저 가 보겠습니다."

"벌써 가십…… 가셨네요."

"몰라? 난 폐하께 들었는데 백작이 또 여자를 들였다지 뭐야?"

레아는 브레타냐 백작이 몸이 달은 이유를 짐작한다는 듯 말했다.

"일 년 만에 넷? 다섯? 다섯입니까?"

"심하지 않아? 폐하께서도 투덜대셨어. 죽은 백작 부인이 하늘에서……."

"야! ……가 아니고, 짐은 그런 말을 한 기억이 없네."

그 말을 받아친 것은 자카리였다.

"언제 또 나오셔서…… 아무튼 그저께 하셨어요."

"안 했어."

"하셨어요. 그런데 지금 그게 문제가 아니라…… 폐하, 옷이 말이에요…… 의상이라고도 못하겠네…… 그렇게 입고 십이공회를 치르셨어요? 아침에 기어 나간 모습 그대……."

"레아!"

"아버지, 저 왕빈데……."

"입조심…… 하십시오. 폐하께……."

"그리고 어차피 그대 옷도 짐과 피장파장이잖나? 그대는 할 말 없다. 다른 사람이면 몰라도 '너!' 는 안 되지."

"무섭기도 해라!"

점차 웅성대는 목소리가 섞였다. 둘, 셋, 혹은 그 이상이 바깥으로 나온 모양이었다.

"그나시오 백의 서신은 이미 도달했지 않나."

"어차피 가불가는 의미가…… 결국 폐하께서 결정하시겠지."

"그렇기는 해도……."

"안에는?"

"아직 동부와 남부의 일원 분들이 계십니다. 토의에 시간이 걸릴 테니 저희에게 먼저 떠나기를 부탁하셨습니다."

"폐하께서도 이만 가시지요."

외르타는 그 선명한 공용어를 한마디 한마디 들으며 벽에 몸을 기대었다. 등으로 톱질을 하는 기분이다. 스러지는 줄 몰랐건만, 스러지고 있었다. 그녀는 주저앉았다. 무언가 두터운 유리벽 같은 것이 저 고위 귀족들과 자신 사이에서 망을 보고 있는 느낌이었다. 지금은 결코 부럽지도, 저들처럼 되고 싶지도 않았으나, 그리웠다.

아주…….

조금.

비사 오필라에서는 조금도 업신여겨지지 않던 자신이다. 아무 거리낌도 없이 어떤 무리에든 끼어들고, 대화하고, 자잘한 수다에, 토론에, 그들만의 경주. 그 집단 안에 속해 있던 자신이 한껏 미화된 기억으로 남았나 보다. 떠받들림이 좋았다기보다는, 그 당당한 안정감이 좋았다. 물론, 기억 속에서만. 지금은 필요가 없었다. 겪어 온 세월이 깊다. 그런 지위를 부여받는다 하더라도 자신이 먼저 나서 거절할 것이다.

그렇지만 첩이라니.

돌연 떠오른 말에 그녀가 미소 지었다. 유쾌하지 않은 종류로. 자신의 격이 보잘것없다는 사실은 잘 알았지만, 첩이라. 그 단어 속에 든 가벼움과 천박함에 속이 꽉 막혔다. 차라리 완전히 아래층으로 내려가 평안하게 살 수 있다면 십분 만족할 텐데, 이 위층의 밑바닥은 견딜 수가 없었다. 자신이 고귀할 적 가장 경멸했던 이들이 그 바닥에 있었기 때문이다. 제 무례했던 시선에 고스란히 대가를 치르는 것이다. 별수 없다. 그저 한숨만 났다. 확실히 떠나야 했다.

"아, 공작! 그쪽 말고! 이리로!"

"폐하, 파나테는 안 됩니다."

"그대는 왜 또 갑자기 끼어들어서 난리야? 그건 오늘 주제도 아니었잖나?"

"응, 가까이, 가까이."

"폐하께서는 이미 네젠-롬바를 획득하지 않으셨습니까! 불공평합니다!"

"정녕 불공평하다 생각하나? 지금 짐이랑 위에 올라가서 대차대조표 뒤져 볼래?"

"폐하께서 허하신다면 저는 그 앞에서 사흘 밤낮이라도 새울 용의가 있습니다. 올라가실까요?"

"'불공평' 하지 않다는 것이 증명되면 그대는 이제 롬파나테까지 빼앗기는 걸세. 짐에게는 좋은 거래 같은데, 그대는 어떻게 생각하나?"

"폐하! 제게 그런 위험을 감수하라고……."

"응? 공작? 어디 가나?"

"솔 미라이예로 돌아갑니다."

"그쪽이 아닐세. 부끄러워하지는 말고. 몇 년 만에 돌아오니 방향감각이 헤졌을 수도 있지."

"시종에게 맡기고 온 것이 있습니다."

"아?"

"폐하! 말씀 좀 들어 주십시오!"

"음. 짐은 항상 친의와 성실로 그대의 말을 경청하고 있네. 그러니까 짐의 제안을 받아들이겠다고?"

"롬파나테의 삼분지 일까지는 걸 수 있습니다."

"간덩이가 밤톨만 하군."

"허, 저는……."

외르타는 돌연 제 위로 어떤 그림자가 드리워지는 것을 느꼈다. 그녀는 생각할 겨를도 없이 벌떡 일어섰다.

발렌시아는 말없이 그녀를 스쳐 지나가 다른 방향의 계단을 향해 걸어갔다. 외르타의 시선에 다시 익숙한 빠른 걸음이 잡히고 있었다. 그녀는 한숨을 쉬며 그를 따라 종종걸음 쳤다. 등만 보며 하는 말. 이런 무덤덤한 대화 역시 익숙했다.

"경."

"말씀하십시오."

"왜 내게 말을 하지 않았어?"

"무엇을……."

"내가 경의 첩이 될 예정이었다더구나."

그의 걸음이 우뚝 멈췄다. 잠깐 멈춘 것조차 아니었다. 외르타가 순간 그를 앞질렀을 정도로, 대단히 여실한 정지였다. 음계 낮은 정적이 흘렀다.

발렌시아는 다시 걷기 시작했다.

"폐하께 이야기를 들으셨습니까?"

"응. 당신에게 죄가 없다는 건 알아."

"……."

"첩 이야기를 꺼낸 파렴치한이 당신이 아니란 사실 정도는 안다. 폐하께서 이미 시인하신 죄지. 하지만 경, 왜 내게 이야기해 주지 않았니?"

계단이 나타났다. 외르타는 휘황한 계단이 차라리 반가웠다. 계단 위에서라면 발렌시아와 걸음을 맞출 수 있었기 때문이다. 그녀는 재빨리 그 옆에 붙어 상대를 빤히 바라보았다. 그 시선에, 침묵은 오래가지 못했다.

"저는…… 당신이 불쾌해 하실 것을 걱정했습니다."

"내가 만일 떠난다는 계획을 꺼내지 않았더라면 아마 꼼짝없이 당했을 텐데, 그 미래는 안중에도 없었어?"

"오늘 폐하께 말씀드렸습니까?"

외르타는 잠시 뒤에야 그 뜻을 깨달았다.

"응. 폐하께서도 반가워하시더구나. 내가 완전히 떠나게 될 것을 알게 되어서 부담을 많이 던 표정이셨어. 첩 이야기에 대한 사과도 받았고."

"……."

"각설하고, 발렌시아 경. 경은 내게 말하지 않고 끝까지 갈 생각이었니? 내게 사달에 대처할 기간도 주지 않고?"

"언젠가는 말씀드릴 생각이었습니다."

"언젠가. 좋지. 언젠가…… 내가 정말 당혹스러웠던 건 당신이 이 제안에 반박하지 않았단 사실이야…… 아니구나. 아니지. 당신이 그럴 이유가 없지. 폐하의 명이니."

"무슨 이유로 제가 그에 반박하리라 생각하셨습니까?"

"미안한 말이 되겠지만…… 내가 결혼, 유사 결혼에 얼마나 치를 떠는지는 경이 제일 잘 알지 않니? 그래서 말해 본 거란다. 아무튼 이제는 전부 해결됐어. 괜찮다. 왕명에 경이 어쩌겠어?"

발렌시아는 대답 없이 계단을 돌았다. 외르타는 안쪽에 있었기에 훨씬 수월하게 다음 단으로 내려와 다시 말을 걸 수 있었다.

"경, 노파심으로 덧붙이는 건데, 나한테 약속 하나만 해 줄 수 있겠어? 절대! 힘든 건 아니다."

"……말씀하십시오."

"혹시 첩이나 그와 비슷한 종류의 얘기가 나온다면 물리쳐 줄 수……."

"외르타, 이전과 같이 폐하께서 단호히 명하신다면 저도 반론할 수가 없습니다."

"응? 아니야. 공으로 바라는 것이 아니다. 사실 폐하께도 같은 말씀을 드리고 왔지만 영 신용이 안 가서…… 바쁘신 분이니 기억해 주실지 모르겠어. 그러니까, 죽여."

다시 한 번 발렌시아의 걸음이 멈췄다. 그는 그녀를 향해 몸을 돌렸다. 외르타는 그 벽안을 똑똑히 올려다보았다. 빙그레 웃으며 말했다.

"물론 내가 떠나는 이상 저 이야기가 다시 강요되지는 않겠지. 하지만 정말 만에 하나, 어떤 운명의 장난으로 다시 언급된다면, 폐하께 발미레는 그보다는 차라리 죽음을 바란다고 해 주렴. 폐하께서도 흔쾌히 동의하실 거다. 간자를 제어하기 위한 방법으로는 첩이 되는 것보다 훨씬 효과가 강력하니까."

발렌시아는 말없이 그녀를 내려다보았다. 외르타는 눈썹만 꼼틀대며 침묵을 마주했다. 한 단 위에 마주 보고 선 공작과 여인을 시녀 몇이 흘끗거리며 지나갔다.

"외르타."

"……."

"……."

"응?"

"요청을 명료히 말씀하십시오."

"충분히 말했어. 다시 묻는다면 당신이 덜 떨어진 거야."

"제게 삶을 요청하셨습니다. 동시에 죽음을 요청하십니까?"

외르타는 그가 의외로 약간의 동요를 보이고 있다는 사실을 알아챘다. 그녀는 아리송하다는 표정을 지은 채 손가락을 꼽았다.

"나는 무턱대고 죽길 바라는 게 아니란다. 외려 삶을 바라. 살아 있기를. 그러니 첩 이야기를 떠나겠다는 말로 물린 거지. 첩은 도저히 이해가…… 발렌시아 경, 경을 집어 말하는 것이 아니니 부디 언짢아하지 말렴. 더 이상…… 도저히…… 이성적으론…… 알잖아? 경이 이해해 주었으면 한다."

"……."

"경, 딱 그 한마디만 해 주겠다고 약속하렴. 어려운 일이 아니야. 아니, 외려 당신 폐하께 복종하는 일이다."

그는 다시 걷기 시작했다. 세 걸음 만에 일 층에 다다라서는, 따라오라 말도 없이 죽죽 걸어갔다. 외르타는 씩 웃으며 쫓아갔다.

"내가 말을 번복한 것 같아서 화가 나? 아니야. 난 정말 살고 싶다. 그래서 결혼이든 뭐든 꺼리는 거야. 살고 싶기 때문에. 나는 붙어먹곤 살 수가 없어. 응?"

발렌시아는 금세 잉그레 옆의 쪽문을 지나쳤다. 외르타 역시 그를 졸졸 따라갔다. 그녀는 슬슬 무언가가 이상하다는 기분이 들어, 마지막으로 딱 한 번만 닦달하고 추이를 지켜보기로 했다. 도대체 무슨 이유로 이토록 긴 침묵을 지키고 있는 것일까.

"발렌시아 경, 그렇다면 그 이야기가 나왔을 때 내게 언질이라도 주렴. 그러면 내가 직접 폐하께……."

"약속드리겠습니다."

"말씀을 전해야…… 응?"

"당신이 그런 방도보다는 죽음을 바란다는 점을 명심할 것입니다. 후일 적절한 시기에 적절한 방법으로 폐하께 주지시켜 드리겠습니다."

외르타의 얼굴이 활짝 펴졌다. 그녀는 그와 눈을 마주한 채로 감사 인사를 했다.

"고마워. 은혜는 잊지 않으마."

떠나는 몸이 어찌 은혜를 갚을 수 있을지는 모르겠지만, 어쨌든 외르타는 진심으로 그리 믿고 있었다. 그녀는 빙긋 웃어 준 뒤 다시 제 본디 속도로 돌아갔다. 발렌시아는 아무런 반응을 보이지 않았다. 그는 단지 잉그레의 경비 기사에게 얼굴을 보인 뒤 문을 통과해 지나갔다. 심지어 그녀는 그가 신원 보장을 해 주지 않은 탓에 그대로 붙잡힐 뻔했다.

발렌시아는 계속해서 조용히 앞장서기만 했다. 외르타는 무어라 말을 걸어 보고 싶었으나, 그가 그 자신 속으로 지나치게 침잠해 있어 감히 방해할 수가 없었다. 그녀는 그가 스스로 고민에 빠져 있으면 있을수록 걸음이 빨라진다는 것을 깨달았다. 미칠 지경이다. 가뜩이나 보폭이 넓은 사람이, 저기서 더 빨라지기까지 하면 자신은 어찌하라는 말인지.

그는 솔 미라이예의 정문에 들어섰다. 외르타는 잠시 뒤에야 그를 따라 들어갈 수 있었다. 문지기가 측은하다는 표정으로, 그녀가 들어갈 때까지 무거운 철문을 열어 두었다. 외르타는 어설프게 웃으며 감사 인사를 했다. 벌써 또 한참 멀어진 그를 쫓아갔다. 벌써 완연한 봄 날씨라 빠른 걸음에 목 뒤가 홧홧했다.

그가 시야에서 사라지고, 외르타는 마지막 힘으로 달려서 저택에 입성했다. 숨을 크게 몰아쉬었다. 다음부터는 아예 쫓아가려는 노력을 하지 않는 게 좋겠다.

"리베 발미레! 걸음! 걸음 조심하시라 했잖아요!"

외르타는 들어오자마자 — 불행하게도 — 모리에게 잡혔다.

"응…… 그런데……."

"리베 발미레! 합하를 따르시진 마세요! 저분은 원체 걸음도 빠르고 보폭도 넓으셔서, 아가씨께서 도저히 함께 걸으실 수 있을 만한 빠르기가 아니란 말이에요."

"길을 잘 몰라서……."

"모리 라치올, 이분의 걸음에 문제가 있나?"

외르타는 겁을 집어먹었다.

"예? 아뇨."

모리는 낯빛 한 번 바꾸지 않은 채 거짓말을 했다.

"지금 문제가 있다면, 죄송하지만, 합하십니다. 합하께서는 걸음이 너무 빠르세요. 아가씨와 함께 걸으실 땐 조금 주의해 주셨으면 좋겠습니다……."

발렌시아는 외르타를 돌아보았다. 그녀는 무슨 표정을 지어야 할지 몰라 멍하니 숨만 들이쉬고 있었다. 짐짓 괜찮은 체 입을 다물고 가만히 있으려 했지만, 그것은 외려 얼굴이 시뻘게지는 결과를 초래했다. 그녀의 상태는 더 심각해 보였다.

"외르타, 죄송합니다. 주의하겠습니다."

그 말은 저번에도 한 번 들은 것 같은데.

"응."

발렌시아는 다시 쌩하니 떠났다. 층을 올라가는 그를 바라보자니…….

"리베 발미레!"

모리에게 호통을 들었다.

"응?"

"보통 걸음 이상으로……."

그녀의 목소리가 돌연 확 낮아졌다. 모리는 이상하다는 듯 둘을 응시하는 누프리를 손으로 쫓아낸 뒤, 경계하는 눈초리로 사방을 둘러보았다. 그 둘에게 가까이 오는 사람은 없었지만 그래도 모리는 안심할 수 없는 모양이었다. 그녀는 고개와 목소리를 동시에 숙였다.

"보통 걸음 이상의 빠르기로 걷지 마시라니까요. 암만 고정시켜 뒀대도 조심하셔야죠."

"……평생을 그렇게 살라고? 지금까지는 멀쩡했어."

"미미하게나마 차도가 있으려면 이뻔이거든요. 절 좀 믿으시라니까."
"나는 괜찮다."
"제가 저번에 뭐라고 말씀드렸죠?"
"……."
"아파 죽겠다고 해 보세요."
"정말 안 아픈……."
"아파 죽겠다고 해 보세요."
"……아파 죽겠어."
"리베 발미레께선 이제 왼발에 이따만 한 가시가 다섯 개 박힌 거예요. 그렇게 생각하고 걸으세요."
외르타는 웃으며 그것을 농담으로 받아치려 했다. 물론 상대의 부리부리한 눈에 말을 삼킬 수밖에 없었다.
"자, 이제 올라가 보세요."
"내가 애도 아니고……."
"어서요!"
그녀는 어깨를 으쓱이고는 계단에 올라섰다.

"이게 예뻐?"
외르타는 검지와 엄지만으로 베일을 흔들며 말했다. 베일은 그녀가 쓴 모자의 후면에 딱 붙어 몸을 늘어뜨리고 있었다. 어깨를 조금 넘을 만큼 짧고, 풀을 먹인 듯 빳빳해서 고상하다기보다는 소녀의 활달함에 가까운 인상이 들었다. 분홍 모자에, 분홍 베일. 외르타는 낯부끄러워 꼭 죽을 것만 같았다.
누프리는 봄의 토끼풀 속에 파묻힌 그녀를 보며 빙그레 웃었다. 그 시선은 어쩐지 손녀를 보는 할아버지의 푸근함처럼 느껴졌다.

"딤니팔 리베들께서 가장 선호하는 장식이지요."

외르타는 고개를 절레절레 젓더니, 기대 있던 나무 등걸에서 몸을 일으켰다. 무수한 그늘이 그녀의 뺨 위를 스쳐 지나갔다. 그녀는 들고 있던 책을 무릎 위에 내려놓았다.

"'딤니팔 리베?' 너는 내가 어디서 온 줄 알고?"

"많은 것을 생소하게 여기시니 적어도 본토 출신은 아니시겠지요. 사실 억양을 보니 서쪽…… 서쪽……? 리베 발미레, 다시 한 번만 딤니팔이라고 말씀해 보십시오."

"딤니팔."

"서쪽에서 오셨군요."

"딤니팔, 딤니팔, 딤니팔."

"딤니팔."

"차이가 있나?"

"있습니다."

외르타는 항복했다는 듯 양손을 들었다.

"그래, 게외보르트 출신이란다. 그런데 거기선 아무도 이런 건 안 좋아한단 말이야. 어색하잖아."

"베일로 치장하지 않으신 리베 분은 이 딤니팔에 없습니다. 때문에 웬만큼 값비싼 의상에는 전부 베일이 따라오지요."

"이게…… 정말 예쁘다고 입는 건가……."

누프리는 상대가 다소 귀엽게 군다는 양 다시 웃었다.

"잘 어울리십니다. 그 분홍……."

"웃지 말고."

"아무튼 완연한 소녀 같으십니다. 이것이 칭찬으로 여겨지신다면요."

"칭찬 아니야."

"사과드립니다."

외르타는 인상을 찌푸리며 고개를 숙였다. 아무리 자신이 그늘 안에 있다지만, 종종 비껴 오는 햇살 탓에 모자를 벗을 수 없었다. 그런데 그 모자에 이토록 우스꽝스러운 베일이 달려 있다니……. 고향에서 투명한 베일이란 꼬마 애들이나 쓰고 노는 것이었다. 성인이 되어도 한참 전에 된 자신에게 이런 장난 같은 베일을 씌우다니 용서할 수가 없다.

외르타는 다시 누프리를 향해 고개를 돌렸다. 감시 겸 호위 겸 시중으로서 제 옆에 붙어 있는 누프리는 매번 손에 한 뭉치는 될 것 같은 서류들을 들고 다녔다. 그 위부터 아래까지 한 덩어리로 인생을 즐기지는 방법을 모르는 듯 분주한 공작가였다. 아니나 다를까, 누프리는 이번에도 서류에 무언가를 쓰고 있었다. 나무 하나 너머에서. 외르타는 고개를 슬쩍 빼 그가 쓰는 모양을 보다가, 그조차 자신보다 글씨를 잘 쓴다는 사실을 깨닫곤 약간 자괴감을 느꼈다.

그녀는 본격적으로 책을 내려놓고 허리를 숙였다. 누프리의 시선이 살짝 들렸다가 다시 가라앉았다. 그녀는 팔을 뻗어 토끼풀을 세심하게 잡아 뽑았다.

"내 고향에서는…… 아무도 이런 웃긴 베일은 안 써……."

"게외보르트의 복식도 물론 아름답지요."

"내가…… 유일하게 만들 줄 아는 게 있다면…… 바예를 베르가. 줄여서 바옐. 어렸을 적 항상 쓰고 다녔던 거지."

"바옐? 머리에 쓰는 보석 말입니까?"

"정확히는, 봐봐, 머리를 하나로 묶고, 어, 그 머리 매듭에 끈을 걸고, 이마 앞으로 보석을 늘어뜨리는 거지. 성장의 일종이야."

외르타의 품에는 어느새 토끼풀이 한 가득이었다. 아직 꽃이 많이 피지는 않은, 파릇파릇한 순만 요령 있게 뽑아낸 터라, 하나같이 깔끔히 푸른빛만 내고 있었다. 누프리는 대단한 속도로 매듭을 짓는 외르타의 모습을 보고는 잠시 감탄했다.

그녀는 벽난로 앞에서 옷을 짜는 노파처럼 느긋하게 손을 움직이기 시작했다. 보석으로 된 정식 바옐은 딤니팔에서는 결코 구할 수 없을 것이다. 꼼짝없이 비사 오필라의 잔재로 여겨질 테니까. 게외보르트의 바예를 베르가. 바옐로도 불리지만, 어린아이들은 바옐 벨이라고 부르기도 했다. 바예를 베르가. 바옐 벨. 바옐.

자신의 바옐은 청록과 보라와 금이 섞인, 손꼽힐 정도로 화려한 물건이었다. 스스로 항상 써 왔던 자청색 머리 끈은 바로 제 바옐과 색을 맞춘 것이다. 머리를 돌돌 말아 묶고선, 그 동그란 알에 치장을 거는 것. 외르타는 약간이나마 향수를 느끼며 토끼풀로 바옐을 짰다.

이것은 리볼텔라의 유일한 손재주이자, 자신의 유일한 손재주이기도 했다. 사실 그들은 손의 섬세함에 있어 똑 닮은 듯 무능했다. 옷을 짓기는커녕 자수를 놓지도 못했고, 그릴 줄 아는 그림도, 연주할 줄 아는 악기도 전무. 심지어 귀걸이나 목걸이조차도 제대로 차리지 못했다. 애를 써도 자꾸만 손을 헛짚는 것이 아주 습관적이었다. 차라리 이 모든 것에는 발터가 그들보다 나을 지경이었다.

그런 그들이 유일하게 배울 수 있었던 것이 풀로 무언가를 만드는 일이었다. 물론 이것은 당연히, 몇 해를 이어 온 바깥 모임 덕분이다. 손이 심심해진 발터가 먼저 풀을 지분댄 것이 한 해 정도, 그가 점점 능숙해지는 것을 본 리볼텔라가 질투심에 따라 하기 시작했던 것이다. 적어도, 그랬다고 한다. 그 당시 자신은 너무 어려 모임에 없었으니까. 아무튼 발터 덕에 이어받은 재주는, 리볼텔라에게 일말의 자신감을 불어넣어 주었다. 어쨌든 손을 대는 것 중 완성할 수 있는 물건이 하나는 생겼으므로. 리볼텔라는 그 자신감으로 외르타를 훈육했고, 그녀는 울며 겨자 먹기로 기술을 전수 받았다.

종내 자신 역시 한 가지 자신감을 가지게 되었으니 감사할 일이다. 이외에는 어떤 것도 성공한 일이 없었으니까. 사실 외르타도 자수나 옷에는 욕심을 가지고 있었지만, 정작 중요한 그녀의 손은 그리 큰 욕심이 없는 모양이었다. 아마 천 번쯤 실패했을 것이다. 이렇게 푸른 바옐을 만드는 것도 정말 오랜만이었다. 아델에게 만들어 주었다가, 라르디슈 왕의 딸에게 게외보르트의 것을 씌운다는 이유로 몇 가지 화가 있었기 때문이다. 아마 그는 자신이 고향을 그리워한다고 생각했을 것이다. 웃기는 놈이다. 어딘들 그리워하지 않았을까, 그 속에서.

"됐다."

누프리가 서류에서 코를 뗐다. 외르타는 자랑스럽게 자신이 만든 바옐을 들어 보였다. 다른 손으로는 모자를 벗어, 바닥에 내팽개쳤다. 베일이 나비처럼 떨어졌다.

"당신에게 씌워 주고 싶지만…… 걸 곳이 없잖아? 역시 내가 써야겠어."

그는 그러거나 말거나 웃음 지을 뿐이었다. 외르타는 품에 넣어 두었던 자청색 머리끈을 들어 제 머리칼을 하나로 졸라맸다. 손은 빨랐다. 어떻게 만들어졌는지 짐작이 가지 않는 토끼풀 바옐의 끈이 그녀의 동그란 머리 알에 걸렸다. 주렁주렁 정교하게 짜인 앞이 그녀의 이마로 내려왔다. 거꾸로 된 삼각형. 그 꼭지점은, 외르타의 이마에서 정확히 절반쯤 내려온 자리에 있었다.

"어때?"

누프리는 입술을 꽉 깨물었다.

"사실…… 좀 웃깁니다……."

외르타는 코웃음을 쳤다.

"저 웃긴 걸 썼을 땐 잘 어울린다더니 이건 웃겨?"

"익숙하지 않으니까요…… 하하…… 분홍 베일을 걸치셨을 때보다 배는……."

그녀는 툴툴대며 자리에서 일어났다.

"됐다. 내가 딤니팔인들에게 무슨 미적 감각을 바라겠어."

"제 미욱함이 죄송스럽……. 어디 가십니까?"

"서재."

"이제 독서는 들어가 하시지요."

"다시 나오마. 기다려."

외르타는 저택의 쪽문을 향해 걸어갔다. 나른한 오후에 하품이 났다. 벌은 윙윙대고, 공기는 따뜻하고, 밟히는 풀은 물결처럼 부드럽다. 그녀는 눈물이 고인 눈으로 저택 안에 들어섰다.

저택 역시 봄에 물든 듯 느슨한 분위기였다. 하녀 두엇이 저들끼리 까불거리며 홀의 가장자리를 따라 걸어가고 있었다. 외르타는 문득 자신이 반납할 책을 들고 오지 않았다는 사실을 깨달았지만, 다시 돌아가는 것이 내키지 않아 그저 계속 걸었다. 그녀는 풀 내음이 잔뜩 묻은 몸으로 중앙계단을 올라갔다. 어디선가 매의 눈을 하고 나타날지 모르는 모리를 대비해 걸음에도 주의를 기울였다.

지나가면서 제 방을 슬쩍 보았더니, 자신이 없는 순간을 노린 것처럼 삼 층 하녀 전부가 일에 매달려 있었다. 청소를 입으로 하는 모양이다. 왁자지껄 어수선했다. 외르타는 소동을 들으며 누프리 없이 일이 제대로 돌아갈 수는 있을까 의심했다. 누프리는 이 저택에만 손녀를 한 백 명쯤 둔 느낌이었으니까.

그녀는 꼭대기 층까지 올라왔다. 아니나 다를까, 집무실의 문은 또 열려 있었다. 이래서야 꼭대기 층의 출입 엄금이 무슨 소용이 있을까. 벌써 이 계단에서부터 공작이 일하는 모습이 훤히 보이는데. 외르타는 그를 불러 인사하려다, 자신이 — 누프리의 웃음을 부른 — 토끼풀 바옐을 쓰고 있다는 점을 상기했다. 같은 말을 두 번이나 듣고 싶지 않았다.

그 순간 발렌시아가 고개를 들었다. 외르타는 서재로 돌아가려다, 그와 정통으로 눈이 마주쳤다.

그녀는 인사도 없이 공작의 서재로 들어갔다. 문이 단단히 닫혔다. 외르타는 여유롭게 들어와 책장을 훑기 시작했다.

요 근래에는 발렌시아도 일이 많이 줄었을 것이다. 그럼에도 그는 이 서재에 들지 않았다. 자신이 이토록 확신하는 이유는 다름이 아닌, 그의 향 때문이었다. 이곳에는 그의 향이 없었다. 그녀는 발렌시아의 집무실에 들어갈 때마다 항상 무언가 서늘하고도 메마른 내음을 맡곤 했다. 그러나 이곳은 그저 무색무취, 모르긴 몰라도 발렌시아는 서재를 별로 좋아하지 않는 사람인 듯했다. 저 사람은 도대체 쉴 때 무엇을 할까.

외르타는 얼마 지나지 않아 꽤 높은 곳에 놓인 책에 매혹되었다. 책을 포기할 수도 의자를 끌어올 수도 없어 책장에 대롱대롱 매달렸다. 세 번째 단에 성큼 올라간 그녀는 팔을 뻗어 책의 윗부분을 잡아당겼다. 책이 조금씩 빠져나오다, 어느 순간 무언가에 걸린 듯 꿈쩍도 하지 않았다. 외르타는 남은 손까지 책 모서리에 얹었다. 하중이 실린다. 책장은 얼마 버티지 못하고 책을 토해 냈다.

그러나 그녀와 함께 떨어진 책은 한 권이 아니었다. 그 옆에 걸려 있던 다른 책들까지 한꺼번에 쏠려 나왔다. 소리가 요란했다. 외르타는 엉덩방아를 찧은 뒤, 반사적으로 양손을 들었다. 손가락이 무언가 단단한 것에 부딪혔지만, 다음 고통이 더 컸기에 어찌 신음을 흘릴 수도 없었다.

마지막으로 떨어진 책이 외르타의 정수리를 찍었던 것이다. 외르타는 이번에야말로 정말 아파서 숨이 딱 막히는 것을 느꼈다. 머리부터 찌르르한 고통이 물들어 와, 얼마 안 가 목덜미까지 욱신거리기 시작했다. 그녀는 책 바다 속에 파묻혀 소리 없는 신음을 흘렸다. 방어를 위해 올렸던 양손은 이미 얻어맞은 곳을 감싸고 있었다.

"아…… 윽……."

비슷한 고통이 떠올라서 아픈 와중에도 드문드문 헛웃음이 흘러나왔다. 외르타는 상처를 더듬어 찾다가, 어느 순간 정확히 짚고는 비명을 질렀다.

"악! 아흐……."

갑자기 문이 열리는 소리가 들렸다. 외르타는 얼떨떨한 표정으로 고개를 돌렸다.

발렌시아는 무슨 말도 하지 않고 그녀에게 걸어왔다. 외르타는 두 손을 상처에 올린 채 바닥에 털썩 주저앉아 있었다. 그는 참상에서 몇 발자국쯤 떨어진 곳에 우뚝 섰다. 그는 손을 내밀어 그녀를 잡으려다, 순간 멈칫했다.

"일어설 수 있으시겠습니까?"

"아…… 미안한데 손 좀……."

외르타는 그가 제 손을 잡아당길 줄로만 알고 순진하게 오른팔을 내밀었다. 그러나 발렌시아는, 아예 허리를 굽혀 그녀의 양 어깻죽지 아래에 손을 넣었다. 그대로 일으켜 세웠다. 그녀의 무릎 위에 얹혀 있던 책들이 우수수 떨어졌다. 외르타는 어어 하는 사이 완전히 서게 되었다. 발렌시아는 그녀가 무슨 말을 꺼내기도 전에, 벌써 뒤로 한 발자국 물러난 상태였다. 입을 벌렸지만 아무 말도 내뱉지 못했다. 그녀는 곧 고개를 저으며 소파에 쓰러졌다. 웅얼대는 목소리가 흘러나왔다.

“발렌시아 경, 여기는 어떻게?”

“소리가 지나치게 컸습니다. 그리고 일어나십시오.”

“어? 경…… 하지…….”

자신은 별로 미적대지도 않았다. 그런데 이처럼 짜증스레 끌어 올리다니. 외르타는 기분이 상했다. 발렌시아는 그녀가 등받이에 등을 기대자마자 또다시 힘을 치웠다. 온데간데없다. 그녀는 이번에야말로 자신이 성을 낼 순간이라는 것을 확신했다.

“경!”

“상처를 가죽에 문지르지 마십시오.”

“……상처?”

외르타는 어리둥절한 얼굴로 그를 바라보았다. 발렌시아는 손을 들어 자신의 미간 윗부분을 짚었다. 외르타는 명령이라도 받은 양 그와 똑같이 손을 올려, 역시 같은 곳을 짚었다. 바옐은 간 곳이 없고, 그 자리에는 무언가 미끄덩한 것이 느껴졌다. 외르타는 팔을 내려 그것의 정체를 확인했다. 피.

“아…….”

“방금 전의 화관…….”

“바예를 베르가.”

“바예를 베르가를 쓰신 채 부상을 입으셨습니까?”

“손으로 방어하고 몸도 숙였는데…… 응. 그대로 맞았어.”

“다행입니다. 그것이 아니었다면 상흔이 깊었을 것입니다.”

“지금은…….”

“스친 수준입니다. 그렇지만 상처는 다른 것에 닿지 않게 하십시오.”

그 말이 떨어지기가 무섭게 외르타의 손이 올라갔다. 상처를 확인해 볼 심산이었다. 그러나 그녀는 어떻게 닿지도 못한 채 곧장 발렌시아에게 손목을 잡혔다. 외르타는 경기를 일으키며 그를 떨쳐 냈다.

"아까부터 자꾸……."

"상처를 다른 것에 닿지 않게 하시라 말씀드렸습니다. 만지지 마십시오. 흉이 집니다."

"당신이 웬 흉 걱정을 해? 난 지금……."

"만지지 마십시오."

"……."

외르타는 그의 고집에 두 손 두 발을 다 들었다.

"알겠어, 알겠어. 모리한테 가마."

"……."

"그런데 저 책들은……."

"괜찮습니다."

외르타는 한숨을 쉬며 자리에서 일어섰다. 그가 자신과 책 더미 사이를 가로막는 바람에, 그 고생을 해서 뽑아낸 한 권조차 줍지 못했다. 외르타는 얼얼한 정수리를 손바닥으로 문지르며 뒤를 돌아보았다. 걸어 나갔다. 그대로 떠나려 했으나, 그녀는 문득 계단 모서리에서 누군가를 발견했다. 그와 동시에 그 사람도 외르타를 발견한 듯했다. 그 사람은 달음박질치려는 것처럼 상체를 들었다가, 이 자리가 출입이 엄금된 꼭대기 층이라는 사실을 깨닫고는 어쩔 수 없이 다시 우뚝 섰다. 외르타는 어리둥절한 채 종종걸음을 쳐 그녀에게로 다가갔다. 그녀는 금방이라도 '발!' 하고 외칠 듯 도끼눈을 세운 상태였다.

"모리?"

"합하, 인사 드리겠습니……. 리베 발미레! 이마! 이마 왜 그러신 거예요! 아, 음…… 긁힌 상처긴 한데…… 이 풀잎은 뭐야? 후!"

외르타는 그녀에게 가까이 다가서자마자 다짜고짜 양 관자놀이를 붙잡혔다. 물론 모리는 그 머리를 쓱 훑더니, 상처가 별것 아니라는 사실을 깨달은 모양이었다. 그녀는 곧장 외르타를 풀어 주었다. 혹은…….

"아니? 잠깐만요. 머리를 또 다치셨어요? 아! 리베 발미레, 제발! 조심 좀! 해 주세요! 몸도 성치 않으신 분이 왜 매번 이곳저곳에 부딪치고 다니시는 거예요……."

"여기 정수리…… 조금 아파."

"아프실 겁니다. 벌써 멍이 들었잖습니까? 예전 상처랑 겹쳐서 조금만 타격받아도……."

"라치올, 붕대를 써라."

"뭐? 아니야! 필요 없단…… 필요 없어요. 멍 한 번에 웬……."

외르타는 모리 앞이라는 사실을 깨닫고는 어정쩡하게 말투를 바꿨다. 그 목소리는 어쩐지 풀이 죽은 것 같기도 했다.

"예, 리베 발미레 말씀이 맞아요. 그냥 두어도 곧 자연적으로 치유될 겁니다. 물론 또다시 어디 부딪치실 것을 염려해 붕대로 칭칭 감아 드릴 수는 있지만……."

"싫어!"

"싫으시다니 그만두겠습니다. 이마는, 침 바르세요."

"알겠어."

"참, 전 여기에 리베 발미레께서 계신다는 이야기를 듣고 온 거랍니다. 삼 층 하녀들이 이걸 전해 드리래요."

외르타는 무슨 종이 하나를 받았다. 그녀는 의아함을 채 지우지 못한 시선으로 재빨리 그것을 펴 보았다.

공작에게 듣기는 한 건가? 다음 잉그레 무도회, 중앙 벽화 좌측 여섯 번째 테라스. 드랭쿠르가 있을 것.

외르타는 '공작에게 듣기는 한 건가?' 하는 부분에서 반사적으로 종이를 구겼다. 누구의 서신인지 지나칠 만큼 노골적으로 드러났기 때문이다.

"이걸 어디서……."

그리고 빼앗겼다. 외르타는 양해도 없이 종이를 가져간 발렌시아에게 화가 나 뒤를 돌아보았다.

"당장 안 내……."

"아, 하녀들이 옷가지를 세탁하다 발견했다고 합니다."

그녀는 어느 방향을 보아야 할지 갈팡질팡한 상태로 잠깐 서 있었다. 곧이어, 외르타는 분통이 터진 듯 먼저 모리를 바라보았다.

"내가 언제 입었던 옷이라 하니?"

"아마 저번 주에 입으셨던 것 같다고 합니다. 그 왜, 잉그레에 가셨을 때요. 제가 합하의 걸음을 따라잡지 말라 말씀드렸을 때."

"그놈이……. 모리, 우선 내려가 보렴. 아, 노을 정원에 누프리가 있단다. 가서 내 잠시 이 꼭대기 층에 머물겠다고 전해라."

"예."

모리는 몸을 돌려 재빨리 계단을 내려갔다.

외르타는 그제야 발렌시아를 바라볼 수 있었다. 그녀는 그가 양손을 평온히, 단정한 모양으로 내리고 있자 번뜩 놀랐다.

"경? 쪽지는?"

"이만 가십시오."

외르타는 할 말을 잃은 채 그의 벽안을 바라보았다.

"나 전부 읽지도 못했어……. 돌려주지그래?"

"안 됩니다."

"경."

발렌시아는 그녀를 무시한 채 다시 집무실로 들어갔다. 마치 그곳이 온갖 공격을 봉쇄할 수 있는 제 동굴이라도 되는 듯이. 하지만 그의 동굴에는 문이 없었다. 외르타는 눈썹을 파르르 떨며 그를 쫓아 들어갔다. 집무실에 들어섰다. 자신이 어찌나 뻔질나게 드나들었던지 이제는 이곳이 제 방처럼 느껴질 지경이었다. 자신이 놓아주었던 목걸이 덩굴이 눈에 띄었다. 마지막으로 본 지 벌써 열흘이나 지났는데도 아직 파릇파릇했다.

돌연 화가 사그라졌다.

외르타는 죽어 버린 노여움에 어찌할 바를 모른 채 주먹만 쥐었다 폈다. 화가 사라지자 남은 것은 억울함뿐이었다. 그녀는 그가 책상을 돌아 자리에 앉기 전, 제가 듣기에도 애처롭게 느껴지는 목소리로 부탁했다.

"발렌시아 경, 달라고 안 할게. 다시 압수해 가도 좋아. 그냥 읽게만 해 줘……."

"당신에게 있어서는 독입니다."

"독인지 아닌지는 내가 판단하고……. 잠깐! 그게 누군 줄 알고 독이래?"

"라그랑주 뤼페닝 브느와……."

"아니야."

"그것은 제가 판단할 문제입니다."

"당신 폐하께 무슨 이야기라도 들은 것……."

외르타는 자신이 제 무덤을 팠다는 사실을 깨달았다. 표정이 굳는 것이 느껴졌다.

"폐하께는 말씀드리지 않았습니다. 당신이 입을 단속하지 못해 극비가 알려졌다는 사실이 발각될 경우, 당신에게 무슨 화가 미칠지 모르는 일이기 때문입니다."

"경……."

"이곳에는 뤼 뤼페닝이 직접 기록한 일시와 장소가 적혀 있습니다. 저는 그것을 용납할 수가 없습니다. 당신이 저번 만남에서 돌아오셨을 때 어떤 모습이었는지를 기억하십시오. 독입니다."

"……."

"외르타, 제 말씀을 새겨듣고 이만 누프리에게로 돌아가십시오."

"내가 당신에게서 뭘 듣긴 한 거냐는 말 외에는, 그 일시와 장소뿐이니?"

"그렇습니다."

외르타는 미련을 버리지 못하고 소파 주변에서 서성댔다.

"경, 저번에 내게 온전히 말을 전해 준 게 맞아? 레스트왈의 전언 말이야."

"예, 정확히 전달해 드렸습니다."

더더욱 이해가 가지 않았다. 뤼페닝은 고작해야 '몸을 사리라' 라는 그 한마디에 자신이 뛰쳐나올 것이라 생각했던 걸까? 게다가 레스트왈이 발렌시아에게 전령 역할을 맡겼다는 것은, 그 전언이 종전 협정 당시에 오간 말이라는 뜻이다. 그것을 뤼페닝이 어찌 알고 있다는 말인가? 레스트왈이 제 형제에게 이런 사적인 일까지 친절히 알려 줄 만한 인재던가?

의문투성이였다. 무슨 패를 쥐었기에 저토록 자신만만한 것인지 모르겠다. 지나치게 뻔뻔스러우니 외려 논리적으로 생각하는 자신이 기가 죽고 있었다. 설마 이 당당함조차도 계산된 것일까? 내가 자살하지 않을 경우를 대비해 다시 끌어내려 하는 건가? 역시, 덫인가?

아니면 정말 무언가가 있다던가.

"보여 주면……."

"나가십시오."

"……."

발렌시아의 말은 타당했다. 뤼페닝이 자신에게 이로운 짓을 할 리가 없다. 독이다. 어떤 맛인지 궁금해 하면 안 되는 것이다. 빛깔은 좋아도, 결국 시퍼런 독약이었다.

외르타는 어설프게 고여 있는 미련을 부여잡고 몇 바퀴 더 서성였다.

"외르타, 이만 나가시라 말씀드렸습니다."

그녀는 여기서 화를 낸다면 자신이 상당히 어리석어 보이리라 생각했다. 발렌시아는 항상 처음부터 끝까지 이치에 맞았다. 그것을 감정적으로 부정하는 바보처럼 보이기 싫었다. 하지만 도대체 이 불안감은…… 감당이 되지 않았다.

"외르타."

그녀는 뒤돌아 문을 향했다. 화는 없었지만, 작별 인사 역시 없다. 발렌시아는 그 고요함을 다행으로 여기며 다시 고개를 숙였다.

발터는 모든 것이 짜증스러워 견딜 수가 없었다. 가장 빠릿빠릿해야 할 아침마저 이 같은 짜증으로 시작하는 제 모습이 가엾고 딱했다. 그는 천장을 바라보며 어제 스스로 미뤘던 일과, 오늘 하기로 예정되었던 일과, 오래전부터 늘 고민하고 있던 일을 하나하나 꼽아 보았다.

첫째, 어제 스스로 미뤘던 일. 숄렘의 휠젠벡 사유화 최종 단계, 단 보테른 처리 문제, 트리흐트의 편제 변경, 북부 주요 군사 거점에 인트베르와 큘을 추가할 것인가, 인트베르만 추가할 것인가, 큘만 추가할 것인가, 아니면 다 때려치울 것인가. 제기랄, 많이도 미뤘군.

둘째, 오늘 하기로 예정되었던 일. 뭐였더라?

셋째, 오래전부터 늘 고민하고 있던 일. 라르디슈의 개새끼 둘.

반시간 늦게 태어난 개는 후일 비사의 적절한 응징을 받게 될 것이다. 죄목은 나라를 우롱했다는 것. 물론 레스트왈의 입장에서 그의 계획을 보자면, 그것은 상당히 논리적인 범행 수법이었다. 아마 그는 외르타를 제거할 예정이었을 것이다. 혹여 딤니팔의 보호로 그 아이가 살아남는다 하더라도, 그는 유산으로 핑계를 댈 수 있었다. 자신은 심증이 있었으므로, 별수 없이 레스트왈의 의견에 귀를 기울이게 되었으리라.

물론 이것은 자신이 외르타의 불임을 알지 못했을 시 일어나게 되었을 일이다. 비사는 진실을 알아차렸다. 이제 레스트왈은 끝장난 것이나 다름없었다.

반시간 일찍 태어난 개는 그 나태함으로 발터의 분노를 사고 있었다. 물론 발터는 사절이 떠난 지 얼마 되지 않은 지금 시점에서는 자신이 조급할 필요가 없다는 사실을 잘 알고 있었다. 조급함을 가진다면 저쪽이지 내가 아니다.

하지만 바로 그렇기 때문에 화가 나는 것이다. 발터는 레스트왈의 밀정을 성대하게 배웅했다. 뤼페닝, 너는 그가 무슨 모함을 하고 도망쳤는지 알 만한 정보통도 없나? 소식을 듣지 못했다는 말인가? 왜 상대국의 왕에게 자신의 입장을 전달하지 않나? 설사 뤼페닝이 그 밀사를 레스트왈의 지원 요청으로 착각했다 해도 이야기는 달라지지 않는다. 게외보르트가 레스트왈 쪽으로 돌아섰다 한들 지금은 내전이 개시되지도 않은 상황. 왜 되돌릴 생각을 못하나? 그토록 자신이 없나? 방방곡곡에 자신이 범상치 않다고 외쳐 대면서 그 정도 담력조차 가지지 못한 낯짝이 한심했다. 한심한 놈. 한심하기 짝이 없다. 그 낯이 얼마나 한심하면 내가 잠에서 깨자마자 사내놈 생각을 하나.

"아……."

그는 짜증스러운 신음을 흘렸다. 두 손으로 눈매를 꾹 짚었다. 눈앞 검은 바탕 위에서 노란 불꽃이 튀었다가, 파랑과 빨강이 뒤섞이면서 사람을 더욱 어지럽게 만들었다. 발터는 튕겨 오르듯 상체를 일으켜 세웠다. 이불이 주르륵 미끄러져 내려왔다. 전사치고는 다소 가는 체형이었지만 그조차도 물 위에 뜬 빙산처럼 완고해 보였다. 그것은 결코 유하고, 부드럽거나, 꽉 찬 느낌으로 흘러내린 몸이 아니었다. 황야처럼 거칠었다. 두드리면 쇳소리가 날 것 같았다. 모양 희한한 칼에 물어뜯긴 상처가 허리 부근에 도드라져 있었다.

발터는 이불을 걷어찬 뒤 맨몸으로 일어섰다. 공기는 뜨끈했다. 그는 저벅저벅 걸어 걸이에 걸려 있던 가운을 들었다. 습관처럼 팔을 끼워 넣으며 주변을 둘러보았다.

블랑쉬가 탁자 앞에 앉아 무언가를 쓰고 있었다. 그녀는 고개도 들지 않았다. 방금 전 자신이 눈을 뜨자마자 입 발린 문안을 해 준 것으로 다 되었노라 생각하는 모양이었다. 발터는 그토록 조용한 무례에도 놀라거나 노여워하지 않았다. 거의 매일 아침 목격하게 되는 광경이었기 때문이다. 그러니까, 그녀와 잠자리를 함께 한 이튿날이면 스스로 반드시 볼 수 있는 장면이라는 뜻이다.

첫날 아침에는 그녀의 목을 베려 했다. 왕과 잠자리를 함께한 여인이 먼저 일어난다는 것은 암살의 의심을 사기에 딱 좋은 행동이었기 때문이다. 블랑쉬는 지금과 똑같은 모양으로 앉은 채 목에 칼을 받았다. 그녀는 큰 반응을 보이지 않았다. 아래로 기울어 있던 상체가 더 기울었을 따름이다. 그것이 사형수의 자세 이상으로도 이하로도 보이지 않았기에, 그는 여전히 불쾌한 채로 말했다.

'너는 네 왕과 잠자리를 가질 때 지켜야 할 수칙도 모르나.'

'압니다.'

'그럼 죽고 싶어 안달난 건가?'

'부차적인 결과일 따름입니다. 저는 기록을 해야 합니다. 제 목숨보다 중한 일입니다.'

'도대체 무슨 기록?'

어수대의 일일 보고였다.

어수대의 일원에게는 제 하루 일과를 시시콜콜 기록해 상부에 보고해야 하는 의무가 있었다. 블랑쉬가 이것을 오랜 기간 묵살했기에 — 어쩔 수 없는 일이었지만 — 어수대임에도 그토록 중한 벌을 받을 뻔했던 것이다. 기실 중요한 일이기는 했다. 더군다나 블랑쉬는 자신이 평생토록 해온 그 보고를 여러 달 건너뛰었다는 사실에 신경증 비슷한 것을 앓고 있었다.

네가 전날 밤에 한 일이 짐과 동침한 것 외에 또 있나? 그리 물으니 돌아오는 답은, '저는 본시 저녁 시간에 밀린 일과를 정리합니다.' 그런데 최근에는 펜을 잡기도 전에 네게 불려 오게 되어서 내 저녁이 부족해졌다. 적어도 이튿날 아침까지는 기록을 마무리 지어야 하니 지금 할 수밖에. 그런 강박이었다. 심지어 그 보고를 받는 '상부'는 일정 정도 발터였다. 아침에 저 꼴을 해 가면서 자신의 일거리를 차곡차곡 쌓아 주는 것이다.

발터는 자신이 언젠가 짜증 과다로 죽지는 않을까 의심했다. 아침에 일어나 처음 느끼는 감각이라곤 휑뎅그렁한 옆자리에, 그 대가로 받는 것이 배가 된 일감이라니. 당장에 때려치우라고 말했지만 어수대의 원칙은 왕명으로도 번복이 되지 않고 자신은 그것을 어기느니 마땅히 죽음을 받겠사옵거니 하는 사람 미치게 하는 말만 돌아왔다.

발터는 본시 윽박지르는 것 외의 방법으로 상대를 돌이켜 본 일이 없는 사람이었다. 이것은 주로 약점을 잡은 뒤 윽박지르는 방식으로 이루어졌지만, 아쉽게도 블랑쉬에게는 약점이 없었다. 설득은 귀찮았을뿐더러, 더군다나 품위가 없다.

발터는 포기했다.

덕분에 남은 것은 뎅그렁 뎅그렁 텅 빈 아침뿐이었다. 잠에서 깨어나 나른한 상태로 여인을 안는 일 또한 큰 만족이건만 방금처럼 혼자 일어나서, 천장을 보며 제 일을 점검하는 것이 제 냉랭한 아침의 처음이자 끝이었다. 질릴 때까지는 나쁘지 않다는 마음으로 그녀를 계속 부르고는 있었지만, 어쩐지 그 시일이 차츰차츰 미뤄지는 듯해 스스로도 당황스러웠다. 밤일을 잘하나? 레스트왈이 이 여자를 계속 욕심낸 것이 신기할 지경이다. 매력이 있나? 아름다운 것만 제한다면 전무하다. 물론 발터는 주변의 아무 여자나 골라잡아도 블랑쉬만 한 미녀를 뽑아낼 수 있는 사람이었다. 말재간이 있나? 매력이 없다니까.

"폐하, 원하신다면 쇠렌센을 부르겠습니다."

"그것 좀 집어치우지."

"폐하께서 온전히 기상하실 때까지 보고를 미루고 있었습니다. 폐하, 어제 분의 기록을 정리하며 폐하와 저의 타협점을 찾았습니다."

"말해 봐."

"제가 새벽에 일어나 두 시간쯤 일을 한 뒤 다시 잠자리에 들겠습니다. 그렇게 한다면 아침에 언짢으실 일은……."

"그리고 짐은 비몽사몽인 너를 데려다 관계를 맺고? 됐다. 그 정도로 눈물겹지는 않다."

밤을 지낸 사이라는 것을 감안한다면 그 목소리는 지나치게 딱딱한 종류였지만 발터는 여전히 놀라지 않았다. 어수대다. 당연한 일이 아닌가.

"그렇다면 저는 폐하께 해 드릴 수 있는 것이 없습니다."

"네가 일어난 자리에 돌이라도 놓고 가지."

그는 욕실 쪽으로 돌아가며 짜증을 부렸다. 발터는 그리 성을 내다 문득 그녀가 진짜 그리하지는 않을까 못내 의심쩍어졌다. 내가 이따위 걱정을 하고 있구나.

발터는 세면대에 받아져 있는 뜨끈한 물에 얼굴을 넣었다. 물의 가면을 썼다. 눈을 떴다가, 감았다가, 다시 떴다. 몸을 일으키자 수면이 으르렁댔다. 사방에 물이 튀었다. 발터는 얼굴과 목덜미를 대충 씻은 뒤 비단 수건으로 이마를 문지르며 나왔다. 블랑쉬가 서류 뒤에 있던 무언가를 꺼내고 있었다.

"폐하."

"……."

"한 시간 전 어수대의 본산에서 전갈이 왔습니다. 저 또한 어수대이므로, 전갈을 운반한 어수대원은 기상해 있는 제가 전갈을 받아 보관하기를 권유했습니다. 너무 이른 새벽에 폐하의 취침을……."

"읽었나?"

"아니요. 오스페다의 첫 날개에게서 1급 급신으로 온 전갈입니다. 누구도 뜯지 않은 채 봉인되어 있습니다."

발터는 의아함과 동시에 역정을 느꼈다. 오스페다에서 1급 급신이 왔다는 것에 의아함, 지금껏 아무도 뜯어보지 않았다는 것에 역정. 어수대의 손을 타지 않았다면 결국 스스로 암호를 해석해야 한다는 의미다.

블랑쉬는 흰 봉투를 뽑아 그에게로 다가왔다. 발터는 벽에 기댄 모양으로 그것을 받아 들었다. 무성의하게 뜯었다.

검은 홀의 주인.

사자의 왕령지에서 검은 홀. 망루에 발톱이 닿기까지 광장 광장 대리자, 뿌리, 정착으로 보고 드립니다. 사자의 왕령지에서 명세장의 대리자를 발견했습니다. 사자의 지나친 축적에 힘입어 원초적인 파괴와 쇠퇴가 발생했습니다. 다행히 광장 문자 가솔, 명세장 발 상속인 아마포가 대리자를 지불했습니다. 부작업으로 발송하겠습니다.

광장, 광장 대리자, 아마포, 아마포 수확.

영광된 짐승. 아므리스피티 차마스디렘.

발터는 다시 돌아갔다.

사자의 왕령지에서 명세장의 대리자를 발견했습니다.

그는 블랑쉬에게 서신을 넘겼다. 블랑쉬는 반항하지 않고 그것을 받아, 시선을 꼿꼿하게 든 채로 종이를 반 접었다. 결코 읽지 않으려는 모양이었다. 블랑쉬가 손톱으로 마무리를 짓는 도중, 웬 손아귀가 그녀의 손목을 물었다. 그녀는 왕의 제지에 힘을 풀었다.

"하명하십시오."

"소리 내서 읽어."

"예."

블랑쉬는 느리지도 빠르지도 않은 속도로 서신을 펼쳤다. 본시 1급 급신은 왕이 아니라면 누구도 읽을 수 없었지만 지금은 왕명에 따라야 했다. 그녀는 목 한 번 가다듬지 않았다. 정갈하면서도 낮은 목소리가 울려 퍼졌다.

"검은 홀의 주인. 사자의 왕령지에서 검은 홀. 망루에 닿기까지……."

"해석해서."

"배계. 클라우지우스 아벤트로트 피아 라티스본 발터 틸 게외보르트 트리첸바. 검은 홀의 주인."

"……."

"오스페다에서 폐하께 아룁니다. 급신으로 간략히 보고드린 뒤, 551년 4월 둘째 주까지 세부 사항을 올릴 것입니다. 현재 잉그레에 라르디슈의 첫째 태자, 즉 라그랑주 뤼페닝 브느와 라르디슈 올 발루아가 체류하고 있습니다."

"다시."

"현재 잉그레에 라르디슈의 첫째 태자, 즉 라그랑주 뤼페닝 브느와 라르디슈 올 발루아가 체류하고 있습니다."

"……."

"국왕의 지나친 비호 탓에 저희가 발견하는 데 어려움이 있었습니다. 다행히 548년 라르디슈 발 교차 2대의 일원 셋이 그의 인상착의를 확인해 주었습니다. 세부 사항은 종서신으로 보내겠습니다."

"……."

"551년 3월 30일. 어수대. 달마시오 산치."

발터는 그녀를 등지고 걸어가, 눈가를 짚으며 소파에 앉았다.

"서신은 어찌하시겠습니까?"

"태워."

그녀는 방을 넘어 벽난로로 향했다. 지체 않고 서간을 던져 넣었다. 옆에 걸려 있던 쇠꼬챙이를 들어 가장 시퍼런 곳으로 종이를 옮겼다. 서간은 순식간에 타올라 검은 재로 화했다. 블랑쉬는 마지막으로 쇠꼬챙이를 내질러 서간을 조각조각 분지른 뒤, 다시 본 침실로 돌아왔다. 기운 왕.

발터는 한참 동안, 정말 한참 동안 어둠을 응시하고 있었다.

"폐하."

"……."

"벌써 해가 뜨고 있습니다. 반시간 내로 어전에 나가셔야 합니다. 복장을 차리십시오."

그는 미동조차 보이지 않았다. 블랑쉬는 옆으로 건너가 몇 가지 기본 옷가지들을 팔에 걸친 채 돌아왔다. 그는 여전히 짙은 눈을 가린 채였다. 그녀는 가까이 가, 왕에게 양해를 구한 뒤 — 답은 없었지만 — 가운을 벗겼다. 섬세하게 풀자 단단한 상체가 드러났다. 블랑쉬는 말없이 제 팔에 걸려 있던 옷가지 하나를 잡아 들었다.

게외보르트의 가장 안쪽 상의에는 소매가 없다. 덕분에 블랑쉬는 눈가를 짚은 그의 손에 방해 받지 않고 첫 번째 상의를 입힐 수 있었다. 그러나 두 번째부터는 달랐다. 그녀는 어쩐지 꿈결 같은 목소리로, 다시 한 번 양해를 구했다.

"폐하, 폐하께서 팔꿈치를 들어 주셔야 제가 비롤라를 걸쳐 드릴 수 있습니다."

"미뤄라."

블랑쉬는 숙였던 허리를 천천히 들었다. 그의 손이 떨어져 나가고 있었다. 짙은 고동색 눈이 드러났다. 그녀는 한 발자국 물러났다.

"혹 아침 일정을 미루라 말씀하시는 것입니까?"

"그래, 전부. 정오까지 어떤 것도 없게 해라."

"그리 알리겠습니다."

블랑쉬는 우두커니 서 있다가, 잠시 방의 경계를 넘어갔다. 그녀는 자신의 가운을 벗었다. 어깨부터 발목까지 물결처럼 유려한 선이 흘러내렸다. 다른 모든 곳도 뒤떨어지지는 않았지만 그녀의 등줄기는 유별나게 아름다웠다. 구름 위로 손칼을 누른 양 휘어지지 않고, 곧은 선. 그것은 이내 옷 속으로 사라졌다. 늘씬한 다리 역시 품 넓은 바지 속으로 들어갔다.

그녀는 뒤돌아 다시 발터를 바라보았다. 서른 넘은 왕이 성질 고약한 아이처럼 차려입은 모습이 볼만했다. 아래는 흘러내린 가운으로 대충 가리고, 위는 가장 안쪽의 내의만 걸친 낮이다. 블랑쉬는 다가가 허리를 숙였다. 그 접근에, 생각에 잠겨 있던 발터가 의아하다는 시선을 보냈다. 그녀는 대답 없이 비롤라의 소매에 그의 양팔을 넣어 주었다. 칼라를 반듯이 펼쳐 목 앞으로 당긴 뒤, 간소한 문양의 단추를 꼼꼼히 잠갔다.

블랑쉬는 그처럼 최소한의 품위를 선사한 뒤에야 물러나겠다며 인사했다.

“폐하, 쇠렌센에게 명을 전하고 떠나겠습니다. 좋은 하루 되십…….”

“너는 다시 와라.”

블랑쉬는 되묻지 않았다. 왕명에 이유를 묻는다는 개념 자체가 적출된 사람이었다. 그녀는 고개를 숙인 뒤 방을 나섰다.

3월 말일이었다. 북방에 위치한 숄렘에 이 시기는 봄이라기보다는 늦겨울에 가까웠다. 다만 왕이 머무르는 본 궁만큼은 따뜻하기가 봄과 다름이 없다. 라르디슈를 본가로 삼았던 그녀에게도 이곳은 이미 봄처럼 느껴졌다. 덕분에 블랑쉬는 겉옷 한 벌 껴입지 않고도 넉넉한 걸음으로 아래층까지 내려갈 수 있었다.

자신이 왕의 명을 전달해 주어야 하는 사람인 레흐토 쇠렌센은, 그녀의 교배어수대의 같은 연수 동기를 이르는 말. 15기 동기였다. 그리 큰 유대가 있는 것은 아니었지만 라르디슈에 있을 적 자신의 ‘친정’은 어수대의 본산, 그리고 쇠렌센의 집무실이었다. 딱 그 정도의 교류였다. 물론 쇠렌센이 단독으로 왕의 보조격 권력을 쥐고 있는 것은 아니었다. 그럴 리 없다. 그보다는, 숄렘 어수대의 일부가 왕의 손발로 분화되었다는 말이 맞다. 그들의 젊은 우두머리가 바로 쇠렌센이었다.

그녀는 쇠렌센이 둥지를 튼 집무실의 문을 두드렸다.

"이만 꺼져, 좀! 아침부터 재수 옴 붙게 지랄 염병을……."

"젤로다."

"……들어와."

블랑쉬는 책상에 얼굴을 박고 있는 쇠렌센을 확인했다. 그녀는 소리 없이 뒷문을 닫은 뒤, 집무실 안으로 성큼성큼 걸어 들어왔다. 걸어오며 내뱉었다.

"폐하의 오전 일정. 무엇 무엇이 있지?"

"아…… 기다려…… 여기…… 여기 있다. 단 보테른이 상소하러 와 있고…… 울리카! 이 사람 몇 시지?"

"써 놨잖아."

"이걸 글씨라고……."

"여덟 시."

"단 보테른이 여덟 시. 이에 관해선 내가 어제 말씀드렸다. 폐하께서 최대한 짧게 쳐 내라 명하시더군. 그래서 여덟 시 반에 바로 반 슈체친. 열 시부터 각지에서 떼로 몰려든 귀족들 알현. 이게 한 시간. 그리고 그 뒤부터 세 시까지는 서류 검토…… 아니다, 다섯 시까지? 본산에서 예정이 변경되었다고 했다. 오늘 세 시쯤 어수대의 일주일 치 보고가 걸러져 나온다네. 뵈젝, 세 시 맞지?"

"맞아. 그런데 요오스 수반께서 시간이 더 일러질 수 있다고 하셨다."

"늦어지지만 않으면 돼. 짜잘한 것들의 한 달치 보고…… 랑은 안 겹쳤군. 다행히도. 국내 군사 거점 스물일곱, 식민지 넷, 생 로욜, 오스페다, 동부 예텐메키. 이 정도다."

"그뿐인……."

"그런데 혹 폐하께서 조반에 대해 말씀하시지 않던가? 지금 시간이 촉박한데, 왜 아래층으로 내려오시지 않나? 방금……."

"오전 일정은 전부 취소해. 조반에 대해서는 나도 잘 모르겠다. 필요하시면 내려오시겠지."

쇠렌센은 꿀 먹은 벙어리 같은 표정이 되었다. 그러나 그것은 순간이었다. 그는 한숨도 없이 펜을 들더니, 무언가 새까맣게 적혀 있던 일정 윗부분을 북북 그었다. 나지막한 목소리가 흘러나왔다.

"정오까지?"

블랑쉬는 고개 숙인 회황색 머리칼을 내려다보며, 약간 우울하게 답했다.

"말씀은 그리하셨지만 시간을 넉넉히 잡아 두는 게 좋을 것 같다."

"어차피 그 뒤는 서류 작업이니까…… 이따 내가 직접 뵙도록 하지."

"그래."

그녀는 뒤를 돌아, 아직까지 길게 풀려 있던 자신의 머리를 하나로 움켜쥐었다. 가는 손이 무성의하게 움직였다. 쇠렌센은 그녀의 뒷모습을 빤히 바라보다, 문득 생각났다는 듯 말했다.

"요오스 수반께서 널 부르셨다."

"왜?"

"라르디슈 날개 인계 일로 분주하신 듯했다. 네가 폐하께 몸을 바쳐 일을 무마하지만 않았더라면, 수반께서 네 역겨운 얼굴을 다시 보게 될 일도 없으셨을 텐데, 이 갈보 년이."

블랑쉬는 고개를 돌렸다.

"수반께서 날 공으로 대우하신다 생각하나?"

"아니, 폐하께 잠자리를 제공할 뿐이니 공은 아니지. 어디서 그 더러운 몸뚱이를 굴려? 어수대는 애초에 모든 바닥을 겪어야 하는 자리다.

영광된 짐승. 영광된, '짐승.' 모르나? 네게 엉겨 붙은 오물을 폐하께 옮기지 마라. 역병 붙은 거지새끼 같으니라고."

그녀는 이마 부근을 한 번 긁었다.

"심한가?"

쇠렌센이 웃었다.

"맛보기로 보여 줬잖아."

"걱정 마라. 폐하께서도 곧 보내 주실 거다."

"'곧'이 이 주가 되고 삼 주가 되고 한 달이 되고……. 아예 살림을 차리겠어? 내가 왜 왕비 잡년의 한탄을 들어야 하나? 너, 네가 먼저 폐하께서 정이 떨어지실 만한 짓을 해 봐."

"내가 아침잠이 얼마나 많은지는 너도 기숙사 시절에 눈치챘을 거다. 요샌 새벽 네 시만 되면 기상하지. 아침을 허전하게 두는 여자가 얼마나 성질을 돋우는지는 레스트왈의 토로를 들어 봐 안다."

"그런데도 아직까지? 블랑쉬, 농담 말고, 더 정진해라. 아무튼 요오스 수반이 너를 부르시는 건 라르디슈 일도 있지만 결국……."

"첫 날개가 누구에게 인계된다고?"

"마쇼 모랭."

"귀족이군? 방향이 많이 바뀌겠어."

그는 어깨를 으쓱했다. 첩자 실무 쪽은 제 전공 분야가 아니라고 말하는 듯했다. 그는 가볍게, 그러나 진중하게 말을 이었다.

"아무튼 라르디슈 일도 있지만, 네 다음 발령지를 결정하려는 목적도 있다. 듣자니 너, 오스페다 쪽으로 발령이 날 것 같던데. 자세한 것은 네가 직접 들어야겠다. 지금 당장 요오스 수반께 가."

"못 가."

"무슨 개소리를……."

"폐하께서 내게 다시 올라오라 하셨다."

그 말에 쇠렌센이 입을 꾹 다무는 모양이 보였다.

"간다."

"야."

그녀는 걸음을 멈추지 않았다. 저벅저벅 정돈된 폭으로 걸었다. 블랑쉬는 마지막 아량으로, 문고리를 잡은 채 잠시 발을 붙였다. 때를 놓치지 않고 빠른 어조의 게외보르트 왕실 언어가 쏟아졌다.

"물론 넌 큰 죄를 저질렀지. 하지만 왕명으로 목숨을 구원 받았지 않나? 그럼 끝인 거야. 이제 어수대가 너를 바란다. 너만 한 인재는 당장에 돌아와 머리를 채우고 있었어야 해. 너보다 훨씬 훌륭한 아가씨들이 많은데, 왜, 아, 솔직히 너는 그쪽은 아니지. 아무튼 오스페다로 가면 달마시오 산치가 널 양녀로 맞아 줄 거야. 그치가 운라쿰 남작인 건 알지? 너만 가면 다 잘될 거다."

"……."

"블랑쉬, 내가 직접 폐하께 요청 드리는 상황까지는 가지 않았으면 한다. 내가 힘들다. 맞아 죽을지도 몰라. 그러니 네가 알아서 잘해 줘라. 혼자 빠져나와. 부탁이다, 좀."

블랑쉬는 한숨을 쉬며 바깥으로 나섰다. 쇠렌센은 초조한 듯 소리를 질렀다.

"난 겁나서 안 갈 수도 있어! 요오스 수반 뒤에 숨을 거야! 그럼 수반이 폐하께 차인다? 그 꼴 보기 싫으면 나……."

문이 닫혔다.

블랑쉬는 모서리에 붙은 계단을 향해 걸어갔다. 눈에 무언가가 붙은 것처럼 따끔거렸다. 그녀는 손등으로 눈매를 훔쳤다. 긴 머리가 휘날렸다.

쇠렌센의 말은 타당하다. 자신이 버리기 아까운 패라는 것은 어수대의 모두가 인정하는 바였다. 때문에 그녀가 왕과 첫날밤을 치를 때, 중한 죄가 간단히 사해져 다행이라고 싱글벙글하던 쇠렌센의 얼굴조차 지금에 와선 상당히 망가진 상태였다. 널 이대로 붙들어 뒷방에라도 넣어 두시는 것 아니냐는 물음이 그 불만의 골자였다. 어수대의 대리 수장인 — 수장은 물론 왕이다. — 슈트람 요오스가 자꾸만 자신을 채근하는 것도 그 이유는 다르지 않다.

어수대에는 네가 필요하다.

이 사실은 그녀도 인정하고 있었다. 블랑쉬는 애초에 어수대 간의 교배로 태어나, 부모의 얼굴조차 본 일이 없는 기숙 출신이었다. 즉, 진골이다. 때문에 스스로 할 수 있는 일, 해야 하는 일은 왕에 대한, 나라에 대한 충성뿐이라 생각했다. 그것을 하지 않는 자신을 도저히 상상할 수가 없었다. 물론 지금의 자신 역시 왕에게 봉사를 하고 있기는 하나, 산술적으로 계산해 보았을 때. 어느 쪽이 더 확실한 이득이 되는지는 명확한 일이었다.

그녀는 자신이 어느새 침실의 문 앞에 서 있다는 것을 깨달았다. 정체를 알리기 위해 기침을…….

"들어와."

블랑쉬는 명에 따랐다.

발터의 음성은 이전보다도 음계가 낮았다. 엉망진창인 옷은 여전하다. 그녀는 무용한 시도인 줄 알면서도 질문했다.

"폐하, 조반은 어찌하시겠습니까?"

"생각 없다."

블랑쉬는 초조해 하거나 긴장하지 않았다. 그저 반듯한 자세로, 그의 대각선 방면 시야에 자리를 잡았다. 침묵을 견디는 것이 내 일이라면 그리해야 한다.

"이리 와."

그녀는 그에게 가까이 다가갔다. 발터는 제 얼굴을 손으로 쓸며 뭉툭한 목소리로 말했다.

"너를 불러 둔 건 순전히 네가 어수대이기 때문이다. 명석한 놈은 머리를 굴리고 머리를 굴리지 못하는 놈은 도움이 안 돼. 때문에 어수대를 택했다. 네가 짐의 말을 발설하리라 생각지 않는다. 더불어 기량도 훌륭하지."

블랑쉬는 스스로 쇠렌센 앞에서 그러했던 것처럼 잠자코 사실을 인정해야 할 것인지 잠깐 갈등했다. 왕의 면전이니 마땅히 그러해야 하지 않나?

"폐하, 미욱한 짐승이……."

"그만. 짐은 네게 짐의 말에 오류나 허점이 있을 경우 지적하는 역할을 맡기고 싶다. 어수대처럼 굴지 마라. 네 생각을 말해."

"감히……."

"왕명이다."

"예."

"목 아프다. 앉아."

블랑쉬는 다시 한 번 폐하 앞에서 감히 앉을 수 없다는 말로 반항하려 했다. 물론 곧장 그의 시선이 자신을 쑤셔 순간적으로 말이 막혔다. 자신은 반드시 왕명에 따라야 하는데, 그녀는 왕과 나란히, 혹은 마주 보고 앉는 광경을 상상조차 하지 못하는 종류의 사람이었다. 절대 안 된다.

블랑쉬는 주저 없이 바닥에 앉았다.

발터는 당혹한 눈으로 제 발치에 무릎을 꿇은 여인을 바라보았다. 그 얼굴과 다르지 않은 목소리가 흘러나왔다.

"짐은 개도 그렇게 안 앉혀."

"저는 사람이 아닙니다. 어수대가……."

"그럼 짐은 수간을 한 거고? 입 다물고 올라와라."

"……영광된 짐승이라……."

"짐승이고 나발이고, 앉아."

블랑쉬는 입술을 꽉 깨물었다. 그러나 발터는 이 이상 참지 않으려는 듯했다. 그는 허리를 숙여 그녀의 팔뚝을 잡아당겼다. 배려라곤 조금도 없었지만 어차피 그것은 아주 사소한 단점에 불과했다. 그녀는 단박에 이끌려 올라갔다. 블랑쉬는 소파의 등받이에 양손을 얹어 가까스로 얼굴이 부딪치는 불상사를 면했다.

그녀는 결국 한숨을 쉬며 몸을 돌렸다. 발터와 같은 방향을 바라보았다. 블랑쉬는 다리를 어떻게 놓는 것이 가장 예법에 맞는 것일까 생각하다, 나란히 앉은 이상 예법은 이미 끝난 것이라는 사실을 깨달았다. 그녀는 포기하고 다리를 늘어뜨렸다.

발터는 그제야 말을 시작했다.

"짐은 이제 아들 손에 죽는 어미를 보게 될 거다."

블랑쉬는 그의 명령을 기억했다. 어수대처럼 행동하지 말라. 말을 받고, 허점을 짚고, 생각을 제시해라. 그녀는 그리하기로 했다.

"뤼 뤼페닝의 손에 폐하의 누이가 죽으리란 말씀이십니까?"

"그래."

"……."

"내가 살려야 하나?"

블랑쉬는 그 내용에 더 놀라야 하는지, 그가 스스로를 '나'로 칭했다는 사실에 더 놀라야 하는지 알 수 없었다.

"……폐하, 저는 그 질문에 답해 드릴 수 없습니다."

"안다."

발터는 몸을 숙여 탁자에 놓여 있던 잔을 쥐었다. 블랑쉬는 제 옆에 앉은 왕이 물을 벌컥벌컥 들이켜는 모습을 바라보았다. 사람이라고 느껴 본 적이 없었는데, 그보다 더 인간적일 수가 없었다. 발터는 의외로 조심스레 잔을 내려놓았다. 그는 입매를 훔치며 사실을 나열하기 시작했다.

"뤼페닝은 현재 굴라르모의 지지를 바라고 오스페다에 행차한 상태다. 짐이 레스트왈을 지원하고 있다고 제멋대로 착각해 준 거지. 지금 짐의 사절은 시시각각 생 로욜을 향해 달려가고 있건만, 생 로욜에는 그 주인이 없다, 그러니 끝내 오스페다에 다시 연통을 보내는 지경까지 가겠지. 절차가 복잡하니 다소 시일이 걸릴 거다."

"폐하, 저는 저번 이동 당시 어수대 전령 체계를 사용하지 않았습니다. 그러나 생 로욜부터 포티미외까지는 제법 마땅한 걸음을 이용하여 도합 사십육 일이 걸렸습니다. 포티미외부터 숄렘 노트란트까지는, 가능한 모든 비공식 수단을 이용했음에도 이동 기간이 구순을 넘겼습니다. 폐하. 지나치게 많은 시간이 낭비될 것입니다. 지금 곧장 오스페다에 새로운 사람을 보내는 것은 어떻습니까?"

"그리하면 짐이 조급증을 앓고 있는 것처럼 보이게 된다. 짐은 라르디슈의 내전에 반드시 참여해야 하는 이유가 없어. 본국이 안정된 상태에서, 우리에게 피해가 오지 않는 방향으로 전쟁을 벌여 보고 싶었을 따름이지. 그렇지만 그나마도 그리 절실한 바람은 아니다."

"……."

"딤니팔은 뤼페닝의 지원을 거절했을 테지. 거절했고, 지금도 손을 뿌리치고 있고, 앞으로도 다름이 없을 거다."

"정리하겠습니다. 굴라르모 4세는 대게외보르트전에 대단히 집착하고 있습니다. 굴라르모 4세는 3년 전, 폐하께서 적절한 수단으로 적절한 조치를 취하신 일에 큰 불만을 품고 있습니다. 나라가 받은 모욕이 이유임은 물론, 이 사태를 핑계 삼은 서부 영주들이 딤니팔 전선을 이탈했기 때문이기도 합니다. 이로써 명분에 있어서도 실리적으로도 굴라르모 4세의 게외보르트 처단은 타당성을 획득합니다. 비사 오필라가 뤼레스트왈을 지원하고 있으리라는 뤼 뤼페닝의 의심은 이제 굴라르모 4세에게까지 전파되었을 확률이 높습니다. 굴라르모 4세는 이 의심을 가지자마자 뤼 뤼페닝의 요청을 거절했을 것입니다. 만일 굴라르모 4세가 뤼페닝을 받아 라르디슈의 내전을 치른다면, 게외보르트와 딤니팔은 라르디슈 영내에서만 충돌할 수 있게 됩니다.

굴라르모 4세는 이를 탐탁지 않아 할 것입니다. 굴라르모 4세에게 이처럼 거리감 있는 충돌은 필요가 없습니다. 그것만으로는 게외보르트 본국에 피해를 입힌다는 정서적 만족감을 충족시킬 수 없을뿐더러, 더 본질적인 문제도 있습니다. 이런 사소한 충돌로는 서부 영주들의 문제를 결코 해결할 수 없습니다. 게외보르트와의 국경선이 안정되지 않는다면, 서부 영주들은 국가적 규모의 전쟁에 자신의 물적, 인적 재산을 제공하지 않을 것입니다. 물론 굴라르모 4세는 그런 그들에게 희생을 강박할 수 있습니다. 그러나 그리하지 않는 편이 현명할 것입니다. 서부 영주들의 '핑계'는 단순한 핑계가 아니기 때문입니다. 그들의 국경에 대한 경계, 더불어 자신의 영지에 대한 경계에는 굴라르모 4세가 보기에도 타당하고 반박할 수 없는 면이 있을 것입니다. 서부의 공회원인 자멘테 후작, 브레타냐 백작, 본잘 백작은 군사에 가장 노련한 자들입니다. 언제고 게외보르트의 공격을 막아 왔기 때문입니다. 그들의 반항에는 이유가 있습니다.

이 같은 문제를 해결하기 위해서, 딤니팔은 게외보르트를 전면전으로 격파해야겠다는 각오를 다질 수밖에 없습니다. 그리해야만 국내외의 모든 골칫거리가 공사 양면으로 해소되기 때문입니다."

순간, 블랑쉬는 발터가 자신을 물끄러미 바라보고 있다는 사실을 깨달았다. 그녀는 습관처럼 고개를 숙였다. 그러나 발터의 손이 뻗어 와, 예를 표하는 그녀의 이마를 밀쳤다. 블랑쉬는 제대로 머리를 조아리지도 못한 채 밀려 올라갔다.

발터는 이제야 알겠다는 듯한 어조로 질문했다.

"최근 쇠렌센과 요오스가 쌍으로 칭얼대는 것이 다 너 때문이로군?"

"……."

"짐이 너만 한 어수대원을 뒷방으로 들일까 두려운가 보군. 다음 발령지는 정해졌나?"

"예. 레흐토 쇠렌센이 오스페다를 언급했습니다. 자세한 사항을 경청하기 위해 오늘 오후 슈트람 요오스에게 갈 예정입니다."

"가서 발령 예정을 취소하라 명해."

"예."

그는 전혀 반항하지 않는 그녀의 모습을 잠깐 응시했다. 아주 잠깐이었다. 발터는 곧 몸을 돌렸다. 다시 앞을 바라보았다.

"그래, 네 근거는 전부 옳다. 뤼페닝은 결코 딤니팔의 지원을 사지 못할 것이다."

"하지만 그가 한 가지에만 집착하여 계획을 세웠을 리 없습니다. 민망한 말씀 죄송하오나 제가 목격한 뤼 뤼페닝은 범인보다는 천재에 가까웠습니다. 그 사르트릐즈 노루아 상스 퀴미셸이 따르는 자입니다."

"당연하지. 그가 한 가지에만 집착할 리 없지. 딤니팔에 자기 최고의 패가 있는데, 왜 한 가지에만 집착해야 하나?"

"혹 폐하의 누이를 말씀하시는 것입니까?"

발터는 긍정도 부정도 하지 않았다. 그러나 다음에 이어진 말은 분명 외르타를 주어로 삼은 추측이었다.

"뤼페닝은 그 아이를 여러 방면으로 써먹을 수 있다. 첫째, 그 아이를 제거해 짐의 환심을 살 수 있지. 썩 괜찮은 이야기다. 짐이 곤경을 겪는 일에 저쪽이 먼저 손을 더럽혀 주겠다는 친절 아닌가. 둘째, 그 아이를 제거해 굴라르모에게 게외보르트와 소동을 벌일 수 있는 유일한 길은 나를 지원하는 방법뿐이라고 윽박지를 수 있다. 역시 가능하다."

"하오나 폐하, 굴라르모는 백의 확률로 어수대에 죄를 뒤집어씌울 것입니다. 누구의 소행인지는 중요하지 않습니다. 그가 도덕적인 전쟁을 일으키려는 자라면, 저희에게 화살을 돌리는 것이 마땅한 행동이 될 것입니다."

"뤼페닝이 그럴 수 없게 만들 거다. 전자의 목적이든 후자의 목적이든 상관없어. 그는 일을 저지르고 딱 한 줄만 공포하면 된다."

그가 잠깐 뜸을 들이자, 바로 눈치를 챈 블랑쉬가 딱딱하게 말을 받았다.

"'라르디슈의 왕비가 본국을 배반했다는 것' 말입니까?"

"똑똑하기도 하지."

그녀는 그가 뤼페닝을 향해 말한 것인지, 자신을 향해 말한 것인지 구분할 수 없었다.

"아무튼 뤼페닝이 그 사실을 공포한다면, 외르타를 죽인 범인은 둘로 증식하게 된다. 첫 번째는 짐이고, 두 번째는 물론 라르디슈지."

"뤼페닝은 전 대륙에 라르디슈가 배반자를 처단했다는 인상을 주게 될 것입니다. 어쩌면 게외보르트를 향한 의심의 눈초리보다, 그들 쪽을 향한 것이 더 강해질지도 모릅니다. 기실 라르디슈에게는 비난의 여지조차 없습니다. 그 살인이야말로 배반자에 마땅한 조치이기 때문입니다. 딤니팔은 게외보르트를 탓하지 못할 것이고, 전쟁 또한 벌어지지 않을 것입니다."

"옳다. 따라서 뤼페닝은 굴라르모와의 일이 끝내 성사되지 않을 경우 외르타를 죽일 확률이 높다. 아니, 높기는커녕, 확실하다. 그는 외르타를 죽여서 이득을 취하려 할 것이다. 그가 바란다면 외르타는 살아남지 못할 테지."

그녀는 차분히 그의 말을 곱씹었다. 문득 왕의 확신에 의문이 들었다. 뤼페닝이 바란다고 그녀가 죽을 것인가? 쉽지 않으리라. 어쨌든 딤니팔의, 더불어 공작의 강박적인 보호를 받는 여인이다. 블랑쉬는 몇 가지 단어를 입안에서 읊조려 본 뒤 명료한 어조로 반박했다.

"폐하, 저는 딤니팔의 보호에 대해 논하고 싶습니다. 폐하의 누이는 필시 솔 미라이예 안에 유폐되어 있을 것입니다. 뤼페닝이 프레몽트레의 실권을 잡지 못한 목하, 그가 쓸 수 있는 수에는 한계가 있습니다. 설마 사적으로 암살자를 고용할 것입니까? 조롱만 받을 것입니다. 그도 그 방도가 부족하다는 것을 압니다."

"그도 본국에서 일정 정도의 수하는 대동해 왔을 것이다. 또한 지금 잉그레에 머물고 있다는데, 설마 외르타와 마주하는 것이 어려울까? 외르타도 아무리 유폐라 하나 이동이 완전히 봉쇄되었을 리 없다. 자유 의지는 있을 것이다. 따라서 그가 할 일은 단 하나다. 그 아이를 따로 불러내는 것. 그 뒤에는 손가락만 튕겨도 죽일 수 있을 테지."

"하지만 바로 그것이 난점이라는 것입니다. 그 말씀인즉슨, 그가 폐하의 누이와 합작하지 않는다면 살인이 한없이 불가능해진다는 뜻입니다. 폐하, 그녀의 의향은 어떻습니까? 폐하의 누이에게 생에의 의지가 있다면, 그녀는 결코 뤼 뤼페닝을 따르지 않을 것입니다."

블랑쉬는 이것이 마땅한 반박이라고 생각했다. 폐하의 누이니 그 정도로 어리석지는 않을 것이다. 죽음이 목전에 보인다면, 그것을 피할 수 있는 감각쯤은 그녀에게도 있을 텐데.

약간의 침묵 뒤, 발터가 입을 열었다.

"블랑쉬, 네가 생 로욜을 뜬 뒤, 마쇼 모렝에게 소식을 받았다."

"……."

"올해 초 라르디슈 왕가의 무덤에 도굴꾼이 들었다더군. 근대의 관 배치가 조금 변해 있었다고 한다. 이 도굴에 대해서는 누구도 어떤 말을 하지 않았다. 마쇼 모렝은 나라의 수치를 두려워하기 때문에 다들 함구하는 것이라 추측했지만, 짐의 의견은 다르다. 아마 그 도굴꾼은 뤼페닝 측의 인사일 것이다."

"마쇼 모렝이 정보를 캐낸 대상이 뤼 레스트왈 쪽의 인사였습니까?"

"그래, 대척점에 있으니 이를 갈며 발설했겠지. 뤼 뤼페닝이 무슨 이유로 왕가의 무덤을 들춰 냈을까? 옛것에 대한 공경보다는 미래의 청사진에 주안점을 둔 녀석이?"

블랑쉬는 눈을 내리깔았다. 뤼페닝이라는 말을 들은 순간, 제 머리는 모든 것을 정리해 버렸다. 그녀는 왕이 추측한 사실들을, 마치 전이된 듯 정확하게 읊었다.

"뤼 아델라이데의 주검을 빼낸 것입니까?"

발터는 고개를 저었다.

그러나 그것은 부정보다는 혀를 차는 움직임에 가까운 것이었다. 그는 그 특유의 목소리로 느릿느릿 답했다.

"짐의 추측으로는."

"죄송합니다만, 무슨 근거로……."

"뤼 레스트왈이 생 로욜으로 돌아온 이후, 형제간에 왕가의 무덤에 대한 이야기가 여러 번 오갔다더군. 이야기라기보다는 패악질이었다지만. 이것은 어수대원이 직접 들은 논쟁이다. 레스트왈은 스스로 먼저 노렸던 것을 상대가 가져갔다고 외쳤다. 무덤에서 무엇을 가져갈 수 있겠나?"

블랑쉬는 인상을 찌푸렸다. 언짢음과 역겨움은 아니었다. 그것은 그저 생각을 위한 침묵에 불과했다. 그녀는 성공하지 못한 채 어설픈 말을 토해 냈다.

"이유를……."

"모르겠다. 처음에는 좋은 의도였을지. 레스트왈이 그토록 탐을 냈던 것 같으니까. 하지만 지금은 다르다. 상황이 많이 변했다. 살아 있는 외르타가 골칫덩이가 된 현재 시점에서는 그것도 꽤 유용한 무기가 되겠지."

"아이를 위해 나라를 배반한 폐하의 누이입니다. 견디지 못할 것입니다."

"짐도 그렇게 생각한다. 그 시체로 외르타를 유인한다면, 아마 그 아이는 유인당하는 줄 알면서도 그를 쫓아가게 될 거다. 한심하지만 그게 누이라니 인정해야겠지. 뤼페닝은 그처럼 외르타를 불러낼 수 있다. 그 뒤는 일사천리지. 그치에게 살인자의 손이 부족하겠나?"

그녀는 뤼페닝에게 간다. 추측이 아니라 사실이었다. 블랑쉬는 그 모녀지간이 어떠했고, 그 복수의 각오가 어떠했는지를 실시간으로 목격한 사람이었다. 그 주검을 가지고 장난을 치는 — 혹은 라르디슈 역사상 가장 성대한 내전을 일으키려는 — 사람을 본다면, 폐하의 누이가 과연 이성을 차릴 수 있을까? 그리고 뤼페닝에게 간 그녀는 타협의 여지없이 죽음을 맞이할 것이다.

블랑쉬는 답지 않게 숨을 들이켰다.

"그렇다면 폐하께서 폐하의 누이를 살리실 수 있는 방법은……."

"달마시오 산치를 통해 뤼페닝의 협박이 전부 거짓이라 말해 주는 거지. 아이가 죽은 지는 벌써 세 해가 넘었다. 주검이 온전할 리 없다. 팔다리를, 아니 목을 잘라 보여 준다 해도 본인을 확인할 수 없을 테지. 그러니 신용할 수 있는 어수대의 입으로 그의 협박은 전부 거짓이다, 주검은 가짜다, 절대 따르지 말라 말하면 일은 해결된다. 외르타는 나를 믿을 것이다."

"폐하."

"왜?"

"폐하께서는 또다시 스스로를 '나'라 일컬으셨습니다."

발터의 인상이 확 찌푸려졌다. 그는 몸을 돌려 그녀를 노려보았다. 추궁하는 듯한 말이 잇새로 새어 나왔다.

"짐이 언제?"

"방금의 '외르타는 나를 믿을 것이다'와 아까 전 '내가 살려야 하나?' 이 두 문장에서 '나'를 언급하셨습니다."

"뭐?"

"그리 말씀하셨습니다."

"불쾌한 농담이다. 그런 일 없다."

"제 귀가 환청을 들은 것 같습니다. 죄송합니다."

블랑쉬는 평온했다. 그녀는 두 손을 모은 모양으로 어느 양갓집 규수처럼 앉아 있었다. 입은 꼴은 영락없는 어수대인데. 발터는 부정의 말을 들었으니 다 되었다는 양 앞을 바라보다, 결리는 목덜미를 느꼈다. 무시하려 했으나 지나치게 아팠다. 그는 턱에 힘을 주며 인내했다.

포기했다.

"짐이 그랬나?"

"아니요. 폐하께서는 어제와 같이 오늘도, 더불어 비사의 모든 미래

동안 스스로를 짐으로 칭하실 유일한 분입니다."

"말 번복하지 말고 똑바로 대답해라. 짐이 그리 말하던가?"

"예."

"……."

침묵이 찾아들었다. 발터는 인상을 찌푸리다 못해 끝내 느릿느릿 눈을 감았다. 앞다리를 베인 맹수 같다. 블랑쉬는 그의 단단한 어깨를 뚫어지게 바라보았다. 규칙적으로, 들이켜고, 내뱉고, 숨이 오가는 냉정.

그녀는 자신의 의견을 말해 보기로 결심했다.

"폐하, 목을 각오하고 여쭙겠습니다. 왜 폐하의 누이를 살리겠노라 말씀하시는 것입니까? 물론 게외보르트가 살해 누명을 써 여의치 않은 전쟁을 치를 위험이 있다 설명하신다면 저도 드릴 말씀이 없습니다. 그러나 방금 전 폐하께서는 뤼 뤼페닝이 그녀를 죽인다 해도 게외보르트에 혐의가 오지는 않을 것이라 말씀하셨습니다. 이치에 맞지 않습니다. 폐하, 저는 생 로욜에 있을 적 폐하의 기밀 서신을 받은 자입니다. 548년 당시에도 폐하께서는 그녀를 구제하라 명하셨습니다. 폐하, 당시 그녀는 언제 누구의 씨를 품을지 모르는 위험분자였습니다. 또한 그것은 현재 진행형이기도 합니다. 물론 의원은 불임을 증명해 주었습니다. 그러나 우리의 신전이 아닌 이상, 인명에 대해 정확히 논할 수 있는 자는 이 세상에 없습니다. 폐하께서는 좀 더 주의를 기울이셔야 합니다."

입매가 살짝 떨렸다.

"폐하, 일순간이라도 저를 무례한 짐승으로 여기셨다면 목을 치십시오."

발터는 가만히 앉아 있었다. 불같이 일어나 상대의 목을 베지도, 노성을 내지르지도 않았다. 달라진 것은 시선뿐이었다. 그는 눈을 떴다. 그것은 수평선처럼 얇게 뜨였다가, 조각배처럼 두터워졌다가, 이내 돛을

달았다. 폭풍 속에 매서운 배다.

그 고요는 어쩐지 숨죽인 회상인 듯 보였다. 왕실의, 무자비하고도 거친 과거. 첫울음을 터뜨릴 때부터 난장 맞을 어른이 되어야 했을 저 날카로운 냉정함에, 블랑쉬는 순간 놀라고 말았다. 왕에 대한 자신의 경외를 지나치게 과소평가했던 것이다. 살아남은 자. 검은 홀의 주인. 오스트레반트 도르커 팔메. 이 영광된 단어는 단 한 사람을 위한 것이다.

한참 뒤, 그가 입을 열었다.

"아주 약간의…… 미련이……."

그녀는 단지 자신이 잠시 정신을 팔았을 뿐, 왕이 말을 흐릴 수는 없다고 생각했다. 스스로 듣지 못했을 따름이다. 왕은 그로서 완벽하다. 말을 얼버무릴 리가 없다. 살아남은 자. 검은 홀의 주인. 오스트레반트 도르커 팔메.

발터는 그녀에게로 시선을 돌렸다. 블랑쉬는 지금 스스로가 경외를 넘어선 외경을 보이고 있지 않을까 의심했다. 그러나 그는 그녀의 아름다운 이목구비에서 변화를 찾지 못한 듯했다. 어느새 모든 것이 가라앉은 바다. 어두운 밤에 채도 낮은 배가 떠 있었다.

그는 천천히 토로했다.

"죽여도 된다, 죽인다 생각하고도 돌아서면 주저하게 되더군. 짐은 이미 짐의 모든 동기를 묻었건만 이제 와 이것이 무슨 울상인지 모르겠다. 누구를 한심하다 욕할 처지가 아니다."

"살리실 것입니까?"

발터는 고개를 저었다. 대화의 시작에서 정리되지 않았던 사고가 지금에야 모지람 없이 한 갈래로 모아진 듯했다.

"짐은 게외보르트가 아닌 외르타를 살리고 싶지 않다."

"……."

"제 딸의 주검 하나에 죽음을 자초하는 멍청한 낯을, 짐은 모른다. 짐의 누이 또한 그런 아이를 모른다. 그녀가 원한 외르타는 저것이 아니다. 짐의 누이는 살아남을 방도가 있음에도 기어이 우리 모국에 마땅한 죽음을 맞이했다. 그녀만큼 게외보르트에 천착한 사람도 다시없을 것이다."

"……."

"그 같은 사람이 저런 인간을 원하리라고는 생각지 않는다. 이미 모든 것이 변했다. 짐의 뜻대로 될 것이다."

"말씀 옳습니다."

발터는 한 손을 들어 올렸다. 그는 그 굴곡진 손바닥을 빤히, 어떤 못마땅한 얼룩을 찾기라도 하듯 집요하게 응시했다. 손은 그의 얼굴 위로 그림자를 드리웠다. 시선을 반 덮을 것처럼 가까이 다가가다, 순식간에 툭 떨어지는, 살인자의 손이었다.

그만…….

끝내자.

그는 천천히 기억을 움켜쥐었다.

—나무를 담벼락에 끌고 들어가지 말라 2부 하권에서 이어집니다.

부록

부록

◆ **딤니팔**

딤니팔의 복식은 옛 리마네레 제국의 복식에서 정체되었다. 세월에 흐름에 따라 각 복식 내부의 다양성은 증가했으나 정작 복식의 종류는 늘어나지 않았다. 덕분에 나라 고유의 복식으로 부를 것이 없으며, 특기할 만한 복식 명칭 또한 체칼라스뿐이다. — 물론 현재 리마네레의 전통을 잇는 나라는 딤니팔뿐이다. 하지만 지금까지도 전 대륙에서 리마네레의 유물이 왕왕 발굴되고 있어 복식에 대한 소유권을 주장하기는 어렵다.

– 체칼라스 : 체칼라스는 딤니팔에서 유일하게 리마네레의 전통을 따르지 않은 복식이다. 이는 딤니파 공작 —데카를로 쏘노 — 이 반역 봉기 당시 자신을 따르는 십이 귀족에게 특별한 캄비의 천을 하사한 것으로부터 시작된다. 데카를로 쏘노는 유년기를 알론조 캄비에서 보낸 덕에 일반인으로서는 구할 수 없는 사제의 천을 선물로서 선사받았다. 이에 덧붙여 눌라레의 축복을 받은 천은 최초의 열두 가문에만 하사되었다. 최초의 열두 체칼라스 중 여섯은 가문이 쇠락함에 따라 역사 속으로 사라졌다. 세월이 흘러 캄비의 천은 대중화되었지만 그럼에도 불구하고 여전히 왕의 인가를 얻은 한 가문의 수장만이 한 필을 부탁할 수 있을 만큼 귀한 물건으로 남았다.

착용 방법은, 기본적으로는 목에 천을 두르고 양 꼬리를 등 뒤로 넘기는 방식이다. 남성의 것이 여성의 것에 비해 조금 더 두텁고 길다. 가주와 가주의 직계가족만이 누릴 수 있는 특권이므로, 아무리 한미한 가문의 사람이라도 그 귀족이 체칼라스를 두르고 있다면 십이공회조차 기본적인 예의를 갖춰야 한다.

◆ **라르디슈**

라르디슈의 복식은 가장 전통적인 화려함을 자랑한다. 화려한 만큼 규격화된 복식 이름을 찾기 어려우며, 그나마 모든 귀족이 공통적으로 이용하는 복식은 한 가지 정도이다. 벨폴과 콰세종, 둘 모두 라르디슈식 망토이다.

- 벨폴 : 귀족 여성의 망토를 의미한다. 항상 원색을 자랑하며, 보통 발목까지 오는 길이가 기본이다. 등이나 가장자리에는 어떤 수도 놓여 있지 않고, 장식 또한 없다.

- 콰세종 : 귀족 남성의 망토를 의미한다. 콰세종은 벨폴보다 길이가 다소 짧다. 그러나 등에 금실과 은실이 꼬인 꾸밈이 들어가 벨폴보다 배는 화려하다.

부록

◆ **게외보르트**

게외보르트의 복식은 그 기후 탓에 주로 두꺼운 천, 혹은 여러 겹의 천으로 만들어진다. 특히 옷 위에 옷을 겹쳐 입는 비교적 현대적인 방식 덕분에 옷을 지칭하는 명사의 수가 기하급수적으로 늘었다. 이하에 제시된 것은 개중에서도 귀족에게 가장 필수적인 네 가지 복식이다. 특히 남성 복식은 게외보르트 최초의 왕족인 바르데나 파뇌가 직접 창안했다. 게외보르트에서는 주신 알드 바제사의 영향으로 수도의 명칭, 왕성의 명칭을 비롯해 대부분의 고유 명사가 짝수로 되어 있다. 이 규칙은 복식을 지칭하는 명사에서도 동일하게 적용된다.

- 바예를 베르가 : 귀족 여성이 머리에 쓰는 장식품이다. 착용하는 방식은 첫째, 여성이 머리를 동그랗게 모아 묶는다. 이때 머리끈은 드러나지 않도록 최대한 본인의 머리색과 같은 끈을 이용한다. 둘째, 흡사 목걸이와 같이 생긴 바예를 베르가의 금줄 부분을 묶인 머리에 건다. 셋째, 화려한 보석이 장식된 바예를 베르가의 앞부분을 이마 위로 늘어뜨린다. 바예를 베르가의 장식 정도는 개인 취향에 따라 천양지차이며, 보통은 신분이 높아질수록 치장이 화려해진다.

- 보름 툴란 : 보름 툴란이란 야외 활동 시 귀족 여성들이 쓰는 부드러운 사각형 모양의 모자를 일컫는다. 주로 짐승의 털로 만들어진다. 여름을 제외한 거의 모든 경우에 가장 간소하게라도 착용하곤 한다.

– 바프렘 레가세 : 귀족 남성이 정장 위에 마지막으로 착용하는 긴 조끼를 지칭한다. 허리선까지는 상체에 단단히 붙는 모양이며, 허리 아래로는 발목까지 하체의 모양을 드러내지 않도록 단출하게 떨어지는 것을 기준으로 삼고 있다. 이것은 빳빳한 천으로 이루어져 있어 평범한 망토로 여겨지지 않는다. 대부분 세 개의 단추가 달려 있는 조끼 부분은 공식 석상에서는 반드시 여며야 하지만, 평소에는 개인의 재량으로 특별한 예법이 없다.

– 모쉴 비롤라 : 이것은 두 가지 구성으로 이루어져 있다. 첫 번째는 비롤라로, 이는 귀족 남성에 있어서 아무 장식 없이 단지 상체를 가리는 셔츠를 뜻한다. 평범한 셔츠와는 다르게 팔 부근의 품이 큰 탓에 축 늘어진다. 늘어졌던 부분은 손목에서 한 뼘쯤 들어간 부분에서 손목까지 꽉 조여 맨다. 이처럼 팔을 덮는 특별한 모양의 천은 다른 곳과 다른 재질로 이루어져 있다. 그리고 이 특별한 재질과 같은 천으로 폴라와 같은 목 가리개를 따로 착용하게 되는데, 이것이 바로 모쉴이다. 따라서 어깨 단부터 손목을 이루는 부분, 목을 덮는 부분은 특별한 천으로 모자이크처럼 교차된다.

부록

라-발라-오슈 : 라르디슈의 전통으로, 이들은 왕이 훙거했을 시 정결히 한 왕의 주검을 귀족원 중앙에 안치하고, 그 뒤 사흘 동안 귀족원 소속 귀족들의 애도를 받는다. 이것은 원칙적으로는 강제가 아니지만 대부분의 경우 귀족들은 왕의 주검에 애도를 하고 가는 편이다. 라-발라-오슈 동안 귀족원에 방문하지 않는 귀족원 소속 귀족들은 왕 이전에 사자에 대한 예의를 지키지 않았다는 추문에 시달릴 확률이 높기 때문이다. 특히 왕족들은 사흘 동안 귀족원을, 더 정확히 말해 왕의 주검 옆을 떠날 수 없다.

잉그레의 표장 : 딤니팔 왕의 특권으로써 이 자체로 완전 무작無爵의 인간에게 기사직을 내릴 수 있는 도구이다. 귀족 지위에 제한이 있기는커녕 귀족 여부에도 상관없이 적용된다. 다만 이때 작위를 받은 사람이 표장을 잃는다면 기사직 역시 잃는 것이나 마찬가지이다.

표장으로써 기사직이 수여되는 것은 일반적인 일이 아니다. 왜냐하면 첫 번째로 딤니팔의 귀족 남성은 모두 열네 살에 종기사직을 수여받고 전쟁터로 나가, 몇 년 뒤 자연스레 기사직을 수여받기 때문이다. 두 번째로 만일 평민이 기사 작위를 수여받는다 해도 그는 이미 엄청난 공을 세웠을 확률이 높다. 그렇다면 그는 왕이 특별히 표장이라는 수를 쓰기 전에 정식으로 기사 작위를 수여해도 반발이 없을 만큼의 여론을 형성시켰을 것이다.

따라서 보통 이 잉그레의 표장은 작위를 물려받아야 하는 귀족 여성이나 기사직 이외에 중대차한 일이 있는, 혹은 몸이 쇠약한 귀족 남성들에게 수여된다. 딤니팔에서는 기사직이 없다면 작위를 물려받을 때뿐만 아니라 귀족으로서의 대우도 받기 힘들기 때문에 종종 이용된다. 특이한 경우가 많은 만큼 표장이 수여되는 때도 그리 드물지는 않다.

딤니팔

왕도: 오스페다, 왕궁: 잉그레
정치 제도: 왕정, 십이공회

전대 미라이예 공작 ═ **전대 공비**

굴라르모 4세(30세)
라 딤니파 카타름 생로
자카리 디본도네 아니고 산테카를로

레아(24세)
라 딤니파 이스말
레아 톨레도 산테카를로

친구

앙히에(25세)
앙히에 르나치
기지 얀 미라이예

발렌시아(30세)
발렌시아 마조레
기지 얀 미라이예

일방적 애정

오스위
사산된 아이.

데밀라(리베 몬테)
데밀라 닐리 라 얀 몬테
발렌시아의 전 약혼녀, 자살.

라르디슈

수도: 생 로욜, 왕궁: 비생 로욜
정치 제도: 왕정, 귀족원

전 왕비(死)

로크뢰 1세(550년 37세 사망)
라그랑주 오랑프 리오델 장-지네스트
보아르네 라르디슈 올 발루아

외르타(25세)
비달 프리드리히 무지크
외르타 털 게외보르트 트리첸바
/ 외르타 발미레(서쪽에서 온 자)

이복 자매, 모녀같은 관계

쌍둥이 형제

뤼페닝(19세)
라그랑주 뤼페닝
브느와 라르디슈
올 발루아

레스트왈(19세)
라그랑주 레스트왈
비제 라르디슈 올 발루아

아델(548년 3세 사망)
라그랑주 아델라이데 르장드르
라르디슈 올 발루아

이복 형제

-딤니팔 왕의 수하들-

시누사 경(그나시오 백작의 장손)
시누사 퀴리노 모드벨나 얀 그나시오

체세나 경
자멘테 경
옵타토 경
데군다 경
톨레도 경
사투르니나 경

-딤니팔 십이공회-

미라이예 공작가
안니발레 백작
체세나
자멘테 후작
본잘 백작
루틸로
그나시오 백작
페자로
톨레도 백작(레아 왕비의 아버지)
브레타냐 백작(왕의 젖형제)
데군다 백작
사투르니나

중앙 삼국의 왕실

게외보르트
수도: 솔렘 노트란트, 왕궁: 비사 오팔라
정치 제도: 절대 왕정, 어수대

(범례) 혼인 관계 / ↔ 대립 관계 / 내연 관계
* 나이는 만으로 표기

女 ＝ **반 슈제친** ＝ 女
외르타의 외할아버지,
현 왕 발터의 측근, 발터의 왕비 루이제의 아버지.

대립관계

전 왕비(死) ＝ **막시밀리아네 5세** ＝ **왕비**

죽여야 하는 관계

리볼텔라(리비, 547년 32세 사망)
클라우지우스 겐센 지클레
리볼텔라 틸 게외보르트 트리첸바

발터하임부르겐 1세(31세) ＝ **루이제**
클라우지우스 아벤트로트 피아 라티스본
발터 틸 게외보르트 트리첸바

일방적으로 싫어함

친동기, 서로를 아낌

롤란드(547년 14세 사망)
지클레 벤산 예르비 롤란드 틸 게외보르트 트리첸바

반 볼랑디스트(547년 43세 사망)
뤽-아인 델반트 반 볼랑디스트

블랑쉬 젤로
어수대원, 발터의 연침녀

어수대 수장=왕
대리 수장: 슈트람 요오스
레흐토 쇠렌센

어수대

막시밀리아네 5세 —
- 후궁 ——— 장남 산튼(死)
- 후궁 → 왕비 ┬ 장녀 리볼텔라(死)
  └ 차남 발터
- 후궁 ——— 차녀 게르트루다(死)
- 후궁 ——— 삼남 에오반(死)
- 왕비 ——— 막내 외르타

왕위 계승 전쟁에서 발터와
외르타만 살아남고 전원 사망

BLACK LABEL CLUB 001

나무를 담벼락에 끌고 들어가지 말라 2부 상

1판 1쇄 2013년 4월 15일
1판 5쇄 2017년 2월 7일

지은이 윤진아
펴낸이 신현호
편집부장 김은주
편집 김수민
편집디자인 한방울
마케팅 · 관리 김민원 조인희
물류 이순우 김명일

펴낸곳 ㈜디앤씨미디어
출판등록 2002년 5월 1일 제117-90-51792호
주소 서울시 구로구 디지털로 26길 111 JnK디지털타워 503호
대표전화 (02)333-2513 **팩스** (02)333-2514
전자우편 dncbooks@naver.com
공식카페 cafe.naver.com/blacklabelclub

ISBN 978-89-267-6150-2 (04810)
ISBN 978-89-267-2611-2 (SET)